U0896840

絶地生花

李春凤 著

綫裝書局

图书在版编目（CIP）数据

绝地生花 / 李春凤著. -- 北京： 线装书局，2025.
4. -- ISBN 978-7-5120-6344-0

Ⅰ. I247.5

中国国家版本馆 CIP 数据核字第 2025LU3216 号

绝 地 生 花
JUE DI SHENG HUA

作　　者：李春凤
责任编辑：白　晨
出版发行：线 装 书 局
地　址：北京市东城区建国门内大街18号恒基中心办公楼二座12层
电　话：010-65186553（发行部）010-65186552（总编室）
网　址：www.zgxzsj.com
经　　销：新华书店
印　　制：三河市新科印务有限公司
开　　本：710mm×1000mm　1/32
印　　张：35
字　　数：345千字
版　　次：2025年4月第1版第1次印刷
印　　数：0001-2000 册

线装书局官方微信

定　　价：69.00 元

谨将此书献给：

赐予我生命的父母，传授我知识与智慧的老师，我的孩子，曾在人生困顿时帮扶、安慰、鼓励我的恩人们，以及心灵正经历着困惑、一时陷入彷徨与迷茫的年轻人。

作者心语：

我只是一名出身底层的普通女孩儿，家境贫寒，既没有渊博的知识储备，更没有华丽辞藻，只是在努力改变命运的过程中，有幸遇到中华优秀传统文化，通过学习，并在实践中不断地研磨，深深改变了自己的心境。现将自己的感悟讲述出来，与读者共享“心”之路，希望能帮到正在经历人生困苦的人们。

殷切期望我的孩子长大后看到这本书，能不忘中华祖先文化根本，敬畏生命，用心探寻人生真相，尊重天地规律，勇于追求真理。沉淀身心，正心诚意，定志修身，代代学好中华优秀传统文化，让良知成为引导自己一生立身处世的原则与标准，让良知护佑自己一生及子孙后代平安。

作者将沉淀出来的些许心得与一些浅陋的智慧，与读者分享。

作者简介

李春凤，笔名净月，女，有十余年党龄的中共党员，1988年出生于河北涿州。太爷出身书香门第之家，曾是清末赴日的留学生。至净月这一代家境没落。作者曾经历崎岖坎坷的求学路，大学毕业后赴北京工作，这个过程中饱经磨难。工作与感情极端坎坷不顺，但是作者具有一颗孝心，在极端困难的环境下，依旧坚持尽最大努力孝敬自己的父母，成立家庭、生儿育女，后又经历婚姻坎坷异常，在极端不公与精神、事业也被打击压迫的婚内逆境中，身心受到极大创伤，但依然坚韧、勇敢地捍卫自身尊严、坚持追求个人理想与价值，追寻生命真理，此过程异常艰辛不易，但是不管身处何种逆境，依旧不放弃追求真理与个人价值；在父亲去世后，承担起了照顾患有精神疾病的母亲的使命，同时，作者立志潜心学习弘扬国学传统文化。作者的坎坷经历，令人唏嘘；作者孝敬父母的心态和行为，令人敬佩；作者从苦难中闯出，心态平静豁达，超越了苦难，令人由衷地想学习。

内容简介

《绝地生花》故事基于真实原型，经过改编创作而成。小说以第一人称的方式讲述主人公由于特殊的家庭情况，陷入极端贫困，走过了不同寻常的人生经历，感受了崎岖起伏、荆棘密布又不失生命之光的绮丽风景。作者一直在苦难中挣扎、奋进，面对众人异样的眼光，经历由此带来的身心痛苦。大学毕业后，作者开始了艰辛的北漂生活，在情感纠缠、经济紧张、事业坎坷曲折、赡养老人的重压中饱受煎熬！在人生至暗时刻，幸遇中华优秀传统文化，启迪灵魂，逐渐提升自己的思想境界，进而改变了人生道路。历尽艰辛后终于成家，而在婚后本以为可以遇见幸福、理想双丰收的自己，却遭遇了始料未及的挑战与磨难，在学习研磨并想在传统文化领域做出贡献的兰喜，在此过程中更是历尽艰辛，在荆棘密布的生活中洗尽铅华，她寻找智慧与光明的脚步一直没有停下。

本书尽力说明：原本在苦海中挣扎的人生命运，看似无法转变，但是有了中华优秀传统文化的指导，通过不懈努力践行与研磨，命运是可以改变的，人生是可以幸福的。本故事是依据真实事件改编而成，用质朴的语言讲述曲折的情节，字里行间充满了奋发向上的正能量，是一部励志的好书。

序言

净月老师的新作《绝地生花》即将出版，接到为此书作序的邀约，心中不免忐忑和激动，感到受宠若惊。我只是一位普通的老人，面对净月老师的这部内容丰富、引人思考、难得一见的好书，一部文学佳作，由我来作序，我自知自己的分量过轻了。评论不到位之处难免，反而对不住作者。因为，评论者的思想有多高，评论才能见多高；评论者的思想有多深，评论才能见多深。以我现在思维之高度和思想之深度，还远不够资格全面评论此书，寥寥数语，道不尽其思想内涵。一部思想内容丰富的著作问世，不免仁者见仁、智者见智，或许会引起评论界的波动，一时引来百花齐放，但也只能各展其能，任凭花开花落。优秀的评论亦会如花朵一般枯萎凋落，但本书的思想之光却会冲破长空，永存人间！愚叟现在仅作为先睹为快的读者之一，鉴于心中受到强烈震撼，直觉不吐不快。谨作此序，权当抛砖引玉吧！相信会有更多更好的评论接踵而至。那样，我的一片好意便也落实了。《绝地生花》作为一部文学作品，一部现实主义题材的优秀小说，无论是从文学的高度和修行的方向还是从社会学的角度，本书都非常值得研究和探讨。

《绝地生花》中的兰喜，一路走来非常不易。故事百转千回，结局峰回路转，意犹未尽，引人深思。在悲情故事之外，还有许多要点值得关注。

第一，本书的立意呼吁社会对精神分裂症患者的关注，更需要关注的是其家属、子女的生活、成长、就业等一系列问题，书中反映出来的各种问题希望引起全社会的关注和重视。这是本书聚焦之处。要知道，每个精神分裂症患者的背后，都有因此陷入困境中的家庭成员；每个精神分裂症患者的背后，也都会有自己的骨肉子女。她们当中，有无数如兰喜一样美丽、聪慧、善良和无辜的孩子。而她们的成长着实特别得艰难崎岖。谁能想到，艰难竟然陪伴她们如此之久！但愿她们的学习条件不再像兰喜一样的艰苦，但愿她们长大后的婚姻，不要像兰喜一样的曲折与崎岖。祝愿她们生活得更幸福一些！不再像现实生活中的兰喜遭受那么多的苦难。

第二，本书还反映了一个重要问题，如何能够真正帮助到精神分裂症患者，让她们过上和正常人一样的生活。把患者推给精神病院并不能彻底解决问题，住进精神病院也并不是患者最好的归宿。很多患者没有条件入住医院，患者是和家人生活在一起，可以说是生活在社会中。现在，兰喜的母亲病情大大好转，这里面的经验值得总结。当前社会普遍存在着对精神分裂症患者束手无策、旁观、冷漠的态度，好像他们被社会抛弃了一样。本书通过对兰喜母亲生活状态的描写，帮助我们对精神分裂症患者的不幸处境有了更加深切的了解，对解决相关问题的迫切性、重要性的认识都会得到一定程度的提高。精神分裂症患者的出现以及对症治疗，深受社会环境因素的影响。因此，改善社会大环境，建设和谐社会，提高人文素质，使人人过上幸福美满的生活，也会有助于这一社会问题的解决。这也是本书目的所在。

第三，本书提出一个带有普遍性的问题，何为幸福的家庭？如何营造幸福的家庭？这超越了对以上特殊家庭、特殊群体的关注，提出了涉及每一个家庭的问题。这个问题令书中的主人公兰喜苦恼不已。每个家庭都幸福是国家稳定发展的根基。营造家庭的幸福，不是仅属于个人的小问题，也是在为社会做贡献。书中主人公兰喜认为，金钱并不能解决家庭幸福的根本问题，这是很对的，那么，营造幸福的家庭氛围到底取决于什么因素？这也是值得读者关注之处。在物欲横流和拜金主义盛行的环境下，如何树立正确价值观、端正心念成就家庭幸福渐渐成为一个社会问题。兰喜也在自己的新家庭中经历了让自己意想不到的暴风雨般的磨难与考验，作为女孩子，该如何自救，保护自己，在家庭与自己的幸福与追求面前究竟该如何选择未来的路，这始终是个沉重的命题，我们终究不是电影里的演员，一生可以塑造很多角色和故事，现实生活中是很难身心安守地做出正确抉择的，人生是不可逆的，每一步的选择都会对未来产生不可估量的影响，需要自己承担一切后果。兰喜认为，如今许多家庭偏离了三观正道，所以才会不幸福。这个问题任其发展下去，将会引发社会性的后果。这个观点是对的。

第四，改变命运是兰喜努力的方向，也是当今青年人奋斗的动力。本书提供了改变命运的“密码”。“改变命运的密码不是有钱了，是能让兰喜的母亲这样的人像正常人一样地生活”，本书的这一观点，需要在此诠释一下。“让兰喜的母亲这样的人像正常人一样地生活”意味着年轻人要重视孝道，孝敬父母；扶助弱者；敬老爱幼；讲究道德，厚德载物；注重自身修养和心灵的提升。改变命运的密码是力行“大道”，是以“孝为先”。

第五，从文学价值讲，本书的出版，使中国文坛增加了一位新时代的女性典型。兰喜是新时代的女性，出生于改革开放后十年，她的遭际伴随着改革开放而发展。她面对的是改革开放后雨后春笋般的新生事物。她所思所想，都带有新时代的烙印。如何应对新生事物，靠闯，靠摸索，有彷徨，有弯路，有学费，有委屈，有代价。兰喜本人具有许多优秀的品质和感人的事迹，兰喜是个非常懂得感恩的人。她感恩母校，向母校捐赠图书；她热心公益事业，抓住一切机会向社会奉献爱心；她孝敬父母；她孜孜好学，学而不倦，曾秉烛夜读9年，借助微弱的烛光读完小学初中课程；为学得一技之长，多方向人求教。她在其他方面表现出来的思想品格也同样十分优秀：她不向贫苦的命运低头；直面苦难，直面人生；为人真实坦率，表里如一；不惧强权，追求平等；不图富贵，只求心安；践行所学，知行合一；追求女性自强自尊；等等。她是新时代优秀而美丽的典型代表。

本书是一部感人的励志故事。兰喜是冲破底层社会束缚的当代知识女性的优秀代表。如果家有一位“疯”娘，一般家庭都会给拖垮了、拖散了。兰喜生长于这样的家庭，不仅没有向命运低头，反而活得充实自信且获得成功。这是兰喜的故事与众不同的地方，也是兰喜的故事最感人的地方。

第六，本书强调弘扬传统国学文化。这是一部滋养心灵的书。综上所述，均是事关滋养人心的。另外，譬如寻常人遇到打击，往往你打我一拳，我也惦记要还你一脚，受到伤害就想报复。但兰喜却选择放下。她以善良宽容之心对待仇怨，只求心安，这从字里行间可以感受到。兰喜学习中国优秀传统文化，坚持多年，知行合一，沉淀锤炼，用尽全力探索生命与灵魂存于世间的真谛，寻找灵魂幸福与光明之路，并在一定程度上探索出一些智慧，值得读者尊重与学习。相信她的故事也会启迪不少正处在人生困惑中的人们。

第七，本书乡土气息浓郁，描摹了农村的接生；迎亲、婚礼、酒宴、丧礼、祭祖等习俗。记述了现代化条件下的怀孕、生产、哺乳等，具有风俗文化等多方面的研究价值。

第八，作者观察细致，思想敏锐，眼光独到；文笔生动、细腻、准确。

总之，本书具有浓郁的时代气息和思想品位，适合城乡广大青年读者阅读并思考。作者给出当代中国社会不良弊端的解决之道是弘扬传统国学文化，一切从重塑家风与道德开始，重视孝道在重塑家风中的作用。祝愿本书的出版将可以点滴助力于中华民族实现文化自信与复兴的宏伟大业！

扶祥谨题

2024 年 2 月 27 日于北京

目录

CONTENTS

引 子

兰喜出生在20世纪80年代，这是一本根据作者真实经历改编而成的小说，悠悠岁月，几十载，人们大都是随波逐流地过着平淡又匆忙的日子。

据兰喜父亲和老一代的长辈们回忆，兰喜的太爷叫李宝书，出身书香门第，是清末公派的赴日留学生。太爷学成回国后，不愿意当官从政，数次推掉了北洋政府的聘任，专心研究打井技术和制造自行车，据说他那时造的自行车是用木料做轮子而成的。后来兰喜听父亲及长辈们说太爷还引进日本先进的织袜技术，在北京开办了织袜厂，走实业兴邦之路。这都是老人们口口相传，年代久远，无法考察是否有据可依，但是家人祖辈们就这样口口相传了几代人。

太爷有四个儿子。大儿子的后代在新中国成立前定居台湾，后来移居到美国旧金山；太爷的二儿子一直在北京经商，后代都在北京安家定居，直到现在；太爷的三儿子在抗日战争中，被日寇杀害，没有留下后代；太爷的四儿子，是兰喜的爷爷，新中国成立前参加革命，加入中国共产党，成为一名中共党员。

太爷的几个儿子都很优秀，当时在北京有一定的社会声望。但是太奶一直保持着年轻时艰苦朴素、自力更生的生活习惯，喜欢给人家洗衣服、缝衣服、打零工。不管几个儿子如何劝解太奶让其安享晚年，养尊处优，但是太奶就是听不进去，还是坚持过着艰苦朴素的生活。只是此时太奶的生活理念和习惯，与当时爷爷们在北京的家庭条件和家族声望很不符。加之太奶当时和自己的两个儿媳妇关系处得都不是很好，家里经常吵架。大爷爷和二爷爷家都有特别重要的事业，差点因为太奶对于家庭生活的介入而离婚。身心疲惫之际，不可能再有精力专心照顾太奶了。不管是出于家庭的原因，还是考虑事业的发展，爷爷们一起商议关于太奶养老的事宜。

兰喜的爷爷和奶奶，是在北京结的婚。当时兰喜的爷爷、奶奶在北京并没有自营事业，主要是给哥哥们帮忙，加之兰喜的奶奶为人朴实憨厚、平和善良，后来爷爷们决定，由兰喜的爷爷、奶奶将太奶接回梧桐县老家照顾，这样还可以暂时息事宁人。于是不久，兰喜的爷爷、奶奶将太奶接回到了老家。

新中国成立之际，爷爷当上了村里第一任党支部书记。

兰喜的爷爷有四个儿女，兰喜的父亲是老大。在这四个儿女里，兰喜父亲最爱读书，身上的书卷气也最浓。但父亲并不是个书呆子，他心灵手巧，心地善良智慧，擅长做手工，自制出不少家庭生活用具，比如扫地用的扫把、包饺子用的拍子、装菜用的花篮，还能做一些只有妇女才能做的缝缝补补的针线活儿。父亲为人处世善良厚道，讲究礼义廉耻，传统意识较为浓厚。

1988年农历正月，改革开放的第十年，那年父亲48岁，母亲34岁，兰喜出生了。母亲是二婚，她的第一次婚姻是父母包办的，在这次婚姻中过得不幸福，引发严重的精神分裂症，离婚后在娘家人的精心照顾下，母亲的病几近痊愈。在兰喜出生两年后，母亲因在家庭生活中遇到不顺心的事情时又受刺激，精神分裂症第二次复发。很不幸，原本简单幸福的一家，开始步入了三十多年的漫长黑夜。

以往祖辈的那些事情，对于当今的兰喜来说，已经没什么重要的意义了。虽然祖上并非庸俗之辈，但自己是当下现实中的人，与众不同的家庭现实情况，常使儿时的兰喜闷闷不乐。只是祖辈们流传下来的一些事迹，对父亲和兰喜的精神世界有所影响。

很多人说原生家庭会影响一个人的命运，生而倔强坚强的兰喜在历经三十几年的人生旅途后，认为在自己成长过程中，的确很多方面受到原生家庭的影响与挑战，但在原生家庭很难改变的大背景下，兰喜也发挥了很大的主观能动性，努力改变自己的命运。兰喜发现通过学习中华文化中的义理，努力践行，知行合一，经过长期不懈的努力，命运是可以改变的。

父亲的内心世界很富有。他为人处世豁达明朗，原则性强，善解人意，慈悲善良。父亲虽然生活在穷困与泥淖中，但是一个人硬是把家撑起来了，独自承担起照顾兰喜的责任，在兰喜很小的时候便教育了她许多很智慧的人生哲理。父亲曾经说过："真正的人活着是为大家而活，人生活得才会有价值，而只有自私的人活着，才是只为自己而活。"听到这些道理的时候，兰喜才六七岁。

兰喜从一个襁褓中的婴儿早已长成亭亭玉立、风姿绰约的大人。但是兰喜和家人在这二三十年中走过的艰辛与挫折也可想而知，经历了家庭一场又一场的变故和每况愈下的家庭状况。兰喜在前二十年励志求学，希冀改变命运。那时候大人们都说知识改变命运，兰喜也对此说法深信不疑。在这个过程里，她没有放弃求学之路，最终坚持完成了大学学业，这也是父母的梦想。兰喜也长长舒了一口气，和同学们一样幻想前程似锦的未来。但是大学毕业后，兰喜并没有因此踏上改变家庭命运的康庄大道，意想不到的苦难随之来临，挣扎、彷徨和不知所措一直伴随着她。

二十几岁的兰喜，在外打拼了近七年的时间，面临着工作不稳定、经济拮据、感情失败等多重压力，慢慢地内心终于承受不住这么多的重负，逐渐有些消极了，心神不宁了，脾气也大了，开始不断地失眠，连续五六年几乎很难睡上一个好觉，甚至数度抑郁，身体也一天不如一天。回忆往事，当时兰喜真是太难承受如此之多的压力。当时兰喜认为，一个人不管怎么努力，面对困境怎么奋发图强，最终却无力跳出命运的旋涡，甚至经常会被家庭环境影响自己的情绪，一影响就好几天无法舒展心神。几年的奋斗，让兰喜感受不到自己的价值，赚来的钱刚够维持基本的生计，经济上没有任何积累，心里也没有任何安稳可言。

在外摸爬滚打几年，兰喜慢慢感到，用一颗美好的真心和努力，未必可以换来如期的美好，她心底里惶恐无助，重压几乎突破她在世上存活下去的底线。

兰喜知道自己的处境异常艰难，自己能在社会上立足的资本只有自己的真诚与努力，而且可能自己要加倍真诚努力才可以。可即使这样，也不能得到自己该有的平等与尊重以及宽裕的生活，到底该如何是好呢？人在很弱小的时候，即使再善良和厚道也没有人会珍惜，只有当自己足够强大的时候才可以。可如何才能变得很强大？又谈何容易！兰喜内心着实有些抑郁了，但是表面还要装作坚强地去支撑不得不面对的现实，解决自己和一个家庭的生存问题。

幸亏赶上了好时代，国家有扶贫政策，也给兰喜减轻了一定的经济负担和心理负担。兰喜的家庭当时是低保户，每个月都会给父母一些基本的生活保障，可是想要活得好，就没这么简单了。兰喜每个月固定给自己的父母额外一笔生活费，希望父母能够过得宽裕一些。兰喜在外打工的日子并非一帆风顺，甚至在一个偌大的城市里有时候竟然不知道该何去何从，就像一叶浮萍漂来漂去，没有根，找不到灵魂该有的归宿。

也许是命运的垂怜。2016年的一天，兰喜偶然接触到了中华传统文化，从最简单的经典开始学起：《弟子规》《了凡四训》，开始真正地慢慢改变自己的心态、价值观，也让兰喜脚踏实地慢慢站了起来。这个时候，兰喜才意识到，虽然自己善良努力，也很想孝顺自己的父母，但这个时候，兰喜发现自己太缺乏人生真正需要的智慧。原来自己一直没有特别坚定过正确的人生观、价值观。没有正确的择偶标准，不会选择人生的另一半；没有正确的价值观和处世原则，和大部分年轻人一样随波逐流；自己也更容易跟错人、走错路。

2017年6月初，父亲因一场意外导致臀部骨折，兰喜回到家乡照顾父亲。6月下旬在朋友强烈的建议下，去北京参加了山东电视台《孝行天下》栏目开播八周年庆典，经历了无数挫折与坎坷的兰喜无意间在这次大会上遇到了一位在传统文化领域工作了很多年的老师，从事传统文化书籍的出版工作。兰喜通过对传统文化的学习，也是改变很大，内心已经清澈宁静了很多。兰喜有着清秀可人的外表和真实洒脱的性格。这位老师在初次见面的时候就对兰喜的印象很深刻，后来两个人竟然阴差阳错地走进了婚姻的殿堂。

兰喜如愿以偿地实现了心中的愿望，组成了令自己满意的家庭，并和自己的先生一道为了他们共同的理想而努力。然而成家后的兰喜遇到了更大的令自己无法想象的心灵挑战、人生波折。本书内容会跟大家详述，当兰喜在婚姻中面对自己从未遇见过的人生挑战与挫折时，又是如何应对和走出阴霾的呢？

兰喜悟出，每个女孩子最好的归宿不是依赖别人，而是坚定内心光明的方向和坚定的圣贤信仰，让其陪伴自己一生，护佑自己一生。随着兰喜对传统文化的学习和实践，加之婚后经历的波折，她认识到原来最无私的幸福在自己的原生家庭里，自己费尽心思寻找的最值得珍惜的幸福，是在原生父母这里。当兰喜养育自己的儿子时，才能够真正沉下心来，体会到自己父亲的不易与伟大，她最终认识到一直患有精神疾患的母亲在自己生命中的真正意义。

第一章 我来到了这个世界

1987 年 2 月 13 日晚，伴随着冬季难耐的严寒，刺骨的寒风席卷着北方的每寸土地，河北省保安市梧桐县的家家户户的杨树枝秃了枝头，任凭寒风肆意地吹来吹去。那时候的空气异常清新，星星异常的明亮，月光甚是皎洁，村里没有太多的柏油马路，到处都是土路。农村大都是砖土砌成的平房，和大片大片整齐新绿又几近被冻蔫儿了的麦田。每到冬季，农村里的家家户户生炉取暖，条件好的是可以向外排煤气的圆筒状的铁炉子，家里贫穷条件差的人家，还延续着以前的地炉子，在地面大土炕正中间的地面下挖一个深深的圆洞，在这下面有类似栅栏一般的铁格固定在圆洞和炉坑的半空中，拖住圆洞里燃烧的煤块，煤块烧尽了，人们会用铁火烧将炉灰一下一下地戳到铁格下面的炉坑里，炉坑是专门用来接住煤被燃烧尽的炉灰的，也给了煤可以更好地燃烧的空间。今天，梧桐县山水镇向阳村的李奎，晚上早早地将地炉子用湿煤封住了，中间用铁火烧戳穿至炉子底部一个细小的圆洞，不至于火被憋灭。此时李奎躺在被炉火供暖了一天的大炕上，却整整一夜难以入睡，回想起这二三十年，看着村里的同龄人一个接一个地结婚、生子，而自己大半生已经过去了，还没有成家立业，人生路上，坎坷不平，或许有时代的原因，或许有家庭的因素，更是因为自己的年轻莽撞、不经世事，对过、错过、委屈过、难过过、后悔过、自责过，更是无奈过……如今 47 岁了，自己也逐渐在人生的坎坷崎岖、兜兜转转的麻木中清醒了。

在李奎 14 岁的时候，爷爷便去世了。两年后李奎去北京打工，承担起了养家的责任，他要挣钱养活奶奶和底下的一个弟弟和两个妹妹。李奎天生俊秀、皮肤白皙，文弱，有着掩饰不住的书生气，一双明亮有神的大眼睛，眼神里总是透露着清澈、善良与踏实，一米七多的个子，但是命运却经历了极为坎坷的兜兜转转。到了这个年纪，命运似乎已成定局，此时李奎对自己的未来不敢再抱有任何不切实际的理想与奢望了，只想实实在在地过个人生，成个家，如若再有个一儿半女，这辈子就算可以了。就在前不久，李奎遇到了他生命中那个愿意为之付出后半生的人。

1987 年正月，李奎的缘分终于来了，一桩祈盼已久、意料之外的婚事定下来了。同村的乡亲，把自己亲戚家的女儿介绍给了李奎，她叫俊兰。俊兰有过一次婚史，在婚内受过强烈的刺激，患上了精神分裂症，在娘家养了一段时间后好多了，近乎痊愈，看上去人很善良、本分，眉宇间也透着几分俊秀。让李奎想娶母亲的原因，用他自己的话说就是："当我看到俊兰时，就觉着这个人看着不知道哪里让人很心疼，起心眼儿里就想照顾她。"

这个晚上，李奎脱下棉衣，躺在早已被地炉子烧热的大炕上，脑海中更多的是回味平生。此时的他喜极而泣，泪水浸湿了眼睛，正所谓百感交集。他既欣喜又不敢相信命运终于垂怜了自己，总算感受到了真真实实的人生的意义，终于可以成家了。李奎憧憬着未来的日子，娶了媳妇，心里盼着未来再有个一儿半女，将来靠自己和妻子的努力把日子过好，等自己老了，能老有所养，人生也就不过如此了。不过想到这儿，李奎不由自主地开始合计着自己的年龄，他已经47岁了，谁也不知道最后的人生会是什么样的风景，有希望，有未知。

1987年2月14日，天刚蒙蒙亮，向阳村的老家街道里响起了喜庆又热闹的一阵阵鞭炮声，一对新人喜结连理。院子里热闹一片，顺心胡同口的鞭炮声彻底打破了老李家院子里往日的宁静。李奎一大早没等天亮就骑着自行车，刚把新娘从十里外的西亮庄村接到老家村口。村里的乡亲们听闻父亲的喜事临近，不少乡亲们来到父亲的家里串门道喜，毕竟父亲单身这么多年了，大家伙都想看看父亲的新媳妇儿，到底长得什么样儿？虽然父亲已经四十多，但浓眉大眼，长相清秀，身材瘦高，书生气足，永远是一件白衬衣穿在最里面，干净爽朗，风度翩翩，戴着这个时代流行的男士蓝色遮檐儿帽，穿着蓝色底卡布中式棉服外套和新做的黑色棉布靴子；而俊兰耐看的五官，黄色皮肤，深邃漂亮的双眼皮，匀称有形苗条的身材，中等偏高的个子，一头乌黑的头发，编成辫子，长发及腰，穿着一件红色的绣花棉袄，黑色的裤子，红色的棉鞋，眉清目秀，举手投足间透着善良、老实与倔强，还透着聪慧和能干。

李奎看着当街两旁看热闹的乡亲们，甭提心里有多高兴了，骑着自行车驮着新娘就往家奔去。李奎的老母亲高氏，穿上儿子为自己专门准备的新棉衣准备迎接新娘的到来，花白的头发，剪到齐耳，用卡棍儿别在双耳后的头发，整齐干净，如今也是年近七旬了，她欣喜之余眼眶泛着蕴含已久的热泪，比自己的儿子还要高兴，心里乐开了花。

热热闹闹地拜完天地，新人喜从心出，挨桌给亲戚朋友敬酒，亲戚朋友均以吉言相赠。就这样，新娘俊兰嫁给了比自己大 14 岁的李奎。

那时候村里的生活还不是很富裕，吃的宴席都很简单，一桌四个素菜、四个肉菜。俊兰的嫁妆就是两身新衣，那时李奎的屋里没有任何电器，有的只是三间砖土房、两米宽三米长的大炕、一个储存粮食用的大墙柜，以及大墙柜东西两侧各一个木质小座柜。屋里的墙上、大墙柜和小座柜上贴着红纸黑色的喜字，是李奎亲手书写的，李奎写的一手好字，就这样，这个离婚已有一年多的俊兰，与李奎组成了一个新家庭。村民都说他们虽然都是晚婚，但是郎才女貌，真是好饭不怕晚啊。

一个月后，俊兰怀孕了。李奎是个善良细心的男人，平日里很关心俊兰的身体，俊兰怀孕后，他每周骑着家里唯一一辆“二八”自行车，让俊兰坐在自行车后面的车座上，去十几里外的高培店市的一个普通村落郝大夫诊所，带着俊兰做定期的孕期体检，及时了解胎儿发育情况。大夫每次诊完脉都爽快地告诉这对恩爱的夫妻：“放心吧，胎儿一切正常，安心等着孩子出生吧。”俩人听到大夫的回应，开心得很，李奎骑着自行车带着俊兰就回家了，一路上有说有笑，期待着小生命的到来。今年李奎已经 47 岁了，如今眼看有了媳妇，还要有自己的孩子了，他这开心劲儿就甭提了，李奎终于慢慢地在内心萌生并体会到了幸福、希望还有家的意义。

转眼，第二年初春的一天凌晨，大肚子的俊兰把李奎拍醒：“李奎，我肚子疼得不行，一阵儿一阵儿疼得越来越厉害，估计是要生了，你赶紧去邻村叫接生婆吧！”李奎一听媳妇这话，说：“是啊，这几天本来也临近预产期了。”于是李奎赶紧起床，衣服都没来得及穿好，就隔墙大声叫东院儿的李大娘：“大嫂子、大嫂子……您赶紧过来，俊兰要生了。”说着李奎马不停蹄地去找接生婆，让李大娘帮忙看着俊兰，以防有个万一。万一他在请接生婆的路上还没赶回来，孩子就生出来，家里没有人能照顾俊兰，可怎么办？李奎不放心又叫隔着院门口前东西胡同南面院儿的侄媳妇儿，一起来照看俊兰。李奎安排好家里后，赶紧骑自行车去了邻村，去请接生婆。

果然在李奎还没有把接生婆请回家的时候，孩子生出来了。孩子生得特别顺利，李奎离开家后不到半个小时就生出来了。俊兰看着刚出世的这个孩子，打心眼儿里高兴，心里盼着自己的丈夫赶紧回家，也看看自己刚生下来的宝宝。

孩子生下来没有一会儿，李奎就回来了。

东院儿大娘等李奎回家一开门，便幽默地开着玩笑说：“生了啊，李奎！你回来晚了一步，哈哈。”

李奎一边儿激动一边儿笑着赶紧问:“是吗？闺女还是小子啊？”

侄媳妇儿这时候幽默又卖关子地说：“半吨。”

李奎奇怪地问：“半吨是什么呀？”

大娘说：“千金呗，哈哈哈……”

于是，屋里算是热闹了半天，嘻嘻哈哈的，李奎喜出望外，抱着刚生出来的孩子爱不释手，48 岁的他终于有属于自己的孩子了。

等早晨村里合作社开门了，李奎买了一大堆的饭菜和有营养的补品，给俊兰和前来帮忙的街坊们慰劳。亲戚朋友们也都前来看望并带着各自的心意，大多是补身体的红糖、鸡蛋……大家有说有笑地前来祝贺看望李奎家新生命的到来。

没几天李奎给孩子起名：李兰喜。就这样，小家庭多了一口人，加上李奎的母亲，一共四口人，开始了简单而幸福的四口之家。

没错，这个刚刚出生的宝宝，就是我。李奎就是我的父亲，俊兰就是我的母亲，父亲因为对母亲的爱还有对自己的喜爱与祝福，给我取名兰喜。

据奶奶回忆，我出生后不久，还是娃娃的时候长相甜美，肤色白净，两只大眼睛，眼里有神，樱桃小嘴儿，每每抱出去，大人们会逗着玩儿好一会儿，乡亲们都夸家里竟然添了个这么漂亮的丫头，真好啊。

第二章 喜得千金遇磨难

我刚生下来的时候很瘦小，父亲说我刚生下来的时候大概只有4斤重，看着瘦小得实在让人有些心疼，但父亲说，我生得白净、灵动，一双大眼睛，腿长，手脚灵秀。母亲沉浸在人生之中又为人母的喜悦中，就在我刚刚生下来6天时，不知何故，吃母乳后，便开始上吐下泻。生下来本就瘦小脆弱的自己更加可怜了。父亲见此情景比母亲还着急。父亲根据自己熟知的在村里的人脉开始到处求医问药，但均不见好转，眼看一天天过去，我一天天受着病苦的折磨，越来越虚弱，简直不忍直视，皮包骨头，骨瘦如柴。父亲见此更是说不出的难过，整日吃不下饭去，急得心火过旺、牙龈肿痛，难过极了还会掉下眼泪。记得姥姥说，父亲见我病得如此严重，吃了很多中药也不见好，急得父亲每天抽很多烟疏解烦闷，晚上也睡不好，父亲心想：自己怎么养个孩子这么难？人家生个孩子感觉很容易就带大了，怎么我和俊兰的孩子要经受这么大的磨难？当时我的姥姥也在家里住着，帮父母照顾我。看到姑爷如此难过，姥姥也是耐心劝导："李奎，别这么着急，养孩子哪有一帆风顺的？都有可能闹点毛病什么的，咱们孩子命大，一定会好的，别急坏了自己，该吃饭吃饭，该睡觉睡觉，千万别熬垮了身体。"

就在父亲一日日为我奔波之际，遇见一位好久没有串门聊天的乡亲，按辈分，我叫他叔叔，半开玩笑地问父亲：“李奎，听说你家里刚添了千金，不在家照顾孩子这是去干吗？”父亲见到这位老朋友，也是直抒胸臆：“不瞒老弟，最近这些日子快愁死我了，我闺女生下来 6 天就开始闹毛病，现在还没有好呢，找了好几位先生给看了，有的大夫还给孩子开了很多包的中药，这么小的孩子哪里喝得下去啊，药很苦很难喝，好不容易喝一点也不管用。开了好多中药了都不管用，每天上吐下泻，转眼就病了 10 天了，现在瘦的，哎……这样下去，你说孩子还活得成吗？”说着，父亲便有些哽咽，泪水在眼眶中打转，这位父亲的老朋友见父亲如此焦急，便知道了我的大概情况，直接告诉父亲：“别着急，李奎，我给你推荐一位大夫，你去试试看行不行，这位大夫看病很好，姓滕。离咱们村不远，在西后村卫生院，这位大夫看病水平很高，你带着孩子去看看，兴许有用呢？”听到此处，父亲眼睛瞬间有了光亮，连忙道谢，赶紧回家叫上弟媳妇给我包裹严实，便骑自行车去了这家卫生院，他们打听着找到了这位大夫，这位滕大夫，面色干净，长相清秀，身材匀称，医术老到，身高一米七五，一表人才，心怀慈悲，穿着一身白大褂。父亲见到大夫，便说明来意，详细描述了我的病情和症状。滕大夫小心翼翼地掀开包裹严实的我，掀开外面的大氅，看到奄奄一息的我，不禁心生怜意：“哎哟，这孩子怎么都瘦成这样了？皮包骨头了，这么小的孩子，这么虚弱枯瘦，又这么小，这样的话，我们即使想用西医治疗打针输液都不敢了……”滕大夫凭自己多年的临床经验认真诊断了我的病情后，谨慎地跟父亲说：“这样吧，我给兰喜开两小包药儿，你回家给她用水服用下去，看看效果怎么样。吃完后，明天如果有好转就有救，如果还没有好转也就别再来了，我也就这么大本事了。”父亲听完难过又沉重地应和着，但我的生命总算有了一线希望。

后来父亲回忆，给我取药的时候才发现，之前请的好几位大夫看病花了快要一百块钱，滕大夫开的药却只有五毛钱。取回药的父亲，把事情的经过告诉了母亲。中午父亲和母亲就齐力给我喝下了滕大夫给我开的药。到了晚上，我竟然奇迹般地见好了。开始知道饿，想吃妈妈的母乳了，不吐了，也不怎么腹泻了。父亲见此情景，看到了希望，晚上赶紧又喂我喝了第二包药，第二天醒来的时候，又见好了一些，他高兴得喜出望外，上午又赶紧心急地骑自行车去了西后村找滕大夫。滕大夫一听我有好转，也是喜从心出，说道：“要是这样儿的话，咱们这个闺女一定有救，你再去取两包药，吃完就好了。”父亲听滕大夫的话又去取药的窗口取了两包药，只是这次只要了四毛五分钱，两次抓药一共花了九毛五分钱。至此我也奇迹般地病好了，待到出满月的时候已经被父母呵护得有些肉肉了，脸上也有些红润了，很健康了。父亲后来每每回忆这段经历都刻骨铭心，眼含热泪，心疼难忍，着实难忘。

就在我病刚好没有两天，一天父亲午睡时，不知不觉进入梦境：看到村里南北主路，路边一条好粗好长的花蛇，缠绕在一棵很小很弱的树苗上，就快要把小树苗压折了，正在这时，北面有对夫妇开着拖拉机，从村北邻村，向南开来，这条蛇因为害怕，一下子从树苗上爬下来，逃走了。猛地一惊，父亲从梦中惊醒，得此一梦，自言自道：“我闺女的病这是好了？没事了！”心里很是开心。

第三章 妈妈开始病了

父母婚后的生活简单而美满，虽然不富裕，邻居们眼里俩人十分恩爱。父母除了要照顾刚出生不久的我，也要照顾年过七旬的奶奶，奶奶轮流住在我家和叔叔家，每个月搬一次家。父母在自家的责任田里种了一亩多地的西瓜，想着在夏天的时候换些粮食，因为俩人刚结婚没有粮食储备。幸福生活从此拉开了序幕，爸爸、妈妈应该打心里期待着一个又一个美好的人生画面接踵而至吧。

新婚后的生活一直不是很宽裕，母亲内心是个要强的女人，也很敏感，希望自己过得和别人一样好，但是无奈，刚结婚不久的两口子，家里又增添了一个我，生活比较紧张，也很正常，但是时间久了，压力有些大。平淡又漫长的日子，哪有事事如意，母亲初来乍到，经济的拮据，加上我两岁和三岁的时候，据妈妈后来跟我说又有两次怀了妹妹，但未能顺利地生下来，对妈妈的打击很大，为人老实善良又贫穷的父亲，或许未必能让母亲哪里都舒心吧。这让母亲本就敏感多伤的心灵，很快有了过于严重的心事了。

1990年底的一天，因为母亲第二次怀孕，当时正赶上计划生育政策，母亲并没有很幸运地逃过命运带给自己的打击，被当时的村民告发，后强制去医院做了引产，据母亲后来回忆是女孩子，月份已经不小了，引产下来后孩子还有啼哭声。因为这件事，母亲或许是内心承受了一个女人太多的痛苦久久不能释怀，毕竟天底下哪里有不爱孩子的母亲呢？加之母亲可能在前一段婚姻中已经积攒了太多不为人知的委屈与苦楚，母亲可能想不明白为什么命运对她为何如此不公，自己还未来到人世的孩子为什么如此可怜。时间久了，妈妈的心病可能在无解的压抑中不知不觉却又势不可挡地发作了，可是当时父亲未能及时察觉母亲心情的抑郁与变化，或许对母亲之前婚姻的磨难带给她的痛苦与根源了解得也不是很透彻。

就在父亲一次平常去村里邻居家串门回家后，母亲和父亲三言两语的不和之间却意外地大吵了起来，母亲竟然愤怒之余最后动起手来，砸锅、摔碗……真不知道那时候的母亲到底在心底积累了多少的委屈、痛苦和对人生坎坷的无奈与痛恨，或许还有她自己可能都无法意识到的一股无法发泄出去的无名火，这股无名火后来成了母亲精神分裂症的具体表现，它到底是什么呢？又因为什么呢？我们谁也不知道。可是每每这股看似无法在短时间内消失的火气，任凭母亲如何发泄也不能舒缓，四射的怒火冲向了父亲。父亲也第一次见到母亲如此难以置信的一面，第一次被母亲打得满脸是伤，被母亲锋利的指甲无情挠破的划痕与血迹布满了脑壳与脸庞，鼻青脸肿。原本平静的家里，一下子变得惊涛骇浪、触目惊心。可是，刚成的新家才不到三年，有了我，刚刚有点儿样子，父亲心里很坚定地要和母亲继续走下去，这点皮外伤根本无法撼动父亲内心对母亲的坚定。不知道是为了他心中对母亲的爱，还是对我的负责，总之，父亲从来没有从内心深处放弃过母亲，这是我从小就很清楚的，大概也是我在这个家里特别心安的原因吧。奶奶在旁边看着这样心惊胆战的情景，难过得流泪，肯定无比心疼自己的儿子，却也不敢说什么。奶奶也听村里的媒人说起过，母亲在第一次婚姻中精神崩溃过，确诊是精神分裂症，经历过很严重的发病期，后来回娘家治疗了一年，好多了，哪知造化弄人，现在又因为命运的坎坷复发了……

无奈与苦闷之下，那些日子，父亲每到晚上开始去叔叔家聊天解闷，和叔叔商议探讨以后怎么办，最后还是没有别的更好的办法，只能是先用家里的积蓄，给母亲花高价购买治疗精神疾病的药吃。那时候母亲吃的药叫五氟利多，当时的价格对我们这个新家庭来说是很贵的，3元一片，然而一次要吃好几片。为了能让母亲病情好转，这个家从此也只能自求多福了……

据父亲回忆，在我2周岁前，家庭生活还算平静；在我2周岁后，母亲经历引产以后，我便只能生活在母亲时不时会犯病的日子里了。一开始母亲发病的频率还不是很高，大概一年两次到三次。母亲犯起病来，情绪和正常的时候完全不同：平日正常的时候母亲朴素大方，也会把家收拾得干净得体；但是母亲一旦因为什么不顺心犯起病的时候，就不会这样了，会不停地自言自语，不起床，不洗漱，一会儿哭了，一会儿笑了，一会儿又不停地抽烟，或者一会儿唱歌，一会儿破口大骂，或者会摔打家里仅有的生活炊具或是饮水的杯子、存热水的暖瓶，抑或是大哭大闹，有时候也会伤人……或者衣衫不整、蓬头垢面，把里面穿成外面，穿着打扮也是胡乱搭配。这时候的妈妈，就很难再照顾我了，而我的生活也会瞬间从天堂的幸福生活一下子变成地狱般的痛苦难过。妈妈正常时候的善良与美好都成了我心底深处特别难以抹去的记忆与无休止的渴望，多么希望母亲犯病的那些日子是一场梦，而梦赶紧醒来吧，让我去拥抱那个善良、美丽又慈悲的母亲吧。

据父亲回忆，小时候的我很可怜，如果母亲犯病了，尤其是冬天的时候，我的小脖子经常黑黑的，很多皴，衣服也是脏脏的。因为父亲白天很早就要去上班，早出晚归，回来还要做饭收拾家务，几乎没有时间特别细致地照顾我。母亲状态好的时候会很愿意给我洗澡，换衣服，会照顾得很好，家里还是很幸福的，和平常人家里没什么两样，简单幸福地过着每一天；但是犯病的时候几乎就不能再照顾我了。我也记得小时候经常和奶奶玩，妈妈犯病的时候，奶奶就要帮忙照顾我。听父亲说奶奶大概 30 多岁的时候，爷爷就去世了，奶奶一个人守寡一辈子带着包括父亲在内的 4 个孩子，将这 4 个儿女抚养长大，如今都已成家立业，奶奶是个勤劳能干、性格开朗、乐观豁达的人，皮肤白皙，眼睛不大，大鼻子，五官却也让人看起来舒服慈悲，爱说爱笑，心地善良，配着满头银发彰显着奶奶的慈祥和蔼。奶奶跟我讲过，她也算是农村里的大户人家出身，家中殷实，是做棺材生意的，从没有因为生计发过愁，只是她嫁给爷爷之后，没承想爷爷去世得早，一生操劳不易，经常一个人憋闷难过，偷偷掉眼泪，眼泪流得多了，奶奶的眼神儿也就慢慢不行了。随着孙子辈中最小的我出生，奶奶也已经年近七旬，慢慢耳朵也不好了。但是我从小就很喜欢奶奶，发自内心地爱奶奶，心疼奶奶过往的不易与坎坷，喜欢奶奶的慈悲、勤劳与乐观豁达，我愿意帮助奶奶看东西，愿意当她的拐杖，奶奶一个人去院子南边的厕所是我最不放心的事情，我总是担心奶奶看不见，磕着或者摔着，只要我在家我不愿意让奶奶一个人孤身拿着一根简易拐杖去厕所，我不管在做什么都会急速地跑到奶奶跟前搀扶着奶奶去厕所，尤其是冬天或者下雪的时候，是我最担心她的时候，奶奶个性坚强从来不主动麻烦我们。我更愿意大声和奶奶说话让她听得清楚。妈妈状态好的时候，也能像正常的母亲一样给我母爱，视我为珍宝，同样也能发自内心诚心诚意地孝顺奶奶，家里有什么好吃的给奶奶分享从不吝啬。记得我大概 7 岁时候，夏季的一天，妈妈给奶奶买她最爱吃的冰棍儿，一人买 4 根，坐在家里的大炕上，两个人一起分享，一边吃着一边开心地笑着。其实吃这么多冰棍真的对奶奶的身体不好，但是此时的幸福感也是可想而知，妈妈和奶奶看起来有时候竟像母女般亲切、自然。只是母亲状态不好的时候，精神病发作的时候，听父亲说，我很小的时候，大概一两岁的样子，饿了想吃母乳，母亲很可能就不让吃了，甚至会把我恶狠狠地从炕上踹到地下。

在我 3 岁左右的时候，妈妈犯病的频率也不是很高，犯病厉害的时候，家里的确会瞬间从天堂掉到地狱。母亲的病发作起来很可怕，从一个正常的母亲，一下就会变成脾气火暴，异常敏感，情绪不稳，摔打家具，自言自语，或者大哭大笑，衣不蔽体……但是母亲聪明，即使知道自己犯病了，也是尽自己最大努力拒绝吃药的，也是因为五氟利多这种精神病药物，副作用极大，吃完后至少一周的时间，都会极为痛苦。没有办法的情况下，父亲一般采用两种方式，要么把药用擀面杖擀成药面儿和在饺子馅儿里，瞒着母亲，让母亲吃饺子的时候，顺带吃了药。后来这方法被母亲识破，妈妈再也不吃父亲做的饺子了；后来父亲没有办法，只好让舅舅前来给母亲吃药。听父亲说，母亲很怕舅舅，因为舅舅曾在母亲不愿意配合吃药的时候，狠狠地打过她，但是父亲不能也不愿意对母亲如此这般，可是因为母亲对父亲没有丝毫畏惧感的时候，是坚决不会吃药的，所以父亲后来没办法，一到母亲犯病的时候不得不请舅舅前来，舅舅只要来了，母亲就乖乖地把药吃了，每每这时候，父亲也会亲自下厨给舅舅做一桌好饭菜，一起吃一顿，喝顿酒，舅舅才能放心地走。

就在我3岁时的夏天，有次母亲犯病了，父亲为了不次次麻烦舅舅，自己决定不动声色地将给妈妈治病的药擀成了药面儿和进了饺子馅儿里，包好饺子，煮熟了放在屋里大墙柜上，等着母亲饿了吃。父亲把饺子放在大墙柜上的时候眼看已经下午快五点了，我亲眼看到父亲把饺子煮好放在家里的大墙柜上，便要去喂家里养的几头猪。当时父亲为了给家里多挣些钱，买了三头小猪养在院子南边的猪圈里。这时候，天真活泼的我调皮地在屋里玩耍，那时候的我，虽然知道母亲有病，但是还不懂得父亲一个人经营家庭生活的操劳与不易，还是孩子般天真无邪的心性，我看到大墙柜上的饺子就本能地流口水，父亲看我屁股坐在小柜上，身子趴在大墙柜上，嘴馋地望着这碗饺子，赶紧提醒："兰喜可不许吃墙柜上的饺子啊，这是给你妈吃的，听见了没？"当时的我并不知这些饺子里面放了药，俏皮地骗爸爸："好的，爸爸，我知道了。"于是父亲放心地拎着一桶喂猪的泔水，走出门去喂猪了。不料，调皮可爱的我，看爸爸刚关上门，立马就开始偷吃墙柜上碗里的饺子。等父亲喂猪回屋后，发现饺子已经没了，父亲紧张又生气地赶紧问我："兰喜，饺子呢？"我小心翼翼又不好意思地说："我……我吃了。"父亲一听这话可是急坏了，因为父亲知道这药小孩子吃了会有生命危险，况且一次放了好几片。说罢，便不敢耽误地赶紧抱起我骑上自行车直接去了离家最近的精神病医院，父亲心里祈祷着，但愿医院能有解药，救孩子一命。

父亲心里知道，药吃完2小时内是黄金抢救时间，父亲一路上急得大概只有自己知道吧，骑车把我抱上自行车的大梁上，就出发了，精神病医院离家骑自行车大概得有一个小时的路程，就在去医院的路上我还依稀记得，爸爸跟我说带我去姥姥家。我跟爸爸说："爸爸这条路不是去姥姥家的路，您没有带我走过这条路啊？"爸爸说："今天爸爸带兰喜走一条新路，兰喜听话，一会儿就到了啊……"可能走着走着我已经慢慢失去了意识。等我再醒来已经是第二天早上，被强烈尿意憋醒的，才知道自己在医院里。后来爸爸说是这里的医生救了我，昨天傍晚找到了唯一一支从德国进口的解药，给我输进了身体，父亲守着我一夜没睡。这才让我安然度过一劫。我们离开的时候，医生严厉地批评了父亲，这样的疏忽不能再有了，孩子幼小的身体根本扛不住，万一出事了怎么办，这真是太幸运了，正好有这一支解药。

后来，日子就这样一天一天地过着，我很快长得大些了，懂事了，也很机灵，慢慢地已经深刻意识到自己的母亲和普通人截然不同。

第四章 旧裙子也能飞舞

时间过得很快，1993 年的夏天来了，转眼我已经 5 岁了，大人们都说我聪明也漂亮，长了一双大眼睛，我开始有意识地慢慢记得周围发生的一切。大部分的时候妈妈状态比较好，家里也很少吵架，我过着短暂而美好的幸福生活，天真地祈盼自己和父母会永远地这么幸福下去。

5 岁左右，妈妈犯病的时候，依然需要吃治疗抗精神分裂症的药物，副作用很大，母亲经常难受得嘴歪眼斜，半张着嘴，嘴里流着口水，脖子会扭 90 度以上的幅度不能回头，不能正常走路，平常一小步一小步地小心翼翼地挪着步伐，饮食困难。每当这个时候，我会搀扶着母亲完成一些日常必要基本的动作，这样的状态大概一周多才能恢复正常。

那年 5 月底的一天傍晚，我已经很久没有洗澡了。妈妈给我耐心细致地浑身上下洗了个热水澡，洗得白白的，换上了一件别人家送给我的旧裙子。这条旧裙子是棉绸布料的，主体白色，有着红黄相间的圆点，已经破旧得几乎看不清原来的底色，有着好几块补丁，但这是我唯一的裙子，因为这条裙子有裙摆，可以转圈飞起来有翩翩起舞的样子。

女孩子似乎与裙子有着说不清楚的缘分，我也天生喜欢裙子。

洗完澡后，我穿着这条旧裙子，在自己家的大院子里跑来跑去，开心地笑个不停，时不时地旋转着自己的裙摆，还让妈妈看着自己转得好不好看。

这一幕被父亲看见了，他从屋里面透过窗户玻璃看到母亲和我，也笑了，但是当父亲看到我那条破裙子时，眼睛却湿润了。他从屋里笑呵呵地走出来，抱起我，说："等爸爸有钱了，给兰喜买条新的漂亮裙子穿，好不好？"

我撒娇又俏皮地搂着爸爸的脖子说："爸爸说话不算数，你总是说给我买，到现在也没有买，哼！"

父亲说："等爸爸有钱了，肯定给兰喜买。"

由于这几年家里经济状况的确不好，买一条裙子那时候要二十多块钱，当时家里的确没有这么多富余的钱给我买一条裙子，我心里知道。

过了两年，又是一个春夏交替的季节，我已经7岁了，还是只有那条旧裙子，我知道那条裙子太旧了，但是也只能将就着穿。只是自己大了两岁，有些要好儿（面子）了，因为看到别的小朋友都有新裙子穿，我开始和爸爸要新裙子："爸爸，我的小朋友们都有好看的裙子穿，我还没有呢！"

父亲当时已经有了一段时间稳定的工作，跟着村里的包工头打工，恰好也发了工资，听到自己的女儿这样说，第二天就骑自行车带着母亲和我，去了离家十几里之外的康庄庙会。庙会很热闹，人山人海，挤得人喘不过来气。庙会上有各种零食、粮食、水果、肉食、蔬菜、衣服、鞋子、玩具、农具、各种各样的生活用品……琳琅满目的商品摆了长长的一条街。

父亲带着我和母亲走到一处卖童装的摊位，让我挑自己喜欢的裙子。此时，我真的好开心，可以自己选择喜欢的裙子，围着这家卖裙子的摊位转来转去，后来目光直奔自己最喜欢的裙子，傻笑了半天。我挑了两条自己喜欢的纱布裙子，简约漂亮，一条绿色，一条粉色，都是当时最新款的带裙摆的裙子，还记得当时那两条裙子都是二十元一条。

下午从庙会回到家后，我等不及洗澡就换上了新裙子，在院子里又开始不停地转圈圈，转得裙边都飞舞起来。这天又是一个傍晚，伴着夕阳，穿着我的新裙子，转着圈，裙边飞舞，父亲又从屋里透着玻璃窗看着，笑了……

第五章 痛心的入学记忆

家庭的情况并没有随着我的裙摆飞扬而岁岁如愿，7 岁的我不知何故母亲的病情又恶化了，母亲发病的频率开始逐渐增加了，父亲和我过着常人难以想象的日常生活，我自然也是很难开心。看着父亲日日心焦的样子，我时常怀念起过去自己和父母幸福的日子，怀念一家人围坐在一起吃饭的平淡又温馨的时光，每个人脸上都洋溢着发自心底的纯粹又幸福的笑容，怀念和妈妈在家里共同玩乐的开心时刻。

可是为了生计，爸爸最后决定让我和妈妈继续生活在一起，他继续要外出打工，家里剩下妈妈和我两个人。爸爸每次出去打工一走就是一个月，每当爸爸离开家的时候，我内心都会无数遍地祈祷，希望妈妈不会在爸爸回来之前发病，漫长的一个月经常在心惊胆战中度过。虽然我只有 7 岁，但是我在家陪母亲一起生活的时候，需要时刻注意着自己的言行举止，生怕自己不小心，会惹母亲心情不好而犯病，而母亲一旦犯起病来，会一发不可收拾，会瞬间打破生活中原有的平静与安宁，大发雷霆，或打或骂，我都会难逃一劫，病情一旦发作起来，往往一天都不会平息下来，很可能因为自己的不老实迁怒妈妈的情绪而把妈妈带入新的发病期，的确对于当时的我来说，确实挺难的。

也就是去年，我 6 岁左右还没上学，正值春夏交替的日子，我活泼也淘气，因为穿衣服不听妈妈的话，母亲让我穿件厚衣服，而我觉得天气热了，可以穿上漂亮一些的薄衣服了，说来说去，我就是不想听妈妈的话，自己套上了一件又一件薄衣服，套了很多层，在院子里跑来跑去。也许正值妈妈心情不好，我惹得妈妈着实生气了，妈妈竟然一下子脾气上来了要打我，我知道妈妈打人很疼，于是吓得满院子跑，妈妈偶尔追上我的时候便使劲儿拧我的胳膊或者脸蛋，打我的屁股。我的胳膊被拧得青一块、紫一块，有的地方还有被指甲掐破出血，疼得钻心，哇哇大哭。只是妈妈的火气不撒完会一直打下去，我很想努力逃出妈妈的手掌，不断地在院子里跑，妈妈就在后面使劲儿追，我边跑边喊："快来人啊！救救我……"随着我的哭声和喊声，邻居们听见了。邻居们知道我的母亲精神不能自控怕我被打得太狠了，于是敲大铁门让我妈开门，想着将我赶紧救出去。可是此时的母亲哪里会去开门呢？只想抓住我疯狂地打一阵子出了气才行。邻居家有个大嫂见状不妙，急忙放弃敲大门的想法，而是从邻居家墙上跳到我居住的院子里，直接挡住了妈妈追逐我的去路。大嫂说："你知道这是你亲生的孩子不？你这么打她，打坏了怎么办啊？孩子犯了什么错了让你这么打？"母亲此时正是火冒三丈的时候，说道："我打我自己的孩子，碍着你了吗？少在这多管闲事，你管得着吗？"大嫂说："你自己的孩子也不许这么打，打坏了你负责不了。"话音刚落，大嫂接着就说："兰喜走，跟我走，上我们家躲躲去，等你妈妈好点儿了再回来，行不？"然而此时我的回答也让大嫂没想到吧，我说："嫂子，我不去，我想留在妈妈身边，虽然她打我，我也知道只有妈妈最爱我，我不去了！"这个回答也让前来营救我的嫂子感慨不已，一直记了很多年。然而这样被打的场景，我已经记不清有多少次了。

1994年的秋天，爸爸还在北京的工地打工，只有我和妈妈在家。我知道自己眼下到了上学的时候，今年的9月该去学校报到了。我期待自己也像伙伴们一样，能够按时入学，对校园里的生活充满了期待与好奇。

在我的印象里，似乎自己一出生，家里就是贫困的，刚认识这个世界的时候就生活在贫困的家庭氛围中。但是在我心里，只要妈妈爸爸爱自己，就够了，自己眼里的世界就是幸福的、光明的、值得期待、努力和憧憬的。7岁时的我，越来越意识到自己的家庭和别人家的小朋友的不一样，除了贫困，母亲精神是不正常的，那时候爸爸经常去北京打工不在家。我只能心里默默祈祷爸爸不在家的这段时间，妈妈能平安无事不要犯病。

事情往往和预想的不一样，妈妈在爸爸去北京打工的这段时间里终究还是犯病了。那段时间正好我要入学，读幼儿园。爸爸因为想挣更多的钱养家糊口，跟着同村的一个包工头去北京打工，一个月才能回家一次。在爸爸不在家的时间里，我天天都盼着爸爸能回来，心里十分想念爸爸，有时候也会自己偷偷掉眼泪，但是不敢让妈妈看见。

1994年9月的第一天，伴着清晨凉爽又美丽的朝霞，精神状态不是很好的妈妈领着我走进了学校。我知道这几天妈妈一直不对劲儿，那天是新学期开学的日子，心里害怕妈妈因为自己哪里做得不好，妈妈一生气又会情绪反常，生气或者是犯病，所以格外小心又满心期待地和母亲一起走进了校园。我不想让人们看出母亲的精神不正常，其实内心很期待妈妈成为人群中像别的孩子母亲一样正常的母亲。

妈妈领着我走进学校的时候，很多家长和孩子已经早就到了，大家都在外面等着老师给和我同龄的孩子们办理入学手续。三三两两的家长们都凑在一起聊天，孩子们随着大人们也凑在一起玩儿。而妈妈却把我带到离大家很远的靠近学校大门的空地上，带着心底发出的略带仇怨不快的目光，不知道在想着什么。

我拉着妈妈的手问她："妈妈，咱们也和大家一起去说说话儿吧？我想去和小朋友们一起玩。"

妈妈生气地说："我就在这待着，你也给我在这待着。"

我的眼泪在眼睛里打转，哭了……瞬间内心的委屈感袭来，觉得自己妈妈和小朋友们的妈妈不一样，心里既害怕妈妈，又离不开妈妈，这种纠结的心情萦绕了我很多年。这一幕让我记得很深刻，看着别的小朋友都在一起玩耍，自己却被妈妈管束得与大家隔得好远，心里难过又失落。那个时候没有电话，没有任何可以联系上父亲的方式，我也无法和爸爸联系，或者爸爸可能不知道此时此刻我的难过和处境。

就这样，我大概是最后一个办完入学手续，开始了上学的第一天。记得我刚刚上学没几天，妈妈病得越发厉害了，显然，此时已经没人能够照顾我了。看着疯疯癫癫、自言自语、哭笑无常、既不起床也不洗漱打扮的妈妈，我难过的时候会偷偷地在屋里哭！

有一天中午放学，妈妈在炕上躺着，一会儿抽烟，一会儿哭，一会儿笑，一会儿自言自语。自己实在饿了又没得吃，我不得不开始试着自己做饭了。只是我还什么都不会做，那时的自己还没能掌握做饭的手艺。我试着学着爸爸的样子从家中的面口袋里取了一碗面，在大锅里放了一锅水，抱了一堆柴火，在和爸妈一起生活的大屋里炕头南边的锅灶上，把水烧开，后来我将面粉放进开水里煮，直到煮成糊糊，然后自己就开始吃面粥。吃完午饭后，下午接着去上幼儿园，晚上接着吃剩下的。在这样的家境中，我不得不从小就要学会坚强地活着，也不觉得那是苦。我知道爸爸不在家，必须这样坚强地活下去。

那时候的幼儿园只上一年，第二年就可以上小学一年级了。

第六章 交不起电费的九年光阴

记得我上一年级的时候，自己的认知还懵懂之间，不知道也根本意识不到上学时老师教授知识点中的规律与平日学习检测的模式。自己的学习与生活平日是没人指导的，我也只记得那段时间除了自己和母亲，奶奶并不在家，妈妈每天的精神状态并没有办法指导我，所以在我刚刚升入一年级的时候，自己的学习状态就像没人打理的庄稼，自然而然地肆意成长，懵懵懂懂没有方向，完全不知道也不熟悉学习的方法与老师期中期末考试的模式，自己放学回家很少复习，也很少看书，依然在自家的院子里自由放荡地玩耍或者干活儿。

一年级的最初几次测验的成绩让我意想不到，如若我没有记错，一年级上学期第一次语文测验成绩很差，只有 53 分，至此我才猛然从幼小的心灵深处知道了什么是学习。学习不光是上课，还要复习和掌握老师平日强调的知识点。当我看到老师发下来的语文和数学小测的卷子时，看到老师用心检测平日她教授同学们的知识点的那一刻，才意识到自己原来没有好好学习，很多知识点自己都没有用心记过，更没有复习过，草草上课走个过场，没有用心钻研、记忆，根本无法应对考试的检测，老师讲的知识点在考查自己的时候完全不会。看来除了上课还要在课下认真地复习、总结才对啊！只是这个过程，我调整了将近一个学期，自己终于知道除了上课，放学回家也要努力，将老师上课讲的知识点好好复习、完成、总结，直到入心掌握，并能举一反三最好了。待到一年级下学期、二年级上学期在平日小测验的时候，我的学习成绩逐渐有了起色，慢慢地从不及格，到了 70 多分，说实话，我很开心。

1996 年，我上小学二年级，母亲犯病的频率比以往增加很多。母亲犯病的时候花钱特别多，每个月父亲交给母亲的工资，母亲很快就会去村里的商店买很多不必要的商品，比如妈妈会一下买十条毛巾，或者十条内裤，或者买很多条上好的香烟，然后不知什么时候就会扔掉或者丢在一边，没了下文，或者是烧掉。天长日久，父亲每个月给妈妈的钱几乎都不够花。父亲虽然在外边很努力地打拼，但是家里越来越不好过。雪上加霜的是，包工头常常拖欠工资，很久很久才发一次工资，于是，我们家很快就穷得揭不开锅了。母亲精神状态好的时候会跟父亲讲，其实她也恨自己犯病的时候无法控制自己，但是家里经济状况着实随着母亲的病情恶化而每况愈下。

还记得那是 4 月的一个春天，春意盎然，大地回暖，处处生机，树叶新绿，很美好的一个傍晚。天色渐渐暗了，我放学回家，见家里没有亮着灯，很奇怪，快步进了院子大声喊：“妈，我回来啦。”我边喊边跑地从院门口到了屋门口，一把推开屋门，看到妈妈坐在屋子炕头南边锅灶边，双脚踩在锅台上，右手的胳膊肘拄着膝盖，手拄着下巴颏发愁呢。

我急切地问：“妈，您怎么不开灯啊？天都快黑啦。”

母亲说：“咱们家没电了，好几个月交不起电费，村里把咱们家的电掐了。”

因为最近几年，母亲犯病的时候除了经常去商店买很多很贵的东西之外，白天和晚上经常通宵开着灯，所以电费比别人家都贵很多。母亲病重的时候是不会节约开支的，日常花钱没有节制，虽然爸爸在外面每个月都挣钱，却还是经常交不起电费。

眼下的此情此景，我心里也很难过，也就在这一天，我幼小的心灵突然意识到了一个问题，当下的自己真的还很小，无力左右自己生活的命运，更无法改变家庭的状况，我的生活眼下只能随着父母给自己创造的条件而依从。我的命运是要随着父母的命运一起经历接下来的生活。我不知道要过多久这样的日子，毕竟前方的路是自己不能预测到的。但是我知道自己是个全新的生命，我的生命未来有很多不可知，很多可能与希望，我依稀感觉到这种希望是我成长的动力，未来自己长大后通过努力要带着我的原生家庭走向新的可能。根植于内心对未来的希望，似乎是我内心深处最大的宝藏。我不敢马虎自己成长的每一步，每一步我都要努力认真地对待，带着对生命的好奇与对未来的憧憬，努力学习，于是我默默地在家里点起了蜡烛开始写作业。

到了第二天，我心里还是很难接受未来将要伴随着没电的日子，这样的日子不知会持续多久，只得把发出淡淡光芒的蜡烛当作完成作业的光源。我与蜡烛为伴学习或是写作业的时光没想到会是很久很久……

我小时候有个好习惯，放学的第一件事就是写作业，认真完成老师布置的作业后，再去干其他的事情。夏天还好，天黑得比较晚，我会尽可能赶在天黑前完成作业，但是到了秋冬季节，每天晚上都要伴着蜡烛写作业了。

小时候的夏天，下午放学的时候，暖风习习，我特别喜欢搬着父亲给我做的小木桌子、小木凳子到院子里。院子里有很多杨树，在树下听着树叶唰唰的声音，呼吸着温柔且清新的空气，看书、写作业，我很喜欢沉浸在这种环境里。每天趁着天还未黑，就会把当天的作业写完，并做好复习和预习。整个夏天几乎每天都是这样度过，开心、简单、充实且带着每天学习知识的收获，还有对未来的无限希望。每天写完作业之后，我很喜欢运动和玩耍，喜欢一个人在院子里跳皮筋、荡秋千、玩玻璃球、手掂石头子……开心得不行，成长的喜悦也让我在完成作业后的玩耍中感受到了学习带给我的意义与希望。唯一不开心的是以后没办法看电视了。那个时候，村里的人们大都每日观看《新闻联播》。《新闻联播》后 15 分钟左右大都有好看的电视剧供大家欣赏。只要家里有条件，很多家庭喜欢在家看电视、追剧，经常会有各种好看的电视剧。在家里停电之前，家里有一台父亲买的 14 英寸的二手黑白电视机。虽然电视质量不是很好，经常画面不清楚，院子里有一个信号杆，通过调整信号杆的角度和方向来辅助调节电视节目的清晰度。即使这样的简单，也依然给我的童年带来了几部美好且值得回忆的电视节目，给我的成长带来了很多的乐趣。那时候我喜欢看动画片，我清晰地记得有段时间父亲在家，父亲做着饭，我顽皮地追着自己喜欢的动画片，那时候有两个动画片我很喜欢：《黑猫警长》和《奥特曼》。后来再大一些，记得那时候比较让我痴迷的电视剧有《新白娘子传奇》《包青天》《宰相刘罗锅》《神医喜来乐》……可是现在，再也看不了电视了，偶尔我只能和父亲一起蹭邻居家的电视看，在 10 岁左右的时候正在热播《还珠格格》，那时候大家都很喜欢剧中小燕子的性格与形象，家喻户晓。而我也为了这部电视剧着了迷。因为家里没有电视机，我经常去和自己玩得最好的发小家去看电视。小时候有几个小伙伴愿意和我一起玩耍，我们玩儿得很开心，她们并没有因为母亲的精神疾病而疏远我，反而很喜欢我，我内心也是很感动的，我打心里喜欢她们，也很珍惜和她们的友谊，其中有一两个发小儿也很愿意让我去她们的家中看热播剧。日子一天一天地过着，自己也在慢慢成长，除了每天上学都有新的收获之外，自己的个头也在逐年增高，只是自己怎么也没想到自己家中这一停电，便是数年的光景。

自此，直到上高一，家里才彻底告别蜡烛。九年中，天气不是很冷的时候，我放学回家，还是依然在院子里完成当天的作业。春天耳边总会响起欢声笑语的麻雀叫，看到杨树枝新叶萌发的新绿，清新温和又复苏的空气；夏天会有葱绿的树叶唰唰响，听到树干上的知了鸣叫声，秋天听到秋风扫落叶的哗哗声……这些来自自然、亲和带有诗意的美好情景，确实减少了自己心中不少痛苦。

除了简单纯粹的生活之外，我也感受着如山的父爱。记得自己从小就很爱吃葡萄，村里有几户种葡萄的人家，每到麦收的时节，也是我最爱吃的葡萄成熟的时候。父亲对我的宠爱掩饰不住，每到麦收时间父亲会向工作的领导请假回家收麦子，父亲每到这个季节，会用平日节省下来的钱给我买葡萄吃，开始给我两斤两斤地买，后来父亲看我爱吃葡萄便五斤五斤地买，只是回忆起来，那时候的自己有些自私，每次都会乐此不疲地自己一个人全部吃掉，吃完后便开心地去院子玩耍去了。父亲知道我爱吃两样东西，一样是甘蔗，一样是葡萄。后来为了我，父亲不再去北京打工了，父亲在自家挨着柏油马路的一处田地里种了一亩多的葡萄，而且每年春天农耕时，都会给我种很多的甘蔗，秋收的时候会给我很多意想不到的惊喜，从小我就很喜欢父亲给自己种的绿皮甘蔗，除了甘蔗的甘甜，或许还包含着父爱的味道吧。我心底里能够感受到来自父亲伟大而深沉的爱。只是父亲平日要在附近的一家锅炉厂打工，葡萄园有时候会没有时间料理好，每年除了够女儿自己吃以外，仅仅能卖上几百元钱，贴补家用。

从小我特别喜欢井水，那时候总觉得井里一直有喝不完的水，凝视露在地面上的圆柱形的铁皮井桶里清澈平静的水面，能从井桶里看到自己的影子。家里这口压水井是我内心深处特别美好的存在。10 岁左右的时候，由于母亲的病越来越严重，开始控制不住地损坏家里的一切，这口井也彻底被母亲破坏得不能再用了。母亲在井里倒了很多的花生油和麦子，还填了很多的土和沙子，直到这口井彻底无法修复，无法正常使用，家里也从此断了水源。

自此，直到我上高中的近七八年的时间，家里每天都要去邻居家借水。父亲后来准备了一个扁担，去邻居家挑水，不管春夏秋冬。那时候记得自己夏天想洗澡，都要从邻居家借两桶水，从人家那里拎回来，要省着用才能把自己的头发和身体洗干净，还要洗完脱下来的衣服，每次洗澡要计划着用桶里面的水。回想起这段生活过往，其实自己也是常常一阵心酸难过，哽咽无言。

同时，因为家里没有电视可看，同龄人们交谈当下流行的电视节目、明星事迹等，我都搭不上话，慢慢地，我的性格也变得越来越孤独也有些难过，那时候没有人开导我的心情和情绪，父亲每日忙着上班养家，根本无暇顾及我内心的变化。每年的春节晚会是父亲和我最想看的电视节目，基于家里的情况，父亲只能带着我去东院儿邻居家观看春节晚会。我常常一边和父亲去别人家看电视，一边想着自己家庭的命运什么时候能够改变，什么时候能够有电。在漫长的九年里，我不知道多少次梦到自己的家里来电了，突然家里充满了光明，可醒来屋里仍然漆黑一片……我望着黑乎乎的屋里，心里一念难过，便涌出了泪水，抽泣不已。

第七章 妈妈的鼓励记心头

在自己的成长过程中，我最担心的事是害怕妈妈犯病，妈妈精神不正常的时候，对我来讲整个世界都是灰暗的、恐怖的。爸爸何尝不是因为妈妈的病情愁眉苦脸？我印象里妈妈精神状态好的时候是非常爱自己的。妈妈长得俊秀、贤惠，十分爱我、也爱干净，性格敏感、要强。

就在 1996 年 4 月的一天，天气已经慢慢变暖，万物生机勃勃，柳树发芽吐叶，麻雀叽叽喳喳，一片欣欣向荣、充满生机与活力的景象，我也换上了春季略薄的小外套。就在那段宝贵的时间里，母亲没有犯病，精神状态良好。父亲为了养家一直外出打工，上班的工资一年一结算。我记得母亲还会给爸爸准备一个 32 开小朋友绘画的小本子，认真记录着父亲上班的天数和工资。这个时期我和母亲在农村老家过着非常艰苦的生活，咸菜和干白菜成了家里最常吃的菜品。

这一天，母亲为了给我改善生活，去邻居家借了 10 块钱，花了部分，买了几个鸡蛋，给我做的鸡蛋炒米饭，平时母亲给我做的都是炒干白菜。当我中午放学回来看到母亲做的蛋炒饭，不由得异常开心地问母亲："妈妈，咱家哪来的钱买鸡蛋啊？今天的炒饭真好吃，我很少能吃上鸡蛋炒米饭，那顿午饭对我来讲简直是褒奖，太香了，也太幸福了。”

母亲说：“我跟前院你嫂子家借了10块钱，给我们家大宝贝做点儿好吃的，咱家一年到头也吃不上什么有营养的伙食，看你瘦得妈妈心疼，你现在正在长身体，这10块钱咱们娘俩能花几天，给你改善改善伙食。等你爸回来发了工钱再还给她们。”

我听完妈妈对着我语重心长说的这些话，眼睛不自觉地湿润了，心里难过也感动，眼泪就这么看着母亲的眼睛流下来了。那时候我8岁，但是我从小比同龄的伙伴们懂事早些，知道家里的日子贫穷、艰苦，妈妈借钱给自己改善伙食，让我幼小的心灵里开始心疼母亲、心疼整个家。

我好喜欢、好珍惜母亲正常状态下的样子。吃完午饭，我和母亲说：“妈妈，下午我可以不去上学吗？我想在家陪你。”

母亲说：“不上学怎么行呢？大宝贝听妈妈话，赶紧上学去，别迟到了，迟到不是好孩子，老师就不喜欢兰喜了。”

我知道妈妈希望我好好学习，但是此刻的我也是真心地想和妈妈继续在一起，此时的母亲让我格外陶醉，她身上的一切美好似乎在这一刻聚焦，我恋恋不舍地离开了家里的大门口，只好听妈妈的话去上学。在去学校的路上，心里不舍得把妈妈一个人留在家里，在走出家院大门去上学的那一瞬，我忍不住回头望了好几眼送自己上学的母亲微笑的脸庞和那再熟悉不过的身影。此刻，我眼里的妈妈美丽、温柔、贤惠、善良、朴实。自己好想那个下午能陪着妈妈，不管做什么，只要和妈妈在一起都是幸福的，好希望此刻的幸福能够定格到永远，听妈妈讲故事，或是唱歌，或是带她出去，一起去田间地头看看自家的庄稼……

那天傍晚回家的时候，我边跑边开心地进了院子，手里拿着数学试卷，高兴地叫着：“妈妈、妈妈……”

母亲从屋子里大声答应着，问道：“大宝贝今天怎么这么高兴啊？”

我说：“妈妈，我数学考试上次考试考了63分，感觉可丢人了；这次我考了73分。妈妈，您看看这是我的卷子。”

母亲虽然不认识太多字，但是能认出分数。妈妈看到对钩比叉子多的时候，她高兴地夸奖我：“我们家大宝贝真棒，真有出息！下次一定会考得更好，妈妈相信大宝贝以后越来越好。”

我听了妈妈的夸奖，高兴得左蹦右跳，手拿自己的试卷在院子里跑来跑去。那时候家里的院子是土院，母亲经常打扫得干净整洁。虽然现在看来我的考试分数不是很高，但是不知为何我高兴得欢天喜地，相信自己下次分数会更高，妈妈会更高兴。

过了半个月，又一次小学二年级数学小测验，我得了99分，回家把卷子拿给母亲看：“妈妈，妈妈……您看我这次数学得了99分。”

母亲看到我的好成绩高兴地抱起我并开心地说：“我们家大宝贝真棒！太棒了，妈给你做好吃的，等着妈啊。”

看到母亲高兴的样子，我越来越想努力学习，想取得更好的成绩给妈妈带来更多发自内心的快乐。

就在那天妈妈晚上哄我睡觉的时候，她满怀希望地对我说：“我们家大兰喜以后一定能上大学，宝贝将来一定是大学生，大学毕业以后参加工作，然后再结婚。”母亲说的这些话，就在那天晚上深深地刻在了我心里。为了母亲的愿望，后来不管我遇到多大的困难，我都想一直坚持努力好好学习。小时候我很喜欢将自己在学校学习来的知识回来自己当小老师教妈妈，带着妈妈一起认字、讲故事、读书、做数学题……我打心里希望妈妈也能跟着自己一起进步，可是母亲怎么可能全身心地投入到自己的学习进度中呢？但是此时的我真的就是这样想的，也想努力这样做。后来我的学业一坚持，就是近二十年。每每想起母亲当时那几句话，不管母亲后来变成什么样子，我都会告诉自己：要好好学习，要勤奋努力，不能辜负母亲灵魂深处的期望。

那一天，我觉得妈妈是那么美丽、慈祥、温暖……自己又是那么爱妈妈，我觉得自己是那么幸福，似乎就在那一天，我忘了母亲还会再犯病。想着想着，我就进入了梦乡，只是心底好想把那一刻定格到永远，未来的每一天都如今天一样美好该多好。那是我记忆中为数不多妈妈好的时候的样子。

第八章 父亲被迫回家乡谋生

1996年5月底的一天，家里被村委会强制停电的消息不胫而走，父亲在北京的工地上也知道了家里当时特别困难，接到了家里叔叔的电话，连夜从北京赶了回来。但是那个晚上母亲已经犯病好几天了，病情发作得很厉害，她躺在床上又哭又骂。我只能在屋子的角落里站着瑟瑟发抖，害怕、无助、恐惧、流泪。

晚上9点多的时候，我突然听到父亲在大门外敲大门叫母亲开门的声音。院子大门紧锁，母亲依然躺在炕上自言自语，不给开门，我害怕地站在屋子里不敢动，父亲无奈从东边邻居家翻墙过来。当我看到爸爸穿着一件工地上的蓝色工装，拎着一大麻袋行李，进了屋。我一下子就扑到了父亲怀里，大声哭了："爸爸，爸爸，你终于回来了，我可想你了，妈妈又犯病了，咱们家也没电了，只能点蜡了，呜呜呜呜……"

父亲蹲下身子双手抱着我，眼神关切且坚定，安慰我说："兰喜不怕啊，有爸爸呢，爸爸这不是回来了吗？爸爸回来看兰喜了，兰喜不怕，兰喜是爸爸的好闺女呢，是不是？"

我还是忍不住心里的委屈，哇哇地哭起来，一步也不想离开父亲。此刻，在我的世界里，父亲是我唯一能感受到安全感的救命稻草。父亲安慰完我后，看到母亲的样子，也没说什么，便开始给我们母女做饭，让我和母亲吃饱饭，又哄我进入了梦乡。

面对家里这样的情况，我这么小没有人照顾，母亲神志不清，父亲那天晚上做了一个重大的决定放弃外面的工作，回家乡打工，不去北京上班了，至少早晨和晚上可以照顾我和母亲的饮食起居。当时村里没有电话，第二天，父亲去镇上打电话给包工头辞职了。那时候，父亲发愁的时候只能抽烟排解心中的烦闷，那天晚上父亲抽了很多支烟，很晚才睡。

在接下来的近十年日子里，父亲做到了照顾奶奶、母亲和我的饮食起居，种地和养家的担子也一同落在爸爸身上。父亲刚刚回到村里，找了一份自己擅长的工作。父亲年轻的时候，在北京首钢当过电焊工，他是一名专业过硬的电焊工师傅，老家有个小规模的锅炉厂，父亲幸运地在那里找到了工作，负责核心的电焊岗位。父亲的技术很好，锅炉厂里几个年轻人都想跟父亲学习手艺，当他的徒弟，跟着学习。

父亲上班的地方离家有十几里路，骑自行车要半个小时左右。父亲在这个锅炉厂干了五六年，春夏秋冬很少请假，除非收割粮食或者播种的时节，父亲会请假几天，回来干农活儿。在这样的日子里，父亲每天早晨五点半起床做饭，照顾我吃完饭上学，七点准时出发，骑自行车上班。中午十一点半到一点，父亲要回家做午饭给我和母亲吃，几乎没有时间休息，吃完午饭又要赶紧骑自行车去十几里外的单位继续上班。父亲上班的十多年里几乎没有午休过，他没有条件午休，别人家都是妻子给丈夫做好午饭等待回家吃饭，午休后再去上班，而我父亲只能自己一人全干了。

在我的印象里，父亲的工作在老家一共换了两份，十几年如一日都是这样过的，直到二十年后我自己结婚成家，当了母亲，才深深意识到父亲在我儿时的付出与坚持有多么了不起。父亲每日不管多辛苦，没有让全家人饿过一顿饭。父亲确确实实一个人托起了一个家，他没有抛弃妈妈，没有嫌弃妈妈，没有看不起妈妈，而是接受命运，照顾奶奶，照顾妈妈，照顾我，种地，挣钱，养家。父亲有时一边吃饭一边嘱咐我几句："你现在这个年纪，任务就是好好上学读书，过了这个年纪再想好好读书就很难了，要知道自古以来有句老话，万般皆下品，唯有读书高。你就知道读书对一个人的意义和分量了，你自己的命运将来掌握在你自己的手里。"这是父亲经常教育我的话，说的次数多了，我也就记在心里了。这个时候父亲已经 57 岁了。

这次母亲犯病的原因是姥姥去世了，姥姥 1996 年 4 月中旬左右去世，因为这件事的打击，母亲这次病得更严重了，也许精神上脆弱的人就怕受刺激吧？姥姥去世的时候父亲不在家，在北京上班，母亲一个人带着我回的姥姥家，参与料理姥姥的后事，那时的我好像给当时参加姥姥葬礼的人们留下了很深的印象，我用心地学着大人们叠葬礼时需要用的"元宝串儿"，大人们都夸我聪明伶俐、长相甜美。还记得一个月前，母亲骑着自行车，我坐在前面的车梁上，去看姥姥最后一面。那个时候，母亲就很担心姥姥，姥姥那时候已经躺在床上，连续多日在家输液治疗，不能自理，需要家人帮忙清理大小便，当得知姥姥去世的消息时，母亲终究还是没忍住大哭了起来。葬礼三天出殡完后，母亲也彻底失去了控制自己的能力，开始更加严重地犯病了，因为对姥姥无尽的哀伤与思念，边哭边嘴里说着姥姥活着时候的一些事情。之后的日子里，妈妈几乎就再没好过了。

姥姥去世前一年，老人家来我家住过一小阵子。那时候我的奶奶和姥姥一起在我家享受着天伦之乐，尽情唠嗑，聊着各自家里过往的不易与事迹。那时奶奶 76 岁，姥姥 83 岁，父亲也正好在家。待我长大一些，对姥姥的印象很是慈祥，勤劳，她高高的额头、黄皮肤、大眼睛、高鼻梁，当时牙齿已经几乎全部脱落了，只剩一颗嘴角根处的上牙勉强撑着。姥姥大气匀称的五官，一米六左右的个子，竟然不像是普通百姓家的老人，姥姥是圆脸，长得很有气质，每当父母带我去舅舅家时，大多数时候，姥姥都在家门口附近的大坑里捡柴火，大坑里的树枝上有些带有尖锐的刺，粗糙的树枝、杂草使得姥姥的手背和手指头上经常被扎伤破皮，手背上经常带着血印，姥姥很勤劳，几乎很少在家歇着，每当父亲或者母亲叫我大声喊姥姥的时候，我都会大声不停地叫："姥姥、姥姥……我是兰喜，来看您了。"听到我喊声的姥姥每每都是开心不已，立即停下手里的活计，大声地应和着我，敞开双臂抱起我亲热好一会儿，我只觉得姥姥好慈祥啊，她也发自内心地喜欢我。姥姥穿着极为简朴，大多是老式开襟蓝布上衣，下面是黑色因干活儿满是尘土的粗布裤子。每当放学回家我看到两位老人坐在炕上开心愉快地聊天，父亲母亲在屋子里忙着做饭，就是那短暂的十天是我觉得自己好幸福的几天，自己在这世上最亲的人都在这里了，我满心欢喜地享受着这个简陋的屋子里的天伦之乐。

但是人生好景总是不长，姥姥在我家住的第十天，母亲发现姥姥的行动有些迟缓，自己不知道系衣服扣子，说话也有点儿口齿不清，发现有点儿不对劲。母亲赶紧通知舅舅，让娘家人赶紧过来带姥姥一起去看病。让全家人没想到的是在第二年的 4 月，姥姥在病痛的折磨下，永远离开了这个世界。

第九章 母亲来学校的尴尬

家中断电、姥姥去世、母亲犯病，几乎是前后相继发生的，好在后来父亲从北京回来了，我一半欣喜一半忧愁：欣喜的是自己不再孤单，有父亲在身边；忧愁的是母亲的病情一直在恶化。我内心深处当然渴望得到正常的母爱，时常自己会管不住内心怀念那些家里少有的幸福时光。

随着我年龄的不断增长，我日渐强烈地感受着母亲与其他同学的妈妈们的明显异样，自己的家境也和别的同学们太不相同。不知从何时起，母亲几乎每天都去我在读小学校的操场上，等着我放学。由于母亲的精神状态失常，自己已经不顾梳妆打扮了，每天都是衣衫褴褛、蓬头垢面。

小学六年的时间里，可以说我心里大部分时间是极为压抑和痛苦的，我不知道该如何在众多同学面前，大大方方地面对自己与众人不同的母亲。也许是青春期的自尊心越来越强，我心里特别想逃避当众面对母亲的场面，可是母亲偏偏总会在放学的时候在学校大门口出现。每每当我放学走出校园的时候，母亲总会快速起身很快地从校园的某个角落里快步走过来，紧追其后地跟着自己。这也是当时的我内心最不舒服、最尴尬的时候。我低着头、红着脸走出校园，似乎也感觉到周围同学们看我们母女异样的眼神。其实我内心特别渴望自己可以过个正常人的生活，可是现实生活中母亲带给我的压抑和痛苦，一直伴随了自己很多年，我根本无法逃避自己在众人前内心的尴尬。

漫长的校园之旅，大多是阳光快乐的。从小学开始，我的学习成绩虽然算不得头筹，但总能保持在前几名的水平。校园仿佛是自己的避难所，对学习用功、对同学亲善、对老师尊敬，我无时无刻不在想着母亲曾经对自己说的话：“我们兰喜一定要上大学。”

记得那是我小学二年级的一个早上，正在上早晨第一节语文课，母亲突然推开教室的门，不打招呼地就进去了，大声叫着：“兰喜、兰喜……”

当时我的内心尴尬难堪极了，强忍着眼睛里即将流出的泪水。

老师倒还平静没说什么，温和地告诉母亲：“兰喜妈妈好，放学后，兰喜就回去了。”

我的小学启蒙老师是一位年轻、端庄、很有责任心的一名女老师。青年头，微胖，皮肤白皙，大眼睛，整齐洁白的牙齿，穿着朴素干净又整齐，端庄且严肃，简单的衣服穿在她身上却很显衣品与质感。老师姓吴，吴老师将手里近 20 个孩子视如己出，严格要求。她初中毕业后就来教我们班级内的 20 个同学了，她的父母都是朴实善良且有智慧的农民。那时候她才只有 17 岁，带我们从一年级到四年级。只是现在回忆起来，吴老师虽只有 17 岁的年纪，但她严谨、负责的精神不输其他上了年纪的老师。

记得四年级时候，年级一次期末测验，班里的总体成绩考到了全镇第二名，吴老师很高兴，在同学们上早自习的时候给大家汇报了这个喜讯，大家开心得不行，心底里更是对老师的感恩与敬佩。

吴老师上课时的一举一动，直至今日依然在我心里印象深刻。记得那时候冬天很冷，教室里没有暖气也没有空调，要生火烧煤才能勉强取暖，很多同学一个冬天下来都会将小手冻坏，吴老师经常冬天来上班后要和同学们一起把唯一能给同学们取暖的用砖简单砌成的炉子生好火后才能上课。而燃煤的火源是同学们每个人从家里带来的玉米胡儿，堆在一起用来生火点着煤块，吴老师后来给我留下了很深的印象，老师的人品和责任心是每个学生能够感受到的，后来我的工作态度和为人处世的严谨也深受这位吴老师的影响。

后来连续几天，衣衫不整的母亲继续去了教室里，不打招呼便破门而入，多次影响班里正常的上课秩序，吴老师考虑到孩子们的上课质量会受影响，后来有点儿忍不住了，对着母亲说：“兰喜妈妈您好，以后上课的时间，不要打扰课堂秩序了，兰喜放学了自然会回家的，您先回家好吗？”

母亲一听老师说这话急了，大声又蛮横地说道：“我来看我孩子，怎么了？我不放心她，我就得来看。”说着，母亲便走到我的座位处，严厉又大声地对我说，“放学早点儿回家啊，别到处乱跑，听到没？”

此刻，我的脸涨得通红，难堪地回答道：“嗯。”

于是母亲走了，我却不由得低头啜泣起来。

放学回家的路上，也不乏同班同学在旁边议论我和母亲，偶尔男孩子淘气地挑逗我说：“兰喜，你妈妈是疯子，你是小疯子……”

说到此处，我便疯狂地反驳：“你才是疯子，你妈妈才是疯子！”然后一路哭着回家了……

有的时候我会恨母亲的这种行为，回家也会因此闹脾气，会和母亲吵起来。长时间积压在自己心里的不快也会让我情绪激动。有一次，我对母亲说：“如果生我是为了这样对待我、折磨我，当初为什么要生我？为什么要生我？我宁愿不来到这个世界。”

父亲当时一听我这话急了：“你这孩子怎么说话呢？你的书都白念了，你妈不是想你才去找你的吗？”

于是我哭得更厉害了，眼睛里似乎都是怨恨：“那别人的父母为什么不去？偏偏妈妈每次都弄得我心里很尴尬，心里很不舒服。”说出去这些话的时候，其实我也觉得自己不孝，但是自己又着实真的很痛苦，不知道该如何做，才能结束这样的日子。

对于母亲的状态其实自从我懂事起，便给我的内心深处笼罩了一层沉重压抑又无助的色彩，那时候没有对自己的任何心理疏导，可是当时自己的处境，是无法通过自己的努力改变的。我只想像同龄人一样安静快乐地长大，然而似乎这对我来说太奢侈了。我在和小朋友们相处的时候，内心也是非常羡慕小朋友家的幸福和安稳的。除了羡慕别人，更是难过自己的家了。看到小朋友们的成长环境和家庭氛围，对我来说就是天堂一样的日子，而我从来没有感受过。我很小的时候便会因为妈妈的病情难过地哭出声来，有时候甚至压抑委屈地大哭起来，我最痛苦的时候便是妈妈病的最厉害的时候了。伴随着妈妈的病情发作，本就落后贫苦的家中更是一片狼藉。那时候很多小朋友们的家里已经都是新盖的五间大房了，条件都是越来越好，家庭氛围和谐。在上学不久，我慢慢会写一些字了，自己难过极了的时候，会眼含热泪地在小屋子里的墙上用粉笔写了很多的“为什么”，我太想知道为什么自己的母亲会是这样，为什么自己的母亲和别人的妈妈不同？为什么自己要承受这么多的痛苦，我想知道自己的家为什么会是这样的不堪入目和与众不同？生活里的快乐随着自己的成长与懂事就越来越少了。

第十章　母亲走丢了

大概是1997年的10月底，我升入三年级以后，有一天下午放学回到家里，没有看到母亲，父亲坐在屋子的大墙柜旁边的小柜子上，双腿盘坐，两个胳膊肘拄在双盘的腿部膝盖上，双手托着下巴正在发愁，看见我放学回家也没有说话。

我进屋见状便焦急地问："爸爸，我妈呢？怎么没看见我妈呀？我妈去干什么了？"

父亲说："兰喜，你妈可能走丢了，今天早晨你妈骑着自行车，兜里装了十几块钱，说是去赶集了，但是到现在一直没有回来，不知道她还能不能回来，现在在托乡亲们找呢。"

听到这里，我的心情一下子变得非常的沉重和惊慌。因为我知道，虽然自己的母亲精神有问题，但是那也是我人生中必不可少的至亲之人。我对妈妈的感情虽然复杂，但也有着无须多言的母子之爱。听完父亲的话，我放下书包，顾不上听父亲说太多，便跑了出去，围着村里到处找母亲，希望我可以幸运地将母亲找回来。

可是，我找遍了自己能够走到的母亲有可能会出现的所有地方，终究还是没有找到母亲。回来以后哭得很厉害，睡不着觉，也吃不下饭。在我的人生里，我第一次感受到自己极度思念母亲和担心母亲的心情，无法言语，却又心急如焚，很快就上火了，吃不下饭。

父亲看到我连续两顿没有吃饭，很着急。父亲知道我一定是上火了，于是父亲想到我平日很喜欢吃的一道菜：西红柿拌白糖。父亲很快买来了西红柿，然后用家里的白糖做了这道菜，叫我吃。

父亲跟我说："兰喜，虽然你妈走丢了，但是你也要吃饭，不吃饭不行，还要长身体呢。"父亲一边说着，一边哽咽着，在此之前，我还没有见过父亲哽咽。我听着爸爸的话，把一碗西红柿拌白糖端到嘴边，心里却想着，妈妈现在在哪里？她冷不冷？已经10月中旬了，天气越来越冷了，妈妈穿着很薄的棉袄，身上也没有带什么钱，她现在在经历什么，在经受着什么？我端着满碗的西红柿拌白糖，满脑子都是妈妈的身影、妈妈的模样，还有妈妈很有可能发生的不好的处境。

我用筷子夹起一块儿西红柿送到嘴里的时候，才发现这个西红柿拌白糖如此之苦，难以下咽。其实并不是父亲做的菜苦，而是我心里因为思念母亲苦涩到了极致，人真的会在特别着急、特别担心一个人的时候，吃不下饭，满嘴苦涩。我特别想念母亲，母亲不在家的那几日，几乎每天晚上都是以泪洗面，睡不着觉。我躺在炕上的时候泪流满面，哭着哭着就睡着了，内心每时每刻每分每秒地盼着母亲赶紧回家。可是第二天早晨醒来才发现母亲还是没有回来，我等了好几天，也没有盼到母亲回家的身影。

白天，大人们都去四处打听母亲的消息，父亲叮嘱我要听话，让我依然每天去上课，而我哪里还有心思听老师讲课，每分每秒内心深处都期待着大人们去各村寻找母亲的结果，第一天、第二天、第三天……

我坐在教室里，看着老师讲课的身影和用粉笔认真书写在黑板上的板书，却满脑子想的都是母亲，妈妈什么时候能回来？妈妈在哪里？妈妈在干什么？妈妈饿不饿、冷不冷？妈妈手里的钱够花吗？……就这样想着想着泪水就顺着脸颊流了下来。

一直到第五天，我正在上课，母亲突然出现在我上课教室的后门口，直奔自己而来。母亲走丢以后也许已经好几天没有见到我了，肯定已经很想我了。当我再次突然见到母亲从教室的后面走进来的时候，就在这一瞬间，我再没有感到内心的尴尬与厌烦母亲打扰自己上课，也没有觉得母亲走进教室衣衫不整而丢人，看到母亲的一瞬间眼泪哗哗地往下流，我终于哭了出来，嘴里喊着："妈……"然后迫不及待地从座位上起身一把搂住了母亲，抱着母亲说："妈，你可回来了，你去哪儿了？我和爸爸都可想你了……"

母亲那天没有胡言乱语或者语出伤人，把我安抚好以后，回到了家里。等我放学后，终于能和父母团聚了，我迫不及待地赶紧问父亲，母亲这次迷路和回家的来龙去脉。我听父亲耐心讲完才知道，母亲是一个人骑自行车去离家 8 里地之外的村子赶集，因为集市太大，村子也大，转弯又多，不小心走错了路，迷了方向，后来怎么也找不着回家的路了，后来母亲骑着自行车一直朝着迷糊的方向走，越走越远。走得太远了，再后来母亲自己也不知道自己身在哪里，头几天只能露宿街头了。

直到第五天，母亲向路边的人打听这里是什么地方，才知道此时身处的村子离家已经很远了，自己已经离家几十里外。但是母亲恰好记得父亲提起过这个村子，她突然想到，父亲在北京工作的时候有一位同事的家就在这个村子，姓名也还记得，他叫卢宏。

于是，母亲赶紧向人们询问这位同事住在哪里，然后跟大家说：

“我是向阳村的人，我找不到家了，已经出来三四天了，你们在这村里认识一个叫卢宏的人吗？他是我们家的在北京上班的时候一起上班的朋友。”于是，好心的人们帮着母亲找到了父亲这位老朋友。那位朋友见到母亲，得知了详情，赶紧将母亲领回了自己的家里，安顿母亲吃饱饭。让她在家里睡了一夜，第二天安排车辆送母亲回到了自己的家。

当我知道这个过程以后，难过得哭了好久，自己终于知道，即便母亲有再多的不好，自己也是需要有母亲的。我也知道母亲离开自己以后，自己真的好难过，那种骨肉分离之苦，再也不想经历了。

第十一章 在烛光下刻苦学习

我从小学二年级家里被迫停电的那个晚上，开始与蜡烛为伴直到初中毕业。在与蜡烛相伴中逐渐长大成人，慢慢觉得蜡烛给了自己一个个安静祥和又充实的夜晚。母亲精神状态好的时候，我会特别珍惜写作业的时间，但是真实的日子往往都不是预想的那样一直平静顺遂。母亲这几年病得越发严重了，父亲辛苦挣来的微薄收入，根本支撑不了每个月都花很多钱给她看病、买药。妈妈的药一片三块钱，一次吃五片到六片，听父亲说最好能坚持一周吃一次，即使这样对眼下的家庭来说也是很贵的。那个时候的钱与现在的钱，购买力不同，对于当时的家庭来说，的确是很有压力的，家里的条件根本无法让母亲有规律的吃药，调养病情。

2001 年 9 月，我已经 14 岁，顺利升入离家不远的乡中读初中。在初中的学校里学生们自然也多了起来，上学第一天很高兴，我似乎也觉得自己在慢慢长大了。但是有个头疼的问题很多年来一直困扰着自己，那就是母亲依然经常衣冠不整、蓬头垢面地去学校等自己，放学后跟自己一起回家。这样的事情，对于进入青春期的自己来说很痛苦，母亲的形象和举动让自己在新的校园与同学们面前尴尬至极。我又开始经常委屈地哭着回家，然后放下书包和正在做饭的父亲吵了起来，大多是埋怨自己的父亲为什么不看着母亲，非要让她去学校找自己，中午仅仅放学的一个小时也不得安宁。那时候每天中午老师都会留作业，我也期待自己能安心吃完午饭，写完作业，下午继续上课，可是因为母亲去学校找自己，惹得自己心情不好因此吵架的情况也是太多了，这样的画面在自己家不知出现过多少次。那个年龄段的自己，自觉内心很痛苦，这样的痛苦始终也没有得到缓解的办法，一直到初中毕业。

在我 14 岁的时候，父亲已经 62 岁了，他依然拖着日渐老去的身体，在本该有孙儿的年纪在村里跟着一个包工头当小工，一年之中，只有冬天能休息。每天不停地锄泥搬砖，非常累，一个月 450 元的工资，而且不是按月发，往往都是几个月发一次工资。有时候亲戚朋友问父亲一个月多少工资，父亲为了面子，总说："600 多块钱吧。"对于当时的家庭来说，母亲的医药费无疑是比较大的一笔开销，如果药不能连续吃，又起不到很好的效果，我和父亲也在这样艰苦和焦虑纠结的日子中，一天天地度过，最终都没有遏制住母亲的病情。

在我的内心深处并没有因为家里的日子艰难而放弃学习，也许是家境贫寒艰苦的影响，还有每每看到自己的父亲和奶奶的辛酸与不容易，我比一般的女孩子都坚强，觉得自己哪里都可以比不过别人，唯独学习是可以通过自己努力，从而改变未来的希望所在。而且大人们都说，知识可以改变命运，所以不管是父亲教育自己的话，还是老师给自己的指导，我都很用心地记在心里。

十多年的读书生涯，我一直没有自己单独写作业的地方。随着年龄的增长，自己的个子慢慢长大了，那个曾经在院子里陪自己写作业的小桌子已经不太合适了，只有屋里那个存放粮食的大墙柜，能让自己写作业。我只能坐在墙柜侧面的小柜子上，侧扭着身子写作业，一写就是一两个小时，甚至更长的时间。

也许自己还不是很笨，加上勤奋，上初中后成绩越来越好，从班里前十名到年级前十名。整个年级400多个学生，最好的时候也能取得年级前三名的好成绩。我会开心地告诉父亲自己的学习成绩。父亲听闻也特别高兴。父亲没有想到自己的女儿竟然会这么有出息，后来他也听到了村里乡亲都夸我学习好，肯用功，父亲听闻大家的言说也打心里不由得欣慰。

母亲这些年由于病得很严重，经常在家与父亲不知何种小事，一言不合，情绪激动就会打架，砸家具，摔碎家里仅有的那些家当。家里生活必需品早已经所剩无几，做饭用的油盐酱醋和锅碗瓢盆经常不全，父亲要去村里的商店或者附近的集上买这些物品。父亲开始的时候很生气，但是慢慢地习惯了母亲这样的病情，很少主动和母亲发生正面冲突，父亲和我都怕母亲的病情发作起来，又会是个不眠之夜，父亲为了减少对我的影响，一般都是尽量忍耐，不敢吭声。

家里靠父亲一个人在外赚钱，母亲不能像正常人那样操持家务，父亲辛苦在外赚到的钱，除了保障一家人的吃穿用度，还有很大一部分用于重复购买被母亲损毁的锅碗瓢盆、衣物被褥，然而这些家庭用品的无数次重复购买，足以消耗家里所有的收入了，家里的生活的确是越来越难，除了逢年过节，平时很少买肉。

值得庆幸的是，我的性格天生乐观，在学校里表现还好，没有因家庭的特殊而受到太多的影响，也比较爱说爱笑不内向，乐于助人；班上如果有同学问我学习方面的问题，我会比较耐心地帮忙解答；平日上课我会认真听讲，下课努力完成老师布置的作业，总体成绩比较靠前。偶尔也有心情不太好的时候，状态会稍微差些。记得有一次，那是夏天，中午放学和母亲在家里发生矛盾了，下午匆忙上课时，第一节语文课，我竟然忘记带课本，老师要求背诵的段落也没有背下来，就在那天，我顿感羞愧且不安。

初中三年，我是班里的数学课代表，数学老师对我也很好，很关注我的学习和生活，平日我也积极主动配合老师的工作，在学校的时间我大都很开心，觉得自己离考上一所好高中的梦想越来越近，离考上大学的梦想也是越来越近。平日如果有时间，我也会帮助父亲分担一些田地的活儿，或者家里的力气活，就在一切都还算顺利的时候，令人匪夷所思的事情发生了……

第十二章 母亲烧毁了家里的一切

2003年，那年我15岁，正在读初中二年级。3月中旬的一个周五傍晚，我和往常一样高高兴兴地放学骑自行车回家。让我没有想到的是，当自己骑车走到门口的时候，发现家里浓烟四起，烧焦的味道弥漫着整个胡同。我内心吓坏了，进门赶紧把自行车扔在一边，映入眼帘的是屋里、院里到处是家中烧剩的余烬，以及还未熄灭的火焰，还有滚滚的浓烟。

当时我的确被吓得不知所措了。母亲却在那儿自言自语地为她烧的这些东西说着什么，然后继续往火里面扔着家里仅有的那些衣物被褥。看着眼前的情景，我哭得撕心裂肺，似乎觉得这个家要毁了。

我大哭着走进屋里发现自己上学要学习的书都没了，自己多年努力学习，因成绩优异所得的一墙奖状都不见了，我最喜欢的一张自己和父母合影的百日照，还有这几年和老师同学们的合影也不见了，家里的锅碗都碎了，眼下父亲还没有下班，还什么都不知道。今天晚上家里吃什么？睡哪里？盖什么……

当我看完屋里屋外的状况才知道，此时此刻自己什么都没有了，只剩下刚刚放学回家的这一身衣服和此刻书包里下午上课的几本书。我难过且气愤地走到母亲跟前哭着说道：“妈，你为什么要这样？为什么把我的书和奖状都烧掉？为什么把家里的衣服被褥都烧掉？

为什么要这样破坏这个家……”当时的我除了内心极度悲伤痛苦和对妈妈的恨意之外，想的最多的是妈妈为什么要这么做。现在已经是家徒四壁，什么都没有了，衣服没有了，被子没有了，记忆没有了，做饭的炊具没有了……以往母亲最多就是把炊具和喝水的杯子或者存热水的暖瓶砸了，如今这么严重地损毁家里的一切，还是第一次。我甚至不敢相信这些都是真的，自己多想下午发生的一切是虚幻的，是在做梦。

小时候因为母亲的病情，内心压抑痛苦异常，虽然家境如此无法改变，但是我总想通过自己的积极努力改变命运。记得自己一个人和母亲在家相处的时候，家里常常是一片狼藉，没人做饭，母亲经常一个人自言自语，不起床，一边嘴里说着大家听不懂的话，一边吸着烟。

从小我很少能感受到正常持久的母爱，我依然还记得前面提到过的自己哭着在主屋旁边的小屋墙上含着眼泪写下过好多的“为什么”，想知道为什么自己会和别的小朋友命运不一样，为什么自己要承受这么多的苦，为什么自己不能过上正常人的日子，没有人能告诉我答案。

此时的我恨妈妈，恨不得离家出走，但是自己又能去哪里呢？我显然不能这样做，但是自己也不知道应该怎么做，才能让自己的家改变命运。

我气冲冲地走到母亲面前说的话，母亲就像没有听到一样，完全不理我，继续往火堆里扔着那些所剩无几的零碎衣裳。突然之间，母亲眼含悲怨地说：“你两个妹妹，兰花、兰娟在那边什么都没有，什么都吃不上，我得给她们送去，走档案……”当年因为计划生育政策，我知道母亲曾经两次怀孕，被强制性进行人工引产，在她心里留下了抹不掉的创伤。

只是父亲和我都没有想到的是，妈妈烧毁家中衣物、家当的行为，后来持续了整整 15 年，每天不间断地烧毁家中仅有的一些家当，没有一天例外。我也是经常因为找不到自己的东西而没有安全感，焦虑不安，无法适应母亲不确定性损毁衣物和书本、日常用品的行为，委屈、痛苦，也会哭着大发脾气。其实哪里是发脾气，是我多年来内心无助的哭喊与冤枉吧！凡是带回家里的书本或者衣物等都有可能会被烧毁。我回忆自己青春期的时候，尤其在自己找不到东西的时候，会莫名的委屈、难过、焦躁不安。

第十三章 素未谋面的两个妹妹

此次母亲烧毁的物品中，令我最难过的是，母亲将自己所有的课本、得过的奖状、小时候的照片都烧没了，我最珍视的唯一一张自己百天的时候与爸爸妈妈的合影——“百日照”全家福，那张照片让我多次感受着儿时不记事时候的幸福与美好，那是我100天的时候，父亲抱着我，母亲坐在一旁在隔壁东院大娘家的大炕上拍的一张仅有的全家福。父亲一身蓝色的卡布的棉布上衣，蓝色鸭舌帽，眉清目秀，略带书卷气的脸庞，母亲深蓝色的带梅花的棉袄，眼神里略有故事、深邃的样子，而我穿着一套淡绿色的新棉衣，戴着浅浅的西瓜红的棉帽子，眼神清澈，嘴巴甜美，皮肤白皙，一家三口幸福极了。看到这些已经找不到的从小到大的回忆，我的腿都软了，绝望地坐在屋门口发呆，泪水控制不住地一个劲儿地流在脸颊上。我只能一边难过，一边等着爸爸下班回家，不知道自己下个周一还能去学校正常上课吗？我心里不停地在问自己，到底为什么这么多的不幸都发生在了自己身上，发生在了自己家里？为什么自己和小伙伴们有着这么多的不同？

这样不幸的事情的确不是哪个家庭都会发生的，对于十几岁的我来说，的确是很大的打击。亲戚朋友谁也说不出来母亲为什么这样做，非要烧毁家里的一切。但是母亲口中我的两个妹妹，确实是母亲心里一道永远抹不平的伤疤。从我记事起，她好像没有一天忘记过她们。

后来听父亲提起，1989 年底和 1990 年底，母亲先后两次怀孕，虽然她满心期待着自己的每个宝宝都能平安健康地生下来，就像我一样。但是当时赶上国家计划生育政策执行得非常严格，父母为了躲避村委会的追查，躲到外村亲戚家，想着直到把孩子生下来再回来，哪怕再交罚款都愿意。谁料造化弄人，村里有人告密，然后母亲被执法人员找到了，要么父亲当时交罚款，要么就得按照政策引产。那时，妹妹在妈妈肚子里已经怀了很久了。

父亲当时拿不出 500 元的罚款，这个条件对当时的父亲来说是不可能的。这个小家刚成立没几年，家里还有不少外债，哪有一点儿积蓄呢？母亲被执法人员无情地带走，去了县城里的医院，做了引产。我也曾经听父亲说起过，孩子引下来才知道，都是女孩子，长得很好，记得母亲曾经也说过类似的话："他们把我拉去医院的时候，给我打针，孩子很快被催生下来。"我记得姑姑们也曾说起，父亲每每提到这段往事都止不住地掉眼泪，他不敢在母亲面前提起此事，只能自己在妹妹们面前说说自己的心事。

连续两年，母亲腹中即将要瓜熟蒂落的两个孩子，都做了引产。受伤的不仅是母亲的身体，更是她敏感脆弱的心灵。妈妈虽然没有文化，但是有哪个母亲不是视子如命，哪个母亲愿意接受这样的结局？她心里当时是怎么样的痛苦，没有经历过的人可能永远都体会不到吧！

本来我母亲与父亲结婚时母亲的精神状态有所好转，经过两次强制引产承受的强烈痛苦使得母亲的精神状态十分严重起来。即使没有精神病史的正常人估计也要难过很长的时间吧。也许母亲恨过父亲无能力保护自己和孩子吧，让这两个孩子命丧母怀。事情已经过去很多年了，有人提起来会说，幸亏没有那两个孩子，要是再有那两个孩子，你们家里还养得起吗？我在此想为母亲说句话："也许那两个妹妹顺利地生下来了，她的病就不会严重到这种程度了，或许也是一个普通而幸福的家庭。"可是这个家庭的历史不能重写，留下的只是这个可怜的母亲，正是本书一开始提到的婚后 2 年左右的时候母亲的精神病越发严重了，也便有了头绪。

母亲多次说："你的两个妹妹生下来的时候都还活着。"我此刻也想起母亲的话，便也试着想象母亲曾经受的苦，显然这时候的自己并不能完全体会她的痛苦感受，但是依然顿感难过。我只觉得从小体会着和精神不正常的母亲一起生活的痛苦，没办法正常地交流，更很少和母亲一起出门。母亲莫名其妙的敏感，和父亲经常在家里吵架。父亲有时候无意间的一句话，就会让妈妈火冒三丈，甚至会打起来。

有时父亲被打得狠了，会一路跑到街上，逃避母亲的追打，妈妈还是依然追着父亲又骂又打，父亲在众人的围观下被母亲打得鼻青脸肿，额头和脸颊也会被妈妈的指甲划伤出血。父亲从来不打母亲，只是象征性地躲避。不时会有很多的乡亲们围观劝架，却怎么也劝不住母亲心中潜藏的对父亲的怨恨与怒火。

我就在这样的家庭环境里痛苦又坚强地活着。我不想让别人看家人的笑话，想正常健康地长大，但是在成长过程中的艰辛和不容易，只有奶奶、父亲和自己知道吧。

读到这里，可能会有人问：到底母亲在第一段婚姻里发生了什么，经历过什么，是什么事情让她从一个正常人掉进了精神疾病的泥淖？

这些问题对于我来讲是重大的人生疑问，一直在我的心里打了三十多年的问号，问了自己三十多年。因为我太期待能有个正常的家了，对自己的原生家庭爱恨交织，母亲得上精神病的根源，我对母亲的病因一直追溯了近三十年，也没有得到真正的答案。

回忆自己三岁的时候，还依稀能记起有一次执法人员把母亲拉去医院的时候，父亲、母亲便把我留在了奶奶身边，我还记得奶奶给自己包饺子吃。只是当时的自己并不知道父母去做什么了，也不知道母亲怀孕了，只记得父亲跟自己说："妈妈要去住院，在家听奶奶的话，爸爸妈妈过几天再回来。"于是父亲、母亲坐着一辆面包车就走了，这一走就是好几天。

父亲和母亲不在家的这几天，每到傍晚，我就会很想他们。奶奶怕我难过，有一天主动给我包起了饺子吃，我也开心地给奶奶打着下手儿，而且奶奶还和我做游戏，奶奶说："兰喜，咱们俩今天包饺子吃，我在这么多的饺子里，放个 1 毛钱的钢镚儿，看今天咱们俩谁能吃到，谁有福。"

我听了特别开心，一心等着一会儿要出锅儿的饺子。我还依稀记得，那次吃饺子是自己吃到了那个 1 毛钱的钢镚儿，开心地笑起来，告诉奶奶："奶奶，奶奶，我吃到钢镚儿了，我吃到钢镚儿了，是不是我有福啊？"

奶奶高兴地说："你真吃到了啊，哎呀，我们兰喜以后肯定有福。"

于是奶奶和我开心地笑起来，很快把剩下的饺子也吃完了。记忆里自己刚刚记事不久，但是却觉得那顿饺子终生难忘，只记得那几天我和奶奶在一起很温暖、很幸福。

现在回想起来，当时以为的温暖和幸福背后，母亲在经历着人生最为痛苦难过的日子吧。

第十四章 我还能上学吗

坐在屋门口难过的我，过了一个多小时，终于看到父亲骑自行车回家的身影。当父亲看到家里发生的一切，又忙了一天田地里的活儿，已经没有力气再和母亲吵架了，作为一名男子汉，他有泪也只能往肚子里咽。父亲看到母亲把家里烧光了，虽然很生气，但是顾不及，只是告诉我："今天家里种花生，一会儿去地里，地里还等着上粪。"也没有再和我说太多，回来抓紧时间拉农家粪，他用力地在往一辆手推车上用铁锹一铁锹一铁锹地装粪，我走到院子里的只有一面半人高的厕所墙不远处，哭着和父亲说："爸爸，妈妈把我的书都烧了，我还能上学吗？"

父亲又气又急又无奈地说："我也没办法，家里一点儿钱都没有了，我也实在没地方给你借这么多钱，再买书上学了。地里面花生等着种呢，这学要是实在上不了，就别上了。"父亲边说边往小推车里装粪。

我听到这话，伤心地哭了，眼泪流个不停，说："爸爸，我上学上得好好的，为什么不上了，这对我太不公平了，我恨你们，我恨你们……"于是自己哭了起来。

父亲听到我说的话，更加生气，难过地大声说："那你说怎么办？家里现在都这样了，晚上能不能吃上饭都不知道呢？你让我怎么办？家里哪有钱重新买书啊？现在这书这么贵，菜都没钱买了，这些年咱们和别人借钱借得还少吗？你妈常年不过日子，现在把家烧成这样，即使求人，人家谁爱管啊？”

我听完这些话，心里开始有些恨这个家。最近这几年走过来，我似乎已经体会不到什么是幸福了。对于当时的我来说，很多事情是我根本无法理解的痛苦与不公。我从懂事起，几乎没有过过正常家庭的生活，更无法理解母亲为什么会这样一直破坏自己的家，母亲为什么会变成这样子，只有恨。

也就是从这一天开始，我的性情变了，变得郁郁寡欢，谁都不愿意搭理，每天心里恐惧、忧伤，还有些绝望。那个曾经活泼开朗的自己，好像一下子没有了。

晚上，叔叔家知道了我们家里发生的事情，他的大儿子也是我的哥哥，来看看情况。哥哥比我大 11 岁，已经成家了，家里刚刚喜添了一个千金。看到屋里院子里一片狼藉，闻着刚烧完火的余焦味，他坐在我家大屋那个小木柜上待了一会儿什么也没说，起身要走。

我追着哥哥一起走了出去，眼睛里充满渴望求助的眼神，问：“大哥，我还能上学吗？”

哥哥沉默了一会儿，说：“实在上不了，就别上了。”

我开始不问了，也不说话了，泪水模糊了双眼。我终于切实感觉到了事情的严重性，似乎没有人可以救得了自己了，真的就要退学了吗？我心有不甘，想上大学，不想将来像母亲一样做个普通的农村妇女，我想要走出去，通过自己的努力走出去，改变自己的命运，不能一辈子就这样过着父母辈一眼看得见头的日子。于是我开始自己想办法……

第十五章 大爷大娘雪中送炭

家里这场灾难发生的第二天，我想尽办法想继续自己的学业，知道指望家里出钱给我买书上学是不可能了，离我家最近的亲戚就是大姑家了。第二天早晨起来，我早早起床，迫不及待地就骑自行车去了大姑家。

我哭着和大姑说了家里发生的一切。大姑听后很吃惊也很无奈，但是大姑自己家里也没有钱，她积极地帮着我想办法，提醒我去北京的大爷家求助，兴许会帮忙。大姑说："咱们家里稍微富裕点儿的亲戚,就数北京的叔伯大爷了。但是因为之前和你叔叔家闹了矛盾，人家和咱们家已经有两年快不联系了，也不知道人家会不会帮你。"

于是我第一次拨通了唯一有可能帮助自己的大爷家的电话。大娘接了电话，我哭着和大娘说明了家里发生的情况和自己的学习情况。自己现在没有书了，没有衣服了，没办法继续上学了，但是我真的很想上学。

大娘听到我这样的情况后，在电话里爽快地答应帮我这一次。当时自己感动得不由自主地大哭了出来。

第二天大姑带着我和三表姐，一起出发去北京。大姑想得很周到，给大娘带了很多家里的土特产，还有柴鸡蛋，三个人一起坐长途公交车，来到了北京大娘家。

大娘家是所有亲戚家里条件最好的了，在北京市里也是很不错的家庭，家里过得很殷实。大爷大娘是长辈们中非常有威望的两位老人，他们无偿地帮助河北老家的叔叔好多年。叔叔家生了两个儿子，压力大，便在吃穿住用等方面，给叔叔家很多帮助。所以在老家人的心目里，大爷大娘德高望重。他们做人做事的高度和观念，是全村人夸赞学习的榜样。

我在大娘家哽咽着讲述了前两天家里发生的一切，他们听完既同情又无奈，更是吃惊，对这突如其来的人为灾难唏嘘不已。

大娘给我准备了家里整理出的好多衣服，大人孩子的都有，整齐地装了起来；还给我准备了被褥，还有很多吃的。最后大爷大娘给了我 1000 元钱，宽慰我回家买书，继续上学。我打心里感谢大爷大娘一家，挽救了自己的求学生涯。

我们在大娘家待了一上午，大姑和大娘聊了很多家常话，大姑和我还有表姐在大娘家吃过午饭，便回来了。回来的路上，大姑、表姐和我，拎着一包包从大娘家带回来的行李，到家都已经累得喘不过气来了。看着这些行李，都是些很好的衣服和被褥，大姑满心高兴，我也满心感恩，但是却高兴不起来，相反很忧伤。忧伤的是，亲戚的帮助只能渡过一时的难关，可是日子还长着，母亲还可能再次发病烧毁家里的一切。怎样才能换回来一个健康的母亲和从前幸福的家？这次灾难，是我人生中第一次面对了家庭的无常。

从北京回到老家的我，心里再不像从前那么开朗快乐了，内心有种非常可悲、压抑、无助的不安全感，内心非常恐慌、难过。家里发生这样的事情，大概很多人都难以相信。我确实恨妈妈，这把火不仅烧毁了家里的一切，也烧毁了我内心努力求学的唯一希望和对幸福的向往，伤害了自己对父母天然的信任和依赖，从而也让自己变得敏感而自卑。从此恐慌和不安伴随了自己好多年，我每天都担心家里有可能发生未知的灾难，不知道接下来还会发生什么。在以后的日子里，家里即使有父亲在，也很难给自己安全感了，我开始打心里害怕母亲的疾病。唯一能让我内心平静的也许就是静下心来学习的时候了，当自己能全身心投入学习的时候，好像能忘却和淡化不少痛苦。

从北京回来的第二天，我带着大爷大娘给的资助，坐着从村口路过的7路公交车，去了县城的图书文具店，买回了自己上学正需要的教科书。但是之前自己在课堂上记的笔记、写过的作业，已经一点儿都没有了，只能凭着记忆从头开始。

一开始，我还想借着同学的笔记，补全上课的笔记记录，内心说不清楚的波澜和苦楚一阵阵袭来，哪里补得全呢？每天不停有新的课程和作业，每天完成老师新布置的作业要写到很晚，白天要继续紧张忙碌、全神贯注地听课学习新的知识。有时候会好想抱住一个人痛哭一场，好想有个人能安慰自己几句，好想有个人走过来说“兰喜不怕，我会一直关注你、支持你”，可是这一切都没有。大多数人知道了自己的经历都会不痛不痒地说：“已经发生了，就接受呗。”

前面提到我的大娘家与老家的亲戚们不想联系了，是因为和二叔之间的误会和矛盾。我经常能回忆起去大娘家借钱时的情景，大娘一边跟我埋怨着二叔，一边叮嘱我长大以后要怎么样，我就默默地哭了。我不能不听，因为大娘责骂的是做错了事情的二叔，有理有据，我每每听完大娘的抱怨，脑子都是木木麻麻的，不知如何是好。

好在我还可以上学，尽量不去想那些不开心的事情，只是母亲病得越发严重，眼下家里连一个让自己可以安静学习的空间也没有了。但是不管怎么样还要坚持下去，哪怕未来不再是自己原来期待的那般如愿，我也不想长大以后过得像父母这样。

尽管我依然不屈不挠地坚持着学业，但是自己初中的后两年和高中的大部分时间，经常不自觉地活在忧虑、恐慌、不安和无助当中。这时候的自己，脾气也在悄无声息地发生变化，不知什么时候，心中莫名的委屈和脾气就会出现。我想好好学习，将来有出息，可是那几年自己简直没有办法静下心来，再像小时候一样专心自己的学业。

那几年的我，大部分时间内心沉浸在家里发生的那场大火中，难以恢复到往日的平静和安心，经常不知不觉地就会流泪，或者莫名其妙地心慌，性格也在那几年发生了很大的变化，好几年内心都无法接受，也无法适应家中的变化。

每每看着大马路上和自己一般大的孩子与父母一起逛街一起散步的情景时，眼泪总是忍不住地往下掉，为什么自己会承受这样让人想不到、常人也不会经历的痛苦？我有时候痛苦地大哭起来，这世界上似乎没有一个人可以让自己牢牢地依靠一下，可是内心还有依赖的年纪，需要斩断孩童的天真和依赖，还有对幸福生活的向往。但是在心底最深处，我知道自己依然好渴望有一个正常的家庭。

第十六章 考上重点高中

在我成长的过程中，很少有人关心自己的学习情况及内心的变化，父亲偶尔会告诉我："要珍惜年少时期读书的机会，在该读书的年纪好好读书，一旦错过去，以后再想学就没有合适的机会了。"

家里这场火灾的伤害在我内心深处久久不能抚平，自己常常默默流泪，偶尔也会和同学们提起。那时的自己没有接受过任何心理辅导或圣贤文化熏陶，自然缺少智慧进行自我疏导和化解，常常陷入恐慌和不安中。在初二下学期及初三整个学年，我的学习成绩开始明显下滑，从年级前十名滑到了三十名……五十名……一百多名。

中考前，我的心情压抑也复杂，也是母亲病得最为严重的时候。每天回家面对精神不正常的母亲，有时候连作业都很难平静地写完，就会被妈妈打断或者把作业撕毁，不得不再重新写。随着初中学习压力的增加，我终究后来无法跟着学习进度很好地调整自己的状态，慢慢地自己变得压抑无助，喜欢站在教室前阳台的栏杆处看着前面的教学楼发呆，不愿意和同学们一起玩耍了。几次都突然冒出想跳下去结束自己痛苦无奈的生命的想法，但又舍不得离开父亲和奶奶，从而中断了这种糊涂的想法。

家里一次次地发生着不幸的事情，不断地伤害着自己的心灵，几年下来，让我感觉到一次心痛还没有抚平，就会迎来新的人生痛苦。即使如此，心底依然有零星的希望，盼望着出现奇迹，盼望着未来可以好些，家庭带来的痛苦与难过，在我心里慢慢郁结成了化解不开的心结，长时间憋得自己喘不过气来。慢慢地我喜欢找个没人的地方自己待着，可以偷偷地哭一哭，释放内心无法排解的苦闷。

2004 年 9 月，虽然我的考试成绩不太理想，但是依然考入了当地一所重点高中。眼看录取通知书下来了，我便开始担心上学的学费和书费。此时，自己家里的情况已然是每况愈下了。父亲已经 65 岁左右了，身体一年不如一年了。父亲是家里唯一的劳动力，现在岁数大了，身体也越发不如从前了，尽管他依然在坚持上班，但家里仍是穷得拿不出一点儿上学的学费。这一次为了高中入学的学费，也为了自己的未来，我又厚着脸皮去了北京大爷家，再次请求支援。大爷大娘听到我升入了一所不错的高中，也很高兴地再次帮助了自己。

回忆起自己从开始上学到现在，家里很少能准时给自己交学费或者书本费等，几乎每次交学费，自己都是最后一个，每次老师在班里统计是谁还没有交学费或者书费的时候，我都会难过又脸红地举起手，紧张又忐忑地起身告诉老师一定会尽快交的。然后放学回到家，心里压抑委屈，难过地和父亲说起此事。每次父亲也是压力很大，家里的确是没钱给自己交学费。我和父亲也经常因为交学费和书费的事情闹得很不愉快，说着说着自己也会哭起来，觉得自己很委屈。而父亲总觉得学费、书费太贵了。后来等我长大了才知道，其实不是学费和书费太贵了，而是那时候家里真的太穷了。

此时的我内心幸运也悲伤，幸运的是即使这两年的状态并不是很好，没有足够全的书本和很好的精神状态可以复习或者学习，还能考上市里这所重点高中，这件事也让父亲在乡亲面前多少有些体面。虽然不是最好的学校，但是也是市里数一数二的学校了，父亲为我高兴了好一阵子，这么多年来他觉得自己终于有件高兴的事情了。自己的女儿在如此艰苦的环境下能考上高中，父亲也是悲喜交加，为我感到自豪。但是在初中期间，作为一个青春懵懂的女孩子，我的内心始终无法平复到和以前一样，任凭怎么努力也调整不到原来自己的状态，越来越变得少言寡语，很多时候更愿意自己一个人待着，不愿意合群。

当我迈进高中的校园，夜晚看着高中新教学楼的灯光，突然觉得很开心，至此，我已经有好多年没有在有电灯的环境下学习生活过了。入学第一天，当我坐在灯光明亮的教室里，安静地学习，感觉简直太幸福了！太久太久没有感受过在有电灯的环境里读书学习了，这对我来说简直是生命中巨大的转折，觉得自己终于可以逃离原生家庭的痛苦了。

高一入学后不久，我的心情逐渐好了起来，不知道哪里来的动力，自己又开始努力学习，成绩很快有了起色。虽然考上了当时市里面的重点高中，当时的成绩并不够实验班的成绩，但是在高中的普通学习班里经常考前几名。这个时候的自己很开心，似乎找到了在上初中二年级家里那场大火之前的自信。后来高一结束要分班，我也很荣幸地被分到了整个年级成绩优秀的实验班，自己更加努力，不久也能考到前几名了。我知道这样的势头是好的，但是内心也有隐约的不安定感和危机感，因为太害怕家里会出现什么不测之事再影响到自己的状态了。

我在高中阶段每个月的生活费是 100 元—130 元。北京大爷大娘及大嫂经常资助我，每个月到时间会给我 100 元—130 元钱。一个月下来，除了吃饭和购买基本的洗漱用品，基本没有剩余钱。不管生活费有多紧张，当我想到自己的成绩通过自己的努力会越来越好的时候，还是发自内心地高兴。时间就这样过着，顺利上完了高一高二，有时大爷家的大嫂子也会主动给我打生活费，有时候会多打一些，给我 300 元钱。

高一这一年父亲已经 65 岁了，还在当地跟着小包工头当小工，挣着收入微薄的钱。虽然母亲精神不正常，父亲难得有开心的时候，可当父亲想到自己上高中的女儿，依然还是很欣慰的。他承担起了一个家大部分的责任，上班、做饭、田间的农活儿……就这样日复一日、年复一年地忙碌着，父亲没有停下过脚步，尽自己最大的努力把日子过到正轨上去。如今想起父亲的坚强，真不知这股毅力从何而来……即使母亲基本不能帮助父亲过日子，但是丝毫没有挡住他的坚强和乐观还有对这个家的爱，每日的三餐和高强度的工作，还有田间地里的农活儿，父亲尽量打理得井井有条。

其实父亲的生存环境是非常艰难不易的。父亲虽然没有给我提供很好的物质条件和家庭环境，但还是尽自己最大的努力在我上学期间照顾好我的饮食起居。父亲说："孩子上学早晨必须吃饭，时间久了不吃早饭，胃会不好了。"自从父亲从北京回来打工以后，近十年如一日，每天早晨五点半准时起床，给我做早饭，中午下班回来给我们做午饭，晚上也是爸爸做饭。有时候我作业不多，会帮着父亲一起做饭，给他打下手。这样的日子，一过便是十多年。

也就在我上高一的时候，父亲的身体终于发出了危险的信号。一天下午，父亲正在卖着力气在工地和泥的时候，突然左边胸膛心脏的位置疼得厉害，喘不过来气儿，过了好一会儿也没有舒缓过来。

后来去医院才发现父亲的心脏出问题了，以后不太适合太高强度的工作了。自此父亲不敢再去干高强度的工作了，家里也断了主要的经济来源。父亲只能选择保住自己的身体，尽可能在家照顾母亲，还有年过八旬的奶奶，如此至少还能维系一个完整的家。

第十七章 奶奶突然离世

2006年10月的国庆假期，我也从学校放假回家休假。每年的国庆节正是老家农忙秋收时节，我家也不例外。国庆节放假前，父亲就将自己种的玉米收回家，拉了将近两个拖拉机的玉米堆在院子里。也就是国庆的第三天早晨，我很早就醒了，起来要去院子南边的厕所方便。我从屋里起床后打开屋门的一刻愣住了，此时已经早晨四点多快五点了，我看到奶奶衣着单薄，围着一个绿色针织的老围巾，一个人坐在寒凉的地上在不停地剥着玉米，手里不停地剥着，一个接一个，奶奶一个人已经将大大的玉米堆剥了一半多了，竟然快剥完了。我见此情景瞬间泪从心出，心疼地赶紧跑去跟奶奶说话："奶奶，奶奶……您是一夜没睡吗？您一夜都在剥玉米吗？"奶奶听到我的声音很高兴，笑着回应我："兰喜起来了？"我难过又心疼地说："奶奶您不许再剥下去了，赶紧回屋睡觉，您即使再努力，一时间也改变不了咱们这个家什么的，奶奶您这么为自己的儿女付出，孙女儿心疼您啊，这么凉的晚上要是受凉了生病了可怎么办？我父母还不知道您在外面这么辛苦剥了一夜玉米呢？"说着说着，我的眼泪就流出来了……我硬是将奶奶搀扶进了屋里，让奶奶回屋睡觉，此情此景直到今日我依然记忆犹新。但是我始终想不明白奶奶到底是何毅力竟能做出如此让人震惊，又让人无比心疼的事情来。

毕竟奶奶今年已经86岁的高龄了，让我心疼不已。奶奶一生都是个勤快的人，不管她在哪个儿女家住着，只要赶上家里干活儿了，她便自觉地不吭声地帮忙干起来，从不多说话，一直干到自己累得不行自己去休息吃点东西，休息好接着继续干，从来没有长辈的架子，直到孩子们家里的事情干完为止，奶奶才会休息。奶奶身上有很多让自己记忆犹新的优秀品质，她也是我人生中第一位启迪自己做人做事智慧的老师，奶奶不厌其烦地给我讲过不知道多少的经典寓言故事，大都是教人向善的故事。这无疑也帮助我尽早地懂事，用心记住做个善良的人有多重要。

2006年12月7日，早晨六点半，我坐在教室里正做着老师发下的数学高考复习题，正在这时，室门外面突然传来老家堂哥在向老师打听我名字的声音。眼前的情景让我心底有种既亲切又意外同时又有种不祥的预感。整个高中生涯，还没有亲人来看望过自己。后来老师叫起我让我出去，有人来找，于是我慌忙起身走出了教室。堂哥见到我，还没有来得及寒暄，就对我说："兰喜，奶奶去世了，昨天没告诉你，今天才来告诉你的，收拾一下回家吧。"

我蒙蒙地听完堂哥的话，顿时眼泪模糊了双眼，说："不可能吧，前几天我从家里出来的时候，奶奶还好好的，怎么可能走呢？"直到此刻，潜意识里的理智告诉自己内心最为亲近的奶奶已经不声不响地离开了这个世界。

回家的路上，我回想起上个周末在家里的前前后后。那是2006年11月底的一个周末，学校每三周放一次假，我看着同学们都高高兴兴地回家，自己内心便开始难过，自己不想回家，也不愿意回家，不想去目睹家里不正常的母亲，看到妈妈时而哭时而笑，时而自言自语，不起床，不洗漱，家里一片狼藉的样子。

自从大些了，我侧着身子挤在家里装粮食的木柜上，点着蜡烛写作业。每次回家要收拾好一会儿，才勉强能在家里休息、入睡。我知道妈妈异常敏感，时不时就会大吵大闹，随着学业压力的增加，自己也打心里觉得很累。自己又无处可去，最终还是心怀压抑地回家了。

这么多年，自己始终很难适应妈妈犯病时的生活状态，看着家里一片狼藉，时不时也会和母亲发生言语冲突，发泄着内心的压抑与委屈。每次和母亲发生完冲突，心里又很难过、很委屈，也讨厌那样的自己。我深知自己是不该顶撞长辈的，可是自己每次回家，常常升起难以抑制的情绪。

母亲的精神状态一直不好，习惯了很久很久不洗一次脸，也不洗一次头发，更不会换洗衣服。不管多好的衣服，母亲都只穿一次，穿到脏透了，无法洗出来，便扔掉了。家里很久很久没有整理收拾床铺了，被子也早已脏得看不出颜色，脏得发亮。

平日自己在外上学，一年四季家里很少有干净的时候。除非自己放假回家，亲自收拾洗涮，才能干净一些。

就在上个周末，我又一次目睹了家里的满目狼藉，与自己在学校井井有条的生活，形成了鲜明的反差。我忍不住心里的难过，说了母亲几句。于是母亲很快把矛盾转移到父亲这里，两个人又大吵大闹起来。不止于此，母亲又把矛头转移到奶奶这里，开始使劲儿数落欺负奶奶。眼看母亲的情绪已经无法自控，甚至要动手伤害奶奶。母亲精神不正常的时候，控制不了自己的言语和行为，奶奶很痛苦也很伤心。

我见状不顾一切地保护奶奶，让母亲不要欺负奶奶，记得当时我说："妈妈，如果您执意要把火气撒到奶奶身上，就先打我吧，不许再伤害奶奶……"说着自己赶紧用身体护住了奶奶。慢慢地妈妈的情绪平复了。自己周末一共在家休息不到两天，心情却是异常压抑和沉重。周日下午，我就回学校了，但是怎么也没想到那次和奶奶的见面，竟然是最后一面，心里更有说不出的内疚与自责，更有替奶奶感到委屈与无奈。

思绪收回眼下，二哥带我回到了家，听父亲说："奶奶临走的时候还在叫你的名字，想见见你。"但是终究我没有看到奶奶最后一眼。我当时很不理解亲人们为什么不第一时间叫自己回家，在我的生命世界里其实和奶奶的感情最深，也许在大人眼里，我就是个孩子吧？

这是自己人生第一次体会和至亲之亲人生离死别的痛苦。对于有着特殊成长经历的自己来说，心里的确一时间无法接受这一变故。奶奶的遗体开始被放在炕上，后来被抬到了屋门口的门板上，等待去火化。爸爸让人掀开了头布，让我看奶奶最后一眼。我也早已泣不成声，嘴里喊着："奶奶、奶奶……奶奶，兰喜回来看你了……"我双手抱着奶奶的身体，看着奶奶的脸庞仿佛睡去一般，脸色平静，和蔼慈祥，还有那一头整齐银白色的头发，让自己瞬间想起儿时多次一边玩耍一边开心给奶奶梳头发的画面。只是此时的奶奶，躺在冰冷的木门板上，再也起不来了，眼睛再也睁不开了。

奶奶去世后，我哭了整整两个月，甚至自己一个人去奶奶的坟上和奶奶说话。在这样一个特殊的家庭里面，奶奶是我从小到大唯一一个可以正常交流的女性长辈，是自己难过了可以倾诉的对象。

只要轮到奶奶住到自己家，我都很欢迎奶奶的到来，也感觉很幸福，每次回家我都会大声地喊着："奶奶、奶奶，我回来了。"然后抱着奶奶亲热寒暄好一会儿，这么多年来我喜欢把自己在学校的经历和发生的事情，甚至学习的内容，统统都讲给奶奶听，奶奶也会很开心。

奶奶在我们家生活的时候，也天天盼着我能早点儿放学或者放假回家。最后几次和奶奶见面，每次自己放假回来，奶奶都哭得掉眼泪。奶奶说："兰喜，奶奶可想你了，你可回来了。"奶奶每次都会给我留点儿好吃的，都是姑姑们来看奶奶带来的水果、点心什么的。奶奶因为眼睛看不见，有一次香蕉都放得快坏了，香蕉皮已经黑了，奶奶还给我留着。奶奶知道我从小就喜欢吃香蕉，留了好几根香蕉，等着我放假回来吃。等我看着奶奶从自己用了很多年的蓝色布兜里开心地拿出那些已经黑皮儿的香蕉，认为那是给我保留的最好礼物。见此情景，我真的眼眶湿润了，偷偷掉下了眼泪。我竟然不知道自己在奶奶心里这么被宠爱。看到此刻躺在冰冷门板上的奶奶，一动不动，眼泪更是不听话地模糊了双眼。

从我懂事起，奶奶的眼睛几乎就看不清了，耳朵也聋，但是奶奶生存的毅力少人能及。奶奶虽然有眼耳残疾，但是异常坚强善良，也是位通情达理的老人。她从来不给家里添麻烦，即使缝缝补补也都是在眼前漆黑一片的状态下靠自己干。

也许每个人在离开这个世界之前，都会想着自己最在意的却来不及做的事情。2006 年父亲生日前的一个多月，我放假回家的一天下午，正在屋里斜坐在小木柜上，身体靠着大墙柜写作业，奶奶在大炕的北头坐着，紧挨着我，反复叮嘱我："兰喜，你爸爸快生日了，今年一定要给你爸爸买红色内衣和腰带，还有红色的袜子。今年你爸爸66岁了，咱们这里66岁有这样的讲究，这样你爸爸以后会平安，你要记得啊。”我耐心地和奶奶说：“奶奶，我记住了，您放心吧，您都说好几遍了。”奶奶还是不放心，又重复了好几遍。此时，我真的觉得奶奶可能是老了，也没多想，接着趴在屋里的大墙柜上写作业。可是我怎么也没想到在父亲生日前10天，奶奶竟然离开了这个世界。

葬礼现场上有的亲戚说是因为晚上家里太冷，老人可能是着了风寒；有的亲戚说家里烧着蜂窝煤，可能是中煤气了……我听着这些议论心如刀绞，也心疼异常。父亲坐在炕头边上的小木柜上，双腿盘坐，手臂支在两腿上，双手托着下巴，不说话，眼里噙着泪。屋子里还是一如既往的狼藉与破旧，看着母亲还在胡同口疯疯癫癫、又哭又笑、自言自语，不知说些什么话……这大概是我经历的人生最谷底、最不堪的画面了。我心里乱乱的、麻麻的，着实无法用语言形容此刻的心情……仿佛自己已经不认识这个家了，内心不断地涌现出一个念头：这还是个正常的家吗？这时一股强大的压抑、痛苦和无助感灌满了全身，压得自己喘不过气来。

也就是在奶奶的葬礼上，发生了一件让我内心非常揪心且异常难过的一幕。奶奶去世的第二天晚上，父亲、叔叔和两个姑姑们，还有哥哥姐姐们轮流为奶奶守灵，累了的去休息。眼看已经夜里十二点多了，我已经疲倦地躺在大炕上，准备歇息一会儿的时候，哥哥姐姐们还在一旁聊天。我虽然十分疲倦，但心里难过得真是睡不着觉，闭着眼睛听着大家的谈话。也许当时的亲人们以为我睡着了，说起自己上学的事情，其中一位哥哥提起自己的未来，甚是担忧，他说：“兰喜即使学习好，考上了大学，谁供她上啊？家里这样的条件，根本供不起。即使最后上了大学了，将来大学生遍地都是，就一定能好找工作吗？这样儿的家庭条件，她妈又是精神不正常，即使自己有出息，将来哪个家庭敢娶她呢？”

我紧闭着双眼，听到这里再也听不下去了，瞬间感到自己似乎一辈子都见不到光明了，我猛起身告诉亲戚不要再说了，然后哭着跑到奶奶的棺材前诉说自己的委屈，泣不成声，向奶奶哭诉着：“兰喜自懂事以后家境不同常人，自己作为家里唯一的希望，也只能在学习上努力了。为什么亲人竟然说出这么叫自己伤心欲绝的话，让自己看不到希望，奶奶啊奶奶……您能听到孙女的心里话吗？”

这件事对我当时的冲击很大！除了家徒四壁的贫困、母亲的精神分裂症、父亲的心脏病，比这些让我更加撕心裂肺的痛苦是亲人嘴里说出的这些话吧，似乎想连自己对未来憧憬的心气儿都被浇灭了。与此同时，我也萌生了另一种念头，内心暗暗下决心，一定要全力以赴，一定要努力争气，到底要看看自己的未来是否如亲人预言这般：自己即使多努力多懂事，也看不见光明的未来。

安葬过奶奶，料理完后事，我内心经历过人生重大变故后，五味杂陈，苦不堪言，再也无法立马找回原来可以安心上课的心情。上课的时候，虽然看着黑板和讲课的老师，但是泪水不由自主地浸湿了整个脸颊，有时自己也分不清楚是上课还是下课。就这样两个月过去了，几乎天天是以泪洗面，显然在该高考冲刺的关键时期，我明显掉队了。我终于知道自己内心对于亲情的依恋是多么深刻，又多么渴望得到亲人的鼓励。

回忆小时候，每年秋收的时候，家里收回来很多的高粱和玉米秆，奶奶心灵手巧，用高粱秆上的新篾儿给我编花花儿。那些花花儿好美好美，可是那时候我太小了，没能学会，估计从此这世上我再也看不到有人用新篾儿给自己编花花儿了……这成了我永远的记忆与遗憾。小时候自己玩儿的东西很少，奶奶是第一个教我玩儿玻璃球和颠石头子的人，奶奶每天不厌其烦地教自己，终于有一天自己也如高手一般，和自己的伙伴们在地上一起玩耍着这些游戏。如今奶奶永远地离开了我们，离开了她曾经用尽心血经营了一辈子的家。留给了我们满满的回忆，我的哥哥、姐姐们也都十分爱奶奶，奶奶不仅疼爱我，更是疼爱她每个孙儿，对每个孙儿都是特别的慈悲与爱护，后来每每提起奶奶，大家都是满满的歉意与幸福。

第十八章 令我想逃离的春节

自奶奶去世后，我开始不自觉地留意起自己的父亲，突然意识到父亲已经老了许多，父亲的后背已经有些佝偻弯曲。我已经分不清此时父亲变老是因为奶奶去世，还是因为到了他 66 岁的生日。

2007 年 2 月，要过农历新年了，也是奶奶离开后的第一个新年。这么多年来，过春节一直是我心底不知如何面对也很痛苦的日子，今年就更是了。每过春节看到村里乡亲们家家户户祥和一片，自己家里的氛围却因母亲的病情与节日的氛围格格不入，反差极大，糟糕压抑的心情着实难以形容，久而久之，我便有了想逃离的冲动。往往临近春节，家家户户都准备着过新年，而自己的家里却依旧一片狼藉，即使大年初一，母亲也是不起床、不洗漱。母亲这些年的情绪慢慢没有了自理和自控能力，别人更是无法靠近母亲，她对除自己以外的任何人都有着本能的排斥，有时候甚至包括我。不知是何缘由，母亲的病越到节日越厉害，别人也无法靠近她。不知道哪句话说得不对，母亲就又会痛苦地折磨自己、折磨家人，家里便又是一场腥风血雨。

随着我一年比一年长大，自尊心也越来越强，有时候到春节父亲和我实在无心与众人一起迎接新春。即使是大年初一，母亲依然会不起床，不换洗被褥，衣衫不整，蓬头垢面，为了留住最后一丝体面，在村里乡亲们挨家挨户拜年的时候，父亲和我上午关起门来度过独属于我们一家三口的重要节日，每到下午，父亲会去几家自己认为还不错的乡亲朋友那里串门坐会儿，如此我们这样过了好几个春节。

又是农历新年初一的早晨，与往年不同，我实在不想在家久待。一早吃完饺子，我便走出院子大门，朝村外埋葬奶奶的地方走去。村里响起了一阵一阵喜庆又吉祥的爆竹声，红色爆竹的碎纸屑几乎铺满了整个村庄，可是我的心情与新年的气氛显然格格不入。

其实，自我懂事以来，越是过年的时候，我打心里越希望自己的妈妈能好起来，希望自己也能够享受一个正常的春节，感受人间的美好，哪怕只好一天，让自己过一个快乐的年。在我的印象里，却遗憾又难过地过了多个压抑痛苦的春节，可以说自己眼下最怕过年了，很少有春节自己能过得开心快乐。

看着别人家为了过春节，一家人其乐融融，准备年货，收拾院子和屋子，包饺子，迎新春。而我的家却和平日差不多，父亲在张罗包饺子，我负责收拾屋子、扫院子、贴春联。即使这样，母亲大年初一依然会不起床、不洗脸、不换衣服，和往日一样在床上自言自语，一会儿哭，一会儿笑，或者抽烟。看着妈妈的被子已经脏得看不出颜色，却无力换洗，家里实在没有钱再买一条换洗的被子……太多的难言之隐，让自己心里越来越压抑。

走出大门的我低着头想着走着，走着想着……不知不觉便走到了离奶奶坟地很近的田地里，停步望着奶奶的坟墓，眼泪不住地往下流，随之泣不成声……我开始想奶奶生前和自己说的话，到底是什么原因让母亲重新犯病，带给家里漫长的黑夜？我靠在离家很远的田间小路的粗粗的杨树干上，想着这些根本无人在意的问题，泪流满面，大概是因为我太渴望体会普通而正常的幸福是何滋味。自从家里发生了很多事情，虽说我在学校里也想努力学习，但心态受到了很大影响，负面的心情填满了自己的内心，无法及时疏解自己的心情。随之而来的是自己学习的步伐和状态都慢慢不如从前，有时候我甚至开始怀疑自己的学习能力。

我盘算着开学后，没多久就要高考了，我不知道自己能不能考上梦寐以求的大学。我呆呆地用早已让泪水模糊了的双眼看着乡间田地的远处，不知道到底该如何才能让自己身心舒展，轻装上阵，奋力一搏，对得起自己的青春，上个好大学。可是我又想到即使考上了大学，如果真的要去上，家里的经济情况肯定不允许，去哪里找这么多钱呢？之前父亲还能稍微挣些钱，但今日不同往昔，父亲已然没有当年的健康身体，家里也早已没有了收入；如果自己考上了，没有去上，会不会遗憾，也对不起这么多年苦苦持家的父亲。我开始陷入了难以排解的痛苦之中。那天我自己待到很晚才回家，父亲问我去哪儿了，我只是随口说道："出去溜达了。"父亲也没多问。

步入高三，尤其是新年结束重返学校以后，时间过得飞快，仿佛昨日还是2月份严寒的天气，怎么感觉没几日竟到了柳絮纷飞的初夏，高考的日子也越来越近。每次放假回家的自己尽量都将自己美好的一面表现给父母。因为我明白自己是这个家庭唯一的希望，父母的日子因为自己的存在而更有意义。每次上学时，如若生活费不够了，我就去北京大爷家寻求资助，每个月能有100多元的生活费。每次前往北京的几个小时的时间，我逐渐体验到了城市和农村完全不一样的生活，也接触到许多先前没有接触过的事物、观念与习惯，慢慢也在冲击着自己在家乡形成的对人、事、物的看法。

说起高中的生活，不光是苦楚，也有很开心的日子。我天性中的活泼开朗和积极乐观，看来并没有完全被生活的磨难泯灭。高一、高二还是有很多开心的日子，待我回到学校两三天便能缓解自己在家里的痛苦情绪，被学校的氛围影响得积极向上。我虽然不是学习最好的，但是老师们也知道自己很努力。

只是到了高三，奶奶去世以后，我伤心难过的情绪一时间没有得到有效的缓解，学习受到了很大的影响。上晚自习的时候，大家都在学习，最后一节课时，我经常一个人去操场上散步，缓解内心的压抑。顶着高考和家庭的双重压力，压得自己常常喘不过气来。不上课的时候，我越来越喜欢一个人待着，不太喜欢合群。每当看到一些同学的家长来看望孩子，带着很多礼物，我内心都会很不是滋味，知道自己是不可能得到那样的幸福。我也尽量不去深想这些，让自己徒添难过，以免让自己控制不住情绪，泪流不止。

学校领导和前后两位班主任，都对我很关注，也很照顾。恰好一位校领导和我同村，比较了解我的家庭情况，知道我上学的处境很难，便在放假的时候经常邀请我去他们家里吃饭，让太太给自己做好吃的。我内心感激万分，内心说不出的激动和难过常常一起涌上心头，有时候从领导家出来，自己会找个没人的地方大哭一场。

在高二和高三两年，学校领导知道我的处境后，将我的学费和书本费全部减免了。偶尔班主任还会帮我从学校那里申请一些生活费。就这样，我在大家和亲戚的帮助下，终于完成了高中的学业。后来的人生中，我每想到那段时光，都打心里特别感激学校的领导和老师们对自己的帮助，如果没有校领导对自己帮扶，或许自己的高中生涯会更加的艰难吧。

第十九章 参加两次高考

时间飞逝，转眼到了自己高考的日子。我带着平静、遗憾又释然的心情走进了考场，带着十几年的梦想和无法改变的艰难坎坷踏进了考场。我从容又淡定地写完了每张试卷，似乎从这次考试，我知道了什么叫命运，什么叫接受、面对命运。此时的从容与淡定不是自己面对高考多有把握，不是自己对试题多么胸有成竹，而是我终于快要迎来一个新的人生阶段了，哪怕这个阶段并不是自己儿时期待那般美好那般如愿，但是我也早就习惯了生活给自己的遗憾与波澜。突然间竟然有种顺其自然的心境，尽人事，听天命吧。在考场上，我心里想的最多的是，奶奶此刻要是活着该会多么高兴呀！不管我考得好不好，奶奶一定都很为我开心。奶奶见证了我从小到大的成长过程，学习的刻苦和努力，还有艰辛与不容易，她却仅仅差几个月没能见证自己参加高考。

时间不久，我的高考成绩出来了，成绩并不理想，离二本分数线差 13 分。那年我的高考成绩加上独生子女的加分是 500 分，那年的二本本科分数线是 513 分。听到分数下来的那一刻，自己还是哭了。我也不知道自己是在哭什么，现实的我终究没有这么传奇和精彩，也没有像想象中那样寒门出贵子，可是一路走来，自己真的尽力了，也走得很辛苦，只是觉得这些年自己虽然年纪不大，但是心好累，自己为了大学的梦想总算坚持下来了。

父亲本着对我未来负责的态度，觉得也许我再复读一年，兴许可以考上本科，父亲执意想让我再复读一年，其实我是不太想复读了，因为我知道自己的身心疲累，我想放过自己了。可是看着父亲对自己殷切的希望，我还是硬着头皮坚持复读了一年，只是我没有料到后来的一年，家庭给自己带来的压抑和痛苦，依然让自己的心灵深处难以承受，复读这一年让我觉得好漫长，繁重的学习任务，加上内心长期以来难以排解的压抑和痛苦。那一年，我更是经常想独自待着，主动躲开人多的环境，或者晚上去操场溜达几圈，再不想上晚自习了，我只想走出教室麻痹自己的心灵，暂时摆脱自己的烦恼，事实上也根本摆脱不了。

其实那时候的自己，已经意识到单靠自己已经无法调整好状态了，内心深处不知为何总是没有足够的力量，无法让自己的身心安住在当下，好好上课，好好学习。不是智力跟不上，而是心力跟不上，我深知自己这一年的复读可能不会有太大的起色。这一年的复读，对我来说也是一场煎熬。

日复一日，终于盼到了第二年的高考。不管这次考得如何，纵然使出了全身的力气，可是不知道为什么，对自己的未来心中总是充满无力感。即使什么都没发生，内心也是沉甸甸的，充满着忧伤与不安。

后来我回忆，那个时候也许自己已经抑郁了，无法及时找到正确合理的排解方法，我回一趟家，再回到学校，眼睛里常常充满了泪水，心情异常难过，几日不能安心学习。

我曾经在班级的楼道上看到很多父母来看望自己的孩子，带上他们精心给孩子准备的营养品、水果、衣服等。而自己似乎只有一个人孤零零地在迎接人生路上一个又一个挑战与挫折，虽然习惯了，但也不免伤感落寞。

2008年6月8日，又一次高考结束了。我有些高兴，也有些沮丧。高兴的是，总算可以放过自己不让自己长期处在高压的状态里了；沮丧的是，自己知道这一年的复读，让自己身心压抑，我知道，自己这次未必能考得多好，不知道会不会让父亲失望。高考结束后，我没有休息，和父亲见了一面，便去打工了。这是一份餐厅服务员的工作，我每天负责上菜、端菜、打扫卫生、洗洗涮涮。

我终于可以从学校门走出来，干一份工作挣钱了，可以试着通过自己的努力调整家里经济拮据的现状了。从小，在我内心深处，总是想用自己的努力来改变家里的命运，哪怕不能起到明显的作用，自己也想竭尽全力。高考完，很多孩子都轻松愉快地享受高中和大学中间的3个月假期，出去旅游、聚会等。我知道自己家境不好，想借这几个月多赚些钱贴补家用，所以高考完后没有休息一天，就去学校附近的一家餐厅里去打工了，每月工资是600元。

第二十章 父亲遭遇重病

2008年6月中下旬，这一年我已经20岁了，也慢慢长成一个亭亭玉立的大姑娘了，也许亲人之间的确是血肉相连、心心相印，有两夜晚上总是梦见父亲身体不好。虽然那些年，很多普通人家都安装了电话，有些人手里也拿上了手机，但是我家依旧过着异常贫苦的日子，家里没有电话，也没有手机，只有自己有一部为了查高考成绩而花低价买的二手手机。转眼我已经在餐厅上了10天班，早晨梦醒以后莫名地特别不安，于是我找到了老板娘，说明情况，想请假回家去看望父亲。老板娘听到我说担心家里老父亲的情况，也非常体谅自己的一片孝心，爽快地答应了。

回到家走进院子，我像往常回家一样，迫不及待地呼喊着："爸爸，爸爸，我回来啦……"与往日不同，这次回家没有听到父亲的回声。以往父亲听到我走进院子后清脆的叫声，都会从屋子里高兴地走出来迎接自己，并开心地大声应和着。

我一边从大门往屋子的方向快步走着，一边大声地接连又叫了好几声，依然没有回音。我心里着急了，加快了脚下的步子，跑了起来迫不及待地想看个究竟。我心急如焚地走到屋子跟前，快速地推开屋门，眼前发现父亲正在静静地躺在炕上，虚弱地闭着眼睛，蜷缩侧躺，头枕着胳膊，一动不动，呼吸微弱，枯瘦如柴。

我一看情况不对，赶紧走近父亲，又大声叫了几声。父亲才缓过神儿来，知道是我回来了，用特别微弱缓慢的声音说："兰喜你可回来了，最近几天爸爸都没吃饭了，没有胃口，吃不下去，也没有力气动弹，总是咯血，出气儿费劲，胸口还疼得厉害。"

父亲说话的声音里夹杂着因疾病而起的痛苦，带着诸多因家境导致的无奈与委屈。言外之意我心里明白，即使父亲病得这样了，母亲的病情也没有能好转，一脸麻木，继续自言自语，不穿衣服，不洗漱，不做饭，更不会关心眼下急需照顾的父亲。

见此情景，我心焦如麻也震惊意外，心疼得哭了。看见父亲面色灰暗，身体枯瘦，整个人就像是皮包骨头了，不知道有多痛苦，我恨不得自己能分担父亲的病痛！印象里，父亲还没有病得这么厉害过，我全然不知道这次父亲得了什么病，甚至病到如此地步，是否还能好过来，心里不由得开始慌乱起来。

在父亲面前，我忍住自己的眼泪，跑出屋门，跑到院子里，失声痛哭了起来。我没有经历过父亲如此病重，心里没有了一点儿底。母亲眼下神志不清，帮不上这个家里，需要人照顾饮食起居。看来接下来的日子，我必须扛起照顾母亲和父亲的责任了，自己的肩膀上瞬间扛起了两个大人的生活。眼下最重要的是，筹集给父亲看病的钱。我开始拿起自己的二手旧手机开始打电话，联系老师和同学，还有觉得可以帮助自己的人。

我给班主任老师打电话，给生活条件比较好的亲戚打电话，一天之内好不容易凑够了 1000 元钱。虽然不多，但自己心里总算有了一些底气，心想至少可以先用这些钱把父亲的病因查出来。周围人们的帮助，让我脆弱的心灵有了些温暖和希望。

在家里被病痛折磨的父亲看到我在四处打电话筹钱，用微弱的声音把我叫进屋里说："兰喜，咱们家没有钱，住不起医院，别瞎忙活了。爸爸岁数大了，生老病死是正常的事情，你以后要照顾好自己和你母亲。虽然你母亲精神不好，没有尽到一个正常母亲该尽的责任和该给你的疼爱，但是她给了你生命，她心里还是爱你疼你的，只是她控制不了自己。俊兰跟着我这么多年，虽然我照顾她吃饭睡觉，但是也没有跟我享过大福……"

我听到这里再也听不下去了，我不相信命运会对这个家庭如此残酷。我急忙打断了父亲："爸，您说的什么啊，别再说了，咱们有病就去看病，也许没有您想的这么严重呢！我刚刚联系亲戚、老师和同学，已经凑了一些钱，咱们明天一早就去医院做检查，先看看到底是什么病。"我知道眼下家里的情况，自己已经不可能再去餐厅打工了，给餐厅里的老板娘打电话，说明了家里的情况，辞去了餐厅里临时的工作。

我回家的第一个晚上终究没能睡着，想了很多，不知道在前面等待自己的会是什么。第二天一大早，我便叫了县里的120，接父亲去县城里最好的医院，做全面的检查和化验。这是我人生中第一次成为家里的顶梁柱，没有选择，或许是命运的安排吧。我知道自己很爱很爱父亲，父亲虽然挣钱不多，但是只要他在，自己就会踏实很多，就感觉这个家是一直在，且自己也是很安心的，我也知道爸爸会把妈妈和家里大事小事打理好，尽量不让自己分心，我才得以安心上学。

到了医院，我小心翼翼地搀扶着父亲，这才知道父亲已经纤瘦如柴，走路的力气已经全然没有了。我必须耐心地搀扶着父亲一步一挪地去做一项一项的体检，一步一步地慢慢走着。回想父亲昨日说自己好几天不吃饭，加上此时病痛的折磨，父亲身体已经病得相当虚弱，每走几步就走不动了，而且呼吸困难，气喘，甚至咯血。在医院人流繁杂的大厅里，我搀扶着父亲又细又瘦的胳膊，看着他日益缩小的身躯，我强忍着早已在眼睛打转的泪水，心里说不出的难受滋味儿，说实话，我真的很担心父亲熬不过这一关。

我内心开始不断地自责，因为连续两年高三的冲刺，自己大部分时间和精力都用在了学业和无法自愈的心绪上，太久太久没有关心过父亲的身体和心态。

我一边搀扶着父亲在医院里做着各项体检，一边暗下决心一定要尽最大努力，不管花多大代价，都要医治父亲的病，一定要让父亲好起来。按照医生的叮嘱，体检完成花了 3 个多小时，终于将所有的检查项目检查完毕，其中最关键的几项就是：胸部 CT、血液常规及相关项目的专项化验、肝功能检查、肾功能检查、血压、心电图、尿检、便检、痰检等。体检结果显示父亲的病已经特别严重了：肺结核晚期、气胸、肺气肿、肝功能衰竭、肾功能衰竭、严重营养不良等。就父亲的病情现状，已经到了必须留院治疗并观察的地步。当时给父亲治病的主治大夫强烈要求父亲住院。这时候父亲已经好几天没有进食了，浑身无力，甚至连走路的力气也没有了。从没有见过父亲如此虚弱，像个濒临生命尾声的人，他疼痛得时不时直喊着我的名字。

只是，此时家里的现状哪里有钱让父亲住院？自己东凑西凑也不过只凑了 1000 元，如果住院的话，大夫说押金就要 2000 元。听着医生的声声叮嘱，我当时急得眼泪不断地就会往下掉。正在这紧要的关头，大舅家的表姐和表兄来了医院。表姐是当地初中的英语教师，性格直爽、仗义。她建议让我求求大夫，看看能不能让大夫给父亲开出一个适合他的紧急治疗方案，稳定病情，然后把父亲接回老家照顾，按照大夫的药方，在附近药店买相应的药品进行治疗。我听了表姐的建议，觉得很有道理，家里目前的境况也只能这样了。就这样我回到了医生的办公室，直接给大夫跪下了，请求大夫按照表姐的建议帮帮父亲，帮帮这个家。

大夫听完后，很不理解我，说："你父亲含辛茹苦把你养这么大，现在生病了，你都不愿意给父亲拿钱住院，太自私了吧？"

此时的我，只得无奈地如实回答说："大夫您说得对！可是我前些天才刚刚高中毕业，才参加完高考没有几天，身上真的没有钱，我也很想让父亲按照常规，住院治疗，可是我真的没有钱……"说着我便哽咽着热泪盈眶，难过至极。

听完我的这番话后，大夫也便理解了，最后勉强同意开出治疗方案，让父亲回家治疗，但是告诉我回家后如果出现一切意外或者危险，这个责任要由家属自行承担，与医院没有任何关系。

就这样，我顺利地拿回了治疗方案，让村里的赤脚医生张医生遵照医嘱，按照医院的治疗思路和药方给父亲治病。在接下来的一个月，我扛起了家里所有的一切大小活计，收拾卫生，打扫庭院，买菜做饭，照顾父亲输液、吃药，照顾不能自理的母亲，加上给地里的庄稼除草施肥。

从医院回家的头几天，父亲的病情一直反复，时好时坏，第一周结束后，我带着父亲去镇上离家最近的医院复查，我拿着父亲在镇里医院里最新拍的 CT 去让医生看。医生说父亲的病情简直太危险了，如果病情得不到很好的控制，很快就会转化成肺癌，建议住院治疗，紧急观察一段时间，同时也让我做好思想准备：“兰喜，根据 CT 显示的结果，你父亲的病已经严重恶化了，很有可能撑不过这一关，我不得不提前告诉你，提前给你父亲准备一下后事吧。”

当我听到医生这样的话，我哪里接受得了？我又哪里愿意接受？听罢我没有说话，只觉得自己浑身强烈的酥酥麻麻，这种麻木一直延伸到头顶部，更是控制不住地泪如雨下。我呆呆木木走在回家的大马路上，我已经忘了自己要坐车回家，只记得自己边走边哭，浑身麻木得已经快要没有了知觉。后来我终于急火攻心、天旋地转，有些撑不住了，不知不觉地倒在了地上。后来片刻，我被路过的好心人发现，问清缘由也是心疼不已，好心人用自己的车将我送回了家里。回到家里，我强忍着内心的痛苦和浑身的麻木、眩晕，强颜欢笑地给父亲像往常一样做饭，照顾父亲输液、吃药。我强忍内心的苦泪，不敢让父亲看出我的异样，我只想让父亲心无旁骛地安心养病。

那段时间，父亲的病情确实太严重了，肺部疾病发作起来，疼得父亲翻来滚去，哭着呼喊我的名字，可能父亲也感觉自己撑不了多久，总是跟我交代后事，告诉我一些他从来没有说过的事情和过往刻在心底隐藏多年的秘密。看着父亲被病痛折磨得苦不堪言，我也是心疼得泪流满面，默默哭泣。

我依然不相信命运会如此残酷，依然坚持用之前大夫给父亲开出的方案继续给父亲治疗。

第二十一章 陪叔叔看病时的惊险

父亲病倒的这个夏天，二叔很关心父亲，每天都要来看父亲，帮我想着一些家里重要的事情，此时，我打心里十分感激二叔对父亲和家里的帮助。

二叔的个子和父亲差不多，虽然没有父亲俊秀，兄弟两个总有相像的地方，皮肤比父亲略黑，话语犀利，必要的时候不留面子，二叔眼睛比父亲小，看上去不是父亲那般慈眉善目，是精明能干、会持家过日子的类型。二叔是很会过日子的人，处处精打细算，比父亲更在意眼下的生计及对孩子们生活的规划，虽然一母所生，但是两个人性格完全不同。记得奶奶也提起过，二叔小时候聪明异常，特别淘气，脾气大，没有父亲这般老实和对亲人的大方体恤。兄弟两个对待他们的妹妹们，态度也是完全不同，二叔可能会因为生活中的小事与妹妹们吵架或是发生冲突，不知礼让。而父亲对自己的妹妹们一直很疼惜，没有发过什么脾气，但是过日子方面又没有二叔懂得精打细算，大大咧咧，憨憨实实。父亲自从去北京上班后，每每回家都给妹妹们带回很多好吃的和不少大城市里流行的礼物。早在父亲 14 岁的时候，我的爷爷便在去县城开会回家的路上突发急性阑尾炎去世了，父亲在爷爷去世后的两三年便承担起了外出打工养家的责任。那时候二叔还小，父亲上到小学四年级就辍学了，父亲那时候想让二叔多学点知识，于是父亲在外打工的日子里一边给母亲和弟弟妹妹挣钱养家，一边供弟弟读书，就这样，叔叔读书也很用功，他天性聪明异常，学习特别好。后来兄弟两个都比较喜欢看书，学习知识，后来二叔喜欢研究易经风水等，给需要的人家看风水。而我父亲对这些略有浅读，但是好像不是很感兴趣，他似乎更在乎人生旅途中真正的慈悲善良与心性的修养。父亲喜欢的书籍涉略范围广，中华经典丛书喜欢读，《读者文摘》《特别关注》等杂志也很喜欢看，父亲总能从书里面学到的智慧与四大名著的经典故事中，总结出很多人生经验与智慧，与母亲还有我一起分享。印象里，父亲对中国及世界历史，还有民间故事都很喜爱，中国四大名著以及俄国小说《钢铁是怎样炼成的》等有所了解，记得小时候父亲经常给我讲这些书里的故事及所传达的精神与道理，所以在我很小的时候，自己还没有读过中国四大名著的时候，每天晚上睡觉前，父亲躺在大炕上给我讲四大名著里经典的故事情节。我也真的就当故事听得津津有味，每每在他意味深长且富有智慧的解读下，在我的心灵深处颇有收获。

二叔与自己最小的妹妹，也就是我的老姑换亲成家，在 20 世纪 70 年代，农村还会有少数“换亲”的现象，那什么叫“换亲”呢？自古以来，结婚成家都是人生大事，只是对于家境好的家庭来讲，成家并不难，不管从相亲的角度，还是从结婚的难度来说都要比家境贫困的家庭好很多。农村在 20 世纪 70 年代相对来说还是有不少贫困家庭的，家里的儿女到了谈婚论嫁的年纪，尤其是男孩子，很可能因为贫困，婚事也会耽误了，鉴于此，一些孩子在两个以上，儿女双全的家庭中，迫于生活与现实的无奈，会有两个家庭互换儿女，匹配姻缘，比如张三家的儿子和李四家的女儿正好年纪相仿，能组建家庭，这个时候恰好张三家还有个女儿未嫁，李四家的儿子也未娶，为了节省成本，会将两家中各自剩下的儿女继续结成夫妻，匹配姻缘，两家的关系也更是亲上加亲。

二叔在成家后很能干，娶的正是一个离家10多里外换亲的媳妇，也就是我的二婶，于是老姑也嫁给了二婶的大哥，二婶个头不矮，一米六左右的样子，青年头，黄皮肤，小眼睛，颧骨高，话少，干活儿多，家里的家务活儿和田地里的麦子、玉米，大都是二婶为主力操持家里的生计，二叔负责在外赚钱。他们夫妇过日子都很积极努力，家里的日子过得积极努力，日子也是眼看着蒸蒸日上。婚后育有两个儿子，也是我的两个哥哥，二叔结婚比父亲早不少年，所以我的年纪反而最小。叔叔婶婶很爱自己的孩子们，他们努力给两个儿子也都准备了院子，盖了房子。但是也正是在给第二个儿子盖房子的时候，也许因为积劳成疾，二婶突发脑出血去世，事情极为突然，我们知道的时候都很震惊。这件事也给二叔很大的打击。二叔至此也算经历了继自己的父亲去世后，最大的人生坎坷，心性好像与以往的性格相比柔和了不少。自从二婶去世后，他与父亲的相处显得比往日异常亲切珍惜，也许血缘亲情就是如此吧！

思绪回到当下，此时，父亲病重，我也必须承担起田地里的农活儿。就在照顾父亲生病的一天早晨，我照顾父亲吃完早饭，便去村南自家的花生地里拔草了。地里的草已经长得很高，早已高到超过了花生秧。叔叔有一天早晨起得早，也帮我一起清理地里的杂草，一边干活，一边鼓励我要抓住上学这个机会，也要把家照顾好，这个时候，我好像和二叔从内心处拉近了些距离，但是不知为何也不敢全然靠近、依赖。平时自己和二叔接触很少，他给我的印象表面严厉、说话犀利，但言谈之间也能透露出他发自内心的亲情，即使如此，我还是不敢与之多交流。只记得自己读初中的时候，有一次父亲给我交不起学费，实在没有办法，凑不出几百元钱，去叔叔这里借，叔叔当时虽然借给了父亲，但是要求父亲务必早点还，父亲虽然穷，但也是个要尊严的人。父亲回家跟我提起此事的时候，我内心也很难过，随即父亲很快交代我去另外一位亲戚家，借了学费很快还给了二叔。自此父亲再没有和二叔借过一次钱，也再不谈论钱的事情。

拔完草的第二天早晨，我正在给家人做早饭，叔叔骑着自行车来到家里，简单向我询问了父亲的病情，便和我提起，想让我陪同他去保定市的一家医院做白内障手术。二叔说，最近政府对白内障患者有优惠补助的政策，他很想赶紧去，但是孩子们都不在家，不太方便，想让我跟着一起去。

如果换在平时，我会很爽快地答应，可现在父亲的病情这么严重，经过细心地调理，好不容易刚有些好转，自己与叔叔一走估计要一整天，眼下父亲还根本无力照顾自己，我本能地特别担心万一这个时候，稍不留意，父亲的病情又会恶化，这时身边没人怎么办？面对这时候二叔提出的要求，我本能地显得很犹豫，可是看着二叔真实无助地相求，我和父亲商量后最终还是忧心地答应了。

我在离家之前，把一天的饭菜给爸妈做好，放在父亲身前，叮嘱父亲什么时候吃药，什么时候吃饭，然后依然不放心地、犹犹豫豫地陪二叔去了保定市。这还是我人生中第一次来保定市，在自己的印象里，保定市里好像离自己的家乡感觉比北京还远。

那天，二叔的手术做得很成功，在手术室外又观察了两个小时，没有出现什么不良反应，我们爷儿俩便打算早点回家了。我们一起坐市内的公交车到了保定市长途汽车站，我说：“叔儿，我去买车票，您就坐在候车厅的椅子上等我。”说着就拿着自己随身携带的一个黄色带格子的皮革小包去买车票了。

说起这个小包也很有来由。由于母亲常年在家里烧毁衣物、被褥等生活用品，家里很重要的一些证件和存折，父亲和我都是随身携带，生怕被母亲又损毁了。这次出门，我也带了出来，一方面用身份证也方便，同时家里还仅有二百多元钱，也和这些证件放在了一起，不敢让母亲知道。除了这些，小包里还有宅基地证、户口本，还有对自己当时非常重要的大学录取通知书、准考证、报到证等。可以说家里所有重要的家当，都在这个比巴掌略大的黄色小格子的包包里了。今天由于要和叔叔出远门，要带上钱，眼下父亲身体不好，不能很好地自理，考虑再三，便决定随身带着了。

很快，我便把回家的汽车票买回来了，顺便从手里递给了二叔一张。二叔一看票，是到家乡市里的，路过自己的家乡镇上，便觉得不如买到自己的家乡镇上更合适，没有必要买到市里的，便说：“兰喜，你去把票退了，这是到市里的，路过咱们家，但是没有必要到市里。”眼看很快就要发车了，我说：“叔儿，要不咱不退了吧，到镇上咱们自动下车就好了，多花几块钱而已，车快开了，怕时间来不及，另外即使退票，也要扣我们 3 折的车票钱，这样算下来换票没有多大意义了。”二叔听罢，执意坚持自己的观点，坚持让我去退票。我拗不过长辈的命令，就说：“那您帮我拿着包，我赶紧去退票，再犹豫怕来不及了。”

就这样我一路小跑去了售票窗口处，换了两张票，换完后赶紧一路小跑回来。此时车马上要开了，乘务人员一直在催："去往××市方向的旅客朋友们，抓紧排队检票了，排队上车了，车×点×分就要出发了。"这时候，目的地同一方向的人们都纷纷开始抓紧检票，进站上车。见此情景，我从换票处一口气跑到检票上车的候车座位处，扶起二叔说："叔儿，车要走了，咱们得赶紧检票了。"说着，我们赶紧检票上车了。

总算赶上了，上车后两个人分别找了座位坐下。二叔坐在最后一排中间的位置，我坐在倒数第三排靠右挨着窗户的位置。回去的路上，我一直在担心父亲，不知父亲现在怎么样了，今天的病情有没有变化，家里没有电话也联系不上，总之一路上都在担忧，心急如焚地想尽快看到父亲。

脑子里想着想着，手机响了，我一看是陌生电话，本能地有些抵触接听，心想这是谁呢？明显是陌生号码，从没有接过这个号码的来电啊？我刚从高中的学校走出来，认识的人有限，大都是老师、同学，还有家里的亲人。

这个陌生的电话打了好几遍，我抱着有点儿不耐烦的心情接听了电话："喂，您好，您是哪位？"

电话那头一位中年阿姨很有底气地回道："你先别问我是谁，我先问问你，是不是叫李兰喜？"

我听了很诧异，也很惊讶，回答道："是啊，您怎么知道我的名字，您找我有什么事吗？"

对方回答道："你还问我找你有什么事，你想想你丢没丢什么东西？"

我不假思索地回答道：“我没有丢什么东西啊，您到底是哪位呢？找我有什么事呢？”此时的我感觉有点儿莫名其妙，更是不明白这个陌生电话到底在说什么。

电话那边说：“你是不是叫李兰喜？你父亲是不是叫李奎？你是不是今年要去上大学……你再想想你有没有丢什么东西？”

当我听到这里的时候更是奇怪透了，自己家里的情况她怎么都知道呢？突然，“轰”一下子……脑子猛地“嗡”了一下，想到了自己的小包。

此时，我拿着正在通话的手机没有挂，赶紧问坐在身后的二叔：“叔儿，咱们没有丢东西吧？”二叔说：“没有丢东西啊，怎么了？”我又问道：“您看看我的小包，还在您那里吗？”二叔坐在车座上，把自己的周围和身上找了一遍，说道：“哎呀，没有，丢了！”天啊，看来我们在上车前换票时，清楚地记得把自己的小包给二叔帮忙看着，会不会因为上车的时候着急，慌乱之间我也忘记自己再确认一下东西是否都带好了。

现在想想《弟子规》中一句话说得真对，“事勿忙，忙多错”啊！这时候，我才恍然大悟，原来自己把家里最重要的东西弄丢了，一下子便开始慌张不安起来，怯怯地说：“您好，阿姨，我是丢东西了，丢了对我来说最重要的东西……”

对方回答道：“那刚才问你半天还说没有丢？你明天来汽车站取吧。”

挂下电话后的自己心里七上八下，心急如焚，又很害怕，心想真是祸不单行啊，家里父亲病得这么严重，自己出来一趟还把家里最重要的包给丢了！自己没有出过远门，考虑到自己又是女孩子，明天去取包，对方会不会要挟自己？会不会遇到坏人？如果真的遇到坏人我该怎么办？可是这么多重要的证件，如果我不去取，不可能在开学之前补齐啊！况且大学录取通知书、户口本、身份证……这些真的太重要了，心里越想越着急。自己回到家里，怕父亲知道着急而病情恶化，我便一个人承受着突如其来的焦急和考验，不让父亲看出任何端倪。

当傍晚我坐车回到家，进屋走到父亲跟前，强颜欢笑地询问父亲一天的病情，紧接着开始给父亲做饭，照顾好父亲，收拾完家务之后，我拿着自己的手机偷偷地躲在堆满杂物的小屋里，然后联系高中时候的同学，他是我曾经的前后桌，想着把自己的情况和同学说明，希望这位男生能陪自己一起去，壮壮胆子。想想那个时候胆子真的小，又是这么重要的证件，第一次有点担心自己的安全，身边有个男生会不会好很多。

于是我小心翼翼地给这位男同学拨去电话，边哭边把自己的遭遇和明天要去取包的事情和同学说起来了，最后想请求该同学能否帮忙和自己一起去保定取包。也许都是高中刚毕业，家长对于自己孩子的成熟度也都很担心，那个年纪的同学大多还在家长的庇佑之下，所以那时候做什么事都要和家长汇报。这位男生把我的情况叙述了一遍，对方的母亲也是很担心，怕遇到危险，毕竟刚出校门的学生还是个孩子，没有任何社会经验，该同学委婉拒绝了我。

因为自己特别的家境，自己也不太爱交朋友，独来独往的时候比较多，自己的朋友并不多，我走进主屋旁边的小屋，蜷缩着坐在堆满杂物、布满灰尘的炕头上，忍不住大哭了起来。不知道自己该向谁求助，不知此时的自己会在哪个人心里有些分量，能愿意帮自己这个忙。此时，父亲还没有脱离危险期，遇到这么大的事，二叔又刚刚做了白内障手术不能出门，我不由得生出了满心的委屈。

事隔十几年后，回想起来，真的是年纪小吧，此事对于一个成年人来说并不算什么，但是对于一个没有出过远门的刚从学校毕业的当时的自己来说，的确有些担忧和害怕。当时的我突然觉得活着有种莫名其妙的孤苦与无助。那天下午，我抱着自己的双腿，躲在小屋委屈地哭了好久……

没有出远门经历的我，似乎只有为自己祈祷，勇往直前了。我一边哭着，一边想着明天该如何做。自己暗下决心，谁也不求了，自己小心谨慎，勇敢地去取回自己的东西吧。

于是，第二天，我为父亲准备好饭菜，吃完早上的药，一个人便上路了。我没有和父亲说实话，知道这个时候所有的压力与不安还是自己一个人承受最好，父亲的病刚刚稳定还未彻底好转，不能在这个时候让父亲再有任何压力了。在短短的十来天里，我很快意识到自己可能从此以后便要撑起一个家的担子。父亲真的老了，身体也越来越不好了。而我只有 20 岁，但是要超越常人成长的速度，尽快成熟，尽量快点适应家中的现状，承担起家庭的责任。

上午十点左右，我一个人坐长途汽车到了保定汽车站，下车后找到了一个相对人流较多、比较安全的地方，开始打电话朝着人群中望去，小心翼翼地寻找着正在和自己通话的身影，同时做好准备，如果是坏人也方便求生和选择好逃跑的方向。电话拨过去，听着电话传来的声音和对远方打电话的姿势的人影对比，我终于在汽车站服务咨询台的位置找到了正在和自己打电话的人。我瞬间从她的衣着和神态看出她是一位客运服务人员，穿着汽车站的统一工作服。

我看到那个与我通话的身影后瞬间放心了，自己是遇到了一位好心人，内心无比感恩上天的眷顾。那位阿姨通过包里的证件，也知道了我的一些家庭情况，知道我是个很不容易的女孩子。我不但顺利取回了小包，善良的阿姨还请我一起吃了顿饭，吃完饭后，阿姨让我免票坐上了长途汽车。这位慈爱的阿姨姓刘，叫刘俊女，是个爽快善良的好心人。一直到现在，每每想起她也能感受到难得的温暖，我对刘阿姨的感激之情无法用言语来形容。

我心里自然有着说不出的幸运与感激，小包里面的东西一件没少，钱也一分没有丢，高高兴兴回到了家里，才告诉父亲这些事情。父亲感叹唏嘘不已，既高兴又心疼兰喜，对我说："人间还是好人多哇！好心人的恩德你不能忘记！"并愧疚地说，"哎，爸爸不应该让你这么小的年纪，承受这么多的苦难。"随后父亲从我这里得知了这位好心人的电话，随即拨了过去，表示由衷的感谢与感恩，两个人开心热情又相见恨晚地聊了好一阵子，父亲说以后不管什么时候都要记得这个阿姨，要一生感恩人家，这样的好心人是值得我们学习，也值得我们记住一辈子的。

日子继续一天一天地过着，就这样我又继续照顾了父亲大概三周多的时间，父亲的病情竟然奇迹般地有了明显的好转，自己慢慢可以下地扶着桌子、墙壁走路，慢慢大小便可以自理了。此时，我终于意识到自己深爱的父亲有救了，终于慢慢好起来了，自己打心眼儿里高兴！

第二十二章　大学前筹措学费、生活费

我在家照顾父母将近一个月的时间，之前借来的1000元很快就花完了，我知道不能总是向人家借钱，自己已经长大，应该去找份工作来赚钱贴补家用了。于是，我很快循着内心的目标，在离家十几里外的镇上找到了一家招聘餐厅服务员的饭店，这样我可以临时借着暑期还没有结束再工作一个月。父亲病情虽然暂时稳定了，却不是痊愈，未来需要长期的细心调理，我知道支撑父亲活下来的除了自己的照顾，最核心的原因是他内心的精神支柱，他放心不下我这个闺女，他也在逼自己一定要坚强地活下去，可是我自己也知道，父亲的病未来会终身携带，我们再怎么努力也只是维持现状，最后父亲也终究是要结束于他现在所患的疾病。当我为了能照顾父亲，同时又能出去挣点钱补贴家用，每天早上五点半起床洗漱、做饭、收拾家务后，八点左右骑自行车出发去镇上的餐厅打工，一直到晚上十点多才能下班，有时候会更晚些，每当晚上十点多自己骑自行车往回走的时候，说实话，在黑漆漆的路上一个人前行，我内心是很害怕的，每每回到家里经常已经晚上十一点左右了。

漆黑寂静的夜晚，比白天凉快很多，乡村的小路上却没有一个人，偶尔有疾驰而过的汽车。我原本是个胆小的人，但也就是在餐厅打工的这段日子里，自己的胆子也慢慢被迫锻炼出来了，即使再害怕，也要每天晚上骑十几里路的车，这样的日子坚持了近一个月。就这样，每天早晨上班之前，我多做出一些饭菜，给父母留下，中午和晚上，他们简单热一下就够一天吃的了。每天下班回到家，我还可以和父亲聊聊天，问问父亲身体恢复情况、吃饭情况和吃药情况。每天晚上大概是我们一家三口最温馨的时候了。随着时间一天一天过去，父亲身体竟然慢慢地越发显得好多了。

一天中午，父亲主动和我商议有关上学的事情。我和父亲说："还是不要去上学了，眼前您的身体太需要人照顾，况且家里哪里有那么多钱供自己上学呢？"父亲听了我的话，好一会儿没有说话，沉静了好久，后来父亲果决地抬起头，语重心长又斩钉截铁地跟我说："兰喜，你听爸爸的话，还是得去上大学！听爸爸给你慢慢说，十几年寒窗苦读不容易，虽然我们考上的不是什么重点大学，成绩没有多出色，但也是国家公立的统招学校。你爸爸和妈妈这辈子也就这样了，没有大出息了，这么多年你从小跟着我们，也受了太多的委屈，将来如果你没有文化，即使将来留在农村发展，自己的知识面会很受局限。爸爸盼着你，如果通过上学得到了知识，增加了见识，未来喜欢农村还一样可以回农村，但是那时候就不一样了，你可能会有能力造福一方，给家乡的百姓带来福祉，多好啊。我和你妈已经吃了一辈子没有文化的苦了，我小时候因为家庭条件的限制，只上了 4 年学，一辈子都遗憾没能好好上学，你就不要再吃我们这辈人的苦了。虽然眼下我身体不好，但是经过你这近两个月的照顾，已经好太多了，现在最起码能下地走路，自己大小便没问题了，慢慢再养养，我就能给你妈妈做饭吃了，我们以后肯定能简单地照顾自己。至于学费的事情，你自己想想办法，看看能不能走国家为了扶持贫困大学生助学贷款这条绿色通道。只要能走，你一定要抓住这次关乎你一生改变自己命运的机会。”

我用心听着父亲给我未来命运的分析与嘱托，内心沉重也幸福。我太了解父亲的心意了，于是我点了点头答应了父亲，但我的内心深处也确实放心不下父亲刚刚好转的身体，我听明白了父亲此番话的深意与寄托在我身上的希望，我要为了未来的命运着想，眼下的确也没有更好的选择了。于是我听父亲的话，开始准备贷款的手续和资料。

我看着离大学录取通知书上的报到时间越来越近，对我来说最大的困难还是资金问题。给父亲看病已经借了亲人朋友不少钱，这次又要准备大学期间的学费和生活费，继续靠自己打工每个月450元的工资凑学费和生活费已经来不及了，我开始积极地想其他办法。

就在我暑期工作的餐厅里，我认识了老板家未来的儿媳妇，她为人善良、个子高挑，微胖，戴眼镜，梳个马尾辫。她和老板的儿子都是刚刚大学毕业，从姐姐这里了解到像自己家庭这样的情况是可以满足在当地申请贷款的条件的，我从姐姐这里了解到申请助学贷款的大致步骤。餐厅每天中午下班后有几个小时的休息时间。休息间隙，我去办理贷款的信用社详细了解了相关政策，准备好申请助学贷款所需的材料与证件。其实，最让我为难的是需要找一名有偿还能力的亲属做担保人，才可以顺利申请下来第一年的贷款。我虽然心底一直有着不愿意求人的倔强，但是眼下迫不得已，只得去求亲属了。

这天，我带着申请助学贷款的证明材料，心有所求地来到了二叔家里。

二叔问道："兰喜今天来有什么事儿，你爸身体怎么样了？好多了吧？"

我站在一旁若有所思地回应道："嗯，比之前好多了。"

"有事吗？"二叔说着，示意我坐下来。

于是我坐在二叔客厅离自己最近的椅子上，说道："叔儿，我正在办理大学的助学贷款，按照贷款政策，需要一个有偿还能力的亲属做我的担保人，我才能申请下助学贷款。"

"需要我做什么？"二叔靠在椅子上看着我问道。

"只需要二叔签个字就可以。将来我大学毕业参加工作了，自己来偿还贷款。"我总算鼓起勇气，心里突突突地提出了自己的要求。

二叔考虑了一会儿，还是答应了我。就这样爷俩一起去信用社了，见到了信贷员，说明了自己家庭和担保人的情况后，二叔便在信贷资料页的签名处写上了自己的名字，为我这笔助学贷款做了担保，大概十天后，贷款顺利地申请下来了。在大学期间的后两年，是大哥（二叔的大儿子）给我做的担保人。自己后来能够顺利地完成大学学业，其实也要感恩二叔和大哥一家对自己当时的支持与付出。

上面贷款的是学费，还有生活费需要筹措。父母当时的情况，家庭根本没有一分钱的收入，如果想去顺利入学，自己走后父母手里没有一分钱，怎么过日子呢？我要想办法给父母留下一些钱才好。

心想自己只需要准备半年的生活费就行，以后可以在寒假期间兼职打工，来赚取后半年的生活费。如果在学校表现好的话，甚至能拿到奖学金，境况会有更多的好转。不过入学头半年的生活费，就已经让自己无从下手，左思右想，于是我去了村委会求助。

助学贷款申请过之后，过了两日，我便带着大学录取通知书以及申请助学贷款的相关材料，来到了村委会，找到了当天值班的工作人员，我有礼貌地向长辈打了招呼，然后简明扼要地说出了自己的请求。工作人员接过我的材料，随手看了看后，问道："你想让村委会怎么资助你啊？"

我说："嫂子，我想申请一些助学金，因为家里实在没有钱给我提供上学的生活费，父母生活也是一点儿着落都没有。"说着也将手里的录取通知书递到工作人员面前。嫂子看到录取通知书上的学校名字，笑着说道："你考上的不过是一所很普通的专科学校，又不是特别好的大学，你还要申请助学金，我知道你们家困难，可困难家庭多了。你要考上的是好学校，还好说；但你这样，我们确实有点困难，我们也只能试试，向上级反映反映，等通知。"

就这样我等了两周没有任何结果。两周后，我又来到了村委会继续求助，我说："我想知道怎么样才能让政府给我帮助呢？我真的想去上大学……"

"你需要资助，我们也向上级递交了申请，上面同意了才可以。"工作人员答道。

"我之前已经准备好助学申请了，你们就说让我等结果，可已经等了两周了，马上就要开学了，可还是一点儿消息都没有，你们要是解决不了，我就去镇上问问。"也许没人会想到刚刚20岁出头的我，真的会去镇政府寻求资助吧，或者也根本没有人会把我的话放在心上。

说罢，我便毫不犹豫地起身走出村委会，直接朝着镇政府的方向走去。可到了镇政府，我才明白来镇政府的结果和村委会的一样，也是让我回家静等电话，后来我连着去了几次依然和之前在村里一样没有等到电话，更没有结果。我将自己的情况反反复复向村里和镇上反映了多次，找了几次村上的领导和镇上的相关科室工作人员，都是一样的结果，直言告诉我："现在困难的家庭太多了，不可能都满足你的请求，那别人家呢？"

"难道我这样的处境和困难，真的就没有人帮了吗？"我心里委屈难过地问着自己。眼看着开学日期一天比一天临近，自己助学金的事依然还没有任何头绪，内心免不了难过心急，但又不愿这样就算了。时间越来越紧，可是也的确想不出更好的办法了，正是紧要关头，给自己批助学贷款的一个大哥哥正好给我打电话来，叮嘱我有关助学贷款的事情，后来关心地问了问我现在的情况，于是我将现在身处的无奈，给这位大哥哥讲了，他听完后，善意地提醒我：是否可以去市里求助领导帮忙，能否在生活费上帮助自己度过这一关。

离大学开学的日子还有不到一周了，实在不能再等了，我听着这位善心人的提醒，心里也算是有了新的希望，于是我鼓起勇气，放下羞涩，乘坐家乡通往市里的公交车，直接去了市政府。我清楚地记得那是一个周五上午，正是举办 2008 年奥运会的关键时期。市政府门口登记进入很严格，但我还是勇敢地跨进了市政府的大门，随即我被门卫的工作人员拦住去路："你来干什么的？"那天我也不知哪儿来的勇气，说："我要见市长，家里很困难，需要帮助，自己屡次找到了村里和镇里求助一些助学金，都得不到回音。我想上学，上学是我能改变家庭命运的唯一途径了，所以我这次要见市长求助……"听了这话以后，门卫并没有把我带到市长的办公室，而是直接带我去了信访接待室。

我等了有一会儿，大概有十分钟的样子，突然看见一个戴着墨镜的叔叔进来，中等身高，穿着白色衬衫，一起跟进来的还有一两位工作人员，来到信访室看到我便问："小姑娘有什么事？要找政府帮忙吗？"

其实我并不想跟眼前这位陌生人多说话，只说："我要见市长，别人帮不了我，都是在骗我或者搪塞我。"

戴墨镜的叔叔看我斩钉截铁的样子，笑了，又继续追问了我两次，并说："小姑娘，你相信我，我不骗你，虽然我带你见不了市长，但是你可以把手里的材料给我看看，兴许我能帮你呢？"

我看着他的确很诚恳的样子，于是我开始仔细打量了一下这位叔叔，依然不想跟他多说话，我还是坚持要见市长。这位戴墨镜的叔叔说："你这个小女孩，说话挺冲，今年多大年纪了？相信叔叔，这次叔叔不骗你，你把手里的资料给叔叔看看，这次叔叔如果能帮到你，一定帮。"

听了他的表态，我也觉得或许他真的能帮自己呢？于是我说："那好，我信您一次。但是如果我等了一下午还是没有消息，那明天我还是会来的，我还是要见市长的。"说着便把资料和贷款申请书，双手递到了这位戴墨镜的叔叔手里。叔叔把资料递给身边工作人员，说是要去复印几份。等了几分钟后，身边的工作人员把原件还给了我。

接着，叔叔说："小姑娘，下午三点左右，等我们的办公电话。如果不出意外，明天就不必再跑一趟了。"我听着这话，略微有些迟疑和不敢置信地谢了叔叔后，将信将疑地回了家。

果然，还没有到下午三点，我便接到了市里的办公电话，声音明显是这位戴墨镜叔叔的。叔叔告诉我："兰喜，上学费用暂时不用担心了，我们已经替你申请了助学金，帮你从教育局、民政局，还有镇政府，分别筹到各2000元的救济款，先帮你渡过初入大学的这次难关。”我听完叔叔的话好开心，好像自己还没有这么开心过，简直不敢相信叔叔真的帮了我。我情不自禁地连忙发自真心地感激叔叔。叔叔也很开心地祝福我：“在未来的路上要加油！”这时候叔叔才告诉我，他在单位中的职务，原来他真的是市里一位重要领导，虽然不是市长，但是实实在在地帮到了我和我的家。

回忆这一段历程，深感人生路上遇到困难的时候，不仅需要勇气，更需要一点点运气。如果不是遇到了那位陌生叔叔对我的大力帮助，即使自己的助学贷款下来了，可是生活费也无从着落，步履维艰，更没有可能留给爸妈些生活费了。爸爸没有收入，我把这些救济款一半留给了父母，让他们可以有钱过日子。

就这样，我在2008年9月6日，顺利地踏上了去往大学的路途。当我第一次坐上通往大学校门的长途汽车大巴，不禁流泪了，眼泪止不住地往下掉，百感交集，有感慨、有不舍、有担心、有激动、有憧憬，也有心里的太多眼泪与疲惫！这是我独自一个人，第一次出这么远的门，在去往大学的路途中，我内心深处不免开始无比想念、担心自己的父母。

第二十三章 大学里的初恋情感

记得大学报到那天，下着小雨，我大学一年级的辅导员李老师，是一位文静、正直又很有爱心的老师，身高一米六多，齐肩长发，黄色的皮肤大眼睛，研究生毕业。不知何故在新生报到的第一天，她一下子就看中了我，让我来负责大学新生入学期间发新书等工作。或许我本来就有服务大众的天性，李老师每次交给我的任务，我做得很努力也很认真。开学初期我每天服务同学们到很晚才睡，每个宿舍楼挨着跑，帮助传达辅导员给同学们的指示和关心。当然我也有搭档，大一新生一共 78 名同学，李老师一共选择了 4 个学生代表负责人帮助老师完成平日班级里的事务性工作，在大学刚入学的军训过程中，大家配合得很好，也都很努力。于是正式开始大学生活的时候，我也很荣幸地被选为本专业的团支部书记。

在大学的几年里，我的学习成绩还算可以，担任团支书的工作也做得都很好，先后获得了很多荣誉：优秀班干部、无偿献血先进个人、×× 学院自强自立之星、优秀团员、国家励志奖学金、学院奖学金等。

记得在 2009 年末，大二上学期末通过班级选举、自己学习努力，全班大部分同学投票支持我获得了一次国家励志奖学金，这是大学在校生除国家奖学金外金额最高的学习奖励和荣誉了，我获得了一笔5000元的奖励，我将这笔钱留给了父母一半，补贴家用，剩下的当作自己的生活费，那是我第一次靠自己的努力得了这么多的奖励。这份奖励不仅仅是对自己学习的认可，更是对自己人品等综合素质在班级内同学们给自己的最大认可与支持，显然自己的努力与付出是一定有回报的。

获得这么多荣誉的背后也有自己的辛酸，大学期间，大部分周末、寒暑假，自己要坚持去做兼职赚取一些生活费，很少有休息的时间。虽然同学们也有在大学期间是为了体验生活而兼职的，而我却是被生活所迫必须这样活着，必须去打工赚钱养活自己。在大学阶段，我的心情被生活压得也是有些喘不过来气。

大学三年期间，我一直担任本专业的团支书，做事认真负责，和同学们关系都很好，老师们也都很关注我。辅导员李老师、任课老师以及学院学生处韩处长都对我都很好，经常关注我的学习和成长情况。上学期间我遇到困难的时候，只要老师们知道了情况，会积极帮助我渡过难关。在整个大学期间，这些老师们让我感到了人生的温暖和希望，永远感恩他们！

大学一年级学习与生活刚刚稳定下来，我就找各种机会开始打工赚钱了。大学三年期间，我做过很多的工作，有大学所在市里有名的火锅店的服务员，也有家教老师、手机促销员、电视促销员、发传单兼职工、大学图书馆管理员，工资高一点的就是酒店卖啤酒的住店员了。可是这么多的工作里，我最喜欢的就是在图书馆的工作了。不知为什么，每次走进图书馆，都是那么神圣、干净、舒服，自己内心平静，充满着欣喜、追求与希望。

在大学一年级的时候，出现了人生中第一个追求自己的男生邓欢，这位男生长相阳光，浓眉大眼，大大的眼睛双眼皮，白皮肤，四方略圆的脸盘，阳光率真的发型，长相在男生里可算是俊秀的了。一米七五的个子，性格开朗，只是嗓音绵沙，有些爱面子。表面上每当我和邓欢走在一起的时候总会让同学们觉得我们在一起太般配了，都很俊秀。在刚入学的第一年，他便苦苦追求自己，持续两个学期的表白与坚持。他跟我说，原来大学开学报到那天，他在看到自己清秀的背影后，便再也无法忘记。很长的时间里我一直没有同意他的追求，因为内心明白自己特殊的家境，打心里不敢随便谈恋爱。

2008 年冬季下第一场雪的那个晚上，邓欢为了想和我一起观赏享受大雪纷飞的美好，增加两个人的感情，也留下人生中最美好的回忆，他执着地在雪地里等了自己多半夜，可是我依然没有同意下楼陪他欣赏 2008 年的第一场雪。第二天，他给我打电话告诉我说，后半夜他见我心意坚决，不愿下楼，他自己去了学校外面的网吧里，用电子邮件给我写了长长的一封信，都是自认识我以来所有的短信对话的汇总，编辑成信件，发给了我，让我有空可以看看。后来我打开自己的邮箱，的确清晰明了地看到他在邮件内容里记录的与自己相见以后的点点滴滴，写了长长的好几页，自己不知不觉间被这些内容感动了。至此，我还没有经历过情感，我真的不敢轻易开始一段感情，但是看到他如此执着，自己的心好像也跟着眼前这些文字融化了，于是我打电话联系到了邓欢，跟这位帅气的男生坦言了自己的身世。我告诉他：请如实将我的家庭情况告知家里的人，如果家里父母亲能接受自己的家境，我会同意开始我们的感情。我一直清楚地知道自己家境特别，经历特殊，在感情的世界里受不起伤害，更不想对自己的未来不负责任。

此时的我，对异性并不了解，或许此时他为了迫切地追求到我，对我的所有担忧爽快地答应了，表示对我的家庭情况并不介意，他当时的眼里、心里对自己是满满的喜欢与欣赏，也许，这就是当时这位男生的真心真情。就在大学一年级第一个学期末的一天，邓欢约我去大学所在市区的一处著名的旅游风景区，我们边欣赏这里的美景，他一边诉说着自己的心事。也就在这里他敞开心扉跟我表达了爱意与想未来跟我在一起的决心和勇气，同天，就在我们回校园宿舍楼的晚上，他驻足在学校宿舍楼区的大门口里面的路灯下又一次达了自己对我的心意，他握着我的双手，两眼郑重凝视着我，表达着自己内心深处对我的强烈爱意，他说希望自己在大学期间可以爱情、学业双丰收，他的姐姐也给他发来了最真诚的祝福，以后一生一世一辈子都要在一起。我自然地陶醉在这样从未听过的情话里，仿佛是自己第一次接受爱情美好的时刻。如果时光可以在那一刻永恒或者世俗可以真的不受世态炎凉的影响该有多美好，或许未来我就此可以平安顺遂地收获一个平安幸福的人生吧。被爱、被追求的确是很幸福的，邓欢在和我的感情中一直是比较主动且勇敢的，第二天他迫不及待地请我去看电影，电影演的什么我早已记不清楚了，但是记得深刻的是，邓欢在看电影的时候第一次勇敢地拥抱亲吻了我，这便是我人生中的初吻。当晚回到宿舍后，我脸红心跳得不行，就像做了什么坏事，却忍不住地回忆着两个人在一起的美好，这大概就是初恋给人留下的美好吧。也许他当时就是迫切地想和我在一起……两人初恋的美好一定是有的，在校期间互相帮助也是少不了的。对方的家境稍微好一些，我的生活上有时也会被他照顾；短暂分开后对彼此的想念也是有的。我们的校园爱情陪着我们度过了大学一半多的时光，直到毕业参加第一份工作。初次经历情感的我，竟然习惯了两个人在一起的感觉，发现依恋上一个人也很容易。

在这段感情里，也是我人生第一次被动地感受到了爱情的甜蜜，但这份爱情在没有真正走进社会的这段时间更像是温室里的爱情，到底未来能否长远地走下去？走进社会后两个人的感情是否会发生变化？这些都是不可预测的。两个人的感情随着时间的流逝也逐渐出现了一些问题。彼此的内在追求和性格还是不同，在生活中也出现了不少的摩擦与反复吵架。我的性格比较坚韧、向上，在和邓欢的相处中的确会分散我在学业上的精力。邓欢也是出身普通的农民家庭，但是家庭成员和经济情况要比我好太多了，他每个学期都是带足了生活费来到学校里。而我每个学期来到学校的时候，都是趁着寒暑假挣得一些生活费，手里的费用仅够一两个月的费用。大学期间，在生活、饮食方面，男朋友也经常会主动请我吃饭，勉强还是能安然度日的。

说到这里，还是要心存感激，只是内心倔强的自己，为了心底的尊严，在经济上不想过于依赖自己的男朋友，依然坚持着自己周末兼职的习惯，尽自己最大的努力赚取生活费养活自己，尽量少花男朋友的钱。即使这样，在校园生活期间，他还是愿意在生活上跟我一起分担压力。

邓欢很少陪我一起兼职打工。每当寒暑假的时候，自己一个人留在大学所在的城市里继续打工，挣下个学期的生活费，而邓欢则选择回家度假期。其实作为当时的自己来说，真的没有资格说什么，也只能同意。我也几次征求过男朋友的意见，希望留下来陪着自己一起兼职，哪怕不做一样的工作，至少假期能够互相照应，此时的我似乎已经把他当作自己至亲的人了，而他似乎也只是把我当成了大学时期最普通不过的女朋友了吧。回忆当时他追求自己的决心，和后来把自己丢在陌生的城市，一个人打拼，我会有很强烈的失落感。每次期待他假期的陪伴，都被他不假思索地拒绝了。我也的确没有理由过于勉强他，不好多说什么，每次我会默默流泪送他坐上回他故乡的车，一个人继续过着假期打工的日子。

人的感情很奇怪，没有感情的时候我们活得很洒脱，什么都靠自己，也不会觉得生活有什么难过，更不觉得生活里缺少了什么。可是当自己习惯了两个人在一起的日子，一旦分开，就会突然觉得很孤单、很难过，也很失落。自从开始恋爱以后，不知不觉内心开始依赖他了。有时候兼职的工资还没发，我已经一贫如洗，连吃饭都是问题。每到寒暑假期也是我最艰难的时候，偶尔也会向他求救。但是只要假期他在家中，他都是选择不帮的。我知道自己虽然是他的女朋友，可是两个人毕竟还小，花着家里的钱，的确没有资格要求什么。无奈之下，也只得自己想办法，或者向兼职的朋友们借钱度日。

说起大学校园的生活，我感觉比上高中时候的学习节奏宽松了不少，有不少自己可以自主支配的时间，大学校园里有不少情侣大大方方地出入校园。读大学的几年可以说是大部分学生求学生涯中最美好、最快乐的时光了。但是好的学校或者是有分量的专业，学业还是很重的。在校期间，谈过男朋友的不少女孩子早已在大学期间失去了宝贵的第一次吧。但是我本能固执又倔强地保护着自己。我知道这是一个女孩子一生最宝贵的名节。我不想随便地和他在一起，因为我知道未来还有太多的不确定性，至此我们二人还是保持着纯洁的关系，这并不是邓欢不想和我在一起，而是在对方多次明求暗示的情况下，我始终不同意。在我们大学学业已经都过了一半的时候，我依然还是一个清纯的大姑娘，没有丝毫卸下心里的防线。只是在我们恋爱期间，邓欢不知多少次想和我在一起发生关系，为此，邓欢也好多次对我很不满意，甚至发脾气，也多次质问我："你不想和我在一起，是不是根本不爱我，是心里有别人吗？你不知道学校里很多情侣像我们谈了这么长时间，早就在一起了，有谁跟咱们俩似的？你知道吗，宿舍里的兄弟们都笑话我，说我无能，不是一个男的，竟然这么久还没能和你在一起，我在他们面前都抬不起头。"当我听到这些的时候，也竟然不知道该如何回答他，我只是坚持说："我没有别的想法，也没有别的人，只是我想把自己最宝贵的第一次留在我们结婚的当天不好吗？这样也是对我们两个人的未来和婚姻的尊重，我真的想尊重自己，也想尊重我们的未来，我不想成为轻浮的女孩子，你能尊重我吗？"

就这样，我一直和邓欢保持着作为一个女孩子最底线的安全距离，只是也许邓欢正值青春年少，哪肯死心？未来的日子里，一直用以上的理由数次央求我和他在一起，我不是不知道名节对自己的重要，只是不知道为什么，我竟然在这样的软磨硬泡中，突然在某个瞬间竟然也对眼前这个人有了些许同情和心疼，我也无数次地问过自己，是啊，我不愿意和他在一起，难道是因为我真的不爱他吗？我心里有别人吗？每天被心爱的人央求得到自己，然而两个人在校园又互相依赖地活着，我心里也感觉自己的坚持是不是已经伤了他的心？让他心里不舒服了吧？可是从小父亲对自己的教导，一直让我学会自爱，尤其我是女孩子，就更要保护好自己了，内心深处也着实真的只是想把自己的初夜留到与他结婚那一晚，并不是不爱邓欢，我只是想尊重自己，也尊重我们的未来，清清白白、堂堂正正地走好人生每一步。只是自己的理由在邓欢无数次的央求下，他根本没有听进去，反而已经严重影响了两个人的关系和感情。我的内心也很难过，这是自己第一次经历感情，内心很认真，更是考虑得很长远。对待这份感情我真的没有开玩笑，很单纯的想法，却也带着似乎太过沉重或许不符合这个年纪与当下这个时代潮流的心情。我从没想过我们两个人未来会走散。在大二第一学期末，自己在大学的城市寒假打工刚结束，我想趁着还有几天就要结束的假期，回老家看望父母，假期的每一天，我和邓欢都保持着联系。邓欢早就想见我了，他和我一起约好了去学校的时间。结束假期，两个人没有先去学校，而是在我家乡县城的一家宾馆住了下来。就在那一晚，我还是没能躲过邓欢的央求和他按捺不住内心早就蓄谋已久想和我在一起的想法。然而我却是全程难过也忧伤地把自己的第一次就这样给了自己的初恋，我没有觉得这个过程自己是幸福的，反而是异常的失落和难过的。就在那一晚，床单上流下了不少血迹，我只记得自己拼命地喊着疼，而邓欢知道这是我必须经历的感受吧！后来他总算结束了他要做的事情，而我也只能无助也有些失望地拥在邓欢怀里哭了起来，我感到未来好像有无数未知的恐惧与不安，我到底是对了还是错了？总之，这个夜晚给我心里留下了很深的阴影，随即我发自内心地哭了，第一次就这么被无法负责任又央求已久地占据了，我不知道自己在哭什么，但是好像又知道自己在哭什么。

后来，我们回到学校继续学业，我知道邓欢很聪明，智商很高，很贪玩。我常劝说他珍惜在学校的时间，好好读书，多学点东西，将来走出去能多些自信和底气，心底也想他可以为我们的以后提前做些努力。但是他似乎根本听不进去，不少时间都是躲在宿舍里玩游戏，有时候也在宿舍里睡觉。虽然他很聪明，考试都没有挂科，每次考试前通过突击，成绩虽不优秀也能及格，但是在我心里并不赞同这种学习态度，这与自己从小一直积极向上的学习态度形成了鲜明的对比。大学期间，我的学习成绩一直在班里比较靠前，在大二上学期，还得了一次国家励志奖学金。我追求进步、认真学习的心态，在没有了原生家庭的影响下，仿佛回到了小时候。

而邓欢的状态，逐渐让我多少感觉没有安全感，以及对未来的不确定感和危机感。虽然我能感觉到他喜欢自己，但是我说不出为什么，在相处的过程中，好像女孩子天生的第六感，我总能隐隐约约地感受到这份感情可能未必有完美的结局。

邓欢清楚我的身世，但是毕竟邓欢是在相对安逸的家庭环境中长大的，他完全体会不到我的成长经历，此时的我内心极度缺乏安全感，以及我心底期待的爱情可以稳定牢固的心安与幸福。因为过早面对生活现实的我，很早就知道，我们的感情在校园里等于是在温室里，这份在校园里的感情能不能禁得起走出校园后的考验，在我心里是打了很多的问号的，有时候人世间的誓言并不一定真的经得起现实生活中的考验。而强烈的直觉告诉自己，我们的结局未必圆满。

第二十四章 初来北京的艰辛

大学生涯美好而短暂，2011 年腊月，我和邓欢找到了人生第一份真正意义上的工作，也是我们开始毕业前半年实习的日子，我们刚从大学校园里对未来充满了好奇与憧憬，两个稚嫩、青涩的孩子开始了在中国一线大城市首都北京的闯荡。我还记得在从学校出发前，自己手里实在太拮据了，实在没有钱了，马上面临来北京工作，头一个月应该是最难的。于是我第一次因为个人的私事给自己的辅导员李老师打去电话，说明了自己的情况，李老师了解我的家境，也知道自己很不容易，于是很爽快地借给了我 800 元钱，这让自己来北京实习的过程有了很大的底气，人生路上总会有真正的贵人与前辈在关键时刻给予自己真心的支持，也让自己在坎坷不平的道路上体会到了不少人性的温度与色彩。

在初到北京进行新单位工作培训的几天，我们每天在实习单位附近换着地方租房子，一宿 50 元或一宿 80 元，这样的价格让我们感觉好贵啊。第一天我们住的是招待所，环境稍微宽敞些，一夜需要 130 元的费用，对于我们两个手里没有任何积蓄，手里加起来只有一千多块钱的一对年轻人来说，无疑是太奢侈了。于是第二天、第三天、第四天，我们改为一间临时房住着。那是一间只能住一个人的极其狭小的隔断间，大概只有三四平方米，只能放下一张单人床，进屋放行李箱好像都有点儿挤，于是我们一起偎依在一张单人床上过了三夜。那个时候，不知道为什么，我开始严重失眠，整夜整夜睡不好，邓欢知道我有失眠的症状，于是给我找了一些安眠的音乐辅助我睡眠。刚开始，从学校出来的那段日子，我们过得着实不容易，第一周因为对北京不熟悉，手机不像今天功能那么健全，大多都是接打电话发信息的功能，最多好一些的手机能留下一些不太清晰的照片，根本没有上网的功能。而我们租房只能靠打听，或者看路边贴的小广告，找一个稳定的住所都很难。

因为自己特殊的成长经历，在眼下相对艰难的环境下，让我猛然间也是发自心底地意识到自己内心深处特别需要亲情的安慰和鼓励，但是好像一切都没有。我已经意识到从学校毕业以后，就没有老师护着了，什么都要靠自己了，未来的路一定会很艰难。其实，难的不是工作，不是穷，而是担心自己能否面对未来人生中的各种不确定性。一帆风顺，对我来讲一定是侥幸，可以说是不可能的，坎坷与荆棘也许才是自己人生剧本的惯性演出吧！除了眼前的男朋友，出门在外我的确没有任何人可以偎依与依靠了，自己好像也没有经常联系的亲人和朋友。刚刚参加工作，自己在北京的生活开支仅能勉强维系，只是这个时候，我已经内心暗暗立志自己上班每月给老家的父母邮寄生活费，每月给父母 500 元的生活补助。

就在我和邓欢晚上住在这个狭小的隔断间支撑我们实习培训的第三天早上，我接到一个陌生电话，原来是北京 ×× 集团物流金融公司打来的。那时候，我和邓欢一起实习的单位，是该集团下属的质押监管 4S 店，在那里当质押监管员。对方来电，首先确认我是否是本人，然后对方紧接着说：“我们看了你的简历，感觉综合素质不错，是否愿意来总部面试？”这对我来说无疑是个天大的好消息，第二天邓欢陪着我，辗转坐地铁，便来单位总部面试了。当我来到面试地点的大楼下面，内心瞬间充满了对自己未来工作地点的无比向往与骄傲，这是自己人生中第一次见到这么高档、豪华、气派的现代化办公大厦。

就在我面试的时候，邓欢一直在楼下等着，面试的过程很顺利，我顺利被 ×× 集团物流金融总部录取了，担任业务助理的岗位，这对于我一个还没有毕业的大学生来说已经是天大的好消息了！当然邓欢也很替我高兴，甚至也很自豪。

待我们在实习单位一周短期的培训结束后，便一起坐上大巴，各回自己的老家了。回到老家后，我没来得及休息一个晚上，便和父亲说了自己工作的好消息。父亲发自内心的高兴，十分支持女儿从事这份难得的工作。只是眼看还有一周就要过年了，思来想去，或许我太珍惜也很想把握好这次工作机会了，对于自己和自己的家庭来说都是很大的人生转折点。和父亲商议后，就在我回家的当天，腊月二十三当天下午，我继续拖着白天刚刚拿回来的行李箱，背上书包、拿着自己手里仅有的 300 多元钱，再次奔向离家乡不远处的北京了。

晚上，我坐着家乡的大巴来到北京，到了工作单位的附近，却怎么也不记得去上班的路了。我拖着行李箱，背着包，在分不清东西南北的街道上，孤身一人寻找着当天晚上要落脚的地方。那时候我的手机功能简单，没有导航，依然是二手的旧手机，整个大学期间，自己好像没有用过新手机，二手手机记得丢了或者坏了，就再买一个新的二手手机。那时候的手机只能用来接电话、打电话、发信息、回信息。

我一边拉着行李，一边焦急地四处张望着附近适合自己住的宾馆，这个晚上我在一条陌生的马路上走来走去，走来走去……伴着马路两侧的夜灯，顶着寒冷刺骨的冬季的夜风，拖着行李走了很长的路。走了好一会儿，肚子实在饿得慌了，宾馆没有找到，却看到了一家马兰拉面馆，饥寒交加的自己便走了进去，要了一碗热腾腾的面。面馆成了我可以短暂取暖的地方，吃完面，我继续拖着行李，在这条陌生的街道上找合适的住处。

眼看手机上显示的时间已近夜里十点半了，我心里有点儿着急了，走着走着，终于找到了一家有地下室的路边宾馆，打听了价格，地下室最便宜 90 元一晚，半地下室贵些，130 元一晚上。身上只有 300 多元的自己，本能地想着省钱，于是下意识地跟宾馆老板说选择地下室，随即让服务员带自己下去看环境，随着服务人员的脚步走进了这家宾馆的地下室。我真实地感受到地下室阴暗潮湿，走在地下室的通道上，一股莫名的阴森恐怖和不见天日的压抑感便涌上心头……在服务员打开给我准备的房间门的那一刻，一股难闻的湿气和压抑、害怕瞬间涌上了心头，我犹豫了一下，对服务员说："对不起，要不我换一间半地上的吧，贵些就贵些吧，明天我就不住了，再找别的住处。"于是后来我便选择了一间在半地上的宾馆里孤单地住了一夜，这一夜心里却是一直对比住地下室的宾馆价格有些贵而责怪自己，认为自己浪费了钱。

第二天，我终于找到了上班的单位，开心地给大学辅导员老师打电话汇报自己的情况。李老师很高兴也很自豪，并且帮助我联系到了来自同一个学校的学姐晓兰。我对于李老师对自己自进入大学以来的帮助心怀感激，她的支持与鼓励，让我一路走来满怀希望与温暖。第二天上班，通过打听，这位学姐为人很善良，至今记忆犹新。她知道我作为她的学妹，一个人初来北京的难处，非常愿意帮我度过眼下最艰难的实习阶段，邀请我来到她的住处，一起生活一段时间。学姐与她的男朋友租住在北京近郊的一个村庄里，两室一厅，两户合租的，这里离上班地点很远，在顺义俸伯镇，坐公交车要一个半小时左右，加上走路的时间要近两个小时。我便随着这位同一专业的姐姐一起生活了大概半个月的时间，每天上下班的时间近四个小时。

每天早晨，我与学姐五点半就去村口的公交汽车站等车，路上要坐一个半小时的车，下车后还要走二十分钟左右才能到单位，八点前两个人要赶到单位。单位管理也很严格，一个月中迟到不能超过两次，但是初来乍到的自己在单位经常加班到晚上七八点才能回家。我刚分配到公司的时候感觉工作强度很大，加之对工作并不是很熟悉，每天盯着电脑完成数据统计和筛查的工作。除了中午吃饭的时间，整天都在紧张忙碌地盯着电脑。我工作起来非常努力，也会时不时请教学姐一些业务上的问题，一起下班回家做饭，姐妹两个也相处出很深的感情。

到了晚上，我盖着学姐给自己匀出来的被子，慢慢自己觉得有点儿不好意思。我在学姐那儿住的一段时间，姐姐与她的男朋友都是分开休息，男朋友就睡在客厅沙发上。我感到这样下去给学姐和她的男朋友带来了很多不方便，想自己在这个小镇上租一间小房子，于是利用下班休息的时间去村里看房子。以我现在的经济条件，只能选择房租尽量便宜的平房，肯定不如姐姐这里住宿条件好，但还算便宜，一间房月租金 350 元。第一次付房租，需要付给房主押一付三的费用，交四个月的租金。只是眼下我手里实在没这些钱，还要自己单独准备被褥，这是当下需要解决的一件大事，只是准备被褥加上付房租，即使再便宜也需要不少钱。

我实在凑不出这些钱。实习期第一个月的工资还没有拿到手，自己又发自内心地不想再打扰学姐和她男朋友的生活了。于是我下意识地就想给邓欢打电话说明情况求助，他在电话那头思考了片刻说："兰喜，我实在抹不开面子，和家人说自己的女朋友家连这点儿钱都没有，我也实在说不出口兰喜的家里连条被子也不能给女儿准备……"我反反复复给邓欢打了好几次电话，是的，此刻我遇到困难了第一个想到的人的确是邓欢，我把他当作自己在这世上的亲人了，他说的没错，我家里的确没有一条像样儿的被子，而且父亲年纪大了，身体又不好，我不想让父亲为自己的事情再忧心费神了，更何况我比谁都清楚，家里没有任何收入，的确很穷，父亲哪里有富余的钱啊？可是就在那个晚上，邓欢拒绝了我数次的求助，每次拒绝都是同样的理由，我从晚上这么多通电话里对他这个人，真的失望、也绝望了。我终于清醒地知道电话那头的邓欢一定不是自己要选择的能走一生的人。他要面子胜过帮助我解决迫在眉睫的生存问题。

我就在那些无助的日子里，我心里也对男朋友的感情有了质疑，动了和邓欢分手的念头。都说患难见真情，我知道自己的困难，对于他家来说不算什么。我和他一起去过未来的公婆家几次，只是现在的我哪里知道他一直没有告诉他父母我家的真实情况。我本以为他当初追求我的时候，当我向他提出将自己的身世如实告知家人的时候，他会如实把我的家境告诉他的父母，而此刻我竟然也没有完全意识到他的谎言。

我知道妈妈在家里直到今日也是常常烧东西，家里被烧得一无所有。况且家里没有劳动力了，唯一的劳动力是父亲。父亲因为身体的原因，好几年不上班了，家里那时候真是家徒四壁。如果要求父母现在马上就给我拿出一条像样的被子来，对我家来说是不可能的。

大学期间，尤其是我在寒暑假期打工的过程里，经济一直很拮据，经常自己身上连 100 元都没有，在大学生涯寒暑假也是我最艰难的日子却几次急需帮助的时候，那个自己心目中的唯一可以开口求助的人，最后却都没有在自己最需要的时候伸出援手，他也可能是怕在家人面前丢人吧。邓欢从来不愿意跟我一起回家探望自己的父母，却总是愿意让我陪他回老家看望他的父母。时间久了，我心生委屈。因为我明显意识到他并不喜欢我的母亲，在感情里我也越发觉得他对我的不理解和不公平。印象里他只来了我家一次，见到我家中母亲的病情和穷困潦倒的现状，他再也没有来过我的家。

大学期间两个人在一起的时候，也有很多的美好情景，只是再美好也抵不住现实残酷和日久见到的人心。时至现在，我想和男朋友分手的冲动越来越强烈。万般无奈之下我只得厚着脸皮向学姐开口借钱，我跟学姐说，自己想单独租间房子住。我知道当时学姐手里确实也没多少钱，但是善良的姐姐硬给我凑了点儿租房的钱。但是买被褥还是不够，我忍着内心的难过与无助，最后还是决定给父亲拨打了电话，流着泪告诉了父亲自己在外面的真实情况。父亲听了我这头难过的描述，心里很难过，很心疼我！当时父亲就表态说：“闺女别着急，爸爸这次借钱也要给我闺女做个最好的新被褥，暖暖和和的！你把现在的地址和邮政编码给爸爸，爸爸做好就给你寄过去。”

2011 年 1 月底，农历腊月底，我为了赶在春节假期多挣点儿工资，没有回家。过了春节，大概在正月初十，满含父爱的新被子便邮寄到了我新租房的地方。在没有被褥的那几天，我自己住在新租的出租屋里，也就十平方米大小的地方。我盖着学姐借给自己临时用的薄被褥。那年的冬天很冷，房里的暖气前半夜虽然有温度，但是温度很低，到后半夜就不热了，每天晚上都被冻醒好几次。当我接到爸爸邮寄来的被褥时，心里暖和得热泪盈眶，那是父亲亲手给我缝制的被褥！足足有五斤重！我抱起沉甸甸的父亲亲手缝制的棉花被，看到被面是喜庆的大红色，上面有吉祥的花纹图案，此时我又感受到了满满的父爱，于是我赶紧给父亲拨打电话告诉他我已经收到了他邮寄给我的被褥。

电话那头的父亲说："收到了就好，我闺女今天晚上就不冷了，给你做的被子，是用了家乡最好的棉花！我借了点儿钱，给我女儿买了五斤新棉花，买的新被里、被面，亲手给我闺女缝的，你盖着应该很暖和。爸爸今天骑自行车驮着被子，去镇上给你邮寄的。”

那时父亲已经 70 岁了。那几天下雪，冰天雪地路很不好走，爸爸为了给我邮寄被褥，那么大年纪在满是积雪、上冻易滑的路上，竟然骑着自行车驮着沉甸甸的被褥，去十几里地之外的镇上给我邮寄被褥。我终于从这件事儿上，体会到了“亲情”与“爱情”的不同……

过了正月十五，大概是正月十六的上午，男朋友邓欢终于从自己的老家出来了，他在去学校的路上，还是来到了我现在临时租住的地方看望我，然后再准备去大学校园写毕业论文。此时的我内心早已百感交集，不管眼前的邓欢怎么花言巧语也提不起爱意了，他来看我，我却怎么也不开心，心里别扭、委屈、压抑的情绪全都来了，我们那天吵架了，吵得很凶很凶，心底对他的不满越来越多，我也是第一次跟他吵得那么凶吧，他是得到我了，却也终究因虚伪不堪的心理将这份纯粹的感情糟蹋了。我终于意识到自己看错了人，信了他在大学校园里的花言巧语，被他的小恩小惠迷失了心智，以为他爱我会像我爱他一样坚定勇敢，但事实并不是这样，他多次为了面子与虚荣心全然不顾我一个人在外的处境与感受。他竟然不理解我为什么会这样？但是我心里明白，我显然意识到这份感情自己终究是错付了。当时我并没有果决地和他提出分手，但心里对他的看法已经大不如从前，只是自己当时虽然有理智，但是内心太脆弱了，一点也不强大，唯唯诺诺地委曲求全，只是感觉自己习惯了身边有这个人，习惯了这份自己出门在外唯一可以在情感上依赖的人，此时的自己显然没有勇气彻底割舍掉这份感情，但是，从此感情热度比从前锐减。

没有几天，邓欢去学校整理好自己的衣物被褥，全部带到了我住的地方，然后跟我商量，希望我能跟他去市里租间房子住，一起搬到市里住，这样上班可以省几个小时的路程，不用我一个人来回奔波这么辛苦了。这个时候，他有家里刚给他的半年的生活费，加上我第一个月的实习工资也发下来了。他说得对，如果他能陪我一起去市里找房子，也比我一个人轻松很多。

这个时候的邓欢，或许也想挽回和我的感情吧，他为了照顾我上班离单位近一些，于是我们很顺利地以每月 650 元的价格，在东三环边上的一个小区里，租下了一间 6 平方米的隔断间，四面不隔音。同样是押一付三，首次要交四个月的房租。这时候的我做了人生第一个错误的选择，恰恰在这段感情该放手的时候又选择和他生活在了一起。或许感情本来也是说不清楚的，这是我人生当中第一段感情，包裹着太多五味杂陈的感受与依恋，理智虽然清醒，可是善良与脆弱，还有在这偌大城市里的孤独，又让自己无声地在感情里妥协，侥幸的以为未来会变好。

这时候，邓欢需要每天坐很久的公交车去海淀上班。我自然也知道这是他为了照顾自己而承受的辛苦。就这样一天一天地过去，我们两个人的工作，慢慢地稳定下来了。刚进入社会的两个年轻人在大城市里看到什么都是新鲜的。我们两个人长得都很清秀，心里也有着和青春吻合的虚荣心和欲望，开始想着拥有很多自己以前没有的东西，比如时尚的品牌手机、好看的衣服鞋子、上班必备的笔记本电脑……总之，消费需求远超两个人当时的收入。尽管两个人有着对生活现状急切改变的冲动，可是两个人都是每月两千多块钱的工资，是很难满足当时的消费需求的。租房、出行、饮食、日常生活等方方面面的开支加起来，根本入不敷出，我们一起去面馆吃顿面都很奢侈。

第二十五章 透支信用卡，初恋感情破裂

2011 年 2 月份，我已经有了人生中第一张信用卡，是单位提供的福利，给在职的新员工办理了当时还比较新潮的信用卡。我办这张信用卡，是因为担心父母年迈身体不好，以备不时之需，心里还是很清楚，这钱是不能随意乱花的。可那时邓欢也正是爱面子的年纪，很想把大学时用的旧手机换掉买一部好一些的，当时看上的新手机最便宜也要一千多块钱，他跟我央求了好几次，想刷我信用卡里的钱买一部新手机，慢慢再还。

听到他的诉求，我是很不同意的，屡次告诉他："信用卡里的钱，是给我父母准备的，以备不时之需。我的父母身体都不好，尤其是父亲，不知道什么时候，他的病情会再次恶化，需要住院治病，可是我能给二老准备的钱，只有这一张信用卡，这钱是绝对不能乱花的。"

可是他好像并不理解我的初衷，他接连一两个月的时间多次请求我帮他完成这个心愿，在他持续数日的央求下，我依然还是很不情愿，可是最终还是心软答应了。后来自己回想起这个事情，真的是错了。错就错在答应他请求的同时，也打开了我后来依赖信用卡的闸门，为后来的负债生活开了口子，也给自己的人生增添了不少困顿与悲剧。

我还记得刷信用卡买手机那天，他特别高兴，那是2011年6月的一个早晨，阳光明媚，柏油马路两侧的又粗又壮的杨树队伍衬托着城市里夏季的主要景观，美好也舒展，树叶深绿，微风袭来，在风中温柔地摇曳，映着夏日上午明媚的阳光更是让人陶醉其中。我们两个简单吃了早饭后，一起去了出租屋附近的手机店，在他的建议下，我们一人换了一部新手机，那是我第一次透支信用卡满足两个年轻人的“虚荣心”。没想到的是，自从打开了这信用卡消费的闸门，就再也停不下来了。记忆里，当时换了两部手机共花了三千多，两个人每月到手的实际收入加起来才四千出头，一下子消费这么多，我的确担心能不能及时还上啊？虚荣心被满足的背后，是我内心七上八下的焦虑和不安。

生活里好像不敢再有一点儿意外。我们两个人住在不到6平方米的小屋，每个月的固定房租后来涨到700元左右，加上日常生活各方面的开支，我每个月依然坚持固定给父母500元的生活费。此后，我们在经济方面每个月更加拮据了，本就不宽裕的收入里，我们还要定期从这些本就不宽裕的收入里，以及日渐增加的支出里，挤出信用卡的最低还款额。

我们当时想得挺好，心想一个月如果能还500元，大概不到一年就还清了。可是我们连续还了不到两三次。随着每月消费额度的不断增长，我们管不住自己经常要从信用卡里消费，最后每个月500元都很难挤出来了。我们好像“很聪明”，后来还不上的时候就从信用卡里套现，再还当月的最低还款额。要知道信用卡套现利息是很高的，以前自己习惯给老家父母每个月寄一些生活费，干脆自己“狠下心来”全都从信用卡里一点儿一点儿套现。这个消费心理和习惯的养成，好像维持着表面一时的“美好”，却给我后来的人生造成了很大的人生灾难和心理压力，也严重影响了我们两个的感情走向。

记得大学刚毕业的时候，我和邓欢去出租房附近北京的家乐福超市花 100 多元购买生活必需品或者好吃的，都感觉好满足，也很美好。随着我第一次同意邓欢用信用卡买手机的请求，我们在无形中就控制不住消费的欲望了，感受到了新手机给我们带来的短暂的虚荣感，接着是欲罢不能地打开了自己压抑在内心已久的超前消费欲望，本能地想迫切得到超过自己工资收入的生活品质的改变。这对我来说无疑是饮鸩止渴一样的可怕。后来我又陆续开了好几张信用卡，每张信用卡都在一万以上的消费额度，我们后来再去超市的时候，好像可以随意透支自己的未来，有着一颗根本不符合收入水平的小资心态。

在后来的日子里，我发现两个人想做的事越来越多，可是收入是有限的，不断地从信用卡里透支自己的未来，慢慢地形成了恶性循环。随着我们消费信用卡成了习惯，透支越来越多，以至于两三年以后，每个月的工资即使全部用来偿还信用卡欠款，都只是最低还款额了。两个人过得越来越痛苦，感觉每个月都在给银行打工，分文不剩。还完了最低还款额，再继续透支信用卡维持当月的生计，真是一个可怕的人生旋涡！如果没有特别的奇迹，将很难从负债度日的旋涡中解脱出来。

起初，我和邓欢一起偿还信用卡上的欠款，后来，随着两个人花费越来越多，还款的额度也越来越大。两个人因为信用卡的问题，日子也过得越来越紧张。随之而来就发生了不断地吵架。后来他认为我花得多，我们终究因为一时的不符合自己收入情况的消费欲望，打开了不符合自己收入水平的消费心理的魔盒。欠银行的钱越来越多，而自己也养成了透支未来收入的习惯，如此不断地满足自己的虚荣心，买自己喜欢而从未拥有过的衣服或者护肤品等。

后来直到和自己的丈夫结婚时，才好不容易把自己所有的信用卡欠款还清，自此再也不敢用了。将近六年的时间，我陷入信用卡欠债旋涡，感觉活得好累。刚步入社会的年轻人，如果只顾一时的物质享受，超前消费，而工资是很难一下子涨到可以填满自己消费欲望的程度。一旦透支信用卡成为习惯，就很难一下子跳出来。

也有很多持卡人控制消费的能力很好，有合理的消费理念和规划，把信用卡管理得也很好，而且慢慢成了信用达人，但不是所有人都能做到这一点。合理使用信用卡，可以让我们安然度过经济上一时捉襟见肘的关键时期，更好地渡过难关；一旦控制不好自己的消费欲望，就很可能跳进一个很难再跳出来的怪圈。

现在反思那时候的消费情况，根本原因在于自己没有正确的消费观和价值观。我们需要养成合理的消费习惯，减少过度消费的欲望。

后来才知道简朴大方的灵魂才是最美丽的。自己当时透支信用卡换来一时的"满足"感，后来想想都成了自己背负重压的"人生赊账单"，误以为追求时尚就是人上人的想法是极其错误的。

我和邓欢工作的第一年，夏日的一个周五过完，那个时候我们还没有使用信用卡消费的习惯。眼看又要迎来一个夏日的周末。捉襟见肘的经济情况，让我们在本可以享受周末放松的时候，却无法真正放松，根本没有心情了。还没有到发工资的日子，两个人加起来还有不到 100 元，邓欢提出不行先向自己的家里跟父母求助一些辅助度日吧。我决定把大部分钱给了邓欢留作来回的路费，我身上仅剩了5元钱，周六早上邓欢很早就离开了我们的出租屋，这个时候的我很害怕孤独，总觉得自己很孤独，临出发的时候我再三叮嘱邓欢："邓欢你今天晚上能赶回来吗？我身上没有钱了，这5块钱我也不知道能吃几顿饭，如果晚上能赶回来最好了，我心里也踏实了，不然留我一个人在这里，太久了我怕自己会孤单难过。"邓欢也满口答应着："行，我知道了，我早点回来。"邓欢的老家离北京不是很远，早上很早出发的话，时间把握好，晚上是可以回到北京的，而在邓欢走后，我手里的5元钱也并没有舍得花，那天我一天没有出门，在出租屋内忙着清洗自己一周没有洗的衣服，耐心细致地打扫两个人居住的房间，忙完后，我又开始拿起自己的工作笔记，梳理自己在单位的工作，时间过得很快，眼看就要黄昏了，兰喜的内心从邓欢离开后就期待着什么……那天我一天没有吃饭，喝了几次水，我想着晚上等邓欢回来，一起高高兴兴地去吃饭，我内心也期待着邓欢心里也惦记着自己。邓欢知道我手里没有多少钱，我总觉得今天他会回来的，只是奇怪他一直没有联系自己，我渐渐开始不自然地难过着什么，失落着什么，又不愿面对着什么……眼看就要晚上八点了，我忍不住给邓欢拨去了电话，问他回来了吗？让我难过的是，他的回答是"兰喜，我晚上不回来了"，听到这话，我内心期待的落空和失落感一起萦绕在了心头。时间一晃到了周日的下午，邓欢风尘仆仆地赶回了出租屋，与我见了面，只是此时的我内心却特别难过。当下的自己，心里有种说不出的失落、委屈、压抑、难过……我看着眼前风尘仆仆的邓欢，愣是一点儿也开心不起来。那一晚，我和邓欢吵了一架，又是因为自己内心的难过，吵得很凶。我边走边哭着去了离出租屋不远的北京老国展边上的柏油马路上……我不知道是何原因，我哭得特别难过，我哭的是自己终究是高估了自己在男朋友心里的位置，又一次陷入了对二人感情的质疑中。

第二十六章 失恋伴随着抑郁症一起到来

2012 年前后，我的第一份工作是蒸蒸日上的势头，没有随着自己的感情出现问题而立马颓废。2012 年年初，因为我在 ×× 物流集团年会上的出色的表现，顺利地调到了 ×× 集团总部。此时对于我来说，一个特别隐形致命的打击也在慢慢地酝酿着，影响着我未来的心绪和命运。随着大学毕业顺利地参加工作，我的工作在同龄毕业的大学生中是比较体面的了。对于一个普通院校毕业的大专毕业生算是很幸运了。

只是随着我的年龄一天比一天大，眼下我已经 26 岁了，内心其实是渴望邓欢能和自己有个结果的，不管是结婚还是分手。虽说邓欢与我同龄，但是他毕竟是男生，而年龄对女生来说太重要了。令我不解的是，他始终没有主动向我提及过两个人的婚事和未来到底如何规划，更像是得过且过，过一天是一天的感觉。这让我内心很没有安全感，也很不高兴。就在 3 月左右，我曾主动向邓欢提及此事，不想再这样无休止地耗着自己了，但是邓欢始终没有正面回应此事，总是习惯性地找其他话题绕开这个敏感的问题。我心里无疑是委屈也愤怒的，在我心底深处其实也早就因为曾经多次需要他伸手搭救，他却以各种似是而非又让我说不出话的理由拒绝，大概也猜得出最后的结局。如今内心更是越来越意识到这份感情根本无法落地，面对现实。

后来的日子里我多次询问他有没有结婚的打算，可只要我一提到结婚的问题，他依然还是各种逃避，支支吾吾，或者转移话题，或者心生不快。我看到他这个样子，自然是不开心，便问他为什么不正面回答我结婚的事情。随着我不断地询问，邓欢终究是无法再躲避这个问题，他最后终于遮掩不住地告诉了我真实的原因，原来这几年他一直没有告诉自己的父母关于我原生家庭的真实情况，所以每次我求助的时候，他也不知道和自己的家人如何说起，另外，就在我们大一结束的暑假，邓欢唯一一次来到我家里见父母，看到了我母亲的真实情况，看到母亲的病态与衣衫不整，他并没有从心里真正地接纳我的母亲，他实在不喜欢我的母亲。所以在后来的日子里，他从不愿意陪我回父母处看望。

我听到这里才意识到原来这么多年，自己一直都蒙在鼓里，其实之前早已因他在自己危难的时候不帮忙而感到不解和寒心，但是为了给这份感情一线希望，也为了心中这份依恋不被割舍，妥协了这么久，现在终于都明白了。记得我在大三的时候，暑期兼职，极其缺钱和困难，也差点儿因缺钱遇人不淑而走错了路，在自己极其坚韧的自我保护下，保护住了自己的名节。当初自己答应和男朋友谈恋爱，我曾十分严肃和语重心长地对他说过，我们恋爱的目的就是结婚成家，并把自己家庭的真实情况告诉了他，只有认可并接受，我们才能开始。虽然心里能预料到结局，但是这样的理由却依然让我无法接受，的确有种被骗了的感觉。心里痛苦极了，可以说无法接受自己被蒙在鼓里这么多年。终于觉得我们这段关系必须结束了。

这次恋情给我的最大伤害，便是自己很难在短时间内相信爱情，相信别人了。这么多年求学的艰难没有打败自己，家里的贫苦没有打败自己，母亲的精神疾病给自己的折磨没有打败自己，真正打败自己的竟然是自己视为生命中最重要的伴侣对自己几年来的隐瞒与不诚实吧。我的确不敢相信这样的事情会发生在自己的身上。原本以为自己求学、成长的痛苦已经够苦了，现在内心却更苦！

也许就是造化弄人，往往我们自己没有想到的事情，失败了，走错了，受伤了不怕，偏偏自己都想到了，预料到了，怕人家接受不了自己的家境，提前真诚地说清楚才开始的恋情，竟然还是让自己栽了一个大跟头，狠狠地扇了自己一个耳光，也流了太多委屈的眼泪。明明开始就很怕自己在感情中受伤害，不敢轻易谈恋爱，没想到当时满口答应我各种条件的人，却没有履行自己的诺言，并没有如实地把我的家庭情况告知他的父母，却迫不及待地和我谈起了恋爱。

因为这件事情我们吵了很多次，我第一次崩溃地狂扇自己耳光，停不下来。一次吵架后的一天夜里，我又一次沿着北京东三环繁华的街道，北京的老国展附近，边走边哭了好久……原来自己这近5年的时间过得如此可笑！这么多年的坚强和努力，这么多年的付出和不屈，却在感情上输得那么可笑，终究是没有换来一个真正懂得自己、珍惜自己的人吧，自己像小丑一样！在此之后，心情难过之际，我联系到了自己的发小萌萌，诉说着自己原来一直裹在心里的委屈，萌萌比我结婚早。她是和我从小一起长大，最了解我的最要好的朋友了，萌萌的家境比我优渥很多，父母婚姻稳定和谐，经济基础稳定且处于小康水平，人生路途也比我走得顺遂很多。我从小承受的委屈与艰难，萌萌从没有体会过。但是萌萌一直很喜欢和我交往，也很心疼我，从小对我也有怜悯之心，有好玩的东西或者多余的衣服也会分享给我。萌萌听闻此事，自然也想给我出口气，她给我出主意，从一段感情中迅速解脱的办法，就是能遇到一个更好的珍惜自己的人，想着给我介绍个北京的小伙子，如果能嫁到北京不是很好吗？还能和自己常见面，也能转移我眼下痛苦的心情。但是最后终究因为我内心一时间还没完全放得下邓欢而辜负了萌萌一片好意。萌萌给我介绍的男生是北京本地人，名叫梁禄，梁禄没有太高的文化，初中毕业，但实在中带着幽默，很会讨我开心，记得我们还一起参加了萌萌的婚礼。不知是否因为长相吸引了他，还是因为他的确看上我了，能感觉到梁禄对我也是一见钟情，虽然我们短暂的邂逅走了一路也只是在萌萌的婚礼结束后回家的路上，但是梁禄幽默有趣地逗着我开心了一路，彼此相处得很愉快，也让我很难忘，当时梁禄是一名北京市里的公交车司机，有着稳定的工作，黝黑的皮肤下能看出此人是个很聪明也很机灵的人，比我大 5 岁。我是个骨子里特别重感情的人，即使眼下知道自己和邓欢走不到一起了，但内心还依然没有完全放下这个人。这时候好像怎么也装不下另一个人，只怕自己伤了人家。只是说来很巧，这个梁禄却是喜欢了我好几年。后来即使因为我的问题还是没走到一起，也因为这种特别的缘分认识，后来他几次都想来看望我，只是我们阴差阳错地都错过了见面的机会，再后来就不了了之了。后来，随着我与邓欢这段感情接近尾声，我的心情也差到了极点。我从没有接受过失恋，那种发自心底的痛苦和内心孤独无助又不甘心是此种结局的心情。阴云笼罩的心絮时常让我压抑难过得喘不过气来，慢慢地自己开始出现失眠的症状。

那时候，我的内心既理智又情绪化，过着玻璃一样脆弱虚幻，又暂时无法适应与对方分开的日子。我根本无力面对现实，也可以说两个人大学毕业后都对自己的未来有着不切实际和不接地气的幻想和追求，都希望对方能够满足自己的虚荣心，一旦达不到便也无法再直面现实。慢慢地，随着一次次的吵架，心中的不满与现实生活的压抑，让我们不得不放弃这段感情了。

我和邓欢在 2012 年 4 月份正式提出分手，2012 年 5 月我搬离了曾经住在一起的出租房，在自己工作单位的附近找了一处合租房与一个在外企工作的姐姐合租两居室中的一个卧室，两个人住一个房间。邓欢也回到了在海淀工作单位的宿舍居住。形式上断崖式的分开，还没有能彻底一下子割断我们的感情与联系。有时候邓欢也会在自己有空的时候从单位乘坐公交车到市中心看望我，我们在北京都没有什么亲人，也都还没有开始下一段感情，或许基于对以往感情的怀念，的确也免不了互相思念。

2012 年年初的前几个月，在工作单位的表现积极努力。在集团总部工作的一年多的时间里，我从事企业文化工作，这也是自己内心非常喜欢的工作，打心里喜欢“文化”这两个字眼，平日我也比较喜欢有思想性的工作。在集团的日常工作里，我负责企业集团报纸文章的编辑润色，学习简单的排版，同时也会兼职给集团总部的员工组织过生日。我用心准备着自己的每一份工作内容，慢慢大家对自己的印象还是不错。在集团几次大型文艺活动中，我也积极参与其中，组织协调，领导也有意培养锻炼我的能力，在工作过程中锻炼了不少工作能力和业务协调能力，在集团大型周年庆活动中也曾随同事一起参演过节目，表现优秀，担任过大型企业文化年会的节目主持人。日后回忆起来自己这段经历与过往，我在集团总部的工作经历增长了见闻，提升了不少自己的工作能力，是自己职业生涯成长最快的一段时光。

时间转眼到了，2013 年的上半年，虽然我从内心深处很喜欢自己的工作，但是与初恋分手之后的一年多，我都还没彻底疗愈好自己的内心，此时自己的心智哪有成年人的成熟，根本无法在短时间释怀，放过自己。

初恋感情的失败，虽然这个结局的确自己早已预料到了，但是自己内心深处对他习惯性的依恋依然是有的，自己把最美好的青春与真诚给了他，当时自己最接受不了便是真诚被辜负，同时也开始严重质疑自己、怀疑自己、否定自己。我终于体验到人生还有一条赛道不是像学习那样，只要自己努力、真诚、积极向上就可以，原来人生中也会裹挟着让我们出其不意的负面价值观，世俗与虚荣心的力量或许不是傻傻的真诚可以撼动的，而且自己本来就如此渺小。是啊，和我在一起的时候，很少听他提起规划我们的未来，记得大二下学期的时候，我想过两个人的未来，提过毕业后想跟他订婚或者一起生活的想法，他总说我还没有一份体面像样的工作，家庭情况又比较特殊，他无法和家人大大方方地说起这件事，为了这句话我特别努力，我好像对待自己的命运一直都很卖力，不敢马虎，我生怕自己一旦不努力就会被原本就没有任何后盾，家境又很贫寒的过往所吞噬。可是即使后来我通过自己的努力，工作很体面，我也很努力的时候，他依然还是没有勇气在家人面前提起我们的事情，或许我们本就在相处的过程中，因为价值观的不同，还有真诚心的不对等经常吵架，而我却没有意识到这是感情走向结束的征兆，中间我们反反复复地分分合合，不能不说没有感情，只是这段感情在现实与世俗虚荣心的摧残下，越来越难以维系。我也越来越感到委屈、暴躁了，多次吵架的经历也在一点点地磨灭着本该有的美好，只是我太过天真也太过依赖这段其实并不值得自己拖泥带水的感情，自己明知道他不可托付，还是下不了决心立马转身离开，内心还沉浸在过往感情的美好与习惯性的依恋里，或许自己都看不起自己，是自己单方面对自己曾经的用心与真诚的留恋吧，也或许真的在这个偌大的城市里太孤独太无助了，和他的感情也有了亲情与家人的味道。自己 24 岁的年纪，我的确很害怕这份淹没于人海中的孤独，后来我才知道原来没有好的出身与家境，在残酷的现实面前即使再美好也可能会被辜负，当时的自己免不了怨恨有加，无处排解，没人开导，自己在北京又没什么朋友，很遗憾未能及时调整好自己的心绪。

后来，连日的失眠与不安困扰着自己很长时间，有时候甚至连续一周睡不着，眼睛干涩，头痛难忍，没有食欲，身体消瘦无力，很快，自己患上了抑郁症。我的直属领导逐渐也发现我的情绪与工作状态很不对，出于对我的关心，领导建议我辞掉工作，需要静下心来调理身心，等调理好再找工作上班。于是我只好暂时放弃这份自己十分喜欢的工作，调理身心。

说起我在 ×× 物流集团的直属领导，是位女性，也是一位特别负责的领导，吃苦耐劳，为人善良。记得在2012年下半年，有一天，父亲给我打电话，说身体很不舒服、病重。我得知情况后，担心着急，急得像热锅上的蚂蚁，不得已和自己的领导说起此事。领导很热心，帮助我向上级申请权限，在集团内部呼吁大家一起帮助我渡过难关。

那次领导前后两天帮助我筹集善款 3 万元左右，让我瞬间有了底气回家，筹到钱后，回家看望父亲，想着尽快安排父亲住院，接受检查和治疗。父亲知道家里没有钱，等我带着父亲检查完身体后，父亲却一反常态地叮嘱我说："这次父亲身体是很不舒服，但是检查完身体感觉没有以往住院时那么严重。咱们家穷，哪里有这么多钱治病，咱们省点钱，在家保守治疗吧。"可是任凭我怎么劝解，父亲就是不愿再前往医院住院了，急得我跟父亲讲："为了您的病情，我们单位的领导特意为我们家发起捐款，为您治病。如果您没住院，我该怎么交代呢？"

父亲依然不理我的话，强烈要求回家，在家输液、吃药，继续让村里的赤脚医生给父亲按照原来的治疗方法治疗。这位医生姓张，名叫张福良，人很善良，附近的村民有什么头疼脑热的，他都会及时赶到，救死扶伤，收费不贵。虽然年轻，但是沉稳老练，经验丰富，自从父亲生病以来，张福良医生一直比较了解父亲的病情，所以由他照顾父亲的病情，我倒是也很放心。只是一旦这位大夫在自己能力范围内没有把握了，就会通知我赶紧送父亲住院。父亲生病的十几年的时间里，我与张医生一直都是这样配合过来的。

回家一周左右的时候，父亲肺部疾病的治疗效果显然好起来了。可是手里还拿着单位领导帮忙在集团内部筹集的善款，还剩很多，自己回到单位怎么交代呢？并没有花那么多钱，于是我想着把剩余的钱再还给单位吧，在家治疗省去很多不必要的开销，几乎也没有花多少钱，我回到单位后，把情况支支吾吾地和领导说了一下。当时，我着实不好意思说父亲这次没住院，怕不好和领导解释，毕竟手里拿着大家的善款，还剩下不少钱，想和领导汇报，把剩下的这些钱再还给单位的同事们吧。

领导和集团总裁都好心拒绝了自己的请求，都是想着让我好好工作，把剩余的钱存起来，以后父亲再生病，也能用得上。此时大家的善心对我来说真的很温暖，也很脸红，不知道该怎么把真实的情况说出来，也是让我一生难忘、很不好意思的一件事情。后来这些剩下来的钱，也的确在自己因感情失败，患抑郁症辞职后的日子里，起到了很大的作用，帮助我在困难时期渡过了难关，同时帮父母贴补家用，改善生活。

从 2012 年 4 月，在自己感情受挫的过程里，不知不觉地已经患上抑郁症。那时候，我真切地感受到邓欢似乎也无法适应一下子和我分手的现状，但是也无法挽回这段感情了。

我的身体情况也每况愈下，心情压抑、无助、烦躁，说不出的委屈，吃不下饭，不知道该用什么方式发泄自己的难过。

随着感情的失意，慢慢内心对初恋的感受由爱生恨，使得我越来越无法控制自己的情绪。压抑、窝囊淹没了自己的心田。后来我回忆到此处时，也不由得从另一个角度分析自己真实处境的深层原因，我的原生家庭结构简单，且家庭经济拮据，加之母亲的病情，我从小在这样的家庭里长大，自知自己的成长环境与大家不同，从不愿意主动交朋友。平日里除了父亲能够偶尔安慰劝解我，几乎没人再给我过多的精神与工作上的指导了，父亲与我的年龄相差近 50 岁，当下外面社会中新时代年轻人的新理念，父亲已经不是很了解了，我在外遇到的挑战与痛苦的时候，大部分时候父亲劝解我隐忍，或者如果实在觉得受不了，太委屈了，就选择放弃，我知道父亲劝解我的初衷虽然是好的，但是也是行不通的，我不能遇到不顺心就逃避，总要有突破自己的时候。

在我和邓欢在一起的日子里，我越来越依赖伴侣的陪伴与互相扶持，也渴望真正被尊重。但是我忽略了自己的伴侣并不是自己的原生家庭的样子，对方是在正常家庭下长大的孩子，他还有两个姐姐，两个姐姐都是很优秀的大学毕业生。他背后有着相对年轻的父母和姐姐们的指点，有些和我同龄的人，还有不少都是有兄弟姐妹的，他们内心无形中有强大的精神支撑以及殷实有序的家庭后盾，然而我在当时根本意识不到这些。这种双方处境的严重失衡，不得不承认在现实面前，如果对方不够智慧与厚德，是无法全然接纳自己的，更加无法精准捕捉我内心深处的心情的，对方及对方家庭在择偶时显然是占明显优势的。我自己不管再怎么优秀，也是难逃社会的现实与残酷的，因为自己的原生家庭实在过于特殊，且一般人会觉得很没“面子”，拿不出手，也上不了台面，没有特别智慧与能力的家庭是不敢让自己的儿子去冒险的。毕竟婚后的生活负担无疑会更加重，谁愿意让自己的儿子冒这么大险呢？只是我在当时的年纪根本看不到这些，我只是不打折扣地在承受着一切不利带给自己的心灵层面的冲击与残酷，家庭综合实力不对等带给我的是在感情中屡屡不被重视的现状，而我还天真地以为自己的伴侣应该是理解与尊重自己的不容易，会倍加珍惜自己，更加天真地认为自己的运气不会那么差，会遇到不珍惜自己的人，可是现实往往和自己的预期不同，会狠狠地扇我们一个耳光。即使邓欢不考虑这些，他的父母和家人也不可能不提醒他的。

我在感受上还不具备让自己尽快从这段感情里跳出来的能力，也根本没有智慧及时止损，客观正确认识自己的处境和自己的家庭。

固然邓欢有些地方并没有达到自己的心意，但凭借当时两个人的经济能力，心智成熟的程度，也是无力面对现实的，尤其是我的原生家庭，无力面对未来将要发生的一切。即使双方都到了结婚的年龄，也很难再往前迈一步了。

自己的原生家庭的确是特殊的，没有特别的勇气、实力和爱意，是不可能与自己携手走向未来的，而且当时的自己也并非完美无瑕。对于当时的我们来说,心灵成熟的程度和经济的实力,是很大的障碍。而我可能被家庭环境历练得早，而邓欢是在相对安逸、有人呵护的环境中长大的。在很多的地方对于我儿时的痛苦，和内心想要的安全感和祈盼被坚定地选择的愿望，他是无法感同身受的，也不可能理解的。也许在那个年纪，他的确很难知道我到底想要的是什么。

我虽有极其理智的一面，更伴随有内心无比脆弱的一面；既无法承受失恋，也无法承受两个人糊里糊涂地过着没有未来的日子。被对方拾不起、放不下的滋味儿很难受，感情失败的痛苦，很长一段时间彻底占据着我的内心，对于当下傻傻的自己来说重感情超过重事业及其他，这也是我在情感路上严重受伤的原因吧，以至于无法全身心地专注在工作中。

这样的价值观不免有些极端也可怜，不难理解为什么，但确实是危险的价值观，但是我们终究要在人生路上一次一次地被教育才能慢慢知道什么对自己更重要吧。

从小在我心底深处强烈渴望能有一个理想的未来，不管经历多少困苦，最终能够过上真正从内而外，通过自己的努力可以扬眉吐气的日子。因为自从来到世间，自己被压抑得太久太久了，哪怕这种未来是不可知的，甚至是不可能的，我都希望去争取一次改变命运的机会。潜意识里朦朦胧胧的声音，虽然在指引着自己，但是眼下的痛苦是必须承受和经历的。孤身一人的无助，加之失恋的痛苦，足以淹没当时脆弱不堪的自己。就像赌博一样，当时我输掉的是自己赌上的对于美好生活和宝贵生命的殷切期望。

记得和邓欢分手后，反反复复纠缠不休的日子里，他并不愿意和我立马分手，却也无法给我承诺未来，那是6月夏天的一个晚上，我忍不住把这么多年真心换来的委屈与冤枉一股脑地泼向了邓欢，无法自控。尽管参加工作之后，我们二人的性格与追求都有变化，尽管我可能内心也想过邓欢可能眼下给不了自己想要的未来，尽管自己知道我们可能不会有个像样的结局，但是最后分手的原因也是自己始料未及的，尽管自己当初百般交代让邓欢告知家长自己原生家庭的情况，但他竟然只字未提！

我可以接受他没有勇气，也的确在当时以我们的收入水平，他着实也没有底气给自己一个光明的未来。只是他欺骗了自己好几年的感情，给不了这段感情一个像样的结果，现在又不愿意和自己分手。这一点，是最折磨我的地方。这天夜晚，我们俩吵得很凶，越说越没有结果的时候，我难过至极，于是我挂了电话，在极度压抑、委屈、愤怒的情况下，把平日本来是用作辅助睡眠的安眠药，一下子吞下去一大把，大概有二十来片，没有一会儿，我就昏迷过去了。

邓欢见我的电话挂掉后，不管再怎么打电话都没人接，过了一会儿，觉得情况不对，其实，当天晚上他就在我租的房子楼下，他赶紧上楼踹开门，抱起我直接送到最近的医院洗胃，还好我被送得及时，也还是在医院昏睡了一天一夜，然而洗胃住院的钱又是刷的自己的信用卡。

此后的日子里，我继续长期地沉浸在失眠的状态里。一年里几乎再也睡不着一两个安稳觉了。这样的状况一直持续了五年的时间，明明很年轻的身体，却迅速地一天不如一天，头发也早就失去了往日的光泽，掉发严重，最后走路都困难了。接下来的一段时间，我经历过一段破罐子破摔的经历。我迅速找到了一位在工作期间喜欢自己很久的男生，直接同意了对方向自己表达的爱意。本想麻痹自己不那么痛苦，却也是在践踏自己身为女孩子的清白与名誉。一时间舒缓不过来的自己竟然也是走了一段弯路，短暂几天的相处后我觉得是在报复初恋对自己的伤害，而自己却也走的是一条伤害自己、得不偿失的路，最后无果而终。我面对前方的人生路，的确迷茫，不知道方向在哪里。自己这么坚强、坚韧地活到现在，自己和邓欢在校园里开始那么真诚纯洁的经营了近 5 年的感情，都没能有一个好的结果，未来自己还有可能再遇到一位可以让自己安心的感情吗？

多年以后，回忆起这段情感经历，也早已放下了之前的种种不平，慢慢意识到，两个人当时的确没有足够的经济实力，双方也没有足够的智慧，根本无力守护不成熟的感情。我们都是刚进入社会的大学生，收入跟不上消费，社会上的一切对刚毕业的大学生来说充满了诱惑与好奇，同时我们也有强烈且不接地气的虚荣心。慢慢地，我也能理解当时男朋友面对自己的特别家境，面对两个人的未来，的确是很难抉择。往事如烟，都过去了，只想从心底保留从前那些美好的回忆吧！

随着自己失去了第一份工作，感情上和男朋友也彻底分开了。得知自己因为感情的不如意患上了抑郁症，又失去了第一份工作，邓欢还是很难过。

分手后，信用卡透支的部分，大都是自己一个人消费的了，欠债依然越来越多，还款压力很大。信用卡欠的最多的时候大概有 4 万多，每个月即使最低还款额也要 4000 多元，那时候自己发到手里的工资一个月才不到 5000 元。一个人扛起了还信用卡的压力，又持续了近 4 年。

2012 年到 2017 年，近 5 年的时间，我为了还款，一直过得非常拮据、压抑也痛苦。自己从来没有预料到自己艰苦求学参加工作后，竟然会让提前消费信用卡的行为把自己的人生，搅和得如此糟糕！

反思过往，没有学习过中华优秀传统文化的人生，其实真的很可怜。人生没有任何信仰，没有任何正确价值观的指引，虽然不是坏人，但绝不是一个足够智慧、能够自律、有正确观念的好孩子，逃不出命运的束缚，逃离不掉外在因素对自己的影响。那时自己从没有想过要向自己的内心探求，大都是随着外面的因缘喜怒悲欢。类似的感受不知道您有没有经历过？

第二十七章 我能改变家庭的命运吗

我一个人在外打拼的几年里，仿佛和原生家庭过着两个世界的生活。原生家庭面貌时至今日，可以说没有发生太大的改变，还是自己儿时的样子，只是添了一个二手柜橱。我每个月给父母的钱，并没有让家里有丝毫的改变，只是父母手里的钱宽松了很多，可以想吃什么买什么了。但是家庭的整体环境和自己小时候一样：三间土坯房，进屋门是土地、土炕，还是那个装粮食的大墙柜，墙两边一边一个小木柜，东边的小木柜旁边是大炕，炕席早已看不出原样，依然是小时自己贫苦生活的写照。

主屋的炕上堆满了母亲从垃圾站捡来的衣服和瓶瓶罐罐，旁边小屋更是堆满了整整一屋子。妈妈这么多年早已把家里值钱的财物一烧而尽。衣物被褥几乎全部烧没了，床上仅有的被褥也是父亲临时张罗的三套被褥，勉强度日。这么多年北京大娘家多次救济过我们家的许多衣物、被褥、生活用品，几乎都不见了。母亲每天捡垃圾，把捡回来一屋子的垃圾当作宝贝一样，即使是父亲和我，也实在无法理解母亲的行为，不过父亲还是不离不弃地陪在母亲身边，照顾着母亲的一日三餐。家里很少有人来，是啊，我们家进屋以后满屋子都是垃圾的味道，满满当当的垃圾、一片狼藉的环境实在没地方待。

我依然坚持常回家看望父母，可是每次回家看着家里的环境，我都有说不出的感受。我不停地问自己，要怎么样才能改变这一切?

儿时的痛苦和母亲长期对自己很强的控制欲，早已让我内心很压抑。我花了好多年的时间，才缓解和放下妈妈给予自己的压抑、没有自由、总想逃离的感受。高中和大学一晃就是七年，这段时间，我几乎很少回家，只有学校放假了才能回去一次。只是在这七年里，我依然没有摆脱原生家庭在自己成长过程中造成的压抑与痛苦。时常幻想，如果妈妈没有把自己的书烧掉该多好，自己会不会又是另外一种命运？也许心态会好很多，学业中也没有那么多的遗憾和不甘。高考的无力感，在我内心中也一直无力释怀。

工作之后，心里虽然一直有种种原生家庭带给自己的不开心，但是自己心底依然本能地爱父母，惦记父母，经常有规律地回家看望父母，虽然儿时痛苦多一些，但毕竟是自己的父母。我也说不清楚自己对父母爱恨交织的感受。每次回老家，我经常在还没有进村的时候，就看见母亲衣衫不整、蓬头垢面地来回走在村头的马路上、田地里，嘴里说着什么，或者笑着什么，又或者愤怒些什么，就这样漫无目的地来回走着。

大学刚刚毕业那两年，不知为何母亲病得异常严重！夏天的时候，母亲竟然只穿一条内裤便躺在了自己家的大门口或者马路边，嘴里自言自语，活在她自己的世界里。在回村的路口或者自己家门前的胡同口见到此状，我只得帮母亲赶紧穿上衣服遮体。作为一个女孩子，此时自己的心情也是五味杂陈。

冬天来了，母亲依然经常往外跑，也不知道爱护自己。有时候穿着一双单布解放鞋，趿拉着脚后跟，在雪地里走来走去，就是不想回家。母亲穿着极薄的衣服，脏乱不整，让人无法靠近。作为女儿的我，看到母亲这样，无奈的同时也特别地心疼，心疼得说不出话来，每次回家只要自己看到，就会给母亲换上厚一些的衣服，让她待在屋里暖和着，冬天气温很低，这么冷的天，穿的鞋子丝毫不保暖，不要再出去了。

其实母亲并不是没有衣服穿，自从自己参加工作，不知给父亲和母亲买过多少衣服，只是不管买多好的衣服，或者父亲怎么让母亲穿好衣服，做好保暖，母亲都要习惯性地把好衣服扔进火里烧掉，没人能阻止。而母亲身上穿的却是自己在垃圾站里捡来的衣服。母亲喜欢把这些捡来的衣服翻着穿，把里面当外面。

每当我见到母亲这样，心里的确是五味杂陈。刚开始我见到此种情景，内心是很难过的，心里既委屈也很心疼那些还没穿过就扔进火里的衣服。时间长了，慢慢地也就习惯了。虽然心疼不已，但只要母亲烧完了，再继续给她买新衣服，让妈妈从里到外换上全新的衣服。我早已记不清楚那些年给母亲买过多少四季的衣服了。即使这样，隔一段时间回家以后，母亲还是会穿着自己捡来的衣服，而不是自己给母亲买的衣服。每次回家父亲总是跟我说："兰喜，你之前给你妈妈买的衣服，你妈妈都烧了。她就是喜欢穿自己从外面捡回来的旧衣服，而且不洗就穿上了，别人劝也没用。"这让父亲和我头疼不已。

很多不知情的人，也会有埋怨我的时候。有人会说："你看兰喜自己每天都打扮得干干净净，穿得漂漂亮亮，她妈穿成这样，她都不知道心疼自己的妈妈，给自己的妈妈收拾收拾，她妈竟然穿得让人无法直视！"面对外人的质疑，我开始会难过，也会委屈得想哭，想解释，很想让别人理解真实的情况。慢慢随着时间久了，自己也释然了，也不想解释了，自己做到心安即可。我和父亲只能硬着头皮往前过着每一天，母亲烧衣服的日子持续了近 15 年。

2012 年 7 月 21 日，那年我 24 岁，刚刚与初恋分手几个月。那天北京下起了瓢泼大雨，昼夜不停地下了两天左右。我独自住在北京不到 6 平方米的狭小的出租屋里。第一天雨下得很大。我着实担心着自己的爸爸妈妈，因为我知道家里的房子已经很旧了，五十多年的老房子，是土墙。房屋根基四周早在奶奶在世的时候就已经被老鼠掏了很深的洞，地基不牢了，又是土坯房，这样的大雨千万别出事啊！也正是这次的大雨，新闻报道北京市里及去往南边高速路的个别地段也出现了好几例人员伤亡事件，给当时的人们带来了不小的影响。

正在这时，村里的书记也是我在村里当家子的四哥打来电话，告诉我，他也同样担心怕房子禁不住大雨。看看让我父母去哪里住比较安全呢，我没有办法，本能也不想给亲戚朋友添麻烦，便和书记商量后，让父亲母亲去村支部办公室，先简单支上床，休息一晚上，等雨停了再回去。这样最起码能安全一些。就这样，放下电话，我才总算心里踏实了一些。在我平日上班不在家的日子里，村支部书记对家里父母的照顾很多，有时候也会找父亲聊聊天说说家常话。

今天的事情让我在人生中第一次有想给家里盖房子的强烈冲动，只是现实中自己面对的压力和无力感隐藏在心底，无法落地。我心里没有底气一定能如期完成这个心愿，以自己这样打工上班每月 3500 元左右的工资，还得不断还信用卡欠款的日子，到何时才能改变家里的现状呢？老家的房子实在该翻新了。无形的压力与莫名的无奈感顿时压得自己喘不过气来。情感受挫还没有让自己缓过气儿来，现实父母的处境也让我特别惆怅。就是那些日子，我感觉头部天天都是疼痛难忍，心神不宁。在我看来感觉整个世界都像不真实的一样。慢慢地，我只得暂时放下自己不敢面对的压力，往前走一步是一步吧，日子继续这样顺其自然地过着……

也是2012年冬天的一个傍晚，刚下完雪，天气很冷，周末休息。实在是想念父母了，我从北京回到自己乡下的家里。那天好像很忙，上午在北京的出租房内洗完自己的衣服，吃完午饭才回家来，到河北梧桐县的家里已经下午四五点了。冬季天黑得早，我回家以后看不见自己的母亲，虽然母亲有时候令自己很难过，但是每次回家如果看不到自己母亲的时候，也会急得团团转。

那天又是一次找不到母亲的经历，急得自己失魂落魄，父亲说："你妈妈走了大半天了，这天下着大雪。多冷啊，出门的时候就趿拉着一双解放鞋，还没回来呢。"我一听这话，便没心思在家和爸爸寒暄聊天了，问了问父亲母亲一个人常去的地方，于是自己片刻不停地跑到村里这几个地方：村头、村头南面的田地里、村东边的田地里……我一边找着一边喊着："妈，妈……"走遍了母亲平时自己出来溜达散步可能会去的所有地方，竟然都没有看到母亲的身影，此时的我焦急万分。我心里本能地爱着母亲，如今自己长大了，早已原谅了母亲对自己的伤害，对于母亲不光有爱，更有心疼吧。我心里想着，妈妈到底去哪里了呢？眼泪便瞬间夺眶而出。找了好半天，实在没找到，我转念一想会不会母亲已经回家了？于是我又赶紧回到家里，我从村外的田地里赶紧跑到家，发现母亲并没有回来。我失落地又出去继续找，我又一次走到了母亲常去的田间地头，总觉得是不是自己有没有找到的地方。正在这时，父亲打来电话说：

“兰喜快回来吧，你妈妈回家了，真是不知道她刚刚去哪里了。”

类似这样的场景，已经不知道在家里上演了多少次了。平日我不在家的时候，就是父亲到处找。父亲身体好的时候，每每做好饭，如果母亲不在家，父亲就会等着妈妈回家一起吃；如果实在等不到，过了吃饭的点儿，父亲就骑着自行车到处去找，直到把母亲接回来，两个人一起吃饭。每天晚上吃完晚饭，母亲一个人会继续走出去到处溜达。这就是我家平日的生活，平凡无奇，却也时常心酸难忘吧！

第二十八章 申小天的出现

从上一家单位辞职后，我怀着内心依然没有抚平的伤痛，不得不去面对现实的新生活。我知道自己有着寻找新工作的实力，却在自己失恋后很长一段时间，怎么也找不到发自内心的努力工作的动力。说起自己慢慢消退的工作动力，大体在内心有两方面的伤痛无法释怀，自己更找不到解决的办法。

自己的努力并没有换来家庭命运本质上的改变，即使表面的改变好像也没有。母亲精神方面的症状依然还很严重，每天依然持续在烧着家里仅有的家当或者从外面捡来的垃圾。老家的院里、屋里还是一片狼藉。虽然父亲每个月手里不缺钱了，但是卫生和家庭面貌一直还是小时候的样子。每次回家，自己要花很大的力气整理、收拾，晚上才能有可以睡觉的地方。每每想到这里，心里万分惆怅。这样的现状怎么才能改变呢？很多时候，自己心底真实的心声与痛苦以及潜意识里的压力，得不到父母及亲朋的理解和共鸣。

另外，感情上的方向也让我从未有过地陷入了人生的迷茫当中。自己不比别人，没有兄弟姐妹和自己商量任何事情。自己心里遇到难过的事情或者人生困局，没人可以开解自己。面临的所有心理症结，都要靠自己的智慧和努力来期待命运的好转。只是很遗憾，那时候的自己哪里有什么智慧呢？大都是情绪上任由不好的心情与情绪整日折磨着自己。那段时光，我看不到人生的光亮，好像自己上了这么多年的学，学到的知识竟然无法帮助自己解决人生命运中的大问题，更无法让自己摆脱心灵的痛苦，又如何有信心追求自己想要的幸福？感觉人生前面的路好迷茫，未来的日子肉眼可见地依然会惯性一般地让命运任意摆布，心情也会随着命运随波逐流，悲欢离合，太痛苦了……

这段时间找工作，每当对自己有意向的单位联系我去面试的时候，自己即使表面答应着新单位的要求，却没有心力和底气去兑现面试时候对面试官表达出来的流利且漂亮的承诺，自己好像一个骗子，完全是为了生活，逼不得已去找工作，再也找不到那份发自心底的对工作与生活那份满心的笃定、追求与信念。然而没有这样的心志，又怎么可能做好工作呢？

我辞掉第一份工作是 4 月份，可是找到第二份工作已经是 8 月底了，在几个月中，都是强颜欢笑地过着每一天。内心着急找到一份稳定的工作，又怕真的找到一份稳定的工作后，自己的心态无法稳定，影响自己上班的状态，对工作不负责任。我的抑郁症调整了一年多，没有什么好转。

直到 2013 年 9 月，一个偶然的机会，我遇见了 26 年人生中自己认为感情方面比较心仪的一个人，我对人的选择，考虑得最多的不是物质。我的心思比较单纯，只觉得两个人互相吸引即好。他叫申小天，学历不高，一米八的个子。他额头饱满，黝黄的皮肤，略微有些高的颧骨，并不显苛刻，反而显很俊秀善良、开朗豁达，他也是非常有原则。短发有形，丹凤眼，高鼻梁，厚且有形的双唇。说话声音洪亮细腻，音色耐听。身材胖瘦均匀，性格幽默、细心，真情又执着。气质中自带率真与霸道。他是一名精干的售后服务顾问，是我在北京现代汽车 4S 店工作时候的同事。当时我应聘的岗位是市场专员，自己相对清纯秀丽的外貌，加上自身认真敬业的素养，面试很容易就通过了。上班前期需要在销售岗位实习 3 个月。在 4S 店上班，每天上班需要开例行早会。也就是上班第一天人力经理点名新人自我介绍的时候，申小天也在有意无意中注意到了自己。上班后第一个月，虽然两个人认识不久，但是申小天屡屡主动接近自己，对自己在工作上的指点及照顾，我感受得出来，这位男孩子很喜欢自己。其实在申小天之前，我真的没有体会过什么叫心仪的爱情吧？只知道自己每每见到他，他会主动张开双臂，眼神坚定又执着充满自信与幸福地站在那里，等着我跑过去扑进他的怀里。这一刻，似乎可以让我忘了所有的不愉快。也许当一个人真的被爱包围的时候，被用心呵护的时候，才是治愈自己最好的良药。他的出现，让我很快从原来这么长时间的感情阴影中走了出来。

申小天出生于河北南部地区一个普通农村家庭，与河南省交界。他的父母一辈子勤俭能干，当时都已六十多岁，养育了三个儿子。申小天是老三，据说三个儿子中老大最有出息，是清华大学研究生毕业，事业有成，在北京某一领域很有成就，申小天老家里的事情或者自己的人生大事少不了要听自己哥哥的建议。哥哥早已成家，夫妻长期两地分居，婚姻好像也有过坎坷，经过努力在北京市里买了房子，有一女。关于申小天的人生大事，大哥的意见在某种程度上比父母的意见在申小天心里更有分量；二哥在当地的县城里是一名厨师，过着普通人平凡且幸福的日子。娶了老婆，生了一个儿子，孩子这时好像已经一周岁多了，长相甜美可爱。二哥的老婆也是附近村子一位普通的农家女孩儿，温柔朴实。

我刚来新单位不久，因为已经连续近半年都没有上班，手里的钱早已入不敷出。来了新单位，原来自己住在市中心，现在的工作单位一下到了五环外，意味着自己租的房子也要换下地方了，不然每天上下班的路费也是一笔不小的开支，每天要花在路上的时间也要浪费不少的精力。只是自己现在在单位附近租房的钱都已经拿不出来了，在自己的人生字典里从没有指望父母在经济上支援自己，我知道父母在家也很不容易，在外奋斗的一切都要靠自己想办法。申小天得知自己的情况后，没有思索地在我困难的时候，主动出钱帮助自己租房子，帮我搬到了离现在单位很近的新住所。申小天这样的帮忙解了我在当下生活中的燃眉之急，可以说是雪中送炭，太难得了！慢慢地，我内心很珍惜这份难得的缘分，我也终于认识到自己只身在外，一个亲人都没有的难处。我们逐渐在工作与生活的互相照顾中，彼此产生了爱意，我们就这样恋爱了。我们相处的日子，双方都感到很是惬意、舒适，我心里又一次充满了新的爱情给予的力量，慢慢地逐渐修复了以前失恋的伤痛。

和申小天在一起的日子里，不知道是自己真的很好，还是申小天真的很爱自己，申小天经常发自内心的鼓励我、赞美我，这也让我慢慢意识到自己也是挺优秀的，要自信起来。在此之前，我似乎不觉得自己有什么特别，只觉得自己是茫茫人海中很普通的一个女孩子，从来没有太强的自信，更多的是自卑，走路抬头的时候都很少。随着日子一天一天地过去，申小天的爱，很快让我拾起了26年来从未有过的自信与积极。那段时间，我的工作成绩相当出色，每天两个人一起上班、下班、休息。日子很辛苦，我挣的也不是很多，但是那段时间却让我感受到那么美好，只是又让我没有预料到的是，我们两个人的爱情最终也只是昙花一现。

和他在一起时，我很想照顾好两个人的生活。我们相处后不久，在一天下班之余，我在出租房附近的菜市场用心准备锅碗瓢盆还有油盐酱醋等做饭用的必备用品。每天上班前，我会早起一个小时给两个人用心准备早餐，在不到10平方米的出租屋里，却也过得简单而温馨。申小天也第一次感受早晨有心爱的人做早饭吃的幸福。早晨，我会比他早起半个小时，起来用心熬粥、煮鸡蛋，准备主食和菜品，饭后两个人一起去上班、一起下班。那段时光想必给我们彼此都留下了很深刻的印象吧。后来，我们很少去外面吃饭了。我虽然出身农家，但是做饭很好吃，周末我也会和申小天商量，每天一日三餐吃什么，尽可能自己做饭吃。申小天也最爱吃我做的打卤面……如果不是因为后来他的长辈对我们的感情有意见，两个人的感情稳定、工作稳定、收入稳定，一直这样幸福下去，又有何不可？

在短暂相处两三个月后，申小天的家人知道了我家的境况后，他的父母和哥哥都不支持我们的恋爱关系，极力反对我们相处。为此，申小天的家里断绝了对他的经济支持。几个月后，我们的日子艰难起来。加上那段时间我们工作的公司效益并不好，工资降低了不少，且有几个月工资拖延发放。年轻人大都很少有存款，都是月光族。眼看我和申小天的日子到了极困难的地步，我们又不得不靠信用卡支撑着那时候的生活。

在外打拼的年轻人，有多少人的工作是稳定无忧的？感情又有多少是没有坎坷的？又有几对恋人不受各自原生家庭的意见而心生波澜，让感情倍加坎坷的？其实生活本来也很简单，只是处在红尘中要顾及的世俗颜面、攀比虚荣的事太多了。看似两个年轻人在恋爱，但是背后还有两个家庭亲人们的期望与关切、意见与担忧……看似每个人好像可以左右自己的命运，但是真正不受原生家庭环境与世俗影响的人，又有几个呢？

就在事业不是很稳定的时候，2013 年 12 月 20 日左右，正在我们经济都很困难的时候，我的父亲病危了。父亲本就年纪大了，如今已经 70 多岁了，加上 5 年前的肺结核还有自身的基础性疾病，每到寒冷的冬天都是最难熬的阶段。加之家里的条件艰苦，直至今日虽然不是地炉子了，烧的还是蜂窝煤，家里没有排除煤气的管道。每天，父亲也会吸入肺里不少的煤烟与煤气。父亲要做一日三餐，照顾母亲的生活，一定是很耗费心神的。母亲患有精神疾患，不能像常人一样可以顺畅交流，父亲需要具备极大的耐心与忍性。日久劳累加之不能好好保养，只是当时我实习期的工资并不是很高，到手的工资也就 2000 元左右，眼下要面对父亲突如其来的病危，的确给我心里又来了重重一击。

得知父亲生病后，申小天正在像往常一样认真且专业地接待着售后前来保养或是修车的顾客。我电话通知申小天自己要请假回家给父亲看病。没过一会儿，申小天趁工作之余找到我，毫不犹豫地给了我 3000 元钱现金让我先回家应急。申小天当时犹豫了一会儿，他决定让我一个人回去。毕竟他都没有见过父母，贸然去见长辈的确需要一些勇气，也需要考虑很多。我也知道眼下两个人的关系也无法要求申小天什么，心里已经很感动了！于是我一个人向领导请好假，回到宿舍，正在收拾自己的衣服和简单的行李时，申小天突然给我打过电话来，说他很快到宿舍和我会合，他决定陪着我一起回家给父亲看病。这次申小天的主动决定也让我深深地感到幸福与意外还有欣慰，内心不由得感叹自己遇到了好人，看对了人，至少当下申小天是很勇敢，也是很真诚的。申小天没有逃避自己即将面对的家事。这次为了给父亲治病，我几乎刷爆了自己的信用卡，欠银行的钱是越来越多了，经济上本是窘迫，现在更是雪上加霜。因为家庭经济条件长期的拮据与贫困，我的父亲为了省钱，并没有交一家三口的农村合作医疗，其实早在父亲这次住院前的一个多月，我回家看望父母的时候，专门给父亲留了一笔当年交农村合作医疗的费用。因为心里担心父亲的身体，老人住院如果有农村合作医疗能够省不少钱。可眼下的情况，我似乎只能全额付费，住院及看病治疗的钱一分不能报销，眼下工资又不能按时发，而且当时还有降薪的可能，遇到我家庭的特殊情况，似乎注定了我们两个很快会因为经济窘迫而艰难度日。而申小天在我需要钱给父亲治病的时候，由于被家庭断绝了经济支持，也很难再拿出钱提供帮助了。但是在照顾父亲住院的近十天时间里，申小天与我形影不离，虽然在经济上，申小天并不能给到我太多的帮助，但是他能陪在我身边，两个人一起面对困难。照顾病人期间自然休息的时间不会很多，每天照顾父亲一日三餐，配合医院的各项检查，虽然辛苦，但我也是心安的，两个人感情还是十分稳定，也很幸福。

2014 年 1 月初，父亲的病情总算得以好转，经过和医生交流可以出院了。照顾好父亲出院，申小天和我也回到了北京。考虑到单位的情况，工资迟迟不发，身上已经没钱了，两个人都需要赶紧找到一份稳定、能够按时发工资的工作，于是决定一起离开原来的单位。只是在这之后，申小天几乎一年也没有找到合适的工作，我倒是很快找到了一家不错的 4S 店继续上班，工资待遇也有了提升。一个人上班，每个月还信用卡欠款、交房租，日子过得很紧张。

其实在和申小天相处的前后一年的时间里，是自己人生中很快乐、也很开心的一段日子。

因为他的家人不满意我的原生家庭，不支持我们的关系。我也慢慢意识到，仅凭两个人再怎么努力在外打工挣钱，去争取很好的未来，如果完全没有家人发自心底的认可与支持，我们的生活都会过得很艰难也不会幸福。我的日子一直过得很拮据，手里几乎没有什么钱。慢慢申小天也知道我的不容易和让人心疼的地方。

在得知父亲病危，要送医院的时候，是申小天第一次来我家，看到了我最真实的家庭的面貌，父亲身体的虚弱、母亲精神病的状态，屋里的狼藉和环境简陋。他第一次真切且发自内心地心疼我，他后来跟我说，不知道我从小到大吃了多少苦，受了多少委屈，甚至他开始从心里有些埋怨我的父亲没能给我提供一个好的成长环境，让我受这么大的罪。他不了解我太多的过往，其实我内心深处还是很爱父亲的，即使听到申小天的说法，我也不想恨自己的父亲，只是此时更加客观地认识了自己的家庭情况在外人眼中的看法，这是平生自己第一次听到有人心疼自己并为自己说话。我感觉似乎眼前这个人比父母还要疼爱自己似的，可是他真的能和我走到最后吗？心里欣喜也不安。可是内心又真的不恨父亲，我心里装的更多的是父亲这么多年来太多的不容易。

2014 年 3 月底的一天，我们去离自己住处不远的商场逛街，我早前提过自己想换个手机，但是一直没有钱买。今天虽然来逛街，我也没有想今天实现买一个新手机的愿望，心里知道自己和男朋友的经济条件不允许，我从没有过分地要过什么。只是让我没有想到的是，申小天拉着我的手直奔手机专柜走去，朝着当下最流行的三星手机柜台走去，我很吃惊，说：“小天，我是想换手机，但是我不想今天就买手机，咱们俩现在没有钱，等以后宽裕了再说，这个手机还能用的。”小天毅然坚持给我买了一个他认为我心仪的手机，当时我也是说不出的感受，自然是很感动！只是内心也多了几分心疼小天当下的处境。回到住处后，我问小天：“你哪里来的这么多钱给我买手机？咱们每个月都需要各自还信用卡。”申小天说：“我刷的信用卡，我就是想给你买个手机，好好用吧。”

我能体会到申小天真心喜欢自己，他也是有自己主见的人，我很欣赏他身上的品质，但他也知道依靠自己的能力无力给我幸福。这期间，申小天的大哥也一直做他的工作，劝他和我分手，怕我的家庭未来会拖累申小天，况且以申小天眼下的工作能力，显然给不了我真正的未来，不如早点儿放手。而我自然觉得自己很委屈，的确是很委屈，也很难过。

我们在一起的日子并不长，但是我们在这一年里却很幸福，也很默契，下班两个人经常一起散步、一起做饭、互相照顾，没有起过太大的摩擦。申小天是一个很温暖的人。只是现实经济的拮据和摆在眼前的残酷的现实情况，没能让我们这份感情在该谈婚论嫁的年纪有个很好的结局。

2014 年 10 月国庆节的第一天，我像往常一样工作，当时公司安排我值班。只是等我下班回到两个人一起租的小屋时，发现申小天已经把自己的行李全部搬走了。当我看到眼前空荡了一半的屋子，始料未及的心痛与难过涌上心头。瞬间忍不住坐在地上哭了，我知道我们要分手了，可自己的内心却还爱着申小天。我坐在地上不停地给申小天打电话，似乎打了一百多个电话，对方终于接了，即便如此，我也知道终将无法挽回两个人分手的结局了。

我终于慢慢地意识到自己的处境。眼下不管自己怎么努力和善良，都很难摆脱原生家庭带给自己命运的影响与枷锁。此刻，也真切地意识到一个非常现实的问题，自己的原生家庭，确实在另一半及对方家庭对自己和伴侣的终身大事的决策中影响到了自己的幸福和未来。可是自己到底该怎么办呢？自己又能怎么办呢？这段感情上的失败无疑又一次被现实狠狠地打了自己的脸，内心的难过可想而知。

我回想起 2014 年初的春节前，自己已经勇敢地决定和申小天领证结婚了，也和父亲如实汇报了自己的想法。过完春节，我只身回到北京我们一起生活的小屋时，带上了家里的户口本和自己的身份证，准备和申小天成立自己的家庭，只是傻傻的自己不知道对方未能如愿在春节后顺利地将户口本带过来，我当时很难过，或许那时候的潜意识已经告诉自己这段缘分很难有心中期待的结局吧。只是当时的自己依然太过年轻和单纯，看不透自己的处境与出身注定会在成家的路上很坎坷，在现实面前着实很不容易找到那个愿意迎娶自己、有能力迎娶自己回家并两情相悦的人。

这一次我把自己关在小屋里，近一个月没怎么出门，躲在屋里不住地流泪。一个月下来，我整整瘦了 10 斤。原本就很纤瘦的自己，更加骨瘦如柴了，脸也越发脱相了。那时候的自己怎么也想不通，为什么自己的努力和坚持，换不来对方家庭的理解与接纳，更不要说怜悯了。

十年后（2014—2024 年）的我，回想起两个人都面临经济窘迫的环境时，两个人都因为经济拮据又不得不维持当时的生活的情况下，男朋友的家人曾经给他汇过来 5 万元钱，让他把自己欠的信用卡全部还上，而此时的我也欠了 4 万多的信用卡，每个月在从工资里挤钱还账，每个月的工资基本上也是信用卡的最低还款额。自己过得很紧张。只是让我没有想到的是，申小天拿着家人给他汇过来的钱，如数将自己的信用卡全部还完了，没有帮我还一分钱。现实面前，也许他有自己的考虑，我也因为此事内心猛地寒战了一下，冰冷难过的心情可想而知。他对这件事情的处理，不知不觉间刺痛了我的心。即使我知道自己还爱着这个人，可内心的声音告诉自己，或许自己又要放下这段感情了。如果两个人倒换过来，相信以我的性格，一定会帮助对方还一些的。可是现实哪有如果？

现实生活，发生的关键时刻的冷漠，着实在伤着我的心。可是一时间肯定断不了内心对他的思念。毕竟感情还在。虽然已经分手，可是我们也不能立马断了联系，我在这一年里太爱这个人了，也许自己特殊的成长经历和家庭环境，让我对伴侣的感情更加看重、依恋和不舍。即便知道没有结果，也很珍视两个人在一起的过程。

时间一晃已经度过了十个春秋，当时的爱与怨、不舍与决断都已经成了过去。人总是这样的，分离之后尽美好。至今我也觉得自己经历过的每段经历，其实都是美好的回忆。只是人在不同的阶段、处在不同的环境下，没有能力和智慧圆满解决问题，化解内心伤痛，突破当时的重围而已。不管结局是否美好，都是到达今日不可缺少的人生过程；如果没有昔日的过往与遗憾，又如何成就此刻的心境与格局？

申小天虽然在还信用卡这件事情上无意中伤到了自己，但是对方也曾付出真心，把最好的给过自己。如上文所述，两人在热恋的时候，我看上的一款当时比较流行的三星手机，大概两千多元，他没有犹豫，就花自己的信用卡，为我买下了那部手机。虽然我懂事，不想让男朋友花信用卡为自己买手机，可最后还是没有拗过申小天。此刻回忆起来，两个人总有说不完的话，彼此都很爱慕对方。只是后来申小天从上一家单位辞职后，短期内没能找到合适的工作，一年中自己一个人上班，那时工作一个月 4500 元，显然不够两个年轻人的开销，日子过得越来越紧张，最后两个人每月 1700 多元的房租都交不起了。

残酷的生活现实告诉我们，有时候经济的拮据，真的会影响两个年轻人的情感与命运！虽然我们说钱不是生活的全部，可是当我们的收入支撑不了两个人的日常开销时，年轻人又对外面的物质世界没有足够的抵抗力，这时候问题会慢慢在双方内心生根发芽，所以努力赚钱养家，让生活能够正常过下去，是感情维系下去最基本的物质保证。

只是对于当时的自己来说，打击最大的还不是两个人经济的窘境，而是透过两段自己用心投入的感情的失败，我深刻意识到了自己当时不管再怎么努力，都无法左右现实中家长们对我这个原生家庭的偏见，以及对两个人未来生活的担忧。

最终那个自己曾经深爱的男人，也遵从了家里的安排，在家人的帮助下，搬出了我们的住处。一系列的经历，让我又一次不断地开始怀疑自己，怀疑自己的出身，质疑自己的为人，怀疑这么多年来自己一直秉承的“积极努力、乐观向上，总能改变命运”的价值观，怀疑自己未来的人生，自己到底是否还能改变自己的命运？在我心里，此时是个大大的问号，也是极其致命、痛苦的问号。

我的故事的确有些特别，父母虽然爱自己，可是无法提供任何能够符合这个时代让孩子哪怕有些许体面和后盾的支持，而我内心最大的财富就是根植于心底的善良和内心割舍不下的对父母的亲情了。由于母亲的精神病一直没有好转的迹象，平日里我几乎不敢想象自己不在家时母亲的样子，而父亲也被母亲的疾病长年累月地折磨着，越来越有点儿破罐子破摔的趋势，家里大部分时候都是一片狼藉，几近没有空间供人正常坐卧。如果想在家住，需要自己花费三四个小时的收拾与洗涮。

这样的现实状况也无法抱怨对方家庭的反对，和对两个年轻人未来的担忧。可是我到底该如何改变自己的人生呢？难道自己就不配拥有光明正大的婚姻与幸福吗？

难道自己的努力与坚强，还有各种心酸与不易，就真的没有人能懂得珍惜并接纳吗？这是我心中最为心痛的人生疑问。这一切到底该怎么改变呢？

第二十九章 有志青年的示爱

就在我还没有彻底退去与自己心爱的人分手的痛苦时，新的工作单位举办了一次一汽大众汽车客户联谊活动，我负责担任联谊活动中的户外高尔夫球活动的总协调。也许当时在活动过程中，我工作的态度与还算秀丽的形象给一位年轻的客户乔如先生，留下了很深的印象，这位乔如先生在活动过程中悄悄关注到了我，只是我没有任何觉察。后来这位乔如先生通过我的同事找到了我的联系方式，自此便与我有了电话和短信的沟通。

乔如先生是从事金融领域自主创业的小企业主。经济上可以说是小资级别的，不愁吃穿，他比我大 3 岁，穿着绅士。骨子里透露着若隐若现的商人气息。衣服大多私人定制，长方脸，宽下巴，皮肤略显粗糙，高鼻梁，略带福相，略有驼背，小眼睛略带内双，薄嘴唇，牙齿相对整齐，看起来是个善良厚道的人，言谈举止间多了几分成熟男人的自信、笃定、强势、真诚与执着。对于乔如在我生命里的出现，很多人都说是我人生可以改变的机会，就连我单位的领导也说不错，劝我好好珍惜。

我也意识到了对方对自己的喜爱与对一份真挚感情的渴望，只是自己内心开始担心，摆在自己面前的这份好像天上掉馅饼一样唾手可得的感情，是否真的适合自己？自己此刻的身心状态又是否能够真的把握好，不伤害人家？

我知道一旦答应了对方抛出的感情上的橄榄枝，自己的经济状况的确很快可以得到一些缓解，甚至再也不会有被信用卡和经济窘迫而折磨的困扰。但是当时最大的问题，我清楚地明白，是自己内心的问题，是我根本还没有彻底放下之前的感情，我自知对申小天的感情怀着不切实际的执着与留恋，申小天一直都在自己心里。形式上的分手，并没有让我从内心里彻底放下。我知道在自己的心里还是有申小天的。我也知道结局已定，以我们当时的能力，无力做出任何改变。内心此刻的放不下，无疑是在伤害自己，也会伤害还未开始又即将开始的这段新恋情。

我怕……怕结束，也怕开始，我还没有足够的时间去忘却，也没有足够的智慧去释怀，身在繁华发达的大都市里，我感受不到半点归属感。小时候有着天真理想的自己，以为上完大学就可以改变命运的想法，好像早已不合时宜了。现在的自己，如同大树根下蚂蚁群中再普通不过的一只奋力求生的蚂蚁，又像是汪洋大海中可有可无的一滴水，随波逐流，不知去向。看似每天努力求生的自己，不知为何内心却没有方向。内心何尝不想在这个很多年轻人向往的都市里站稳脚跟，也好有个稳定的依靠。可是自己对于上段感情的心有不甘，与骗不过自己的那份思念，以及对申小天的依赖，终究没能让我在短时间内忘得一干二净。

眼看马上就要 27 岁的自己，此刻的决定和选择显得比较重要了。父母也在期盼着自己能早点结婚……只是我此刻能做的决定，又是从心而出的吗？身心微弱的自己，能否扛过内心孤独无助、漂泊无依和经济压力的煎熬？眼下被现实蹉跎麻木的自己，好像内心很想选择接受乔如的求爱，甚至迫不及待地接受，唯独不确信的就是这样地接受，我们的感情真的是纯粹的吗？是自己真的爱这个人，或者确定我们的灵魂是契合的吗？然而对方过于急切的心情也真的没有给我太多的时间去思考，他只想迫不及待地与我早日确定恋爱关系，然后尽快结婚。

是啊，他的出现很是时候，像是未来能解救自己于水火恰到好处地出现，他也出现得好不是时候，像是在错误的时间遇到了对的人，他可以晚点出现，让我顺其自然地放下过去。我本心不想伤害他，可是眼下的自己又必然会伤了他。就在最近自己睡不着觉的时候，想了很多很多。我想到了父亲多年来殷切期盼自己争口气，早日改变现在家庭贫苦不堪、被人看不起的状况。父亲认为正是因为家里穷，所以很多的亲戚朋友才看不起自己的家，其实不只是穷，家里还有很多隐性问题需要解决，只是在诸多未被解决的家庭问题中，“穷”在这个家庭的诸多问题中显得首当其冲。内心深处的自己，不想把自己逼成赚钱机器的女孩子。从小到大的成长，无疑让我的心太累了，经历了生活的艰辛与情感的几次挫折后，我不想身心总处在高压紧绷状态下过日子，长期承受超负荷的压力，灵魂没有了喘息的机会，那样的自己或许后果将会更加可怕。两年多的经历让我身心疲倦，加之从小身心的长期疲惫，好像早已心力不足以去当工作量很大的销售顾问去挣高工资，我只想选择一份自己能胜任，又能帮助自己舒缓多年来长期压抑心情的岗位。销售顾问是每个 4S 店里收入最高的岗位，也是挑战最大、考核最多、身心最累，休息最少的职位。

我对待自己选择的工作，认真、负责。当时我的工作岗位是市场主管，当时的底薪工资是5000元。自己在北京生活的花销（房租、饮食、出行……）及每个月要给家里补贴，还有已经欠下的几万元的信用卡的债，压得自己喘不过气来。在长达近五年的还款压力中，终于感受到，如果不能理性消费，习惯性地超前消费，信用卡好像对于年轻人来说是个永远填不满的窟窿一样，消费需求的增长与工资收入不成正比。我没有家人可以帮忙缓解压力，只有依靠自己解决一切。初恋失败后的每一天，我都在为之前的无知和日常开销而奔波，每个月还完最低还款额以后，自己的工资已经空空如也，接下来就要继续靠透支信用卡来维持生活。每到发工资的时候，也是我感觉最难过的时候。细细想来，自己从大学毕业到如今还没有给自己放过假，一直在外奔波、工作，却没有攒下一分钱，还欠了这么多的债务。每每想到这些，我都觉得自己的人生很失败、很懊恼，难过的情绪时常笼罩着自己。

这位乔如先生的确很喜欢我，发自内心地喜欢自己，甚至找不到我的时候特别着急，对我也是一见钟情。我一边感受着这位乔如先生突如其来的示爱，一边害怕着自己对上段感情的留恋和无法短时间忘怀会伤害这段感情。我多希望这位男士能晚出现一阵子，让自己有足够的时间可以抹平伤口，忘记自己心里的那个人。

出于内心的善良和出于对对方的尊重，思来想去，我还是决定约一下这位乔先生，坦诚表达自己真实的心声，告诉对方自己现在真实的处境和身心状态，心中对于申小天的爱意并未完全消失，而且自己承认是喜欢申小天多一些，眼下处于两个人因为家庭原因而分手不久，自己还不能完全从心里放下他。其实我自己也不知道什么时候才能彻底忘记他，或许需要足够的时间释怀。如果现在贸然与乔先生交往，我怕日后伤及对方，对对方也不公平。

我忍着巨大的心理压抑和压力，对方约我在一家当时很前卫的俄罗斯餐厅里会面，我鼓起勇气坦言了自己的内心状态，希望对方能够给自己时间放下过去。也许是因为自己相对大方得体的外表令对方爱上自己了，他等不及也不仔细思量我内心的声音与感受。乔如依然热切的想尽快开启这段恋情。

也正是这点内心的拧巴，让我与乔如相处的整个过程也很拧巴。多年后回忆，当时自己的处境不佳，处于弱势，非常被动，现实面前，我的心有意无意间淡化了自主选择的权利，仿佛只有被命运安排，可以让自己暂时缓口气儿。在偌大的城市里，我觉得自己太渺小了，渺小到即使有一天撑不下去了，似乎都不会有人注意到吧！这里的生活除了空气不用付费，衣食住行到处都要花钱。被信用卡账单压得喘不过来气的自己，内心肯定希望能早点儿结束这样的命运。

乔先生内心里对自己着实很喜欢，不论是我当下还算清秀可人的外表，还是工作中认真负责的精神，至少当时是这样的。两人接触不久后，乔先生得知了我目前的经济状况，也为了能赶紧得到我的芳心，虽然他的初心也不想以这样的方式开始恋情，但是思来想去，他还是主动提出帮助我还清信用卡上的欠款，并且还给我手里留了一部分现金。

还记得那段时间，乔先生追求我的过程真是很用心，每天都主动接我上下班。我一开始是拒绝的，时间一长，慢慢被这位痴情的小伙子打动了。自己内心着实渴望幸福生活，自己的心思开始动摇了。

有一天在我下班的时候，乔先生可能精心准备了一下午，在车里备好了鲜花与很多的礼物，还有我现在最需要的金钱，他真诚炽热地向我表白，我虽有预感却也慌张失措，心有不安，也许换作别的女孩子会很开心吧。但是当时我的心情是比较复杂的，总觉得自己眼看就要变成一个坏女孩子了，坐卧不安，不知如何面对自己真实的内心。自己分不清是被这个人感动了，还是被他能提供的帮助吸引了，还是自己太想摆脱困境了。当我坐在他的车里，心里直觉不知是福还是祸，一旦接下这份厚礼，就是一次对自己特别大的考验。一旦自己的内心愧对眼前这位痴情人，也许连自己都觉得很不好，未来该如何是好？

如果自己的身心状态能尽快好过来，早点儿忘记和申小天的一切过往，当然是最好的，至少能给乔先生一段负责任的感情。如果自己的心里一直还忘不掉申小天，便无法做到一个优质恋人，后期肯定也会出现不好的结果。只是此时的我，能否管住自己的心呢？乔先生又能否给我一个开阔的心胸与安心幸福的未来，让我自然而然地忘记与申小天之间的遗憾呢？一切都是未知的。

此刻内心顶着巨大的不安，还有些许幸运，战战兢兢、犹犹豫豫地答应了。似乎在对方火热的恋爱追求下，在现实生活局迫之下，也没有更好的选择了，也没有时间去思考，便被现实的处境捆绑住了当下。

我还来不及探究内心深处到底是怎么样的，也不敢去问自己的心到底是怎么样的，只能基本确定，从表面上看这位乔先生还是很喜欢自己的。也就是在这不安与犹豫之间的侥幸心理，让我当时犯了一个人生中最大的错误。从感受上我的确无法短时间忘记曾经深爱过的申小天。乔先生似乎没有能注意并体会我当下真实的心情需要足够的时间去慢慢释怀，需要他足够宽大的心胸与耐心陪着我一起走出来，也给我一份情感上想要的期待。其实站在乔如的立场上他没有错，他只是不够了解我。

自己与申小天分手了，因为内心无原则的善良，和处理上段感情的拖泥带水，自己还牵挂着他当时处境的窘迫，工作不稳定，生活费也很拮据。我此时的善良显然缺乏了智慧与原则，完全让感性占据了自己的内心。即使有了乔如的追求，心底依然会留恋这份自己曾经认为双方都互相喜欢的感情，以致自己在后来做错了事。

回忆自己对一份失败感情的留恋，或许也是自己从小在原生家庭中严重缺少正常母亲关爱的原因，作为女孩子，在后来的成长过程中很少得到及时的心灵指导与滋养。如果是一名普通的女孩子，面对一段失败的感情，可能在家人的开导和呵护下，能很快走出来，也会有及时止损或者坚定立场地选择与去留，有人扶着总会好些。而我需要从零开始，让自己在本就不熟悉却又要必须经历的游戏规则里，摸爬滚打，无人问津，对过、错过，遍体鳞伤地走过一遍，方能从中吸取教训，增长智慧吧，可以说后来的人生智慧也是自己从无数个人生教训中吸取而来。

当时自己一个人在外面没有能够靠得住的心理支持，恋人对于我来说等于生命里最亲近的亲人。在某种程度上，对于只身在外的自己来说，恋人超过了父母对自己的重要性。儿时在家里受到的伤害和压抑，让我在与伴侣的爱情中寄予了太多的厚望和依恋。这也是后来回忆自己为何在感情里比较拖泥带水的原因，也是自己把每段感情都很看重的原因。每个人都会有自己不一样的成长经历，每个人都羡慕洒脱转身的果决，可是终究每个人的成长经历与内心的执着不同，依恋与割舍不掉的内容会不同。要完成自身完美的人格蜕变，需要补齐很多课，也许这些课程容会足以教训到自己学会洒脱成熟为止。

眼下自己这样的恋爱模式无疑对我的长远来说是很不利的。对一段失败的感情，我放下的时间会很慢。同样对于乔如来说，也正是对自己内心的不够洞悉，只是被自己表面的清秀可人吸引的乔如，在情感上也未必特别通达吧。在这点上他没有看清楚，便急于表达自己的感受，并要求和我三个月内结婚。原本乔如数次真诚热烈地邀请我春节陪他回老家见父母的，但是我的内心根本没有准备好，追不上他眼下想让感情一蹴而就，达到他想看到的画面的节奏，我一直没有勇气答应他，有意躲避乔如的邀请，只想自己回家过年。

乔先生似乎也等不及我内心彻底爱上他，就在春节前夕，我准备了不少年货回家过春节的时候，乔如开车送我回家乡的路途中，因为我家没有可以住宿的条件，只得两人租了一间宾馆过夜，而我内心侥幸地以为他会尊重我，不会强迫和我在一起，然而事实是他没有等我从内心深处接纳他，便和我强行在了一起。这也是让我感觉自己不被尊重的地方，也正是这个晚上，他的行为让我的内心和申小天彻底画上了句号，我认为自己不可能也没有资格再去怀念了。是的，虽然现在自己的外围的处境和经济情况很被动，但是此举也让我内心深处对乔先生失了分。我越发感觉自己像是被金钱换来的恋人，没有来得及等我自己的心爱上他，似乎只有明码标价、价值交换的感受。这也越发加重了自己怀念与申小天两情相悦的感情，心底深处更加思念这个人。

乔先生不断跟我强调着他想三个月内和我结婚的想法确实把我吓到了，也把和我的这段新的感情推向了不可预估的地步。的确，我对感情的执着和依恋，与普通女孩子不一样。虽然自己有着很有优势的外在，可是内心深处知道自己太难从一段自己用心经营过的感情里彻底走出来了，需要自己沉淀一段时间，慢慢释怀。当时的自己不管如何努力，都做不到在感情里果断洒脱得像普通人家的女孩子那样。也许是我内心深处知道自己没有“伞”的原因吧。当时的我认为只有通过爱情，才能在人生里获得幸福。漫长痛苦的成长经历，让我长大以后，终于可以通过爱情给自己的内心一些滋养和温度了，于是感情成了自己人生中最放不下的执着，也是被伤得最严重的一块阵地。

那个时候的自己其实还是把对幸福的向往寄托在了他人身上，寄托在外边，抱着侥幸心理希望自己能够幸运遇到一位能给自己一辈子幸福的人。根本没有所谓“安住自身，内省自察，向内求”的功夫。当时身心俱弱的自己，哪里能悟到这层智慧呢？命运自然苦楚连连。

出自内心认定的爱意和自己没有原则的善良，我把乔先生资助自己剩余的部分钱财，主动救济给申小天一部分。我并不打算隐瞒他，出于真诚与恋人之间最起码的尊重，我把这件事如实告知了乔如，希望得到他的理解。作为男人，这样的行为一定挑战到了他的自尊与底线。刚开始不久的感情，也便出现了严重的危机。在我看来，申小天是自己内心深处真正爱过的人，从某种意义上说，申小天更是我在艰难困苦的人生道路中遇到的曾经雪中送炭的人。即使因为种种原因，我们没有走到一起，但在当时，我的确也做不到视申小天为陌生人一样的冷漠无情。

乔先生当然很难理解我内心深处真实的想法，况且我的确私下里忍不住和申小天还有联系，他也能感觉到我对这段感情的不专一，一度沮丧崩溃，跟我吵架，但是他又放不下内心深处对我的喜欢，坚定地认为我欺骗了他，甚至在利用他。乔先生对我一见钟情的爱，此刻显得那么尴尬，可是他又那么不甘。他慢慢由爱生恨，对我爱恨交织，互相纠缠折磨了很久。在我与乔先生短暂的感情之中，终究因为我没能短时间从心底里放下申小天，深深地伤了乔如的心。我和申小天曾经在一起的经历也是有生以来不曾有过的幸福回忆。我们一起奋斗过，一起经历过生活的不易与感情的甜蜜，但是我不该过度留恋失了原则与一个女孩子的本分，我的做法一定不是值得学习与提倡的。

而在多年后的今天，回忆起这个叫乔如的人，他或许是真的很爱我的那个人，他的爱真诚而热烈，有着来自爱意情不自禁地本能，也受着我心性不定不能给他踏实与心安的委屈，他把自己对我的爱意与执着淋漓尽致地表现出来，我不能责怪他不够大度，的确是自己错了，错地很离谱，他的爱其实不光真诚而热烈，还是很负责任、也很有远见的，他知道我想改变命运，在我们本就相处不久的感情里，他曾用心地教我如何从零开始创业，他说只有当我有了自己的事业，通过自己的努力能赚钱了，才会慢慢有底气，摆脱命运的枷锁与桎梏，那时候我才会越来越自信，也是和他在一起的时候，我考取了驾照，他希望我可以在未来的旅途里，当他疲倦的时候，我可以分担他的疲劳，我来驾车。只是很遗憾，我没能把握好这份感情，多年以后的我回忆起他来，他的确特别渴望与我在一起的生活，甚至用了我非常抵触的方式得到了我，但是不否认，他确实爱我。他不嫌弃我父母，经常和我一起回家看望，开始是很尊重我父亲的，后来因为我的行为深深伤了他，对我的父母也没有那么上心了。

他曾几次主动提起想出钱给我的老家翻盖了，也主动和父亲提起此事多次，而我因为内心对他的不坚定、不纯粹也数次主动拒绝了他的一片好心，我不想继续欺骗自己，更不想继续伤害他，让他继续付出太多了，我不知道自己能否给他如愿的结果，更不知道该如何做能抹去他对我的怨恨。如果我不能做到安心和他在一起，那我就更不能让他无休止地付出了，实在过不了心里良知这一关。

十几年后回忆起来我的做法，的确是很没有原则与智慧的做法。这样的做法对于新的恋人无疑是致命的伤害。即使乔先生认为我是骗子，在利用他，也有他的道理吧。至此我也给自己的人生留下了一页不堪回首的记忆，不禁想起那句话："天下皆是有情人，世间满眼无奈人。"他愤怒的时候也曾跟我说过很多狠话，他说我们分手以后，未来我再也遇不到像他对我这么好的人了，甚至一度也想起诉我，觉得给我花了很多钱，不值得……

时间转眼到了 2015 年 10 月左右，我和乔如短暂而纠结的感情终于结束了。分手之前，为了最大限度地减少乔如的经济损失和内心的挫败感，我主动给乔先生写了欠条："两个人在相恋期间，帮助我偿还信用卡，我愿意在未来五年内偿还乔先生赠予自己的十万元钱。"从乔先生当时给我的表情可以看出来，他心里可能觉得我给他写的这个欠条无非是一张空头支票罢了，他似乎没把我的承诺当回事。从乔如宽松的经济情况看来，他也许认为那十万元钱还与不还都不会影响他的经济生活，他也许认为在这五年时间里，我根本还不起这十万元，也许他认为以后别说什么还钱，很可能我会躲起来就找不到了。无论乔先生心里是如何想，但我的承诺是认真的，尽管当时的十万元对于我这个连工作都不稳定的打工者来说确实不是个小数字，但那时候我就是异常坚定地这样做了，我也下决心一定要兑现自己的承诺，我知道他花了应该不止十万元，平日生活里大都是他在开支，时不时还会送我贵重的礼物，但是这笔整数的钱我还是想尽最大努力还给他，自己一方面表达歉意，另一方面也求心安吧。我留下了欠条，坦然走出了他的办公室，我也终于可以从心里松口气，坦然地面对真实的自己，结束这段纠结的感情。

两段前后紧连的感情里，藏着自己前半生中最纠结错乱的感情经历。或许很多人会说，我不该再对前男友念念不忘，甚至牺牲了自己新的恋情，也忘记了道德底线，伤害了一个对自己真正一见钟情深爱自己的灵魂。的确因为自己的出身一直让我不敢有勇气去追求自己想要的恋情，大都是被动地接受求爱。我迟迟不肯放弃这段自己最珍视又拼命都无法留住的感情，以致自己的做法违反了世俗道德，我没能得到乔如发自内心的原谅与宽容。我也深知，因为自己错误的做法，终究我不会属于这两个人中的任何一个。

面对情感的挫折与失败，我消沉了很长一段时间，灵魂好像飘出了自己的身体，显得六神无主。特别是对工作、对生活，好像都失去了兴趣和信心，无奈又不由自主地消耗着自己的生命，这样的日子持续了近两三个月。

在我消沉之际，想来想去感到害怕，心底深处也害怕这样下去无疑会葬送了自己，自己曾经上过的学、读的书、学校师长的培养、关注与教诲、父母的期望，以及好心人帮助自己的善意，将都要白白浪费了……我不能这样颓废下去，要振作起来，于是后来我暗暗发誓决不能再沉沦与颓丧下去。我开始努力找工作，把自己的身心投入到新的工作中来，把心里的痛苦纠结，转化成在工作中的动力，在工作中寻找乐趣和生活的信心。

时间一天一天地过去，一个月一个月地过去，我也开始慢慢变得坚强了一些。为了忘记感情失败的痛苦，自己继续埋头努力工作，也慢慢地想明白很多事情，觉悟到自己只有斩钉截铁地放下过往发生的一切，心无旁骛，才有可能迎接真正属于自己的未来，干干净净、没有迟疑、没有彷徨、没有纠结的未来。慢慢地我开始期待生命里的下一站，不再那么痛苦，哪怕前路未知，哪怕孤独地等待一阵子。

多年以后我才明白，了却一段缘分，放下一个人的最好办法从来不是自己能靠主观意愿决定的，也完全不是有了新欢就能从心里放下之前的人。

人与人之间的缘分终究是业力与因果的呈现，只有业力消完，缘分了尽，或许才能自然而然地从心底放下。愿意开始新的生活，给自己舒缓的时间，身心泰然后可以从内心深处愿意试着接纳一个新的人，或是独处余生，若不是此，即使再痛苦也还是各种纠缠分不开。在缘分没有彻底了却之前有了新欢只会在原有的纠缠基础上徒增烦恼。我的这段经历足以说明这一点。

第三十章 思考人生的意义

在2013—2016年这四年的时间里，工作换了有三家，自己的感情生活也是非常不稳定，坎坷波折。努力工作带来的收入不知道为什么在当下也并不能让自己的内心真正的踏实、安宁。每个月的工资除去日常的房租、生活、吃穿住用，所剩无几，甚至不够，每月依然要还信用卡的欠款。“独在异乡为异客”的自己，总是感受不到都市里高楼大厦的繁华与自己到底有什么关系？心底里始终有种漂泊无依的感觉；在这样多变的社会大环境里，感情和工作的双重不稳定，还有落魄的原生家庭，让当时的我对“安全感”三个字有了特别的渴望。

毫无疑问，我是一个北漂的打工者，和大多北漂者一样，每天早晨挤地铁、坐公交，路上的时候喜欢一个人低头看手机，用手机里虚幻不实、离我们若远若近的画面吸引自己的目光，打发路上的时间，内心却充满着说不出的不安和焦虑，还有对未来未知的迷茫和担忧。这点体会可能是大多数生活比较安逸、父母陪在身边的年轻人很难体会的。而自己比较特别的原生家庭和自己独特的成长经历，让我在外漂泊的时间里，内心是格外期待一个“家”的港湾。

时间过得很快，转眼到了2016年的3月中旬，之前的单位由于资金链断裂，破产倒闭了。我也只能找新工作。我带着对过往人生的沧桑与麻木，还有对未来些许的希望，开始面试新工作。终于，我幸运地被北京一家高端品牌4S店聘用。面试的人是这家店的总经理，经过简单的自我介绍，领导似乎也看出自己身上有些与众不同的气质，自然产生了几分好感，对于后来的工作与学习给了我力所能及的关照与偏袒。这家汽车4S店入职前的培训和考试极为严格，我拼尽了全力，每天努力学习并复习到后半夜只为迎接第二天的考试。每天在单位的学习时间都很长，下班后，除了赶紧做饭、吃饭外，还需要继续复习白天的学习内容。培训期间老师传授的知识量很大。不但有很多关于此品牌汽车领域巨多的新知识，还需要强化记忆该品牌下所有车型。我第一次经历如此高强度的学习，可以说比高考前的学习节奏和强度都要高出很多。

一个月左右的时间，几乎都要到夜里一两点钟才能休息。该品牌4S店有很多款车型，每款车型的性能、价格和机器设备参数、原理、名字，都要一一记牢。就这样坚持了一个多月，积极努力跟着老师的步伐，认真参加每次小考，最后综合成绩出来后还算理想，终于以综合成绩80多分顺利通过了笔试和面试。参加完考试，我深感自己如果上学的时候能够有如此氛围与努力，哪里会有考不好的道理？

汽车4S店的工作竞争压力很大，但是我工作还是很努力，很快表现突出，单位领导们对自己的工作都很满意。只是慢慢地熟悉了这里的工作环境后，我发现自己内心追求的平和舒缓的心态，好像与这里每天都在追赶的业绩和紧张忙碌的工作节奏有些格格不入。工作中，我有着自己创新的想法与思维，给领导提议，领导也会欣然采纳，为此店里开始多了不少销售业绩，加之工作之中领导对于自己的好感与照顾，时间久了领导和自己的关系慢慢变得微妙也暧昧，或许自己从面试那一刻起，就给他留下了不一样的印象，我能感受到领导对自己的好感，欣喜也胆战心惊，自己的出现，时间久了一定会有伤害，因为对方有家庭，在汽车品牌店里上班，每天都要准时准备好着装点名，一个月迟到超过标准次数需要简单的罚款以示警告。然而有一个月我超过了单位规定的迟到次数，按理也是要交罚款的，但是领导并没有让我交罚款，随之也给我的人际关系，尤其是在女孩子们中间的相处带来了微妙、复杂与不适，明显地感受到了一些女同事们对自己的不满，这也让我在工作中更加难过和压抑。虽然经历了严格的高难度的笔试与面试，也好不容易就要熬过三个月的试用期，马上能够挣到高工资了，但是此时自己的处境，我犹豫了几天，果断决定在 7 月的一天，选择了离开，还是想干干净净地活着，不要因为自己的出现伤及无辜，或许我更是有意躲着这位领导，也好早点收心，自己完全可以有一份光明正大的感情，不想在此逗留，体面离开吧。

2016 年 9 月，通过原来同事的介绍，我又进了一家汽车网络公司工作，解决自己的生存问题。长久以来，自己内心的迷茫、孤独、无助，一直没有得到舒缓，甚至这样的感受越来越明显。有时候把自己收拾得精致得体，对着试衣镜看着自己，却发自内心地想哭，自己到底怎么了？明明有工作，却找不到安全感。

我难过的时候喜欢看手机。因为有了微信，所以在浏览朋友圈的时候，无意中看到了关于中华传统文化的文章。字里行间的文化浸润，让迷茫无助的自己仿佛看到了些许光亮和温暖。有些文章还嵌有让人心静的音乐，浸润心扉。慢慢地，一个人的时候，我越来越喜欢这样的文章。于是自己后来订阅了不少这样的公众号。这些心灵滋养类的课程，好像在自己成长过程中从没有过一样，但是内心深处真的很需要。

通过网络上的文章，了解到国学的一些内容，不知不觉间给我的内心带来了星星点点的温暖和光明。当时自己面对着残酷的现实，内心又迫切需要滋养与光明，让自己活得越来越矛盾，自己越来越想靠近文章里面讲述的智慧。那时候我才明白，灵魂得以提升、心灵得以净化的快乐与踏实，是表面上枯燥的工作不能给予我的。

大学毕业以来，不管是工作还是感情，自己一个人走过了那么多沧桑的路，感觉继续这么走下去，自己的未来又在哪里呢？自己的幸福又在哪里呢？自己内心的踏实在哪里呢？这样下去只是重复的故事和感受，往返循环，不断上演。自己来到人世间的价值与方向到底是什么？难道是没有工作了去面试，工作了一段时间遇到各种不顺心，然后辞职，然后再去面试……人生就是周而复始地重复这样的过程吗？没了工作以后自己又能剩下什么呢？而自己的人生又是多少人的缩影？我们生下来是为了被人拣选做个螺丝钉，还是可以有另一种活法，让生命本身更有意义、更能安心和快乐？

当我有了几年的社会工作经验后，更加认识到，自己的工作性质不是政府机关，也不是国企单位，可以说没有什么安全感和踏实可言。只要自己有一天太累了，坚持不下去了，或者周围的环境不适合自己再待下去了，都有可能随时面临失业和不安的状态。自己已经毕业好几年了，没有积蓄，没有成家，没有任何成就感。虽然一直在拼命努力，但是不管自己怎么努力，为什么都带不来内心的踏实和快乐，这样的循环，自己又能坚持到哪天呢？我能不能在这样的生活轨迹和环境中，找到与自己心心相印、志同道合的另一半，过上一份有意义又踏实的人生呢？我心里开始不断地问自己。

在自己工作的汽车行业里大都是年轻人，每年都会招聘一批新毕业的大学生，工作竞争甚是激烈。在这里能否实现自己背负的家庭责任，成家立业、安心踏实地改变命运呢？答案好像越来越模糊。有时候我一个人坐在公交车上特别想放松一下身心，不问世事，只想安心学习点什么，充实自己。好像自己从毕业到今天还没有再充实过自己，更没有时间和资本充实自己。自己工作了好几年，不但没有攒下钱，反而日渐拮据，压力甚大。北京这样的大城市虽然美丽、繁华，但是好像自己作为一个外来打工的北漂根本无心欣赏。对于北漂来讲，最重要的事是每天都要为了生活而奔波，为了安定而绞尽脑汁，每天疲惫不堪又十分不安地活着。

我开始思考，如果自己能像机器一样地工作，没有思想，那样还会好一些，但是人终究是有思想、有灵魂的。我们内心最真实的感受，总是牵引着我们，去追求最靠近心灵深处的安宁与踏实、梦想与追求。可是此时我并不知道自己的理想到底是什么，我的人生该去往哪个方向？在残酷的现实生活面前，我除了无比的压抑和焦虑疲惫，生活里好像不剩下什么了。

第三十一章　身心濒临崩溃的边缘

我在新的汽车网络公司不悲不喜地工作了两三个月，工作环境与薪资待遇都很体面，但是上班离住处很远。每天要坐近两个小时左右的公交、地铁，从东四环跑到西四环，每天路上的奔波就让人很累了。有时候来不及快迟到了，只能打车去，可是打车特别贵，等于一天班白上。虽然这份工作有着让很多人羡慕的工资和上市企业的光环，但是内心的不安和孤独一直没有消散而去。恋爱的失败经历和事业的不稳定，让我不知道心灵最终可以停靠的港湾到底在哪里？

此时我内心深处开始发生很大的变化，我越来越不想这样漂泊下去，可是自己想要的内心的踏实到底在哪里？自己的老家还有年迈的父亲，已经七十开外，等着早日看到自己的女儿成家立业，能够顺利进入人生下一个阶段。可是这件事对于眼下我的来说，简直太难了，而且眼下的自己似乎离这个目标越走越远了。去哪里找那个可以让自己安心地托付终身的人呢？现在的年轻人越来越现实，自己又是这样的原生家庭，除非自己放弃底线，降低标准，放弃内心真正追求的幸福，只图个形式的孝顺，但是我打心里不想妥协。对于婚姻，我不想因为原生家庭而将就，这似乎对于身边的亲朋好友来说是不懂事，心气儿高，不接地气。是的，我问过自己的心，心底不想妥协，我想尊重自己的内心，不想因为原生家庭的不幸而裹挟自己一生的幸福，眼下如果自己为了结婚而结婚，未来一定后悔，未来即使父母去世，我也要将就一辈子，如果未来再后悔，又有谁能救自己于不幸的水火中呢？自己这么多年的努力与不易，不想就这么妥协了，自己要对得起自己，未来的每一天才会光明和幸福。对于我来说，想要找自己认为比较理想的婚姻，也是难上加难，但是我宁愿等待合适的缘分，也不想就此妥协，如果我的坚持是对的，那么我相信上天一定会眷顾这份心意。

此后一年多的时间里，我依然每天都体验着自己的灵魂在这个世界孤独而又无助的漂泊感，慢慢更觉得自己越来越渺小，也和社会上大多数女孩子们一样，每天努力着、奋斗着，在看上去非常好的单位，有着光鲜体面的工作。很多人羡慕我的工作，可是当时的自己明显感受到，工作之余的每分每秒，自己的心都在不停想寻找自己灵魂的归宿，没错，也许是到了成家的年纪，那时候的自己特别想有个属于自己的家和能让自己心安的恋人。

当下我认为的归宿，其实就是生活中能早点遇到一个不嫌弃自己的原生家庭，愿意和自己走向未来的另一半，两个人相濡以沫，共同珍惜来之不易的相遇和感情。哪个女孩子不想从一而终，不后悔地经营自己的一生呢？能遇到一位愿意真心和自己相处的男孩子，两情相悦没有强求与拧巴，有份来自心底深沉的承诺，对于出身贫苦又不容易让人读懂的自己来说太难了。可是心底越是期盼，现实越是残酷……

现在的我总认为恋情的稳定似乎能够多少舒缓孤独无助的心理，下班了能有个温馨的家，遇事了有人商量。当下的我，每天感受着一个人的独来独往，越是一个人的时候，就越会想念曾经在心底里最在意的那个人，是的，是申小天，我忍不住想去联系申小天，或许我们经历过一年的相处，他了解我的喜怒哀乐，了解我的内心世界，知道我曾经历的沧桑与蹉跎，和他在一起的时候，我没有心灵的距离与束缚，他不挑剔我的对错，他能想象我们分开后我经历的一切，被现实强行分手后的我们，他也像我一样没有从心底彻底放下我，内心深处也始终张开双臂等着我，他对这份感情的坚守如如不动，让此时的自己有点想“回家”的感受，他的家人管得住结局，却无法约束他对我当下的喜欢与思念。当时的自己也明白，即使我们有这份心思，我们也只能是灵魂上的相知相依，没有能力跨越现实的阻碍与困难，而且我离开他以后又经历了乔如，我已经不敢奢望他会像以前一样的真心无二了，无奈也羞愧是骗不了自己的。只是眼下的自己整日被孤单包围着，如果回家能有人说话聊天，这就是幸福的日子了。可是此时申小天早已不在北京，去了河北燕郊，我联系他知道了他当下的单位和住址，于是我开始忍不住每到周末便去乘坐大巴，想去看看那个曾经被现实硬拆散的情侣，他也是让自己始终没有完全放下的人，于是从此，我有了短暂而美好的一两个月的周末奔波。

当我乘坐大巴到达他指定的地点下车的时候，申小天再次见到我的时候，依然还是很喜欢自己，他依然是张开双臂等着我。是的，我们现在短暂的团聚，面临的最大问题依旧是经济压力。我们即使再努力，依然无法支撑自己想有个家的愿望。当时我的愿望很简单，但是却是难以实现。当时他在一个军工厂里每个月挣 4000 多元，我当时的工资是 6000 元，除去社保也就是 5000 元左右，加上自己每个月2000元左右的房租，还信用卡，一个月的吃穿住用和电话费，几乎不够。

我满心不安和长期焦虑的心情，此时已经严重影响到自己的身心健康。自己一个人已经长期失眠睡不着觉，饮食也是长期凑合，自己知道，眼下的身体早已支撑不了自己继续像刚毕业的年轻人那样奋斗了。

毕业后，长期以来得不到很好的休息和内心的舒缓，平常周末休息的时间，大都是整理没洗的衣服，收拾卫生，做饭，剩下一天要赶回梧桐县老家看望自己的父母，几年下来我几乎没有任何社交，把大部分休息的时间放在了料理家务和看望父母上面。每次看望父母需要乘公交转乘三次左右，往返七八个小时的路程。当时我住在北京的东四环，回一次老家需要坐完公交倒地铁，再倒公交，等回到自己乡下的老家，至少要三个多小时。每次回家大都是当天往返，因为知道家里没有能让自己安心休息的地方，每次回家我尽量不住，只想安心地看望父母，多和父亲聊聊天，唠唠家常。说来神奇，这个让人看上去满目疮痍的老家，每次回来似乎都会让自己变得安心很多、踏实很多、开心很多，与在外漂泊打拼的自己截然不同。

有时候我会给家人带回一些好吃的或者小礼物。父亲最喜欢吃北京天桥汽车站卖的炒栗子，每次我回家都会给父亲带回两斤去，父亲会很高兴地吃上几天。每次短暂在家和父母相处几个小时，看到父母生活挺好的，我也就放心了，傍晚我再赶最后一班公交车回北京自己租的小屋，能舒服、安心地睡个整觉。

几年如一日的工作与对家庭的关注，让我几乎很少有单纯留给自己的周末，除非自己隔两周看一次父母，才可以让自己有些舒缓。

我之所以愿意花这么多心力回家看望父母，是心中本能对家庭的惦念和对父母的担心，我知道父亲的身体一直不是很好。随着自己最近几年年龄越来越大，加之在外长期找不到的对这所大城市的归属感，自己每每回家一趟，看到父亲还算安康，和父亲说说话，却能感受到来自父母的安心与踏实。

只是自己一个人只身在外，我的身体整体情况是越来越弱了，尤其是最近身心孱弱，内心焦虑异常，甚至有时候走路都不听使唤了，感觉自己的生命是虚幻不实的，在这世间一直没有扎稳根。

第三十二章 传统文化润心田

还记得那是 2016 年 10 月的一个周五，在下班回家的路上，由于长期焦虑、压抑、不如意的心情，有时候下班早，我会去住所附近的观音禅寺散步。这里环境幽美，有各种争奇斗艳的花朵，有公园中心满池塘的荷花是最美丽的风景，有生机勃勃的草坪，有清澈的湖水和随风摇摆的芦苇，有木桥，有石路，有柳树，有新鲜的空气。

平日，我住在这座公园附近，难过的时候，自己下意识地愿意一个人来这里散步，这里舒适幽美的环境很迷人，还有一座大雄宝殿，看着庄严也慈祥的观世音菩萨的塑像，仿佛可以隔空对话。我在公园里散完步，便悄悄地坐在观世音菩萨像旁边的石板凳上，把心事慢慢倾诉给了菩萨。有时候会含着眼泪，把掩藏心底的难过与压抑伤心地哭出来，哭完总会舒服些。虽然心底的问题还没得到解决，也能暂时平复一下自己难过的心绪。每每等自己的情绪舒缓一些后，便一路怅然地回到自己的宿舍。就这样，我默默地过着一如既往一个人奋斗、一个人忧伤、一个人压抑、一个人自我安慰、日复一日的日子。

此时的我深知，眼下的压力不仅是自己的生存和人生大事，背后更有一个家庭的责任，有年迈病重的父亲，有患严重精神疾病的母亲，到底该有个怎么样的转变，才能扭转这个家庭艰难的命运，能让父母拥有安逸的晚年，能让母亲的病情好转，能有个让自己相对认可的未来呢？心底这些异常沉重的压力，让正处于适婚年纪的自己，越发难以发自内心地高兴起来，大多时候都是闷闷不乐的。

和往常一样，又是秋季普通而又压抑的一个傍晚，下班回家后，我从观音禅寺散心回宿舍的路上，意料之外地遇到了一位彻底改变自己一生命运的一对老年夫妇。那天我抄近路回宿舍，经过一个胡同，在这个胡同的尽头，自己注意到了一位老者，大概得有六旬上下的年纪，光着膀子，神态惬意也超然，秃着头顶，略胖的身形，中等偏高的个子，自带几分出世的干净与洒脱，坐在石墩上，稳当、惬意地扇着扇子，看着我从他的面前走过。我走过去后，下意识地又回到了叔叔跟前，看到叔叔身后的房子上面的广告牌子，上面写着：心理咨询、推拿点穴等。

本就万般惆怅于心的我，本能地想给自己的内心解压，于是忍不住上前去与叔叔搭讪，随后知道了屋里还有一位阿姨。进屋后，感觉这屋子里简单、朴素又温馨，还有佛龛。简单地互相自我介绍了几句，我知道了叔叔阿姨是学习中国传统文化的，来自东北，喜欢传统文化，潜心学习践行多年。在此之前我从没有接触过传统文化，更不知道什么是传统文化，自己对于国学的认知也是非常有限的。只是慢慢与叔叔阿姨接触的过程中，从他们身上感受到的恰恰是自己一个人在外面从没有感受过的亲情般的温暖，没有算计与竞争，没有不安与孤独。自己从小的成长经历和同龄人相比的确过于痛苦，自己一个人在北京打拼的确孤独、无助，内心的千疮百孔，确实感觉快撑不住了。

在描写自己这段经历的时候，我早已清醒地意识到心灵痛苦对于一个人的影响实在是太大了，会影响一个人的工作状态、同事友谊、身体健康、家庭关系等。当时自己面对不知所措的心灵困局时，就像一个人深陷沼泽而无力挣脱，特别需要能够给予自己心灵力量的善者、智者。在当时紧张忙碌压力很大的工作环境里，根本没有机会和时间去寻找。叔叔阿姨恰恰是可遇不可求地给了自己在当下最需要的心灵滋养与温暖的好心人。

通过简单的自我介绍，我慢慢对他们多了几分亲切感。当时的自己，内心充满了对心灵疗愈的迫切渴求。叔叔阿姨正好当了我困惑之时的倾听者和依赖者，更像是父母与女儿之间的关系。也正是和叔叔阿姨相处的短暂几个月，他们如父如母般给我的身心恰到好处的滋养与呵护，终于将我从对爱情不切实际的依赖与纠结中解脱出来。和他们的相处也仿佛让我人生第一次感受到短暂的安全感和幸福感，那是爱情给予不了的。阿姨留着青年头，圆脸，精致的五官中有着中国传统女性的美，穿着朴素，不化妆，勤俭持家，给了我很多生活中的指点，精干微胖的身材，慈眉善目中自带威严与原则；叔叔心思慈悲细腻，智慧通达，慈眉善目，说话缓慢，一身正气，邪不可干的样子。

此时叔叔阿姨的出现，也让我和申小天短暂复合又难有未来的感情再次无果而终。我的身心完全沉浸于传统文化的学习中，感受着叔叔阿姨如同父母一般的爱意，仿佛心里干净得只有对中华文化如饥似渴的求知欲，还有对于叔叔阿姨如同亲情父母般的眷恋！此刻自己好像没有了对爱情的需求与奢望，慢慢地我和申小天断了本就脆弱又没有结果的联系。而我短暂急剧的变化也是申小天无法理解接受的，他不知道我为什么一下子变化这么大，他依然还想和我保持着脆弱又看不到结局的感情，而我却从叔叔阿姨这里感受到了从未有过的踏实与光明，我本能地知道自己要什么了，仿佛一下子唤醒了沉睡已久 的灵魂与最真实的自己，这是我在爱情里感受不到的灵魂滋养。

在与叔叔阿姨相处的过程里，叔叔向兰喜推荐了一批传统文化书籍，《弟子规》《太上感应篇》《了凡四训》等，这时我对中华传统文化有了第一次正面的接触。这在我看来，是内心渴望了二十多年一直没有机会接触的书籍。我本心就想做一名堂堂正正的君子，只是随着学业、工作、恋爱，慢慢忽视了自己的心灵本有的光明，我好像从书里一下子找到了自己本来应该具有的样子，找到了离“家”太久的自己。

打开《弟子规》映入眼帘的是“弟子规，圣人训，首孝悌，次谨信……”，看到《弟子规》中字里行间传递的良知与正义，我的脸顿时火辣通红，羞愧至极！自己心驰神往的做人该有的样子，该有的踏实与光明，都在这些文字里流淌着。但是由于自己从小到大没有接受过这方面的教育，很多地方做得都不够，甚至是迷茫、无助、没有方向的。看到“入则孝”中“父母呼，应勿缓……”，我想到的却是父母在和自己相处时候的小心翼翼，和自己学了点儿知识以后的傲慢和张狂，觉得自己很了不起。这时候才意识到自己竟然把人做错了。真是恍然大悟啊！书中的义理让我敬佩至极，让我感到如同回家一般的踏实与安宁，同时我也知道了作为一名真正的君子，如何修身养性、孝顺父母。

至此，我终于找到了自己内心苦苦追寻的东西，找到了做人该有的原则，也在脑海中浮现出了很多自己在道德成长方面的问题。

过往人生中，自己经历的多少苦难是因为没有智慧，不能守住道德底线而自我感召。想到了自己上了这么多年学，又上了这么多年的班，却慢慢随着境遇，忘记自己做人最该有的样子，非常惭愧。虽然我对家庭有着天然的责任感与使命感，但是大学毕业参加工作之后，很多的行为与做法已经偏离了正常的君子之道。

是啊，从这里出发得到的人生才是真正的踏实与快乐！慢慢地，我开始用《弟子规》中的原文要求自己，即使做不到，也把原文作为自己内心中的正确价值观引导自己，去慢慢做到，化解内心多年来积累的负面情绪。

从此我开始了半年的脱产学习，每天认真学习传统文化中的基础知识。慢慢地，自己立身处世的价值观，也发生了巨大的改变和重塑，自己越来越踏实，越来越感受到了发自内心的快乐。

我开始不那么注重外表了，开始卸下妆容，放下时尚的衣服，越来越朴素，越来越心静，喜欢素颜的自己。同时越来越喜欢观察大自然的美，发现大自然真的好美啊！从那时开始，我特别爱看路边的树木，好像自己已经离开大自然很久很久了。这个时候，我看着路边的树木枝叶竟然是那么美艳动人，我已经太久太久没有把心停留在自然里了，自己的心太久太久没有发现这么美的事物了！自己如做梦一般，恍如隔世，内心却已脱胎换骨般地在蜕变。曾经忧郁、悲伤、恐慌、无助、孤独的感觉渐渐没有了。《了凡四训》中有言：“从前种种，譬如昨日死；从后种种，譬如今日生。此义理再生之身也。”

自己的原生家庭一直是我人生中既想逃避又割舍不下的部分，也是我必须面对的人生内容。毕业工作这几年，自己的婚事两次受原生家庭的影响，我的心态后来也从开始的坚强、阳光、努力，慢慢变得负面、消极，甚至委屈、抱怨，有时候回家看到屋内一片狼藉无处下脚的屋子我也会怒从心来，免不了对父母的挑剔与抱怨，偶尔也会和父母吵架，最后不欢而散。自己一个人在外面的身心巨大的压力和无助，一直让自己无法把眉头舒展，一直没有智慧和勇气改变自己和家庭的命运。通过为期半年传统文化基础知识的学习，我放下了复杂的心情和当时的虚伪与傲慢，我终于愿意俯下身心，打开心灵与自己的父母平心静气地接触交流，我终于果断地抛开世俗的看法和攀比，只想求得内心真正的安宁。自己羞愧地拥抱父母，偎依在父母身边道歉。

自己以往的心态真的是错了。一本薄薄的《弟子规》让我找回了自己本该有的样子。从此，自己开始赎罪一样地对父母好，虽然还会有内心的波澜和不适，但是我知道是自己不够好了，慢慢地发现自己不在意的那些表面的所谓得体，我不再要求改变父母了，只想改变自己，自己力所能及地能为他们做点什么就做点什么，做不了就努力调整自己的心态。

父亲得知我为了学习传统文化辞去了工作心里很是着急，怕我是不是在外面出了什么事情。后来我静下心来给父亲把自己近几年的经历和身心的真实情况如实告诉给了父亲，告诉父亲自己从毕业后到当时几年里经历的坎坷和不易，还有学习传统文化之后的身心蜕变，想重新开始自己的人生，做个身心合一、光明磊落、俯仰无愧的人。

随着时间一天一天过去，我也越来越知道了孝道的意义。

第三十三章 灵魂深处的再生父母

当我看到了自己从没有见过的经典里的文字，仿佛每个字都带有无穷的能量。小时候我听说过《弟子规》这本书，一直很想看看这里面的内容，只是很遗憾，由于20世纪90年代初，网络和通信相对还比较落后，记忆里我从来没有接触到这些书籍，而课本里也很少触及这方面的文化。小时候受的教育很少有涉及这方面的，自己终于看到了一直想学但是从没有机会看到过的书籍。这本书虽然很薄，整本书也只有1080个字，还是叔叔阿姨从寺院免费结缘过来的，但是我却从这本薄薄的《弟子规》中，找到了自己一生做人的原则和做人本该有的样子。

自己苦苦寻找多年的踏实和安宁，终于在这里找到了，自己终于知道原来“孝道”在一个人的生命成长和家庭中这么重要！《弟子规》开篇便提到：“首孝悌，次谨信。”让我顿时意识到，虽然自己和同龄人相比已经很懂事了，但是真的也是有很多问题的。我终于找到了问题的答案，内心的惭愧油然升起，脸也红得不得了。

叔叔阿姨给了我很多在文化和心灵方面的疏导与指引。我开始从内心深处审视自己曾经走过的路，正在经历的事情。此刻的我，真的想在这个特殊的阶段，彻头彻尾地洗礼一下自己的心灵，然后再出发。

那段时间，阿姨在附近的派出所食堂上班，每天都会带回来很多剩下的饭菜，就这样我和叔叔阿姨三个人一起吃。虽然饭食很简单，但是吃的每一顿都很开心。而我就像他们的孩子一样，心贴心地过着每一天。我的求知欲很强，对传统文化也是喜欢得不得了，叔叔阿姨也是很愿意带我好好学。晚上我们经常一起学习探讨到深夜，叔叔再护送我回到自己的出租房内。就这样，我辞去了工作，脱产学习，在叔叔阿姨的帮助下，一起学习传统文化中的宝贵智慧。

此时的我打心里特别喜欢《弟子规》。在这本书里似乎找到了近三十年来一直没有得到过的灵魂滋养，其实这种心灵的滋养与人生智慧的学习是每个人人生中必不可少的必修课。此时我才知道上了这么多年学，怎么就没有读过这么宝贵的人生宝典呢？太可惜了，怪不得人生之路多了很多的坎坷，多走了很多的弯路。年轻人即使上了大学，大学生们的价值观也是良莠不齐，如果未来的孩子们都能接触并学习到这本书该多好！

前面提到过，我的住所离观音禅寺很近，那里环境幽美，安安静静，干净整洁之余，还带有光明四射的圣洁之感。这里有一尊很高的铜塑的观音菩萨像在公园中央，庄严、慈悲地面对着所有来来往往的游客和闲来散步的居民们。

也就是这里，之前两年我经常一个人来散心的地方，如今再来已经完全是另外一种感受，自己在同一个地方也好像完全身处另一个世界，此时我眼里的景色，光明四射，绚丽无比。此时的自己，被叔叔阿姨像孩子一般短暂幸福地呵护着，多了内心的踏实、坚定与纯粹，没有了太多的烦恼与纠结。也正是这样的呵护，如父如母一般的教导与照顾，是我从来没有体验过的，甚至这份安全感与内心的滋养与光明也是男朋友根本给不了自己的。我深深沉浸在这样一份特别的感情里，殊圣又温暖。

朝夕相伴的相处，让我内心感受到了从未有过的幸福感与信念感。这种幸福感第一次在我的内心深处替代了对爱情的渴望。这种幸福是叔叔阿姨超越父母一样的智慧与爱给予自己的。他们给我的爱，是真正意义上心灵的洗涤并呵护灵魂成长的爱！他们带着我学习传统文化的一段经历，的确让我不得不承认他们也是自己灵魂深处的再生父母。

经过这个阶段的学习，让我的内心发生了翻天覆地的变化。从此，终于知道了自己的人生目标和做人的本分与原则，知道了圣人的智慧对于当代以及后代人的意义，让我的人生发生了重生一般的改变。

其实我对圣贤文化了解得并不多，仅仅是入门的一些基础智慧。学习了半年左右，但是仅仅这些基础的智慧就让我的内心有了质的改变，从根本处重塑了自己的价值观，让自己的生命更加真实而又充满了灵动。从此我开始关注路旁树木枝条的美感与优雅，河水的柔美与灵动，大自然里无处不在的生机盎然，太阳的炽热与光明。我已经好久都没有生活得这么真实，这么美好了！以往太久太久的时间里，压抑纠结的内心，早已让我无心关注大自然的美和自己周围的一切。当我重新爱上自然时，才发现自己真的变了，变得真实、踏实了,变得心里宁静了,有了心中由内而外的坚定,也更有底气了。

对于爱情和婚姻，我也有了自己更加坚定的想法，那就是一定要选择一位能够接纳自己父母的人，这样的人才是真正爱自己的人。对于事业，我愿意用自己从圣贤这里学到的智慧、受到的益处，帮助更多的人，做更多的善举，光大自己的生命。这才是真正的人生意义与快乐吧？原来我们学过的知识技能，只是让我们有了在社会上生存的基本本领，但是要让自己的生命活得更加有意义，让灵魂更光明和绽放，真的需要圣贤的智慧作为指引的方向，那样我们的人生才会更有价值。自此我内心也萌生出想把自己二十多年来迷茫、痛苦、坎坎坷坷的经历写出来的愿望，希望读者能够通过自己坎坷的人生经历中受益，从中吸取经验教训，重视中华文化对于人生长远的作用与意义。

那年我 28 岁，至此遇到了中华优秀的传统文化，内心才算彻底光明了，好像也找到了能够改变家庭命运的密码。那就是先改变自己，只有自己的内心改变了，才有可能、有动力、有智慧改变原生家庭的命运。从此不再过于执着家庭的表面，而是更加珍惜家庭的幸福团圆，更加珍惜家庭成员的身心健康。

第三十四章 被好心包办的婚姻

叔叔阿姨每天关注着我内心的成长与改变，看着我的确是用心学习、沉淀，叔叔阿姨都很高兴。这期间阿姨也在为兰喜的工作操着心，担心这样下去，兰喜个人及父母的生计没有办法很好地维持，开始帮着我找合适的工作。在阿姨的帮助下，我在北京东四环奥特莱斯一家高级白领服装店，做服装销售助理的工作。短暂地学习了四个月的传统文化之后，我工作时的心态与之前在车企时完全不同，内心平和安静，从心中生出不少智慧，与同事们相处也很好，工作也是得心应手，学习很快，业绩也还好。即使是一份很平常的工作，倒是也让我感受到快乐而有趣。

认识叔叔阿姨以后，阿姨有意无意地在我交流的过程中，两次和自己提起相亲的事情，也简单介绍了男孩子的情况。记得当时自己因为工作的变动，加之几个月的学习没有工作，慢慢又欠了两万元左右的信用卡，虽说每个月还几百元的压力不大，但是阿姨打心里希望我能够早点儿成家，人生路上多个人照顾。同时我若能够安心将传统文化学习下去，也能慢慢影响并帮助另一个家庭，也是很圆满的一件事情。

就这样，我在阿姨和北京当地一位叔叔的介绍下，认识了一位叫张某的男子。该男子在年轻时因为和同学打架，判了几年刑期，进过监狱。在相亲之前，阿姨简单给我介绍过，自己初闻这位男子的情况，心里并不是很愿意去相亲，于是敷衍搪塞阿姨，就这样又安然过了一段时间。我内心深处不想伤害与叔叔阿姨的感情。当时自己最在意的事情便是与叔叔阿姨如同父母一般的感情了。后来又过了一段时间，在阿姨第二次提起来的时候，心想不如先见面再说，如果见面后实在不愿意，再好好和叔叔阿姨如实说来，无论如何不想伤害和叔叔阿姨的感情。

就这样，在2016年12月中下旬的一天，我和这位男孩子见了面。男子姓张，名叫张森，北京郊区农村人。我们在长辈们的撮合下，单独聊了半个小时，的确也感觉这个男孩子是个好人，但是我也能明显感觉到两个人的性格和看问题的视角与格局并不太一样，虽然人很好，可能并不适合走进婚姻的殿堂。见面之后，我也如实和阿姨坦诚了自己的心意，觉得还是当朋友更好。不过，大家和叔叔阿姨当时更想努力撮合我们这对都没有成家的男女。我感受到了阿姨特别希望自己能够和这位男孩子成婚，这和当时自己的初衷与想法大相背离，不过表面上当着很多人，我只能顺着叔叔阿姨的心意。

一来二往的交往，我感觉从很多方面综合考虑，这位男士虽然人品很好，但是两个人在学历和处事方面的角度和格局，的确有着太多的差别，不适合深度交往，走进婚姻。但是我也实在不忍伤了叔叔阿姨的心，同时两边都很热情地撮合着我们两个，此时我的心里活动好像也没人在意。一边是叔叔阿姨在极力地帮忙撮合，另一边是男方及一家人的一见钟情。现在回想起来自己的处境，也真的是有些被动。在大家不断地对自己一致的劝谏下，加上自己对叔叔阿姨的充分信任，慢慢地自己内心竟然有些妥协了，心里犹豫着，要不先处处试试吧。

张淼是一位北京城南远郊某家机械工厂里靠体力赚钱的工人，身高一米七，圆脸，五官匀称，微胖也结实的身体，质朴厚实的打扮，他收入固定，每个月大几千元的收入。朴实无华的外表，实在中略带内敛与羞涩，身上自带打小养成的勤俭与精打细算，他有抽烟的习惯，很少出远门，即使去市里，地铁也是很少坐的。家里父亲是村里最为勤劳的环卫工人，同时家中有两个院子，向外出租着院内近 6 间单间的平房，因为离市区比较远，租金并不是很高，每个月能有一些微薄的房租收入。母亲也外出打些零工，有一次张淼邀请我来家中与自己和父母见个面。张淼在上一次的相亲中的确看中了自己，而我也在众人的极力撮合下感受到了自己当时的妥协。既然同意交往了，我也拿出了自己的实在劲儿，于是下班后马不停蹄地赶往与叔叔阿姨一起的住所。虽然张淼只邀请了我一个人，但是我从心里想着让叔叔阿姨像自己的父母一样一起前往张淼家，这样自己也有些安全感。张淼家离我们很远，离我们的住所大概打车也要近一个小时的路程，也是北京相对偏远一些的农村。叔叔阿姨听闻我说起此事，自然知道我的心意，高兴之余便同意与我一同前往。只是我并没有提前告诉张淼我带着叔叔阿姨一起前来，叔叔阿姨也知道我没有刻意告知张淼一家，怕因为叔叔阿姨的到来张淼家再单独准备饭菜，徒增麻烦，二老已经吃过晚饭，这次前来只是想陪伴我，怕我路上害怕。当我和叔叔阿姨打车到达目的地之后，张淼一家表面上很热情地迎接。只是这一举动没有想到竟让才是第二次与我见面的张淼大为不满。张淼父母热情地将我和叔叔阿姨请到自家客厅，准备吃饭。本想开心愉快地聊一聊，张淼在饭桌前竟然不止一次地埋怨我为何不提前告知自己和叔叔阿姨一起前来。原本心思善良的自己本想给大家一个惊喜，没有想到张森的反应竟是如此。当时任凭自己如何善意的解释平息张森心中的不快，还是在饭桌上几次让我下不来台。此时的自己也能感觉到张森对我此举的挑剔或许是因为太过在意自己吧。他想我能把最真实、最全面的想法告诉他，两个人能够心有灵犀，有事商量。但在我看来这真的是自己善意的隐瞒，也想给大家一个惊喜，大家乐乐呵呵地一起坐会儿，并无其他心思。这次的见面让我内心多有不快，心中满是欢愉地前来赴约，没想到张森如此这般数次地指责自己。这个印象让我对未来两个人的交往能否融洽多有担忧。

两人正式交往后，张森也正式且直接地表达了自己的心意，他送给我一部价值一千多元的新手机，表示爱意。只是在我们二人的交往中，未来的婆婆有意无意间袒露自己对未来小两口过日子的规划，她想让我婚后挣的钱都交给她，由她保管。将来我娘家有急事需要用钱再向她那里取。这个提议让当时的自己心里很意外，当然也有不快。作为新时代的女性，我当然知道这样的提议，未来会意味着什么。但是出于尊重和礼貌，我表面没有反驳什么，只是应声答应下来了。

的确，我内心也想有个稳定的家，虽然这户人家在北京，表面上不富裕，但在很多人看来，我也能借此婚事，落个北京的户口，也可以让自己少奋斗不少年了。在中国特殊的国情下，当下的社会大环境下，外地的孩子不管通过上学、工作，或者婚姻，能拥有一个北京市户口，就是很大的幸运了。

就在腊月快要过年的时候，叔叔阿姨还有对方的父母，包括我的父亲，为了让我们抓紧时间增进了解，促进感情，于是商议让我来男方家里小住几日。于是，我也想当然的把自己的婚姻大事放在了工作的前面，又一次和现在的工作单位提出了辞职。就这样，我在未来的婆家住了十多天，每天和婆婆同吃同住，我和婆婆处得还算好，关系也不错。婆婆为了让我和她儿子顺利成婚，对我照顾得细致也周到。

就在我短暂在张森家小住几日的一天，家长们有心想让我们两个单独一起出门散心培养感情，可是就在每次出门的时候，不知自己出于什么心理，我从里到外的很不自然，本能地不愿和他并排走在一起，即使只有我们两个人，却真的像陌生人一样害怕他靠近我，而我又能感受到他对我此时的包容与发自内心的喜爱。我们一起走着从村里到村边公交车的位置，这一路我一直和他前后保持着很远的距离，甚至我们上了车，我都不愿意和他坐在一起，会刻意分开坐。在我们两个人一起出门进市里的过程里发现张森会随地吐痰、也会在大马路上抽烟后随手乱丢烟头，这些习惯却是让我始料未及，也不能接受。我虽然示意性地告诉他不要在公共场合吸烟，他似乎也没能把我的劝谏放在心上，这更让我本能地很难将自己的心与之靠拢。我们虽是通过媒人正经介绍的恋人，彼此却连手也没有碰过，在相处的过程中，我知道自己在这位男士面前，也一直无法自如地放开自己的心，即使我能感受到他对自己发自内心的喜爱与等待，为我似乎做好了关于未来所有的思想准备。但是他也不知如何靠近我，似乎也能感受到我心底与他刻意保持的距离。

日子过得很快，眼看就要春节了，今天是腊月二十六，我坐公交车回到了自己的娘家。在年前剩下的最后三四天的时间里，我耐下心来把家里还是一片狼藉的屋里和院落重新收拾一遍。我喜欢干净，在这两三天，每日都干很多活儿，我把院子里堆积的垃圾和长在院子里的杂草一点一点都清理干净，还有母亲经常在院子里烧东西剩下的灰烬等，我一口气都运到了垃圾站，很快将院子收拾好了。

收拾完院子又开始收拾屋子。父母身体都不好，很少有能力细心打扫屋子，父亲年纪大了身体不好，妈妈已经习惯性地不过日子，烧东西。平时自己不在家，父亲或许慢慢被命运摧残的也习惯了和母亲这样的生活方式吧。整个家除了父亲每日做三顿饭外，几乎没有什么动静了。所以家里的环境天长日久，杂乱无章，作为年轻人的自己自然是很难接受的。

我耐着性子收拾屋里屋外，干着干着时间久了也会一下子累得直不起腰来，偶尔会心生委屈，发发牢骚、抱怨几句，甚至也会累得哭出声来。可是自己如果不打扫卫生，晚上回家连睡觉的地方都没有，何况很快就要过年了，将院子屋内打扫干净也是我应尽的本分，方便迎接前来拜年串门的乡亲们。

和叔叔阿姨相处的这几个月里，我也是经常回家，基本每周一次，偶尔每两周回家一次看望父母。以往真正属于自己的时间很少，我特别喜欢在路上的时间，也喜欢坐着公交车一边望着路边的风景，一边深沉地思考自己的人生。这样特别的原生家庭，要想在人生路上真正改变家庭与自己的命运，到底还有多远的路要走。多年来我一直深深地掩藏着自己内心真实的委屈与压抑。表面的平静和懂事，并不是自己的真实心态，埋藏在心底里的压抑与对改变命运的追求倒是自己心底最真实的声音。是的，我的确不愿意结交朋友，也不爱三两成群去逛街，每周周末的时间除了留给自己一天洗涮、休息，另一天大都是回老家看望父母。这样的生活模式持续了从我在外上班后的近五年的时间。

今年的腊月，我回家和父母过了一个朴实无华又很充实幸福的春节。春节这几天我和父亲免不了要商量一下自己的人生大事，父亲在细致了解完我在张淼家小住几日的点点滴滴，父亲也觉得这桩婚事有些不妥。

自己经历了诸多的坎坷与不顺后，虽然通过对传统文化的基础学习，有了自己内心的信念和光明，但在接触传统文化之前，太多太多心酸的经历，多年压抑、抑郁的心绪，早已使得自己的身体慢慢变得异常虚弱。虽然有了叔叔阿姨短暂的照料，但是身体其实一直没能彻底舒缓过来，总感觉再多调养一阵儿就更好了。11 月，我又去了阿姨介绍的服装销售公司工作，紧张又忙碌地工作了一段时间，身体始终没有彻底好过来，仍是异常孱弱。我知道自己的身体很疲倦，好几年没睡几个囫囵觉，夜夜失眠，甚至每天早晨起床都很吃力。内心好想有个地方能让自己安稳、温暖一阵子，让自己的身心好好调养一番。只是这样的想法对于眼下的自己来说，真的太奢侈了，是不可能的。

第三十五章 再一次放下

相亲之前的一个月，大概是11月份，是冬季相对寒冷的时候了。叔叔阿姨建议我和他们一起搬到新地方住，我同意了。新地方偏远、落后一些，记得长长的街道两侧到处都是外地人做小生意的，居住环境简陋。这让自己联想到了自己刚来北京打拼时的情景。我住在叔叔阿姨门脸房后面的二楼上面的一间小房间里。正值冬季，这间简陋的出租屋里没有空调，没有水，没有洗手间，想去方便只能去大街上的公共厕所，或者去叔叔阿姨那里的洗手间。这次我住的房间只是一个单间，屋里只有一张床，一个写字台，还有一个简易衣柜，有一个暖气管，只有晚上才暖，温度也不是很高，像极了自己刚来北京自己在顺义租住平房的日子，白天大部分时间都是凉的。

此时，我如果和现实妥协，是很容易的。靠自己当时每个月打工赚来的工资，想在北京买房子安居下来显然是不太可能的，加上身心长久的疲累和原生家庭给自己的无形压力，对于自己来说，当时如果能找个北京本地人嫁了，从此过上安稳的生活，着实也是不错的选择，这可能也是叔叔阿姨愿意给自己张罗这门亲事的初心吧。

可是让我彻底下了决心放弃这门婚事，还要说起自己远房的一个姨姐。我母亲娘家的一个当家子的姐姐家的孩子，这位姨姐经历了三段婚姻，生过四个孩子。即使当下这段婚姻，她也觉得自己很不幸福。2017 年大年初四的早晨，便来到了我家里。由于她文化程度不高，小时候说话和听力有一定的障碍，长大了虽然能正常交流，却也比普通人吃力，加上婚姻里诸多不顺的经历，她开始变得情绪不稳，时不时就会哭起来。可能也是压抑太久了，姨姐特别想出门走走。她知道我从小也是个很苦的孩子，从小就很喜欢我。她得知我最近谈了北京的对象，执意要和我一起出门去北京，去看看这未来的婆家怎么样，一定要给我把把关。

恰好春节期间父亲和自己谈起此事的时候，对这门亲事也有些迟疑，大年初四的早晨，姨姐突然来到了自己的家里拜年，这在以往从未有过。她进门便是有心事的样子。姨姐微胖，肤色白净，个子不高，一米五几的个子，小学文化。骨子里透露着善良与勇敢。姨姐对我印象很深。知道母亲从小很少能给我呵护与照顾，姨姐说："我很想你了，兰喜，我已经经历了三次婚姻，生了四个孩子，现在也是很痛苦。家里和婆婆相处得不好，婆婆控制着家里的大小事……"一边儿说一边儿哭，"你要是犹豫自己的婚事，我陪你走一趟。我到那儿一看就知道行不行。我去看看，到时候给你参谋参谋。"我一听也很好，恰好自己的内心在纠结之间，或许是天意吧。于是我们两个人便一起乘坐公交车去了北京。虽然我比姨姐小几岁，但是姨姐没有出过远门，我一路上都在照顾这位姨姐，并在中午陪同姨姐去她想去的地方找工作。忙完姨姐的事情已经是下午三点多了。

我们乘坐长途公共汽车，再转乘地铁，又打车，终于到了张淼家里，此时已经不早了，已经将近晚上七点了，我也向张淼和他母亲介绍了姨姐和自己的关系，一起来家里坐坐。我本想着当晚就和姨姐一起在张淼家里休息了，凑合一宿。姨姐也出来玩得很高兴，明天再将其送回老家。

谁知我们在未来婆婆家吃完晚饭，将近晚上八点了，我小心翼翼地刚刚把这个想法表达出来，就遭到了张森全家人的反对，不愿意我和姨姐在他家住这一晚。当时我又委婉地恳求了他们一次：“今天吃完饭已经有点晚了，能否让我们姐妹俩就在家里凑合一晚？”让我没有想到的是，张森家人给出的答案一直是很坚定的，就是不愿意，说家里只有两个卧室，晚上除非有个人睡沙发，不然确实没有地方睡了。

见状，我也不好再坚持，话里话外能听出来，人家很不赞同我带这样一个看上去似乎有些不正常的姨姐来家里。所以我临时决定将姨姐带回自己挨着叔叔阿姨临时租的二楼单间的小房子里将就一晚上，只是房子里会冷一些。

后来我连夜打车，花了一个多小时，张森陪我一起带着姨姐，到了我的简易出租房。我想着我们姐妹俩就在这里简单凑合一夜，明天天亮了我再将姨姐送回家。谁知，姨姐环视了一下我临时租住的房间。她看到我居住的环境，太过简陋与寒冷，姨姐很不愿意留下来。可是这个时候已经夜里十点多了，我内心着实有些紧张了，想着如果做不通姨姐的工作，估计是要晚上连夜送姨姐回老家了。只是这一来一回……我也知道夜里打车不方便，考虑到我们两个女孩子坐一辆陌生人的车，在夜里出行回河北老家，也是有着一定的风险的。这时，我还是选择尽量劝说姨姐留下。虽然条件简陋，但是最好还是明日再启程回家，毕竟至少白天会安全很多。

我试着让姨姐熟悉并接纳自己简陋的居住环境，暂住一晚，只是不管我如何劝说，最终还是无法说服姨姐，她还是想回老家。无奈之下，我只得鼓起勇气做了决定，那就连夜送姨姐回梧桐县老家吧。我和姨姐先送张淼回了家，于是我自己又打车准备送姨姐回老家，张淼并没有提出护送我们一起回去，我也不好意思张嘴，他是在父母呵护下长大的孩子，父母怎么可能同意他这么晚陪我回去送姨姐呢？他家教严格，虽然比我年长，但是这样的事情他是做不出来也不会往这里想吧。

就这样我和姨姐坐上了自己刚刚在路边拦下的出租车，我连夜护送姨姐从北京回梧桐县老家，家乡离北京大概 80 公里。路上我自然最担心的是我和姨姐的人身安全，那时候还没有滴滴，黑色出租车里更不可能有行车记录仪，我有意地很真诚地和出租车司机说了这次出行的缘由。司机看得出来我们俩当时的处境，还跟我说："妹妹你胆子真大，现在已经十点多了，这么晚回河北再回来估计要后半夜了，你不害怕吗？"

当时不知道为什么，自己赶上这事了，内心的确有着不害怕的底气，我知道自己做的是善事，那种勇气和底气是莫名的。因为姨姐的情况特殊，又很可怜，不得已晚上跑这一趟，我心底深处知道，自己应该也必须这么做，眼下没有更好的办法了。姨姐在路上想起了自己原生家庭的一些事情，还有至今没有成家的哥哥，心酸无奈，哥哥也有先天的残疾，沟通不畅，听力发育不良，连同自己在婚内委屈的经历，她哭得不行。一路上我安慰并照顾着姨姐。就这样一个多小时后，已经夜里十二点多了，我把姨姐安全送回了家，和姨姐的父母交代好关于她所有的事情，便安心上了出租车，打算回北京。

正在我想要离开的时候，我知道姨姐家离自己的老家很近，不过一里之遥，我看了看手表，已经夜里十二点半了，父母肯定睡下了，可是我还是忍不住想回家看一看。于是，我向司机师傅说："师傅，我想回自己的老家看看，想爸妈了。"

就这样，我回到自己时常出现在梦中的自己记忆最深刻的胡同里，我来到自己家的大门前。农村子时的夜里异常安静，也很漆黑，我开始一边敲着再熟悉不过的大铁门，一边嘴里大声喊着："爸爸、妈……我是兰喜，我回来了，开门啊！"我站在漆黑的胡同里，喊了很多遍，同时用力敲打着家里的大铁门。

过了一会儿，我从大铁门外看到突然家里的灯亮了，冬天的夜里，我听到母亲前来开门的紧促的步伐声，母亲连鞋子都没有顾得穿利索，穿着自己平日脏兮兮的棉袄，没有系扣，两手插在袖口里，捂着棉袄的左右两边。一路小跑着给自己打开了大铁门。我见到母亲如此形象前来给自己开门，瞬间心底想起了一则修行路上的经典传说，醍醐灌顶，恍然大悟，对眼前的母亲更是感受到与往日不同的敬意与爱意。这则故事大意是，有个修行人他很想见见佛，向其求教修行的真正智慧，他走遍了很多地方也没有找到他心里想见的佛。后来有位禅师点化他，禅师说："想见到佛并不难，你往回走，夜晚到家时，有个披衾倒屣为你开门的人，那个人就是佛。"这个人半信半疑，一路风餐露宿，走了很久，好不容易走到了家门口，也没有碰到禅师说的人。他懊丧地敲响了家门，此时已是深更半夜。自儿子外出后，母亲因为担心儿子，日日睡不安稳，茶饭不思。此时，听到儿子回家敲门的声音，母亲喜从心出，从床上爬起，来不及穿衣服，扯过被子披在肩上，倒穿着鞋子，出来给儿子开门。看到眼前的母亲，此人想起之前禅师的话，恍然大悟。他的眼泪哗地流了下来，扑通一声，跪倒在母亲的膝下。原来他跋山涉水去寻找的佛，就是他的母亲！

此时的我也有极为相似的感受啊，我内心好高兴，此时的心情真是难以用语言形容，此时的我发自内心地感恩世上还有自己的父母，我还有一个随时都能落脚的、一处可以随时回来的家。这个时候我才知道只要爸妈活着，我就一直有自己的家，父母亲情是人世间最值得珍惜的感情。

当我进到屋里，父亲也是刚刚穿戴整齐，穿着他平日穿的我给他买的棉袄，还有自己喜欢的厚厚的棉裤，坐在刚为我打开的蜂窝煤火炉旁，等着我进屋，父亲高兴、惊讶又担心地问我："兰喜，快来赶紧烤烤火，怎么这么晚回家，没有什么事吧？"父亲一边寒暄着我，一边把我的双手拽过来在火炉上烤火，父亲摸着我的手很凉，一个劲儿督促我，让我快快把手伸出来在炉子上烤，暖和暖和。母亲这时候竟然自己悄无声息地从家里存热水的大暖瓶里给我倒在水舀里一些热水。也正是此时的这一水舀热水，让我眼里流下了发自内心滚烫的泪水。热泪盈眶地看着这水我哭了，我哭着转过身来激动地抱住了母亲，像个孩子一样地哭了。这舀热水在此时此刻对我来说真是太需要了，寒冷的冬夜里自己已经折腾了好几个小时，还没有顾上喝一口热水。此时我终于知道了这世上的菩萨不就是父母吗？踏破铁鞋去寻找的佛菩萨，殊不知这世上最宝贵的菩萨不就是自己的父母吗？

是的，父母的确没有给我提供优渥的物质条件，甚至家里的条件是村里数一数二的狼狈与落魄，儿时也经历了太多的坎坷与波折，自己也曾不止一次地改变、挣扎、抱怨、委屈过，甚至与父母发生过很多次因为观念不同而发生的争吵、产生的怨恨，但也在此刻我终于体会到了半夜近一点，妈妈穿着来不及好好系上扣子的破棉袄，趿拉着一双破解放鞋，一路小跑地给自己开大门时的高兴心情。我也在此刻恍然间意识到母亲手里这舀水的分量，人生之福在此啊，再狼藉破落的老家，也一直有着一份对女儿真诚的爱意和牵挂。不知道为什么，随着自己年龄越来越大，父亲日渐老去，我开始变得很珍惜和他们一起相处的时光，总觉得和他们在一起的时间太少了，心里还背负着改变家庭命运的责任。

就在今晚，我简单地给父亲说了回家的来龙去脉。父亲夸赞我做得对，为女儿此举感到高兴，说自己的女儿是个善良懂事的好孩子。我用心喝了母亲给自己倒的热水，这舀热水也好像在此刻也显得那么珍贵且难忘，自己只记得 9 岁时妈妈借钱给自己做的那碗鸡蛋炒米饭，让自己发自内心感动得流过泪，太久太久没有过这样幸福的感受了。母亲穿着脏兮兮的棉袄，两手插在左右袖口里，却让我觉得母亲竟然如此暖心也可爱！我拥抱了母亲，又和父亲聊了会儿心里话，便出门坐上出租车，准备返回北京。只是回北京的路上我确实有了担心害怕，好在这位司机通过和我短暂的接触，也感受到了我的善良与不易，我们一路上还建立了很好的友谊。

经历了这件事情以后，我最终还是没有向命运妥协，选择放弃了叔叔阿姨给自己提的这门亲事。我为了顺利地结束这门亲事，不得已联系到已经分手一年多的申小天，把事情大概说了一遍，从他那里暂时借用了两千元钱。这两千元是想弥补在这位相亲对象家相处的两个月内给自己的一些花费，也把这位对象给自己买的一个手机还给了对方。我知道对方也是很普通的农民家庭，靠出卖体力挣些钱养家，勤俭持家过日子，很不容易。最后我只想善始善终地结束这段缘分。

当我把这件事妥善地解决后，心里便也有了非常熟悉的轻松感。我已经和叔叔阿姨近一个月没有见面了，叔叔阿姨这个春节前去了南方旅游，他们有自己的信仰，喜欢去佛教圣地和寺院旅游，具体的地点我也不得而知，只知道叔叔阿姨辗转去了好几个省份，去了不同的地方。

心里想着等叔叔阿姨回来以后，好好聚聚，然后在新春伊始的时候，再做新一年的打算，我也从心底很想念他们了，同时也想将最近发生的一些事情和自己内心的想法与叔叔阿姨心贴心地交流。自己内心的想法一直没变，即使亲事不成，也要一直守护好和叔叔阿姨的这份情同父母的感情，这也是我内心最为珍视的一份特别的情感。

等待叔叔阿姨回京的那几日，我自己在出租小屋过日子，没有地方吃饭，只能在小超市买些面包等食物充饥。因为刚过了年，街边很多店还没有开门，那时想洗澡也只能去公共浴池花钱洗，半夜想去洗手间大便也只能忍着，小便方便些，屋里有尿壶。

正月十五早晨，我穿着阿姨出远门前送给自己的一件半身外套，去街道的公共厕所倒尿壶。正好看到叔叔阿姨回来了，开着门脸，倒完尿壶，我没顾得上洗脸，把尿壶放在外面，赶紧推开叔叔阿姨的门脸房，热情洋溢也倍加思念地迎上去，嘴里一边叫着“阿姨、阿姨……”，一边张开双臂想去拥抱阿姨。

正是这时，我始料未及地被阿姨用双手猛地推开了。阿姨对我并没有显示出许久未见的开心和想念，而是看出来有些不高兴，甚至有点儿厌烦我的感觉。我为此感到很不解，也很意外，感觉到了意想不到的生疏与距离感。我不知道发生了什么，还没有来得及解释，简单交谈了几句后，便迎来了阿姨严厉的批评和指责。阿姨对我私自解除婚约一事非常不满，可能也听到来自男方家对自己的负面评价，对我很失望，觉得我像个女骗子，甚至一度认为我的人品有问题。

听到这些话，我内心很是难过，流泪了，终究还是没有保住这份如同父母般的情义。我不知道发生了什么，后来任凭我再怎么解释，也没能化解阿姨内心对我自行放弃这段婚事的看法。

就这样，叔叔阿姨也不建议再留我在他们身边了，建议我搬走，不想和我住在一起了。这时我的处境很难，刚刚结束了上一门亲事，又与阿姨的关系也闹僵了，之前的工作也都辞掉了。

此时我也已经一连几天没有好好吃一顿家里做的饭了，自己的出租房内不能做饭，只能买一些简单的外卖。我本来想等着叔叔阿姨回家以后好好团聚一番，没想到成了我和叔叔阿姨分开前的最后一面。

那天是正月十五，就在我们关系闹僵的那一天，我用身上仅剩不多的一些钱，下午三点左右，给叔叔阿姨买了两斤元宵后，便坐公交去了自己伤心后便会去的观音禅寺。自己这两天来还没有好好吃饭，已经饿得不行，不承想那天我赶上了寺院晚上的斋饭，我竟然在这里一口气吃了三个馒头、两碗菜。时隔八年后，回想起这顿寺院的斋饭，特别感恩，寺院的斋饭很简单，但是吃着很幸福，这顿饭好像前几日妈妈给自己舀的那瓢水一样的珍贵，在我后来的人生中一直很难忘。

第三十六章 在幼儿园里发生的劫难

这一天正是2017年的正月十五，阳历3月初，在寺院吃完斋饭后，我又赶上了寺院庆祝元宵节的法会。从北京各地来了很多信仰佛教的人，参加此次法会。我也被这里的义工好心喊来参加这里的祈福法会，这还是自己头一次参加这么正规的仪式，也正是在这次法会上，我遇到了一位既暂时帮了自己又伤害了自己的一位自主创业的老板。

此时我的处境很艰难，手里已经不到300元钱，即使当时找工作、搬家都很不现实。搬家需要不少的费用，在北京租房子，大都是押一付三，眼下手里这些钱吃饭都不够，自己已经到了山穷水尽的时候了。我的手机也换了几次，新手机的通信录里早已没有以前的同事和朋友了，即使现在联系往昔的朋友和同学们，自己又如何开得了口呢？

我心里自然是沉重且压抑的。虽然眼下自己处境艰难，还是想先心无旁骛地参加完法会吧，这也是难得的福分，自以为很虔诚地参加着这场元宵节法会，当我开始念经文的时候，连我自己都不知道手里的经文拿倒了，只是在大雄宝殿里随众居士排好队，站立在靠西侧的一支队伍里，听着自己都听不懂的师父们嘴里唱诵的经文，我心里也是百感交集。也正是自己不经意间的拿反了的这本经文，让旁边一位陌生男子关注到了自己。

他也许早就关注了自己一阵子，或许感觉自己清秀、可人，穿着干净、整洁，可能当时也产生了不少好感吧，这个过程自己全然不知，他站在我旁边，好心提醒我经文拿倒了，于是我才不好意思地说了一声："谢谢。"法会结束后，他上来与我主动搭讪，主动想开车送我回家，同行的还有他的两位年轻的朋友。路上我也感觉这位男士为人亲和。听他言说，他有自己的事业，听完，我内心也很高兴，自己出门在外谋生的本能，让我想到暂时能不能先去他的单位工作一段时间，缓解一些当下的燃眉之急呢？后来我联系到这位男士，仔细询问他的经营事业得知他是做教育的，这样让我很感兴趣。这位男士也能看出我还是有一定的职业素养的，于是很愿意我能够来这里上班，就这样，他约定了我上班面试的时间和地点。这位男士姓段，东北人，近一米八的个子，中等身材，四十多岁，离异，长脸，大眼睛，黑黄的皮肤。第一印象幽默风趣，给人感觉见多识广，能说会道。他略有传统文化的浅薄基础。据他说，他们兄弟姊妹 6 个，大都在北京安家，他们还有个 80 多岁的老母亲，轮流抚养。

这位男士经营着一所民办幼儿园。园里的保安师傅对我格外好。在与我交流的过程中，我得知这位男士也是幼儿园的园长，表面看上去他是一位虔诚学习传统文化的人，这样的印象无疑在自己心里是加了很多分的，自己内心也特别看重一个人的内在。有了园长的帮助，我心里也总算一颗石头落地了，至少自己的工作、住宿、吃饭有了短暂可以缓解的地方了。所以这位园长对当时的自己来说也有着莫大的恩情。我在这位园长和保安师傅的帮助下，很快把自己的行李从原来租住的地方，搬到了新的工作地点。在新的工作环境里，他们在幼儿园教室的楼顶地方给我留了一个单间的宿舍。我自然是很勤快，很快把自己所有的行李和被褥都收拾整齐，安顿下来了。

随后，我便积极努力地投入了新的工作中。我工作很认真，也很上进，很快地融入了新的工作环境。与同事们相处得也很好。慢慢地，随着接触与了解，我知道了园长离异未婚，有个女儿。随着时间推移，我们俩在工作中互相交流多起来了，能感觉到园长对自己的喜欢，我也慢慢对园长产生了好感。

是的，此时的自己毕竟也是有感激之情在先的，我的内心也是很单纯的孩子，知道这个时代里能遇到一位愿意花这么大力气帮助自己的好人很不容易。自己很早就不愿意靠家里而独立生活，也让自己越来越习惯在外面遇到任何事情都独自面对和解决。这位园长每个月给我三千元的工资，当时对于自己来说，工资不高，但是也能缓解自己还信用卡的燃眉之急。

自己内心虽然对园长有了好感，只是学习了传统文化以后，自己也的确是有了自己做人的本分，不愿与园长有任何逾越之举，很本分地和园长交往，他自然也有这方面的心意，我们两个人的关系慢慢确定了下来。我心里知道，虽然园长比自己大很多，也许是感恩之情，加上有共同的信仰，内心也渴望有个归属，自己还是不由得坠入短暂的爱河了。

我在幼儿园工作了一段时间后，和园长虽然有了稳定的联系，但是我每天也都在努力充实地工作，自己始终坚持保住身为女孩子的最后底线，不愿意与园长有任何身体上的接触。但是事与愿违，或许在园长的内心深处早已对自己垂涎若渴，每到夜里，他开始来到我的屋门前，用尽心思想打开我的屋门。此时我开始有些后悔自己的选择，意识到很可能自己已经看错了人，只是眼下我再想立马逃离很难很难了，可以说身上没钱，寸步难行。

身在屋檐下，每每到了夜里便遭到园长不定时的骚扰与撬门，我终于意识到了这样的人不会真正地尊重自己，无助也可怜，终究我无法 24 小时安全地保护好自己。对于此，我内心难过了很久，甚至抑郁症的症状再次爆发得很厉害，折磨了自己很久。我越发地没有安全感，但是也真的没有力气再折腾了，这世上到底哪里能有一方净土，能让自己身心安宁地好好活一次？

就在那段时间，我开始特别讨厌自己，也是在园长慢慢露出真实面目后，自己越来越讨厌与他相处，内心也由感恩变成了憎恨。自己越来越感受到自己迫于现实的艰难，有很多受制于人的地方，只得忍气吞声地过着自己压抑难受的日子。想着自己手头哪怕有一个月的工资了，我要尽快离开这里。

人啊，有时候真是在自己条件很难、实力弱小、卑微的时候很难保护好自己。自己的感恩爱慕之心，没想到换来的是对方对自己的不尊重和骚扰。这期间，我向北京大娘家的大嫂求助过，只是她当时给我的答复是，她们也很忙，没时间过来看我，最近在给儿子装修新房，准备结婚。这是我在北京唯一能求助的对象，平日我不敢过多地打扰大娘一家，只是每年来看望大爷大妈。当时自己深陷困境，让自己不得不暂时依赖的是这个人，恨的也是这个人。这种感受太复杂了，有感恩、有依赖、有不公，也有难言的委屈和无助。随着时间的推移，我慢慢感受到自己对于对方的人品已经厌恶至极，并很讨厌这种披着学习传统文化的外衣，而做不尊重别人，让别人内心受伤的事情。我也深感自己仿佛像一只羔羊，落在了一只狼手里。自己的新手机通信录已经找不到几个熟人的号码了，而且眼下的境遇也无法和家人说，我怕父亲本就身体不好，再过度担心。

随着和他交往的深入，我也偶然间发现对方并不是单身。连续几个周末，园长并没有和我一起度过，也并不愿意带着自己出行。我虽感不对劲儿，但是也没有发生太多的不愉快。也是在我们认识一个多月后的一个周末，又是自己一个人度过，无心之间也许是天意吧，我突然想给对方去个电话，也正是这个电话让我一下子知道了原委。

接电话的是一个小女孩儿稚嫩的声音，她说："爸爸，你的电话。"随后有人快步拿过了电话，很快将电话挂掉了。听到这里，我内心一下子明白了什么，原来我又到了可以欣然放手的时候了。事后的几日，我也问起对方此事，后来对方也承认了，自己除了有个已经长大成人的女儿，还有一个家庭。每周或者有时间的时候会去看望。自然，这就引起了我们当时极大的矛盾。

从此数日，身心不宁，疲惫得厉害。但是每天还是在坚持着工作，早起晚睡，加上情感上的挫折与不顺，身体又很快吃不消了。在这里的一些经历，谈至此处，实不愿再深深回忆。短暂的一份感情也随着这个矛盾的升级而结束。

4 月下旬的一个周末，手里已经有了一个月的工资还信用卡后虽然剩的不多，但是还够打车将自己在北京所有的行李运回家，我趁这位园长又自己出门不在家，计划偷偷带着自己所有的行李回到家乡。从毕业到现在，自己已经在外漂泊 7 年了，太累太累了，太想回家休息一下了。哪怕自己的家里没有地方睡，去亲戚家里也可以，我不想在外面漂泊了，这么多连环坎坷不顺的遭遇，已经把自己的身心无情地推向了人生谷底。

是的，我手里余钱不多，就在段园长又要出门的时候，我第一次主动向他要了 500 元钱，他知道我很少跟他要钱，也便没多想地给了我。我也就是用这 500 元钱当作车费，待他走后，我赶紧联系了那位曾经深夜送自己和姨姐回家的司机，给他定位，让他赶紧来这个幼儿园，帮自己搬家。就这样，我带着一面包车装得满满当当的自己从大学毕业后积累下来的行李：衣服、被褥、书籍、资料、生活用品、洗衣机等，在园长不知情的情况下，从北京回到了家乡。此时，我才彻底觉得心该回家了，太累了，我不想再只身一人在外漂泊了。自己真想远离这座让一批又一批年轻人梦寐以求的地方了，也终于意识到自己北漂失败了。乘坐着一辆装载着自己多年积攒下来的行李的面包车，路上春风和煦，阳光明媚，天气甚好，而我也感受着这对自己来说历史性的转弯与变革，不管是心里还是前方，似乎都要换一番景象了，好像自己做了一个好长好长的梦，如今只是想家。

我想彻底离开这座让自己疲倦不堪的大城市。从微信里联系到了自己的高中同学，把行李暂时寄存在他的家里。因为自己的老家条件有限，加上自己的母亲有烧毁衣物的习惯，实在是没有办法安置太多的东西。其实家乡也在自己不在这里的十几年期间，发生了翻天覆地的变化，只是自己并不知道，虽然是家乡的人，却不熟悉家乡的魂了。

第三十七章 身心被困，父亲摔伤

就这样，我联系到了自己老舅家的大表姐徐晴，徐晴早年没有上过太多的学。大眼睛，双眼皮，眼窝很深，黄皮肤，厚厚的嘴唇，生完孩子后身材发胖异常，一直没有恢复下去。她们姐妹两个，还有一个比她小三岁比我大三岁的妹妹，也就是我的二表姐。徐晴看上去热情好客，十分真诚。面对我这个表妹的时候，她每每都表示体谅我的不易和可怜，夸赞我的优秀和俊美。像大表姐这样热情善良又体恤自己的人在我生命中并不多见。每每我从舅舅家的大表姐家离开时，徐晴都会送我走出院里大门很远很远，直到看不到我的身影为止。这也是让我每每到大表姐家倍感亲切，很想前来的原因之一。我从没有怀疑过和大表姐之间的感情有任何可以让自己诟病或者怀疑的地方。可以说在自己的生命里，让我最贴心，相处起来最踏实，也最放得开，可以最真实表达自己的人就是大表姐徐晴了。徐晴初中没有毕业就在家里做临时的工作，后来很早就结婚了，结婚的对象还是我父亲曾经给他介绍的一个小伙子倒插门到这个家里的，这个家里慢慢又多了一个劳动力。舅舅和舅妈很能干，开始并不是很富裕的家庭，通过多年的努力，慢慢也终于有了起色。舅舅与舅妈有两个女儿，徐晴是大女儿，小女儿叫徐倩，初中毕业。舅妈长得很漂亮，是村里有名的美女。他们夫妻年轻的时候开拖拉机拉砖为生，夫妻二人努力慢慢把日子过起来了。大表姐婚后，家里后来又做起了养殖业，每年有了相对稳定的收入，后来家里又新买了宅基地，盖了新的房子。

说起舅舅这一家是我从小最喜欢也走得最近的亲戚，从我很小的时候父亲就经常带着自己来舅舅家串门，与舅舅家的两个表姐关系也处得特别好。三个姐妹是从小一起长大的。自己十多岁的时候每到大年初二或者初四，都会来舅舅家度过。这里有自己的两个姐姐，从小三个姐妹感情也很好。直到自己上初中，还是偶尔来舅舅家小住，与姐姐们感情最好。记得自己十多岁时，在刚过完年的时候，我们姐妹几个玩扑克牌能开心地玩到后半夜，这些让我温暖又快乐的过往都在我心里留下了宝贵又美好的回忆。我清晰地记得舅妈很爱干净，做饭很好吃，每次来这里小住，都觉得很美好。直到我长大了，我也很少与他人分享情感，但是我愿意与大表姐徐晴分享一二，因为她是我心底特别亲近的姐姐。记得自己读初中二年级的时候，一个冬天的夜晚，有一次我提前和父亲打好招呼，想去姐姐家住一晚，于是放学后我没有回家，因为我想舅舅和舅妈了，放学后我直奔了表姐家。那时候，我的两个表姐都不上学了，即使上学的时候，舅妈也很少给姐姐们做早饭，哪料就在我第二天早晨准备起床上学的时候，舅妈竟然早晨五点左右就起床，给我煮了方便面，里面还煮了一个鸡蛋。这让自己内心很是温暖和感动，这件小事我一直记在心里很多年。这些年参加工作以后，当我能自己赚钱后，如果手里富余，每逢过年的时候，都愿意给舅妈、表姐和表姐的孩子们多买些礼物，以感恩早年的爱护、疼惜之情。

大表姐徐晴得知我要从北京回老家休养，非常开心爽朗地答应了，开心兴奋地准备迎接我的到来。舅舅、舅妈也很开心地接纳了自己的到来。舅舅还很卖力地帮助我安顿行李。因为自己来到舅舅家，就像回了家一样，舅舅家新买的宅基地，院子宽阔敞亮，新房子也很豁亮，到了舅舅的家里，自己也像回了家一样，于是很快我便把所有的行李从高中同学那里慢慢都转运到了舅舅家。我想着在自己最喜欢的亲戚家中开心又安稳地度过一些时日，休养身心。然后再从长计议自己的未来吧。

不料，就是刚刚从北京分手的这位段园长，还是对自己有着惦念之情，两次来到舅舅家看望。只是舅舅与这位园长初次见面就很不满意，舅舅总觉得他油嘴滑舌不实在，根本就是在玩弄我的感情。也许是护外甥女心切，第二次又来看望我的时候，因为言语不和，说不到一起，或许当时舅舅早就看出了这人的不端，舅舅差点儿与他大打出手，竟然拿起大石头要去砸他的车和人。

此时见情况不妙，我飞快地从屋里跑到院门口拦住了舅舅拿起大石头砸他车的冲动。我在外面不管经历了多少委屈，从没有用暴力解决过事情，一旦发生什么意外，后果不堪设想。我知道，自己肯定要和这位园长彻底断绝关系的，他是侮辱了我，但他眼下也确实还有着对经济上的帮助，我虽然从他那里辞去了工作，眼下他每月还是坚持给我一些费用以帮我偿还信用卡欠款。

当时自己身心疲倦得厉害，我只想安心在舅舅家休养几日，但是没有想到园长第二次来到舅舅家后，便发生了这样的事情。舅舅一米七多的个子，长脸，大眼睛，高鼻梁，为人耿直，性情中人，谈笑风生。舅舅让人一看就是典型的聪明智慧、敞亮通达之人。他头发稀少，额头接近头顶偏右的地方早年长了一个大大的包，慢慢也成了舅舅身上标志性的特征。我父亲生前总喜欢找舅舅聊天，两个人一待就是一下午。舅舅对父亲的为人很认可，因为舅舅知道父亲一直善待母亲，这么多年与母亲的婚姻走过来需要极大的善良与韧性。舅舅了解自己妹妹的病情，知道父亲与他的妹妹在一起生活极为不易，所以从小对我也是疼爱有加。这次我从北京回来，舅舅也知道我这个外甥女一定是在外面受了委屈。舅舅趁着家里刚好卖牛还主动给了我 500 元钱。舅舅是个性情中人，但平时容易情绪激动控制不好自己的脾气。这次舅舅因为看不过这位园长在感情上对我的戏弄，要砸他的车，我也是深深地被吓到了。当我飞快地从屋里跑到站在大门口想要砸车的舅舅面前时，我使尽全身的力气哭着求舅舅千万不要这样，并大声地让园长赶紧开车离开。但是舅舅根本不听我的劝告，我也差点儿拦不住舅舅的行为。舅舅依旧拿起地上的半大的石头几次朝园长的地方扔了过去，我知道最后不管是砸了车还是砸了人，都是极其不好的后果。这件事让当时的我感受到舅舅的做法很不妥，可是后来我才知道那是舅舅对我深深的爱，他想让我早点脱离这份不好的缘分，他对我的感情似乎有着超越对女儿的疼惜与看重。只是当时我无法理解舅舅处理问题的方式，我从小平和温柔，从不用暴力解决问题。这件事也给了自己极大的触动与伤害，想不到自己的感情问题竟然能引起家里亲人如此大的波澜，我知道这在村里会很快地传出去。

过了一个晚上，第二天上午，我好不容易安抚住了自己的情绪，以为这些不快的事情就会过去了，过了两日，我想出门散散心，于是吃完早饭便和舅妈说想出去走走。只是让我没有想到的是舅妈说什么也不让自己走出家门，最后我好不容易说通了舅妈，舅妈说：

“你要出去必须给你父亲打电话，只有你父亲同意了才可以让你出门。”这个时候我才意识到，自己貌似已经被大家误认为是精神出问题的人了。无奈之下，我找到大表姐徐晴说起此事，希望表姐可以帮自己解释清楚，让自己出去。只是又让我没有想到的是，大表姐竟然也是表面似是而非的安慰，告诉我她也无能为力，自己父母决定好的事情，她也改变不了……没有真正意义上地帮我跟自己的父母说明情况。当时我真的是不知说什么好，只能让舅妈给父亲打电话。可是电话打了好半天都没有人接，于是我耐心地和舅妈解释，自己回来只是休养身心，并不是一个失去自由、被家人评定成为精神出问题的人，我真的只是想出去散散心，一个人去市里溜达溜达。谁知舅妈竟然告诉我就是不可以，如果我从这里出去必须经过我父亲同意才能出门。但是此时，舅妈给父亲拨过去的一个又一个的电话都是无人接听，转眼一个多小时过去了，于是舅妈决定开着她接送孙女上下学的电动三轮车，开了十里路带着我回到了自己的家，想当面和父亲沟通。我天真地以为在家里可以遇到自己的父亲，把事情说明白，自己想去散散心。只是接着让自己更没有想到的是，自己找遍了院子和屋子发现父亲并不在家，电话怎么打也不接，又等了一个多小时也没有回来。就这样，我被舅妈像看犯人一样地守着，她依然还是不同意我私自外出，竟然又把我边哄边有些强行地将我拉回了舅舅家。路上我坐着舅妈的电动三轮车，再次失去自由地被带回舅妈家的路上。这个时候的我越来越意识到，身边的长辈们已经把我控制起来，我没有自由了。这让我非常接受不了，委屈压抑至极。碍于面子，当时我还没有和舅妈发生正面冲突。

只是最近两三日发生的事情，串想起来，加之此刻舅妈和父亲一起商量对待自己的对策，让自己根本无法接受。我可以接受他们对我的保护，但是不能把我囚禁起来失去自由，更离谱地认为自己精神有问题。从小到大自己还没有经历过这样的事情。这样的做法对此时的我来说，是对内心更深一层的伤害。我只觉得此时自己对周围的亲人害怕极了，竟然没人相信自己一样。就这样我被舅妈半强行地带回了舅舅家。路上，我压抑不住内心的委屈与愤怒，失控的情绪在不断地酝酿，无法接受自己被这样对待，明明只是感情不顺，再正常不过的事情，而且自己有能力把控事情的走向，为什么大家一定认为自己的精神不正常了，而且还要这样软禁自己？非但如此，还没有任何人听自己说话，我简直要崩溃了，当时抑郁无助的心情充满了整个胸腔。

舅妈开着三轮车带着自己重新回到舅舅家的时候，此时自己崩溃的心情已经酝酿到了极致，压抑不住地开始反抗，当我下车的一瞬间，我由心而发地疯狂地踹了好几脚三轮车的车身与车轱辘。舅舅看到了我这一幕，也开始大声呵斥威胁我："兰喜你要干什么？我看你真是跟你妈年轻的时候一模一样。"这时候我的老姨，母亲的妹妹，也来舅舅家串门，非常关注我的事情，见此情景，她添油加醋地应和着舅舅说着我和母亲年轻时一样的话，大家伙都火上浇油一般地认为我精神有问题。直到事情过去了很多年，我也不知道他们是真的认为我心理有问题，还是故意在我伤口上撒盐，落井下石地认为我精神有问题，对我进行软禁，用他们认为对我好的方式其实是在进一步无情地伤害着我。我只知道，在自己内心受伤严重最需要被亲人呵护理解的时候，他们的做法无疑是将脆弱不堪的自己用力推往深渊。

即使时隔七八年以后，自己回忆起这段经历也是很后怕。也许长辈说着各种各样为了我好的理由，可是事实上没有一个人真正走进自己的内心，真正尊重自己的心灵，其实我从头到尾都非常清醒也很理智。自己在北京打拼了六七年，真是身心疲倦得很，本想找个自己最信得过的亲戚家，休养一段时间，却没想到给自己带来了更大的心理困扰与伤害。一系列的遭遇其实已经让我有些不堪重负。

当时他们异口同声又义正词严地说，都是为我好。可是当时我真实的心灵感受是怕极了这些亲人，也包括自己的父亲。我怎么也想不通，父亲为什么会和舅舅、舅妈有这样的约定？就在我住在舅舅家休养身心的日子里，我的母亲每天骑自行车来这里看望我，我也在这个特别的时候才意识到这个让所有亲人不放在眼里的母亲，才是自己最亲的人，也才是最用心守护自己的人，她也是时时刻刻护佑自己的人，此刻唯一相信自己的人。母亲得知我此时的情况便和我一起坐在舅舅家给自己安排的卧室床边想办法，我心想眼下绝不能在这里再待下去了。我突然间灵机一动，给自己老家村里的村支部书记李大哥打了求救电话。书记来了以后，与我初步进行了交流，他得知了我的处境和无助，才算以村里书记的名义帮助我从舅舅家脱身，把我成功地从舅舅家“解救”了出来，带我回到了自己村里。

我和母亲一起随书记回到了书记的家里。那天一整天，我一直没有见到父亲的身影，电话也是一直不接，不知道父亲到底去干什么了。书记的爱人给我们做了饭菜，让我和母亲在家里吃晚饭。又过了好一会儿，临近傍晚，父亲来了，接走了我与母亲。

只是从那天起，我与父亲的关系变得有些疏离了。从小到大我从来没有觉得父亲这么陌生过，在自己最难过的几天里，竟然是母亲一直陪伴在自己的身边。如今，我总算抽身出来，得到了自由，重新体会到了自由的重要与宝贵。同时通过在舅舅家发生的这些事情，也让我陷入了深深的沉思，后来的后来，我再也不愿意和亲戚朋友讲述个人情感与隐私的问题了，从此我也再不愿意去亲戚家串门了。

虽然我在农村长大，也很熟悉自己的长辈亲人，但是解决问题，我本人一直更加平和、中正。何况自己当时每个月还要还 2000 元左右的信用卡，亲人中没有人帮助我解决眼下面临的真实的财务危机。我真的只是这么多年在外面太累了，迫切需要一个温暖的港湾，休养一段时间，万万没想到，眼下的自己反而被长辈评价自己的精神出了问题，却又没人帮我解决实际问题，粗鲁地将我软禁起来。

多年来，我尽量坚强，很少给家里的亲戚增添烦恼，只是再坚强的人也有累的时候。没想到回老家不到十天的时间里，发生了这么多事情。生活中，我虽然从小吃了不少的苦，但是没有经历过大是大非的自己，的确接受不了这么多事情的折磨与困扰，这让我本想回家的心，再也不能安心待在老家里了。

后来 5 月中旬左右，我在这位刚分手不久的园长的推荐下，来到一个和传统文化有关的公益组织，做了两次义工。虽然我很喜欢传统文化，但是不知道为什么，这两次的义工经历并没有让我发自内心地开心快乐起来，只是想单纯地逃离老家刚刚经历过的那么多的事情，打心里想离老家是是非非远一些，不想被人误解。

在我做义工的时候，从内到外的难过，大家都看得出来，大家也都知道自己是个好孩子，可是自己内心真的像迷失方向一样的无助与迷茫，原本满心的光明突然被现实狠狠地打了一个又一个无情的耳光！我那么喜欢传统文化，也因此在特别的因缘下结识了让自己重新跌进谷底的园长，而且这位园长表面上也是传统文化的爱好者，这段经历可以说是自己人生中特别黑暗的一段了。单纯幼稚的自己，原本以为只要是学习传统文化的人都是正人君子的想法，也随着自己真实的经历与体悟而彻底推翻了。我每日魂不守舍的样子，好像既有自己又没有自己一样，充满着颓废与迷茫，我不知道自己到底是怎么了。

转眼时间到了 5 月底 6 月初，义工的工作也告一段落，我不得不再次回到了父母身边。记得那天是 2017 年 6 月 4 日，我非常了解父亲的心思，此时自己已经 28 岁，父亲一直希望我能够早日结婚，成个家，这也快成了他的心病，我能体会父亲的心气儿，其实我也在那段时间有意无意间思考着身边有没有合适的异性，能够圆满家人的愿望。

突然想起，最近有位男士与自己年龄相近，正在追求自己，想与自己见面。在父亲的不断催促下，我索性同意了与这位在网上相识的男子见面。我简单和父亲说明去意，然后就出发了，出发还没有多远，刚走了不到十分钟，家里的堂哥便打来了电话："兰喜，赶紧回来吧，你爸摔了腿了。"父亲在家出事了。

最近，村里为了帮助特别贫困的家庭进行危房改建，村委会在我家里院子东面的位置，建了两间配房。这一天阳光明媚，正值夏季，温度也很高，家里的配房已经盖好，正在由叔叔家的堂哥装修。大哥、大嫂还有他们的儿子一家都来家里看这新盖的房子了，父亲也是打心里高兴，骑着自行车要给大家买个西瓜庆祝一下。不承想父亲也许是年纪大了，本想骑着自行车，后车座上带着西瓜，后来有乡亲回忆看见父亲摔倒的全过程：父亲两次摔倒在了马路上。第二次摔倒，父亲再也没有站起来，当时父亲左侧臀部的骨头已经骨裂、错位。

当我接到堂哥的电话，急忙让司机师傅掉头回到了家里。连忙打车送父亲去了家乡附近的比较靠谱的医院拍片子，的确是臀部骨头骨折了。当时医生告诉我父亲这样的情况需要马上手术，但是看着老爷子年纪大了，如果再有基础病，只怕手术中引起其他问题，会更麻烦，手术前需要给父亲做全身的体检，全部费用下来要4万—5万元。这对当时的我来说简直是天文数字，我手里哪有这么多的钱？后来只能听了医生第二个建议：保守治疗，就是回家静养，尽可能不动摔倒的部位，让裂开的骨缝自然愈合，需要时间很长，大概两三个月，当然也需要家人的耐心照料。

就这样我带着父亲，不得已选择了后面第二种建议，在家保守治疗。我开始回家照顾父亲。只是从此之后，父亲的脾气渐变，莫名地喜欢发脾气，我逐渐感悟到，人的身体与情绪有着密不可分的关系。父亲骨折刚开始的两三个月必须静养，这对每天都要躺在床上的父亲来说，也是不小的考验。从此我也就尽量不再外出，开始在家伺候父亲。

第三十八章 意外参加的盛会

大概是6月中旬，一位好朋友数次盛情邀请我去参加一次传统文化的学习大会，据说是某电视台《孝行天下栏目组》的知名导演特地发起举办的八周年庆典活动。而我当时的身心状态并不是很好，加之父亲这次身体出了意外，我不想再见任何人，只想安心地在家照顾父亲，做好女儿的本分，自己用心体悟在学习传统文化过程中学到的义理，沉下心来好好生活，不愿与人再多见面 ，再产生太多不必要的纠缠与分歧了，不愿意在家庭正需要自己的时候，再跑出去参加这些所谓的会议了。所以我也数次拒绝了好朋友的提议与邀请。

要说来这世上，真有太多巧合的事情。就在6月24日那天，我照顾完父亲的午饭，看父亲正在午睡，自己也想走出来一个人散散心，于是一个人来到了梧桐县城中心。走着走着，猛然间意识到那天正是申小天的生日。于是我下意识地拨打了他的电话，祝他生日快乐。也许是因为怀念，也许是因为失落，也许是因为自己又重新回到了单身的状态，正是这个电话，让我在冲动之下，坐着通往北京的公交车，想来见他一面，这也是我最后一次给他过生日，我们俩最后一次见面。

申小天和我分手后的第二年，他得到了家庭的大力支持，开上了一辆六十多万元的奔驰，他带着我来到了已经有他百分之十股份的火锅餐厅。我深感自己的前男友与自己分手后变化之大，再也不是那个需要自己帮助的申小天了。

此时申小天告诉我，当时父母一直不支持他们的婚事，其实是怕他无法承担我的原生家庭给他未来生活带来太多的压力。直到我们俩彻底分手之后，家人就开始支持他的事业了，给他买了车，也在北京的这家火锅店有了股份，年底可以分红，生活有了质的改变，他自己也正在学习金融理财的知识。

我听着这些内容与他人生的变化，不禁感慨也唏嘘。一方面为自己曾经深深爱过的人高兴，另一方面也唏嘘自己的命运，无法改变的原生家庭，让自己到现在为止承受了太多普通女孩子无法想象的委屈与挫折。就这样，我们久违地坐到一个桌子上，吃了最后一次生日餐。

申小天看到我当时的憔悴和疲惫，有些心疼，说道："有段时间没有看到你了，你怎么变化这么大？你知道吗？你以前可漂亮了，特别阳光。今天虽然还是很漂亮，可是怎么看上去这么憔悴呢？"

而我只得苦笑着说："真是不知从何说起……你好就好。"这个时候，我确实打心里希望能和申小天再多待一会儿，快乐的时光总是短暂的，泪水也早已湿润了自己的眼眶。

吃饭前，趁等上菜的工夫，我走出餐厅悄悄给申小天买了生日礼物，虽然不贵，却是自己力所能及最贵重的礼物了，那时自己手里早也没有什么钱。我们边吃边聊一些好久未见的话，时间过得很快，我们愉快也忧伤地结束了生日庆祝。我衷心地祝福了自己曾经最在意的人，希望他能早日找到属于自己的幸福，似乎现在我们也都能平静地看待过往的经历。

我说："既然今天我来北京了，下午正好还有时间，你带我去个地方吧，参加一个传统文化的大会，正好有朋友催我好几次了。参加完以后我还要回老家，父亲现在的情况特别需要我。"

就这样，在这很特别的一天，我坐着他新买不久的奔驰来到了离北京市中心比较远的一个会议中心，参加了 ×× 电视台《孝行天下》栏目组举办的开播八周年大型庆典活动。只是到这里已经是下午四点多了，当天的会议已经快结束了。我悄悄地走进会场，为了尽可能不打扰大家，选择了一个最后排的位置。

我只是蹭这次大会内容的一个尾巴，听了会议最后的内容，我工整地记了一些笔记。没有一会儿，会议便结束了，主持人要大家按照提前已经分好的小组，开始自我介绍并交流收获与感想。此时我一个人坐在那里显得有些尴尬，于是便小心翼翼地走向离自己座位处最近的一个小组，向大家问好，顺便试探性地问大家能否让自己临时加入此小组，因为自己刚刚才到，没有分组。

就这样，我被大家很热情地接纳了，于是也跟着参加这个小组的讨论和自我介绍。记得会上做自我介绍的时候，要和大家说说自己为什么会学习传统文化，我在小组内第三个做自我介绍的分享，轮到我时，说道："我之所以对传统文化有着很深的执着，是因为自己从小真的太苦了，原生家庭的遭遇也真的太苦了，我母亲从自己记事起，就是非常严重的精神分裂症患者，给自己从小到大的成长过程带来了太多的痛苦。这么多年自己没有得到过正常持久的母爱，母亲在自己学业最关键的时候烧过书，烧毁了家里所有的东西。自己连一张小时候的照片都没有了。父亲体弱多病很多年了。最近也是臀部骨折，卧床在家，需要自己的照顾。由于自己这样特别的家庭情况，导致自己在婚姻感情很多方面都遇到了各种不顺与坎坷，大多是对方知道了自己的家庭状况后，就不太愿意了，自己也曾因为家庭的原因降低自己的择偶标准。遇到了有勇气想娶我的人，细想未来自己的一生将如何凑合下去呢？然而我又不想妥协。我想从根本上改变自己和家人的命运，显然已经不是表面照顾父母的生活起居这么简单了。后来在偶然的机会里遇到了传统文化，对自己的影响非常大，改变也非常大。自己慢慢从抵触自己的原生家庭，到慢慢愿意俯下身子接纳并呵护这个家庭了。当我愿意俯下身心的时候，自己的心也比以往踏实了很多。未来，等我父亲的病稍好一些，我想当一名老师，把自己已经学到的和未来学到的传统文化知识，教给更多的孩子们，让更多的孩子受益。”此时我的发言的确很真诚，同时也给大家留下了很深的印象。

是啊，经过短暂地学习传统文化，让现在的自己已经和过去的自己完全不同，不再是过往那个随波逐流没有方向的自己了。

我慢慢地发现自己已不在意那些表面的得体，自己不再要求父母了，自己能为他们做点什么就做点什么，做不了就努力调整自己的心态。只要他们健康地活着就好，自己也越来越发现父母在家乡的不容易和孤独。唯一自己做得还不错的就是经常回家看望，可即使是这样，我还是觉得父亲一天一天地在老去，甚至觉得父亲的容颜和身形怎么变化得这么快。

我长大了、工作了，才发现自己已经和父母生活在完全不同的世界里了，他们无法跟上自己的步伐，而自己需要时常回到从前，温暖父母的心了。我开始给父母洗脚，母亲不会自理，我就开始耐下心来给母亲洗澡、洗头发、换衣服。家里慢慢有了久违的温暖和变化。

至于自己的姻缘也顺其自然吧。再不想用世俗的眼光要求自己的父母，也不和自己较劲了。因为我知道父母对自己来说太宝贵了，这个世上也不可能有人比父母对自己更好了，即使他们的外表并不光鲜得体，也是上天赐给自己的菩萨啊！

第三十九章 盛会中相识的美好

殊不知在这个自我介绍的过程里，我的发言被一个有心人悄悄关注上了。此时我并不知道，这个小组里坐着一位对自己未来影响特别重要的人，在自己的未来生命里，扮演了非常的重要角色。此人名叫许言，大家都称他许老师，冥冥之中，也许一切都是缘分吧。

我的发言，也让这位许老师内心很震惊。只是初次见面，两人并未交流。会议结束后，还是我提议，建议大家建立一个微信交流群，方便日后交流学习，我便急忙回老家了。因为家里还有卧病在床的父亲，时间已经不早了。我知道大会还有一天才结束，只是家父的身体着实需要我的照顾，此时的自己也不可能丢下父亲，自己心无杂念地前来学习，虽然我的发言是很真诚的，但是我也并没有在此有什么特别的想法，只是对之前好朋友的几次邀约有了交代。我理所当然地以为接下来的自己，还是过着和以往一样的日子。

第二天中午，我的手机上突然显示有位陌生人加好友，打开一看是昨日大会上分享交流的新朋友。我很高兴地欣然同意了。通过微信好友请求后，对方跟我说："听了你的故事真的很感人，但不知道是不是真实的,改革开放这么多年,还会有这么贫苦的人家吗？"

我说："是真实的，我们家的贫苦其实和国家发展的关系不大，是自己的家庭太特别了，母亲有这样的病，实在没有办法……"通过简单的互相交流，我也得知许言还没有结婚，但是已经有了自己的未婚妻，是自己的老朋友帮忙安排相亲认识的，计划采纳一起搞传统文化的老朋友的建议，先结婚后恋爱，两个人虽然确定了婚姻关系，但是私下还没有见过面。许言个子不高，一米七左右，中等身材，不胖不瘦。长相颇为普通，虽算不上俊美但也比较耐看，大气稳重，看上去慈悲善良，带有明显浓厚的文化气息，中国传媒大学毕业，在国家央企出版社从事责任编辑的工作，工作稳定也体面，这是我可望而不可及的。他参与指导不少优秀的传统文化书籍的出版，对传统文化事业贡献显著。我印象最为深刻的就是他眼睛很小，戴着眼镜，嘴唇比较厚，国字脸，出行喜欢步行，背一个斜肩跨的布袋文件包。

也正是在这两三个月里，我和母亲相处的时间比较长，似乎是自己从高中毕业后第一次这么长时间的陪伴和相处了。母亲和常人不同，即使自己有了传统文化的学习，知道了该如何孝敬父母，但是在日常的相处过程中，还是要面对很多非常现实且不容易克服的地方。

母亲的精神疾病使得她在日常生活中有常人无法接受的很多习惯和不可思议的做法，对我从小就有很强的控制欲和依赖感，只要我在家，几乎不给自己任何空间，每隔几分钟就要看我一次。如果我要出门，是不可能很顺利地走出家门的，母亲要坚定不移地跟着自己一起出去，哪怕去趟洗手间，母亲也不会放过看着自己的机会。晚上睡觉，母亲也很难让我睡得安稳，一个晚上会几次前来敲门，或是强行将我的屋门打开，必须看到我在床上睡觉才可以。从小到大，日复一日，年复一年，我的情绪也着实被妈妈影响得有些压抑，向往自由。

记得在家照顾父亲那段时间，每天早晨五点多，当我睡意正浓的时候，母亲这个时候会一个劲儿地用力敲门，一直到我醒来给母亲打开门，直到看见我，才肯心安地离去。这也使得自己时间久了，心中有所压抑与无奈，着实休息不好。我是没有办法和母亲解释明白，可否尊重自己的休息时间，只能无条件适应母亲的一切，就这样过了近三个月。

从小与常人不同的经历，也是我长大后不愿意交朋友的原因，慢慢也不愿在人多的地方待，自己会显得有点不合群。是的，我期待有自己可以独处的空间。从小上学开始就被母亲跟踪一样地紧随身后，如今我已经长大成人，母亲依然如故。日复一日，年复一年。一回到家里，就被妈妈的习惯和行为难免压抑得喘不过来气。但是自从学了传统文化之后，我知道了孝道的重要，即使依然还会有着各种不适和委屈，也要做好自己作为女儿该尽的本分，让自己继续俯下身心，开始从心里接纳母亲的一切，给母亲该有的爱与呵护。

平日里母亲很多怪异的做法，会让家里的亲人很痛苦。而母亲烧毁家中财物的习惯，一直持续至今。大学毕业参加工作后我很愿意给父母买礼物，买衣服或者好吃的，舍得也愿意给父母花钱，尤其是给母亲。我更愿意让母亲穿上漂亮的衣服，体面地出现在人们的视野里。我常常一次给母亲买五件或者十件或者更多的新衣服，让母亲足够换洗，只是每次自己放假回家都会发现以前买的新衣服全都不见了，大都是被妈妈烧掉了，有的新衣服一次没有穿过，也没有洗过。随着时间的流逝，我慢慢没了愤怒与委屈，习惯了母亲的“烧”，每次回家直接给母亲带着新衣服回来。如果是夏天，就给妈妈用心从头到脚洗个澡，换上新衣服，梳妆打扮好，让她干净一会儿也好。这样的日子持续了近七年。

自己内心其实掩饰不住地很爱自己的父母，也愿意多付出一些。在照顾父亲骨折，和母亲相处的这段日子里，我尽量每天给母亲洗澡、洗头发、洗衣服，帮助母亲换上新的衣服，把母亲打扮得漂漂亮亮。只是母亲因为精神上的疾患，当时也很难体会我的心情吧。开始的时候，我只要离开没一会儿，母亲便会又将干干净净的衣服弄得脏兮兮。即使这样，我在家的日子里也是每天坚持让母亲换上干净整齐的衣服。

母亲也在自己两个多月的细心陪伴和照顾下，慢慢比原来好一些了，但是依然比较黏着我。眼下的我也的确需要照顾父母，不能兼顾工作。就在这生活和心理的双重压力下，我偶尔非常想能有些自己独处的时间，这样能够多少缓解一下疲倦的身心，也能用心思考下未来该怎么办。只是事与愿违，自己每次想出门走走，母亲依然要寸步不离地跟着自己，自己在屋里休息一会儿，母亲也还是会几次三番地推门而入。是的，身心疲倦之际，难免让自己觉得紧张又压抑。此时正值夏天，我住在村里给家里新盖的两间小房子里，父亲住在北屋老房子里，老房子夏天比较凉快，父亲因为臀部骨折的原因，不想来回挪动，于是我就暂时住在了东屋，当时新屋子里没有空调，也没有电扇，中午到下午的时间闷热难耐，母亲的形影不离和不时的打扰，让年轻又疲倦的自己更加压抑得喘不过来气。

时间久了，只是任凭我怎么跟母亲讲道理，对于母亲来说根本不管用。我也是哭笑不得，内心满满的苦水，每每自己不耐烦的时候，我知道是自己还不够好，一定是自己的心念或者有些道理还是没有通。我试着观察自己的内心，每日三省自己的内心。就是在这个酷热难耐的夏日，我慢慢地自查自省自己的每个心念，用自己真诚的孝心、爱心和耐心，化解着平日自己无法克服的障碍，尽自己最大努力稳定自己的情绪。我们母女的关系越来越融洽，母亲也在温暖和爱的氛围里，病情悄悄地好转。只是至今回忆起来自己有些地方做得不好，让父亲受了一些委屈。因为父亲骨折后，加上母亲的精神状态，家庭的境况其实无形中是给了自己心理压力与压抑感。我忙完家务之后，总喜欢一个人静静地在自己的屋里发呆或者内心思考着什么。早饭过后，过不了多久就是中午了，而我偶尔会不自觉地拖延了做午饭的时间继续发呆。父母和我有时候中午一点多快两点才吃上午饭，为此父亲也非常难过地批评过我好几次，“到该吃饭的时候了怎么不知道赶紧做饭呢？不知道爸爸已经饿了吗？”我内心也会挺惭愧的，却也无奈地心里流着泪。我也深知是自己知道自己做得不够好，在这里也跟父亲真诚地说声对不起。现在回忆起来，终究女儿正气不足，有时候没能很准时地照顾好父亲的饮食，父亲很喜欢吃我做的饭，父亲说：“兰喜做的饭味道和自己做的差不多，不愧是我的女儿，慢慢跟爸爸学会做点儿像样的饭了，挺好。”说着说着，就开心幸福地吃起来了。

许言慢慢从和我的聊天中了解到越来越多我的家庭现状，他听得很感动也惊讶不已，但是看着亭亭玉立的自己，他说我怎么看也不像如此家庭成长起来的女孩儿，一直从内心深处是很难以置信的。

7 月里的一个上午，我在院子里用力拔草的时候，不小心被绿色长条的农村里常见的绿刺蛾蜇了中指，疼得自己只能暂时停下来。无意间我也想起这位刚认识的许老师还不太相信家里的情况，于是我顺着自己拔草的地方和院子里的房子，给许言发了几张照片，配上自己现实生活中一张张真实的照片，许言收到照片后，顿时也是惊讶不已。他终于真的信了我在小组会上的发言，也被我罕见、真诚、坎坷又坚强的事迹感动了。

记得许言在前些天的《孝行天下》栏目组的传统文化周年庆典的大会上听到我介绍自己的内容时，微信加我好友之后第二日，主动给我转账了三千元钱，告知给家里的老父亲买些营养品。我性格倔强，坚持不收。也是因为我之前经历了乔如先生的感情因为钱被误解过，也闹过很多的不愉快，此时的自己再不愿意接受这样的赠予了。再者，我也坦言自己实在无力偿还，目前还没有工作。后来许言数十次盛情赠予，不要求偿还，硬是催促我收下了。我见此人异常真诚，无奈之下也就收下了。当时这三千元钱对我家里来说，也是一笔不小的数目了。我内心真是感觉自己很幸运，遇到了这么好的人。

随着对他了解的慢慢深入，我也慢慢得知了许言在传统文化领域见解颇多。我也是一个非常好学的人。在学习传统文化时遇到了疑问，便开始不断地向许言请教。随着时间的推移，许言也在交流中，更加了解到我说的话句句都是真实的，他知道我面临的环境真的很不容易。许言在国学领域学问广博，智慧有加。我也更想将内心久久压抑不能释怀的心理问题请许言帮忙疏解、疗愈。

两个人交流之余，许言也感觉到我心事重重并不开心。许言也想能走进我的内心，看能否通过自己的努力帮忙化解。这个时候正是自己和段园长刚刚分手不久之际，偶尔还会被园长打扰，园长有时候会来家里纠缠自己。许言也经常给我出主意，让我学会在这个特殊的时候保护好自己，断绝一切与园长联系的可能，慢慢也要从内心放弃对他的任何念头。幼儿园园长在与自己交往的几个月中，来过几次家里。父亲见他油嘴滑舌，很不实在，并不是真心想娶我，光明正大地过日子，父亲的内心对他早已非常不满。这些自然是当时以自己的阅历看不出来的事情。父亲也和园长发生过激烈的言语冲突。有一次，父亲竟然直接和园长摊牌说："以后你不许再缠着兰喜了，如果你真的喜欢兰喜，想娶她，光明正大过日子也可以，我们豁出去了，不嫌你岁数大，你去准备五十万彩礼吧，少一分也不行，我还要拿这笔钱养老呢。"而段园长认为是父亲穷得想钱想疯了，简直是在卖闺女。而此时我听了也是这样的感受。段园长显然是不愿意给这份彩礼，同时也想霸占着自己。其实父亲也知道他不会给，于是言语之间越来越激烈，"如果你给不了我这笔钱。请你赶紧滚出我的家门，这里不欢迎你。你不走的话，我就打110。"后来段园长也许心里的确记挂着我，说什么也不愿意走。可是父亲果不其然，叫来了村里的支部书记和自己的大侄子，还拨打了110。眼看父亲是来真的了，段园长开着自己的面包车急匆匆地走了。

只是此事也给了我内心重重一击。毕竟自己是个女孩子，父亲如此一来，弄得人尽皆知，以后自己还怎么出门呢？为此我也跟父亲闹了几天的不快。后来我问父亲："当真是想通过自己的婚姻卖女儿吗？"父亲说："闺女你说呢？我能卖你吗？我是让他知难而退，我知道他肯定不会出这笔钱，我故意这么说的，要不他还会总缠着你，这人不行，不是你将来能够托付一生的人……"

此事一出，我也是难堪至极，心情自然有不少的压抑、委屈、丢人与难过，何止这次感情失败给我的打击，这么多年因为感情的曲折造成的心灵创伤，其实是让自己的人生一直走下坡路的。这几年，自己根本舒解不开从初恋开始到今天这么多坎坷艰难的经历给自己心理造成的严重抑郁。内心的问题疏解不开，外在又如何饱满、好得起来呢?

正是我在家照顾父亲身体、照顾母亲生活的日子，正好也结识了许言。许言可以说对于当下的我来说更像导师一样的存在。我像是抓到了一根挽救、疏解自己灵魂的稻草。我深知这位许言不管是国学根基还是智慧层面，都远远高于自己，他一定能在心灵层面给予自己指导。我已经顾不得面子与害羞了，只想更加迫切地把内心舒展开。自己的身心始终处于低落、无助、饥饿且伤感的状态，又像万箭穿心却无法止血，同时也似有无形的绳子一般紧紧地勒着脖子让自己无法喘息。我时常一个人发呆半天，不想挪动。慢慢地我放下内心对许言的芥蒂，一点儿一点儿将自己这么多年的不幸遭遇给许言讲述，希望自己可以找到一个聆听者，哪怕有些经历对女孩子来说是不好的、不体面的，我只想请他帮忙疗愈自己太过痛苦的心灵，更想彻底痛快地洗涤一次自己好久没有停歇过的灵魂。

只是在自己心灵疗愈的过程里，我也瞬间意识到一个问题，自己与许老师的关系，似乎随着自己坦诚相告过往的不幸遭遇，貌似也只能停留在此了。当然，此时我们也只是朋友和老师。只是我如果想真正疗愈内心的郁结给自己带来的困扰，也不得不坦言真实的过往才能真的解救自己，就像遇到了心理医生，不然自己被压抑痛苦到已经无法正常生活了，对于一个女孩子来说，坦白无疑是需要勇气的。可是真想治病就要面对真实的过往。和许言坦言自己的经历，与之交流探讨，让心灵能有个暂时的朋友也好。我迫切地想跟一个能够理解自己、愿意倾听自己、自己也信得过的人说说话，诉诉苦。许言自然也真实地了解了更多的关于我的故事与我当下的处境，他深感我这样一个女孩子出生在如此特别的家庭，自己一个人打拼，又要面对情关与经济发展的考验，还要照顾赡养父母，实属不易。即使过往很多事情有些不体面，但是许言觉得我自己一个女孩子只身在外，太不容易了，都是可以理解的！现在这个社会，像我这样的姑娘实属罕见。也正因如此，许言也花了很大的精力倾其智慧疏导、开解自己，帮我分析自己的人生与境遇还有未来要走的方向，让我接纳自己，原谅过往，勇敢地向前走。

慢慢地在许言一两个月的陪伴、倾听与开解下，我的内心逐渐有了能量与被温暖的感觉，内心充满了对生命新的希望与动力。好像自己的心灵也真的在这个炎热的夏季透彻清凉地洗了一个澡一样,特别开心！我的内心也异常感恩上苍,自己遇到了如此好心的人。

时间过得很快。父亲的腿已经摔了近三个月了，病情也渐渐好一些了。父亲对我说：“虽然我不能像以前那样走路了，但是我能够拄着拐杖，慢慢起来做点儿饭什么的。你可以试着找找工作了，毕竟家里的日子还要指望你去上班挣钱,你自己也得寻出路和发展，以后的日子还很长。”父亲的话也有道理，我也开始想着下一步到底干什么。

此时的我自然知道许言有着自己的未婚妻，自然我的内心也一直守着基本的道德底线，即使我内心对许言信任有加，但也从未提及任何逾越朋友关系的言语。每每特别感恩许言之余，都会记得祝福他和未来的嫂子早日成婚，喜结连理。只是当时让我奇怪的是，每每自己祝福的微信发过去之后，许言往往半天不回复信息，抑或是思量很久才给我回复如下：“不知道为什么，对方虽然是我的未婚妻，但是我们一天下来说的话还没有和你聊的十分之一多。”看到这样的信息，一时间我也真不知道说什么好。

此时，我的父亲因为髋部骨折长期卧病在床，在这个过程里我难免烦闷。这期间，两个姑姑偶尔也前来看望。这里提下我的老姑。她嫁的村子离我家并不是很近，有十几里的样子，每每都是自己骑三轮车来看望父亲，这样省钱。老姑个子矮小，比普通人略矮一些，一米五左右的个子，眉眼间及脸的轮廓，长得有些像奶奶，大眼睛，双眼皮，圆脸，稍有些龅牙。老姑不喜刷牙，所以牙齿总是黄黄的。老姑没有什么文化，憨中带实，最讲亲情与义气。老姑一生婚姻过得并不幸福，听她讲述，年轻的时候，老姑夫对老姑有些不好。她是给二叔换亲，嫁给了现在的姑父，眼下姑父已经去世 3 年了。老姑一个人生活，有两个儿子，都已年近 40 岁。因为家里经济条件不好，姑父又去世了，目前都还没有结婚成家。老姑的心情自是可想而知，眼下她对我的父亲，也是她自己的哥哥有一种特别在乎的亲情。老姑总记得小时候是父亲对她和姐姐最好。在老姑还很小的时候，父亲已经外出打工养活一家人了。每到假期回家时候，父亲经常给弟弟妹妹们带回很多粮食、水果、零食以及大城市里流行的礼物。老姑惦念大哥的恩情直至今日。老姑因为小时家里穷，20 世纪 50 年代又有很严重的重男轻女的现象，老姑虽然没有文化，但心中有信仰，她笃信神灵的存在，她每每在特别担心亲人的时候，便会去她婆婆家邻村的一个道姑那里上香，求护佑。如今看到自己哥哥的遭遇，她也几次劝说我和她一起去这位道姑那里给父亲上上香，祈福。于是我应和着老姑的心意，陪着老姑去了两次，主要是让长辈求个心安吧。每次到道姑这里，老姑都不忘记给自己的侄女也就是我一起看看，她主要是担心我何时能够成家。记得有一次我陪老姑去道姑这里祈福的路上，自己也正在和许言发信息谈论着父亲的病情，于是我也顺便说起此事，告诉他要和自己的老姑去趟老家的道姑这里。没承想也就是我们第二次去这位道姑家时，许言竟然给我发信息半开玩笑地说："你们给伯父看完，顺便也给咱们俩看看，看看是什么缘分……"当我收到此消息的时候，我内心的直觉告诉自己和这位许老师关系更近了一些，即使如此，自己善良、天真的心性，潜意识里一直知道许言和未婚妻才是将来要走到一起的缘分。自己内心更多的还是很尊敬、很真诚地将许言作为难得的亦师亦友对待。我短暂地思考了片刻，便也爽快地答应了。只是天真的自己竟然不知道一个如此优秀的老师，每天工作很忙，还能尽可能地抽出时间关注自己的状态，对此我感到已经是格外的恩赐了。我竟也真的没有多想，按照许言的吩咐，给父亲看完香，半开玩笑地让这位仙风道骨的阿姨给自己和这位刚认识不久的好朋友看看，看看我们会是何种缘分，只是让我没有想到的是道姑一开口便说："你们俩是夫妻的缘分。"话音刚落，我竟然当场愣住了："阿姨，不可能吧，我们就是刚认识的好朋友，况且我们实力、地位相差悬殊，都不是一个世界的人，而且人家有未婚妻，我今天只是受他所托才让您帮忙给看的，不会看错了吧，您再好好看看，这可不是开玩笑的！"只是这位道姑竟然也是很有自信地讲："我看不错这个，自己还是有这个自信的，信不信由你。"我一听这话，我该怎么回复许言呢？此时的我并没有将实情告诉许言，如果自己将道姑的话如实转达，自己这不就成了破坏人家婚姻的坏人了吗？于是我回复他的时候，编了一个善意的谎言，给许言回复："阿姨说是很好的善缘，别无其他。"这样我也才能心安，让许言与未婚妻好好地发展，顺利地走向婚姻的殿堂，即使将来他们真的没能走在一起，至少不要因为自己，自己更不能去恶意破坏，自己要真诚的祝福人家，这不是小事，打心里我不愿意破坏他和未婚妻的感情，只想自己心情好起来了，自己再去碰自己对的缘分，或者相亲都可以。

第四十章 教书育人，快乐无边

2017 年 7 月下旬左右，同母异父的姐姐王春文知道了我当下的处境，主动给我介绍了一份工作，说我们老家附近的高中在招聘老师，建议我可以去试试当高中的语文老师。我内心很喜欢老师这个职业，同时咨询了刚认识的好友许言。许言也认为老师是个很好的职业，教书育人，可以把自己学到的传统文化知识传递给更多的人。人生的转变也在这个时候悄然地开始向自己招手了。高中老师的招聘很严格，需要应聘者当场试讲，讲述的内容要达到学校的要求才可以。

说起我的大姐王春文，是母亲第一次婚姻里留下来的孩子，她们家在自己隔壁县城源露县的灵村，距离我家有 15 公里左右的距离。母亲多年前与她父亲离婚后，姐姐的父亲便患上了偏瘫，不能自理，后由姐姐的奶奶将其拉扯大。据说母亲与第一任丈夫离婚时，姐姐 7 岁。姐姐在成人之前再没有见过自己的母亲。后来我听母亲讲起，还是在姥姥去世的时候，说见过自己的大女儿一面。其实母亲从内心深处从未忘记过自己的大女儿，她日日想念，直到我已经很大了，她也是经常提起。

姐姐比我大 9 岁，身高一米五七左右，身材匀称偏胖，眼睛一大一小（多少有些残疾，长辈们都说姐姐的眼睛有残疾是近亲结婚的原因），姐姐长相朴实、耐看，虽说不上出众但也不难看，身上还有股倔强劲儿，不服输，肯吃苦，常年与姐夫以做生意为生。姐姐心智很正常，这位姐夫据说是从山区倒插门过来的。姐夫长相灵秀，大眼睛，圆脸盘，精致黝黑的五官，一米七三的个子。常年在外摆地摊，风吹日晒，不辞辛苦，人很聪明，经商头脑好，知道赚钱养家。因而家里自从有了姐夫后从不缺吃穿。当时的自己却听姐姐说，他们家总是不知缘由地不是姐姐生病就是孩子生病需要经常住院。不知为何姐姐婚后与姐夫总是吵架，情绪波动大。长大后我也时常听姐姐说她患有严重的焦虑症，但是我听到此处，一直觉得是她离开母亲太久的原因，父亲又去世了。于是后来我总想找机会让大姐多接触母亲。但是姐姐家的教育似乎和父亲给我的教育不太一样，看的出来，姐姐对妈妈似乎没有太多的想念，即使后来我们好不容易联系上了，却很少主动联系母亲。

其实说起自己与姐姐的联系还要感恩我的父亲。父亲心胸慈悲豁达。记得那是我第一次高考结束后，父亲曾经不止一次地嘱咐我：“兰喜，你现在长大了，你可以主动去隔壁的县城，你母亲总是提起的灵村，去试着找一找你的姐姐，在这世上将来我和你母亲都不在了，你大姐是你唯一的亲人，你们虽然不是同父所生，但是一个母亲生的，一样很亲的，将来人生有什么事情，可以心贴心地互相照应。”每次我听完父亲的话，内心都是颇为感动，更为父亲为自己长远的考虑与担忧感到幸福，于是我很听父亲的话，早在2007年，自己便坐公交车按照母亲给我的地址一个人找了过去，那是我人生中第一次与姐姐相认。

思绪回到当下，就在2017年的8月初，我经过认真准备，在这所高中学校里一位前辈老师的悉心指点下，我竟然顺利通过了这所高中招聘语文老师的面试。9月1日，我正式上班。同学们很爱听我讲课，我也慢慢成了很受同学们欢迎的一位老师，很快自己带的班级语文成绩也有了很大的进步。

我和同学们的关系更是很快打成一片。班里学生们都很喜欢我这位看上去有些特别的语文老师，其实我深爱着班里每一位学子。在我担任高中语文老师期间，有位资深语文教师对我的帮助很大，在她的指导面试和后期工作交流中给了我不少工作中的指点。我也用心揣摩并提高自己的教学水平。后来在学校一次老师们的听课评比中，我的公开课竟然获得了很优秀的成绩，自己用心准备的知识点、重点及课堂背景音乐，还有课堂上与同学们互动的气氛，感染着前来听课的老师们，给大家留下了深刻的印象。

短暂几个月的工作，也是我这么多年来职业生涯中最快乐的几个月。正是在自己教学的过程里，我与许言的交流也频繁一些了。工作上的内容与许言也有了诸多共同话题，关于语文课本中很多人物的背景经历，也有了很多的探讨和交流，工作上遇到的不少疑问我也很愿意请教许言。许言也在和自己的互动中看到了我是位努力工作、对学生负责任的好老师。

那时候，我是学校的新老师，常常加班批改作业，或者备课，经常到很晚。随着新工作的不断深入，自己上半年阴霾的心情，也烟消云散了。这所高中离自己的老家不是很远，有二十里路左右。工作之余，每隔两三天我便要回家看望父母一次。因为我知道父亲腿脚不好，每次回家我会给父母买很多蔬菜、水果、主食、肉蛋奶等，同时我也经常询问父亲的病情，趁回家的时间我会尽力做点儿力所能及的事情，让父母能够更方便地照顾自己。

随着时间流逝，许言对我也是越来越了解，其实自己也不知道他从什么时候，内心不再只把我当成一个普通的朋友。

此时的我的确很看重许言的人品与才华。其实自己从小就倾慕有真才实学的人，许言也成了自己心目中特别值得信赖的朋友。在我迈入新的工作之前，许言不仅献计献策，而且还在经济上给了自己雪中送炭的帮助。许言给人的感觉总是大气、沉稳、谦虚、厚道。活到今日，自己一生中几乎没有遇到过如此善良厚德的人。即使如此，我内心倒是从没有想过自己未来会和这位许言走到一起。因为自己清楚地知道许言有未婚妻，是一位传统文化老师介绍的。只是不得不承认，随着我们两个人的联系逐渐增多，自己慢慢也割舍不下这样的牵挂。当时自己的世界很简单，除了父母、学生，就是心里这位只见过一次面的许言了。

第四十一章 新恋情的意外开始

2017年9月初的一天，刚上班不到两周的时候，我住在大姐家，这所学校恰好在离姐姐家很近的地方，刚开学没几天的时候，一天下班到大姐家发现自己的手机丢了。全家人找来找去，把姐姐家翻遍了，也还是没有找到，我内心也是焦急万分，没有手机的话可能工作都无法正常开展。后来姐夫知道我着急，马不停蹄地找到村里大队部的领导帮忙在村里广播：“村民们请注意啦，今天有捡到一款OPPO手机的乡亲，赶紧来大队办公室告知，与王春文联系。”想起这些过往，自己不免也是阵阵暖意。由于自己的手机号是北京的，所以想补卡也需要去北京的移动营业厅重新补号，顺便再买个手机。也正是因为这件事，我不得不要去一次北京，此时我的心情着实有点儿郁闷，刚上班没几天，工资还没有发，就把自己的手机弄丢了，损失了不少钱，额外还要坐车去北京，往返的费用加上吃饭，也是一笔不小的开支。

第二天我向单位领导请了假。于是从姐夫那里借了2500元现金，和姐姐告了别，便一个人去了北京的移动营业厅买手机、补号码。买完手机、补完卡后，我也顺便发微信告知许言，自己因为补手机的原因来到了北京。在最近一段时间里，许言也是帮了自己很多的忙。于是我与许言商量，想等许言下班后，出于感恩心，前来看望许言。

就这样，我坐公交车来到了许言工作附近的饭店，两人一起吃了一顿饭。我在餐桌上表达了自己自结识许言以来两个月的感激之情。在生活与工作中，许言都给了自己很大的指点与帮助。这样的帮助，在自己过往的平生中还未遇到过。吃完饭后，他也许是出于礼貌与热情，主动将我送到了自己回家乡路途中需要乘坐的地铁站入口。也就在短短的这一段礼貌的送别路上，许言无意间向我聊起了他的前女友，说起他们已经分手好几年了，对方几年前嫁给了一位日本的华侨，开始的时候日子过得很好，最近两年因为男方事业上的原因，过得不是很好，偶尔也会给前女友一些经济上的帮助，有时候也会给前女友汇去应急的生活费用。许言竟然还和我提起这位女孩子也是自己曾经很在意的人，只是双方价值观不同，自己不能陪她去日本，慢慢因为工作与人生选择的不同而不得不分手，即使她现在有了别人的孩子，许言说："如果有一天她过不下去了，回国来找我，我依然愿意娶她，养她的孩子。"

当时听到这里，我的心不经意之间竟然被触动了。大多男士和女友分手后，都会选择远离，很少有许言这样善良厚道至此的人。因为我是女孩子，经历了几次感情的波折与失败，与哪个异性朋友分手也没有遇到过像许言这么善良厚道的人。瞬然之间，我对于眼前这位许老师的人品真是更加刮目相看了。现在的社会上，尤其是年轻人大都很浮躁，沉浸在非常自我的世界里，也非常现实，能通过自己的努力自立自强的人本就不多了，能像许言这般自己在北京工作立足本就不易了，他在力所能及之余还这样厚道、善良，沉稳、大气，这样的男人，真是不多见。

说着说着，我们的聊天都还意犹未尽的时候，不知不觉已经走到了我即将要乘坐的地铁站入口，我与许言道别后，自己依稀记得，许言一直站在地铁口送别我，迟迟没有走开，直到我的身影彻底消失在了许言的视线里。当我坐上地铁后，到站换乘上了回老家的大巴车，一路上自己竟然不停地回忆着他的话，是的，我的确被许言说的话感动哭了，回味着平生还是第一次遇到善良至如此的男人。况且自己和他结识后的不到两个月的时间，我也的确从他身上获得了不少的指点，或是在经济上的救急，感觉他一向很热心，我的内心瞬间感觉很幸运，也很温暖，更是为之感动。感动的不是他给自己承诺了什么，而是被他对自己曾经爱过的女孩用情至深触动了自己内心深处最柔软的神经，不知不觉被感动地流泪了。他没有用世俗的眼光看待、对待自己的前女友，而我也没有用世俗的耳朵来听。也许对于许言这一做法，世间会有很多反对的声音。而当时的自己看到的是世间竟然真有如此善良、用情至真的男子！只是眼前厚道的许言，与傻傻的自己心底的善良有些相似的感觉，我们这样的人，本就很少见，能遇见更是太值得珍惜的缘分了。就在我心里为他的话感动之余，不知哪里来的勇气，由心地给许言发了一条短信，大意是："兰喜再次忠心地祝愿您早日与未婚妻成婚，喜结连理，百年好合。假如万一有意外，兰喜愿意等着您。"

就这样我又回到了自己工作的学校，回到自己的工作岗位上，继续准备给同学们上课了。自己关于多年来内心积累的无处可说的压抑与困惑，经常请教许言该如何排解。许言也是不厌其烦地倾听着我的心结。就这样，我内心多年来积累的包袱与心结慢慢地放下了很多，同时内心也为自己多了这样一位优秀的良师益友而感到万分幸运与骄傲。对于我来说，没有什么比心灵的愉悦与收获更为幸福的事情了。物质条件虽然有待改善，但是我内心深处知道，比外在物质更为重要的是内在灵魂的提升与收获。

一个月后，有几个想给自己介绍结婚对象的朋友开始联系我。学校里也出现了一位对自己颇有好感的教员，让自己的学生们送来礼物，向我表达了爱意。但是说不清楚为什么，我开始有了不少重新走进一段崭新人生风景的选择，只是在开始下一段感情之前，我总是不由得从心底回忆起这三个月来与许言结识后自己由内而外的变化，还有来自许言在自己工作过程中不厌其烦地在学问中的指点。我越来越清楚地意识到，这个人已经住在自己的心里了。除了父母之外，他已经有了超越他人的分量与位置，虽然我们只是认识不久的朋友，我知道父亲年事已高，身体越来越不好，眼看就要 29 岁的自己的确该谈婚论嫁了，我打心底里希望在父亲有生之年实现成家的大事。自然我也知道自己和许言有着很大的差距，对方的学识、人品、工作、社会贡献与地位都超越自己不知道多少，现实生活中我们只有做朋友的可能。我思来想去，决定试着开启自己新的人生，在众多别人给自己介绍的相亲对象或者追求自己的人中间选择一个适合自己的人试着开始下一个人生阶段，似乎这也是对自己来说最接地气最现实的选择了。而随着自己的心态越来越好，我也该结束对许言的打扰了，我们都要急着奔赴下一个人生的阶段，以后最好互不打扰。就在决定去相亲之前我想再见一次许言。不管出于感激之情，还是对于对方人品的欣赏，也算是君子之间的告别吧。将来自己开始了新的人生，有了新的伴侣，再见面或许就不合适了，也不可能了。就这样，我跟许言在微信里表达了自己的心意，许言也表示同意，我趁着自己周末休息，第二次专程来北京看望许言。

许言也很热情地在单位附近一家高档餐厅请我吃了午饭，诚然，我也表达了自己的来意，很是感激许言最近三个月来对自己的指导与帮助，未来我们也就不要再互相打扰了，我将要选择一位适合自己的相亲对象或者追求自己的人开始后面的人生，父亲年事已高，身体不好，我想在父亲有生之年让他看到自己成家，让他安心。只是我没想到这一告别，许言便当场愣住了，此刻他的表现让我也有点诧异，我本以为这是最好的结局了，此刻我并不知道他心里也住进了自己，至少我认为他的内心即使住进了我也不会有如此深刻到谈婚论嫁的地步。我的确听他有几次跟我提起，自己一直有未婚妻，是经熟人介绍的，也知道许言学习传统文化很多年了，他们二人选择按照传统的习俗，先结婚后恋爱，我也多次表示理解和尊重。许言此刻竟然也表达了自己内心的想法：虽然对方是自己的未婚妻，但是我们之间没有任何感情基础，只是因为一位老师看到自己年龄已经很大了，还没成家，于是好意帮忙介绍了一位很优秀的姑娘，要求我们双方先结婚后恋爱，便许下了一个婚姻的承诺。鉴于对承诺的尊重才一直没有表达对我的好感。这次他终于忍不住也表达了自己的心意，不愿意我再去相亲，原因竟然是他心里也慢慢有了我。

当我听闻这些，心里也是开心不已，意外至极。开心之余，我打心里也不愿意伤害那个女孩子，于是我提议让许言自己选择合适的方式，告诉对方自己的决定和选择，是对对方的尊重，也是对双方最负责任的做法。是的，这是我万万没有想到的，没有想到第二次看望许言竟是这样的结果，毕竟自己眼下还是单身，还没有任何一个正式交往的男朋友。

对于我的过往，在这几个月的交往里，许言也都详细了解了。

许言是年近40岁了，还没有成家，家里也是很着急，一直找不到合适的结婚对象。用许言的话说，之前别人给自己介绍过不少女朋友，都是一谈到结婚的时候就分手了，自己也不知道是什么原因。其实我对许言的了解也不是很多，只是能感觉到他学识广博，为人善良、厚重，有着一份稳定的工作。我的感受是，虽然许言不是大富大贵，但是如果两个人在一起能安安稳稳就很好了。就这样，我们两个人的关系也算是确定了，毕竟年纪都不小了，人生大事都开不得玩笑了。

对于许言个人的情况，我只是凭借自己这两三个月来对对方人品的判断，并没有过多去询问，毕竟对我来说除了人品其他都是次要的，我没有用心了解过他的过往，却因心理问题如实地将自己大学毕业后的工作和感情的失败经历，大体都和许言坦言了一番。或许越是在意的人，我越不想对对方有半点儿遮掩和欺骗，哪怕是自己曾经做错了的事情和一些不体面的过往，也都如实交代了一番，包括自己曾经给乔先生写下过一张欠条的事情，把来龙去脉和许言如实讲述了一番。

许言听后竟然表示很理解，同时也很敬佩自己为人真实的勇气，而我也多次提议让许言把自己的真实情况如实转述给父母家人，以免日后误会，造成不必要的偏见及矛盾。只是许言害怕父母知道这些事情后，会误解我，选择多一事不如少一事，一直没有听我的建议。就在我们二人刚刚表达完彼此的心意与好感之际，我也没有过问他太多私人的事情。我只觉得是上天眷顾自己，终于迎来了自己人生幸福的时刻。这么多年的辛苦与等待是值得的。

现在这位许言比起自己之前认识的所有的男朋友的学问都渊博

很多，人品也厚道善良很多。我自己其实也一直也很好学，我从内心深处也期待另一半是见多识广、学识渊博之人。何况许言的善解人意、厚道、沉稳和大气，都是很吸引我这样追求至真至善的女孩子的。因为自己骨子里也是一直很坚持这些品质的，只是遇到和自己很像的人实在是太难了。

我之所以倾心许言，最重要的一点，是许言从事传统文化传播工作很多年了。而我内心深处对传统文化的尊重与笃定也让我更加倾向于他。通过近一年来对传统文化的学习与实践，我也真的慢慢发现自己的心态和命运在一点儿一点儿地改变。我甚至决心一辈子都走在学习并传播传统文化的道路上，用自己学到的知识与道理让更多的人受益。这是此时自己的内心特别笃定的信念与理想。所以与许言的认识和交流，他的为人更贴近自己未来心灵追求的方向。

现实生活中，我择偶的难度的确很大。我特殊的家庭背景一定不是一般人能够欣然接受的。自己这几年坎坷复杂的感情经历，自己早已不是早年没有谈过男朋友时那个清纯可爱的姑娘，可是自己又何尝不想保护好自己？而自己只身一人在外漂泊又该如何保护好自己？我着实渴望能在自己恰当的年纪遇到对的人，心心相印，相濡以沫，共同努力度过余生。到底是自己失了纯洁，还是社会的人性在变化，还是自己在变坏……好像在这个时代，自己特别的出身与经历与不符合家庭境遇的清秀的长相，又赶上了特别飞速发展的时代带给人们思想上空前的浮躁不安与现实，使得自己内心想要的安宁的日子越发难上加难。自从上了大学后，有了第一段感情的失败，至今好像都再没有稳定安心的感情生活。无数个孤苦难眠又痛苦不堪的夜晚，抑或是不能护好自己周全的无助，还有单纯因为外貌有意接近自己的异性乘虚而入后的不负责任……如此看来，我虽然还没有结婚，内心也早已千疮百孔，历尽沧桑，自己虽然善良，却也没有那么幸运，自己眼下清贫的经济条件加上悲苦的成长经历，如果我的内心不渴望一份稳定的生活，是不可能的。但是自己也厌恶自己长大成人后一个女孩子不堪的经历，更加无法直面自己为何原本一个坚强、懂事的孩子，会变成如今这般模样，身心无主，失魂落魄！如果不是传统文化解救了自己的灵魂，自己未来的日子会有多可怕，不敢想象。在这个浮躁不堪且感情快餐式的时代，没有真正智慧的指引自己是一定无力把握正确的人生航向的，一定会在如暴风骤雨般的污浊与打击中近乎被恶劣天气击打得丢了双翅的蝴蝶一般，苦不堪言又根本无助。但是我知道自己不愿与现实妥协。当我遇到了灵魂如此厚重大方之人，如果能让自己的后半生相对安稳，即使不是大富大贵，人生如果不出现大的波折，就算是万幸了，也真是自己的福报了。我总觉得冥冥之中是老天对自己的眷顾。随着对对方了解的不断加深，慢慢我们也便确定了结婚的方向。

时间很快就要到国庆节了，许言想安排我与自己父母见面。只是这个时候，两颗灵魂虽然已经交流了很久，但是直到此时我才恍然意识到自己还不知许言是哪里的人？于是我下意识地也终于有底气地在微信中给他留言，问许言是哪里人？家里大概是什么情况？许言在微信里回复："河南人，家里有父母都退休了，60 多岁，还有一个妹妹，比自己小 10 岁。一家四口人。自己是 4 岁时过继给叔叔婶婶的养子。亲生父母家还有两个哥哥，养母从小对自己很是严厉。从小自己就开始干很多的活儿，很小的时候就开始分担家里的家务，帮妈妈洗碗，有时候冬天给家人用凉水洗衣服，刷鞋，掏粪池，和煤球……什么脏活儿累活儿都干过，妹妹的衣服、鞋子也都是自己洗。”当我看到“河南”两个字，顿时心里“咯噔”了一下。因为自己曾经好像听自己的好朋友提起过与河南人打交道要小心，河南人在大城市打工都很不好找工作。只是我怎么也没有想到这个自己内心已经深爱的人竟然也是来自河南，可是跟自己相处的这个河南人并非和大家口中说的河南人一样啊！我心想自己是河北人，深知河北人实在、性格直爽、厚道，但是许言好像也很优秀啊，一点不输我们这里的人。他工作优秀，心地善良、老实、本分、沉稳、大气，根本不是大家口口相传中的那样的河南人啊？而且他从小就如此勤劳积福，即使是自己也未能达到许言的综合素养吧？当时，我虽然犹豫了一下，但是许言各方面的出色表现早已俘获了自己的芳心，我壮着胆子决定继续往下处吧！他是一个难得的好心人，让自己遇到了，是自己修来的福气，自己本就不该有地域歧视，反而应该公正客观地看待许言的优秀与出色，除了长相平平，许言似乎无可挑剔。

第四十二章 突如其来的幸福

2017 年国庆长假，许言的父母也都在放假前夕来到了北京，正好许言也有心让我见见叔叔阿姨。在国庆节的第四天，我穿着一套朴素大方又整洁的衣服，早晨很早就起床洗漱收拾，经过近两个小时的长途公交后又转乘地铁，带着自己用心给许言父母准备的礼物，我将许言发给我的自己和父母在最高人民法院参观的合影精心挑选出来最好的六张，做成了精美的相框，背着书包带了过来。上午十点左右，我便赶到了许言在北京的住所。叔叔阿姨也都在等着我。

我天生活泼开朗的形象、真诚得体的谈吐，一下子让叔叔阿姨喜欢上了自己。我也真实、坦诚地介绍了自己的原生家庭情况，以及自己大学毕业后的工作和恋爱的大体情况。叔叔阿姨见过我之后，很爽快地便答应了这门亲事。

四个人当天吃完午饭，我陪着许言一家三口，去陶然亭公园游玩了一圈。陶然亭公园里有个很大的水湖，湖水碧波荡漾、清澈见底，时不时有鸳鸯戏水前后相随，河边深绿的柳枝随微风摇曳，更是显得特别柔美应景，美如诗画般地呈现在人们眼前。

而此刻的我也觉得自己和许言一家仿佛在仙境中游玩一般，我也在此过程中第一次感受到了人生的幸福在向自己招手，感觉自己好像已经进入了另外一个人生阶段，心境早已不是之前的焦虑惆怅，仿佛自己已经走进了另一个世界。前所未有的安心与喜悦的心情，让我带着太多对美好生活的向往，义无反顾地往前走着。

游览完陶然亭公园之后，许言陪着自己的父母，带着我一起去了附近的法源寺。许言兴高采烈地、一路小跑地给我们三个人在路途中拍了很多照片留念。大家前往法源寺的路上，我字字句句地认真听着许言的父亲讲述许言在以往多年的经历和成长过程中的得与失、成与败。言谈之间我能感受到叔叔好像更加关注的是许言的学业与仕途，对许言的内心与生活关注甚少，鲜有提及。这之后，我和未来的婆婆围着庙里的佛菩萨们虔诚地礼拜了一圈，图个吉利。

许言见到我们和谐温馨的画面，他显得格外高兴，一直忙着给我们即将成为的一家人拍照，留下了很美好的回忆。那天许言给自己的感受，他是个特别听话孝敬、温柔、又特别规矩的孩子，但唯独少了男人该有的阳刚和率真以及在家中的那种自信和无拘无束，我当时并没有多想，为自己能够走进这个长幼有序的家庭，感到很荣幸。

当天晚上我又急匆匆地回到河北工作的学校，当我沉下心来，又开始纠结在自己的事业和婚姻的选择中。是的，我的确很喜欢眼下这份教学的工作，只是如果坚持与许言的未来，自己便很难兼顾这份工作。跨省异地来回跑，实在有些不现实。河北省高中的高强度工作，严重疲劳的程度，假如将来自己想生孩子，估计很难。

此时，我的父亲已经是77岁高龄了，我也越发感觉父亲的身体一天不如一天，留给自己考虑婚姻大事的时间越来越少了。考虑到原生家庭的责任与父亲背后殷切的期盼，我似乎从内心深处无法背负让父亲带着女儿终未能成家的遗憾而离开世间。况且最重要的是，许言现在的确是自己心里最重要的人了。我被许言表面的很多优点和对自己这几个月的关心与帮助打动了。其实到此我都还没有问过有关许言生活与工作的更多情况，我一直觉得凭自己对许言的了解，他一定不会亏待自己的，那自己还俗气地问这么多干什么呢？

当时我只是隐约知道许言是一名在国企工作的文化传播工作者，参与出版传统文化书籍，博览群书。我的人生走到此处，许言在自己看来已经是难得一遇，又能和自己心贴心的是好的人了，自己还迟疑什么呢？虽然他长相并不出众，但是自己一路坎坷走到今日，早已不以外表评价一位男性了。我知道自己一生真正需要的是一位内心顶天立地又善良厚德的男子汉。

也就是国庆假期结束后第一周的周末，许言和自己的父亲商量好，想亲自带着自己的父亲来梧桐老家看望我的父母。当时许言自己有辆车是由妹妹开着，他带着自己的父亲乘坐公交车来到了我的家乡。我也分外开心地去梧桐县里的公交车站迎接二位未来的亲人。我们开心地见面后，便承租了一辆特别普通的小面包车，低调内敛地前往我的家里。这时正好上午十点左右。双方老人总算见了面，许言的父亲也见到了我原生家庭最真实的样子。那天我母亲表现得异常好，说来也神奇，母亲竟然还主动给许言的父亲倒茶水喝。父亲特意拄着拐杖来到了院子里新盖的东面的两间房里提前静待许言父子的到来，最近一直是我住在这儿。屋里靠北墙还有两张段园长曾经送给自己的青绿色木质丝绒面的单人沙发座椅。值得一提的是，那天母亲的上衣没有翻着穿，鞋子依旧不提到脚后跟，裤子穿得倒也很整齐。我见到这一幕很惊讶，我不知道是父亲提前叮嘱的，还是母亲自己的变化。总之那天我发自内心又出乎意料地高兴。毕竟对我来说，今天是个太特别的日子。以往的母亲，哪怕自己给她穿得好好的，只要一会儿工夫稍不注意，母亲又会回到从前的样子，衣服翻着穿，或者露个肩膀，是常有的事情，抑或是躺在地上自言自语，衣服一会儿就脏了，或是把好衣服没有缘由地扔进火堆里。

我也是后来得知，许言的父亲，不是亲生父亲，是他的养父，所以在长相上，父子两个并不是很像。看得出来，许言的父亲年轻的时候长相英俊。一米八几的大个子，浓眉大眼，俊秀有形的双唇，高鼻梁，黄皮肤，大气中不失斯文，但似乎交流中缺乏敞亮与底气。也许是常年吸烟的缘故，声音沙哑，喉中有痰的感觉，说话间声音总有气势不足的感觉。他是当地县城里国企的一名总经理，已经退休在家。现在在村里担任村支部书记，已有近十年的时间了。当我的父亲和许言的父亲坐在一起的时候，也算正式地谈论起了我们两个的婚事。两位老人都显得格外高兴，喜从心出。是啊，老人一辈子真正等待孩子有个好归宿的时候，或许才是真正开心的时候吧。当我们还没有活到这个年龄的时候，又该如何体会到两位老人的心情？双方老人根据对两个孩子的了解，都没有任何意见。许言的父亲出于对我父母生养女儿的不易，主动拿出一张早已准备好的银行卡给了父亲，里面有 5 万元的彩礼。父亲双手接过这张卡后，双手抱拳低头还礼并向许言的父亲表示感谢！意味深长间，眼含热泪道："谢谢你们没嫌弃我这个家，兰喜这一生能遇到你们这样的缘分，说实话我也没有想到，我发自内心地替这两个孩子感到高兴，我也非常地欣赏、喜欢许言这个孩子，谦逊有礼，有出息，不嫌贫爱富，他们俩能相遇走到一起也是孩子们的命吧，兰喜这个孩子，从小跟着我和她妈确实很不容易，从小没享过什么福，因为成长的不顺，孩子有些脾气不好，但是心地善良也孝顺，希望以后你们多包容善待她！以后兰喜也要孝敬二老，好好孝顺公婆。”父亲语重心长又激动含泪地说着。许言父亲说道：“老大哥，放心吧，以后的日子会越来越好的，感谢您培养这么好的女儿，以后许言会好好待兰喜的，咱们家的经济条件也会慢慢越来越好的。”说罢，两位老人开心地笑着。是的，我回到自己的家自然也是开心自在不已，热情好客地接待着许言与父亲。

几十年来，这个家里欢声笑语的时候还是我小时候比较多。自从母亲的病情越来越严重之后,就再很少有这样开心的笑的时候了。如今天这般父亲脸上的笑容，是他一生善良辛苦后的最会心的笑容了吧。快乐的时光总是过得很快，大事已定，许言的父亲和许言就要离开了。许言想着带着我一起和父亲三人来家乡的影视城参观游览一番。久闻此处的影视城成就了不少好作品。这个时候因为父亲腿脚不便，不便走出大门送客，高兴之余让母亲送我们出门。谁料，就在我们刚要走出院内大铁门的那一刻。父亲随即大声喊着我的名字：“兰喜，兰喜……先回来，爸爸有件事求你呢，现在我腿脚不方便，去理发店不容易了，我这头发太长了，早该理一理了，你先帮我理理头发再走行不行，很快十来分钟。”我听爸爸这么一说，开心地说：“行啊，爸，没问题，我拿推子去。”说着，我便清爽利索地在屋子大衣柜的抽屉里拿出了最近几个月给爸爸推头的推子。推子放在这里比较安全，我们怕妈妈拿走找不到了。于是我便耐下心来安心给父亲剃起了头。旁边的许言和他的父亲自然随着我给父亲剃头发而耐心等待。许言的父亲坐在沙发上看到我在屋里给父亲认真细致地推头的那一刻，不知不觉中，他的眼眶湿润了。此情此景，给许言的父亲留下了深刻的印象。这一幕也让许言的父亲坚定了让许言娶我为妻的信心，十多分钟我给父亲剃头的画面，深深刻在了许言父子心里。等我耐心细致地给父亲理完头发，便开心地和许言还有他的父亲去游览影视城了。一路留下了不少美好的回忆。

我当时还在家乡的高中担任高一年级的语文老师。

10月中下旬，我为了自己的婚事不得不向单位告知了自己婚事的情况，准备辞职成立家庭。

10月19日下午，我给自己带的班级上完最后一节语文课，眼睛含千般不舍的泪水和学生们告别，又带着心里特别的期盼回到自己的宿舍，简单收拾了行李，便急急忙忙没有给自己留一点儿退路地奔赴了北京去见许言。如此重要的人生大事，只有父亲母亲知道，我没有和其他任何人商量。父亲也觉得此人很好，虽是好事临门，但在我决定去北京之前，父亲几次提醒我，许言的家庭地位、工作性质、社会背景等和咱们家都相差悬殊，天壤之别，他担心我不会被珍惜，或者被对方家人看不起。如果是这样，那我未来的日子会特别不好过。

我知道自己是一个潜心学习、不折不挠、积极向上的人。我很愿意用自己未来学习传统文化以来慢慢历练的扎实人品，来平衡与许言之间的差距。

于是我连夜去了北京，带着对未来的憧憬和期待，心心念念想着去北京准备和许言的婚礼，开启人生下一段的幸福旅程。而远在北京的许言也是每天期待着我能够早日来到北京，与自己团聚。趁婚期临近，也多培养一下两个人的感情基础，同时顺便为结婚做些准备。毕竟许言平日工作很忙，筹备婚礼的很多细节还要靠我自己多费心。

可就在自己去北京的路上，坐上高铁那一刻，我竟然百感交集地忍不住地痛哭了一路。我哭过往自己一路上坎坷波折的命运，哭自己又一次孤注一掷的当下，哭不得不放弃的工作和自己心爱的学生们，哭着对未来的不可知。虽然当下满心欢喜，不知道未来是不是会隐藏着新的不可预测的伤害与坎坷。哭这次破釜沉舟的选择之后会不会出现意外。万一不幸，自己还能否承受得了？这次的选择之后，不管出现任何意外，都只能咬着牙坚持到底，不能再反悔了。

就这样，我乘坐河北到北京的高铁，顺利地到达了北京西站，一路上我竟然哭得泪流满面，眼中与脸颊上的泪痕还未褪去，我以为在出站口接自己的许言，见到我之后不管出于何种关心，看到自己哭红的眼睛，会上前关切地慰问，或者哪怕没有注意到我的泪痕，也会因见到我而兴奋地上前高兴欢喜地迎接自己或者拥抱一下。走出火车站的自己，一眼就看到了人群中在出站口等候的许言。不承想，我内心幻想的两种场景，一种都没有发生，许言小心翼翼，与我保持不远不近的距离接到自己以后，并没有寒暄什么，而是表面客套但并不真切也不兴奋地和我简单说了几句，随即提到他想帮助我拿行李。显然我们两个人此刻的心情，没有在一个频道上，许言也并未注意到我的眼泪和心里的期待。

我见此，自觉有些失落，瞬间便涌上心头些许不祥的预感。内心生怕这次的选择又错了，只是自己拖着重重的行李，远道而来见自己未来的先生，第一次在火车站见面的惊喜、笑容和感动一点儿都没有。我生怕这次的选择会不会让自己又走进另一个深渊里。过去几个月通过微信频繁联络，其实自己的内心早已交付给对方。两次见面，也都很融洽、欢喜，也很顺利地与自己父母见过面，彼此确定了婚姻大事。为什么今天自己风尘仆仆地从河北赶往北京见到许言的时候，此刻接待自己的状态竟然显得有些不应景儿。有过恋爱经历的我，一下子就感觉到了哪里有些不对，但是又说不出什么，心情不好却也无法言语。于是在本该拥抱许言的那一瞬间，没有彼此拥抱，也没有说出发自内心的彼此想念和期盼能早日在一起的情话，心里反倒多了几分失落和对未来的担忧。可是此时的我已经完全断了自己的后路。

婚姻大事，我还是比较懂事，也不想由着自己的任性，给两个人的关系增添太多的不愉快。但这也是从认识许言以来第一次不是那么开心反而有些失落的经历。我内心知道，不管是恋爱还是婚姻，双方太需要默契和心灵的相吸了。如果以后都没有了这点，即使勉强为了当下的面子而结婚，也会过得很痛苦。我本能的以为许言通过近半年每日微信的频繁联系，应该早就了解自己了，但是此刻竟然又显得这么陌生和失落。难道又是错付了，还是发生了什么事情？就这样带着纠结失落的心情，我跟随许言来到了他在北京临时的住所。

能有眼前的缘分，我内心还是珍惜更多的。思考了几件小事以后，我决心愿意用自己的耐心和行动，慢慢感化并影响对方，再者毕竟许言在自己心里还是优点更多的。我虽然当时难过，但是也很快调整好了自己的状态，一心想与许言好好地相处，与自己此刻心中期待的美好未来相比，这点儿不愉快真的不算什么，于是我也没有把这些许不愉快继续发展下去，把自己作为一个女生的矫情收了回去，我不忍心破坏两个人在一起的美好。

许言为人保守本分，结婚之前他与我一直保持分房睡，两个人睡两个卧室。而我内心也是暗自高兴，打心里对许言的人品更加认可，认为自己真是找到了一位正人君子。来到北京以后，我开始了和以往不一样的生活。以往每天到学校上班，给学生们上课，充实且自信，但是眼下生活发生了巨大改变。这里除了许言，我谁也不认识。白天许言去上班，房间里只剩下自己一个人。送走许言，起初我真的很不习惯一个人待在屋子里。感到分外地无聊与孤单，于是我尽可能让自己忙碌起来。便开始与许言在线上联络商议，一起规划并筹备结婚的事情。我也将自己在工作中的认真细致劲儿，用到了婚礼筹备上，仔细挑选着婚礼必备的东西。二人很快商量好了拍摄婚纱照的日子。于是两个人非常开心地完成了婚纱照的拍摄。

正值我们两个人幸福地准备着结婚的一切事宜的过程中，一天我心血来潮去接许言下班，我们幸福满满地从许言的单位又乘坐地铁回到许言的临时住所。正好快出地铁的时候，许言竟然也给我一个女孩子意想不到的惊喜，他告诉我："兰喜我要跟你说件事情，你平日关注的 ×××× 公众号里的传统文化修学的文章是我们公司发表的，这是一家国学文化传播公司，开始是合资公司，后来自己筹钱买断了其股份，现在已经是自己独资股份经营了，我认识你后送你的小礼物也是公司销售的小礼品，公司团队有十来个人，主营业务有……等过几天安排一下，我要带你去见一下大家，一起吃顿饭呢，大家都准备迎接你的到来呢，大家都知道我要结婚了，都替我高兴。"我听闻至此，内心别提多高兴了，自己愈加感觉自己好幸运，内心越来越感恩上苍的垂爱。或许这一刻，我们两个人是真心相爱的吧！我相信此刻许言也是真心爱我的！同时许言说自己现在正在投资一本传统文化圣贤人物的绘本，“如果我们顺利有了孩子，正好孩子牙牙学语的时候，这套绘本就正式出版了，送给我们未来的孩子作为他来到这个世上的礼物。”我听闻这里，心里别提多高兴了。此时的我担心自己怕成为家庭主妇后会与社会脱节，许言说：“兰喜放心，不会的！从此你的命运已经和原来不同了，我们自己做事业的思维会一直跟着社会的潮流走，不会掉队的，不用担心啊兰喜。”听闻这些，我真的觉得自己好幸福，自己做梦都没有想到会有这么好的姻缘等着自己，内心不断感激着上苍，并把这个好消息迫不及待地打电话告诉了自己的父亲。父亲也为我突如其来的幸福发自内心的高兴，声称：“自己的女儿这么多年受了这么多的苦，如今终于苦尽甘来了！”说着父亲的眼泪便湿润了眼睛，声音哽咽起来……

整个婚礼筹备过程比较顺利。只是婚前相处的二十多天的时间里，有个细节让当时的自己百思不得其解，那就是每天晚上七点半左右，许言便回到自己的卧室去休息，把我一个人留在客厅里，也没有过多的语言交流，也不说什么客套的话。于是我一个人坐在客厅里翻着书，每天晚上坐到九点半左右，再回自己的房间睡觉。我提前来到未来丈夫的临时住所，并没有像自己期待的那样，两个人好好地聊聊天，或者一起做个饭，或者一起出去溜达溜达，培养感情。

就这样，每天晚上许言一到七点半左右，便去了自己的房间，把我丢在客厅。我想到自己每天在这个陌生又刚刚熟悉的屋里等待许言一天，自己的生活和之前有了如此大的改变，内心有些委屈，想流泪，只是我也不知道到底发生了什么，后来直到结婚两年后，许言才愿意坦诚当初为什么会这样对待自己。

在拍摄婚纱照的前后，我发现了一件从未有过的事情，那就是他好像特别信任身边的一个会给人卜卦解梦看风水的女性员工。她是他公司里刚来不久的员工，叫何唯。据许言介绍，何唯曾经身心被异常严重的痛苦折磨过，但是后来经过一位神秘大师指点好过来了，从此开堂口给人看事。自此开始广结善缘，积功累德。何唯是东北人，一米五几的个子，胖乎乎的，长发过肩，眼睛不小，有沧桑感，皮肤较白但也透露着风霜。浑身上下透着在社会上摸爬滚打过的世故与经验，还有对人情世故的老到，文化不高。她已婚，有一子。她得知我是许言的未婚妻，开始对我很好。她与我同龄，与她不同的是，我更加信仰文化本身蕴含的能量与智慧，我不想迷信，只想谨遵圣贤教诲，不愿意总是沉浸于占卜算命。何唯起初表现很是撮合我们这对新人，故而我对她的印象也很好，虽然擅长不同，但是也很尊重，只是此时的自己怎么也想不到自己最初来北京和许言相处的日子里，每天晚上很早地被留在客厅里，竟然也和何唯有着或多或少的干系。我并不知道那时的许言已经很迷信。每天要将自己做的梦境与何唯分享，并求解梦，甚至事业上大大小小的决策，也会咨询何唯，帮忙决策，其实时间久了，早已慢慢背离了优秀传统文化教人最根本的立身之道。

传统文化这个领域里很多初学者，或者智慧根基不牢靠的时候，免不了也会很容易接近一些带有神秘色彩会占卜看风水或者仙家附体给人看事的人，总想着知道一点儿天机，或者想着如何趋吉避凶，让自己的运气更好。就连我自己也经历过类似的事情，不知不觉中会被一种无形的力量牵引，从而深陷其中很难自拔。大都是好奇并渴望如何让自己的运势越来越好，殊不知改变命运的密码不是依赖神秘力量或者算卦，而是扎实自己的品行，端正自己的心念，在事业上不断努力，通过自利利他，来光大自我的生命，积累福报。如此占卜，频繁泄露天机，想走捷径，怎么可能会真实地改变命运呢？如果每次遇到事情都想占卜，窃取天机，自作聪明，为了让自己如何更好，岂不是离改变命运的方向越来越远、越来越相背离吗？只是许言和这位姑娘的一切，眼下的自己还并不知道，更多的事情是婚后两年多才知道，在此之前我发现的不对劲儿，并不是没有道理，只是自己不知道背后的真实原因吧！

时间一天一天地过去，很快就临近大婚的日子了，我和许言大喜的心情也遇到了为难的事情，那便是我打心里很想邀请自己的亲生父母参加自己的婚礼。虽然我的原生家庭条件不好，但是自己内心很爱自己的父母，很感恩父母的生养之恩。虽然自己的母亲和常人不同，可她就是自己的母亲，我打心里希望亲生父母能够见证自己的幸福，此时，我想不惜一切代价让亲生父母参加自己和许言的婚礼。

可是此时除了我一人坚持，包括许言在内的亲戚朋友都不太支持。许言认为自己的家庭在当地比较有声望，父母都有着正式体面的工作，自己家的朋友大都是在社会上比较有头有脸的人，他觉得我的亲生父母有点儿上不了台面，面子上有点儿过不去。

我知道在这段婚姻里，自己父母的身份与地位和他家格格不入，可是内心想让父母参加婚礼的想法却也是真实的，当时我人在北京，我甚至给自己舅舅家的大表姐徐晴转账1000元钱，想让大表姐代自己给父母买两套像样的衣服，然后由自己出钱包一辆车，带着父母直奔到婚礼现场，只是多坐一些时间的车而已，我相信父母一定会同意的。

我当然希望自己的想法能够得到许言的支持。可是我没想到终究是事与愿违，我们俩为此事僵持了近两天，许言到底没有答应我的诉求。许言始终觉得这件事不妥，我自然意识到了自己的人微言轻，再坚持下去就要吵起来了，当时自己的处境便略感被动了。因为我知道结婚的所有费用都是男方出，自己家里条件不好，父母不能给自己任何嫁妆。自己和家人本来就是被迁就的一方，自己又没有过人的实力与话语权，好像自己此刻说什么都不硬气。那一夜我躺在床上翻来覆去一夜未眠，我打心里多希望自己的婚礼也可以让亲生父母参加。直到我们去许言老家的当天，无奈之下，我耐心细致地安抚着爸爸，说："爸爸，许言家太远了，有一千多里。您的身体不方便，走不了路，等我们办完婚礼回来以后，在咱们老家补办一次婚礼，让爸妈高兴。"

我的婚礼很简单，因为自己不擅交友，这么多年更多的是关注自己及家庭了，很多上学与上班时候的好友也慢慢淡了来往，最后我只邀请了二三十年来和自己及自己的家庭相处得比较和睦，对自己家庭有恩情的亲属们，其中有舅舅家的大表姐徐晴、村里书记家的嫂子、北京的大爷大娘一家。这些都是从小到大对自己很好的亲戚长辈，他们也是我多年来捧在心尖上很珍视的人，他们也都表示愿意不远千里前来参加自己的婚礼。

说起大爷一家的前来，对于我来说无疑是始料未及、锦上添花。我原本以为自己没有足够的分量和资格，能够请动大爷大娘一家前来参加自己的婚礼。只是出于大爷大娘往日资助自己上初中和高中时的无比感恩之情，与对两位老人的尊重和礼貌，我决定在回许言老家之前，是必须要如实告知自己要结婚的消息的。没承想，大爷大娘会给我如此大的面子，不远千里前来祝贺，这也是让自己意想不到的惊喜。原来他们从自己的女儿娟子那里得知，我此次结婚的对象很优秀，是个出类拔萃的人才，大家也很为我高兴，想要来见证这次婚礼。可以说这一家人，是我这边最有分量的亲戚了。大爷大娘一家要来参加我的婚礼，这点我完全没有在计划内，我激动并感恩地上前去拥抱大爷。有了大爷大娘愿意前往的诚意，似乎此时我内心对父母不能前来参加婚礼一事稍有缓解，没有之前那么难过了。娟子是大爷家的大女儿，是我的堂姐，我们也是在 2017 年的上半年，因为自己感情不顺，刚刚才和大姐娟子取得了联系。我曾经两次去过大姐娟子的家里。大姐比自己大二十多岁，离过两次婚，目前单身。大姐是北京本地人。虽然她工资不高，但对生活品质极其考究。她五官立体，大眼睛，双眼皮儿，圆脸，唇红齿白，皮肤白净，穿搭贵气。面相略显严厉，高颧骨，短发，精心打理的青年头，每天妆容精致，首饰闪亮，她家里有品质的服装很多。大姐家里也很干净。

得知这个消息，我赶紧把这个好消息电话告知了父亲，父亲似乎也是心里一块大石头落了地，说："有大哥大嫂一家人去给兰喜送亲，我和你妈也放心了，我在这里感谢你们了。"电话那头的父亲，也流下了一把辛酸无奈又倍感欣慰的老泪。自此就连我都觉得前面会有充满希望无比光明的未来在等着自己，七彩的理想似乎也在向自己招手，只要自己珍惜，好好奋斗，与自己的先生一起实现心中志同道合的目标，还有什么比这更加有意义更幸福的事情呢？我甚至觉得自己是那个无比幸运的宠儿，自己要嫁的人是一位在人品和学识方面都很优秀的男子，并且志同道合，这一切已经让我很知足了。

第四十三章 宅基地折射出的人心

提起这里，肯定会有人不禁会想到，叔叔一家和两个姑姑为什么没有出席我的婚礼呢？其中的原因也是说来话长。自从我参加工作，经济略微比以前有所好转以后，叔叔不止一次和父亲谈起自己从小长大的院子。叔叔要求父亲必须给他现在宅基地估价的一半款项。因为叔叔认为这块宅基地是老祖宗留下来的，而且现在宅基地上的老房子是他年轻时所建，作为留在家里的兄弟两人必须平分才合理。

父亲偶尔气不过的时候会给我打电话，说：“你叔叔这样做太过分了，这么多年的亲兄弟，我怎么也想不到他会这样做。”父亲不同意叔叔的说法，父亲跟我说：“这块宅基地虽然是爷爷奶奶留下来的，但是从我和你妈结婚以后，村委会就以我们兄弟俩的名义给你叔叔额外新划分了一块面积不小的宅基地。村里重新确权以后，现在咱们这块宅基地已经是我的名字。你叔叔的那块宅基地，也就是现在你大哥住的院子，现在宅基地本上写的是你叔叔的名字。他不该再惦记咱们这块宅基地了。”

后来叔叔又花了几千块钱在村里买了一块新的宅基地，给了我的二哥，两个儿子都已经结婚成家。而叔叔非要让父亲给他关于我家这块宅基地估价一半的补偿，近五六万元。

另外叔叔说这块宅基地曾经是他从北京大爷大娘家手里花钱买

过来的，还留了文书。这文书的确也很久很久了，说我父亲不在家那些年，自己盖房子不容易，六十多年前，自己盖房子借款近八百元。

父亲每每一听到这，气就不打一处来，便质问叔叔说："在六十多年前，八百多元意味着什么？那时候全国上下大家都穷得很，哪里可能会花这么多钱？你这话根本无从考证。"后来我又因此事，从大爷大娘处详细咨询一番，才得知院子曾经是从大爷这里买的，但是没有这么多钱，盖房子具体花了多少钱，没人知道。大爷大娘打心里也不支持叔叔的做法，每每提起便会愤愤不平。大爷大娘知道父亲和我这一家这几十年生活够苦的了，他们也不理解为什么二叔还要非得在孩子长大以后算计老宅基地一笔钱，而且把当时的钱折成几十倍地增加，跟自己这么苦命的哥哥要钱。

作为晚辈的自己其实并不知道当年的真实情况，也只能多方打听、参考大人们的意见。我后来问起父亲："当初盖这座老房子的时候，您出钱了吗？"父亲说："当时我不在老家，在北京上班，虽然我的贡献少，但是我不可能不出钱。只是你叔叔现在不说这些了，事情过去这么多年了，我也早记不清楚我花了多少钱，谁会想到会出这样的事情啊，你二叔一味地跟咱们要这个院子当下所值一半的钱，跟我提了好几年了，我态度都是很坚决，不同意他的说法，我表示可以让他去法院诉讼，等法院判决。因为他已经以我们兄弟俩的名义在村里重新申请了一块面积不小的宅基地了。"

这件事情上，叔叔一直不放过向父亲一家要钱的机会。自己的弟弟来和自己算年轻的时候老院子的账，父亲自然几年以来满心不愉快。眼下父亲已经 77 岁高龄了，本就身体不好，哪里禁得住如此气大伤身？

叔叔每每在我面前提到父亲的时候都会告诉我说，我哥哥一辈子没什么出息，一辈子什么家业都没有置办，净搞破鞋了，而他一辈子盖了三次房子，就连我家住的老房子都是叔叔盖的。

以往我听到这样的话，知道自己的家庭贫苦破败，人微言轻，无话可说，忍气吞声地听着。2017 年 10 月国庆假期刚结束，不料叔叔来到我家，当时我正在收拾行李准备去学校上班。见到二叔，我心情平和地礼貌地请二叔进屋坐下，不承想叔叔又提起父亲一辈子如何如何没有出息的话。甚至说我将来也很难结婚，没人会愿意娶我，即使结婚了也很难有孩子，有了孩子可能还会打仗呢……这些让我想都想象不到的刺耳又伤心的话一下子让我愤怒起来。

不知为何，如今听到他一直这样贬低自己的父亲，我再也不想忍了，于是我掷地有声地告诉叔叔："叔儿，以后您不许再这样说我的父亲，他是没有置办什么家业，但是他用一辈子的心血把我养大了，教育我做个好人，照顾了我妈一辈子。我妈妈的精神分裂如此折磨人，但是我父亲不离不弃，他感恩我妈给他生了一个女儿，让他有个完整的家，换作是您做得到吗？他放弃了发财过好日子的机会，却成就了一生的好人品。请您不许再如此侮辱我的父亲，我是第一个不接受的！另外，我是您看着长大的侄女，您就这么不希望我好吗？"原本在这个大家庭里一直柔柔弱弱、唯唯诺诺的自己，从来没有顶撞过自己的叔叔，如今我不知道哪里来的底气和勇气，竟然含着眼泪把话勇敢地说了出来，而叔叔听到我说这话以后则不再吱声了。

就在我大婚前，父亲本想邀请叔叔一家人，父亲从手机通信里第一个翻到了叔叔家二儿媳妇（也即我二嫂）的电话，便打了过去，大意就是让他们一家人商量一下，告诉他们过几天我要结婚了，确实有点儿远，在外省，商量一下看谁给我送亲。

只是让父亲都没想到的是，这个电话让叔叔家的二嫂对父亲大为不满，二嫂说："大爷您怎么这么说话呢？您这样说话，那到底是让不让我们去呢？"她觉得父亲诚意不够，在电话里便使劲儿埋怨起我的父亲不会说话，随后二嫂又将此事转达给了二叔。二叔一听则一转头来到我家，紧接着他就和父亲大吵了一番。不知他们一家人会不会知道叔叔屡屡在外人面前看不起父亲，屡屡和父亲要宅基地的钱，父亲也慢慢心灰意冷，于是这次的电话让我的二嫂和叔叔轮番和父亲发生了严重的冲突。叔叔更是恨上了父亲，甚至临走的时候对父亲放出狠话："你死了都没人给你穿装裹。"说完摔门便扬长而去。

其实我原本计划想让叔叔和姑姑们一起前来参加自己的婚礼，也随着自己不在家，父亲一个人经历的这场伤心的冲突变得不可能了。于是我暗下决心，只想好好地努力争气，和许言把日子过好，让一辈子抬不起头来的父亲，重新在人前有尊严地站起来。其实父亲并不是不会过日子，只是又有谁知道父亲一个人和母亲生活一辈子的辛酸与苦辣？

即使如此，在我准备和许言回老家前的一天，自己还是抽出一天时间主动回到了自己的家乡，想着自己亲自去请下叔叔家的大哥、二哥及两位嫂子，不巧的是，当我回到老家之后，大哥二哥家都没人，大哥家锁着门，我给大哥打电话竟然也没有拨通。二哥一直和自己联系很少。于是我又去了二哥家，二哥家只有二叔在家。二叔年事已高，也做不了两个孩子的主了，我只得把自己的心意说明，让二叔转达。我很愿意两位哥哥参加自己的婚礼，特意前来邀请。其实在我内心深处和自己的大哥是有感情的，我们兄妹三个没有闹过什么不快，大哥平日与父亲的联系也是比较多的，平日家中有什么力所能及的事情还是大哥帮忙较多。只是这件事情，让大哥心中特别不快。自己平白地被自己的弟媳妇和父亲闹得让我父亲也气到不愿意让他参加自己的婚礼了，不免大哥和父亲也开始心生怨气。就这样，有着些许遗憾的自己，回到自己的家和父亲寒暄道别后回到了北京。自此我们家与二叔家的不悦便都住进了心里。

在我的家里，比贫穷更加可怕的是和母亲相处几十年下来的无止境的精神压力与折磨。父亲如若不是为了自己的妻子女儿，一定会比现在过得好。父亲有出色的电焊手艺，年轻的时候还带了很多徒弟。早年在北京上班，有着不错的收入和体面的工作。只是在他年轻的时候，遇上了“文化大革命”，父亲也受影响，不幸受到冲击，无罪释放以后已经30多岁了，一生也注定了命运会比常人坎坷。等父亲出狱后，逝去了青春，让他很难再和正常人一样能很顺利地娶个媳妇过日子了。父亲在自己的余生虽然和命运妥协，但作为一个男人藏在心里的高贵和对家庭的责任感，在和母亲结婚后，村里的人都亲眼所见，着实都很赞叹。

第四十四章　结婚前夕的一桩小事

11月22日，许言请自己公司的何唯当我的临时助理，全程陪同，一起坐高铁回到他的家乡，也正是在回乡的高铁上，我和何唯有了短暂的关于婚事的交流，感觉很开心也很友好，后来我问起她的愿望，从她的言谈中我得知，她年轻在老家时也很苦，她家是东北的，后来因为无形蛇仙附体，她开始不知道怎么回事，但是她经常被折腾得很痛苦，后来她找老师指点，出了堂口才算好起来，之后她便有了异能，能够帮人查事、消灾祈福等，此时的我并没有丝毫戒备之心，我心想她是我和许言最重要的朋友，认为此等经历与本事是为了在人间积德行善，我们打心里也尊重她这份异能，觉得都是很善良的人，此时的我没有任何智慧分辨修行走哪个方向是对的，只是有点能耐的人我都很发自内心地尊重，后来和她聊起了对生活的追求，我才发现她对现在的生活并不满足，她内心想要更好的生活，出人头地，即使只有初中文化，可是她的想法却让我当时一个大学生有点愣住了，后来我没有多言，停留片刻思考了她的话。许言好心地和我说："此次邀她同行，目的是让她给你当助理，万一结婚的过程中有个需要帮手的时候，你也好省些心力。"我听着他如此说也是满心的幸福，能感觉到许言也是好心一片。

就在结婚的头一天，自己天真地认为都到这个时候了，自己才应该是丈夫心上最在意最想呵护的人了。可是就在何唯、许言和我吃完午饭走出家门散步的时候，我才发现自己不知不觉地在他们后面跟着。我一个人在后面安静地走着，而许言与何唯在前面边走边聊，聊着一些自己听不太懂的有关风水的话题。

这个时候，我的娘家人都还没有到许言的老家。我知道自己的父母不能参加婚礼，眼下自己也没有一个亲人和熟人，作为一个女孩子，我本能地有些莫名的落寞与难过。我只能一边随着自己的丈夫和何唯在后面跟着，一边心里想着家里的亲戚什么时候到。心里想自己从来没有来过这么远的外省，第一次来便嫁到这里，而且明天马上就是自己的婚礼了。心里一方面有期待，另一方面也有说不出的孤独与伤感。此刻其实我更希望许言能够回过头来和自己说说话，但是自己也不好意思打断他们的谈话，自己就这样默默地低着头跟随着。

也就是正在这时候，眼前突然出现的一尊白白的、不到一人高的观音像，我没有任何心理准备地被吓到了。为什么会被吓到呢？原来自己虽然在他们后面走着，他们二人聊天的内容自己并没有完全认真地听着，一方面是听不懂，另一方面在想自己娘家亲人和婚礼的事情。前面两个人一起去打开路边小庙门的时候，我竟然都没有意识到里面是什么，也没在意，只是一抬头，他们把小庙的门儿刚刚打开，猛地一瞬间，因为没有任何心理准备，眼前这个景象又和当时的路况完全不相应，我一下子被吓得叫出了平生最大的声音，吓破了胆子一般。

我好一阵儿都没有缓过神来，很明显我被吓得不轻，好长一会儿自己不想说话，同时自然心里生出了委屈，自己也有点儿不开心了，尴尬得不行。也就是在这个过程里，我们三个人微妙的不舒服也便产生了。因为过度惊吓，我心里莫名生出了些委屈和不开心，可是自己也不知道该怎么表达。我们三个人回到许言家，家里的亲人们大都正在张罗着明天的婚礼，做各种准备工作。

只是此时我内心颇有些不快，明显感觉自己被惊吓得很严重，心里也有些对他们两个人不快，本能地认为许言不该把自己一个人扔在身后不闻不问，和自己的员工一路侃侃而谈，可是这话我显然说不出口，却有些委屈。虽有不快，但我也知道这也不是什么大的问题。回到许言家里，为了歇息一下，我与何唯同坐在院里，有一个多小时的时间我没有说话，我们都心知肚明对方有些不快，但是的确不是什么大事。过了一会儿，我还是要努力调整好心情，知道何唯是帮助我们，一直在用心撮合我和许言两个人的婚事。我也有些惭愧，便主动找到何唯和好，希望她原谅自己下午被惊吓后的不开心，还请不要往心里去，我本能想大家还是以和为贵。我知道毕竟大家都是过来帮助许言和自己结婚的，应该感恩。

这桩小事其实真的让我始料未及，尽管事后自己并没有往心里去，竟不知这件小事会在未来我的家庭带来想象不到的祸根。

傍晚的时候，恰好是我娘家亲人到了许言老家的时候。我本能心思细腻地想到这点，既然自己家的亲戚都来了，本能的第六感，我还是担心何唯把刚刚三个人在村里的路上发生的不愉快，失了本真地传到自己娘家这边的亲戚们耳朵里。而且本质上两个人此刻也没有过不去的大矛盾，只是阴差阳错地让自己有些难过吧，所以自己很小心地和何唯说道："姐，一会儿我娘家的亲戚就要来了，刚刚我们虽然有些小小的不愉快，我心里还是很感恩你的，不会挂心的，也请一会儿不要过多地和自己娘家的亲人聊起这些，我怕娘家的亲人们知道了以讹传讹，慢慢生出不必要的枝节，又会怎么想自己，多一事不如少一事吧……”而坐在旁边的何唯也信誓旦旦地向我承诺：“你放心，我不是那样的人，你不用担心。”于是，我也终于放下身心，开始迎接自己娘家的亲人陆续到来。

只是让我怎么也想不到，随着两边一对新人亲人间的见面和互动，随之而来的是对自己未来婚姻种下了不少坎坷与不幸的种子。

第四十五章 大婚时的坎坷

是的，这是我平生第一次来到1000多里外的邻省界内，就嫁到了这里。表面上的一切都平静顺遂地往前进行着。回到许言老家的第二天上午，家里的至亲们陪着我和许言二人开车到当地民政局登记结婚。只是不知为何，领证前，许言在民政局大厅门口迟疑了近一个小时。原因是许言看到我在来民政局时路上凝重的表情，不知是何原因，反倒成了我们二人结婚前的最后一道障碍。

而我也不方便在周围有很多人的情况下，和许言说明心里的难过究竟为何。真实的原因是在我们两个人领证出发前，自己接到了来自父亲的电话。父亲在电话那头说："兰喜赶紧回家，不要嫁给许言了，人家条件这么好，爸爸真怕他们一家人不会真心待你的。"

我听着爸爸说的内容，很是奇怪，不知父亲对自己亲事态度转变怎么这么大。心里五味杂陈，更莫名地有点儿不高兴，我赶紧告诉父亲："大家已经准备好我们的婚礼了，人家没有骗我，爸爸您多想了，别担心啊。"就这样，我反复解释多次，父亲还是很不放心。挂掉电话后，我正在为这个事情心烦，所以表情凝重。

正在僵持的时候，突然许言对我说："兰喜，我想好了，走，咱们去领证。"领完证的一瞬间，我也第一次感受到来自许言正式真诚的拥抱。许言紧紧地抱着我说："从此我们就是一家人了，荣辱与共，不离不弃。”而我此时面对许言的拥抱和言语，还有刚刚有过的迟疑，加之父亲给我打过来的电话搅得自己心神不宁，在我错综复杂的心情下，并没有在这么重要的时候给许言做出明确的回应，也没有露出开心的笑容，但是心底却很欣慰许言对这桩婚事的决定与对我的坚定，心底里还是高兴的。

而我的亲人们大都也是在领完证后的当天傍晚到的。许言他们俩陪着婆家人，尽心尽力地照顾着娘家这边来的亲人们。大家见面后都热情洋溢地寒暄问好，并祝福我们夫妇婚礼能够顺利举办。而我也打心里期待着得到娘家亲人们最真诚的祝福，同时也为大家能够远道而来参加自己的婚礼感到骄傲与自豪。许家的父母也都忙碌着对远道而来的亲戚热情的招待和由衷的感谢。北京大爷一家更是来了 5 位亲人，大爷、大娘、大哥、大嫂，还有大姐娟子。我看到从北京来到河南参加自己婚礼的大爷一家精心打扮，梳妆得体。印象最深的就是娟子大姐。她穿着时尚且贵气，珠光宝气，化着精致的妆容，发型也是经过用心打理的。当我看到自己娘家的姐姐打扮得如此漂亮又贵气，内心充满欢喜的同时又很自豪，有这么尊贵体面的一家人参加自己的婚礼，对我来说哪能不高兴呢。我和许言自然也是热情周到地将大爷一家领进当地县城最好的一处宾馆休息。刚进宾馆不久，我便贴心给几位亲人安排好了住的房间。这个时候娟子大姐把我叫到她的房间，原来她想特意叮嘱我：“兰喜我跟你说，你的对象这么好，大姐告诉你，你千万要把握好啊，千万记住不要把过往自己的恋爱史拿出来跟许言说，男人最忌讳这些了，你这孩子实心眼，别到时候什么都跟人家说，人家会看不起你的，结了婚人家也不会对你好的，你知道吗？”我听闻这些，自知大姐一片好意。但是心里也不想让大姐过于担心，其实自己与许言的交流早已超越这个层面，自己在还没有确定两人的恋爱关系时，因为自己心中郁结，早已在请许言帮忙疗愈的过程里，将自己的经历如实讲述出来了，而且我心底坚信，许言能在此情况下不嫌弃自己，坚定地选择自己成立家庭才是更加踏实与幸福的。我对他没有任何欺瞒与蒙骗。只是此时的自己不知和娟子大姐如何说起，只得嘴上善意地应和着大姐。

当天晚上，许家特意为我们这对新人的婚礼燃放了烟花爆竹，足足有半个小时。烟花自然十分美好也光彩、绚烂。在众人观赏燃放烟花的时候，我一直搀扶着心里最为感恩、最为敬重的大爷，陪大爷一起观赏了绚烂夺目的烟花表演。

我初来乍到如此远的地方，加之是自己的人生大事，出于对母亲的思念和对母亲心底里的爱与尊敬，结婚前一夜，我特意安排舅舅家的大表姐徐晴和自己住在同一间房间里。地点是许言老家县城里的御花园大酒店的三楼。其他的娘家亲戚也被安排到了同层的房间里。宾馆的条件也是当地极好的一家了。大家都满心期待着准备参加第二天我和许言的婚礼。

第二天早晨不到八点，就在自己准备梳洗打扮的时候，化妆师到了。化妆师是许言家从当地请的，人很好，也很有耐心，只是在给我化妆的时候，我也正在与化妆师交流自己的化妆习惯，想着告诉化妆师妆容看上去自然舒服就好。正在两个人交流的时候，大爷家的大姐娟子走进我的房间，她看到我在和化妆师交流关于化妆的事情时，娟子大姐一脸不高兴地对我说：“差不多就行了，你怎么这么多事啊？”听到大姐这带着对我很不满的话我瞬间感觉前来祝福自己的亲人怎么会这样说自己呢？自己还清晰记得昨天傍晚从县城见到自己娘家亲人的时候，大家对自己还特别亲切也高兴，怎么今早一下子对自己的态度发生了这么大的改变？况且今天是自己新婚的日子，娟子大姐怎么一改昨日的热情，对自己如此不屑厌恶呢？

而且就在刚刚，许言安排担任助理的何唯，也和自己发生了争执。因为当初请何唯来的时候，许言本意也是让她陪在自己身边，觉得她是公司里最信任的人了。只是早晨自己穿婚纱的时候，头戴的饰品不知道放在哪里了。结婚要面临的事情的确太多，自己一时间也忙忘了，自己带了两个行李箱，眼看时间也不早了，我内心确实有点儿着急，便叫了一声何唯的名字，然后说："你能帮我找下……吗？我怎么找不到了，帮我看看放在哪里了？"

话音儿刚落，让我没有想到的便是，何唯也是分外刺耳地说："我不知道你的东西放在哪里了，你自己的东西，你自己找吧，我又不是你的仆人！"

我听后自然知道语气很不对，也便回答道："对不起，我并没有觉得你是我的仆人，我只是感觉时间有点儿紧了，让你帮忙找下。"于是我也不想多说，便自己忙着找了起来。

两件小事的相继发生，确实让我心情瞬间不太开心了，只是我当时没有顾得上多想，只觉得心里不舒服，心里说不出的憋得慌也很委屈，但又无力还击的感觉。本来都是前来祝福自己的亲人朋友，我只是意外不知为何一夜之间态度有了那么大的转变。婚礼的事情很多，我也来不及思考那么多，还要继续梳妆打扮，准备好妆容，等待许言一会儿前来接自己，只是这时候我内心的确有点委屈。过了好长一会儿，我才恍然意识到昨天晚饭后，娟子与何唯这两个人昨晚住在同一个房间，她们俩昨天晚上是否交谈了什么？

思绪回到当下，就在许言前来接我的时候，他用力抱着我从三楼下到一楼时，我穿着婚纱小心翼翼地上婚车的一瞬间，猛然间意外地从婚车的后视镜里看到娟子大姐在婚车右后侧门多半米的位置，两眼不满且气愤地注视着自己上婚车的整个过程，当我看到大姐这个眼神，我的内心更是非常的诧异，这到底是怎么了？仅仅一天的时间，娟子姐对自己的态度为何转变这般巨大？

2017 年 11 月 ×× 日中午 11 点，我和许言一对新人如期在当地的一家不大不小的清真饭店里，举办了一场普通但不失隆重且意味深长的婚礼。隆重，体现在婚礼内容方面很有内涵，整场婚礼不仅体现了对新婚夫妇的双双赞美，送上最真挚的祝福更有对家庭孝道的弘扬。普通是因为这场婚礼并不华丽，只是普通的婚庆布置。

北京大爷在婚礼上给新娘的致辞，是许言的大伯婚礼头一天起草的初稿，大伯对我这个新娘很是满意，赞不绝口间，就在晚上非要起草一份对新娘的介绍信给前来参加许言新婚的亲朋好友们，许言又简单润色了一下，也想让亲朋好友认识了解新娘的优秀和与众不同，本来是大伯本人要亲自读诵给大家的，后来经过商议由我的大爷来当作贺词来念。就在举办婚礼的当天上午，许言去御花园大酒店接我的时候，将致辞郑重地交给了北京大爷。

中午举办婚礼的时候，轮到大爷上台致辞时，大爷照着讲稿开始讲话，讲话之前他面对大众，说："这是姑爷给我的讲话稿啊，照着念。"当时我站在婚礼主席台上，给我的感受大概是，这话是告诉大家这不是大爷写的，是姑爷写的，不代表自己的意见。这就更加奇怪了，这样的话语明显是与当下的场合不吻合的啊。而此时的我已经显然内心感受到了明显的不舒服还有委屈吧。

事后，许言提起此事，也觉得有些尴尬，并且意识到发言稿里有几句对我描写很重要的内容，也表达了大伯对自己的高度评价，也是大伯心里对我和许言新家庭的由衷祝福，大爷竟然全部忽略了，没有念出来！

许言在婚礼现场内心自然很不是滋味，但是许言怎么也想不明白，大爷千里迢迢赶来参加我和他婚礼，在最为重要的婚礼上，重要的话却为什么没有读出来呢，并且强调讲话稿是姑爷给的，言外之意不是自己的话。大爷在现场的表态，不知真相的人可能也说不出什么，但是我和许言却明显地感觉到老人家的态度与欢快喜庆的氛围似乎有些欲言又止的尴尬。

我自然当时就听出了大爷此时的态度有些不对，但是自己并不知婚礼背后到底具体发生了什么，当时我没有看到过讲话的内容自然不知道具体内容上的变化，只是大爷在台上讲话的态度以及最后的两句话也让我感受出了不舒服，在婚礼现场的两人互相对视的环节里，我竟然忘了这一瞬间的不悦，很快投入了下一个婚礼环节，我喜极而泣地注视着眼前的丈夫，看到眼前如此优秀的丈夫，自己高兴又感动地落泪了。兰喜觉得自己从小到大受了这么多年的苦，承受了原生家庭和自己感情中太多的挫折与苦难，想到自己始终坚持的善良，似乎老天终于给自己安排了一个如此善良、优秀、厚德的丈夫。我是真的打心里认可并爱上了这个看上去就像个谦谦君子的许言了。这一天的我认为自己是最幸福的人。自己虽然不是明星，却也在婚礼现场气质高雅地展现出自己最美丽的一面。

许言在整个婚礼过程中也是非常激动，感恩自己给了他一个家。

双方也都亲切有礼地喊着对方长辈最亲昵的称呼："爸、妈""大爷、大娘"。而我在婚礼现场也让他们始料未及地给自己未来的公婆分别一个深深的拥抱，并且和婆婆一家的亲人合影留念。那一天，真的是许言和我二人人生中具有里程碑意义的一天。婚礼流程简单大气又充满深意，从年轻人的理想与爱情，到对家庭的孝道和睦，到对自己国家的美好祝福，在整个结婚典礼贯穿得淋漓尽致、意味深长。主持人专业的素养、流畅、幽默，成全了一对新人的婚礼，成为两个人最佳的婚姻见证人。怀揣着这么多的美好，一个新的家庭就这样正式诞生了！

很快到了中午吃饭时我和许言开始给亲人朋友们敬酒的环节。我和许言开心并热情地挨桌给前来参加婚礼的亲人朋友们敬酒。前来参加婚礼的亲朋很多，许言家在当地很有声望，母亲是县城里法官，看上去长相慈悲，自带威严的气场，短发，穿着整齐肃净，个子不高，身形胖。这样的家庭在农村本就不多，自然在家乡很有威望。在把所有的亲戚朋友都照顾好以后，许言和我才开始回到自己的饭桌前开始吃饭。也正是我们回到自己饭桌吃饭的时候，让我意想不到的事情又发生了，自从这顿午饭开始，一连串美中不足的不友好的事件接踵而至，让我始料不及、应接不暇。

我怎么也想不到来自娘家的在自己心里也是德高望重的大爷，当着我未来婆家的公公，严肃地也严厉冲我说道（大意）："兰喜，你能嫁到人家这边来，是你的幸运，按理说你们家和人家是门不当、户不对的，以后你得好好孝敬人家的父母和长辈，好好待许言，千万不能做出让人家失望的事情来，知道吗？"懂事的我格外明白这份叮嘱的语重心长，很有道理，却明显让我感受到也少了几分娘家人对自己的爱意与保护。同时与大爷同行的大哥与大姐也表达着类似的意思，他们一遍遍非常严肃地重复着类似的话，言语中却没有对自己半点的温暖与体谅。

这些借着喜酒说的对于我来说十分刺耳却又以对自己好的话语，不停地在耳边响起，我却只能委屈地听着，不敢反驳。后来的我着实有点儿听不下去了，眼泪便开始在眼眶里打转。亲人们似乎也并不理会我眼睛里的泪水和流露出来的难过，更没有要停下来的意思，也没有人缓和饭桌上的尴尬窒息的气氛。当我已经按捺不住自己的眼泪与难过时，我打心里希望坐在身旁的丈夫能够出言化解帮我解围，并阻止他们不要再继续说下去了。只是事与愿违，我终于忍不住自己心里的无助与难过，流着眼泪，退下桌来，也没等到一个人帮忙化解宽慰，我流着眼泪去了洗手间，瞬间号啕大哭起来。毕竟自己一个女孩子远道而来，嫁给一家陌生的人家，被娘家的亲人一直说和自己的先生门不当、户不对，当着公公一遍一遍地重复，自己实在有点儿面子上挂不住了。有没有人想过万一是在未来的日子里自己受了委屈又该怎么办？谁会为自己说话呢？明显以后自己在家庭里已经没分量了。

相信每个女孩子大婚之日邀请亲人前来参加婚礼，内心大都是渴望听到的娘家人对自己的祝福与认可的，哪知自己的婚礼过程伤自己心的事情一件接着一件。而此时许言似乎让我出乎意料的并没有感受到我内心的委屈和难过。同桌的其他人也在听着这些话不断地在耳边响起，但是没人吱声阻止，缓和气氛。就这样一个本来很喜庆、圆满的婚礼，我却在典礼上被亲戚们“都是为了我好的话”说得难过异常。这是我万万没有想到的事情，本来以为会得到大家发自内心的祝福与爱意，却收获了一堆指教和训词！面对自己尴尬的处境，当时也竟然没有一个人过来安慰自己。

就这样，我终于忍不住心底失落诧异又痛苦难耐的心情，从饭桌上起身转头捂着自己已经快抑制不住的哭声去了洗手间，我一路小跑到洗手间，关上洗手间的门，顿时号啕大哭起来。过了一会儿，饭桌上的亲人们发现我没有回来许言才去洗手间找我，这时候他才看到我一个人在洗手间委屈地号啕大哭。此时的自己被这些停不下来的指教伤得号啕大哭了两个多小时。直到今日，其实自己一直是个很老实的孩子，我竟然没有意识到这个时候应该保护好自己，我的确想给长辈们留下一个好印象，似乎自己很难在大庭广众之下，又是在大婚之时，丢下以往对长辈的尊重与感恩，勇敢地保护自己甚至做出对抗，直到此时，我内心对这些长辈一直是充满着感激之情的。

但这些表面上对自己好的话，也让我难过痛苦得不能自已。就在我特别难过的时候，自己突然之间意识到的还不是发生这些不快根源是什么，此时的自己原生家庭对自己的影响原来一直没有得到改善，也许在自己的亲戚们心里，我一直都是个与常人异样、不同的孩子吧！大家没有看到自己在原生家庭背景下努力生活、不屈不挠、努力改变家庭命运的一面，没有看到自己不容易的一面，更没有看到自己的心灵也需要被亲人温暖的那一面了！而是全然将道听途说的议论与流言蜚语当成了对自己的评价。

长辈们说的话，在教育晚辈方面句句在理，却也句句刺痛了自己多年来最敏感的地方，似乎在这些人眼里我根本配不上许言，此时也根本谈不上对自己人格的半点尊重，忽略了自己这三十年来的苦难与辛酸、坎坷与善良，或许也没人愿意体谅此时我的感受吧。我当然知道自己原生家庭的客观条件不如自己丈夫家，可自己的父母虽然贫苦，却也是心灵品质很高的人。父亲一辈子老实善良，不离不弃精神不正常的妻子，终其一生照顾其饮食起居，含辛茹苦地把我培养长大，与任何人从未结过仇怨，没有和家里的长辈发生过任何的冲突和不快。而我从小也是一直努力上学，努力工作，兼顾家庭，虽然感情波折不顺，的确也和原生家庭有着或多或少的关系，本就百般痛苦与迷茫无助了很多年，万般苦难折磨着自己，本就鲜有人指点与爱惜的自己，一个人在外摸爬滚打，不管成功还是失败，从没有给亲朋好友添过什么麻烦，如今自己辛苦走过的三十年换来了自己期盼已久的婚礼，却成了如今这般局面，我心里此刻的感受谁能体会呢？

此刻的自己显然是接不住的，自己这么多年坚持着善良、独立，尽量不给亲人朋友添麻烦，只是太过特别的母亲的确使自己在成长的路上受了太多委屈，偶尔心情不好，闹个脾气太难以避免了，没有身处其境谁又知道自己真实的辛酸呢？后来我从洗手间大哭完回到许言的家里，我依然强颜欢笑保持着基本的礼仪和尊重，只是接踵而来的不幸和让自己更加想象不到的事情还在后面……

婚礼结束当天，我分明能感觉有几个细节有些奇怪，却不知发生了什么。在我心里最为敬重的大爷明明是很高兴地来参加自己的婚礼的，为什么一家人会有这么明显的变化？直到后来婚礼结束后，大爷来到许言的大伯家，来看望许言的大伯大娘的时候，他们有着互相寒暄的内容，但是大爷临走出大伯院子的时候，却在院子里叮嘱许言的大伯大娘说：“兰喜的脾气可不好了，脾气可坏了，你们不知道。如果婚后她哪里做得不好，你们告诉我，我的电话给你们留下，到时候我来替你们教育她……”

这话一出，我顿时好生诧异，更是好生伤心得猝不及防，简直不敢相信自己如此敬重的亲人，怎么在一整天的婚礼上一句暖心话都没有，一直在伤自己的心呢，诧异非常，我实在不知自己的长辈何出此言？随着大爷的话说出口，我怎么也开心不起来了。但是大喜的日子，出于对长辈的尊重，我又不便与长辈发生冲突，只是尴尬又难过地在旁边听着，满脸涨得通红，心里的滋味可想而知吧！中午吃饭的时候，我已经难过得不行，花了几个小时好不容易刚缓过劲儿来，怎么又生出这样一幕呢？

紧接着就是大婚当日的晚饭了。许言的大哥大嫂忙前忙后。大哥大嫂在当地过得不错，都是县里的领导干部，他们两个人的家庭经营得很好，育有一儿一女。只是当时给自己的感受就是大哥里里外外、忙前忙后地为许言想着很多的事情，也把我的亲戚照顾得很好，但是大哥好像很少愿意与自己有正面的交流。晚上，大哥大嫂订了在当地很有名气的一家餐厅，预订了一间超级大桌的单间，很有排场也特体面地再次招待我娘家的亲戚们。据许言介绍，大嫂是他们县里原副县长家的千金，嫁到许家后，大哥对大嫂也是关怀备至，大嫂在饭桌上也是很有礼貌。

大家刚开始吃饭不久，大爷观察到大嫂表面上很有素养，大家闺秀一般，便直接对我说道：“兰喜你要向你未来的大嫂学习，你看看人家的综合素养……”当我听到这里虽然内心有些不舒服，但还是谦虚有礼地应和着大爷。只是没有一会儿，大爷又开始中午餐桌上同样的叮嘱，叮嘱我道：“兰喜，你能嫁到这户人家是你的运气，按理说你和人家是门不当户不对的，你以后要多和你这位大嫂看齐。我看人家各方面就非常好，言谈举止都很得体优秀，你将来必须……”

此时的自己听着这些教导自己的话，实在按捺不住难过心情了，于是我终于鼓起勇气，起身拿起餐桌上的酒壶礼貌地向大爷走去，给他斟好酒后，我沉着安静地说：“大爷，请您相信兰喜，不知道为什么大爷今天几次说到这样的话。兰喜此刻想为自己说句话，兰喜已经30岁了，长大了，自己也在经历着改变着。如今的兰喜已经不是那个曾经不懂事的孩子了，请您相信兰喜。”

话音刚落，大爷便对我冷笑着说：“那你要这么说，你好不是更好吗？我不是怕你不好吗……”

大爷这句话说出来，我瞬间感受到了一股极其陌生又心凉的感受，自己不时地回想起大爷答应来参加自己的婚礼时，自己高兴激动地拥抱大爷。而此刻自己的心情也几次被这位长辈说得跌宕起伏，尴尬难堪，我也从心底瞬间明白，原来自己在亲人眼里如此不堪，竟然觉得自己处处配不上许言及他的家庭，几次三番的话里话外的点拨。当时饭桌上有十几个人，大家都是为了我们俩的婚礼而来，而让我没想到的是自己内心最为敬重的长辈屡次说出这些戳痛自己心窝的话时，氛围安静而压抑，竟也没有一个人站出来替自己解围、缓解这尴尬异常的氛围，其实餐桌上的人们都感受到了自己的尴尬。旁边，我的新婚丈夫许言竟然出乎意料地一言不发，由着我尴尬通红的脸肆意的难过。这里坐着自己所有的娘家送亲的人，还有许言这边的大哥、大嫂、二哥等最亲近的家里人，包括许言给我安排的助理何唯。那天晚上只有许言的父母没去，其他的人都在了。

一整天的婚礼仪式与对亲朋的招待结束后，依旧是喜气正浓的时候，婚礼虽有不快，但是依然还没完全占据自己的心灵，心里对未来还是依然充满信心。自己虽然并非圣贤，却也不是一个心量狭窄到连这点事都过不去的人，深知自己虽然有潜力在未来学习成长，但是毕竟当下各方面都不是很优秀，没有特别突出的成绩与实力，单靠人品好看来未必能让周围的亲人都看好自己，更别说喜欢和尊重了。自己出身寒门，父母都是社会最底层贫苦的老百姓，未来的确需要更大的决心和努力提升自己，过好日子，才能在漫长的岁月中，改变亲人们对自己的看法吧。

虽然自己没有大的成绩，但是的确在这两年将学到的传统文化的智慧融进了心里，发自内心地想帮助自己的丈夫圆满孝道和事业，同时我更想竭尽全力化解许言内心从小在特殊家庭成长过程中养母因过于严厉缺乏慈悲与柔软的过往给他带来的多年来的心灵困扰与痛苦心结。大婚当天的晚上，我大大方方地拉着许言的手，一起拥抱他的父母，一起给自己的婆婆洗脚。许言也是第一次感受和自己的母亲这么近距离地接触，许言和母亲也是打心眼儿里非常高兴，说我们孝顺。

说起许言的身世，前面提到过，他并不是自己眼前这位婆婆亲生，是从小过继给自己的叔叔和婶婶家的一个儿子。许言有生母，有养母，于是实质上自己便也有了两个婆婆。为了照顾两个婆婆的感受，自己也是十分注意分寸，生怕哪个细节做不好，伤了养母婆婆的心。毕竟养母婆婆把自己的丈夫养育大很不容易，而且培养得如此优秀。许言的养母，姓黄，名连，也是从小要强，家境坎坷，父亲去世早，她是家中的老大，姊妹们多，很小就开始料理家务，帮父母支撑起一个家。年轻的时候，她长相甜美，菩萨面相，身材苗条，个子不高，但是聪明智慧。年轻的时候与许言的父亲也是郎才女貌，也曾有着他们动人的爱情故事。只是黄连命运坎坷，在自己刚与丈夫成婚不久，20 多岁的时候便得了严重的子宫疾病，后不得已将子宫摘除，自从拆除子宫后，也便不能再生育了，她不得不长期服用药物，慢慢身材发胖，性格与情绪也在这个过程里发生了极大的变化，原本或许就心气儿高傲的她，性格慢慢也变得暴躁易怒。前文提到许言的母亲从小对他管教比较严厉，脾气不好，根源或许源于此吧。但是许言的养父，并未嫌弃自己的妻子，一生陪伴至今。因为膝下无子，年轻时的他们，肯定会想到老无所依，所以才过继哥哥一个小儿子，也就是许言，六年后，他们又收养一女儿。黄母一生聪慧，婚后她努力考入当地的师范专科学校，20 世纪 80 年代，她最初是在村里当老师，正好教自己的儿子许言，后不知是何机会，又辗转当上了县城法院具有审判权的法官，一生事业有成，把家里也操持得井井有条。

第四十六章 新婚大劫

由于我和许言的婚期安排的时间紧，婚后第三天，许言和自己便回到了北京。第四天，我们两个人回到了我的娘家看望父母。看到新婚宴尔的两个人，我的父母自然也是打心里很高兴，父亲亲手给我们两个人准备了好吃的饭菜。似乎我的父母并没有因为没能参加我们的婚礼而失落抑或是对我横加指责，或者不开心，父母心无嫌隙且满心欢喜地迎接着我们的到来。我的父母虽然贫苦，却很通情达理，他们也一直强调知道二人的状态不便出门，也怕给大家添麻烦，更是自觉地收起了没能参加女儿婚礼的遗憾与委屈，内心觉得只要女儿好就好了，仿佛父母认可了自己“不配”出席女儿的婚礼，只是这让我心里更加难过，我深感自己对不起父母一世的养育之恩。或许没人知道我心里真心地希望父母能出席自己的婚礼，更希望得到丈夫的同意，只是此时的自己和自己的父母好像真的没有任何话语权。

这次许言偕自己回娘家，父母特意把家里收拾得干净得体，母亲竟然也自觉地穿戴整齐，脸洗得很干净，头发梳妆打扮得很得体。父亲也是难得地喜从心生。这是我长这么大以来难得一见的场景。见面之后，我们四个人寒暄不久，父亲便语重心长地和许言说：“许言，你能娶兰喜，我也很意外，你能不嫌弃我们这个家很穷，不嫌弃我们这两个老人，你这个孩子很了不起，你其实算是救了我们这个家，做了一件大好事，就冲这点，你得增阳寿十年。虽然我们家很穷吧，但是兰喜从小就是个懂事的好孩子，她从小自尊心强，自己很努力，这么多年跟我们没享过什么福，希望婚后你能好好善待她，这么多年，家庭的经历也真是一言难尽，有时候兰喜性子有点急，你多包容她的缺点，拜托你了！”父亲精心给我和许言准备了饭菜，荤素搭配得很合理。家里虽然贫穷，但是父亲做饭很爱干净，我看到这一桌子饭菜在自己和许言回家之前就准备好了，是父亲在腿脚不利索的情况下准备的，看到父亲对自己的心意，我心里猛地一揪，心疼又感动得顿时湿了眼眶。

尽管婚礼上发生了很多的不愉快，时不时回忆起来也会让我很难过，但是毕竟新婚不久，我还是开心多一些的。许言在婚后也在一直陪伴安慰着我，承诺以后一定会好好待自己。

话说，我的母亲自从我和许言办完婚事以后，好像已经近一个月没有烧衣服和垃圾了。父亲在饭后乐滋滋地跟我们夫妇提起，我听闻到母亲这么大的变化自然高兴不已。这一个月来自己大部分精力都在用心准备婚礼，竟然没想到母亲也在悄然地发生着这么大的变化。母亲的变化简直是家里最大的新闻了，我开心之余不禁好奇，母亲怎会神奇般地好了这么多。这真是奇迹！到今年母亲已经整整连续在家里烧了十五年了。

时间很快，转眼就到了一周后。这天上午，我正在准备帮助许言润色一部他手里即将出版的书稿，突然接到来自北京大爷家娟子大姐的电话，大意是她想来自己在北京的新家看看，和自己待会儿，也好心教导我结婚成家以后该注意些什么，夫妻相处的过程里，什么话能说，什么话不能说……

我听着这些内容，本能地怕婚礼上发生的不愉快再发生一次，怕她所谓“好心”的叮嘱又一次让自己忍不住地难过起来，抑郁难耐，弄得自己心情不快，自己好几天缓不过来。眼看时间过得很快，娟子大姐就要到自己居住的小区附近了，于是我急中生智地给大姐打电话和她商量：“大姐好，正好许言单位快下班了，咱们一起去他单位附近小聚，一起吃顿饭聊聊天，您看如何？”于是我委婉地没有让大姐来家里，也怕自己内心再受创伤。大姐听了我的话虽然有些遗憾，但是说起要去见许言，她还是特别高兴的，于是也欣然同意了。我让娟子大姐在小区附近稍等片刻，而我抓紧时间简单收拾后下楼，便赶紧和大姐见面，高高兴兴地和她去了自己先生单位附近的有名的中式高端品牌餐厅。待许言下班后，我们俩热情周到地请娟子大姐到附近高档一点的餐厅吃了一顿丰盛的晚餐。用餐过程中，总要聊点儿什么，许言便问大姐现在的近况，大姐的回答不禁让人难过：“眼下还没有特别合适稳定的工作，平日每个月也要还房贷，虽然不多也是自己的固定支出，平日上班的时候工资也不是很高，眼下经济情况不是很好……”我听大姐这话，本能的善良让我有些心疼大姐，便没有犹豫地直接说：“大姐你需要帮忙吗？我可以先借您一部分应急，妹妹虽然没有大钱，但是也不想姐姐如此焦灼。”而此时的许言便下意识地用腿挤了下我桌下的左腿，示意我不要再说了，我当时还没有明白过来什么意思，有点儿不解。大姐连忙说：“不用不用，你有钱尽量省着花，我自己慢慢儿就好了。”我说：“大姐日后如有困难可以告诉妹妹，我们一起想办法。”饭后，许言带着我和大姐一起看了一场特别有意义的电影，周冬雨主演的《奇门遁甲》。在电影里，由她主演的角色经历千锤百炼，荆棘磨难，最后涅槃重生又光明四射。就这样，我们俩简单而圆满地接待了娟子大姐。

就这样我满心欢喜地以为，自己这次智慧地化解了一次心灵上再次被伤害的危机，但却不承想在此之后的几天里，我却发现自己的丈夫有点儿不对劲儿，对自己好像没有了往日的热情与珍视，表面上虽然还是很客气、很平静，但是心气儿好像不在家也不在自己身上了，对自己不冷不热的。毕竟女人的直觉还是很准的，我便问许言最近发生什么事情了？但是许言什么也不说。

因为我们的关系已经发生了明显的变化，我知道不能这样下去，于是后来我一再追问到底发生了什么，我认为家里不管发生什么，夫妻之间不该有所隐瞒，何况我们刚刚结为夫妻，如果就因为一些小事互相隐瞒，影响了夫妻感情，以后的日子还怎么过呢？在我不停地追问下，许言这才忍不住告诉了我实情："原来就在娟子大姐来看望我的那天，来到我们居住的小区附近等待你换装下楼的时候，娟子大姐不知怎么给我打了电话。娟子在电话里，简单寒暄过后，便给我说了不少关于你过往的恋爱史，大意是你在结婚之前交往过几个男朋友，甚至如何分手，说你欠其中一个男朋友二十万元钱……还有上学期间她家为什么后来不愿意帮你了，因为你乱花钱，娟子父母给你上学的生活费，你居然拿着钱打车从北京回河北老家……"总之娟子大姐来电的意思，就是"好心"叮嘱许言，千万不要被我骗了。

许言跟我说，他在电话里，一再地打断娟子大姐，说："这些事情，我婚前都已经知道了，大姐不要再说了。"

但是娟子大姐听到这里，好像赌气一样，关于我过往的事情，一个新闻接着一个新闻地爆料……最后许言也不知道说什么好，只能说："大姐，关于兰喜的事情，我都知道，兰喜都和我说过，而且有些事情不是大姐所说这般，您不要再过多地说了，请大姐不要过于担心，请您放心，我相信我们俩有能力把日子过好。"

听着许言如此描述，我此时的感受，更像是自己至亲的亲人拿着一把锋利无比的利刃无数次刺向自己的后背一样的痛苦和冤枉，内心鲜血直流，同时也特别困惑，大姐为什么要这样做呢？此时的自己这才恍然大悟，婚礼当天的一个场景，在许言和自己的婚礼举办完成之后，回到许言老家时，在我下车的一瞬间，我亲眼看见娟子大姐和徐晴两个人在许言家大门正对着邻居家房子的墙根处，言语激烈地互相说着什么，又联想起在宾馆的两个晚上，娘家这边的亲人们大都住在互相挨着的房间，该不会晚上凑在一起说什么吧？平日里其实自己和大爷家联系并不是很紧密，每年我只是去一两次，看望大爷大娘，而和徐晴一家的联系则是比较密切，这一年中经历的大小事情，徐晴大表姐确实知道不少。好在结婚之前，许言和自己两个人有了几个月的了解，对于自己的过往，我也丝毫没有隐瞒，不管出于何种原因，都已很坦诚地与许言交流过，许言自己也说："要不是婚前对你有比较细致的了解,兴许娟子大姐的这一通电话，我们很可能刚结婚就要面临离婚了。还记得婚礼结束后，徐晴和村里四嫂子要坐高铁回去之前，我亲眼看到徐晴拉着婆婆的手，语重心长地说："阿姨，兰喜从小没有家教，没有教养，以后您要多担待。"这些话听的我好生刺耳，心情更是难过到了极点。"

许言也知道，娟子大姐这样做一定是很伤害兰喜的，背后的用心真是不可想象，但是许言作为一个男人这个心结自此也落在了他心里。因婚礼亲人们很不妥当的言行，的确对我们二人婚后的生活带来了很大的影响。许言鼓起勇气，抛开世俗的眼光，愿意迎娶自己为妻，原本是非常难得值得尊敬与传唱的一件善事与喜事，也是因为内心坚定地认为自己是个好姑娘。即使有着过往这些历史，许言也知道自己是被原生家庭等太多方面因素的影响，还有大时代环境的变化而身不由己，不能勇敢自由地选择自己心里喜欢的对象。即使自己因家庭妥协，凑合一生，委曲求全，也未必都得到很好的结局。他知道我一路走来跌跌撞撞、坎坎坷坷，历经沧桑早已伤痕累累。

许言或许也由衷地希望二人的婚姻得到大家发自真心的祝福与尊重。但是从结婚当天到今日听到了我这边的亲人们太多关于自己似是而非、添油加醋、以讹传讹的评价。许言作为新郎，自己花了如此大的勇气迎娶自己，心里此刻也是很憋闷吧！至于婆家的一大家人，此时对于婚礼中大爷对自己的说法还不知是何态度。许言家里的人不少，有自己的养父母、亲生父母，以及亲生父母家两个哥哥，均已成家，有了儿女，大哥家一儿一女，儿子最小已经近 10 岁，二哥婚内因为事业不信任自己的妻子，信任外面的女孩子，后来感情生出嫌隙而离婚，儿子 9 岁跟着二哥。许言还有一个妹妹，以做生意为生，也已经结婚有子。许言是他这一辈人中唯一一个学习优秀，以县状元的成绩考出来的孩子，全家均给予厚望。虽然晚婚，但是全家都很看重许言的婚事。娟子大姐给许言打电话这件事，许言在心底耿耿于怀了好几年。自婚姻刚刚开始，就隐藏了我从未知晓的可怕真相，许言心底对自己从此没有真正的信任和爱。大部分时间只是把我当成自己在家的老婆，生儿育女，相敬如宾，不缺吃穿地好好持家就好。至于婚后的不幸是否还有其他原因，我也不得而知，总而言之，娘家亲戚在婚礼及婚后的做法已经给自己婚后的不幸与被动埋下了极大隐患，当时的自己因为内心的痛苦与难过，也根本不可能有心力再去关注许言身边接触密切的朋友与同事会不会有新的对自己不利的隐患在等着我。关于事业与理想，许言没有真心地支持信任过自己。

可是背后残酷得自己看不见的危机，我不能够及时发觉，也无法察觉。我只是傻傻地坚定地认为，不管发生什么，许言一定是这个世上最爱自己的人。婚礼及婚后对自己一连串的来自娘家人的打击，的确也让我越来越承受不住，情绪总是时不时地痛苦异常、无法接受，更不知该如何反抗，内心很快就伤痕累累了。自己在大婚后的一个多月的时间里，精神状态都不是很好。自己的内心压抑痛苦，无助地挣扎在被亲人刺伤的痛苦里，短时间好像无法自愈。自己接受不了如此辛酸、艰难地盼了几十年的结婚典礼，竟始料未及地出现那么多让人无法相信的令自己伤心的事情。我确实不明白为什么，大家对自己竟然如此地看不起、不尊重，这么多年来，难道自己的为人竟然如此失败吗？原本以为自己成长已经很是不易，终于苦尽甘来，迎来自己的好时光会得到亲朋好友的衷心祝福。眼下的我的确不知道该如何排解此时内心的痛苦。

是的，大婚后，我内心抑郁了很长的时间，我终于被迫明白原来不是所有的亲人都会真心祝福自己，恍然大悟自己和原生家庭在大家心里真实的地位和处境。这番心里的难过，我的确消化了很长的时间。本来以为父母期盼了三十年的女儿的婚礼，会给自己留下很多幸福的回忆，没想到轮到自己结婚的时候一波未平一波又起地被穿心地打击，难道他们真的不希望自己过得好吗？

自小很重感情的自己，一时间痛苦万分，很长时间情绪都很不稳定，本来计划好的，婚后帮助许言审阅书稿，因为自己此刻的心绪实在无法让自己平静下来安心工作，也都耽误了。最后不得不赶紧转交给许言，让他自己审读。只是或许上天也在这时真的悲悯自己了，有件好事也在悄然到来。

大约一周之后，一天下班，许言心血来潮地跟我提起自己之前很好的一位老朋友，他叫锦东伟，说这位老朋友也正在约着他见面。许言说："这位老朋友的书，是在我们社里出版的，书的内容很好，非常受欢迎，现在他已经是国内传统文化领域非常有名气的一位老师了，会给人占卜，推八字，也曾经给我看过，很准，要不要你也去看看。"而我不假思索地说："好啊，我倒不是很想占卜，但是想去认识一下你的朋友，也让自己开心开心。"

那天正好是周末，已经是 12 月份了，天气很冷，那时候我们俩的出行方式，都是坐公交车或者坐地铁。许言说自己有辆车，但是眼下借给妹妹在老家开，对此我也并不介意。于是我们乘坐了很长时间的公交车后又换乘地铁，从地铁出来又走了很远的路，大概走了 20 多分钟，才来到了这位听许言称赞了很久的老朋友家里。许言与锦东伟简单寒暄了几句。锦先生也表示欢迎我的到来，同时表面也祝贺着我们新婚吉祥，还给我们准备了红包。许言和这位老朋友聊得也很开心，虽然没有什么感情方面的交流，大都是关于各自的工作和前途等方面。

我们短暂温馨也和谐地在屋里坐了一个小时左右，便要告辞起身回家，只是在起身的一瞬间，我突然注意到这位老朋友家有佛堂，里面供奉着诸多佛菩萨像。出于恭敬与礼貌，我想在离开之前拜一拜，于是便主动和许言的老朋友请求："我可以进到佛堂里面拜一拜吗？"老朋友说："当然可以。"于是我小心翼翼地脱了鞋，小心恭敬地走进佛堂，认真拜完以后便高兴地从佛堂走出来了。

只是我出来的一瞬间，这位老朋友便对着许言说："你媳妇身上有很多精灵啊，这些精灵进不了佛室，都在外面，等你媳妇一出来，它们又都上你媳妇身了。"我们俩一听，好惊讶。惊讶之余又感到害怕，我更是感到后背一阵冒汗、发凉，只是出于许言对这位老朋友很信任，便接着听下去。

锦东伟紧接着说："你媳妇身上有好多精灵，我也没数，反正很多。许言啊，你本来命就很苦，你们俩结婚以后你会更苦的，本来你们俩是不应该结婚的，就不该在一起。而且你媳妇身体很虚弱，体寒，可能生孩子都很困难，即使怀上了，可能也很难保住。"

听到这些话后，我内心顿时气愤难忍，便问："您看到我身上有精灵，又这么影响许言的命运，那您有什么好办法吗？"

锦东伟说："没有好办法，你只能每天念两万八千声佛号，才可以，坚持念三年，就能化解。"

我们夫妇听到这里内心都很不舒服，只是此时我觉得许言性格憨厚老实要面子，敢怒不敢言，一天念近三万声的佛号，需要花很长时间，除非我一天什么都不干了，每天就是念佛。自己直觉他的说词有待商榷，且不友好，便和这位老师理论了起来："锦老师，我认为您给我布置的这个作业不现实，除非每天在家养老，什么都不做了。再者我们夫妇新婚不久远道而来看望您，本想得到您的祝福，可是您刚刚这番话，难道不知道会影响我们这对新人的心情与对未来命运的担忧吗？如果您说的都是真的，如果我的出现真的对许言不利，我可以选择离开他。”

锦东伟说：“功课做不做是你的事，我只是告诉你怎么办能化解。至于你做不做，那是你的问题，与我没有关系，你没有必要跟我说这么多……”

说罢，我们夫妇都很不开心、又充满忧虑地从他老朋友家离开了。这件事的发生不光给自己最近本就不开心的情绪有了火上浇油的影响，而且新婚不久，许言内心对这段婚姻本就五味杂陈的心态更是带来了雪上加霜的寒意，心底对我的印象更加不好。回去的路上，许言默不作声，再也没有来的时候和自己的欢声笑语了。我自然也知道这位老朋友的话乱了许言的心，给我们本就已经要摇摇欲坠的新婚之后的感情，又砸了重重的一锤。而内心最难过的就是我自己了，自己还没有从之前婚礼中娘家人给自己带来的难过中走出来，又迎来了对自己在新婚后新家庭中的处境始料未及的致命一击。

我实在想不明白，随着最近和许言的结合，怎么会出现了这么多不好的事情，原本单纯美好的心意没能得到亲朋们的祝福，同时我根本意识不到，也想象不到，婚后自己长时间的情绪不稳及波动除了来自恶意的事情本身，可能还有我根本不知道的原因，只是后来的接二连三的不幸一直出现，而我就这样只身一人，心思单纯地在自己都没有意识到自己已经来到了一片无人能解救自己的人生沼泽里，只是傻傻地想拼尽全力地想保住自己来之不易的家庭。

第四十七章 妈妈心语（1）

时间过得很快，转眼到了婚后一个半月的时候，许言带着我去自己的公司准备和学习传统文化的善友们一起学习圣贤文化，提升心灵品质，有几个好友一起参学。

听着听着，我不知不觉地困得差点儿睡着了。正好学友里面有一位大姐，50岁左右，一米六五的个子，身形微胖，长发、浓眉大眼，圆脸，白净，自信、沉稳、幽默、实在，讲话中气十足，平时勤学中医，北京本地人，从事中医养生工作，学习结束后便主动上前开始给我把脉。

把完脉，大姐惊喜又幽默地看着许言说："是喜脉。"大姐开心地告诉许言："许言，是喜脉，你要当爸爸了。"这个消息让许言本能地发自内心地开心地笑了，这也是我很少见到的许言的发自内心的真实笑容。

于是，在这之后我的孕期症状也越来越明显。于是我们二人便迫不及待地把这个喜讯分别传递给各自的家人，大家都很高兴也很期待地迎接小生命的到来。瞬然之间，很多积压在自己内心的不快也好像暂时搁置在了一边，但并不是烟消云散。

孕期大部分时间里，都是自己一个人照顾自己。孕期前三个月很难过，孕吐明显。有两三位朋友偶尔来照顾自己一些天，心情随着小生命的喜讯也随之得到一些缓解。

孕期前三个月是我最难过的三个月，饮食困难，吃下一点儿东西很容易呕吐，异常嗜睡，但是至今我也不知道为什么自己在许言的住处自己养身体期间特别容易梦魇，每次都从生死线上将自己从梦中救回，现在回忆起来好像一直有种说不清楚的负能量在心中萦绕，头痛难忍，失落异常，不能正常生活，整个人很快就和正常状态不一样了，身心一直虚弱的自己，很快消瘦了很多，许言每天要去上班，我自知现在自己照顾自己有些困难了，于是很渴望一位家人陪伴左右，说说话也好。而此时的自己，傻傻乎乎，不经世事，第一想到的是自己的婆婆，我和许言商议多次，请婆婆前来帮忙照顾一下自己，帮自己度过这比较艰难的日子。但后来许言和婆婆都以这样那样的理由拒绝了。婆婆并没有前来照顾我，而我得知这样的结果，自然有些难过。我的确不清楚原因，但是也没有太强求，尊重了婆家的选择。

身体越发不适的我只得自己照顾自己。只是孕期前三个月实在是太难了，无奈之下，许言偶尔叫一位在北京的老乡前来给自己做顿饭，或者请那位学中医的大姐来陪陪自己，偶尔做一两顿饭。但是都不可能日日陪伴自己左右。大部分时间还是靠自己。只是这段日子身边没有亲人，白天一个人在家的孤独和身体不适的煎熬实在够自己一个人承受的。

后来快三个月的时候，我猛然间想起了教自己学习传统文化的叔叔阿姨还在北京，于是联系到了王阿姨，请求支援，希望能在这个特殊时期给予自己陪伴与照顾。阿姨很爽快地答应了，我也是打心眼儿里感激，毕竟自己与阿姨有着很深的感情基础。

只是与阿姨相处的过程中心底依然还是有种说不清楚的敏感脆弱。婚后发生的让自己伤心的事情太多了，我的确一时间消化不了那么多难过。我慢慢地觉得原来身边很亲很亲的人，或者很好很好的朋友长辈，大都并不是真心地喜欢自己甚至会伤害自己。这个时候，我经常回忆着娘家自小到大看着自己长大的亲人们，我总觉得自己怎么越活越孤单。阿姨前来照顾自己，我确实打心里感激，却少了从前无话不说的亲切。眼下自己的处境在外人看来已经是麻雀突然间变成了凤凰一样，再不是从前的贫困异常、被人看不起的自己了。虽然有不少人恶意中伤我，但是阿姨内心却是早已对自己刮目相看，阿姨认为我已经和往日不同了。时常告诉我，自己有多幸运，要知足，好好珍惜现在的福报和好运，好好和许言过日子。而我也主动给阿姨丰厚的回报，感恩阿姨对自己的辛苦付出。但是心底那根最敏感的神经，当年与叔叔阿姨分开前内心的委屈与难过，其实此时我内心深处并未完全化解开。

随着宝宝在身体内一天一天地发育着，我也有发自内心说不出的喜悦，这也是我唯一发自心底的喜悦了。

我曾经在孕期记录过这样一段对宝宝的心语：

妈妈心语

2018年4月3日

我亲爱的宝宝，到今天你在妈妈的肚子里，已经整整四个月了。一百二十天里，你从一颗受精卵，发育成长到有了自己完整的肢体和动作，你可能已经会在妈妈肚子里吃自己的小手指了。现在你有没有自己的喜怒哀乐，妈妈还不得而知，只是最近二十多天你在妈妈肚子里的胎动，让妈妈感知到了你真实的存在，像是养了一条鱼儿偶尔游来游去，动来动去。

前三个月，妈妈经历了最难熬的妊娠期反应，恶心、呕吐、吃不下东西，也让你跟着妈妈一起遭了不少罪，在短短两个月时间里妈妈瘦了近十斤。可能小小的你永远也想象不到在你成长发育的最关键的头三个月里，妈妈有多么地对不住你，不止一次控制不住地生气、发脾气、难过、伤心，差点儿害了我们的宝宝。可是让我没有想到的是，我们的宝宝好坚强……好坚强，你把妈妈都感动了，我越来越觉得我的宝宝不一般，将来一定是个有出息并且自强不息、很懂事的好宝宝！我亲爱的宝宝，妈妈对不起你！请原谅妈妈！妈妈希望你在妈妈肚子里余下的五个多月，能够健康快乐顺利地长大。直到妈妈分娩，我们一家三口正式见面。

妈妈直到今日才调整好一些心绪，决定给我的宝宝写封信。爸爸提醒过妈妈多次，让妈妈给宝宝写点什么。可是妈妈的心情一直没能沉静下来，心里的感受倍加复杂煎熬。最近妈妈的身体和心情渐渐好起来了，今天妈妈想跟宝宝说说话了。

宝宝，你知道吗？现在爸爸妈妈还不知道你的性别，我们也不打算去做专门的B超检查，提前知道你的性别。只想你到出生的时候给爸爸妈妈一个惊喜，等着你和我们见面的时候我们一起迎接你的到来，欢呼雀跃。不管是男是女，你都是爸爸妈妈最爱的宝贝！你可能不知道也想象不到，虽然你还没有出生，可是自从爸爸妈妈知道怀孕有了你的那一刻起，我们有多高兴、多兴奋、多幸福吗？是你的出现让我们的小家从此完整了，从此有了新的希望，也让我们看到了自己生命的延续。也许此时的你还不能理解这么多，也许这封信等你到了 25 岁……30 岁的时候再看，感受就不一样了，也许你便能理解爸爸妈妈此时激动不已的心情了。要知道此时你的父亲已经 40 岁，妈妈已经 31 岁，我们终于在人生的中年组建了自己的家庭，有了自己的宝宝，欣喜之情，不言而喻。不光这样，你的爷爷、奶奶、姥姥、姥爷都盼着能早早看见你的小模样呢，他们也因你的到来而精神喜悦了不少。

你的爸爸妈妈都是有着不同寻常经历的人，经历过太多太多的人生故事，但是我们决心给宝宝提供一个健康、舒适的成长环境。爸爸妈妈第一次为人父母，或许会有很多不合格的地方，但是我们一定会尽百分百的努力，抚养你健康长大。在我们能力范围内争取健康的饮食起居、健康的观念、优质的教育条件，在你成长的关键时期提供应有的帮助和指导，盼着你能以健康的姿态和心态慢慢长大成人。你的出现将会带给爸爸妈妈不一样的人生，也是新生，给我们的生命注入了新的活力，从此更加丰富多彩、动力十足。从这点儿看我们真的要感谢宝宝。妈妈的宝宝一定很出色，爸爸妈妈期待和你一起成长，教你说话、吃饭、走路、识字、背诗……期待看到一个值得爸爸妈妈骄傲的、德才兼备的、有用之人。

待你成年后，妈妈对你的几点期许：

1. 关于生活：尊重爸爸妈妈，定期陪父母说说心里话。珍惜家庭，与家人和睦相处，尊重亲人长辈，人生要有三两个知己好友，人生路上相伴而行，有事也好商量，听听好友的建议，但是人生的重大事件，选择还是自己决定，听自己心里的声音。

2. 关于事业：事业尽量选择对社会、对百姓有益的工作，服务人民的工作，走最正的路，做对社会发展有用的人，只有从事这样的事业，人生才会得大快乐；选择好、决定好要做的事，要踏实认真去做，勇于承担责任，有耐心、恒心，坚持长时间地认真做一件事，就是专家，前景不会差。

3. 关于财富：金钱财富每个人都离不开，生计、发展都需要，所以必须学会赚钱，学会理财，让家人有充足的物质保证，保证家庭长久稳定。但物质财富终究是身外之物，不是生命里最重要的追求，最宝贵的永远是人格的伟岸和灵魂的高洁。心灵的富有才是真正的富有。人活着一生都要修行，提升生命品质，自利利他，光大生命，是获得人生大自在的根本。

4. 关于伴侣：尽量选择与自己价值观相同，表里如一、坦诚善良、有家庭观念、正知正见的人做伴侣。人生路终究是一步一个脚印走，不怕走得慢，只要方向对了，就会在岁月的长河里一不小心超过了很多同龄人。切不可选择名利心重、朝三暮四、表里不一、不稳重、心性恶毒之人，人生很可能在这样的人身上栽大跟头，能不能重生，就看自己的造化了。选择对的伴侣，是人生最重要的事情，后半生的幸福与理想，都与之息息相关，自己掂量。

这封信妈妈会小心珍藏，等你长大成人后再拿给你阅读。

第四十八章 宝宝降生“枣落地”

孕后，我大部分时间则在家专心胎教，按时孕检，适当锻炼保养自己。我很喜欢《心经》，几乎每天都写上两遍到三遍。在孕期自己主要做了两件事：第一件事，便是考下了教师资格证。自己每天按时听课，最后在 5 月份考试的时候，很顺利通过了小学语文的教师资格证考试；第二件事，主要每天听国学机里的国学经典，进行胎教。

另外，我依然很热爱国学文化，加之自己的先生也是从事传统文化书籍出版的工作，抛开世俗带给自己的伤害，我自知自己很幸运，我认为此刻的自己不光嫁给了幸福，更是嫁给了信仰。这也一直都是自己特别骄傲与自豪的地方，将来待孩子出生后，自己如果能够重返职场后，依然要将青春贡献给传统文化事业，弘扬传统文化，让更多的人重拾自己国家的文化自信。在长达 9 个多月的孕期里，我经常给肚子里的宝宝听国学经典诵读，专心胎教，每天坚持。同时，我谨遵医嘱，孕后期坚持运动，从孕期 6 个月开始，我每天坚持 5000 步起的锻炼，只想保持自己身心最理想的状态，给宝宝最健康的妈妈，希望自己通过锻炼能够顺利地迎接宝宝的到来，最好自己能生下来，而不是选择剖腹产。时间过得很快，转眼便到了孕期 39 周的日子，我知道离预产期越来越近了，现在正是夏季，自己很想留一组孕期的照片，于是就在 39 周第一天的时候，请摄影师在家里和小区环境优美的地方给自己拍了美美的孕妈照，留作未来人生的宝贵回忆。

也许是前一天自己拍照比平日消耗的体力过多，加速了宝宝的到来，第二天，本来也到了我每周孕检的日子，吃过早饭后，我去洗手间小便的时候，发现下体开始排出异物，同时感觉下腹部隐隐坠痛，自觉与平日明显不同，从洗手间出来后，我半开玩笑地和许言说："也许今天体检我回不来了，估计要住在那里了，感觉宝宝要出生了。"说着，许言和提前请来的月嫂，便帮自己简单地收拾了我要例行孕检的行李，他们并没有太在意自己半开玩笑的话，路上也没有带太多的东西。

随后许言开着自己的小红车，带着我们，朝小区东门口的方向驶去。说起这辆小红车，是在自己怀孕后期，行动走路已经很不便，于是许言和自己的妹妹商量，把自己的小红车从老家开了回来，这次去医院也正好派上了用场。

他们开到小区门口，一位以往从没有见过的身高近一米八的硕壮大汉，光着膀子，皮肤黝黑，背着一大篓筐红枣。大汉一不小心，身体不知道发生了什么意外，摔倒了，篓筐也倾倒了，只见筐里大枣落了一地。我赶紧示意许言下车，帮大汉把散落一地的红枣捡起来。兰喜看着许言一捧一捧地将枣放回篓里，心里突然预感到，"枣"与"早"谐音，今天"枣落地"，可能孩子也要"早落地"了。

在我们去医院的路上，我的肚子每隔四十分钟开始阵阵腹痛，停不下来了。我们一行三人上午快十点左右赶到在此建档的陆军总医院。我开始进行产检，妇产科的大夫经验丰富，一检查便说我马上要开指了，需要立即办理住院手续，让我静心待产。这是我人生第一次经历作为母亲的生产过程，从早晨八点多开始，感受到自己的肚子有明显的像月经期那样隐隐坠痛感，隔 40 分钟左右腹痛一次。上午痛的感受与程度与月经前的强烈腹痛感差不多。当医生判断自己已经马上要开指的时候，已经是上午十点多了。

一直到中午，许言和月嫂都在忙着为自己办理住院的各种手续，买一些住院需要的种种必备生活物品。直到把我安顿到产妇的病房，已经是下午一两点钟了。此时的自己还是感觉比较轻松，只是疼痛的频率比上午的时间缩短了一些，大概半个小时疼一阵儿就过去了，这种疼痛还是能够承受的。

就这样，许言看着我的状态还比较稳定，一时半会儿应该没事，于是请月嫂在病房看护，自己赶紧回到他们在北京的住处，整理生产前后需要的备用物品。我在孩子出生前一个月左右，已经开始给未来的宝宝准备各种小衣服、毛巾、奶瓶、奶粉等。我心很细，带着许言，自己挺着大肚子，经常去附近的商场采购，细心又仔细地给宝宝准备好了一切。同时，我也为自己准备好了产妇服、产妇帽、产妇卫生巾、一次性内裤等。

等许言把这些都带回到医院的时候，已经下午四点多了。这时我的肚子疼痛感比上午明显加强了不少，疼痛频率也比上午高了不少，大概 20 多分钟便会疼一次，疼痛指数也比上午要高一些了。下午五六点钟的时候那种疼痛感，已经有点儿难以忍受了。

在这不久，让我万万没有想到的是，带自己入门学习传统文化的叔叔阿姨来了，正是引导我学习中华文化的叔叔阿姨！这时候我感觉自己太幸福了，的确我没有想到叔叔阿姨会来。虽然这时自己内心依然对于之前的误会没有完全释怀，但是此时他们也像我的亲人一样，特别心疼我，照顾自己很周到，他们自然也很懂得此时我的孤独与无助。

他们大概在傍晚六点到了医院，叔叔说："知道兰喜这两天是预产期，兰喜又没有家人在身边，父母身体都不方便，我和你阿姨都想过来看看，看看有什么能帮上忙的。"其实我和叔叔阿姨的感情一直都在心底。就在自己孕前期，叔叔阿姨也经常来看望、陪伴，我也早已把他们当成了生命里特别重要的亲人。

叔叔阿姨便一直陪伴着自己。阿姨自然也知道，可能曾经有些地方的确是误会我了，也很诚恳地跟我表达了歉意。只是我并没有明确表明自己的立场，当时的自己内心也是五味杂陈。后来回忆，此时我应该原谅阿姨了。

也就在自己阵痛开始有些频繁，但是尚能忍耐的时候，我让许言把自己默写的《心经》笔记本和笔拿过来，继续默写。5 月份以后，自己每天坚持默写两遍到三遍《心经》。以前自己从来不会背诵《心经》，但是自从 5 月份每天坚持默写，到临产前也快默写 300 遍了，一边忍着剧痛，一边默写了两遍《心经》。这个时候已经是夜里十一点多了，我此刻除了写《心经》，更是本能地享受和叔叔阿姨在一起的时光，仿佛又回到了与他们一起学习探讨传统文化的时候了，简单、快乐又幸福无比。

叔叔阿姨还是把我当女儿一样地看待。此时阿姨夸赞着我说："你看看兰喜多优秀，自己一直坚持着默写《心经》，一会儿进产房后肯定能顺顺利利的，兰喜的字写得也真好……"说到此时，我的确很享受这样的幸福，多希望自己与叔叔阿姨还能回到从前，与他们从来没有分开过。

在我心里对叔叔阿姨的感受也是很复杂，既有无以言表的敬爱，也有无法言说的委屈。此时的我，根本没有足够的能量与智慧化解一年多经历的所有的委屈和莫名的冤枉。我的确很珍惜与叔叔阿姨之间的感情，却也无法完全释怀被迫与叔叔阿姨分开之后自己经历的苦难与伤痛。我好想把自己心里的话与叔叔阿姨说，却又不知道该怎么说。此时的自己也不知道该如何调整自己的心态，与叔叔阿姨相处。

回忆过往，我始终想不明白为什么阿姨叔叔当时不信任自己，而是听了他人谗言，硬是把自己推了出去。我多希望他们是自己打心里一直相信自己的亲人长辈，多希望这是一辈子的感情。只是自从有了那道裂痕之后，再也很难抚平内心的伤口，而我此刻也的确没有智慧，化开埋藏在心底里的一切。

而我原本以为可以改变命运的婚姻，的确也掺杂了太多无法预料的心痛，而这些痛此时的自己以为大都并非来自自己的丈夫，而是和自己有关的亲人们。正是自己自小都很敬重的亲人们，给自己致命的心灵上的一击，让我很久很久都缓不过来自己的精气神儿。我依然还是本能地善待身边的每个人，却也总有心底里哭泣的声音。我不知道如果不是自己嫁给了许言这位看上去还有些出息的男士，叔叔阿姨还会愿意和自己继续交往吗？亲人们还会如此“祝福”自己吗？还是会认为自己的人品有问题，是个“骗子”吗？这成了后来自己心里怎么也舒展不开的坎儿。

平日里落落大方、没心没肺的我，自从结婚后变了很多。伪装平静的背后是自己无尽的泪水、冤枉和些许怨恨吧！我是个不愿意恨人的人，平日里和善大度、善解人意，如今真的不知道该如何释怀，化解心里如此复杂的感受。不能伤害别人的善良，只有委屈自己、压抑自己的心灵了。

此时我听闻了阿姨的道歉，并没有从心里真正的接受。但是我也知道自己依然很看重，倍加珍惜与叔叔阿姨的感情。那种矛盾的心情无法言说。

听到阿姨发自内心的夸奖，我笑着说："自己孕期坚持写习惯了，每天不写还有点儿不习惯。一会儿我要进产房了，所以想着再写两遍吧。"

说着说着，妇产科的护士进来了，叫道："哪位是兰喜？现在准备一下，马上要进产房了。"

于是，叔叔阿姨和许言便开始扶着我站起来，坐在轮椅上。此时的我已经腹痛得很难走路了，进了一间据说是要在产前进行最后一次体检的房间，听了胎儿的心跳，还有开指检测，又做了其他的待产准备，我忍着剧痛艰难地完成着大夫安排的一切。

这个时候阵痛频率已经很高了，经不起太复杂的活动配合检查了，疼痛感已经完全超过了自己平日能够承受的范围。最后叔叔推着我到了产房门口，我勉强小心翼翼地下了轮椅。医院不许亲人陪同，只得一个人颤颤巍巍地一手扶着墙，一手扶着肚子，光着脚丫异常艰难地走进产房，这个时候是午夜十一点五十五分。

当我一人走进待产室，在面积很大又空旷的待产室里，很多灯盏都没有开，还有不少空床。只有我一个产妇，靠近自己的那张床附近亮着一两个灯，自己顿时觉得有些孤独和无助。好在当时有两三个护士，她们把我领到产房后，没多一会儿，她们认为我暂时生不了，估计要继续开骨缝，也不知要多久，有位护士跟我说："就你这样的状态，到明天中午能生就不错了。"

就这样，她们似乎也放松了警惕，开始屋里还轮流留一个护士看护着自己，到了凌晨两点多钟，可能也是太累了，我便一个人待在产房里，这段时间也是自己最痛苦的时候了。眼下回忆起生产的过程，其实此时的自己特别需要有人陪护，可是偏偏护士也都累了，大部分时间都是自己一个人。我想去马桶尿尿，从床上走到马桶也就十几步路，但此时的我却走得异常艰辛，一步一步寸步难行，一边走一边忍受阵阵袭来的剧烈腹痛。我不得不强忍着阵阵剧痛，小心翼翼地向马桶挪动，就在我还没有走到马桶边的时候，我发现自己的下体已经开始流血了，疼痛级别已经到了自己无法承受的地步，同时频率越来越密集，几乎一两分钟就一次。

自己光着脚丫，从下床走到马桶边，再走回来的过程，疼痛难忍，如此艰难的时候，没有人搀扶，只能靠自己了，好不容易自己走到床边，躺在了床上，此时发现自己下面垫的隔尿垫儿上面被自己的下体蹭上了不少血迹。我用尽力小心地平躺在床上舒缓一下，使劲坚持着一个人的待产，在极其短暂镇痛感消失的难得的空隙中，赶紧用力呼喊护士。我用力喊了几声之后，有位护士终于打开门，当我见到她时自己像见了救命稻草一样地希望护士能帮自己换下隔尿垫儿，或者说说话，也好能让自己缓解安心一下。只是让我没想到的是，此时的护士只是拿了一片新的隔尿垫儿，往我的床边一放，没等我说话就走了。此刻的自己异常无助委屈的感受再次袭来，是的，我只能依靠自己来换了。只是这个时候换一片身子下面的隔尿垫儿，对于自己来说都已经太艰难了。

这个时候不到一两分钟就高强度地阵痛一次。剧烈的阵痛一次还未缓过劲儿来就又开始新的一轮阵痛。我一边咬牙强忍着阵痛，一边用力抬起自己的身子，慢慢地一半身子一半身子地，将屁股底下的隔尿垫儿抽离出来，然后再以同样的方式把一张新隔尿垫儿放到自己的身体下面。这样一件简单的事情，对当时的自己来说极其艰难，心里满是不易与失落。当我好不容易完成了这个过程，随之而来的是疼痛频率越来越密集，疼痛指数越来越高的产前阵痛，继续随着时间进行着……

就在生产的这个晚上，尤其凌晨两点到五点之间，那几个小时自己的煎熬是按秒挺过来的。两点多的时候，看看床头的钟，时钟一秒一秒地走着，从没感觉时间过得如此漫长，我完全不知道还要忍受多久这样的疼痛。最后阵痛到了几乎连续的时候，疼得自己只能不顾体面地大声喊叫了……大声喊，大声叫。护士们按照她们的排班，每隔一个小时来一趟，用手伸进我的下体最里处，实际感受自己骨缝打开的程度。她们把手指伸进自己的下体，进行检验骨缝开裂的程度的时候，这种疼痛感是比阵痛还要痛的，自己痛得实在忍不住了，我忍受不住地大声呼喊，护士说："请你不要喊了，喊也没有用，留点儿力气吧。"当我自己疼得不知道怎么办才好时，我开始用手抓着床头的扶手，后来就无助地抓床单，再后来自己实在忍受不了，呼喊得已经类似鬼哭狼嚎了。

一直到凌晨五点左右，护士又来检查骨缝的时候，突然说："大家赶紧准备，扶产妇上产架，骨缝已经都开了。"此时的羊水也在一位护士用手检查骨盆骨缝的一瞬间，突然间喷出了好远。紧张而突然的接生，在三个小护士的紧急合作下，稳当有序进行着。当我上了产架，预示着孩子很快就要出来了，我继续做着最后的努力，听着大夫给自己的指令，配合着吸气、呼气、用力等。

大概不到二十分钟，孩子的头顶便很快露出来了。只是因为婴儿头较大，出来一部分，剩下的半个头部怎么也出不来了。这时我依然还在忍受着巨大的痛苦，配合着医生继续吸气、呼气、使劲儿。最后发现，怎么也出不来耳郭下部分的头部，只好侧切了，我也总算松了一口气。当医生用剪刀把阴道侧阴处剪开的那一瞬间，我已经因为过于疼痛而麻木，竟然没有感受到剪刀剪开自己阴道外侧的疼痛。

随着这一剪刀下去，我瞬间感到自己的肚子如释重负一般地轻松了，而身体下面如潮水一般一下子涌出了很多温热液体的东西。我听护士说，我流了很多血。随之而来的就是听见了一声宝宝的啼哭声，这时我只听一位护士跟我说：“你真棒，是男婴啊，你看一眼。”

正在我还来不及看自己的宝宝一眼的时候，护士又说：“你家宝宝真奇怪，出生的时候还流着眼泪下来了，没见过这样的孩子，一般孩子只是哭，不流泪。”我听着护士的话，心里既高兴又伤感，我当然知道这个孩子和自己一起承受了太多心里说不出的苦了 。

紧接着护士们给我缝合外阴的伤口，里里外外一共缝了七层，忙完这一切后，护士们又齐力开始给我使劲儿按压肚子，要排干净留在子宫里的恶露。挤压的过程，也是产妇异常痛苦的过程，这时候的疼痛感，不亚于待产时候的阵痛，我自然坚强地承受着因为生产带来的一切痛苦，我总算平安顺利地完成了生产的过程。经过近二十小时的阵痛，我终于顺利地生下了我们新家庭的第一个宝宝。

宝宝很健康，六斤左右，皮肤白皙，闭着眼睛。

宝宝出生的时候已经快要天亮了，我留在产房观察了两个小时，宝宝也在护士们精心的照顾下洗完澡，包裹好，放到了我的身边。进产房是自己一个人，这个时候已经是两个人了。此时的自己，内心有了对人生更深一层的领悟和感受。此时此刻，我回忆自己一路走来，真的太不容易了，如今冒着性命危险，用生命与鲜血构筑自己的新家。我终于体会到了家的意义与分量。家是一个女人用尽生命的付出来完整滋养的地方。没有经历过生育的女人和男人，是不可能体会到家真正的分量与意义的。

或许结婚的时候，那个“新娘”的含义就是一个新家的新母亲吧！她将身心俱付在自己的孩子和自己的男人身上，与男人的母亲一样在新家里为这个男人流血流汗，为自己的男人传宗接代、生儿育女。她不是和男人有血缘关系的亲人，却牺牲自己如同男人的母亲一般，心心念念、身心俱付地呵护着自己的男人和自己的新家。如果没有特别惊天动地的灾难，怎么可能让这个女人轻易放弃自己的家呢？那是她用自己的性命，来构筑、完善、延续，并且呵护的地方。

而每个女人又是多希望自己的丈夫能够看到并理解自己为了家的完整与幸福，用自己整个生命在付出。如果未来，丈夫都能够陪伴自己的妻子生产必然是件很好的事情。只有这样，男人才能够更加深刻地明白“新娘”这个词的含义，明白自己的妻子与外面女人的不同。也许这样，男人才会更加感恩、珍惜那个愿意嫁给自己，为自己生儿育女的女人，才会发自内心地知道妻子为家庭的身心付出，珍惜家庭。

也许想靠近功成名就的男人的女孩子很多，但是真正身心俱付能够为自己的家庭生儿育女的女人，却是命中注定的缘分。

许言远在千里之外的父母、妹妹妹夫闻讯后，一大早便从老家出发，当天夜里赶到了北京。小生命的到来，给家里增添了很多的幸福和笑声还有希望，这也是我感受到来到新家最幸福的时候了。

全家人都很开心地迎来了家里的一个新成员。上午十点，许言的父母从河南老家赶往了北京的医院，大家都在为小生命的到来而兴奋异常的同时，下午两点左右，我因出血过多，突然间感觉呼吸困难、急促，心慌没底，眼前漆黑一片，我用尽力气喊着许言的名字，这时候许言才发现我有危险，他立马通知护士，当医生前来看望自己时，才知道此时我严重贫血，需要立即输血才可以，就这样，随着新的血液输进身体，我又慢慢地舒缓了过来。

父亲此时已 78 岁，喜闻自己的闺女生了一个儿子，作为老人那真是太高兴了。父亲听到许言的电话报喜，高兴地说：“我真没想到在有生之年，能等到兰喜结婚生子，此生最大的心愿了了，我也放心了。”后面就是一个劲儿地叮嘱我要好好保养身体。此时的我也把心思全然地放在了刚出生的宝宝身上，自己知道这两年最重要的任务就是把孩子养大，从此我便开始了辛苦带娃又幸福的日子。宝宝刚出生的时候，大概是我最开心也最自豪的时候了，不久新挑战也随之而来了。

我在月子里身心的确微弱，此刻内心最渴望的便是亲人，是两边的父母。当时感觉丈夫对自己很好，直到此时我也从没有怀疑过自己的丈夫。虽然丈夫也从未主动和自己提起过家里的经济情况和很多事情，但是我也傻傻乎乎地这样一路走过来了。我生完宝宝，在医院住了五天后，出院了。这五天里，婆婆每天中午都给我从家里做点儿好吃的带过来，公公婆婆到了医院，看着还不怎么睁开眼睛的宝宝，也是爱不释手，我内心也自然感受到非常幸福。

五天后，我可以出院了，公公婆婆精心收拾了我和许言在北京的临时住所，迎接我和宝宝回家，并给我做了红糖双黄鸡蛋，同时婆婆还给自己准备了一个两万元大红包。是的，这天我感受到自己真的很幸福！只是我没想到公公婆婆在我出院后，只停留了一周左右，便提出要回老家，我内心很舍不得，自己还在月子里，也不太愿意婆婆这个时候离开，因为现在家里太需要亲人了，无奈公公婆婆已经决定好的事情，任凭我怎么劝说也没能留下来。

十二天后，当时两边亲人都不在身边，虽然请了月嫂来照顾，但是自己好像就是开心不起来，情绪敏感脆弱，不稳定。当时的自己并不懂得，其实由于生产，身体大伤元气后，又因为失血过多，气血跟不上，心力不足的时候，人们的情绪也会容易起伏。

生完孩子的前几个月，我一个人在家照顾孩子，虽然有保姆，但是内心还是说不出来的很孤独,没人可以说说心里话。此时我感觉，生活上丈夫对自己非常好，但是丈夫需要上班养家，不能每日陪伴。此刻自己内心非常期待，不管是婆家还是娘家能来一位亲人，帮帮这个小家。这个时候自己太需要亲人了。虽然我们可以花钱请保姆，但在我看来好像真的替代不了自己此刻想要的亲情。只是后来，我越来越意识到自己的困难没能在新的大家庭里引起重视，难过之余我慢慢冷静下来，给自己的亲生父母打电话，说明情况后父母心疼得直流眼泪，其实我亲生父母的身体都不好，但是他们依然坚持让姑爷开车到乡下接他们夫妇来北京，陪伴我渡过坐月子的难关。

此时的我好像明白了什么，发现内心原本一直对原生家庭的种种不满与抱怨，显得越来越渺小。人生真是太奇妙了，过往这么多年，自己总是想躲开的母亲，如今在自己最微弱的时候，却成了现在唯一能给自己踏实与安心的亲人了。丈夫虽然对自己也很好，当时自己觉得虽然丈夫要在外面奋斗，赚钱养家，但是身边有了一直深爱自己的父母，这种感觉很幸福。

不是所有的家庭都是我们这样的生活模式，但也能从我的故事里看出一个特别深刻的道理，其实我们人人都具有一生最宝贵的幸福与财富，只是也很容易让我们忽略或者嫌弃，当我们不经历人生中的大事情真的意识不到谁是那个最在意自己的人。我们长大成人，需要成家立业，期待追求外在的美好和丰富的物质能给我们带来幸福的时候，其实还有独属于自己的幸福一直都在，也许在繁忙又繁华的世界里自己早就忽略或者忘记了，像我一样的年轻人，会以为外面才有更美好的幸福等待自己去追寻。的确，生活需要不断创造和追求幸福，但我们永远要记得，从自己来到这个世界上本就拥有的那份无所求但最珍贵的幸福，哪怕看上去并不是很体面，但依然最珍贵。

第四十九章 婆媳关系迎考验

许言的母亲是养母，而生母正是许言父亲的亲大嫂。许言是父母的大哥大嫂过继给弟弟和弟媳妇的儿子，按理说关系都是很亲的了，但是妯娌两个在几十年的相处过程中并不太和睦。我还清晰地记得，许言在婚前一个月左右给自己讲过这件事。当我得知这一情况时，起初是本能地打心眼里高兴，我认为这是上天给自己的恩赐。因为自己的母亲患有精神疾病，没想到自己未来要嫁的丈夫竟然有两对父母，自己喜从心出。

记得大婚临近之际，在婚前三天，许言带着我，还有当助理的何唯，坐高铁回家乡。许言的大哥来高铁站接我们，大哥一米七五的个子，是县里的一名科级干部，长相帅气，世故练达，看上去精明能干。但是见到我的第一面并没有多和我说话，直觉明显少了几分该有的初次见面的热情和寒暄。而我意外发现许言的大哥好像认识何唯，很热情，一直有话说。我略感不对，却因是第一次见面，只得尊重。但是一路上大哥叮嘱许言我们俩："未来不能过分亲近许言的生母和生父。"同时告诉我，他们的父母"没有什么文化，有时候说话也不可信……"这些叮嘱此时让我很疑惑，也有些不解，怎么会这样呢？

回忆自己 2017 年 10 月份，参加了一次成人自考本科的考试。

在自己考试前一天晚上，住在宾馆，主动给许言的亲生父母打过一次电话。电话里我很开心地向二老问好，当时我与许言快要结婚了，我的心底也很想跟许言的亲生父母通话，这对自己来讲好像有特别的意义，而且从电话里我也听得出来二老朴实、厚道又善良的感觉。自己对二老的尊敬与喜爱是从心里生出来的，或许是爱屋及乌，当下我确实身心交付给许言了，我很爱他，自然会特别喜欢他身边所有的亲人，我发自心底地希望未来要和自己的丈夫一起孝敬两对老人。这两对老人对许言来讲都是至亲之人，加上养父、生父原本就是亲生兄弟。但是我也心知，养恩大于生恩，在孝敬的过程里要小心一些，要把更多的关心和孝心倾向于许言的养父养母。

婚后，我虽然心底不太愿意接纳婚前许言大哥的叮嘱，但是内心也明白，自己对于这个家庭而言，初来乍到，尊重养母婆婆是天经地义的。都是女人，婚后不管我的小家里的什么事情都是和养母婆婆联系，一方面为了增进感情，另一方面也想让婆婆安心。每到国内重要的传统节日，我都会把平日攒下来的钱给两位婆婆买衣服、礼物。我对许言的满满爱意也传递到了两位母亲和两位父亲这里，只是每次买礼物我都给养母买最好的，生母次之。我深知两位母亲的关系不是很和睦，通过平日的相处和聊天中便已经感受得到，为了尽孝，又为了家庭和睦，自己也只能如此，但是每次自己都会精心给两对公公婆婆准备礼物。

我小心翼翼又真心实意地和养母婆婆相处。但是让 我怎么也没有想到的是自己生完宝宝后，自己前几个月睡眠严重不足，加上产后难以修复，我打心里渴望身边能有亲人陪伴。但是特殊的家庭原因，自己的父亲卧床养病，母亲精神状态不好，他们虽然月子里陪伴了自己一些时日，但不可能长期来帮忙照顾自己和宝宝。自己婚后安分守己过起了日子，生活圈子越来越狭小。在带孩子的上半年，真的好想能有位心疼自己的长辈来帮帮自己，即便家里有保姆也还是挺难过的，因为每晚睡不好，一宿要醒来四次左右给宝宝喂奶。因为母乳喂养，我无法单独休息，同时我也确实不放心将孩子单独交给育儿嫂，或许是天然的母爱吧，因为身边没有至亲之人，只能自己多上心，陪着宝宝，就这样我和保姆一起没日没夜地熬着，也都快支撑不住了。宝宝每天晚上要醒四次左右，很难休息一个完整的晚上。自从有了宝宝，许言便和我分居了，白天他要上班，晚上要休息好，也无法帮助，照顾孩子显然成了我自己一个人的主要任务。

时间久了，身心异常疲倦之下，我和许言商量可否请公公婆婆前来帮忙，援助一段时间。可是我发现我们夫妇求助数次无果，后来我沉下身心，亲自给自己的公公婆婆写了一封信，表达自己对许言个人经历的理解和对母亲不易的心疼，表达自己对于这个大家庭的归属感与内心的认定，对父母的尊重与孝心，以及对小家庭的真心与爱意。信中我表达自己处在当下的困境，希望公婆能够理解并帮助自己和许言共渡难关。

可是此时我依然没有得到自己所期待的回应，公婆一直都是说："你们好好过日子，只要你们过得好，我们就放心了。"全然不提我们夫妇现在的困境需要人手的事情，每次求助都是这样的结果，我们夫妻近十几次的求助均是无果。后来我的心有些凉了，此时的自己还是一位刚生完孩子没几个月的产妇，从心而讲我真的需要家人的关心和支持，其实亲人不一定需要干活儿，只要有亲人在关注、支持，产妇心里就是温暖的。

记得月子里的最后半个月，我只能接自己的父母来北京陪伴自己。只是母亲当时的病情虽然已经有了好转，但是依然不能正常地生活交流，母亲不适应城里人的生活，不会用马桶，不会冲厕所，自言自语，或者表现在生活中的强迫症。月子里的自己要一时间全部接纳，而且要练着让自己不难过，帮助母亲适应新家的生活。我们需要一边照顾孩子，一边照顾母亲，但是我却在这个过程里感受到了天地之间最踏实的情感，是父母给予自己的天然的爱。后来因为怕自己的父母长时间住在这里，公婆会有意见，毕竟自己是嫁过来的。于是等我出了月子，父母就回老家了。

第五十章 去老家医院探视婆婆

在 2018 年 12 月初，一日许言下班回家，告诉我，说自己的母亲要住院做手术，妈妈脖子甲状腺有个肿瘤，不知道是良性还是恶性。当时我听到这个消息，第一反应是发自心底的担心。于是我跟许言说："我们暂时不了解咱妈的病情，听起来也真是挺担心的，但是如果能不做手术，就尽可能不要做手术，说不定是因为妈妈心情不太好，也许舒缓一下情绪，可能就会好一些。如果想办法能让咱妈心情好一点儿，也许那个病情会得到好转。"

此时我刚生产完宝宝不到四个月，正在咬牙坚持照顾自己和刚出生不久的宝宝。眼下自己的生活是非常疲倦的，每夜需要醒三次到四次，白天也睡不太好，宝宝在特别小的时候，尤其一周岁以内，每天都把大人累得筋疲力尽，根本舒缓不过来。

只是当下自己知道婆婆要做手术，还是主动找许言商量："我们是爸妈唯一的儿子儿媳妇，妈妈现在要住院，我们应该去看望一下妈妈，然后不管是出钱还是出力，让妈妈心里能够觉得我们一直在她身边，心里有些安慰。"就这样我主动提醒丈夫，尽量请一两天假，回老家陪陪母亲。

于是许言很快向单位领导请下假来，第二天，我们夫妇凌晨三点多起床，洗漱收拾完毕，四点多一起出发赶往北京西站，坐最早的一趟高铁，很顺利地在上午十点左右赶到了许言老家省城的高铁站。这个时候，两个人已经都饿了，想找个地方随便吃点儿饭，再去医院看望母亲。

也就是在吃饭的过程中，我告诉许言："咱们尽可能给爸爸妈妈一个惊喜，希望你也能保守秘密，别事先张扬。差一点儿距离就到医院了，先不跟家里人说。"

许言表面答应着，却趁我不注意私下把这件事情和自己的妹妹提前告知了。后来在吃饭的过程中，许言说："我刚刚给妹妹留言说了，让妹妹把具体病房号告知我们。"

我略有失望地说："如果我们给爸爸妈妈一个惊喜的话，他们就不会有心理负担在那儿等我们了。如果我们告诉家里人了，他们可能会一直等我们。既然我们已经瞒了一路，何不一会儿给老人个惊喜呢，到了医院我们可以自己在导诊台问妈的房间号。"

许言给我说："你放心吧，我已经叮嘱妹妹了，让她不要告诉别人，她不会跟别人说的。"

可是话音刚落不到十分钟，我们快要吃完午饭的时候，许言的父亲就打来电话说："许言，你要来医院看望你妈，是吗……"瞬间，许言和我鸦雀无声，两双眼睛互相对视着，说不出话来，此刻许言好像自己打了自己一个耳光一样。他可能也没有预料到自己的妹妹会嘴这么快，把自己的叮嘱很快抛掷脑后了吧。但是我也并未生气，劝他一会儿继续看望母亲，调整好自己的情绪。

吃完午饭，我们就去医院看望许言的母亲了。我也在这个过程里，尽自己最大的智慧劝解婆婆，希望能帮婆婆化解多年来内心深处的很多心结。希望婆婆能不做手术的话，就不要做手术。同时夫妇二人也承担了这次住院所有的费用，还剩下一点儿钱没用完，也直接送给妹妹，妹妹在老家照顾婆婆很辛苦。

我陪着婆婆在病房里待了两个多小时，那个时候许言的大嫂也在。此时我用尽自己的智慧，开导婆婆。希望通过自己的努力，尽可能帮助婆婆把心情调整好，同时也向自己的婆婆表态，以后和许言定会好好孝敬公婆，请二老放心，并且承诺将会把最真诚的孝心保留给爸妈。就这样我们俩待到下午五点左右离开，去赶晚上回北京的高铁。

当时婆婆坚持要从病房出来，一路客气并寒暄地送我们俩出了医院。后来，婆婆心里或许一直有自己的坚持与主见，我们走后，她做了手术。术后，婆婆在医院住了两周左右，出院后回家休养，慢慢身体也得到了恢复。

自从自己学习传统文化之后，深知家道圆满的重要，更知道孝敬父母的重要。我打心里愿意和自己的丈夫一起齐心协力，努力把家庭和事业都经营好，让双方的父母都能安享晚年，老有所依、老有所养。同时夫妻二人也能实现此生全心弘扬传统文化的理想与价值。我天真地以为可以用尽自己的真诚与智慧，最大限度地圆满这个大家庭，打心里希望这个大家庭能够因为自己的出现，更加美好、更加幸福。岂不料，婚后自己面临的真相竟然是不管自己怎么努力，都是自己未能如愿的。

就在婆婆手术一年多后，我陪许言去北京的他的一处亲戚家才偶然在和亲戚的聊天中，得知婆婆私下里和大家的聊天中表达过对自己和许言去年去医院看望她时说的话，有很大的意见，觉得我在胡说八道，根本对我这个儿媳不认同。这件事对我的打击很大，从此让我第一次明确地感受到家里露出了对自己很不友好的音符。

第五十一章 报答母校的恩情

时间过得很快，转眼到了 2019 年 4 月。这个时候，父亲的眼睛由于老年性白内障，看东西越来越不清楚了。父亲眼下正在医院做白内障手术，时间需要一周。我用心安排好父亲的住院手续，将母亲也一并接到了医院，并给父亲找了一位可以 24 小时守护、照顾父亲、母亲的护工阿姨。自己也每天来看望，同时晚上还要回北京继续照顾自己的新家还有不到一岁的宝宝。这一年的 4 月 23 日是“世界读书日”。我发自内心地一直想感恩自己的高中母校，于是带着许言联系到了自己母校的领导。我依稀记得自己高中时期，因为家境贫寒，交不起学费和书费，生活费也要靠亲戚的救济才能勉强度日。后来班主任和学校的领导了解到我的情况之后，主动减免了自己的学费和生活费，偶尔还会给自己生活补助，就这样自己才得以顺利地读完了高中，对于过往学校领导和老师们对自己的帮助，其实在我内心深处一直感激万分。事隔 11 年了，其实我一直没有忘记这份恩情。

在 2019 年 4 月，我终于见到了多年未见的老师和领导们，激动之余也给老师们带去了一些好书。老师们听闻我想捐赠图书的想法，特别高兴。大家积极帮助我落实此事。学校的领导们一起商议，就赶在“世界读书日”之际，让全校师生都参与到这次捐赠活动中，并为我颁发了“捐赠证书”。

我也在全校近4000名师生面前发表正式讲话，表达了自己感恩的心情也衷心地祝愿了自己的母校。这一天我稳重从容地把自己的心声传递给了全校师生。捐赠的图书有《弟子规》《朱子治家格言》《了凡四训》等。同时我也打心里感受到了捐赠图书的意义。希望这些中华文化经典能够影响一个又一个孩子的心灵，祝愿他们能够早日把中华传统文化的价值观扎根心里。我认为对于一名学生来讲，和树立正确的价值观相比，好像没有什么比这更重要的事情了。

在我和校领导谈话的过程中，校领导对我的事情也是早有耳闻，说：“兰喜读书的经历，是一个非常励志的故事，我们都有所耳闻。既然你们夫妇有这么方便的条件，是可以写出来的，将来激励更多的孩子们。现在的很多孩子，已经很少能有像兰喜如此励志、意志坚定的了。”我听老师如此夸赞自己，羞红了脸。但是内心也是非常高兴的，下决心要把老师叮嘱的这件事情做好，我也有心想将这么多年比较特别又坎坷、荆棘的经历写出来。许言当时坐在我旁边也满心高兴地答应着。

我在校领导的指导和安排下，顺利完成了图书捐赠仪式。让我感到非常意外的惊喜是，母校还请了当地电视台来采访，电视台很快也将我捐赠母校图书的事情报道了出去。很多当地的亲朋好友也知道了此事。当时的发言稿内容如下：

尊敬的各位校领导、各位老师、同学们，早上好！

我是兰喜，2004年到2008年，我就读于这里。读书期间，学校在各方面给了我很大帮助，了解到我家庭困难，没有经济来源，学习又很刻苦，主动减免高中期间的学费、书费，减轻我的学习压力和思想负担，有时还会给我一些生活补助。我才得以顺利完成高中学业，考入大学，改变了自己的命运。时间过去十年有余，但校领导和老师们的恩情我一直记在心里。

今天我倍感荣幸借“世界读书日”活动的机会，出席本次图书捐赠仪式回报母校，请允许我代表自己及家人对母校能给我本次回报学校的机会表示衷心的感谢！

此次赠送图书共三种：《弟子规百衲本》《中华传统文化三个根》《了凡四训、钱氏家训、朱子治家格言》，以上都是中华民族优秀价值观的体现，其中最首要的是孝亲尊师。孝亲，心中有父母，便能修身自励，奋发图强；尊师，心中有老师，便能努力学习，智慧通达。我们可以将经典中的智慧，以诚敬之心落实到日常生活、工作、学习中，会给大家带来发自内心的快乐与踏实。

前几年，偶然的机会，我接触到了中华传统文化，进行为期四个月的脱产学习。虽然仅停留在中华传统文化的扎根学习与实践，但是实践过程中我的身心慢慢发生改变，价值观日渐发生了质的变化，人生从此更加坚定正确航向，借此认识到中华优秀传统文化的伟大智慧对我们人生的重要意义，能够帮我们树立并坚定正确的人生观、价值观、世界观。

中华文化是中华民族的精神命脉，积淀着中华民族最深沉的精神追求，是我们在世界文化激荡中，站稳脚跟的坚实根基。文化自信是一个国家、一个民族发展中更基本、更深沉、更持久的力量。

在党的十九大报告中，习总书记重点讲到文化自信，指出：“深入挖掘中华优秀传统文化蕴含的思想观念、人文精神、道德规范，结合时代要求继承创新，让中华文化展现出永恒魅力和时代风采。”

今年兰喜三十有余，越来越体会到中华传统文化的有益之处。在中华民族迈向新时代的历史背景下，祝愿母校的每一位学子，都能实现自己内心的人生梦想！祝愿母校桃李争艳，人才辈出！

李兰喜

2019年4月23日

故事发展到这里，我也总算是在慢慢感受着自己的原生家庭，因为自己的努力与幸运在进行着质的改变。我和许言的善心和孝敬，也在家乡传播得很快。很多人都夸赞我们这对年轻夫妇真是太孝顺了，很懂事，未来一定会有福气的。我也想当然地以为自己找到了可以一生走下去的灵魂伴侣，两个人将一起投入到传统文化传播的理想事业中去。如果能一直努力工作下去一辈子，也的确是幸福无比了。

捐赠仪式结束后，我喜极而泣地赶紧把这个好消息，告诉了还在医院住院做白内障手术的父亲，把学校领导及学生代表送给自己的鲜花送到了父亲所在的病房里。父亲的高兴自豪，不言而喻。同住在一间病房的病友们也都纷纷赞美，并敬佩、羡慕父亲竟然有这么孝顺有出息的女儿。我终于觉得自己的父亲好像发自内心地笑了。父亲终于看到自己的女儿慢慢成家立业安稳了，还做了这么有意义的事情。作为父亲，他一定是非常自豪的。而此刻我更加感恩的是自己的丈夫，虽然经历了很多的辛酸与坎坷，但是在捐赠这件大事上，由心的特别感恩支持自己的丈夫。

第五十二章 孩子谁来带

时间很快到了2019年，生下宝贝后的我，更想把最好的生命教育和智慧宝藏通过各种音频与环境的熏陶，洗礼孩子的耳根、眼根，让孩子多听多闻。宝宝1周岁内的大部分时间，我还是非常负责地把时间放在了育儿方面。

当然带孩子并不是一件容易的事情，因为本就身体很弱，宝宝1周岁内的日子也是家长最难熬的日子。这个时候我才意识到，比生孩子更不容易的是带孩子，持续多半年半夜起床三四次，持续睡眠不好，休息不过来，让自己也是力不从心，身体越来越差的同时，伴随着心理也越来越敏感脆弱。

只是我从不好意思和丈夫闹情绪，到最后不得不和丈夫说明家里的情况。本想丈夫会理解自己，力所能及地主动替换一下自己，我跟他说，哪怕周末或者十天里抽出一天不忙的时候帮我在家带带孩子，让我睡个整觉，休息一下，已经连续半年多了，自己一直没有睡过一个整觉，生完孩子后，身体一直恢复不过来。但是过了很多天，我并没有等到许言主动帮忙带孩子，最后实在太累了，便正面数次提出想让丈夫能不能在周末休息的时候帮忙带一下孩子。

婚后许言让我内心第一次失望，也很诧异的事情，发生在这里。我万万没有想到丈夫会拒绝自己这个再正常不过的请求，他对我义正词严地说：“带孩子是你的责任，挣钱是我的责任，咱们俩分工明确，所以我不会帮忙的。”我听完这些话，第一次在心里对丈夫感到不可思议的失望，不敢相信自己的耳朵，不敢相信这些话是那个自己深爱的自认为很了解的许言说出来的话。这时候不管我如何好言相求，许言都没有认识到自己身心的疲倦。说着说着我伤心起来，第一次和丈夫吵架，不欢而散，我并没有说服丈夫。

后来我又想，要不试着再求求许言的父母家人帮忙，但是两个年轻人经过百般努力沟通、恳求后，公婆依然还是没有愿意前来。只听许言多次向我转告公婆的话：“只要我们过得好，他们就好。”反反复复就是这一句话，听得当时自己心里真的好难受。

后来有一天许言突然跟我提起：“我私下里跟父母和大哥大嫂交流，他们好像知道你娘家人婚礼时背后说你什么了，但是问他们，又什么都不说。你娘家人是不是在咱们结婚的时候说你什么了，被我们家人知道了，可能对你有些意见吧。”我听闻此处，心里顿感烦乱不堪，便抽了时间给村支部书记四哥的夫人打去了电话，想问问事情的来龙去脉，也是自己的四嫂子，我问嫂子：“嫂子，您知道我结婚的那天，是不是有人背后说我什么了？”嫂子跟我说：“兰喜，首先嫂子没说你，大喜的日子，我不能这么办，但是我记得好像你大表姐徐晴和你大爷家的大姐娟子她们可能在你办完婚礼后，夜里聊到挺晚的，可能聊到后半夜凌晨四点多，我不爱说闲话，我早早就回去睡觉了。”问到此处，我也没有什么太多新的进展。

眼下带孩子的问题显然已经成了家里大难题，半年多的熬夜，已经让我疲倦不堪，面对许言拒绝帮忙带孩子，我委屈地向许言的朋友们开始打电话求助帮助自己做做许言的工作，帮我力所能及的抽空带带孩子。有位朋友姓黄，是一位修习传统文化领域南怀瑾老师的徒弟，禅修领域造诣极高，学生不少。黄老师个子高高的，一米八多，东北人，长相也是浓眉大眼，五官端正不失饱满，为人直率豪爽间不失慈悲，看上去似乎智慧满满。他身边的女助理也是东北人，与我同龄，文静美丽，性格内秀，穿着帅气秀美，见多识广，修为不凡。当黄先生了解到我产后真实的生活情况后，便和许言约了时间来家里看望我，确认一下我说的是否属实，希望能够帮上忙。

当黄老师带着自己的助理来到家里时，许言也在家。说起我们现在的家，其实许言与我婚后一直住的都是许言外交部朋友留在国内的房子。许言不好意思占便宜，每个月付着近七千元高昂的房租。其实我们到现在为止还并没有自己的房子，只是我并不在意这些，毕竟对于有追求和理想的人来说，是不是有房子的确不是能左右心情的决定因素。当初我和许言在河南老家结婚的时候，婆婆曾介绍说，给许言准备了一套婚房。这套婚房许言也曾出过五万元的首付，其他的钱是父母出的。只是后来在写房本名字的时候，左右犹豫徘徊之间，户主并不是许言，而是写的母亲的名字。后来由于许言长期不在家，房子便由妹妹一家三口一直住着，即使我与许言大婚之际也没有腾出婚房。许言我们在乡下老家办的婚礼，而我至今没有住过婆婆为自己在县城准备的婚房，但是我也从未有过任何意见。因为我知道自己在乎的是和许言在一起，有没有房子不是我最关心的。我总认为只要未来两个人相亲相爱，互相扶持，未来孩子大些了可以一起努力经营好家里的事业，再买房子不迟，未来一定会越来越好的。

黄老师来的这天恰好是周末，此时离我们通话大概有些天了，我们夫妇向其简单寒暄之后，喝茶时，黄老师便主动问许言："兰喜前些天在电话里跟我描述求助的事情是真的吗？"许言回道："是。"听罢，能感受到黄老师一身正气，很严肃地说道："许言，你知道这孩子是你们两个人的吗？兰喜连续几个月照顾孩子，一晚上起夜数次照顾孩子饮食、拉尿，休息不好，你周末或者休息的时候，怎么就不能帮帮她呢？你这样的想法是怎么来的呢！再优秀的男人也是要和自己的妻子一同承担抚养孩子的义务的，况且我听到兰喜的提议很合理，她只想让你在休息的时候帮帮她，许言你看上去很温文尔雅、谦谦君子，这么多年你学习传统文化，从事出版传统文化书籍的工作，你的文化都学到哪里去了？怎么思想会这么固执又无情呢？……"说罢以黄老师的脾气就要上去用拳头击打许言的胸脯，为我打抱不平。此时，关键时刻被我善意地拦下了。我虽然有点怨恨许言的想法与做法，但是许言毕竟也是自己深爱之人。当许言要被教训时，我还是本能地挡在了许言的前面。那天黄老师的到来，还有黄老师的话让许言一下子改变了往日的无情与固执，总算愿意在休息的时候帮助自己照顾孩子了，至此，我终于可以偶尔睡个整觉，休息一晚了，自己异常难过的心情也得到了一些缓解。

日子就这样艰难又不得不咬牙坚强地过着。孩子转眼 9 个月大了。只是父亲的旧疾却开始复发，情况很严重，父亲开始病危。对我来说，2019 年大部分时间有我初为人母的喜悦与幸福，也体会了当母亲的心酸与不易。此时父亲的病情也慢慢地开始加重，需要住院。这段时间我要带着自己的儿子经常回老家，一方面照顾父亲，一方面打理家里的事情。由于父亲病重，卧病在床，需要人照顾，其实就在父亲病情不太好，在家照顾父亲的日子里，我同样经受了在原生家庭早晚都要经历的一场人性纠葛。

第五十三章 骨肉亲情敌不过现实

父亲是个心性异常善良的人。自从 2003 年二婶突发脑出血去世后，二叔就剩一个人了。二叔有两个儿子，长大成人后，慢慢都成家了，虽然二叔有两个儿媳妇，但是父亲依然特别心疼叔叔，每每在家里包了包子或者做了好吃的，父亲会亲自给叔叔送过来。自从 2011 年自己大学毕业上班后，每个月坚持不间断给父母生活费，有时候给 500 元，有时候给 1000 元，父亲手里虽然没有大钱，但是起居饮食日常开销有了不少宽裕，再也不是自己上学的时候那么艰苦了。父亲自己的经济条件有所好转，有时候叔叔身上钱不多了，父亲也会心疼地给叔叔几百元零花钱。

在我外出打工上班的日子里，父亲把弟弟也当成了自己最亲的人来疼。在过往那么多年里，父亲虽然帮不了叔叔的大忙，但是作为哥哥，父亲依然做到了哥哥该有的牺牲与格局。父亲曾经给我说过："虽然咱们家穷，但是咱们家就你一个女儿，没有花大钱的地方，而你叔叔就不一样了，叔叔家两个哥哥要成家，花钱的地方多，尽力而为能帮点儿什么就帮点儿什么吧。"

记得曾经有个情节，父亲反复说过几次，大意是这样：原先北京大爷大娘经常回老家，会给二叔家很多的帮助，在吃穿用度方面的帮扶很多。几乎每次回老家都会给二叔家很多的好东西以补生活所需，在农村人看来，家家都很羡慕二叔家能有这么好的亲戚。大爷大娘他们从北京回来，每次都是一车一车地往回拉很多大城市里流行的时尚衣服和生活用品、家具、碗筷等，品质都是城市生活里的上乘用品。很多衣服、物品那时候农村的乡亲们都没有看到过。大爷大娘帮助我们家的，往往没有给二叔的多，是比较少的一部分，即使如此父亲和我也觉得大爷大娘对家里非常好了，叮嘱我长大了要感恩。一次，大爷大娘回梧桐县老家，每次回家乡他们一家人都是去二叔家做客，来我家最多就是串个门。因为家境贫寒，母亲又有精神疾病，家里环境很差，确实无法周到细致地招待好大爷一家。大爷有一次特意找到父亲提到这个问题，怕每次回来给二叔家的礼物多于父亲这里，时间久了怕父亲内心不平衡。

而父亲很诚恳地回答道："大哥，您这是说的哪里的话啊！我看到您这么无私地帮助我弟弟，高兴还来不及！因为我自己的家庭过得不好，经济实在困难，但是我这里是个闺女，将来负担也轻多了，没有什么花大钱的地方。我弟弟这里呢，负担比我重，他两个儿子将来都要成家立业，需要花不少钱，家里挣钱困难，您能帮助我弟弟，我打心里替他高兴！那是我亲弟弟，我是没这个实力。如果我有点出息，我还要帮他呢！您帮助弟弟，我打心里高兴，大哥不要多想，我都理解，我们哥俩都得谢谢您和大嫂子呢！虽然在您眼里帮我的不是很多，但是对我们家来说，已经帮了很大的忙了，我们一家都很感激。"这些话，父亲在后来的日子里，也常常跟我提起来。每每想到父亲的话，自己的内心都很敬佩父亲的为人与格局。

父亲不仅是这样说，也确实这样做。后来在我上初中的时候，二叔家盖房子，父亲二话不说把自己院子里所有的树木无偿送给二叔；叔叔家有事的时候，秋天玉米熟了，父亲也经常给叔叔家帮忙秋收，自己有时候放学赶上了，也会跟爸爸一起给叔叔家帮忙干农活儿。

因为父亲宽厚善良，叔叔家的两个哥哥跟父亲的关系都很好，大哥也在我平日在外上班的时候经常去看望父亲，也会帮父亲干一些简单的活儿。听父亲说，大哥还经常帮助父亲找在外溜达的母亲回家吃饭。两个家庭还是很互帮互助地走过来，彼此之间是有真情的。

父亲和叔叔兄弟两个，记得父亲和自己说起过，爷爷去世得早，在他 14 岁的时候爷爷就去世了。那时候父亲经常哭。父亲上学时学习很好，只是他知道自己家里没有了爷爷，自己下面还有一个弟弟、两个妹妹要养活，如果当时只靠奶奶自己根本支撑不了这个家。于是父亲 14 岁便主动退学帮助奶奶支撑他小时候的家，后来等到父亲 17 岁的时候，便经人推荐来北京打工养家。那时候父亲很幸运，被介绍到北京首钢工作，每个月单位发的粮票，父亲都会省下来很多，换成白面和挂面，给家里的母亲和弟弟妹妹们带回来充饥。

那时候是 1960 年左右，为了不让奶奶活得太劳累，父亲经常带回好吃的与家人分享，度过了那段大家都在挨饿的日子。那时候闹饥荒，人们最缺的就是粮食。

又过了六七年，父亲二十五六岁的时候，赶上了“文化大革命”，不幸受到冲击替人顶罪，七年的时间里，父亲在监狱度过。这七年当中，奶奶天天以泪洗面，剩下叔叔和两个姑姑相依为命。也就是在这七年，叔叔也长大成人，承担起了帮助奶奶支撑家庭的主要责任，也在这几年里，老姑为二叔换了亲，得以顺利娶妻成家，有了孩子，这期间，相信二叔也付出了不少辛苦。后来父亲 32 岁的时候被无罪释放回老家。奶奶说，从父亲回来以后，就像变了一个人一样，不爱说话，也不爱笑了，以前自己那个爱说爱笑、乐观开朗的大儿子没有了。

父亲回家的时候，兄弟俩就一块宅基地。待母亲和父亲结婚的时候，父亲和叔叔还是住在一个院子里。一年多以后，村里的大队支部又以哥俩的名义给叔叔在村子东边新划出了一片宅基地，面积不小和老院的面积相当。二叔很能干，很快便在新的宅基地上盖上了新的房子。

记得父亲给我提起过，二叔盖新房子的时候父亲母亲都去帮忙。那时候母亲很能干，盖新院子需要用水，不少盖房子用的水都是母亲挑的。只是因为母亲有精神疾病，或许在农村人眼里就是“疯子”吧，大家对她多少有些特殊看待吧，干活儿干累了，大家都休息吃西瓜的时候，没人叫母亲一起歇会儿吃瓜，但是母亲依然会干活儿，特实在。

二叔搬去新家后，哥俩每人一个院子了。老院子自然也就留给了父亲，就这样兄弟俩过了二十多年，大体都相安无事，互相照应，总是会有兄弟亲情在的。上文提到，直到自己大学毕业后，长大成人，快要谈婚论嫁的时候，叔叔屡次向父亲提起，老宅基地有他的一半，要让父亲以当下这块老宅基地价值的一半给他，以当下的物价为参考基础。如今我作为父亲的女儿已经结婚成家，有了自己的孩子。同时家里的亲人大都知道自己现在的日子过得比原来好多了，二叔也在 2018 年底到 2019 年初，屡次向父亲要这笔他认为应得的费用。

这件事情让父亲内心一直很不开心，或许父亲理解不了二叔为什么不顾兄弟情谊，执意要和他算这笔账，内心烦闷，父亲特别难过的时候，也会偶尔跟我提起此事。但是在我结婚以前家里哪里能有好几万块钱的积蓄呢？父亲手里常有的就是一两千元的生活费。村里的村干部也屡次和我提起父亲和叔叔早年的事情，早在多年前以兄弟俩的名义重新分给叔叔一块新的宅基地，二叔不该再回来分享老宅的一半了。因为这件事情，我听完之后当时也是内心不快。知道自己在未来的日子里的确是很难躲过这次家庭因为宅基地而引发的家庭纠纷了。

2019 年 3 月左右，父亲突然有一天给我打电话，告诉我大哥家的房顶坏了，要修补，于是大哥和父亲借了两万元。这两万元是自己结婚时候婆家给的彩礼，父亲不舍得花一分，反而给了大哥，而此时，父亲并没有让大哥打欠条。我自然知道父亲善良，父亲对家族的亲情信任也在乎，自己虽不是很情愿，表达过自己的真实想法，但是想来想去，知道大哥这些年来，自己出门上班的这些年，力所能及地也帮了家里不少忙，我也没跟父亲商量便好心跟大哥讲不要了。只是自己说不要这笔钱的事情因为没有和父亲商量。父亲得知我这么大方不要了，特别伤心也生气地说："那些钱是你结婚时候的彩礼，我一分钱都没有舍得花过，我是借给他们的，不是送的。"后来因为这件事情，父亲和我也闹了很久的别扭，甚至我们父女也竟然因为这两万元钱激烈地争吵过。对此我也深感唏嘘，自知自己做的不对，可是激动极又控制不好情绪，内心五味杂陈，又充满矛盾。父亲对此事一直挂心，但是自从父亲借给大哥钱后，大哥便很少再来看望父亲了。

几乎同时，二叔对于宅基地这边的诉求从未放弃过。而我一直不同意就这样按照二叔的要求轻率把钱给叔叔，总觉得心里窝得慌。

为此也曾内心委屈地跟父亲抱怨生气，不懂事的自己，委屈之时不免埋怨父亲，为何早些年不把这么大的事情处理好，现在轮到自己来处理上一辈的事情，的确有着诸多的困难，很多历史性的关键事情自己并不在场更不知实情，二叔与父亲的说辞又各不相同，内心想过通过法律途径解决。在此过程中，自己也试图找过律师咨询，大都认为自己家是比较占优势的，因为自从20世纪80年代宅基地确权后，宅基地证上的名字写的是父亲的，那么从法律上来讲，这块宅基地的户主是父亲了。即使宅基地上的房子是他60年前盖的，按照现在的价值评估、赔付也不值那么多钱了，二叔的要求是不太合理的。咨询过后自己也曾带着律师的录音，和叔叔交谈此事。

其实，我和父亲的心里并不在意给叔叔多少钱，只是不想以这种方式给叔叔这笔钱，无疑会彻底伤了两兄弟感情。在我心里可以心甘情愿在未来的日子里，在逢年过节的时候，尽可能地多给叔叔养老钱，却不愿意叔叔拿着伤害家族亲情的方式来要钱。自从自己参加工作以来，逢年过节回到家里，大都要来叔叔家看望叔叔，都给叔叔一些零花钱，三五百是常有的事情。自己经济条件好的时候，也很愿意给叔叔买礼物，买品牌的羽绒服，质量好的棉被、棉褥、营养品等。

其实我内心里对叔叔当年对老家的付出是认可的，父亲在遭遇冲击的那些年，大都是叔叔在家和奶奶一起支撑家庭的。我虽然表面不高兴，也知道叔叔要的价格自己也无法判断是否合理。但是对于叔叔当年的付出，我不想赖账，至少自己和父母住了三十多年的老房子的确是以叔叔为主力盖的，我打心里认可这件事。但是叔叔要的价格是现今我们住的宅基地价值的一半，直觉价格是有偏高的，我只想着吃点儿亏就吃点儿亏吧，毕竟是自己的叔叔，就当尽孝了吧。

经过内心几番思考，没有把自己的想法告诉父亲，怕父亲一时间接受不了，我只想尽快把这件积压在两位老人心里的大事解决好，自己也好安心照顾父亲。毕竟父亲的身体一天不如一天，内心深处只想留下更多安静的日子，好好静下心来陪伴父亲。父亲内心一直不愿意我按照二叔的要求处理此事，但是我知道按照父亲的想法用法律手段维权更要耗费特别多的精力和心思与二叔一家周旋，我只觉得既然二叔在年轻的时候的确付出了，那就尽量让他心安吧。

2019 年 4 月下旬，我与许言从北京开车回家，一起到了二叔的家里，最终还是按叔叔的要求给了老家宅基地当今市场价值的一半费用。由于叔叔也知道自己的做法未免有些不妥，乡亲们也未免会议论纷纷，从法律上也不会得到支持，于是在解决这个问题的现场，又在宅基地价值一半的基础上少要了一半。到此也算双方都各退一步，相对圆满地解决了这件事情。我多少也能体谅二叔的心情，毕竟当年在父亲不在的时候，与奶奶一起支撑这个家很不容易。但是不管怎么说，这件事的发生也多少影响了两家的关系。而父亲后来知道了我这一做法，一时间却气得不行，觉得我处理太过窝囊，跟我大吵了几句，更是觉得自家吃亏了，而我心底却认为这是最心安的处理方式，从此父亲和我可以特别硬气地永远在这院子里居住，再不可能有人看不顺眼了。于是我耐心给父亲解释自己这样处理的初心，也想留下更多的时间安心陪伴父亲疗养身体，父亲也理解了我的善良和用心。

2019 年 8 月份左右，父亲的病情眼看越来越严重，或许是因为刚刚付给二叔家宅基地的费用，我同时想到了替父亲把叔叔种的村南马路边自家的田地收回来。这块田地还是在自己上高中的时候，村里修马路从这块田地中间穿过，这块田地也被割裂成了东西两块。后来当我再提及当年修马路时被割裂出来的小三角的田地，不知为何竟然已经成了叔叔的了。几年前叔叔又跟父亲商量，想种我家马路东边修马路后剩下的大块田地，父亲欣然答应了。但是叔叔没有跟父亲商量要种什么，父亲是不希望自己的田地里种树的，只是眼下这两年父亲因为臀部骨折，早已不便出门看看自家的田地，所以叔叔从父亲手里接过田地后具体种的什么不得而知。父亲跟我提过，田地一旦种了树，就不好长庄稼了，但是叔叔恰恰种的就是树。

于是没过几天我便去叔叔家里，表达想要回自己家马路东大块田地的意思，叔叔同意了。于是，我也很善意地跟叔叔讲："这次卖树的钱，都给您，我们家只要把田地要回来就好。"只是又过了一些天，发现叔叔倒是把树都卖了，却留下了很多树枝、树叶和树根，杂乱无章地布满田地无人问津，没有任何清理的痕迹。自己的善良和大度，显然并没有换来叔叔的一丝自觉！

我找到了叔叔说起此事，告知叔叔："叔叔，卖树的钱我们家一分不要，全部给您，能否把田地帮忙清理干净？"叔叔听到这话，便回答道："这个事我干不了，我在栽树的这几年耗费的成本都比卖树的钱多，我本来还想找你爸爸去算算账，补给我一些钱呢……"

当我听到这里，情绪也彻底失控了，我顿时放下了自己以往三十多年对叔叔的尊重与礼貌，说道："叔叔，您从小看着我长大，在您眼里咱们两家就没有一点人情味儿吗？逢年过节我只要回家，都会来看望您，不管自己有多少钱，都会尽心孝敬您，难道这些在你心里都没有感动过吗？"而叔叔说："你孝敬我的钱是你自愿给我的，但是你该给我的钱你们还没给我呢。”我听到叔叔如此这般的想法，我的情绪也是越来越激动，于是说道：“您说我付出的这些是我自愿的，而我们该给您的还没有给，把账算得如此清楚……现在您用我们家的地种自己的树，卖了多少钱我们问都没有问，您自己全部收下，如今想让您帮忙把地整理一下，您这样说，为什么所有的便宜好事儿，都是您一个人的，您还是那个看我从小长大的叔叔吗？”叔叔说：“你知道吗，这么多年，你的心早就黑了，这些年，你给我打过几次电话。”我说：“叔叔，不知道我们到底谁的心黑了，我的心再黑也还没有黑到算计家人的钱。您说我不打电话，我在外工作生活，并非您想象这般如意顺遂，我有很多自己需要挑战的地方，顾不周全，但是只要自己逢年过节回家，我会带着礼物与红包第一个来看望您！”说着自己实在伤心，便走出二叔的屋门了。

等我和二叔不愉快地沟通完清理田地的事情后，我走出叔叔的屋门，叔叔竟然从屋里大声喊道：“你爸爸走了以后，别想入祖坟啊。祖坟占的田地不是你们的，是我的。”

这些话一出，彻底激怒了我！我瞬间回头，又走到二叔的屋门口说：“如今躺在病床上奄奄一息的人是您的亲哥哥，您说出这样的话还有起码的人性吗？祖坟占用的这块地明明是我家的，村里乡亲们都知道，这块田地使用权的整个来龙去脉我也从小都知道，父亲早就跟我交代过。我也是您看着长大的侄女儿，您怎么能这么黑白颠倒地欺负自己的亲人呢？如果您这么说话，从此我再也没有您这个叔叔了。”此时自己内心的怒火也已控制不住，气得差点儿冲昏了头脑，也因此遇到了自己人生中从未有过的人性险恶颠倒黑白的一面，还有前所未有即将面临的挑战。我心里明白现在必须得想办法赶紧把这些事情处理好才可以，不能让父亲的身后事，最后如此荒唐被二叔欺负。从二叔家出来，我心想如果到时候叔叔真的不让父亲入土，该如何是好呢？

时间一晃过去了两个月了，我突然心生几个办法，齐头落实。首先，记得自己还很小的时候父亲和自己提起过，奶奶的坟地当时是要放在我家田地里的，父亲在家守孝，父亲交代二叔带人挖坟，叔叔指错了位置，于是占了别人家的地。后来父亲得知情况后，又把自家在村东边挨着军营的地和人家换了奶奶的墓地。

后来的十多年里，自己清楚记得，只要农忙时自己在家，父亲经常带着自己来地里一起干活儿。奶奶墓地的位置自然也就是属于父亲的田地，田地周围的乡亲们都知道。所以这块地本来也该是自己家的。当时奶奶去世的时候，父亲亲自和我交代过这些事情。恰好换地的对方人家有个亲戚是自己的小学同学，只是自从小学毕业后时隔二十多年了，很少联系了。于是我想办法在村里找到这位同学的亲戚，找到了二十多年都没有联系过的老同学，把事情大体说了一下，于是通过同学找到了与父亲换地的当事人。

同时，我将家里最近经历的事情原始本末告知了北京的大娘，虽然大爷一家在自己结婚典礼上的言辞重伤到了自己，但是大娘在自己的家族里是唯一一个能让叔叔低头的人。说起这里，还有一段家族不和的缘由导致了北京大爷大娘一家对老家兄弟两个多年扶持而突然中断，甚至断绝了来往，如果不是因父亲为人的善良、厚道与自己努力上学的缘由有求于大娘一家，兴许早就与北京大爷一家彻底没了联系。话说大爷是非常孝顺自己的父亲的，他是我二爷爷的妻子与二爷爷结婚时带来的儿子，并非二爷亲生。婚后，二爷怕将来自己有了孩子，大爷必然会有委屈，宁可一生没有要自己的孩子，与自己心爱的妻子多年只呵护养育大爷一个儿子，大爷自然也从小都记在心里。那时候大爷已经八九岁的年纪，记事了，自此大爷心里一直将二爷视为自己亲生父亲一样地尊敬孝顺，为二爷养老送终。所以大爷自然发自内心地对所有二爷家族的亲人也是特别好，不计得失地帮扶，大到帮助我二叔拉砖盖房子，小到吃饭的锅碗瓢盆、吃穿用度，只想通过自己的努力将老李家的日子过起来，不被人看不起。二爷的坟墓也在乡下老家，因为父亲年轻时有过近 7 年出事不在家乡，家中的很多重要的事情自然而然地交给了二叔，大爷也多次语重心长地叮嘱二叔，一定要将祖先们的墓地看好，把祖先要放在心里，这么多年不管大爷付出多少都很感恩二叔对老李家祖坟的守护之恩，只是随着时代的发展，原来墓地选在田间的老李家的祖坟，如今随着村子扩建，已经变成了村里很碍交通的一处墓地，周围都是乡亲们新盖的房子，爷爷的坟头更是在村里一条胡同的水泥路下面，时间久了也找不到精准的位置了，我只记得小时候，父亲每到祭祀祖先的日子都会带着自己来到村里一户人家的墙外烧纸钱，那时候父亲跪拜祭祀爷爷的地方已经是平铺的水泥路，早已没有了坟头的迹象，只是大概位置还记得，这样下去不是办法，村里未来还会不断地发展变化，于是大爷每每到了给祖先祭祀的日子都会带着丰厚的心意赶回家乡祭祀祖先，慢慢兄弟几个都意识到了这个问题，于是商量着，不如选择一块风水好的地方，将祖先们的坟墓迁至新的田地里去，这样再不用担心这个问题了，村里人来人往，老李家成片的墓群在村内确实也不太方便，不是长久之计。于是在2002年清明之前，大爷和父亲和二叔兄弟三个一商量，最后决定迁坟，迁到村南父亲自己的田地里，于是他们选择了良辰吉日，很隆重也很恭敬地开始动工迁坟，只是谁也没想到，最后却连一个真正的棺椁都没有找到，不管怎么挖，都找不到祖先棺木的痕迹了，这可把孝心极重的大爷气坏了，他忍不住气愤地质问二叔："李智，你这么多年看守咱们家老祖宗的坟墓，墓呢？你到底把老祖宗的墓地守哪里去了？每年我们都到这个位置来祭祀祖先，怎么就什么都没有没有挖出来呢？"二叔自然也答不上话来，至此大爷一怒之下，转身就让儿子开车回京，从此之后，大爷本人再也没有回过老家。只是大爷对父亲的印象不错，大爷得知我又在艰苦的环境下努力学习，本就善良正直的大爷，还是在我上学最困难的时候伸出了援助之手。我自然在后来的日子里对大爷大娘一家也是感恩、尊敬有加，对大爷大娘家的感恩一直放在自己的心里。

因为自己努力上学，家境又异常贫寒，交不起学费书费等，大爷一家好心帮助我好几年，所以我一直和大娘家保持着联系，一开始是求助，后来是感恩，而此时的大娘也深知在我的结婚典礼上他们家对自己有着不小的伤害，大娘在我们婚后也是几次电话道歉。只是事情已经发生了，婚后的生活因大爷在婚礼当天饭桌上的言语，还有娟子大姐给许言打的电话，注定了自己在婚姻中埋下了不少对自己不利的隐患，自此我也很少感受过婆家真心的信任与疼爱，婚后艰难也心酸的日子自己正在煎熬着。

对于此时我的请求，大娘出于对我这个侄女的心疼与歉意也是欣然答应了。2019年春节前后，我和许言去看望大爷大娘的时候，才得知大爷患上了严重的皮肤疾病，浑身都是红疙瘩，奇痒难忍。

我们也都很担心，后来我嘱咐许言给大爷推荐了一位医术高超的中医大夫，经过后来几年的治疗，近乎痊愈。

回到当下，10月中旬的一天，许言开车接上大娘，就在开车回老家的路上，大娘语重心长又几次三番地跟我们夫妇提道："一定要小心参加过你们婚礼的给兰喜当助理的何唯。"不知为何，大娘一个劲儿地担心她会对我的家庭不利。直觉大娘好像有话要说，又欲言又止，后来大娘说："我知道你们在结婚头一天因为兰喜被吓着了，你们闹了点别扭。也是何唯跟我们说的，要不我们怎么知道呢？"然而此时我们夫妇还天真地以为未来应该不会有什么事情吧，自从婚后，我也从来没有难为过何唯，反而几次提醒许言要多照顾何唯一家。因为何唯的丈夫也在许言的单位里上班，虽然婚礼前自己与何唯因意外有些小不快，但是自己也不是心胸狭隘之人，后来的日子里自己完全没有放在心上，而且私下自己数次给许言提起，何唯和她的丈夫在外打工不容易，可以在待遇上适当多照顾。我自然也深知打工者的不容易，自己也是一路打工走过来的。我只是在婚后确实提醒过许言，既然你已经结婚了，有了自己的妻子和家庭，未来不必要事事请教于何唯，何况如此迷信下去，就不是弘扬传统文化的正路了，或许未来还有潜藏着不必要的家庭波折与不顺，真正有道德修养用心学习践行中华优秀传统文化的人是不会随便窥探天机，趋利避害或者投机取巧的。遇到任何事情自然有自己出于良知的主见，只要心念端正善良，命运也不会差到哪里去。与其保持适当健康的距离也是对我婚后成为其妻子的尊重。

10月中旬，父亲的病继续加重。大姑和二姑也经常过来看望父亲，几乎每天都来。我心里也一直把两个姑姑当成至亲的家人。

我也心怀真诚喜悦地把大娘要来的消息告诉了两个姑姑。大娘自从和叔叔家断了联系再也没来了，我本以为家里的长辈们一定很想念大娘了。没想到，大姑却在我和许言开车陪大娘回老家的路上打了三四次电话。大姑知道大娘要来帮助我调解叔叔不让父亲入祖坟的事情，大姑的表现却让自己始终想不到的出乎意料，在我们回家的一路上，大姑一会儿来个电话，问问我们什么时候到老家，她想回娘家一起见见大娘；一会儿来个电话说自己不想来了，说天气不好，看着好像要下雨了；一会儿打电话说想来；最后打电话说又不想来了，看着天气不好……

短短不到十几分钟的时间内，大姑反反复复的几次来电，此时我心里明白，哪里是天气不好？！大姑和二姑遇到娘家的任何事情会商量着来，那天没承想两个姑姑都不想来了。最后自己着实有些不开心了，打电话给大姑："大姑好，大娘很多年没有回来过了，大爷大娘一直以来对咱们家都有恩情，老家亲人们在过往的一些年，几乎每户都或多或少受过大爷大娘的恩惠。今天回老家是为了帮助我调解二叔不让我父亲入祖坟的事情。我父亲是您和老姑的亲哥哥，这也算是家里的大事了，二叔颠倒黑白不让我父亲入祖坟，而且我知道两位姑姑怕得罪二叔，不敢出面调解，如今有人愿意来帮忙不是家里的好事吗？我父亲的身体眼看越来越不好，真的不知道能坚持到哪天？于情于理，您和老姑都应该来见见。"后来在我的劝说下，大姑单独提前来到了我家，当许言和我带着大娘到家的时候，却不见老姑的身影，大娘也想见见多年未见的家里的所有亲人，后来我打电话过去，才得知老姑并不知大姑已经来了我家，其实此时自己心里早已明白一二，知道老姑相对憨厚实在不会贸然一个人做出这样的决定，于是我干脆让许言开车带着我去她家亲自去接老姑回娘家，到了老姑家，我再三问其缘由才得知大姑与其商量过，当时的自己只想一心平等，从不想丢下家族中任何一个人，于是自己亲去老姑家将老姑接回了自己家，一起团聚，在自己的坚持与努力下，两位姑姑总算是都来了。

等到许言我们俩陪着大娘回到我的老家，叔叔已经在老家等着了。叔叔看到大娘，表面上瞬间眼含热泪地热情迎接上去。事情发生的当天，至亲们都在跟前。大娘来到老家的时候，二叔一边哭一边和大娘亲热寒暄着，但是依然信誓旦旦地说我们家族的祖坟所在的田地是他的不是我们家的。大娘虽然是前来助阵自己的，可是具体到田地到底是怎么回事，大娘也是不知道细情，因为不了解兄弟两家各自田地的具体位，没想到一时间无法帮上忙。

我见状，知道只有自己能帮自己的父亲了。于是我不得已开始打电话通过自己的小学同学，找到了当年与自己家因为奶奶坟地挖错位置，父亲特意用自己的地与其互换田地的主人，这个人恰好是当年自己小学同学的亲姑姑一家，我也就此终于找到了和父亲换地的当事人，于是当场打电话过去，把电话语音调到最大，让屋里当时在场的所有人都听到，对方也承认了与父亲换地的事实："兰喜奶奶的坟地的确是当年挖错位置了，后来兰喜父亲用自己其他地方的田地与我们交换。"屋里鸦雀无声，没人吭声，这个时候叔叔才算不说话了。总算平息了此事。

随后，我又紧接着找到了大队书记和镇上的领导，把家里的情况和叔叔阻拦父亲入祖坟的事情详述了一番，因为坟地所在的村南那片田地不知是何原因，村里大部分人家都没有被确权，所以只能让村里出个证明，以免叔叔真的到了葬礼的时候欺负自己，到时候的场面简直不敢想象。村里的领导干部叫上了和我家的田地边界挨着的四户村民，来大队签字，证明祖坟所在地属于父亲家，最后大队支部盖章，交给我保管。

经历了一番跌宕起伏又满是唏嘘地对家庭主权与尊严的捍卫，我才算踏实下心来，继续安心照顾父亲越来越虚弱的身体。

第五十四章 父亲临终爱看的书

父亲病重期间的几个月，我需要在北京和河北家乡两地频繁奔波。因为孩子太小，自己一时间很难照顾周全，于是临时请了一位保姆帮着自己一起照顾父亲。白天我带着不满一周岁的宝贝尽量每天赶回来，等晚上九点多到十点左右安顿好父亲吃饭、睡下，再带着宝宝回北京。内心的直觉早已告诉自己拥有父亲的时间越来越少了，于是我尽自己最大的努力想呵护父亲那颗最需要亲情偎依的心，每天往返于北京、河北两地。

我知道父亲爱看书，于是经常给父亲带回一些生命教育与觉醒的书。我知道这个时候给父亲看启迪生命觉醒的书是最好不过了，能够诠释生命意义，也能让自己在尘世中的爱恨情仇都从内心深处放下，同时或许也能够帮助父亲缓解病痛的折磨，此时我只想尽力帮助父亲洗涤沁润灵魂。当时印象最深的是我给父亲带回的《佛海心滴：谈人生，说解脱》一套三本厚厚的书籍。父亲竟然在自己病危期间都看完了，看完之后，父亲对生命的感悟很多，自觉有生之年的很多知见都是不够究竟的，受益匪浅，在此之后，每当我一回家便会和我一起分享读书的心得和感悟。

有一天，我回家看望父亲，父亲和我坐在床上静静地谈心，父亲竟对我说：“爸爸的身体快不行了，有些话想跟你说说。我这一辈子老实本分，没做过一件坏事，也没有欺负过别人，但是人生当中竟然有两件事让我觉得心里有愧啊！”

听着父亲这么说，我便问：“爸爸，是什么事，让您内心愧疚呢？”

父亲说：“这辈子我对得起你母亲，对你妈妈真是尽到了自己百分之百的责任和心意，但是在我内心深处这一生最对不住的两个人，一个是你奶奶，一个是你啊！看了你给我带回来的这些书，我更加觉得愧对自己的母亲，母亲在世之时我并没有尽心竭力地孝顺母亲，你奶奶跟着我没享过福，你母亲有这个病，也真是没办法啊，净跟着我受罪了。”父亲一边说着，眼泪就流下来了，也掩饰不住地要哭出声来。接着父亲提到我：“你这孩子从小时候到现在，自己承受得太多了，生在这个家里，也不得不过早地懂事，扛起一个家的责任。但是爸爸现在看到你过得这样好，有出息，爸爸心里很知足，打心里敬佩你，也为你高兴。”

当我听到这里，心里也辛酸直涌，泪水不禁往外直流，直言：“爸爸，女儿从来没有这么想过，您是我这一生最好的父亲，您这一生已经尽最大的努力给我一个完整的家了，尽自己最大的努力照顾母亲，对她不离不弃，已经是我一生的榜样了。从小到大您给我的爱我是能够感受到的，是您尽心竭力地支撑这个家，我才得以在外安心学习闯荡。”我自知父亲没有多少时日了，又说出这样的话，说得我打心里想流泪。我强忍着痛哭的冲动，含着眼泪，安慰着父亲，让他安心养病，不要多想。

就这样，一天一天地过着，我又陪着父亲过了一些时日，这些日子里父亲想吃什么，自己就努力满足父亲的愿望，还记得父亲最后一些天，总想吃老北京的油酥烧饼。而我也有幸去家乡的县城给父亲买水果的时候遇见了一处卖油酥烧饼的门店，我一下买了6个油酥烧饼给父亲带回，父亲总算圆了自己的念想；后来父亲又跟我说特别想吃猪头肉。当我听到父亲有想吃东西的意愿，打心里特别开心，很快满足了父亲的心愿。于是我给父亲准备了一大碗猪头肉，父亲竟然一个人高兴顺畅痛痛快快地吃完了。我见状高兴得不行，我当时竟然会天真地觉得父亲只要能愿意吃饭，就一定能有希望好过来。因为父亲的旧疾在肺部，此时最折磨父亲的病症就是呼吸困难，从这次旧病复发后，父亲自10月初就开始呼吸疼痛、憋闷，不得不每天坚持使用制氧机辅助维持呼吸。

父亲去世前两三天依然惦记两件事，一件事是他曾借给大哥的两万元钱，他说我不是送给他的，是借给他的，是要还给咱们的，那是你的彩礼钱，要让你大哥写欠条，然而后来我们夫妇与大哥交流此事不畅，大哥坚决不写欠条，未能如愿。为了不让父亲难过，我拿出了自己钱包里两万元的现金，将钱递到父亲手里让他感受到，此时父亲已经不能睁眼了，我骗父亲大哥已经还了钱，至此父亲心里才安心了。还有一件事就是他想了一辈子也没能做的事情，就是想交代我翻盖老房子，此时我满心诚意地答应着父亲，让其安心。

自从父亲病重后，快要离世那几天，这个时候大姑主动让五个女儿轮流前来照顾，帮助我，大姑此刻的好心，这个时候确实遭到了我的婉拒。我自知家里只有自己一个女儿，家里人丁少，怕应付不过来，自己提前做好了所有打算，提前多安排了一位阿姨，跟随自己回家照顾父亲。我只想安静、体面地将父亲送走即可。我知道，这么多年来，除了两个姑姑经常来家里看望父亲，五个姐姐来家里很少，有的甚至没有主动来过，自己与几个姐姐几乎没有什么联系。

毕竟我们都长大了，都有了自己的事业与家庭，专注于自己的生活，来往不多是很正常的。这个时候的自己，自然也不想因为自己的家事打扰几位姐姐。以前这么多年，家里贫困异常，母亲患有精神疾病，家中一片狼藉，除了至亲之人，其他的亲属大都很少愿意前来看望。

我的大姑李贞，心直口快，聪明伶俐，中等身高，后脑勺大，细长脸，青年头，皮肤黄黑、粗糙、有麻子，小眼睛，大门牙，薄嘴唇。要说长相，可能是四个兄妹里最不受看的一个了。但大姑却一生勤奋能干，说话也是大嗓门，开心也快，生气也快。她生有五个女儿，最小的也比我大几岁，自从女儿都出嫁后，大姑的日子也是越过越清闲。五个女儿自然有五个女婿，一个大家庭热闹起来也是幸福满满。

这十多年来，父亲屡次住院看病，不管是经济问题，还是照顾父母自己一个人勉强都撑过来了，尽量不麻烦亲朋好友。中间大姑有几次带着三姐前来医院看望，我还依稀记得。但是患有精神疾病的母亲，也几次把好心看望父亲的大姑和表姐恶狠狠地骂出病房，复杂交错的过往经历，不免会伤了亲人的心，也让父亲闷闷不乐，我自知母亲这样，如今只想安安静静地不打扰太多的人。所以我也特地提前安排了父亲后世需要用到的人，完全可以应付自如。我从小的确骨子里倔强要强的性格，让我在当下数次倔强礼貌地拒绝了大姑。而大姑却执意要求几个女儿前来帮忙，坚称："都不是外人，兰喜你为什么如此见外呢？你这孩子怎么心眼儿这么多呢？我们不是一家人吗？"而我此刻的确是倔强上了。但是，后来自然没有争辩过自己的大姑，几个姐姐轮流都过来了。此时，我自然也感恩几位姐姐的帮忙，当我切实感受到几位姐姐热心帮忙的时候，自然心情也温暖缓和了许多，更能感受到家里兄弟姐妹多的幸福与底气，这是我生来从没有感受到的。也是这次的相处，我和几位姐姐的接触多了一些，我也打心里生出了感恩心，但是自己却始终不敢放心自如地与几位姐姐交流，原因或许只有自己心底深处知道。我知道此时的自己还远远不能让亲戚朋友发自内心地认可，大家更多是因为知道我嫁给了一位身份、地位、经济实力都很优越的丈夫。许言的外在条件在此时足以让大家忽略自己是否真的过得幸福了。就连自己现在都要万分感恩自己的先生，然而或许眼下也只有自己知道此刻在婚姻和个人事业中无法言表、也无人能助的处境与感受。未来自己要有一天真正有出息才可以拥有一片独属于自己的天地与尊严，大概那时候的自己才是真正地改变了自己的命运，并不是我站在丈夫的肩膀上获得未必属于自己的尊重与美好的假象。

在 2019 年 10 月的最后一天下午三点钟，我用心也温柔地握着父亲的手贴在自己的胸口，让父亲听着最美妙动听的音乐，我记得当时给父亲放的音乐是《扫心地》，一首洗礼心灵至善、至净的歌曲，在这优美的歌声里，我陪父亲走完了他人生最后的一天，咽下了父亲这一生最后一口在人间的空气。

在陪伴父亲人生最后的两天时间里加之料理父亲的葬礼过程里，自己不知不觉中五天四夜没有休息，从父亲病危到去世，还有葬礼，我和母亲还有两位姑姑及姐姐们一直用心守护着父亲，我们小心翼翼、谨慎周全又风风光光地送了父亲最后一程。

父亲葬礼上来了很多乡亲，村里的大多数乡亲们对父亲一生的人品印象都很好。父亲葬礼上我自己做主，坚持用素食招待前来给父亲吊唁的亲朋与乡亲们，父亲棺椁前的桌贡上也都全是素食，我请厨师们用自己精心准备的花生油给大家做饭，买的绿色健康的木质筷子。之所以这样做，并不是我想奢侈，我只想用最真诚的心意，最健康的用餐方式招待前来送别父亲的父老乡亲们。我特意安排给厨师们买了清洁用品。大家用餐的时候，同样在院子里播放着可以洗涤灵魂的背景音乐——《扫心地》，希望前来送别父亲最后一程的亲朋好友们可以吃得舒心。其实我的内心深处真正想表达的是对父亲一生最高级别的尊重与恭敬，希望他的灵魂能够干干净净地来、干干净净地走。

就这样，我们尽可能周到谨慎、不留遗憾、尽量体面地送别了父亲最后一程，父亲的身后事，整个过程顺利也圆满，自己内心安宁也光明。农村办理老人的后事一般都是 3 天，3 天后是父亲下葬的日子，只是这一天让我特别不可思议的是，我清晰地记得自己在照顾父亲最后一两天的时候，因疲倦、劳累所致腰疼得已经直不起来了，而父亲下葬之后，我身体不适的所有症状不知不觉间全部消失殆尽，身体轻盈，心里轻松敞亮，这件事在当时的亲人们都有见证。至今为止我也深觉不可思议。当时因为父亲只有我一个女儿，办完父亲的后事之后，二叔以为我几天几夜不得休息，加之心情的沉重与难过，人应该已经快撑不住了，哪料在我为父亲办完后事给他家回礼之时，二叔见到我的精神状态和身体情况简直不可思议，他想不出为什么我会如此坚强，身体竟然也没有出现疲倦不适的症状。

第五十五章　父亲患病的12年

在我结婚以前，父亲每隔一两年左右要进一次医院。尤其到了冬天，父亲呼吸困难，心脏也不好，每到父亲病重的时候，我便会主动向工作单位请假或者辞职回来给父亲安心看病。我知道自己根本无法确定父亲每次住院的时间，也无法确定单位能否接受这样长时间的请假，即使单位接受，自己一旦十天半个月不在单位，自己是否还可以顺利地衔接以后的工作，有时候给父亲看完病，再回去工作也是物是人非了。而我的选择也只能半边认命，半边挣扎。而我在父亲病重期间，自己从单位抓紧时间回家安排父亲的住院看病、安顿母亲的饮食起居等，自己经常一忙一整天，自己也经常忙得一天下来顾不上喝口水，更别说能安下心来吃顿像样的饭了。

我身边的亲朋好友，大家每每看到我，都夸我的身材真好，纤细苗条，从来不胖。其实只有我自己知道，自己的身体条件大体是这么多年累出来的，自己长大后几乎没有怎么享受过安宁惬意的生活状态。

记得在自己二十五六岁的时候，我开始意识到自己家庭的特殊情况，父亲的年纪大，身体重疾，此时我已经参加工作一两年，内心一直告诉自己，已然是这样的家庭环境，未来我必须面临注定的不定时父亲的旧疾复发，需要自己腾出心力用心照顾，为父亲争取生命的健康与寿命，而为父亲看病的责任只有我自己面对，同时我得想办法安顿好母亲，我没有亲兄弟姐妹，其他人没有必然的义务帮助我太多，即使没人帮忙也是情理之中，自己要有极端事件出现时的心理准备，毕竟父亲只有一个，工作可以再找。所以必要时，我必须有心理准备舍弃自己眼前的事业与前途，尽可能分出多一些的精力照顾病危住院的父亲，不然我的父亲就真的太可怜了，除了自己又有谁能救父亲呢?

婚前，在父亲接受治疗的过程中，我常常把母亲也一起都带到医院，这样不用两头跑了，要不然照顾完父亲在医院的饮食之后，还要跑回家去照顾生活不能自理的母亲。后来我有了多年照顾他们的经验后，每次父亲住院，我就尽可能地给父亲母亲安排一个单间，让他们住的条件好一些，同时也能减少母亲精神的不正常对其他住院病人的干扰。此时的我似乎只有这样做才能让一切尽可能地平静一些。父亲住院短则一周，长则有时候需要十几天。十二年下来，父亲住院的次数已经记不清了，父亲大体每年冬天是最危险的时候，很少有一年不住院的时候，有时候一年要住院两次左右。

这十几年的时间，让我最着急的就是住院期间的所有花费，我必须想办法筹措出父亲每次住院需要的所有费用。其实我并没有存款，前面提到过，其实大学毕业后的几年时间里被信用卡欠款拖累得已经不堪重负，自己没有钱，即使这样我也很少打扰亲戚朋友，给亲朋增加额外的负担，不给亲戚朋友添麻烦，当时自己有的只是身上那几张每个月都要还款的信用卡。毕业参加工作以后，要养活自己，每个月我也定期给父母寄生活费。每次给父亲看完病我要再赶紧工作挣钱还钱。婚前的几年，我的生活大都是这样度过的。记得大姑曾经问过自己：“兰喜，你不是一直在车行工作吗？你在外上班这么多年，怎么都没给自己买一辆车呢，你挣的钱都干吗去了？”当大姑问起自己时，我也是哑口无言，有羞愧，有自责，有委屈，有难言之隐及满腹心酸，一时间竟然不知该和大姑从何说起。

父亲在世的最后半年的时间里，大部分时间我的内心百感交集，一方面自己孱弱的身体，几乎没有时间休养；另一方面在这近半年的时间里，其实自己早已慢慢察觉，自己与许言的感情也开始发生了不太和睦的变化。我发现爸爸病危前，虽然自己早已全心投入新家的建设，但是渐渐地发现两年间与许言的相处过程中，并未得到丈夫打心里的认可和从心里的接纳。更让我想都想不到的是自己在近一年带孩子的过程里，发自内心想帮助许言的公司做点儿事情，让自己也能有些价值感，生活过的充实些。同时不和社会脱节，又能帮助家里做点儿贡献，自己也能心安。在近半年的时间里，表面上许言都答应得很好，但是时间过去很久，许言并没有让我做任何工作，也没有说明理由。后来我焦急地催问过几次都无果，但是当时的自己并不知道背后的原因到底是什么。

宝贝出生后，在家带孩子的近一年的时间里，我慢慢已经意识到自己的婚姻里其实并没有被许言信任和真正的理解。表面的美好甚至连自己都不会相信背后尽是危机与不安。慢慢地，我开始冷静理智地质疑起自己的婚姻。在父亲整个送葬的过程里，我已经不愿意把太多事情交给许言了。也因为此时强烈的直觉告诉我，我们的感情已经出问题了，只是父亲病重期间，我不敢让父亲知道。加之父亲在生病期间，婆家没人问候父亲，更没有人来看望。当时自己内心的波澜和委屈或许只有自己知道吧。我故作坚强地把家里最难解决的纠纷解决完毕后，又忙着照顾父亲，几乎没有多余的精力考虑我和许言已经不是表里如一的感情了。

生下宝宝后的一年多的时间里，在新的家庭里的确经历了太多的难过与失望。诸多无奈之下，在这次父亲病重之时，我知道自己带宝宝的过程里向许言的养母屡次求助无果后，不想再碰钉子。只是父亲病重期间的处境，对于自己来讲更难了。这个时候的自己要同时照顾孩子、父亲、母亲，正在自己忙得焦头烂额的时候。我不得已求到了许言的生母，然而生母给到我的回复，也让我当时特别意外，想象不到的心寒随之而来，许言生母说："兰喜，我悄悄给你讲啊，我这回去不了啊，你大嫂不愿意我来，不知道她怎么知道这件事情了，说你爸怎么总是生病啊？你父亲生病了，可以把孩子送回河南老家来养啊……"听到这些话，同时我也深深地在自己家庭最苦难的时候感受到了许家人对自己原生家庭的冷漠。我怎么可能把刚满一岁的孩子又是自己眼下无法抽身的情况下送回河南呢？接下来我没有别的办法，必须自己硬撑了。于是，我开始带着宝宝每天往返于北京和河北之间。因为长时间的劳累，幸亏平日留了一位帮自己照顾孩子的保姆，才勉强支撑下来，度过这一关。这一年多，我和许言母亲的关系，也慢慢地冷淡下来了。

第五十六章　回忆父亲去世的过程

（写于2019年11月24日）

今天是父亲去世的第25天。时间过得好快，转眼父亲离开我们已经快一个月了。在父亲离开这个世界的前后，自己一直忙得不可开交，直到最近才闲暇下来，静下心来。内心深处还是一直惦记着父亲，总觉得他并没有离开我，只是换了一种形式陪伴我左右。凌晨三点得一梦境，梦到父亲对自己去世前后的整个过程，打心里很满意。他为自己能有这么好的女儿和女婿感到骄傲、自豪。父亲高兴又自豪地带着我和许言前来大舅的女儿家看望大舅妈。此时的大舅妈已经病入膏肓，身体情况每况愈下，住在市里女儿家疗养身体。梦中父亲、大舅妈、许言、我，还有大舅妈家的大表姐、表兄们围坐一团，听着父亲在讲自己人生最后一段路过得很幸福，自己的闺女和女婿把自己照顾得很周到也很暖心，自己很知足，边说边开怀大笑，而我就在旁边看着父亲的一言一行，梦境清晰。

在父亲离世大概5个月前，自己曾经真实地梦到过一次父亲人已经走了，我在给父亲办葬礼。梦中还看了真真实实的棺材。可是冥冥之中看到父亲的灵魂在灵柩旁坐下来跟我谈心。而我记忆最清楚的就是，我惭愧地问父亲："女儿不孝，这么多年，经常惹您生气，跟您发脾气，我知道自己不对，可是心里也被生活压抑得好委屈，您生我的气吗？”

父亲在梦里的回答，现已记不清原话了，大意：“我不生气，你是我女儿，我怎么可能和你真生气呢？”爸爸不生气，然后告诉我人生究竟是怎么回事……还有很多，醒来怎么也回忆不起具体的原话了。

今年5月份，自己经历了人生第一次流产。主要原因是我们夫妻因为老家叔叔和家人索要宅基地款一事，二人对待解决此事的意见产生了分歧。直至后来吵起来，不知不觉中动了胎气。也许是无巧不成书，也恰恰在这个时候，父亲原有的病情开始慢慢恶化。因为长期生活不规律，父亲生前最后两三年，白天睡觉，晚上喜欢看电视。一看看到很晚，直到后半夜自己睡着了，电视还没有关。后来我慢慢明白，那是父亲心里长期的孤单和苦闷啊，想到这里，心里很是心疼。

在我身体稍微得到好转一些以后，从6月份开始，便开始了将近整整四五个月的奔波：北京—家乡两地辗转。照顾父亲的过程当中，心情也是比较紧张、焦虑的。

在七八月间，父亲的身体状态每况愈下，严重得厉害。白天在老家，一直到晚上照顾好父亲睡下，我再带着宝贝回北京。很多时候，回到北京的家里都已经是十一二点，甚至后半夜，好像没有特别早的时候。当时只感觉不管自己多辛苦，身体多不好，每天来回这样往返，能够亲眼看到父亲，照顾他心里很踏实，也让父亲能够看见我、看见孩子，每天都能守在父亲身边，父亲也会心安很多。

5月份的流产以后，我的身体短时间内恢复不好，宝宝需要照顾，不得不找一位村里的邻居大姐帮忙。一是邻居离自己的家很近，二是爸爸比较喜欢这位朋友，她来照顾父亲我比较放心。8 月前，按父亲的心意，我请了村里一位和父亲很要好的乡亲给父母做饭。一开始父亲很满意，一周给她 600 元钱，菜钱也包括在里面，多余出来的钱由她自己支配。

后来，也许是因为爸爸心情变化，父亲对她的照顾逐渐产生不满，甚至强烈地要求我们换人。在这个过程当中，我们很理解这位邻居大姐，也很理解父亲。父亲病情在恶化，他的情绪和心态会逐渐变化。而这位邻居大姐除了要照顾自己的家庭生活，还要单独过来照顾父亲的一日三餐，我们内心很感恩她，于是我想办法妥善地解决了这件事情。

9 月中旬，父亲第二次做白内障手术，我们又联系到以前在医院里伺候过父亲做白内障手术时候的马大姐，请她来医院照顾父亲。父亲手术回家之前，我抓紧时间努力把父母居住的整个房间的卫生，通通打扫了一遍。父母因为身体都不是很健康，平日也很少搞卫生，屋子已经很难收拾了。自己想着，这次父亲病了，我一定尽最大的努力收拾改善一下家里的环境，我也是这样做了。这样父亲和家人的心情也好，新来的阿姨待着也舒服一些，尽可能给阿姨提供一个相对温馨的住宿环境和在厨房做饭的条件。同时我将家里的格局也变了一下，家里买了上下铺的床，让阿姨有地方可以休息。我们回家的时候，自己的丈夫、孩子也可以休息一下。因为家里房子很少，只有东边这两间房，大家都挤在一个大房间里。就这样，父亲病情开始有短暂的好转。马大姐照顾得也很细心，做饭也变着花样儿给父亲做。

虽然有人帮忙，家庭责任的担子还都在我一个人身上。照顾孩子，照顾老人，往返奔波。奔波的过程里，有时候许言开车往返陪着，但是许言工作特别忙的时候，只能由我自己坚持。父亲病情慢慢好转了，我很开心。眼看快到国庆节了，家里的马大姐向许言建议，让许言带着我出去玩几天，说这些日子我太疲倦了，让许言带我出去散散心，舒缓一下身心。

那时候，我不经意间发现自己又一次怀孕了，第一个月，特别脆弱。让我没有想到的是国庆期间，因为我们夫妻出游期间的不愉快，第二次流产了。只是这个时候我出游在外，根本不可能有时间和条件休养。很快国庆假期结束前我们回到了北京。此时父亲卧病在家，我们出游回来后，自己根本来不及坐小月子，依然坚持两地往返，尽自己最大的努力陪伴父亲。慢慢我的身心极度虚弱，当时幸亏请了一位阿姨帮忙。

到了10月中旬，爸爸的身体刚好一点儿的时候，舌头又开始裂不少口子，父亲又开始吃不下去饭。即使医生给开了涂抹舌头的药膏，终究没有起到很好的效果，后来因为进食困难，他的身体状态又开始下降得比较快。周围人也很着急。父亲越来越病重，呼吸越来越困难，不得不准备制氧机，辅助呼吸。记得有几天阿姨休息，我和宝宝还有另一个朋友在家24小时不离开地照顾父亲。父亲也被病痛折磨得彻夜难眠，一夜要醒来十多次，当我们连续守夜三四宿之后，慢慢也习惯了照顾老人作息的规律。

随后的几天，自己依然白天一边照顾孩子，一边照顾父亲。加上自己刚流产不久的身体，后来我实在熬不住了。有三天不得不选择晚上回北京休息，尽可能晚上睡好觉，白天再回来。继续两地奔波，我的身体虽然得不到很好的缓解，但是这样自己心里很踏实，人活着，心安就是归处吧。我不想给自己留遗憾，自个儿能够给父亲做的，就尽可能给父亲做。

父亲最后两个月的时间里，让我最为难的事情就是化解家族当中的矛盾了。核心还是化解父亲和二叔家之间的矛盾。父亲不光承受着巨大的疾病折磨，内心更是受了严重的创伤。一波未平一波又起，我内心深处真想尽自己最大的心力，帮助父亲了却人生的纠结和遗憾，至少要让父亲从内心里自己放过自己。

要了却父亲一生心里面的疙瘩，放下过去的恩怨，让父亲能够心平气和、安详地离开，是我的心愿。这个过程最锻炼自己的地方是：首先自己要心平气和，才能帮助父亲圆满地化解这些家族中的矛盾。其实到最后，我内心也并非真正地心平气和。但是为了父亲高兴，为了让父亲化开心结，自己不得不压制着内心的不愉快，帮助父亲化解心里的痛苦与难过。在这个过程中，我设身处地地想象父亲内心的所有心结，尽己所能地帮助化解。

这个过程是我们爷儿俩一起努力的过程。最后两个月，我推荐父亲看了关于生命觉醒的书籍。父亲善根深厚，又爱看书。拿回去的书，父亲全都看了，父亲受益匪浅。记得，后来父亲跟我聊天的时候提道："用这些书来衡量我自己的这一生的话，很多事情我都做错了，也想错了，我们现在社会中没有多少人能够有这些深邃的智慧好好地活着，好好地做人了。"听到父亲这些话，我知道他读懂了书中的真谛，能够真正领会书中义理了。但是病痛折磨他，有时候父亲还是情绪上会有反常，异常敏感。这个时候，虽然很难应对，但是我们也很理解他。父亲在世的最后日子里，大体依然每天坚持看书。

农历十月初一，在家乡是祭祀祖先的日子，那天我并没有去上坟祭祀，而是抓紧一切可以在父亲身边的时间陪伴父亲。早晨我们很早起来，从北京出发，带着孩子，带着行李回家，主要是来看望父亲，这几天父亲的身体显露出极度虚弱。

以前自己带着宝宝回老家看望父亲的时候，孩子没有什么异常，玩得很开心。但是十月初一那天，大概下午四五点钟的时候，孩子说什么也不愿意在家待着了，哭得很厉害。父亲那段时间总说院子里和胡同里有很多很多的人，我们都看不到，但是父亲睡醒就会跟我们说："去看看院子里都是什么人，怎么院里会来这么多人啊？"我们听着很诧异的话，却从心里也能预感到，对于父亲的生命未必是好的预兆。就在十月初一下午，孩子哭得厉害的时候，当时自己内心很急、很焦虑，父亲此时身体也更加得虚弱了。随时都需要我们在身边照顾。可是孩子哭得与往日不同，同时伴有发烧、呕吐，吃的东西几乎都吐出来了。我的两个姑姑怕孩子生病了，当时家里条件不允许，空间小，家里的亲人建议让我晚上回北京休息一宿，看看孩子能不能好转。父亲看见外孙子病了，又哭得厉害，父亲用尽力气跟我说："兰喜快点儿回北京，孩子病了，赶紧给孩子看病，快点儿，别耽误了，我没事，你先去给孩子看病……"说得恳切又心急。我眼含热泪，五味杂陈，情急之下，我们先去村里的诊所给孩子看病，依然没有得到很好的缓解。孩子哭得依然特别厉害，而且停不下来。

听村里的老人说，孩子从零到三岁眼睛是很明亮的。虽然有些迷信，没有科学依据。但是当时的确就是那么巧合，孩子说什么也不愿意在父亲家待了。没有办法，那天晚上，连夜带着孩子又赶回北京。出了家门，到了往北京赶的高速路上，孩子莫名就不哭了，安安静静地睡在了我的怀里。第二天一早我们又回到梧桐县老家。

也就是十月初二早晨起床后，自己心里着急，催着阿姨帮我尽快收拾行李照顾孩子，把衣服穿好，把东西准备好，孩子需要吃的奶粉、换的尿不湿、换洗衣服……赶紧准备好。然后加紧脚步就出发了。内心特别焦虑，总想早点儿回去，路上我就开始哭了，觉得父亲这次可能真的熬不过去了。我们到家的时候是上午十点左右。两位姑姑在我回家的路上便联系我说，父亲今天说不出来话了。当时自己一下子心里就着急了，眼泪不停地往下掉，生怕赶不上父亲最后一眼，急得自己也有些失态，哭得厉害，可是回家的路上越着急，车越堵。

父亲见到我回来了，精气神特别好，也是拼尽全身最后的一点儿力气，跟我说他想说的话。只是这时候父亲说话已经没有声音了，他还有不放心的事情。我只能靠他的口型，用心揣测父亲的心意，父亲最后用仅有的一点儿气力勉强发出来的那种微弱的近乎没有声音的声音，向我交代事情。看着老人这样受罪，心里那种难过真是形容不出来。父亲当时的肺功能已经近乎没有了，憋得厉害。

那天下午，父亲状态越来越差……直到夜里开始往外吐颜色复杂的分泌物，像黑色，又像红色，像土色，又像灰色。这种分泌物往外吐了整整一夜。这时候家里的亲人们一直守在父亲身边，一分钟也不敢离开他。

记得自己中间想要去洗手间，都觉得自己事情特别多，生怕就在离开的一瞬间看不到父亲最后一眼。那时候父亲的嘴要呼吸，又要往外排东西，他应该很难受吧。看着父亲很痛苦，我也形容不出来自己的心情，知道父亲可能快离开我们了。初三白天，父亲相对平静又很吃力地躺了一天，初三夜里又是吐了一宿黑物，父亲至亲的人们都围坐在父亲身边，观察着父亲身体的变化，小心翼翼地给父亲擦拭着嘴角，一起祈祷父亲能够减轻一些痛苦。

初三后半夜的时候，父亲血压已经很低很低了，脉搏也很弱了。初四早晨，父亲开始慢慢地平静下来，不是那么痛苦了，我们继续及时清理他嘴里排出来的东西，同时用心盯着心脏测试仪表，盯着父亲的脉搏和血压。父亲好像脸色变正常了，不是那么难看了，变得比较平静，熬了一宿夜，亲人们也很累了，此时我也已经两天没有洗脸刷牙了，看着父亲稍微平静下来一点儿的时候，我想趁机动动身子，洗个脸，把头发洗洗，说不出来为什么，打心里就是想洗一洗，只是此时，我发现腰疼得直不起来，仿佛千斤重的分量压在自己的后背上，我强忍着身体的不舒服，洗漱完毕，换了一身黑色整齐的衣服继续照顾父亲。

很快已经到中午了，家里人很多，两个姑姑和姑姑家的姐姐们进进出出。当时自己想和父亲单独待一会儿，虽然不好意思，我还是坚持提出了这个要求，我说：“姐姐你们先回家休息休息，我想和父亲单独待一会儿。”结果在下午一点到两点，我握着父亲已经无力的手，同时也想喂父亲吃些东西。不可思议的是，父亲此时好几天没有吃饭了，也喝不进去水了，就在这个时候我竟然喂进他水了。一看父亲能进水，心想着父亲一定饿坏了，已经好几天没有进食了，我赶紧又叮嘱阿姨给父亲热牛奶，父亲也喝下去了。

既然能喝奶，我就想到父亲能不能喝粥呢？于是我又赶紧让阿姨给他熬小米粥。小米粥很快就熬好了，接着我就给父亲喂粥，父亲居然也能喝粥，心想父亲只要能进食，说不定能好转起来。我又想到父亲上火，嘴里有口疮，再喝点儿冰糖雪梨水，去去火吧。然后我又赶紧请许言去给父亲买抹舌头的药。此时，我就一个劲儿地埋怨自己为什么没早点儿发现父亲嘴都伤成这个样子了，自己太不孝顺了。许言在给父亲买药的过程中，我只想尽自己最大努力，让父亲的心灵平静下来，于是我打开了手机，给他放一些静心的音乐。这些曲子给父亲轮流放了好几遍。

接着，自己就耐心细致地开始给爸爸清理面部，因为父亲夜里流了一夜分泌物，舌头上留有残余。我知道，父亲已经没有力气吞咽了，我用棉签儿蘸水，小心翼翼地给父亲清理舌头，清理口腔，清理牙齿，清理嘴巴。当时想的最多的就是尽自己最大的努力，让父亲温暖一些、舒服一些、平静一些，感受到的爱多一些。

曲目放到《扫心地》时，吃完我喂他的所有食物时，我发自内心地想给父亲抚摸眉毛，抚摸父亲的脸颊，抚摸他的耳垂儿，抚摸他的脖子，顺顺父亲的前胸、后背。也就是这几分钟的时间，我看到父亲突然之间咽了最后一口气，就看不到他的嘴再动了，又隔了一小会儿，父亲身上猛地一缩，脖子部位很艰难的样子，整个人缩成一团，又瞬间舒展开，就这样父亲彻底离开了我们。

父亲离开之后，我没有立刻挪动他的身体，而是给他盖上陀罗尼被，开始念佛。一直等到助念团到来，连续念了 24 ~ 25 个小时。接着给父亲穿寿衣，这个时候我们意外地发现父亲的身体还是很柔软。在给父亲穿衣服的过程当中，虽然他人已经走了，但我还是会心疼他，小心翼翼，生怕他哪里不舒服。父亲身体柔软得可以抬胳膊、抬腿，身体坐起来都没有问题。当时我的内心不觉得这是一个神奇的现象，觉得这是父亲本来就应该有的样子，或者他本来如此。后来听乡亲们聊天才知道，很多人都不是这样的，或者很少有人是这样的。

父亲整体走得很平静，入殓的时候是第三天凌晨。此时，父亲的手和身体依然很柔软，我在给他戴寿衣搭配的戒指时，手依然还是可以活动的，脸色平静，同与正常人，只是嘴半张着。父亲去世第三天下葬的时候，开始下蒙蒙的小雨了。老人们都说这是好的兆头，说明老人很善良，很有德行，感动天地。我听了这些言论，内心感动之余更为自己能拥有这样的父亲感到骄傲与幸运。

回忆自己照顾父亲的最后几天时间，腰部异常疼痛，直不起来，一直得不到缓解。将近五天四夜没有休息，办父亲葬礼的过程中，我身上的病奇迹般地好了，身体很轻盈。大家都说父亲心疼闺女，把我的病都带走了。具体原因我也不得而知，但是的确真的好了。

整个葬礼重点注重对父亲灵魂的尊重，也照顾了家乡的习俗。助念完毕，我们尊重习俗请了民间的吹鼓手表演节目，为父亲送行。糊的马车及汽车等。葬礼过程当中的宴席选择素食，贡品也全部选择素食。凌晨入殓之前，天气开始下微微小雨，很柔和，瞬间觉得这雨好像父亲的心，仁义、慈悲、柔和、智慧。

三天葬礼结束以后，我们去庙里上香，祈祷父亲一路走好，我们在庙里给各个菩萨、神灵拜祭完以后，在回来的路上，发生了一件奇事：许言带着我一不小心走错了路，也可能是冥冥之中注定吧，在高速上多走了半个小时的路程。在半个小时里，一直从我耳根深处由心地听到，一股天上传下来的音乐。

这音乐是否来自天上，不敢确定，但是它发自耳根，传到我心里，然后又让我听到。就是这样一种感觉，就是从耳根的地方发出来的声音，在唱大戏，敲锣打鼓，很隆重的仪式，是大戏的声音。具体是什么戏，因为不懂戏，我也不知道。开始我问先生是不是车里有音乐，他说不是。后来这种声音越来越清楚。然后我问先生是否听得到，他说听不到。然后慢慢我们两个才意识到，应该是天上传来的音乐，让我从耳根里听到。

也许没有任何科学道理，对死者，对已经过世的人，对生者，也许都是一种心灵安慰。这样的歌声与音乐在路上一直听了半个小时左右，直到下了高速，这种声音才慢慢没有了。我很激动，很欣慰，为我父亲感到由心的高兴。觉得他一定是去了很好的地方，才会给我们这种感应吧。

今天正好是父亲去世的第 25 天。梦到父亲打心里很高兴、很开心，在跟大舅妈和她的儿女讲话。父亲讲，在他最后的日子里，自己的儿女是如何努力照顾他的，他很自豪、很高兴，也在和亲人们探讨最后的这一段生命关怀该如何进行。好像父亲清楚地记得妈妈的付出，母亲在父亲去世前两三年，一直主动给父亲清理大小便，母亲似乎也感恩着父亲一生的付出与操劳。父亲也清楚地记得我们小两口来回奔波的辛劳，他特别欣慰。我们不遗余力地努力，为了不让父亲的人生留遗憾，虽然有小遗憾、小失误，但是父亲能够体谅我们的不足。梦境里的时间我不知道有多长，因为梦里的时间和我们现实的时间不一样，但是当我醒来的时候是凌晨三点不到十分的样子，醒来之后怎么也睡不着了。

此时压在我内心深处所有的沉重和不愉快全都消失了，身体很轻盈，精神很饱满，唯独失去父亲让我很难过。前面提到过办完葬礼之后，二叔不相信我身体居然没有事儿。因为都知道我心情很沉重，身体又很虚弱，10月份我还流产了，又连着几天不睡觉，身体还能好起来，很轻盈，精神很好，皮肤也很好。我只能说，感恩我的父亲，让我有机会见证这发生在我身上的一切。

我用科学道理实在无法解释，但是我相信这一切都是真实的体验。当我们做对了事情，会让我们自己深深受益。也许我们在践行孝道的过程当中会很辛苦，没人理解，有的时候也会有委屈、压抑、不满、抱怨、生气，但是终究最受益的还是我们。

即便有诸多不足，但细细回味，我已经很受益了。所以我也再次勉励自己能够再接再厉，磨炼自己的心性，多一些自我牺牲，为了家人，这样会使自己身心受益。有时候往往越关注自己，就会越累；越关注自己，越会抱怨、委屈。相反，我们把注意力转移到服务别人的时候，就会浑身轻松愉悦。也许这就是佛菩萨教给我们的菩提心吧。所谓菩提心，就是为他人着想的心。虽然我们没有那么高的境界，为了大众，为了全国老百姓，但不妨从我们身边的人先开始慢慢做起吧。

我们往往把最好的一面展现给外人，却把最坏的一面留给了家人，我就是其中的一个例子。但是好在我的心不坏，在努力改变，大的方面做得遵循义理，或许才能有此感悟。所以我也要以此为戒，慢慢改正自己，磨炼自己的心性。

其中，帮助父亲化解心结，让父亲有智慧，这个过程是最锻炼自己的，也是对父亲最有用的。谢谢父亲！您的生与终，都在给我人生最好的教育。即使父亲走了，我也始终觉得他并没有离开我，而是换了一种生命存在的形式，依然在关注他最爱的亲人们。

我知道自己做得不够好，父亲在世的时候经常因为心中有委屈有情绪惹父母生气，也会有和父亲吵架犟嘴的时候，此刻回忆，自己的确修养不够，很是惭愧也遗憾。但是如果自己记录的陪伴父亲去世的过程里有大家能够借鉴的地方，我会很高兴。

第五十七章 一张照片引发的流产

在我第一个宝贝8个月左右大的时候，开始觉得自己带孩子慢慢有规律了。小孩子毕竟喜欢睡觉，所以一天里也会有不少闲暇的时间。毕竟我从小努力惯了，两年的婚姻生活并没有给自己带来内心深处真正的安宁。表面养尊处优的日子并没有让自己有安全感。我开始有心留意一些当下可以力所能及做的事情。

这个时候的我有个致命的弱点，就是怕伤心。自己从小一关一关地闯过来，仿佛比同龄人多吃了太多的苦，数不清自己从小到大流过多少眼泪。我本能地对一切人、事、物都保持最大的善意，希望在未来的生命里，通过自己的努力能改变自己的命运。

自己从小舍不得伤害小动物，记得小时候看到父母养的一院子刚孵化出来的鸡鸭鹅，有的生命力弱得可能刚来世上几天，得不到周到细致的照顾就会死掉。每逢见到这样的情境，我会特别照顾那个将要离开的小动物，喂水、喂食，拿自己的小衣服给它们取暖，现在回忆起来，儿时自己的心性异常细腻和善良。即使这样，也很难留住那些弱小的生命。后来发现用尽很多的办法也无法挽救这些小生命时，我会默默地流泪，用小小的双手捧着已经结束的小生命走到院子的角落里，给它们挖好小土坑，小心翼翼地把它们埋起来，然后再和它们说说话。

我在农村长大，而我从小的世界很简单，就是大大的院子、静静的村落，还有美美的田园、清香的空气。在这样的环境下，我很喜欢努力学习。让自己最难过的便是母亲的精神问题了，从小就祈祷母亲能够好过来。历经千难万险的自己，经历了最苦的日子就是恋爱的那几年，可以说，生活的苦并没有把我压倒，可是自从恋爱开始，我才觉得自己的人生真的难，且不是自己一时努力可以改变的。自己想过上平常人的幸福日子，看来真的很难，想突出重围也是难于上青天。

我最怕的不是为了生活而努力，是来自爱人的不理解或者伤害。是啊，他们哪里知道自己是如何走过来的，不成熟的大男孩儿怎么可能懂得早已历尽磨难的自己的内心世界，会愿意加倍多爱自己一点儿呢？现实生活中人们被世俗的攀比心态左右着，使得人心更加的冷漠与残酷。虽然儿时有父亲疼爱自己，但是我们父子将近 50 岁的年龄差，让父亲一个大男人赚钱养家、照顾老小吃饭之余几乎已经无暇顾及太多，从小缺失的正常母爱，使得自己也少了很多的被宠爱与被照顾。

其实自己内心深处一直盼着自己未来的伴侣是个懂得心疼自己这几十年不容易的人；绝不是随波逐流之辈，不愿意在未来的日子里给自己内心的舒展与安心。自己婚前压抑、委屈了太多年，心里承受了太多。可是得有多成熟、多有爱心的男士，才能包容、体谅、呵护自己一生呢？而自己又有什么样的价值值得对方这么做呢？

是的，从表面上看，我是那个历尽沧桑后才能看到许言身上闪光点的那个人，但其实我看到的未必是真实的他，而是他想让我看到的这一面吧。婚前的自己早已身心疲倦，只想找个心好的人，一起努力工作成长、将来自己生儿育女，有能力养家的人在一起，安安稳稳过一生。许言长相一般，并不出众，正是那次自己来北京换新手机，许言陪自己一起去手机店的路上，给自己讲的那个动人的故事，他对前女友如此重情重义的情节，让我以为自己终于遇上了那个似乎和自己一样善良的人，才让自己心动了。只是几年以后我才发现，我还是太冲动、太草率了，几年的婚姻生活，慢慢也让自己醒来，后来的日子慢慢体会到终究是错付了对其几年的真心真意，当时的自己怀着倍加感恩与对未来充满期待的心情走进了新家，随着时间流逝，我也越来越看不懂自己的丈夫了。

前面提到 2019 年 9 月底，我为了照顾病危的父亲，连续两三周一直非常紧张地忙碌着。眼看父亲有好转，大家都松了一口气，家里帮忙的阿姨和我们夫妇商量，让我出去走走，调整身心。知道自己有身孕了，阿姨也希望我能顺顺利利把孩子生下来，出门旅游放松一下心情。于是许言带着自己去南方玩了几天。

10 月 1 日，我们夫妇带着已有的老大在杭州西溪湿地旅游时，走到一处景色优美的地方，很想合影。由于自己有了身孕，正在危险期，于是许言主动抱起孩子，还拎了两三个包，我想主动帮丈夫分担，许言心意坚决没有让我拎。就这样，简单温馨的照片，一家三口开开心心地拍出来了。可是我并不知道许言把新拍的照片随即就发到他的老家亲人的微信群里了，这张照片引起了许言妹妹的不满，直接在群里说："为什么我哥拎这么多东西？"言外之意都能懂了。

当我看到这条信息的时候，不仅看到的是这条信息表面对自己的不满，更让自己瞬间意识到自己一个人从怀第一个宝宝到如今，一连串婆家对自己表面寒暄实则冷漠的态度。此前我一直全心全意地对待新家庭中每一位成员。许言妹妹的这句留言，也让我有了女人天生的第六感，直觉应该有我不知道的事情，已经感觉到不舒服。紧接着我在群里给妹妹留言说自己怀孕了，不方便拎重的东西。也就是这样的一条短信，让自己感受到了从生完孩子以后到如今，自己的确没有感受到在自己最艰难的时刻婆婆家人的真正关心与发自内心的支持，大都是面子上的话。

自己回忆带第一个刚出生不久的宝宝时，不知不觉中已经身处产后抑郁的状态，因为自己生产时候出血过多，虽然有及时输血，但是后来一直身体不如从前，加之带宝宝的劳累，几乎半年自己都没有睡过一个整觉。当身体极度虚弱的时候，人是非常渴望能有亲人来陪伴左右的，谁知最后婆婆家没人愿意来。而自己娘家这边父亲年纪大，腿骨折，母亲精神不太好，即使如此，前面提到月子里我的亲生父母尽力陪我度过最艰难的后半个月。孩子一周岁内，经常要起夜三四次，一宿几乎很难睡好，几乎每天都是筋疲力尽，缓不过精气神儿。

思绪回到当下，自己的直觉并不是空穴来风，女人的直觉有时候还是很准的，只是有时候女人的善良会故意屏蔽自己的直觉，此刻的自己内心的确压抑了很多说不出的委屈。想到婚后近两年的日子过得的确不容易，因为产后身体的极度虚弱，在我需要支持和帮助的时候，最后也只能在家政公司花钱找阿姨帮忙了。

此时我回忆起，2019 年 5 月 1 日我与丈夫回河南老家的时候，一天中午，公婆与我们夫妇还有宝宝围坐在一起吃午饭的时候。许言直抒胸臆地把我在自己家乡捐赠图书的事情高高兴兴地告诉自己的父母。原以为公婆会为儿子儿媳妇高兴的时候，公婆脸上并未露出一丝的笑容,而是告诉两个人刚成家,做事不要太高调,这样不好。其实我并没有想到他会不假思索地跟父母说起这件事，当时我只觉得他是为了表达对这件事的高兴与自豪,我没有感到有炫耀的意思,只是我发自真心地想做此事，确实是想感恩母校过往的救济之恩。现在有能力为母校做些事情，觉得很有意义。但也正是公婆这样的表态，让我内心隐隐感受到了一丝不和谐，但是那时我不愿多想，继续与自己可爱的宝贝和自己的丈夫过着日子。

自从有了孩子，因为两边老人都不能长时间帮自己，我自然而然地变成了全职的家庭主妇，虽然不挣钱，但是许言给我的生活费大部分自己攒下来，每到逢年过节就替许言想着孝敬自己的公婆。由于许言是过继的养子，对于自己的公婆，我每次选的都是贵重一些的衣服和礼物，也很支持许言给自己的父母一些过节费。因为我们两口子不能在身边尽孝，离得远，所以平日我就想给自己的公婆多买些礼物，多给些钱。每次都是精心选择，节日的时候第一个想到的就是丈夫这边的老人。

思绪回到眼下出游发生的这件小事，我不禁联想到自从嫁过来后遇到困难时一连串的不太友好，与不支持，让我很快生出了不悦之情，加之自己一年多来的委屈和压抑，几乎很难睡一个晚上的整觉，而且不管自己怎么付出，婚内也一直没有得到许言的信任。在婚姻里，我只想到把自己和盘托出，坦诚相待自己的爱人，却忘记看看对方是否也是这样对自己。许言并未在当时想办法让我安下心来，而是与我针锋相对，并未理解我此时的心情，而是替家人找了很多的借口，指责了我很多问题，尤其说：“之所以自己的父母不来照顾，是因为我妈妈觉得你不好相处，你的脾气不好……”听到这话，我的情绪瞬间崩溃难忍，委屈冤枉至极，一件小事我不仅没有从丈夫这里得到宽慰，反而让自己更加难过了。没有一会儿的工夫，我开始明显感觉肚子疼，预感不好，结果下午便流产了。

也许是我太重视这个新家了，打心里希望通过自己的努力把自己和老公的新家过好，打心里希望家庭和睦，家和万事兴，不是表面和睦实则有隔阂；我打心里希望新的家像自己的原生家庭一样，每个人都能心贴心；同时我更希望自己的真诚与付出能让大家真的能打心里接纳认可自己，一大家子人开开心心地过上个和和美美的日子；我的内心深处是非常愿意在未来的日子里和许言一起尽孝的。想着将来两个人能一起养育儿子，一起孝敬两边的老人，做着两个人都很喜欢的传统文化事业，我们的一生已经很幸福了。哪知世事难料，我却万万没有想到，婚后，婆家人对我的看法与态度越来越通过各种事情掩盖不住的不友好，自己在家庭里的地位与人设和自己预期的完全不同，我更加不知道原因出在哪里了。

也就是在我流产的当天下午，更让我没有想到的是，许言特意给我在杭州当地安排了五天的学习传统文化的课程。许言花高价给我报的学习班，只是当下第一天流产，第二天就要上课了，晚上赶往上课地点的时候，我的身体已经虚弱难耐得不行了。流产和月经是完全不同的，当时只是感觉自己在浑身出虚汗，虚弱不堪，已经坐立不成，骨缝疼痛，可身边的许言竟然执意要求我去听老师讲课。

此时的自己简直不敢相信自己的眼睛和耳朵，自己深爱的许言怎么会慢慢变得自己越来越不认识呢？这么不知道心疼我呢？课程即使重要，可是此刻的自己身体已经撑不住了，无法坐在课堂听课了。此刻，我感受到莫大的委屈和无助，身边还有宝宝，身处外地，没有亲人。这个时候，我确实打心里开始质疑许言的价值观和为人处世的灵活性。

我一边承受着身体巨大的疼痛，心里也在感受着自己无人体谅与理解的难过，被逼得没有办法的时候，我只得给自己的亲婆婆打去了电话，因为亲婆婆有过生孩子的经验，一定能理解自己现在的情况。亲婆婆接了电话，得知情况后，连忙给许言打电话，批评许言的做法很不对："兰喜流产了，怎么可能还要去坚持听课？现在身体是最重要的，你要照顾好兰喜的身体，不是强硬地拉着她去听课，兰喜的身体现在不允许。"短短的一天时间里，接二连三的事情，让我在赤裸裸的人性面前刷新了对许言的看法，无形中也给婚姻种下了不太好的种子。

第五十八章 婚姻出现了危机的苗头

短短不到两年的时间，我经历了生命中的迎来与送往、波折与坎坷，瞬然之间自己也成熟了不少，心里明白必须扛起肩上两个家庭的担子。此时照顾母亲和孩子，成了我必须承担的责任，很可能未来的日子里自己还是主力了。

只是婚姻里的危机也在 2019 年悄无声息，但又越来越明显地呈现到了我的眼前。开始，我虽然觉得日子过得有些委屈，但是内心还给这份婚姻留足了余地及坚韧的决心，依然抱有极大的幻想。即使我们两个人对很多问题的看法或者看问题的角度不同，我也经常会劝自己，自己的先生虽然比自己大，但是毕竟没有经历过婚姻，可能有些地方还是不成熟吧，依然想着慢慢感化自己的丈夫。

转眼宝宝快要 1 周岁的时候，也是我父亲生命已经进入倒计时的时候，我已经和许言结婚快两年了。一天许言下班回来，一家三口围坐在餐桌前一起吃晚饭。这个时候我小心翼翼地问了一个自己一直比较关心但是从来没有好意思问的问题，我一直认为许言在经济上对自己照顾比较主动，但是两个人从不聊家里的经济问题。但是从家庭负责的角度，总觉得自己应该了解一下，全局看问题也能更好地把握细节和小事。

于是我善意且小心地问许言：“许言，平日你对我很好，虽然家里不是很富裕，但是我们平日的开支太大了，我想知道家里一年收入大概有多少？这样我也好规划着花钱，不然自己大手大脚的，没有计划的，你也不要总是宽裕着家里，却在外面辛苦工作苦着自己。”在我心里，其实自己早已进入这个家里许言妻子的角色，一心一意地跟他过日子，认定这就是自己未来到老的家了，以为后半生定是与身边这个男人一同变老，互相搀扶、相濡以沫了。

但是我等来的回答，让自己始料未及，更是出乎意料，尴尬难堪，许言脸色瞬间变得严肃失色，很是绝情地回答道：“这是我自己的事情，你以后不要过问。你在家里照顾好孩子就行了，外面的工作我自己负责，公司和你没有关系，那是我的婚前财产，现在股东是我妈，就更和你没有关系了。”

当我听到这些话后，我竟然愣在饭桌上好一会儿缓不过神儿来。怎么也想不到，表面看上去温柔敦厚、善解人意、自己笃定一生要嫁的丈夫，竟会在财务问题上如此回怼自己。在婚后两年多的大部分时间里，我尽可能善解人意，从没有主动地多问过什么。这么长的时间里，我和自己的娘家人大都认为是许言改变了自己的命运，全体都很感恩，哪怕娘家不喜欢自己的人也都很喜欢他，并对许言赞赏有加。自己嫁过来以后，更是特别想为新家庭着想，毕竟一家人开销很大，想合理规划自己的开销，让家里的日子也能过得张弛有度，没想到换来的竟是这般让我怎么也想不到的如此刺痛心弦的几句话。这几句话，让我一下子被打醒一般开始深度质疑自己当初的选择和判断。

这次自己过问家庭经济收入，的确是出于关心，自己以为已是丈夫信任的人了，婚后已经快两年了，才小心翼翼地问了一下。没想到丈夫给到自己的答案竟然把我的心伤透了，说出这样的话，哪还有什么夫妻情义可言呢？何况我和丈夫没有闹过太大的矛盾啊？那天晚上我越想越生气也越想越伤心，终于和丈夫不愉快地争吵了起来。

虽然我很伤心，也很不满丈夫对自己的态度，但是打心里依然没有动摇自己对这段婚姻的初衷。我依然心想慢慢用自己的所作所为，感化自己的先生吧！毕竟夫妻一场，孩子还那么小，哪里甘心自己的婚姻就此破裂呢？我当然知道这几句话意味着什么，意味着自己对他这个人的印象全都变了。但此时自己对家的爱和执着，让我说什么都不愿意现在就完全放弃这个家。

是的，我对家有着一种特别的认真与执着。为了家，不管是自己的娘家还是新的小家，我都是全力以赴，尽心竭力，没有半点儿保留。我知道，作为普通人，家是这个世上最该珍惜的地方，经历了在外多年漂泊无依的生活和各种各样的不顺心，能够有个自己的家，对我来说简直是上天的恩赐，真的很不容易。家在我心里的分量，似乎大于一切，自己可以为了家牺牲很多、付出很多。但是作为我的婆家人，确实不在乎也看不到自己这份用心、真诚与付出吧。

2019 年春天，我看着八九个月大的孩子，除了高兴之外，也慢慢地进入了持家的状态，也慢慢总结出带孩子的规律来了。宝宝在一周之内喜欢睡觉，我有时候能跟着休息一下，但是更多的时候，我想利用孩子睡着的时间，做点儿有意义的事情或者学习，抑或是写写文章。

大概是三四月间的一天，许言下班后给自己带来了一些小礼物，是一位爱心人士做的天然手工皂，非常好用，天然环保，保护皮肤，滋养顺滑。在家带娃的我灵机一动，想着如果自己能做一些手工皂不是很好吗？恰好自己的动手能力也很强。我打心里喜欢自然健康、绿色环保的东西。这些手工皂又是很少见的手工艺品，带着一份天然的良知，自己觉得这是一件非常好的事情。

而我此时也深知丈夫在事业上有意排斥自己，不如自己努力做点儿小事情，不是也很好吗？用自己的爱心和技术，做出一些精致的手工皂，送给亲朋好友，顺便通过一些推广，兴许还能挣一些零花钱。于是我激动地把这个想法和老公商量起来。我知道许言在这个领域认识的熟人多，于是就请许言帮忙咨询，去哪里能够学到这门手艺，自己以前从来没有接触过。于是后边的日子，我一边在家认真负责地带着孩子，一边期待着许言能早一天给自己好消息。

第五十九章 妈妈心语（2）

我在带孩子的过程中曾经也有感而发，写过一篇散文：

趁宝宝午睡的时候，我还有一些自由的时间，我的宝宝刚满十一个月，也是我当妈妈的第一年。

这一年过得多么心酸，估计只有亲身体会过的母亲才能知道。初为人母确实十分不容易，那份对宝宝的执着和过度的细心和敏感，一下子被母爱全都激发出来了。

今天我想针对一批特殊的人群致以崇高的敬意和由衷的问候与祝福。这些人正是没有亲人帮忙，自己一个人独立全职带宝宝的妈妈们。这些宝妈需要社会的关爱与关注，她们真的非常坚强也确实非常不容易。带一个孩子的辛苦，估计大家都有耳闻，其中年轻妈妈们除了承受这些辛苦，还要承受自己成长停滞、与社会脱轨、没有工作等苦恼，年复一年围着孩子和家里的柴米油盐，搞卫生做饭。这些看起来似乎没人在意的家庭琐事，其实坚持下来是很不容易的。

今天我推着宝宝在小区里遛弯的时候，无意之中遇到一个年轻妈妈自己带孩子，看得出来她心情低落，不是很开心。孩子两岁多了，很乖巧，很健康，唯独缺少了一份活力和开心快乐。我们没有聊几句，她就说起了自己带孩子的心情不是很好，可能孩子也受大人影响，性格有点不爱说话。她说爷爷奶奶岁数大帮不上忙，姥姥姥爷离着远，所以只能自己带孩子。

看着这对母子我很心疼，同时也想到了自己，我也是自己带孩子，好在我感谢之前陪伴的阿姨们，帮我慢慢从心灵的阴霾中走了出来，其实任何人都代替不了亲人对刚为人母的女人心中那份期待和依赖，还有心灵的港湾。那种没人帮忙的无助，尤其初为人母的女人，是很难从心灵上适应并为之快乐，或者觉得自己伟大的。现实不是童话，她们内心是孤独无助而且无奈的，即使呐喊可能也没有人会理会，所以不少女人在产后有抑郁倾向，太容易理解了。

如果读到此处的你是一位男性，而且你也有了家庭儿女，请对你的妻子多几分关爱和理解，她为了家奉献了女人所有可以奉献的一切，包括她的未来和希望，全都寄托在这个家里。

今天和这个妈妈聊天的时候，我感受到了她的难过和无助，还有透露出来的无奈，我也是从这个状态里摸爬滚打出来的。在这个过程中，女人真的如凤凰涅槃、浴火重生，太不容易了。其中各种心灵和道德极限的考验，还有身体力行的经历，都足以让一个独立带孩子的妈妈尝遍人间冷暖。想知道你是否真的幸福，生一次孩子就知道了；想知道你是否真的坚强，生一次孩子就知道了。

我是女生，我知道女生的心思天生纯真，喜欢做梦，把所有的事情都想得特别美好，一旦回到现实，可能会让女孩子们的公主梦变成泡影，而且经历遍人性真正的善恶美丑。如果你真的遇到了类似我们的处境，请你一定要坚强，把之前公主的定位，变成一个超级母亲、女强人的角色，否则会被现实打败，会无休止地因为家庭琐事和亲人冷漠吵架，伤及感情，影响婚姻，孩子更是不可能幸福健康了。

写到这里有人会说了，怎么现在女人带个孩子这么多事？以前的女人不都这样吗？我想说句实话，以前的社会比较淳朴，社会贫富差距不大，大家内心没有焦虑不安的情绪，而且养育成本不大；以前的社会比较传统，感情稳定系数高。现在随着社会经济的发展，我们婚姻稳定系数不断下滑，而且给女人的安全保障不是那么充分，女人不管你有没有孩子，都要随时面对残酷现实的生活。一般的普通家庭，需要两个人一起上班，维持生活还算好一些，否则除非一方特别优秀，才能保证家里的生活品质。可是特别优秀的人概率有多少呢？我们不能拿极少数要求所有人。可见一般家庭，如果还遇到一个独立带宝宝的女人，她面对的压力是多大？

另外，以前的社会也是香火延续，老幼同居，大家一起承担养育责任，分担带孩子的压力的家庭占多部分。如果你身边有这样的全职独立带孩子的女人，希望亲人们不要太过自我，多体谅这个妈妈的不容易。人心都是心比心，即使帮不上忙，也可以多多问候，送些心灵上的温暖。

另外是想对年轻妈妈说的，如果我们真的遇到了这样的情况怎么办？就是理智加坚强，没有别的办法，也许冥冥之中命运将我们牵至此处，那就有其中的定数与道理。我们改变不了周围的客观环境和人与人之间的关系，那就只能改变自己。

我也是这个队伍中的一员，我经历了太多内心的痛苦与考验，最后还是凭借我们女人骨子里的坚强和勇敢面对现实。走过来一年的时间，确实流过不少眼泪。但是走过来以后也就发现自己成长了，长大了。我们有能力也有潜力把这样的日子过得津津乐道、幸福快乐。虽然我们和社会脱轨，但是不要想这些，既然我们离不开带娃的日子，就尽情享受陪娃的快乐和自信，陪着宝宝经历他成长的每一个印记。把娃带好了，也是件了不起的工程。孩子都是美好的，相信未来他会用他想要的方式回报我们，那时候的幸福，也是别人体会不到的。他对妈妈的信任与依恋，足以骄傲整个家庭和周围的亲人们！即使带娃的同时，不得不兼职工作，分担家庭压力，这种苦日子，只要我们足够坚韧，终有一天会迎来光明与轻松的。

妈妈们，成人的世界没有容易，况且长大了发现人与人遇到对了是幸福。有时候偏偏不巧，等待我们的是挑战，那我们一定要相信我们自己，一定能完美跨过这道坎。

这是我当时一个人带孩子的时候写的一篇文章，至今记忆尤深。

第六十章 五十多秒的语音留言

在有了宝宝的将近一年的时间里，大部分时间自己在家陪孩子，每周去看望一下父母，同时也很挂念丈夫的事业。我知道自己的丈夫有一家自己的小公司，一个人忙不过来，我数次表达，也非常真诚地想着自己能够帮助到许言。

当我熟练掌握带孩子的规律以后，便和许言几次提出想来家里公司帮点儿忙。这样自己可以过得充实一些，两口子日子过得也踏实很多，此时的我并没有想出去上班的打算，自己经历过太多外面打工时的心酸，最怕的就是办公室里的钩心斗角了，工作累不到人，累到自己的恰恰是复杂的人际关系。每次自己提到这事，丈夫都是表面应和着，只要自己每次提及这个想法的时候，许言都显得有些犹豫。我是个敞亮人，自然有点不理解，自己的丈夫到底是同意还是不同意，于是也比较认真地问过，但是最终都没有给出让自己安心的答案。过了很久，此事一直没有被主动提及落地，而我一开始的真诚与耐心也慢慢消磨殆尽，更多的是不理解许言到底为什么在抵触自己，后来我们两个人也在家里、在路上因为这件事吵过很多次。我越来越不可思议眼前这位丈夫究竟是个怎样的人？很多事情总是觉得逻辑与情理上说不通。

但是我对家的爱意与执着，仿佛可以让我傻傻乎乎跨越很多不愉快，还是继续百分之百地相信着自己的丈夫。每天早晨送自己的先生上班。如果身体还好，我会早早起来给许言做早餐，甚至会给许言把当天要穿的衣服熨烫好、整理好，让许言精神饱满地走出家门。就这样我送走自己的丈夫，然后开始一天开心地陪伴孩子。家里即使有阿姨帮忙，我还是会觉得自己很孤单。这个时候我才理解了亲情的真正含义，才明白血浓于水的真正分量，不管花多少钱请来的阿姨，都买不来自己内心需要的亲人能给的不需设防的安全感和幸福感。

从早晨盼着丈夫回家，一直到下午。有时候丈夫很晚才回到家。我经常从六点半等到七点半，再等到八点半、九点半。有时候等着等着，原本期待与激动的心情，变成了失落与哀怨。因为自己在婚后断了自己婚前一切的交际圈，甚至连个微信朋友圈都很少发。自己只想为了家庭的幸福，在背后默默地付出，默默地守护着这个让我盼了这么多年才有的家庭。

而我此时也越来越体会到一个人在家带孩子的不容易，并不是简单体力上的劳累，而是辛苦一天带着孩子操持着家里的柴米油盐和生活琐事，却慢慢发现许言越来越不爱回家。

我们自从结婚没有多久就有了宝宝，因为身体异常虚弱，孕期反应强烈，也只得在家安心养胎，没有了一份属于自己的正式工作。我本以为自己为家庭已经身心俱付，可以换来丈夫同等的善解人意和心意相通，可以懂得妻子的付出是牺牲了自己在外成长的机会，用日日夜夜的辛苦付出，呵护两个人的家庭和孩子，但是我始料未及的是因为家庭生活中的压力与琐事，自己脱离社会后难免有些失落，心中的焦虑无处诉说，一旦得不到对方的理解后，会更加难过。

现实终于还是给了自己狠狠的一个耳光。一点一点地感受到，除了挣钱，家庭的负担与压力都由自己一个人扛了，换来的是许言对自己愈加的不理解和内心的不在乎。许言却认为只要每个月给自己生活费，物质上没有亏待自己就可以了，就像完成任务一样。

时间在不知不觉间到了2019年的夏天。有一天许言下班回家很早，吃完晚饭后，天还很亮，于是我们夫妻两个走到离家很近的公园散步。走着走着，许言接听了一个工作电话，我听得很清楚，电话那头是要确认学习手工皂人员安排和出行的事情。我一听这些谈话内容，内心惊讶之余，本能有些伤心，更有些难过与失落。自己一直在苦苦等待的消息，没想到许言早已知晓，并且已经安排好公司财务青林的姐姐青文去学习，自己还一无所知。电话里听到的是许言在安排青文去南方如何学习手工皂的事宜，听到这些其实我心里控制不住地开始流泪了，为什么自己的先生没有想到自己在期盼这个消息很久了呢？中间还问过许言几次，自己还曾和许言说，想学手工皂已经很久很久了。

当时我并没有选择和他吵架，只是等许言挂了电话之后问他："许言，你不知道我一直在等你的关于手工皂的消息吗？你怎么一直没有告诉我，而现在都安排好人选去学习了呢？"

许言说："我怕你受苦啊，南方夏天蚊子多。所以我让别人去，而且你不是也一直想帮助青文吗？"

我听闻这些话后，回答道："你帮助别人是做好事，我完全理解，但是你得知了学习手工皂的消息，是不是应该告诉我一下？前几天还问过你好几次。你完全可以告诉我这个消息啊，如果怕我吃苦，我们可以一起商议由谁来去，如果事情合理我也会很赞同的。只是你一直什么都不说，如果不是今天被动地听到电话的内容，你们关于这件事情的对话，可能我会一直蒙在鼓里，是不是？另外，你怎么知道我怕吃苦呢？其实我想学习手工皂的动机很简单，就是为了让自己能够在家带孩子之余，自己能有点儿事情做，为了让自己活得充实一些，更为了能和你一起快快乐乐地把家庭过好。因为知道你不信任我，不愿意让我靠近你的事业，为了这个家，我原本想自己退一步，不和你争辩了，其实我一个人在家里带孩子，你这样对我已经是很不尊重我了，自己没有办法，又想和你一起经营好这个家庭，才想着单独做点儿有意思的事情，充实自己的生活，希望能够把这个家继续维持下去，我真没想到你会自己做了这样的决定，那我现在能和这位姑娘一起去吗？我们帮助别人做好事，我是支持的，只是我还是很想去学个一技之长，自己也活得充实一些。”

许言听闻这么多话之后，并没有给我一句想听的回复，只是告诉我：“这次你去不了了，这次学习只有一个名额，另外火车票都买好了，改变不了了，让她学会了回来教你，如何？”

听闻这里，自己心里的感受可想而知，说不出什么话来，心里却早已流泪了，告诉许言：“我那么信任你，自己想到了这个小项目，我真的很重视，万万没有想到你竟然是这样默默安排好的。其实我并不怕吃苦，我从小就是吃苦长大的孩子，这点儿你应该了解，我们已经成家立业，三四十岁的人了，你不可能分不清什么是真的对我好吧？在这个充满竞争压力的社会，我为了带孩子，不得不在家与社会脱节，我想自己抽几天时间学点儿东西，为了充实自己和成长，为了家庭能长远健康，这点儿苦我根本不会往心里去。其实让我难过的不是怕蚊子咬，而是你从心里根本没有尊重我。”

这时许言也不知回答什么好，他说自己想去趟洗手间。而我看到许言手里还拿着手机，于是说："我帮你拿着手机，你去吧。"于是我从许言手里接过了手机。也就是在许言去洗手间的过程里，我不由想看看他的微信，我找到了那个刚刚给许言打电话的青林的头像，点开了聊天的内容，并随意点开了一条最长的语音聊天记录，50多秒长，听完之后，我才恍然大悟，许言语气极其温柔又是小心翼翼地用商量的语气说道："我这里有个学习手工皂的平台和机会，很不错，我想和你商量商量让你姐姐青文去，你看行不行？公司出钱，给她安排好往返的车票，她直接去学习即可，学好了，产品出来以后，可以一直当公司的研发技师，被人尊重。学习期间，公司给你姐姐发着工资，然后给她上社保，上满15年，她能有一技之长，将来就可以改变自己的命运了……"（大致内容）

当我听完这段语音，那颗深爱许言的心，不知不觉地从根处动摇了，自己丈夫心里到底有没有妻子和妻子的未来呢？我的内心此时再也无法平静。但是还是耐着性子等自己的先生从洗手间回来，若无其事地问许言："那我能和那个女孩儿一起去学习吗？给我订一张火车票可以吗？我回家收拾下行李，准备出发。"

只是让我更加意外的回答在后面，许言有些不耐烦地说："不行了，这次报名学习只有这一个名额，已经确定了，就是她。"听到这里，我内心最后一丝对感情的侥幸，荡然无存。我终于知道那个唯一的机会，在自己毫不知情的情况下，许言已经和别人商量好了，这个别人也不是外人，就是许言公司的财务青林。

故事发生到这里，我从此开始从新审视自己的婚姻了，并隐隐约约地感觉许言和自己的感情并非自己一厢情愿想象的那样了，此时心底开始有种强烈不安与不祥的预感。

第六十一章 以小见大的公众号事件

在现在这个时代，大多数人心里都很明白，在一段婚姻里，没有信任，没有爱，可能很难过得幸福。我也想拼命地挽救自己这段婚姻。但是我的确在很长一段时间里始终猜不透，为什么先生不信任自己。有的时候自己问得多了，对方还会一股脑儿地把所有的问题与责任都推到自己这里来，把所有的罪过都追加在我的头上。就这样，自己在婚内承受了比伤害本身更大的伤害，不知道有多少次自己的丈夫会说自己多疑，会说自己强势，会说自己控制欲强，会说自己脾气不好，会说自己原来的生活很苦，嫁给他已经很享福了，是自己不知足……

婆家这边的亲人虽然表面上都对自己客客气气，但没有一个和自己说知心话的人，更没有一个在自己受了委屈和不公时说句公道话。大都是事不关己高高挂起，不知道从什么时候，冷漠和自私慢慢成了大家不约而同的默契。哪里有什么正义？好像实力与偏爱就是正义。

随着时间流逝，自己的文章写得越来越得心应手，自己也在不断地学习传统文化经典，不断地把自己的经历、感受和经典相结合，希望能够通过自己的真实经历和感悟，影响更多的人，让大家能够早日找到最真实的自己。许言好像也能看到我的进步，他看上去好像也是非常高兴的，于是他偶尔开始向我约稿。

2020年的“母亲节”前夕，许言想让我写一篇关于母亲节的文章。当我接到这个主题很认可，也很认真，于是我花了五六个小时的时间，非常认真地完成了一篇篇幅很长的散文。这篇散文也得到了许言的高度认可。许言也觉得这篇文章写得非常有意义，便想着让青林帮忙转发。青林在公司里的影响力很大，许言私下给她的信任是最多的，不少事情都是她来负责，可以说公司里大部分事情都是由她打理，如财务、人事、文章发布、薪酬、社保等。说起青林，她家姐妹六个，其中至少三个都和许言有着不错的联系。她，长相普通，黄皮肤，衣着朴素、一米六左右的个子，给人印象很勤奋、听话、本分，话不多，其余看不出有什么特别的地方。开始我对她也是有着几分认可与尊敬，据说她是许言在事业上最信任的得力助手。

当时青林的工作内容包括发布公司的微信公众号，于是许言便把和我约好的文章交给了她。许言当着我一直强调，想让她在母亲节当天能够早点儿发布，希望能让更多人看到。于是我写完文章，把图文排好版面，便一起都转发到青林的手里，开始期待着公司的公众号上能早点儿出现这篇文章的影子。

我和许言一直等，一直等，许言也交代再三，希望能够早点儿发布，但是一直到中午，这篇文章才终于发出来，同时文章的首图也都更换了自己给的原始首图，完全不是自己当时选定的首图。我心里虽然有点不愉快，但是真的也不好小题大做，只是对这个工作的完成情况有些失望。直到后来联想起大多用正常逻辑无法理解的事情时，我才慢慢意识到哪里有那么多的巧合，只是他们有着太多不为人知的太多的内在关联与心思罢了。

都说日久见人心，我又在心里面多多少少能够直觉到很多事情连起来一定不是偶然的。早在自己刚要写文章的时候，许言也曾和自己提起过，将我的文章在公司公众号发表这件事，在公司员工内部商议的时候，当时青林是很不支持的，她和许言表态，并不希望自己的文章刊登在公司的公众号上，怕我的文章写得不好，会掉粉。这样的建议，表面听上去的确是为公司着想，但是我作为女孩子，当然明白为什么，早就隐隐约约地感受到不友好的信号了。

我与许言一起生活了两年多，越来越意识到许言在很多方面都很提防自己，同时看不起自己的出身，在事业上也丝毫没有半点儿信任，就连家庭中起码的财务知情权，都没有给过自己，更不愿意自己靠近他。

许言极力地想推开自己在他事业中的身影，我与他的事业没有任何交集，唯一的交集便是夫妻二人曾经共同注册并宣传的公众号，还有自己的社保在他的单位暂时交着，每个月许言给我固定的生活费。我在这样的关系中肯定是越来越没有安全感的，自己得想办法给自己谋一条出路，一边带着孩子，我一边计划考个心理咨询师的证，让自己在未来有个出路。

于是我在2020年初那段时间，报了心理咨询师考试，想通过自己的一些经历，用专业的知识提升一下自己，将来能够帮更多的人。开始的那段时间，我每天认真听课。

大概4月份左右的样子，有一天，我把自己新写的文章交给青林，想要发布的时候，我也非常客气很感恩对方的付出，客气的话刚发出去，紧接着就收到两句早就编辑好的文字猛地就出现在了微信聊天的对话框里，大致内容是她不想帮忙发布文章了。我接到这样的信息，内心有些不舒服，但也没有说什么，只是觉得按照工作流程，如果她决定不做这份工作了，应该先和领导申请，经过领导同意，我也无话可说。只是直觉这个员工怎么如此有底气，可以不通过领导的同意，随意决定自己想干什么，不想干什么？而我在微信这头，想着这件事越来越有点不舒服，于是过了 10 分钟左右，我联系了自己的丈夫许言。

许言得知情况后，一个劲儿地敷衍我，表面一直跟我表示青林不该这样不经过领导的允许，就这样做，这样的话说了不少。

而让我万万没有想到的是，这件事情过了一个多月以后，我无意中在许言洗澡的时候发现了青林和许言的微信聊天记录，清楚地显示着青林在推脱掉我的个人公众号的工作之后，几乎与我同一时间，时差不超 1 分钟，在微信中告知许言她推掉了帮我维系公众号的工作，许言下面的回复是："知道了。"

这件事情让我本能地直觉越来越强烈，总觉得哪里不对，一直以来给我的印象是许言当时一定不知道这件事情，和自己一样不满青林的做法。

虽然事情不大，但是发现了丈夫对自己的敷衍和装作不知道的时候，我有些委屈，心里窝得慌，更是感觉自己好像是个尴尬的存在，不是丈夫心里在意的人。

回忆 2018 年夏天，许言几次跟自己提到，想用我的身份证注册一个新的公众号，来宣传传统文化的一些义理。当时自己并没有做过这样的事情，考虑了几天以后，同意了许言的请求，于是把自己的身份证号和电话提供出来，注册了一个新的公众号。这个公众号也算是当时自己和许言两个人一起认为属于夫妻二人新开发的一个公众号，希望这个公众号也能影响或帮助更多的人学习传统文化，并从传统文化的洗礼当中能够做更好的自己，只是当这个公众号即将要运营的时候，我和许言明确地说："我自己现在怀着孕，已经8个多月了，月份越来越大，自己好几年不碰公众号媒体了，很多细节需要重新了解，现在自己好像已经把更多的精力放在胎教、修行上了，只想静心养胎，安心待产，身子的确也有些不方便了，如果认真经营一个公众号，我知道自己对自己的要求高，做不到糊弄，如果每天坚持原创会耗费很大的心神，现在有孕在身，怕自己做不到了。"

如果生了孩子，宝宝刚刚出生之际，估计又要把更多的精力投入到照顾孩子上面，能否让公司的一个员工抽出很少的一部分精力，转发一些文章即可，先让它运行起来，等我把孩子带大了，慢慢理顺了手里的工作，慢慢理顺了家庭的生活，再来自己经营这个公众号。

当时记得许言在我面前，首先想到的就是青林，他想把这份工作交给青林。但是青林作为许言特别信任的员工，当时的回复让自己很诧异，好像言语之中并不是很情愿地接受这份工作。而我也很善解人意地说："我们平白地给人家增加工作量，要不要每个月给人家增加一些工资？虽然不是原创作品，转发文章每天用不了几分钟，但是也是要花费精力的，我们每个月可以给她增加一些工资。"

许言觉得这个主意不错，于是把我的意思转告给了青林。青林接下来的态度更让自己没有想到，但凡是个普通打工的女孩，如果有这样的事情落到自己身上，应该会很高兴的，或者很能理解领导的心意，但是青林当时的回答让我有些意外也失落，大意是她宁可不要多余的工资，也不想长期做这件工作，短期帮忙可以。

通过这件事情，我的确能够感受到青林这件事处理得没有错，但是也感受到了这位员工对自己并不是很友好。

我虽然知道这个公众号是许言提议创立的，是属于我们夫妻二人一个新的公众号，但是青林给我传递过来的感受却像是我个人的事情。也许许言只是给我表明了此意，从没有公开承认过这个公众号的名分吧。随着青林做这份工作的不情愿，也逐渐地让我注意到了这个女孩子。

第六十二章 婚姻需要信任、平等、尊重

2019 年到 2020 年这两年的时间里，因为现实的原因，我只得暂时放下学习手工皂的事情，慢慢喜欢上了写文章。自己平日照顾孩子出不了家门，但是又很喜欢学习国学类的经典，不想虚度自己的光阴，于是一边学习，一边把自己学习的心得和生活中的感悟写了出来。不知不觉中，写了不少读者喜欢的文章。许言作为文化传播领域的工作者，自然也能看出这些文章虽然没有很华丽的辞藻，但是文笔流畅，立意中正。

而我意识到自己的文章能够被身边的先生和读者们喜欢，也是一件很高兴的事情，于是我坚持在学习经典的同时用心写作，许言也愿意把文章发布在自己公司的微信公众平台上，用作原创文章，顺便也给我一些补贴。日子就这样平静过着，我的进步也非常大，作品数量也在增多。但我也不时感到这份工作中有着些许不和谐气氛在悄然酝酿，但当时我并不知真相。

2020 年 6 月初，我即使心有创伤，知道危机四伏，却也用尽心力继续深爱着这个家，一直都特别想给家里添个老二，想给大宝贝生个弟弟或者妹妹。自己一个人在北京很孤单，我为了能够好好珍惜自己的家庭，切断了自己与异性间所有的联系，只为自己能够安心在家过日子，我唯一信任并且想说话的人就是自己的丈夫。可

是就在自己慢慢意识到对方并不是像自己信任他那样信任自己的时候，对于“信任”这个词，在家里就显得格外的敏感。

2020 年 6 月左右，就在自己又一次开心地怀上新的宝宝的那些天，也许是怀孕初期女人比较敏感吧，自己的内心更为脆弱敏感。自己婚后带娃的日子并不是表面这么幸福，而是脱离社会后又没有家人温暖和信任后的焦虑不安，没有安全感，似乎丈夫做一切事情都不愿意让自己知道。

此时自己的处境无人知晓，更无人相信，我开始想着自救。那段时间仿佛自己每天生活在一个看不见的牢笼里，不管自己怎么努力想好，好像刚好一点儿，丈夫或者他公司最信任的青林就会给自己一次始料未及的心灵打击。这种伤害最隐蔽，多次努力想过个安稳日子的自己，似乎正在经历着不知何时能逃出去的孤立无助的生活境地，守着自己生下来的孩子不能离开，身边没有一个信得过的亲人，被孤立困在家里。眼下没有半点儿自救的办法，也没有一个知心人可以商量，不知何去何从。

此时的我深感不知缘由的孤立无援，却还在傻傻地想着为家里增添儿女，自己一边照顾大宝，一边小心翼翼在家养胎之际，思来想去，如果丈夫不信任自己，自己现在除了写文章也没有一技之长，不如自己成立个公司自己干吧，做自己喜欢的事情，出售一些自己喜欢的书籍，因为孩子比较小，家里没有亲人陪伴，自己不放心在没有亲人陪伴的情况下，把这么小的孩子扔给陌生的阿姨，我也无法安心去打工上班，于是我和许言商量，自己想成立一家公司，我希望通过自己的努力，也可以做点儿事情，不管挣不挣钱，心有所属，有事情做，可以充实自己就好。

许言听后双手赞成，特别同意。而我也从心里明白，许言无非是不想让自己靠近他的事业，不想让自己知道他真实的情况，更是想隐瞒着家里实际的财产情况，好像早就提防着和我婚姻出现最坏的情况一样，早就做好了对我全面的提防、隐瞒一切的准备。只要我不干预他的事业，他其实并不在意我干什么。

6月中旬的一天，我似乎有些想念北京的大爷大娘了，一个人在家太闷了，于是周末午饭后让许言开车带我去看望。我们住处离得很近，都在北京三环内。我们去看望北京大爷大娘的路上，许言开车带着自己。车里只有我们两个人，孩子暂时留给了家里的育儿嫂，我也难得出来散散心。我忍不住在路上下意识地、小心翼翼地问起丈夫："我们结婚这么久了，你到底信任我吗？我怎么感觉自己活得特别像个外人，自己在家里的存在很尴尬。自己在怀孕生产带孩子的这些阶段，的确很难兼顾工作上的事情，但是我也想你能发自心底的信任我，每天和我聊聊天，我们一起商量着往前过日子，至少我不会觉得自己是个孤立无援的外人。"

许言听闻我这些话，特别反感，很不耐烦地说："兰喜，我再说一遍，我不可能信任你，本质上你跟我结婚已经突破了阶层，不要再奢望其他了。我们本来就是阶层不对等的。"

只是我听完这些话，真的打心里接受不了。我认为结婚了，夫妻在家里应该是平等的，自己牺牲了去外面打拼的机会和自己的青春，完全是为了这个家。虽然这份价值不能用具体的金钱来衡量，不也是最难能可贵的吗？于是我说："那好，即便你的话有道理，那你现在信任的人不也是普通百姓吗？她们的出身就比我高贵吗？"

不管我如何讲解，两个人在去看望大爷大娘的路上也没有争辩出一个结果，而且越吵越凶。我心里觉得自己好失败也好委屈，本来单纯干净的一颗心，怎么此刻被辜负、践踏得一塌糊涂，而且是被身边最亲近的丈夫！我当然深知，婚姻里如果没有信任，这份婚姻里还可能有爱吗？难道自己真的一直都是在被骗吗？还是自己看错了人，这个家自己还能撑多久？自己的婚姻将来会走向何方？我内心真的是一点把握都没有，未来又该又如何面对自己的父母亲人，怎么和家人交代？

我拖着刚刚怀孕不久的身体，带着非常委屈和难过的心情，勉强和自己的丈夫一起看望自己娘家的亲戚。待了一个小时左右的时候，我便感觉肚子很不舒服，肚子又开始隐隐作痛。身为女人的我，本能地知道孩子很可能又要保不住了。类似的委屈和吵架不知道多少次了，而每一次沟通，我真的不是为了吵架，而是想过一个女人正常的日子，更加希望自己的家庭是健康的。自己在婚内无法言说的委屈，知道自己说出去也不会有人信，心底委屈压抑地呐喊，这其中的苦闷只有自己知道。

心里含着委屈，加之身体的不舒服，我本能地催促丈夫想赶紧回家。回家的路上，我依然希望身边的这个男人能给自己一个想要的答案，希望自己能听到那句自己一直想听到的话。可是在回去的路上，我们没说两句又吵起来了。许言始终觉得自己无法在婚内信任自己，认为我出身贫民，能娶我就已经很不错了，根本不配得到他的信任，还举例子说：“我不信任你，就好像你无法信任不如你的亲戚那样。”

我听到这里，从内心里更是气得不行。压抑着心里的生气和委屈，实在无法相信眼前这位男人的世俗与势利气息，这是自己的价值观绝对不会认可的理念。在我心里，一直觉得人人生而平等，灵魂更是。每个人都应该被发自内心地被尊重。我在遇到许言之前，从没有听到过这样的言论。许言是很多人都认可崇拜的传统文化领域的传播者，随着婚姻生活的真实经历与感受，我真的不敢相信，走近以后竟然是这般可怕，自己当初真的是看错人了。

我义正词严地回答道："我从来没有不信任我的亲戚们，更没有看不起他们，我和他们交流也会说实话，如果不方便告知的事情我可以不说，但是只要和大家交流的事情，我一定是真诚地实话实说，为什么要有阶层的歧视？现在都是人权平等的法制社会，你在婚姻里这样对我是非常不公平的，婚姻里双方应该是平等的，家庭事宜享有平等的知情权。我不问你收入和财产方面的事情，是出于爱你、信任你、感恩你，还有自己的修养，但这不是你借着我的善良，故意欺瞒伤害我的理由与借口。我并不是为了你的钱财地位而来，你更不能理所当然、理直气壮地对我这么不公平。如果婚姻里女方百分之百地付出，换不来婚内的平等与尊重，那么这份婚姻存在的意义又在哪里？自己一个人只身从河北辞职过来嫁给你，成家以后，在工作上，你不愿意我靠近你，也从来没有一点儿真诚，家里的收入也不让我知道,这让我很没有安全感,虽然你每个月都给我生活费，可我总觉得自己的人生是被掌控的，根本无法自己做主一样。"

我们越说越激动的时候，许言索性越来越无理地说："我现在的公司财产是婚前财产，和你没有一点儿关系，你本来就没有资格过问。而且这些财产也有我爸妈的付出，有我爸妈的份，要想让我信任你，得我爸妈同意才行……"

天哪！许言心底真实的立场和心声，也随着他的激动情绪表达了出来。我的确过的就是此刻他嘴里说出来的不给自己任何信任的日子，然而我几年来对他一直很坦诚，真心真意地对待这份感情，对待这个家。此时的自己顿时觉得自己好傻啊，原来嫁了一个都把自己当贼防的家庭。此时的自己早已无法克制难过、压抑、愤恨和不公的心情，自己的肚子也疼得越来越厉害，终究那天还是在夜里流产了。身心的灾难和遭遇，在一点一点地侵蚀着自己对这个家的执着与爱意。

每次流产之后，大多也是自己照顾自己，虽然家里有阿姨，但是家里也还有孩子，阿姨一个人根本忙不过来，所以自己也根本养不好月子。孩子还很小，不好带，吃喝拉撒，阿姨都要照顾，再照顾一个月子里的自己，的确是有些捉襟见肘。我在这样的家庭里，心情也一直压抑、烦闷，根本感受不到婚姻的幸福，心里开始越发地脆弱敏感，抑郁不悦。同时自己也变得好像越来越不容易信任别人了，情绪开始长时间的低落、无助、委屈、愤怒、怨恨、冤枉、彷徨，各种负面的感受接踵而来一起齐聚到了我的心房里。

类似这样的争吵慢慢在这个家里不断地上演。也就是许言这样的言语刺激，一遍一遍地把自己的心刺伤得体无完肤。我越来越看不懂，这一切都是因为什么？越来越看不懂眼前这位丈夫还是那位自己被其善良感动得甚至留言想以身相许的许言吗？已经越累越清醒地意识到自己的真心真意错付了。外人看上去自己好像过得那么光鲜亮丽，而我竟然觉得自己就像活在与世隔绝的孤岛里，抑或是被关在无形牢笼中的金丝雀，仿佛连求助都没有通道。

是啊，过往的两年里，表面不管是家人，还是事业上与许言有关联的人，大家和自己都是井水不犯河水，客客气气。自己的丈夫在外人面前的很多表现和细节，都让人觉得他对自己特别好，简直是模范厚德的好丈夫。自己的公公婆婆也是如此。只是这几年每每自己遇到危难了，不管是带孩子还是自己这几次流产，自己真的需要家人伸出援手的时候，却各种借口不来帮忙。每每自己的丈夫会告诉我："两位老人觉得你脾气不好，不好相处，所以不敢前来。"

最艰难的日子，绝大部分都是自己扛下来的。但是每次向家人求助的时候，公婆的回答总是没有任何理解和温度地说："你们好好的，你们过得好，我们就高兴了。"但是这句话让我听起来却不知如何回复，心里太不是滋味了，像一把虚伪冷漠又残忍的刀子扎进自己的心里，他们明明知道自己过得并不轻松，一个人带娃，平日里撑着两个家。

婚后，在2018年下半年和2019年，除了要在家里照顾孩子，自己还要经常回自己的娘家看望父母。父母只有我一个女儿，此时的父亲又到了特别需要人在跟前照顾的年纪。所以我肯定很不放心。2019年下半年父亲病得越来越厉害，自己一边承受着新家庭一次又一次给自己的身心巨创，一边要坚强地带着自己的孩子，同时照顾好自己的父母，要对自己父母的晚年负责任。可以说2018年和2019年的两年时间里，我的日子过得步履维艰，身心备受煎熬。

为了家庭的完整，为了自己好不容易等来的人生命运的转折，为了自己的儿子，我继续无声地选择妥协，只要自己还能做点儿事情，不一定要依赖自己的丈夫，何必让丈夫把自己当贼防呢？但是家里发生了这么多事情，我也很细心地和许言商量："我在成立公司方面可能免不了需要你的指点和帮忙，我虽然在外面工作了很久，但是并没有运作公司的经验，我也知道可能青林在这方面会有经验，但是请不要因为我的事情再麻烦她了，经历了好几件事情后，我总是直觉她对我并不是很有好感，不如我们相安无事，减少一些误会和麻烦，对你也好。我自己做自己的事情好了，我们自己来咨询会计公司，看看能否帮忙。”许言连忙表态说：“好的，好的，我知道了。”于是我开始自己努力在网上搜索成立公司的步骤和方法。

事情终究还是事与愿违，自己提前预料到也叮嘱过许言的事情，还是发生了。几天后的晚上，许言下班回到家后，脸色很差，情绪明显不好，我问他怎么了？他说：“我让青林帮你注册公司，被她很强硬地怼回来了，说以后只要关于兰喜的事情都不要找她，她管不了，也不想管。”

当我听到这里，着实压抑不住内心的愤怒与难过，跟许言说道：“我不是用心叮嘱过你不要再找她帮忙了吗？你怎么非要让大家都不愉快呢？很多细节已经让我感受到这样做不合适，而且我也不想让单位的人知道我在做什么，前几天我提前特别用心地提醒你，你怎么不听呢？”我对于许言这次的做法内心非常不满，更是委屈、窝火。

许言回答道：“我还不是为了帮你吗？”

这话让自己更是气上加气，两个人也就你一句我一句地吵起来了。许言也并未关心到，此时的我刚刚流产没多久，而且也并未在根本的立场上，给予自己真心的支持，说出来的话，句句都是在伤着我的心，也更加没有妥善解决这件事情。虽然许言听到青林这样怼自己很生气，竟然没有意识到青林作为公司的一名普通员工，和自己领导说话的态度和处事方法有明显的问题，这会不会影响自己的家庭和夫妻感情，这回无辜的委屈和不快无意间留给了每天等丈夫回家的自己。

接二连三的事情，不得不让我感觉心里越来越不安，这件事让我越发清醒了。自己在小月子里一方面承受着来自身体的痛苦，另一方面越来越感受到来自许言的公司里的员工对自己如此明显的敌意。更让自己内心不安的是，莫名其妙地对婚姻有了危机感。

此时此刻的我越发地感觉到自己必须突破现在的局面，如此下去，未来不知道会发生什么事情。目前的家庭已经很明显地让我感到自己不能再安逸地只在家带孩子，每天坐等丈夫的生活费了，继续傻傻过下去，未来等待自己的不知道会是什么。

同时对于许言一些事情的做法，也越来越让我失望至极。我从心底彻底地开始越来越清晰地感知自己的婚姻和感情，已经不是自己当初想要的了。自己即使经历了很多，承受了很多，如今依然没有感受到来自丈夫半点儿的信任和踏实。想来，看透一个人着实不容易啊，不知是当时的自己太天真了，还是他隐藏得太深了！

我被越来越浮出水面的来自许言的伤害，一次一次地打击着，心灵被打击最严重的那两三年，脑子已经有些错乱了时空概念，记忆力严重减退，痛苦到自己根本没有心力找到合适的自救途径，时常崩溃异常，内心期待丈夫本该对妻子应有的善意慢慢都成了奢望。

这时的我，背后无人，毫无退路。带孩子的这几年连份稳定的工作都没有。只是如果真的和许言鱼死网破，简直没有生存的资本和途径，我也时常会觉得自己无能，无法自救。不知道这社会上还有多少女性像我一样活在根本不平等，没有尊重、没有信任和爱的状态下，被孩子和现实左右得无法自救。这几年给我的感受，便是许言宁可把所有的伤害都留给我，也要继续纵容自己的同事各种不尊重地对待自己。财务青林身心毫发未损，依然享受着许言对她无条件的最大信任和事业上对她的种种偏袒与支持，但是我的家已经名存实亡了。

2020 年 6 月底，北京的疫情又开始有些紧张，同时随着我们吵架的次数越来越频繁，短期无法解决婚内根本问题的时候，还没坐完小月子的自己，实在身心疲倦不堪，决定带着孩子回老家的院子里小住一段时间，换换心情。

那个时候青文做手工皂的手艺也慢慢成熟了，开始向外销售，我竟然也傻傻地觉得非常高兴且支持，总是非常积极地帮助她在朋友圈和微信公众号平台上帮忙宣传，同时还很自豪地跟自己的亲朋好友们介绍着青文做出的产品。恰好就在这时，许言的一位好友，出于对许言与我的信任，还有对这款产品产生的兴趣，下了 1000 元的订单，我自然是非常高兴。而我并没有把钱私自占为己有，而是公事公办的态度，用心问过许言，这钱如果交给公司，应该联系谁？有什么需要注意的地方吗？当时许言回道："直接转给青林就好。"我听闻此，便照做了，努力用心地融入许言的工作，只是我没承想，自己刚刚把自己接单的文字说明微信发给青林后，也把货款转了过去，哪料还没等自己反应过来，瞬间转过去的钱直接被青林退了回来，后边加了一句："这钱不要给我，按照规定来。"这种交流与对话本能增添了几分的意外与生硬，后来我为了证明自己并非贸然联系，转账，就把与许言请示此事的截屏发了过去，只是青林依然并不买账，继续坚持："你找何唯吧，她负责客服这边，你问她应该怎么处理……"我原以为自己为许言公司拉了一单生意，大家都会很高兴，没想到会是这样冷漠又没有温度的交流。心中多少有些不快，但是也没有说什么也不知说什么。

也就是在这段时间，每当自己一个人在老家东边两间配房的床上休息的时候，越发明显地感受到了内心对这个新家患得患失的危机感。不管怎么劝自己，都觉得自己像被悬在半空过日子的感受，我感受不到自己在许言与他身边人面前的半点存在感与价值感，更别提被尊重了。我开始思考，每个人都需要亲情，需要一个相对信任的人，尤其家人之间。在此之前自己的确没有经历过这么复杂的家庭情况，自己的丈夫从来不信任自己，不知道丈夫真实的收入，不知道他心底到底有什么事情在隐瞒自己，丈夫也从来不和自己说。可以说自己像个傻子被圈养在家里。这显然是自己最不愿意看到的情况了。

其实我不求自己非要干涉什么，只是觉得在婚姻里起码的尊重都没有，而且丈夫越来越不愿意回家。身为长期从事文化传播工作的丈夫，不可能不知道这样做是不对的。他到底有什么事情隐瞒自己？甚至不惜自己每次怀孕流产，都不能善待自己呢？想到这些，越发觉得不安。因为自己觉得这日子过得心里太没底了。在老家小住的日子，我几乎很少睡好觉，越来越觉得自己这样下去，会根本无法掌握自己未来的命运，身体也会被拖垮。内心随着自己真实的经历与遭遇，我对于许言这个人的质疑与怨气也就不由得升起来了。

婚后的两三年，自己可以说是省吃俭用，攒了一些积蓄。平日许言给自己的生活费，除了生活必要的开支，大部分都攒起来了。我开始想为一家三口构置一套属于自己的房子，婚后我们一直在外面租房子。北京租房很贵。我想努力一下在家乡买套房子或者盖房都可以。后来和许言商量，许言开始表现出很愿意，带着我来家乡的县城里到处去看房子。后来我们都看好了一套房子，但是当付钱的时候他就开始不同意，没有理由地开始埋怨我，埋怨我最近总是和他吵架，以致他没有休息好，没有赚到钱……当时，我傻傻地还把自己的亲戚叫过来，一起帮忙参考房子的位置与价格等。只是当时许言的表现让我很尴尬也摸不着头脑，特别不解，他为什么在这个时候说这些。最后许言又说自己只有一个初次在北京贷款买房的资格，如果在老家买房有贷款了，再回北京买，首付比例会高很多。最后我只是空欢喜了一场，也便放弃了买房的念头。

只是我的确很想给自己和孩子一个家，我想着要不在老家盖房子吧。现在孩子都有了，总要有个属于自己的家吧。于是我决定用手里的存款筹备盖房。也就是在那一年，我在自己的老家宅基地上推翻了这座充满纠纷与恩怨的已有 60 多年房龄的土坯老房子，盖上了属于自己家的新房子，只是这个时候我手里的钱只够将房子主体盖起来的，没有装修的资金了。6 月底开始施工，一个多月的时间，房子也就盖起来了，盖房子花光了自己当时手里所有的积蓄，装修的事情也就被暂时搁置了。同年 8 月初，我和孩子被许言暂时接回了北京。

时间过得很快，婚后，我和宝宝一直住在许言租的房子里，房租真的很贵，每个月要七千多。2020 年元旦前夕，即使发生了这么多不愉快，我依然不愿意整天被负能量占据，还是在努力调整心态，尽量操持好自己的家。

有一天，我状态很好，很高兴，竟然一时间忽略了丈夫以往对自己不公正的价值观，依然在伤害着自己的家庭，想再一次努力挽回自己的幸福与家庭，梳妆打扮一番后，自己乘坐地铁来到了丈夫的单位，很开心地来见他。在这之前的几天，我和丈夫聊起元旦放假，于是我说："马上就要元旦了，一年又要过去了，你和同事们奋斗一年不容易，你可以在年前请同事们一起吃顿饭，顺便给大家包个红包，让大家高兴高兴，到时候我也跟你一起去，你看好不好？"许言高兴地回答着："好啊，可以啊。"

正好今天来看许言，明天就要元旦了，我心里自然还想着和同事们一起吃饭的事情，也想从一年里带孩子的劳累中解放一下，便开心也调皮地问许言："明天咱们和同事们见面吃饭，我穿哪件衣服比较好呢？"许言的回答竟然又是让我意想不到、始料未及，许言说："明天吃饭你别去了。"我听完很诧异，也很伤心："不是说好的一起吗？为什么不让我去了呢？"许言回答道："不让你去，你就别去了，也别问了……我们见面不光吃饭，还要谈工作，公司有机密，不方便带着你去，不想让你知道。"语气强硬且肯定，我听罢真是又气又委屈，不知道到底是怎么回事？到底是什么原因一次次地挡着这个家的幸福？自己到底做错什么了呢？为什么每到夫妻本该齐心幸福的关键时刻，许言就像变了一个人，让自己不认识了一样。

至今为止，生活中已经有不少事情，让我质疑眼前这个人还是自己当初放下一切特别坚定地嫁的那个人吗？自己此次前来，原是想接他一起下班回家的，结果听到他的这些话，我并没有跟他吵架，而是满眼委屈和失望，眼含着泪水先走了。我在回家的路上，眼泪流了一路，心被伤得不行。许言的事业中，到底有什么事不能让自己知道呢？路上我不禁联想起前段时间，因为自己问及家中财务而吵架的事情，心里更不是滋味儿了。

矛盾一次次地变得越来越激烈，但凡是个爱家的人，似乎也无法避免。自己一次次的真诚和善意，包括对家庭的付出，感受到的竟然都是来自丈夫的提防和伤害。随着事件越来越多，丈夫表现得越来越明显，的确让我越发反复地痛苦与无助。回想这两三年来，因为自己对许言的无比信任，的确也很少问及家里的经济情况，他也从未主动提起过。虽然两个人维持着表面的和谐，但是我也明显感受了这个家中潜在的不和谐、不被尊重，这是潜伏在婚姻中的极大的危机。

但是在我心底，为了孩子和老人，总感觉家还是大于一切的，依然继续用尽自己最后一丝诚意，一个人坚持带孩子，并等着许言回心转意，等着奇迹出现。所谓的奇迹，便是希望许言能在未来的某一天回心转意，意识到妻子的真心与辛苦，意识到家庭的重要，能够发自内心地尊重信任自己。

人间的真实故事，有时候比电影还残酷、曲折。我不是哪部电影里被精心策划演绎出来的经典角色，只是历尽沧桑后对家庭无比珍惜的自己，真实而沧桑地活着。随着时间一天一天流逝，我依然没有改变对于家庭的珍惜和付出，但依然未曾得到婚内该有的平等与尊重。许言还是老样子，维系着与我表面的和谐，丝毫未让自己感受到被信任和接纳。这也让我逐渐惊慌失措，同时内心也有太多的压抑和委屈，还有不平。吵架在这样的情况下，一定是避免不了的，为了家，为了孩子，我还没有做好准备勇敢地提出离婚，内心虽有太多的委屈和不平，也有太多的脆弱与无助。

第六十三章 不祥之兆

2020 年 5 月份“母亲节”过后，有一天许言下班回家后，和我说起我写文章的事情并不是很开心，他建议我别再写了。我顿感诧异，不知道许言想说什么，便问：“你不是一直都说我的文章很好吗？今天怎么了？你总得说出个理由啊，我这份工作也不会危及你们的公司运营和公司机密，传播的大都是教人向善的义理。”许言支支吾吾，终于说出原因，原来是公司财务青林和许言因为文章工资补贴的事情，有过对话，青林觉得因为近期给自己的文章的报酬有点儿高，便趁机施加压力，要许言给所有员工都涨工资。许言自然觉得青林都是在为公司着想，于是回家就想让我停笔不要再创作了。

我听后很不平，回道：“如果觉得文章成本高，我完全可以不要钱，自己的文章完全可以免费使用，而且即便现在也是低于市场价格的一倍甚至更多在用这些原创作品。我也知道自己并不是什么有名的作家，所以我根本没有想着赚多少钱，只要有人喜欢我的文章，对大家有益处就好，不要钱也可以。但是如果因为公司个别员工不怀好意地施压或者偏见，回来不建议我写文章了，我不会同意，而且你当真觉得她内心是完全站在公司的立场考虑吗，还是对我有偏见？”于是两个人因为这件事有点儿不愉快，从此我不是因为不喜欢写作停笔了很久，而是因为许言对我在关键立场的舍弃与伤害及自己身处的压抑环境，从根本处最爱的人对自己内心的伤害越来越让自己承受不住。内心因此受伤失落也压抑了很久很久，被伤得无心创作，短暂的写作之路随着不得不面临的身心压抑也便荒废了下来。

但是我没有意识到从此我的精神状态越来越差，很少再有特别正常、平静的时候，心神不由自主地经常易怒、情绪不稳、怨恨冲天，我只以为这些都是自己因为在婚内受到不公正的待遇而引起，却不知除此之外或许还有着我根本意想不到的伤害从根本处在一点一点地瓦解折磨着自己的心灵。

后来的日子里，不合常理也不符合婚内常情的事情，一件接着一件……

2020 年 6 月流产后，在养身体的过程里，自己的身心状态已经都很不好，自己一直对丈夫的做法感到不解和伤心，最重要的是没有信任，心里的伤口一直没有被治愈，带着这些伤口还要继续新的生活，承担家庭责任，不知所措的无助和压抑，我开始特别渴望有自己的空间。

后来我租了楼上的一间价格很便宜的房子，租期三个月，每当宝宝睡着的时候，如果阿姨在家，我便去楼上临时租的房子里自己待一会儿。但是此时我发现不管自我怎么调整，自己压抑无助的感受，不管自己怎么努力就是找不到安心与踏实，仿佛一个人置身深渊中无法自救的感觉，呼吸都是压抑的，一直没有得到半点儿缓解，像是被人掐着脖子一样的压抑，甚至觉得喘不过气来，当时这样的感受我并不能完全分析清楚究竟为何，最多能分析出处境的原因，殊不知或许不只是自己的处境让自己无助与窒息。自己在这个新家里的确特别无助，就像一个人在孤岛上一般，总觉得有个无形的牢笼在牢牢地困着自己，无法冲破，找不到突破口一样的压抑，让自己身心疲倦、困惑、压抑、失落，总是看不到幸福与职业生涯的希望。奇怪的是自己更找不到突破牢笼的动力、底气与足够的能量以及合适的突破口。这里像个充满了麻醉自己内心渴望的家庭温暖、归宿、和谐的有毒气体的纱帐，可揭开纱帐后又都是假象。但是眼下自己又不得不明知是假象还要依赖假象。婚后两三年里给自己心灵带来严重创伤、孤独无助、没有方向，被人左右命运的不安无情吞噬着我对婚姻的美好向往。表面似乎看不到伤害，却又无时无刻不在伤害和吞噬着自己的生命与灵魂。心灵的孤独、彷徨、无助、慌张、患得患失、不安、焦虑、害怕整日不停地折磨着自己，同时可怕的是内心此时竟然还有着对自己已有处境的依赖、幻想、不舍、愿意继续傻傻地付出……我此时的处境更像是灵魂落入沼泽，想离开沼泽又离不开沼泽的纠结与挣扎，每天都在折磨着自己，不知道到底自己是为何落入今天的处境的，更加找不到一个可以真正能够解救自己的人。

自己复杂又无助的心境有确与许言和青林相关，事情一件接着一件，慢慢露出的破绽越来越多，不得不让自己开始怀疑他们的关系。

第六十四章　分居

在此之后的日子里，我们的吵架越来越多，激烈的程度在逐渐升级，好像两个人坚持的价值观完全无法互融了，心里被自己的处境和家庭环境压抑得喘不过来气。两个人到了一起，经常无法正常入睡，我总觉得自己是睡在一个根本无法穿透的一堵墙旁边一样。

此时的自己竟然还有着对家庭强烈的依恋，即使内心发现了种种不对，却没有足够的勇气放下，自己想争口气用体面的方式离开，竟然都很难。许言享受着这样的日子，即使知道对我有伤害，却堂而皇之地不以为然，也不想离婚。这样就更加压抑得自己透不过气来。婚内我一直没有得到许言在立场和心灵深处给予自己的任何支持与爱护，我越发感觉这段婚姻带给自己的委屈和伤痛，已经远远大于幸福了。

同时我也注意到自己的丈夫对青林袒护得越来越明显。当被问起他为什么总是因为青林的问题让自己屡屡不悦，而且从不调解，为什么对员工的偏袒都要大于自己的妻子，每每都是无条件地让我妥协的时候，他只是说："青林是公司的员工，维护她就代表维护公司的团队稳定，她代表我的事业，我必须护着。我可以没有你和孩子，但是我不能没有公司团队，没有事业。"听着这些话，我看着眼前这位丈夫已经彻底不值得自己再爱了，看来他不是一时糊涂，不是一时犯错，他已是立场鲜明地故意犯了太多在婚内无法原谅的原则上的错误了，越想越觉得是他骨子里的价值观和人品的问题了。

事情到这里远远没有结束，后面的事情越来越让我继续清醒，随着这些经历也让自己的身心越来越弱，内心伤痕累累，整个人异常疲倦、崩溃且无助，时间在不停地流逝，自己依然继续经历着鸟笼子里的生活。

让自己怎么也没有想到的是，竟然在此后不到两年的时间里，又相继流掉了两个孩子，而流产的原因大都是因为吵架。虽然在物质层面，自己的丈夫让自己吃喝不愁，却也不是衣食无忧。表面上谦谦君子的许言，不管是婆家还是娘家，几乎没有人相信我的真实经历，可是真实的情况的确是生活在没有爱和信任的婚姻中每天发生着，也让自己的生命日益萎缩，心态越来越不好，脾气也越来越大，心灵日渐敏感。许言不信任自己的地方，恰恰又都是信任青睐青林的地方，并且是无条件无底线的信任，给她很多权限。

2020 年 8 月中旬，许言告诉我我们临时租住的他朋友的房子要卖掉。我和许言不得不面临搬家的现实。许言趁着这个时候，坚定地选择和我分居，许言跟亲朋好友说，我经常和他吵架，脾气特别不好，让他休息不好，心脏病都犯了，真怕自己活不长。就这样很自然地，许言把错误一股脑儿地推给了我，让亲朋好友觉得是我的性格确实有问题，不好相处，也不知足。他异常坚定地选择和我分居，宁可拆散这个原本完整的家庭，也要继续无情地伤害我，偏袒信任着公司里的青林。面对自己遭遇着婚姻生活异常严重的不公，许言选择让不公继续下去。而我内心此时承受的压抑和委屈，已经快到崩溃发疯的边缘，经常会自己打自己。

就这样两个人从在北京的住处都搬了出来。许言搬到了离单位很近的地方，租了一间 10 平方米左右的房子。我则被许言劝说带着孩子和老人回到了自己的家乡，就这样三口之家从此分开了。当时自己并没有计划这么早回家乡，我还天真地以为自己的事业与归宿最终会是随着许言一起在北京，我心里当然知道家还是不分开的好。吵架的原因我当然知道不是自己的错，是丈夫对自己太不公平了。搬家的过程中，许言开车来回两地看房子的时候，路上经常因为太多的矛盾与不公，还有自己心中的压抑与委屈大吵起来。任凭我怎么难过，好像也得不到他半点理解与心软。

我虽然嘴上和许言吵架，但是一心还是期待奇迹的发生。希望许言能回心转意，希望许言能珍惜这个来之不易的家庭。即使自己心里包裹着太多的委屈，还是尽可能心平气和地与许言劝说家庭的重要，人最终都是要回归家庭的。但是在搬家的这一刻，自己内心压抑不住太多的委屈和难过，并没有换来丈夫的理解，而是选择远离和逃避。搬家前后的时间，自己精神状态很差，有时候难过得说不出话来，竟然经常自己打自己嘴巴，一度打得自己脸上有很多瘀血。那种在婚姻里被动失败、压抑、委屈和被羞辱的感觉，真是让自己生不如死。

故事写到这里，我也越来越清楚不是所有学传统文化的人，都是表里如一的好人。他们表面的谦虚柔和与内心的真实面目，可能是完全不同的两个人。而自己也是因为太过善良和单纯，彻头彻尾地被欺骗了，仁者见仁、智者见智吧。

第六十五章　祸根早在前时种

我还清晰地记得，有一次在许言坚持想把我送回河北，回来看房、租房的路上，任凭自己如何好言相劝都无法撼动许言内心的选择与决定，极度的委屈与无奈之际，自己内心简直委屈到崩溃，用手狠狠地打着自己的脸，几乎打得满脸是血了。其实这时候自己的精神已经崩溃到极度抑郁了。感觉家庭的变故在不受控制地往不好的方向发展，为何这样残酷，自己也不得而知，只知道自己是全力以赴地付出的，得到这样的结果，难免无法接受。而且自己的情绪在和许言在一起的时候，近一年越来越不受控的极度委屈、压抑和崩溃，当时只知道内心是因为家庭这种变化给自己身心带来的委屈和冤枉，在他决定分开之前，日子已经没有了家的温暖与同心，此时我依然还不知道家里潜藏的其他问题，也就是在自己极度悲伤的时候，自己一直不解，更加想不明白为什么自己一度看好的婚姻，竟然从一开始就会经历这么多意想不到的不快与灾难呢？

首先是公公婆婆不敢靠近自己。不管是怀孕、带孩子，还是流产、父亲病重，好像都是一个人在硬扛；再者自己的丈夫从始至终不信任自己，而丈夫的同事们也是明显地排斥自己，自己在这样的环境下，怎么可能快乐呢？自己也始终还是弄不清楚，许言内心真实的想法，看上去温柔敦厚，谦谨厚德，此时对于自己来讲，越看不懂他了。

就在我难过到极点的时候，自己也把自己打得鼻青脸肿的时候，脑海中瞬然之间闪过一个人。这个人便是我和许言结婚的时候，许言让她给自己当助理的何唯。何唯当时和自己的丈夫联系很密切，前面提到过她自称蛇仙附体，会给人看事、会占卜、会给人看病、消灾祈福、会看风水。她和我同龄。记得婚前许言对她也是很信任，自己有什么疑问常会请教她，甚至自己在事业中的任何决定都要参考她的意见。所以许言带着我回到自己的老家结婚时，就让何唯陪同我们一起回去，给自己当个贴身助理，但是自己怎么也不会想到婚礼上会发生一系列不愉快的事情。

我还依稀记得，婚前在自己从河北来到北京的时候，准备和自己的丈夫结婚的那不到一个月的时间里，自己每天晚上七点多便被许言将自己一个人晾在客厅，自己坐到九点左右再去睡觉的情景。我一直带着内心的不解和委屈度过了近一个月的时间。婚后两年多的时候，许言竟然在一次聊天中坦言，原来他在婚前每天这么早回自己屋里，把自己晾在客厅里，是去和何唯聊天，咨询问题去了。

思绪回到当下，我瞬间记起，何唯全程陪着两个人的婚礼，婚礼结束后，第二天她坐着北京大爷大娘家的私家车与大爷一家五口人一起回到了北京，一路上要开了近十一个小时。时空穿越到此刻，我想到了这个参加完自己婚礼坐着自己娘家车回到北京的何唯，这一路漫长的车程，这些娘家人和何唯在一起怎么可能什么都不说，她们的谈话虽然我永远也不可能还原或者知晓详尽，但是通过这几年婚内惨不忍睹的经历，也便能猜出一些了。我又回忆起大娘在父亲去世前，和许言我们俩一起回老家的路上，对我们夫妇反复叮嘱，要注意防范何唯，大娘打心里害怕何唯会对我和许言的家庭事业不利，另外当天大娘还说起她们也知道了婚礼前一天我被菩萨像吓到，与何唯有些不快的事情。这些都是从何唯那里传出来的。至少，我一开始在许言的带领下和同事们见面的时候，与大家没有任何矛盾，都也只是一面之缘，爱屋及乌，自己打心里很尊重每一位同事。

如果说公司里了解自己和许言的事情最多的人便是何唯了。因为婚前许言对何唯非常信任，专门带着自己去过何唯的家里，让其帮我疗愈过往很多年自己心里残留的伤痕。自己也曾一度坦诚地像病人看大夫一样地信任并尊重这位和自己同龄的何唯，希望能将过往一个人走过来的路，以及过往的情感挫折留下的伤痕和委屈化解开，自然也会向她坦白很多心事和过往的事情。所以何唯不光能掐会算，也因为我们夫妇对她的信任和依赖，也比其他同事更加透彻了解我和许言的情况，几乎对她毫不设防。我和许言的做法非常不可取，更是此时智慧不足的明显体现，虽然自己愿意坚持正路，以圣贤为师，但是当时自己面对蛇仙附体的仙家们却没有足够的智慧分辨根本的方向问题，真假对错难以辨认，又恐伤及无辜，出于对许言的爱，也尊重他的心态，随之做了大错特错的事情，如果眼前的读者也有心修为自己，不如以圣贤为榜样，以经典存心间便是人间最正的路。仙家附体给人答疑解惑，有时候的确会有意想不到的隐患。一方面会吊起普通人强烈的好奇心窥探天机，关键这些无从考证的说法根本就是无法信服，当你问及多个有类似异能的人同样的问题会有多种不一样的说法，他们虽有济世救人的宣传口号，但是也容易让人误入歧途而不自知，越来越迷信从而与正修之路南辕北辙，更有甚者也会被弄得身心迷乱不能自控，甚至被人控制心智，迷失自我，严重者精神会出现严重的问题，影响正常的人生和命运。

这些人身上所带的能量未必都是究竟的，不能绝对确保将人领向真正的智慧与安宁，有些仙家或者风水大师、算卦之人不免也会利用自己的异能来实现自己的主观目的，而是否是真的积德行善，是何发心，只有他们自己知道吧，不乏有些心术不正之人是为金钱或是资源与地位抑或是嫉妒之心，也会不择手段不计后果地伤害别人，没有了做人基本的底线与善良，我们家的真实经历已经充分表明，家里有人太过相信于此并不能给自己和家庭带来福报与安定，反而会是噩梦的开始。

此时崩溃中的自己瞬间清醒地记起了何唯，自己强烈的直觉警告了自己。是她！原本自己再三劝谏许言应在结婚前向家人如实讲述自己的过去，不想有任何欺骗自己过往的坎坷经历。我当然希望许言的家庭成员能够发自内心地接纳自己，自己并不想隐瞒这些过往。虽然很多事情并不光彩，但是人生大事应该向长辈坦诚，希望对方能够全面了解自己之后，再做决定。同时，我也曾想请许言把自己的坎坷经历，告诉同事们。但是许言不必要的多虑与担心也在未来的日子里给自己增加了更多无端的灾难与痛苦，他始终没有采纳自己的数次建议。公司里的同事们会不会通过何唯，私下知道关于自己的很多事情呢？

我联想到青林通过不少细节传递过来的不友好和敌意，不得不想到公司员工中知道自己事情最多的何唯了，会不会已经发生了什么？在婚礼的前前后后，尤其在和大爷大娘一家五口回北京的路上十多个小时的相处中，一定会有谈到关于自己的事情。我虽然没有证据却强烈地直觉何唯会不会做了什么事，她回到单位以后会不会将自己个人的隐私与同事们讲。如果通过这样的途径，同事们知道很多自己的个人过往和经历，以讹传讹、添油加醋，抑或是断章取义，对于不了解自己真实为人的同事们来说不知道会把自己想成什么样子？

此时我更是联想到，何唯陪许言与自己回河南老家参加婚礼的时候，她和大爷家的娟子大姐同住一屋的第二天，大姐和她一起对自己的态度急转直下的不友好。接着我又想起，许言和自己婚礼结束回到北京不到一周的时间，大爷家的娟子大姐便联系到我，想要来我们家里坐一坐，想继续叮嘱自己一些婚内该注意的事情，娟子大姐在楼下等我时给许言打的那一通电话，已让许言对自己心生嫌隙。可是我清晰地记得娟子大姐在婚礼前一天到达我们所住的宾馆时，便叮嘱我：“千万不要把自己的过去告诉自己的丈夫，否则婚后你们的感情一定会不好。”我又联想起在婚礼当天听到大爷在婚礼餐桌上，不留情面地叮嘱自己很多伤自己心的话，虽表面说着为自己着想，但实际也伤透了自己的心，我本能只想做个坦诚的人，我认为只有真正能够接纳自己一切的人，才能够真正地拥有自己，和自己幸福地过日子。对于自己的另一半，我着实不想隐瞒自己的过往，我认为那样做人不真诚，也不坦诚。

回到 2020 年 8 月下旬，许言不顾我的崩溃，继续带我回到家乡县城去看临时为我租住的房间，只是这一路上，我已经打了自己无数耳光，我突然停顿下来问了丈夫一句话：“许言，这几年你这样对我，除了你自己的原因以外，是不是还有公司员工的原因，是否你感受到大家对我的排斥？”话音刚落，许言便说：“是的，还真是。我也不知道为什么。我的确能感受到大家对你的排斥。”我似乎瞬间有了答案，一下子想通了不少事情，只是需要在未来证实一下而已了。

第六十六章 写给排斥自己的同事们的信

当我被强行送回家乡县城之后，许言当时极力建议并帮助我面试家乡的工作，让我在当地一所重点小学上班。此时距我刚刚流产不到两个月，身体还有点虚弱，学校里的工作很辛苦，我虽然聪明，认真负责，但是却没有小学教学工作的经验。只是不知不觉间，我还有幸担任班主任，所以必须对工作负责任，把大部分时间花在备课、批改作业、教育学生等工作上。

那段时间自己每天的工作特别忙，有时候一天只能睡五六个小时，当时一个月 1900 元的工资。虽然每天很充实，但是我心底并不开心，心底里藏着对婚姻和家庭强烈的不安和焦虑感。自己带着两岁左右的宝宝，回到家乡来工作，总会感觉离自己家庭真正的安宁与幸福越来越远。我也根本无法和自己的丈夫沟通，对于自己的家庭，内心的不安和焦虑越发多起来。

每每一提到家庭里重要的事情，许言就会没有理由地逃避并推卸责任，根本不在意自己在家庭中的处境和真实的感受。在这个过程里，自己委屈极了，曾经和许言也闹得很厉害，自己也把自己伤得厉害。

在也就是自己在当小学老师的时候，曾经给许言的同事们写过一封公开信，我托许言带给他们，大意如下：

各位同人，大家好！我已经好久没来了，各种原因吧，辛苦各位为公司日日辛苦工作，这里的同人们不光为了生计，更有大爱之心，为了理想，真的有劳各位在这里一直坚守岗位。在此作为许言的太太，感恩大家了。

我和许言结婚三年整了，这三年前后经历了太多太多，对于一个女孩子来说，暴风雨一样的考验接踵而至，看尽了人心的复杂与冷漠。而我自己仅仅是个手无缚鸡之力的女孩子，在经营婚姻家庭中一次次的打击与折磨下自我调整的能力越来越弱，整个人也在崩溃的边缘。

嫁给许言，很多人会认为我太有福气了，能嫁给许言这样的谦谦君子，谦谨厚德。是啊，他的确很优秀，我也的确幸运。但是我并没有大家想象中那样幸福快乐，我们的婚姻已经快到了无法维系与缓和的地步，双方的身心都受着痛苦的折磨，最明显的大家看看许言的状态，而我也没有好到哪里去，身心孱弱。

在这里打扰大家、占用大家的时间甚是抱歉，本来家里的事情真的没必要拿到众人面前来说，让人议论纷纭，但是我们家里的事情的确多少也会涉及这份事业。我是独生女，没有亲人，没有后盾，父母都是乡下过得很贫苦的最被看不起的人。因为穷，也因为我妈患有严重的精神分裂症，自小被太多人戴着有色眼镜不公正地对待，被议论，被误解，被诋毁。这个世界本就是弱者没有话语权，根本不会有人愿意听听弱者之言。在从小到大的成长经历中，我更是体会得淋漓尽致。

三年前，我走到许言跟前，我的确已经历尽沧桑，心灵也因为早年坎坷波折的经历早已千疮百孔，而我自身的综合特质也的确容易招致被排挤、被嫉妒……种种的人间伎俩大都领教过了，但是我一直尽可能选择善良与不争，一直选择自己承受一切因为不争而放弃的后果，不愿意欺负谁，更不愿误会谁。只是岁月流逝，慢慢发现自己可以信任的人越来越少了。作为一个已婚的女人，我天然地有着守护家庭的责任，如今我不能再退了，人生到今日已经没有退路了。

我承认自己是个要面子的人，也有自尊心，同时我会尽量体谅别人，绝不是欺负别人，或者强词夺理的小人之辈。记得嫁给许言老师举行婚礼的当天，我便哭了两个小时，因为亲戚朋友心里觉得我不配当许言的太太，我的原生家庭，我的综合素质都配不上他，更有人当场就说我与许言门不当户不对，我的原生家庭按理说是配不上许言的。我在饭桌上待不下去了，忍不住地泪水往下流，最后自己跑到洗手间去放声大哭，其间竟没有一个人去安慰。我一介平民况且还是最让人看不起的贫困交加的平民之子，怎么配得上大贤大德的许言呢？

所以我早就开始被大家议论，议论我的过往，有的没的，对的错的，添油加醋的，起着哄的以讹传讹。婚礼现场我父母不在，现场没有我一个至亲至近的人，我把捧在自己心间的无限感恩的亲戚朋友都请来参加自己的婚礼，没想到也是把灾难领到了家门口。过去的恋爱历史被亲朋好友们背后议论，这些议论如果只是议论罢了，但是后来真的伤害我们婚姻太多了，以致自己家里家外被人排挤，这样的日子哪里还有温暖，哪里还有幸福呢？婚前婆婆力主我嫁给许言，婚后怀孕至今日几乎没人对我真正发自内心地心疼与扶持，流产几次都是自己照顾自己和孩子，还要照顾生养自己身患重疾的双亲。许言这两年给我请阿姨真的是无奈之举。我对许言老师除了感恩，也充满着各种各样的感受，五味杂陈，总之让我觉得透不过气来的压抑。我们为了逃避家庭中解决不了信任危机，目前已经分居。

我嫁给许言，也许许言的确太好太优秀了，我也因此受尽了本不该自己受的种种委屈和苦难。人在低谷时，太多的人起着哄地欺负、唾弃。我就是，我体会得太深刻了，甚至这个世界上我觉得自己没有亲人只有自己。许言也从没有在丈夫该站出来的时候，主动保护过我一次。说到这里，估计不喜欢或者记恨我的人，都能心里欢喜一下了，我终于过得不是那么好了。我们夫妇俩既辛苦又不幸福。

我们夫妇都是只身一人在北京，双方都没有家人的帮衬和温暖，许言还要面对强大的工作压力和社会压力，对我身心的状况也不可能关注到无微不至。我也在这样比较孤单无助的环境里，默默承受着来自方方面面的压力，思想的确很压抑，同时许言也真的不信任我。

至于涉及我们家庭内部的故事，大家着实不了解，我们夫妇也着实真的不容易，许言为了保住自己这份事业，甚至不惜和我离婚都可以。对我来讲，在我们婚姻存续期间，的确有同事数次越位做事，已经影响到我们夫妻的感情了。大家会认为我未免太小心眼了吧。同是女人，请诸位同人换位思考一下，假如类似的事情发生在自己身上，还能保证自己会无动于衷、心平气和吗？我在家为许言生儿育女，流产了好几个孩子，照顾两位不能自理的老人，难道我内心深处不期待能得到丈夫发自心底的温暖与信任吗？自己真的不配吗？

婚姻家庭是每个成年人最在意的地方，但是许言对某些员工特别的保护和信任，已经超过了对我的信任与爱，以至于许言在婚内的这几年真的没有打心里体谅过我的苦衷。即使我这个妻子受尽了委屈，他都不舍得为自己的妻子开口说一句公道话，许言生怕员工伤心，怕员工离职走人，他对你们真的太好了。能有这样的领导，我也是平生第一次见啊。我们夫妇活得太累了，没有什么地位和尊严可言。人到无求品自高，我承认自己目前还有所求，因为我是孩子的妈妈，许言的妻子，我不是什么好的修行人，我承认在这么多的打击和误解之下，我的确想要回属于自己的尊严和自己该有的在大家心里的位置。有人会说我不配当修行人，但是这次我就是想较较真儿了。

我在过往三年，真的伤害到哪位员工的切身利益了吗？除了为工作，认真严谨之外，我与各位应该没有任何不快之处吧？但是我不知道为什么，好像有些同事就是容不下我，慢慢许言心里也容不下我，提防排斥，我们屡屡吵架。他总让我出去工作，可是我们家的情况我真的走不开，家里有个精神不太正常的老人，还有一个嗷嗷待哺的孩子，阿姨不是家里的亲人，真的不放心我走出去把这个家交给外人。我在外面辛辛苦苦一个月挣1900元，每天只睡五六个小时。我有时候会问自己，我这一生的归宿到底在哪里？

三年不长也不短，我除了学会花许言的钱以外，我还学会了什么呢？几乎没人关注过我自己想进步，想做点儿事情充实自己的想法，只要自己想做事了，许言就极力把我往外面安排。几次下来我私下和他商量，想助力许言的事业，既然自己已经嫁给他了，身心都在家里，我作为他的太太没有理由不担心、不关注。可是三年了，我才慢慢发现，是有些员工的不接纳与排斥，还有许言打心里对我的不信任，几年下来把我对婚姻的期待与向往彻底破灭了。多少次内心不平与委屈，多少个夜晚以泪洗面，多少次喋喋不休，歇斯底里的崩溃难过，到今天我还是想给他留些面子。

我虽然是他明媒正娶的太太，但是自觉过得却不如一个小三的日子，只学会了花钱，事业上的任何事情都不许我过问，所以慢慢我们中间有了隔阂，我也被理所当然地拒之门外。在公司这里，不管有什么事情，他本能地护着这个大家庭，我都可以理解，但是不知道我这一生以身相许的身心托付又算什么？一千多个日日夜夜的等待与付出，我都没有走进许言的灵魂和心里，这是我最失败的地方，他好像每天累得不堪重负，事业困难重重，我却只能束之高阁或者去其他的地方费尽周折，做着根本心不在焉的工作。

女人成家后的心思大都在家里，我还能为了什么？为了煞费心机坑害大家吗？有这个必要吗？为了不辞辛苦，拆散这个团队吗？想想如果我害了这里，和害自己有什么区别呢？不都是为了一个“好”字吗？也为自己身心灵都有一个踏实的归宿吧？

而我的事情，能拿到这里来给大家说，已经是到了我们夫妇感情无法调和的地步了。他为我所做的所有的事情，或许都是给别人看的，都是个形式吧。

三年里我反复折磨自己。而我决定将终身托付给许言时，我是看中了许言的善良和厚道，甚至自己从没有过问他的工作与待遇，有没有存款我更加不知道，因为自己既然决定嫁给他了，那么身心都是他的，还计较什么？三年慢慢过来了，我觉得自己应该也是家里的人了，偶然一次想关注下家里的财务情况被拒绝，也让我清醒了很多，我终究达不到许言内心对我的认可，不足以得到他对我的信任与托付，而我自认为自己还是个有些追求和理想的人。

婚姻里最重要的是夫妻双方的互相信任，对我来讲更是归宿和港湾，而现在几乎什么都没有。现在只剩下许言每个月给我钱，安心养着我了，换作你们愿意拿这些生活费来换取折断自己的翅膀吗？三年里痛苦比快乐多，我自己大多都在痛苦里挣扎，太多时间我真的无暇再有心思干什么，婚后也没有什么贴心的朋友，就这样一个人孤苦伶仃过了三年多了。

至于我慢慢开始学习写作，因为家庭的责任压得自己喘不过气来，我需要找到自己的人生价值，丰盈自己的心灵，让自己知道自己还能有些价值。因为写文章也跟某些同事有过不愉快，现在自己也想开了。自问对得起遇见过的人，就够了。想问一句，我这样的人不配活在人们的眼睛里吗？不配得到信任、尊重和理解吗？一定要被排挤和唾弃到永远吗？像我这样一个悲苦半生的女孩子，如果如何真心都得不到家人的真心相待，这个家还有什么值得自己期待的呢？每次看到有夫妇两个同心做事的画面，我都会心里流泪，难道在我的余生里都不配得到一份信任，一同奋斗的机会吗？

三年多的时间，我被负面的心情影响了太多，完全变了一个人，灵魂深处早已血肉模糊，一时间自己已经没有心力，没有力量再去朝着真正的使命方向心无旁骛地去努力。在婚内无助挣扎的自己，一心一意想以一人之力化解那么多的故意伤害，显然是不可能的。冒着会碰得头破血流的风险，我也依然全心地为了家庭的幸福声嘶力竭地努力着、硬撑着，我内心期待遇见一个醒着的人，能救救这个家。对于家庭的责任，自己不遗余力，但同时自己的思维与心绪也都被困在了这里，恶性循环，得到的不是同情、理解和尊重，而是被大家更加容易拿着我被伤害过后的负面情绪，反过来以此继续伤害自己，如此这般，内心得有多痛苦。痛苦、煎熬、挣扎、纠结……这些感受不知道陪伴了自己多久。

第六十七章 带着宝宝看爸爸

2020年，就在自己和许言分居之后，大概快两个月的时候，天真善良的自己想着，也许许言经历了分居会想到自己的好。我虽然经历很多痛苦了，痛到当时的自己已经无法短时间自愈了，但是内心依然想着挽救这个家。

当时，我已经在当地的一所重点小学任教了，只有周末有时间陪伴孩子。10月底又是一个周末，我看着刚刚满两周岁的宝宝，挡不住对爸爸的思念，于是一早上我带着宝宝，带上简单的行李，去北京看望许言。我也提前跟许言电话联系，说明了情况，许言答应了。

早晨帮着宝宝洗漱完，穿好衣服，带着简单的行李就从县城的家里出发了。家到高铁站的距离大概要1个小时，很快我和宝宝坐上高铁，不到半个小时的时间，就到达了北京西站。当我看到前来迎接我们母子的许言，打心里依然是开心的，这是一家三口可以团圆的时候了。只是让我大吃一惊的是，许言见到我以后，不是很开心地说："我工作很忙，下午恐怕没有时间陪伴你们母子。既然你们已经来了，在北京西站这里找个餐厅，吃点儿午饭再回去吧。"

我听到这里，瞬间内心像是晴天里打了雷，更是感受到了在这段感情和婚姻里，许言对自己是越来越不在乎了。我内心肯定很难过，今天是周末啊！但是我知道自己肯定拗不过许言，于是也没有办法改变许言的主意。

我们点了饺子，吃饭的时候，我喜忧参半地和许言一起面对面坐在餐桌前。我抱着孩子，内心难过地问了许言一个问题："许言，你爱我吗？"

许言的回答更是让我心寒无比："兰喜，在我这儿没有爱情，我都四十多了，哪里还有什么爱情？只有家庭责任。你要是跟我在一起，就睁一只眼闭一只眼地过吧，凑合着搭伙过日子。如果你想要爱情，我这里没有，要不你就选择离开。"

听着这样的话，我怎么也不相信是自己当初选择的许言嘴里说出的话，自己又被许言真实的样子狠狠地扇了一个耳光，心里的痛可想而知！我是因为对传统文化的信仰与热爱而走向许言，然而自己越来越看不清楚许言嘴里的话是什么出发点了。许言对待自己的真实样子，让自己也越来越困惑，这到底是为什么呢？许言头上顶着传统文化著名老师的光环，他在国学领域的付出与贡献很多，怎么会说出如此这般让人不可思议地伤妻子心的话呢？

此时，我看着餐桌上的饺子，怎么也吃不下，起身带着孩子，拿起行李走向了人群里，没有和许言说一句"再见"，我心里流泪了。我抱着孩子，在当天下午又灰溜溜地回到了老家。

第六十八章 分居给自己带来的伤害

分居后，母亲的病情当时还不是很稳定，会给我一些无形的压力。在持家照顾老小的过程里，自己的确是个很可怜的新手妈妈。娘家大部分亲戚都觉得我风光无限，其实自己一直在挣扎，面对丈夫的不信任，自己无法左右的家庭环境和情绪，还有丈夫的家人和同事们的排挤，早已把我在世间的欢愉与希望抢夺殆尽！很长一段时间，我的呼吸都是短促的。可以说身上除了责任与压力，还有别人无法体会的压抑与无助，根本没有安全感可言。

四年后，我的孩子终于慢慢长大了，可以和自己对话了，我终于体会到了人生里的一丝喜悦与幸福。

从小，我是个单纯善良的孩子。以往内心难过的时候，总觉得是自己修行不够，后来随着时间的推移和经历大量的意想不到的痛苦才发现，其实母亲也是人，也并非圣人。她自己不知道自己的病情多年来已经深深地伤害了自己女儿的心灵，母亲的病情让她不懂得担心女儿真实的生存压力和面对未来的挑战和压力。

对于我来讲，此时的许言在自己生命中的分量的确太重了。我不知道许言是否知道他的所作所为会给我带来多大的灾难！许言身边有很多人，也有很多光环，而在自己的世界里似乎只有许言是唯一可以给自己光亮的人。然而事与愿违，造化弄人，当我拿出自己的一片真心，换来的恰恰是一次次的被伤害和被辜负。

想到这里，对于此时的我，不光被婚姻无情地折磨着，每天的清晨对我来说既美好又是一次挑战。可能对于别的家庭来讲每天都在关注着自己事业的发展，孩子的成长，而我只要这一天没有情绪的波澜，能够安静地度过一天，心情平和，不被打扰，便是人间好日子了。这个时候我依然也没有意识到自己每天严重的情绪起伏，或是异常的难过苦闷是因为自己的处境和遭遇，还是有其他别的原因。总之每天都会过得很吃力很吃力，也消极，只有内心的责任感和毅力在坚韧又勉强地维持着我和孩子还有母亲的生活。很年轻的自己总觉得日子过得疲倦且无力更是看不到希望，同时心里一直感受到一股摸不着看不见的压抑与无助还有无法突破的无形罗网一般，仿佛牢狱般的处境，始终笼罩着我，孤立无援且没有方向和希望的感受，可以说每天都过得很艰难。情绪的调整和内心的苦闷足以让我没有心情踏实下来，着手自己的工作与事业，状态越来越不好。好像有股说不清的力量强烈阻碍着自己向好发展，心里总是堵得慌，压抑窒息的感觉，在回家后的几年里，我印象特别深刻。以及此时和母亲长时间相处，的确需要极大的耐心与爱心还有孝心，才能克制住被母亲带来的一些无法把控的负面能量带来的干扰，这是几乎每天要面对的挑战。母亲因为病情的原因，她并不知道关心家庭的发展与女儿的身心与幸福。从小自己也很难享受到真正的母爱，但即使如此，我也愿意抓住那些感动自己的能够感受到母爱的瞬间，激励自己一直勇敢前行。说起来容易，做起来并不容易。

另外，分居对自己最大的伤害就是失眠。自己也说不清楚为什么，原来一家人在一起的时候，自己每天都能睡得还比较踏实，分居后，长期处于失眠的状态，或者夜里看手机要看到后半夜才能睡着。几年下来，不知不觉中自己身形消瘦，情绪低落压抑，憔悴异常，即使再怎么努力坚持与调整，我也不得不承认自己的状态很不佳，已经严重影响了对孩子的培养和照顾。但是只要我状态好一些的时候，就会抓紧时间陪孩子学习进步，我当然知道孩子已经在这样的家庭环境中，心灵受了不少伤害了，学业也被影响了，心里特别心疼也很着急，可是我这个妈妈本就是泥菩萨过江自身难保。此时我一直认为自己的情绪不佳，容易发呆，心窄，负面情绪无法舒缓，失眠、脱发严重，无法正常地维持生活是因为婚姻不幸给自己带来的后果，此时我依然没想到还会有其他的原因……

第六十九章 舅舅意外去世

提起舅舅一家，一直都在我心底最柔软、最亲近的地方。小时候成长过程中的很多美好的回忆，都在舅舅的家里，和两个姐姐从小感情就特别好，两位姐姐也从小很喜欢自己。可以说舅舅一家人，是我从小最喜欢的亲人了，没有任何距离感，什么心里话都可以说，况且这世上我最亲的人是母亲，我和舅舅身上流着一样的血液。

当我长大成人后，自从 2017 年在自己的婚礼上发生了一些不愉快，大表姐徐晴参加婚礼时给娘家去参加自己婚礼的亲人及家乡村支部书记的夫人透漏了不少关于自己个人过往的感情经历。无疑这样的行为，给我后来婚姻与人生带来了太大的人生灾难。婚后两年左右，我曾经给大表姐徐晴打过电话，问过婚礼当天事情的来龙去脉，徐晴跟自己承认过，自己的确在大爷家女儿娟子大姐的追问下，说了关于自己过往的感情经历，要知道这些是我的个人隐私，怎么可以在自己人生大事这么重要的场合拿着自己过往的感情隐私胡乱地捕风捉影，以讹传讹地伤害我，这些内容在许言家人周围一旦没有控制地传播开来，不明所以的人又会如何看待自己，这无疑成了诸多婚后不幸和灾难的根源。而恰好他们在整个婚礼过程中不时的关于我的谈话的过程中，也有许言这边的乡亲或者关系不错的人路过听到，这样的新闻也一定是传播最快的吧。即使许言一家有心对自己好，面对刚刚大婚就听到的关于我这个新娘的流言蜚语又是情何以堪，如何在内心深处看待自己呢？会不会特别后悔当初没有细致详尽地帮儿子把关就选择了这么重要的家庭成员。而我的出现，带着随之而来的这么多的流言蜚语，又会不会让这本来就重视颜面和社会影响的一家人深感无颜甚至怀疑自己的眼光，无疑我娘家人的这番行为已经给这个刚刚要成立还来不及焐热乎的一家人一次关于家庭最致命的打击，而这次打击也在未来的岁月里充分发酵，无法挽回地出现了最坏的恶果。

是的，在我婚后的生活里，针对自己袭来的灾难接踵而至，仿佛这一切苦果的落脚点都集中在了我一个人的身上，短短几年的时间竟然像是过了几十年一样的漫长与不易。虽然我知道大表姐徐晴的话害了自己，但是婚后的自己内心依然割舍不断对舅舅一家的思念，还是几次带着许言和孩子一家三口前去看望舅舅、舅妈，只是来的次数要比原来少多了。

而舅舅一家在我生完宝宝坐月子的时候，我依然想请他们一家前来看望，热闹热闹，毕竟能和自己走得亲近的亲人本就不多，我表达了十二分的诚意后，提出让许言开车回老家接他们一家，可是没想到的是大表姐一家竟多次以没出过远门为由，表达坚定的立场不愿前来，而这一行为当时我还有些不解，只是感觉很伤自己的心，慢慢明白了这一家人对自己真实的态度。

早在自己怀孕初期，当时的自己还是个未经世事的大姑娘，我还不知道大表姐将自己婚前的人生经历私下透漏给别的亲人的时候，我开心地将这个喜讯告知了大表姐，我们正在开心地聊着关于宝宝的事情，明显知道舅妈也在旁边，大表姐同时将我怀孕的消息在电话那头也大声开心地告诉了舅妈，可是当时我并没有听到电话那头舅妈对自己的问候或者替自己高兴的声音，而是没有听到任何声音，仿佛没有任何事的发生，一连串的事情让我意识到了自己未必是真的被在意，后来我和他们一家的联系越来越少。

2020年10月，我们一家三口来到了舅舅家里，只是让我没有想到的是,这时候舅舅手腕处受伤了,包着纱布。舅舅一生特别勤劳，爱干农活儿，身体很好，家里养着牛，舅舅从来都是不怕苦、不怕脏、不怕累，干起活来似乎心无旁骛，一直为家里的儿女做着尽己所能的最大贡献。此时的舅舅整个人看上去很疲惫，我本能地有些担心，关心地问了舅舅这伤口是怎么弄的。后来从舅舅的回答中得知是因为帮助大舅家的二表兄盖房的时候，不小心伤到了自己的大动脉，当时喷出很多血，止不住，后来赶紧去医院包扎好才彻底止住，但是当时不知何种原因并没有及时打破伤风针，最近总觉得有点儿疲惫。是的，这次前来我明显地感觉到舅舅的身体的确没有原来那么精神，我担心地劝舅舅多保养身体，我们一家三口没有停留太长时间，看到舅舅、舅妈和表姐都还好，待了不到一个小时就走了。我们走之后，当时我并没有想太多，以为不过是一次意外受伤，出血过多，好好调养一下就没有事了。但当我看到舅舅受伤了，内心还是本能的很心疼，内心也很期待舅舅的伤情能尽快好转。

不知不觉中，日子过得很快，大概到了12月初的时候，我突然接到大表姐徐晴的求助电话，向我哭诉道：“兰喜，我爸已经住院了，因为上次手腕受伤，我们一家当时没有注意到父亲的病情会这么严重，现在病情发展到血管炎，情况很危险。我爸需要每周透析两次到三次，才可以维持生命，吃饭也吃不了多少。现在家里没有钱，实在是太穷了，求求妹妹能不能帮帮姐姐。以前是姐姐错了，姐姐不该说那些话伤害你的幸福，姐姐真的不知道会给你带来这么大的伤害。”

当我听到大表姐这些话后，悲愤交加，自己婚后所受之苦哪是语言能形容出来的？当时我虽然异常担心舅舅的病情，却也压抑不住内心对她的埋怨，我第一次严厉地批评了大表姐这样没有原则地把自己的隐私公开讲给大家，给自己的人生和家庭带来如此大的灾难，然而大表姐可能自己也没有想到北京大爷家的大姐娟子会把从她这里得知的捕风捉影的消息，亲自打电话告诉给许言，更不知许言的家人后来也会知道这些事情，世上没有不透风的墙。只是此时，更从大表姐这里了解到她眼下的处境也极其艰难，除了父亲的重病，她的大女儿竟然在这一年也患上了甲状腺肿大，吃了很久的药，效果也不明显，原本亭亭玉立的大姑娘，身材苗条，如今也变了一副模样，让人心疼不已，脖子肿大，身体也因为长期服用药物而变胖。

是的，虽然此时的自己很生大表姐的气，但是如今舅舅已经病到这么严重的程度，我不免依然心里很心疼，接到消息的当天我赶紧就去医院里看望，看到舅舅，我不免心里五味杂陈，我知道他们一家现在很困难，当时我就凑了一万元钱给大表姐，给舅舅住院看病应急。

舅舅自从住院那天开始就再没能回到自己的家里，其间舅妈一直在床前陪伴左右，照顾舅舅的饮食起居和看病事宜，前后住了一个多月的院。只是舅舅到此时还不知我的事情，他们都认为我过得特别好，婚后我生完宝宝，大家只觉得和我相处的时候，我的情绪越来越不稳定，脾气也越来越大，总是内心充满了委屈和怨气一样，甚至有的亲戚觉得自己是不是因为现在的日子比原来过得好了，有点儿看不起老家亲戚了？看着许言表面这么好，处处让着我，脾气温和，又有才华，怎么我总是要性子，不高兴，不知道知足呢？

也就是在舅舅住院期间，大概是12月中旬，我和许言前后几次前来看望，只是一开始还能见到舅舅，和舅舅说说话，我自然深知舅舅病得厉害，不知道能坚持到什么时候，那段时间正是新冠疫情很严重的时候，但是我还是下决心带着自己的母亲，给母亲戴好口罩、做好防护，穿戴整齐、做好保暖，前来医院让母亲和舅舅见了最后一面。舅舅似乎和母亲的感情很深，母亲虽然患有精神疾患，但是舅舅知道我母亲从小心性好，人善良，要强，能干，从来不害人，只是因为婚姻不幸的遭遇得了现在的精神病。

此时的舅舅握着母亲的手，从见面到离开，一直没有松开。母亲这次来见到哥哥病得很厉害，能从母亲的眼神中看出来，母亲此时的心情难过、忧伤也无助。这个时候舅舅一个劲儿地夸母亲有福气："真是没有想到俊兰老了能有这么好的生活条件，有这么好的女儿和女婿，也是俊兰后半生的福气了。我们这代人一晃都老了，还就是俊兰的老运好啊，吃喝不愁，生活条件好，心情好，养得身体也很健康。"而母亲听着自己哥哥这样讲，手里一直握着舅舅的手没有松开，就这样母亲和舅舅亲兄妹两个见面待了一个小时左右，后来因为舅舅要看病检查，也就没有多留。诚如自己所料，这就是妈妈最后一面见到舅舅了。

在这后来，有一天我身体不适，但是又想看望舅舅，于是我趁许言周末回家看孩子，我委托许言前去看望舅舅，只是我没想到许言借着这次机会，给舅舅讲了我婚后的遭遇："自结婚起，兰喜在婚礼上就被亲戚们说各种坏话，亲戚们对兰喜的过往不是理解和心疼而是恶意中伤，甚至有的亲戚直接给我打电话，诋毁兰喜，导致兰喜过往的情史都传到了婆家人这里。我们单位有个人陪我们一起回老家，参加了我和兰喜的婚礼，回到单位后，可能又在单位散布谣言，说兰喜的这些事情，总之现在大家集体排挤兰喜，我夹在中间也很为难。从此兰喜在和我的婚后生活中受了很多苦和不公正的待遇，婆家人心里也是戴着有色眼镜看兰喜。”

但是许言在舅舅面前，没敢说不少话就是舅舅家的大女儿徐晴所言，怕舅舅身体本就不适，承受不了。但是即使如此，我后来回忆，许言从医院回来后给自己讲，当时舅舅知道了真实情况以后，还是动气了。舅舅真的不知道我在外人看上去这么好的日子里竟然受了这么大的委屈，他生气地说：“这些人都去干什么了？不知道自己是干什么的吗？哪里有娘家人在婚礼上说自己姑娘不好的！再者兰喜本质不坏，只是家庭条件不好，没有办法，感情坎坷，这以后兰喜的日子还怎么过啊？我现在是身体不好，我身体要是好的话，真想找这些人算账去！”舅舅这才意识到，婚后我的脾气越来越不好的真正原因。

时间过得很快，家里的亲人们每天都关注着舅舅的身体情况。知道舅舅的饮食不好，我还特意交代家里的阿姨给舅舅包了他想吃的饺子，我亲自送过来给舅舅吃。舅舅那天还真的吃了好几个饺子，大家都很开心，都说舅舅已经几天不爱吃东西了，能吃好几个饺子真是没有想到。但是我知道血管炎很难治，舅舅的病慢慢已经恶化到了极限，最终在 2021 年 1 月 4 日，舅舅还是离开了这个世界。

就在舅舅离开的那天早晨，我竟然还梦到了舅舅给自己吃梨的画面。舅舅给我带来一篮子雪花梨，舅舅知道我爱干净，梦里舅舅小心翼翼地将篮子的所有梨皮削干净递给我吃。梦中我也很奇怪，舅舅不是在住院吗？怎么给自己送梨来了呢？猛然间我从梦中醒来，是个梦，打开手机看时间，当时早上六点，于是我立刻很不放心地给大表姐徐晴打电话，问舅舅的身体情况。徐晴在电话那头哭着说："兰喜，你舅舅走了，凌晨三点多走的……"

我听到此处，想到亲人之间的确有心灵感应啊，舅舅在梦里是与自己道别来了，顿时间我泣不成声！赶紧起床收拾好后，赶往老家参加舅舅的葬礼。舅舅还不到70岁，就这样遗憾又匆匆地离开了，从没有真正地享受过一天轻松惬意的日子，一直在为家庭操劳。我想起儿时舅舅对自己的好，拦不住不听话的泪水痛哭了好一会儿，纵因外因有再多隔阂，也还是挡不住我与舅舅的血脉亲情带给我的难过。

婚后的自己，虽然在新的环境里面临着诸多不太如意的挑战，但是也深知因为和许言的结合，自己在物质上的生活已经有了本质的改变。婚后许言把自己在婚前欠的两万多元的信用卡全部还清了。我看着许言给自己还信用卡欠款，同时不嫌弃自己的原生家庭娶了自己，我一直打心里感恩许言。而我的家人与亲朋更是感恩并对许言赞赏有加，许言也成了我的家人和亲朋好友特别受欢迎和被尊重的姑爷。

只是我在婚内不容易发现的内心深处的波澜和痛苦却鲜有人知。而我觉得，只要许言真心爱自己，能够理解自己就好，这一切都算不了什么，是值得的。只是事与愿违，许言虽然在一定程度上给了我物质上别人没有给过的特殊关照，但是在自己个人的发展、信任与尊重上，一直没有能够平等地对待自己，而是选择疏离、孤立、控制自己。我知道，自己是个肯努力，也愿意提升的人，我愿意用真诚的行动与努力弥补与自己丈夫之间的差距，只是在这个过程里，好像在新的环境里，大家有意无意间根本是不支持不理会自己的，更没人打心里真的在乎过我这个人的出现吧，甚至很多事情会严重伤了自己的心，让本就历尽沧桑，还没来得及修补的身心更加脆弱，每天和自己的负面心情做斗争，时间久了精神也越来越抑郁，反复拖延着自己想进步的进程。

即使如此，我还是愿意看到自己的收获更多，随着生活上的改变，自己没有独享这份喜悦，每年春节只要我在家乡过节，便会给亲朋好友们送去满满的祝福。2021 年春节，也是舅舅刚刚离世时第一个春节，舅妈伤感的心情可想而知，终日以泪洗面。因为舅舅平时身体很健康，人也很好，万万没有想到舅舅竟然以这么让人心疼又猝不及防的方式结束了自己的一生。

我为了安慰舅妈的心情，决定给舅妈买一件高端品牌的羽绒服，非常时尚且适合老年人穿。我当时虽然手里积蓄不多了，但是还想让老人们高兴，只是当我买着买着，就想到了父亲这边和母亲这边所有的老人，还有许言的两对父母，于是我和许言商量，想让亲戚家们所有的老人都过上一个幸福开心的春节。许言听到我如此孝顺长辈们，是好事，便爽快地答应了。于是我把自己能想到的老人，包括两对公公婆婆，自己的母亲、自己的两个姑姑、自己的老姨和二叔等，还想起了当初教自己学习传统文化的叔叔阿姨，都买了一个遍。那年商家看到我们夫妇如此孝顺，给老人买了这么多品质上乘的羽绒服，也给我打了优惠的折扣。于是在临近春节的腊月底的一天我收获满满，带着自己的心意，挨家给长辈送去迎新年的喜悦。

老人们也都开心得合不上嘴，很多老人一辈子还没有穿过这么好的羽绒服，虽然对年轻人来说不贵，可是对于村里的老人来说，他们的确舍不得自己买这么好的羽绒服，纷纷感谢我的美意。

我也从这件事里感受到，把自己的爱心和孝心化成行动，传递给长辈们的时候，那种发自内心的喜悦。许言和我也过了一个平生特别有意义、非常难忘的春节。

第七十章 真相终于浮出水面

2021年2月中旬左右，我还是一直想学手工皂和手工口红，而这些也是自己发自内心一直想做的项目，许言后来也一直没有兑现之前给自己的承诺，并未诚意安排足够的时间让我跟青文学习。许言一直安排公司财务青林的姐姐青文在做，公司提供了大部分的培训课程和原料供应。也就是在自己搬回自己的家乡后，意识到自己必须学点儿本领了，于是我继续天真地和许言商量，想继续学习手工皂和手工口红，把原本自己想做的事情学习好。

自己回到家乡以后，2020年12月初于县城中心租下了一间工作室，迫不及待地想开创自己的事业，哪怕不成功也要试一试。我不想过伸手要钱，没有信任、平等、尊重、安全感、只有生活费的日子了。我意识到必须通过自己的努力，让自己强大起来才可以。通过几年的婚姻生活，更加让我相信，世间本就没有捷径可走，自己一定要在经济上独立起来，一边带孩子、照顾母亲，一边要把自己的尊严挣回来。于是在2021年初，我成功注册了一家属于自己的文化传播公司。

这时候的许言内心也知道，自己这几年的做法深深地伤害了我，这次我提出继续学习手工皂的要求，许言也欣然同意了。也就在他想请青文来自己的家乡教自己学习这两块业务技术的时候，我才意识到对方并不是真心想来，些许的寒意与意见明显透露出来了，而从许言这方反馈的消息来看，青文也的确不是很想来，甚至还直接给许言发了信息，意思是，一方面对我学习手工皂的想法有质疑，不知道是做着玩，还是我心里不平衡，如果是学着玩，那就没有必要费这么大工夫折腾了；另一方面青文表示，根据她对我的了解，她也不想来，怕我不好相处，也不想卷到我和许言的家庭矛盾中来。

当我听到这些言语惊讶之余，忍着青文对自己的误解，看着许言给自己转达的留言，内心的委屈又是如潮水般涌上心头，委屈难抑。我也通过这些文字大概知道自己在公司里真实的人设与形象了。但是我还是强忍着难过，耐心地和青文交流。希望青文能够辛苦一下，来到自己的家乡，教一下这两块业务的核心技术。青文以往可能听到过关于自己的传言，所以她内心对我一定会有一些偏见吧。但是现在青文听到自己很真诚的话语后，便也就在周五下午，前来我在家乡的住地，来教我技术。

青文和我交流得很好，真正学习技术的时间很短，而我也只是在很短的学习时间内，学了一些入门的基础技术。虽然离成熟还差很远很远，但是至少自己和青文之间建立了基本的信任和理解。青文对自己也有了进一步的认识和理解，于是两个人也建立了短暂的很友好的关系。也正是在这个过程里，青文见证了我真实的生活，自己一个人，加上一个保姆，照顾着一位精神不正常的母亲，还有刚满两周岁多一点儿的宝宝。

周末，许言也从北京赶了回来，青文见证了我和许言因为不信任的问题而吵得很凶的画面，也见证并理解了同为女人的眼泪。我也很真诚地把自己的家庭情况和与同事们之间很多被误解的地方，告知了青文。她妹妹青林在工作过程中的确有些事情做得欠妥，给我和许言的家庭造成不少的误会和伤害，希望青文回去也能劝下妹妹，能够换位思考。

青文在这里小住了两三天，真正和自己交流技术的时间也就几个小时。青文真实地了解了自己的处境，对我个人也有了基本的了解，和我的短暂相处下来也培养出了好感，于是在准备离开时，青文内心忍不住地告知了我一个惊天的秘密。只是这个秘密也在去年8月底许言想让自己从北京搬回老家找房源的路上，自己最痛苦的时候便已经直觉猜到了，当时只是没有证据。

青文表达的大意是：大家对我有误会和意见的原因，是因为公司里有人传过关于自己过去的恋爱经历和娘家亲人们对自己其实并不好，没人喜欢自己，让大家都觉得我配不上许言，所以才有了很多的误会。其实真实的情况，公司里的员工们也没有和我真正地接触过，只不过都是听传言。青文来到这里，看到我这两天的生活情况，所以特别理解我，的确是在这个家里受了很多委屈。而传播我这些负面消息的人，恰恰是这个陪同我和许言一起回许言老家结婚的何唯。

青文把这件事情告诉了我，希望我能够保密。我则说："姐姐，其实我也早在去年搬家的时候猜到了这个真相，您不算告密，只是证实我之前推测的真相吧。"我内心深处非常感恩青文对自己的坦诚相告，只是自己心里清楚，自己的婚姻因为这些传言已经被害得太惨了，几乎无力回天，内心自然而然翻滚起来的波澜怎么可能让自己无动于衷？就当什么都没有发生过？内心早就委屈爆棚了，礼貌地送走青文以后，我和许言交流起来，更加确定了去年8月份自己特别难过的时候，突然间想到何唯回到公司传播自己谣言的真实性了。

许言自称自己也在这个过程里很无奈，他不知道是什么原因让大家如此排斥我，他也不方便因为自己的妻子，同时和团队中的几个成员闹矛盾，破坏了团队的稳定。而对于我来讲，家庭问题始终要解决，自己不可能愿意自己始终被心爱的人及他的事业一直排斥，我也想和自己的先生能够和睦相处，团结一心，一起经营事业，况且传播弘扬传统文化本来就是自己最想做的事业了。

于是就在青文走后的第二个周末，我和许言终于有理有据地给何唯拨去了电话。遗憾电话一直没有人接听，无奈之下，我们把电话拨给了她的丈夫，把致电的缘由说了一遍，希望能够得到对方的理解，也希望能够转达给他的太太，因为她回来以后在公司里的传言的确给我们的家庭幸福，造成了极大的伤害。

当时我在给何唯的丈夫通话的时候，已经泣不成声，希望对方能够认识到自己的错误，尽量挽回我们家的损失，并没有其他的恶意。而我觉得到此事情总算是水落石出，真相大白了。只是让我没有想到的是，这件事最后得到了何唯的反扑，好像是她直接给青林姐妹取得了联系，认为她们中有人出卖她了。然而更坏的消息是，青文得知此事，没有选择站在我这边，而是特别记恨我把她告诉自己的事情，说了出去。

其实此时我听到青文的抱怨并没有生气，我心里当然明白即使青文不说，自己也早就在去年 8 月份猜到了。这两年在和北京大爷大娘交往的过程中，北京大娘也已经几次明确提示我们，一定要小心何唯，我知道大娘还是心存善意的，不忍心看着我因为她婚礼前后，家人和何唯在接触的过程里，不小心聊天说出去的一些不加思考的话，何唯知道后，回单位给同事们讲，这样就太麻烦了。此时的我不知道未来还要承受多大的委屈，事情就这样慢慢朝着最不好的方向发展下来了。

第二天，许言接到了单位同事的电话，随后许言联系到我："兰喜，单位同事说，何唯给单位所有人打电话，质问是谁出卖的她，这件事闹得不可收拾了……"

青文接到何唯的电话也特别恼火，觉得我出卖了她。我能体谅青文的感受，但是和自己在婚内莫大的灾难相比，我又怎么可能视若无睹，我一心劝解，给她发了好几条微信，告知自己的心意，内心是很感恩她的，即使她不说，自己也早就猜到了，请她安心工作。事与愿违，青文最终站到了自己妹妹青林的一边，对我很不友好。

当天何唯给我打来了电话，拒不承认自己的错误，更不承认给所有人都打了电话，意思是你们的日子过不好，跟她有什么关系啊？这里还有一个因许言故意制造的矛盾，何唯可能的确没有给所有人打，但是可能给青文姐妹打了，这个误会是许言传话过来告知我的，我对许言本能不加思索的信任也让我在与何唯交流的过程中，显得特别吃力，对方咬住这样的误会不放，而我也需要极力说明，转移话题，重点表达她不该在公司肆意又不善地传播我的闲话，这样不仅诋毁了我的人品，更是直接导致了我和许言在事业与家庭上无法齐心，而一直以来，许言并不知道大家排斥我的根本原因，这是当时许言亲自跟我表述的。

我也按捺不住内心的委屈和正义，句句有力地回击了何唯。

故事发生到这里，我也一下子便更深一层地了解了人性，只是自己受了如此大的委屈，竟然都是因为一些不怀善意的传言，捕风捉影，甚至子虚乌有的事情，我真的感觉太不值了，内心的委屈更是无法减掉半分。

《弟子规》中有两韵是这样说的："见未真，勿轻言；知未的，勿轻传。"真的是太有道理了。这时候我意识到，因为别人对自己在不真正了解的情况下，在别人不实和捕风捉影的传言里，无形中葬送了自己的家庭与幸福，葬送了原本一家可以很美好的前程。大家都因为对我略知一二及捕风捉影的议论，让自己无端在自己那么珍惜的新家庭里，遭受了一生都难以抚平的太多伤害，承受了精神上、肉体上及个人工作前景等诸多的压抑、痛苦及损失。

身为一个女人，对家庭该有的奉献和真诚，我从来不吝啬自己的付出，而却迟迟等不来该有的尊重与平等。我与许言的婚姻，一直都在被身边的人和事影响着，已经不是两个人在过日子，里面掺杂了太多复杂的立场和利益。

通过这么多的事情，许言表面也很心疼我，感觉这件事再这么闹下去，对我太不公平了，许言开始有意地想让我加入公司团队，在公司群里给大家重新介绍我，希望得到公司各位同人的支持。然而细心敏感的自己发现，很多同人都很欢迎，只有青文一直没有动静，或许她心里还因为我为自己抱不平时以为是我出卖了她而怀恨在心吧。只是青文到最后也不知道她现在拥有的一切，已经慢慢改变了她的命运，还都是因自己而起，她做的工作正是原来自己提议的项目，而自己被动地失去了学习的机会，是当时许言没有经过自己的同意，把这个机会给了青文。

许言知道我的委屈，于是想着如果实在做不通青文的工作，就让她暂时离开公司吧，但是许言却不允许自己跟随他一起去。许言去单位想把事情解释清楚的路上，我太过了解自己的丈夫，沟通能力并不是很好，于是我再三叮嘱许言："千万不要伤了青文的心，一定要承认人家给公司做出的贡献，好好地说，最好她能明白，如果能打心里接纳我，将来一起留下来做事情不是很好吗？"

但是让我没有想到的是，许言回来后传递回了最不好的结果。不知道许言如何沟通的，最后青文的情绪非常激烈，据许言传达：她扬言是我的坏主意，容不下她，是不是只要和我不对付的人最后都得走，甚至最后情绪激动扬言要来我的家乡所住的地方用刀杀了我。这样的结果是自己怎么也没有想到的，自己也从内心深处意识到了许言没有足够的智慧，恰到好处地处理问题，又一次把最坏的结果带给了我。我压抑委屈得不知如何表达，许言又不愿让我亲自去单位和同事们谈。自此我主动彻底放弃了加入公司团队的想法。

这样的结果无疑又一次深深地伤了我的心！而我在嫁过来以后的处境，本就是身处弱势，论身份、背景、经济实力、工作、社会地位和影响力，样样都比不上许言，自己无端遭受这么多的不公正的待遇和身心的伤害。开始的时候我试图求救，向朋友倾诉，只是让我更加难过的是，有些同人虽然是弘扬传统文化事业里很有名的老师，但是竟然没人相信自己发自内心求助的内容，大家一致认为我的命已经很好了，能嫁给谦谨儒雅、博学多才又有社会地位和影响力的许言，应该知足才是，怎么能总是抱怨呢？

几乎没人相信自己的遭遇，被伤害后自救不成，想求救都没人信的悲哀让我更加意识到自己所处环境的危险与孤立。开始的那几年，亲朋好友们似乎一边倒地支持许言。因为过度的压抑委屈，抑郁的症状也在2020年和2021年两年极为严重，内心极为脆弱敏感，不敢相信人，总觉得别人和许言身边的人一样，对自己都是表面上好，实则是质疑排斥的。其实会有人问，自己不会争气好起来吗？那时候对于我来说，最大的悲哀莫过于杀人诛心，已经近乎被人性的丑陋包围与吞噬，如果不是后来的善人相救，很可能会疯掉。

我时常莫名地委屈流泪，压抑难忍，夫妻两个更是经常吵架，以致自己在漫长而又劳累虚弱的状态下多次崩溃，自己伤害自己。

很长一段时间我都无法看透自己的丈夫。他表面上做得天衣无缝，超越常人的好，让自己似乎无法挣脱对这种表面现象的依赖。但是婚姻真实的情况是，我关于许言的事业，什么关键内容都不许知道，也不许打听。自己在婚姻内无法享有正常的知情、平等和尊重的权利，更感受不到来自大家庭的真诚与温暖。不管遇到多大的危难或者多急需人帮忙的事情，哪怕自己数次流产，照顾孩子的时候因为劳累贫血而晕倒，我都不能及时感受到来自许言家庭成员的雪中送炭。有时候现实的生活真的比电影还扎心和不可思议吧！

在百姓的日常生活中，我们的确也可以仔细思考一下，很多时候我们真的不能只看一个人的表面，给自己的直观感受就下结论。有时候表面上看到的还真不一定就是真实的。往往受害的一方在不被大家真正了解时，是在承受着比伤害本身更加可怕的二次被外界误解所带来的伤害，内心的痛苦真的无法想象。同时我的故事也告诉大家，如果没有边界感和没有原则的传别人不好的闲话，真的可能会给一个家庭带来致命的伤害，乃至毁灭性的灾难，不该是君子所为。

许言得知了公司里的员工们排斥自己的真相。到此时，我天真地以为自己经历了好几年的磨难，终于等到真相水落石出的时候，天真地以为许言知道真相之后，会无比心疼自己过往几年里所遭受的苦难，两个人的婚姻与家庭应该迎来新的转机了，我终于可以过上打心里感受到被信任的幸福生活了。但是自己怎么也没想到，以后的日子依然没有改变。许言表面上依然对我不错，实则他内在的真诚和信任依然没有给我，自己依然还是那个最可怜也是最尴尬无助的人。这是让我怎么也想不到的事情。

我们在婚内因此劫难，可以说痛苦不堪贯穿了整个婚姻过程，因我无法放弃对家庭的执着还有对许言和孩子的爱，其实越到后来是越发痛苦的，多次歇斯底里地挣扎与哭闹，让我身心极其痛苦，因为这个家里无法给我安心与希望，充满了提防与敌意。在我痛苦不堪之际，许言几次找到他的好友贞伟，这个人也是推荐何唯给许言认识的人，是何唯的亲属，后来何唯辞职后，我们找不到她了，没有了一切联系方式，故而只能如此，告知贞伟我和许言几年下来身心俱疲的惨状，希望其妹妹何唯能意识到自己的错误，主动化解因她的行为引发的恶劣影响，可是屡次都事与愿违，何唯透过她亲属反馈过来的信息充满了对自己的无视和傲慢，根本不认为自己有错。只是有一次从她亲属处得知，她后来没有和许言打招呼去了他一位做国际贸易的好朋友那里，是一家不错的公司，她特意给老板做参谋，大概是她原来在许言身边的角色吧，待了两年挣了不少钱，可是不料她的父亲意外生大病花了很多很多的钱，她在这位老板处赚的钱不仅不够，还借了不少外债，细情不甚了解，只是这些内容由许言和其亲属交流后转述。

第七十一章 没有了爱情的婚姻

内心越来越清醒的自己，开始后悔几年前轻率地嫁给许言了。我也越来越深刻地意识到自己被许言表面的温柔敦厚欺骗了，婚后留给自己的大部分时间是照顾幼小孩子的责任，还有分居后空洞洞的房子和不被理解、不被尊重与信任的委屈压抑。自己内心一度可以说是难受委屈压抑到极点了。很长的时间里，我真的想不透，婚后对于许言无比真诚与专一的自己，历经无数的委屈与磨难，即使知道真相，许言依然不改之前的态度。他选择继续伤害自己的真实原因到底是什么？就在许言给自己在河北老家租房子的过程中，许言带着我去家具店选择家具的路上，我依然还是竭尽全力地希望丈夫能够回心转意，都未能如愿。得到的回复又是许言把责任推到我身上，他竟然说我嫉妒心强，控制欲强，想霸占自己的公司与财产，我的脾气不好，经常乱发脾气，说我总是爱跟他吵架。

听到这些话，我真是委屈崩溃到极点。我知道家庭矛盾的根源是自己一直被误解、看不起，不被信任，被冷漠，任凭自己怎么努力妥协，都无法改变，得到的是更加变本加厉的伤害和难过而已。

在 2021 年 5 月左右，许言一反常态，抑或是想起了些许对不住妻子的事情，于是又带着我去单位和青文见面，学习一次手工皂。之前许言答应我青文学习回来教我再好好学手工皂的事情，可是后来我几乎很少专程来公司学习过，平日许言不许我私自去公司。长期在家带娃的自己，一直保持干净整洁又十分朴素的穿搭，简单又简朴地穿了好几年的普通衣服，像极了与社会脱轨的家庭妇女。然而当我来到公司，却很快发现那个曾经被许言救济的青林的姐姐青文，穿着打扮都是时尚前沿的职业女装，同时看到她手工皂的工艺也越来越精湛。

此时的自己，内心瞬间五味杂陈，张不开嘴的委屈和难过，一股脑儿地涌到嗓子眼儿。看得出自己在没有任何规划也不可能有有效规划的婚姻生活里，显然已经与工作严重脱离，被落得太远了。

早在婚后不久，2019年春节过后，我的孩子还很小，天还很冷，许言曾带着我一起来单位慰问，顺便看望员工青林的时候，便知道她的姐姐青文也跟她一起住在这个出租屋里。当时青文离婚了，是青林的亲姐姐，她有一个儿子，身体有些疾病，孩子不能正常照顾自己，不能正常上学，生活很不容易，那时青文是个小时工。

见此情景，想帮助青文改变生活，是我最初提出来的。我知道帮助这位生存不易的姐姐，也是在做一件善事。只是让自己没有想到的是，自己原本想学习的手工皂培训班，许言竟然没有跟自己有做任何的商量，直接和青林商量让她的姐姐青文去了。此时青文也特别感激许言的帮助，姐妹俩和许言的事业上的紧密关系和信任程度，显然在很多的方面超过了自己，更没把自己放在心里，就别提任何尊重了，其中的尴尬让当时的自己有点儿难过。

我强忍着心里的难过，总算结束了一次难得的与青文见面学习的机会，但是我压抑在心里的委屈与愤怒，再次忍不住地撒向了许言，满心委屈地把自己的难过和失落，还有心里的不平都哭了出来。

青文已经越来越纯熟地有了一技之长，即使哪一天离开公司也可以自己养活自己了。姐妹两个人得到了许言长期的庇护和偏袒。许言甚至给我解释，他认为给她们花钱是投资，而自己想做的事情他从不想真正帮助自己，觉得是浪费。

相比于这些手工技术，我更喜欢中华文化。只是学手工皂的初心是为了充实平日的生活，妥协于婚姻中许言对自己的不信任，被许言有意无意间漠视自己内心的初衷，不尊重自己，是让自己最难过的，事情不大，可我当时纠结在了他对我的发心，伤得自己很痛苦。

自从接触中华文化之后，感受到了中华文化的力量，自身的正气也随之升起，慢慢改变着自己以及原生家庭的状态。几年前我由心的想把自己的经历与感悟写出来，分享给大家，希望能够帮助还身处迷茫与无助中的年轻人，让更多的人少走弯路，不要像自己年轻的时候一样做很多后悔莫及、消耗自己福报的事情。这原本是件很美好的事情，许言却不假思索地认为我的书没有价值，根本不会有人看，同时他认为我没有任何社会地位和声望，即使书出了也不会大卖，出版也肯定赔钱，白忙活。我听到他作为专业出版人的言论内心很难过，就这样我数次被许言如此打击自己写作的动力，加之婚内精神被折磨得无法短时间自愈的抑郁和内耗，我的确拖延了自己作品的成书时间和写作情绪。

在我苦苦追求理想的路上，艰难异常，身心被百般打压孤立，孤身前行，自己走得实在有些艰难。最难的是内心深处的挣扎与自救，随着时间流逝，傻傻的我越来越清醒地意识到，这位自己异常看重、爱到骨子里的丈夫许言，其实并不爱自己，他也不是自己应该爱的人，只是太可怜自己的孩子了。许言把所有的偏袒和信任，都给了自己压根想都没有想到的人，给了青林以及她的姐姐青文。这么久过去了，我从未实际意义上放弃过自己的丈夫，只是太多的细节暴露了他真实的内心。这个在公司从事财务工作的青林，有意无意间的言行对许言心智的影响，真的也从根本上撼动了这个家庭本就异常脆弱的平衡，一点一点地拆散了这个已经不牢固的家庭，只是到此我还是想不通到底为什么？

在婚后的几年里，产后抑郁一直没有得到缓解，反而越来越严重，当自尊无休止地被践踏、打压，处境无比压抑无助的时候，人是很容易崩溃的。后期崩溃到极致时，总是习惯性地狠狠抽打自己的脸，每次打得自己都会鼻青脸肿。婚姻的背后是别人看不到、更无人相信的委屈、压抑和伤害，无处诉说，自己使尽一个女人的浑身解数，想挽救婚姻和家庭，似乎都无法改变现状，换来的依然是无休止的伤害和辜负。我的抑郁病情越来越重。

我慢慢知道在许言这里与财富和公司团队相比，自己和家庭是不被重视的。经历了这么多，我也认识到不管自己为了家庭付出多少，也唤醒不了丈夫那颗自己期待已久的真心。

婚后头两年，我很要面子，害怕别人知道自己过得不好，从不和家人提及自己婚姻的不幸。起初，我总觉得通过自己的努力和真心，能够扭转乾坤、化险为夷，最后一定会好的。但是越往后过，我越发现事情真的没有自己想象中那么简单，或许是越来越复杂，自己的善良、宽容以及善解人意，并没有换来自己本该得到的尊重与爱护。时间久了，我经常压抑委屈得呼吸都困难，因为看不到自己在这个家庭中任何可以向好的希望，来自丈夫有意为之的伤害与不公，是特别内耗自己心态的，家中本就弱小的自己更是发自心底的绝望与无助越来越强烈，我内心也变得敏感脆弱起来，有时候一件不如意的小事，也会让自己特别恼火而大发脾气，内心的委屈与崩溃感近乎到麻木，在不了解自己的外人看来，或许我已经是个精神有点问题的人了。

这段婚姻赋予自己的似乎只有责任、无法言说的委屈、压抑还有生活压力，根本没有夫妻间的爱和互相理解，更没有得到尊重。自己想做点儿事情，似乎也是困难重重，心路不通，根本不被许言真心理解与支持。自己承受着几乎没人信任、支持的不公，深感自立自强的艰难。

慢慢我已忍无可忍。一次，我带着自己的丈夫，把自己的处境向一位德高望重的亲戚说起来，想寻求帮助。亲戚看到我愤愤不平、咄咄逼人的样子，认为一定是我太过强势才导致婚姻如此的样子。后来随着时间的推移，随着和他们二人接触得越来越多，他们才慢慢发现原来自己说的都是真的，于是慢慢地才开始有个别的亲戚站在自己的立场上劝解许言，不要为了一个员工影响了家庭和睦。如果该员工真的影响到这个家庭了，那就应该好好反省一下了。任何一个公司的员工，做好自己的本职工作即可，但是从心里是应该尊重领导的家人的。

而据我的回忆，青林平时与自己接触过程中的表现，很明显是有待商榷、不敢恭维的。作为公司领导，许言也应该有这个责任与义务让妻子安心，让员工守好自己的本分。但是许言表面上态度诚恳，什么都答应着我的亲戚未来要站在我的立场上，劝解员工们，但是事实上他回到我们一家的生活后却始终选择逃避，不解决问题，继续伤害我。我们的日子也是越来越不好了，吵架更是越来越频繁，自己完全生活在一个虽然有家，但好像完全无法掌握自己命运、孤独无助的家庭环境里。

生活一直继续着，即使过得撕心裂肺，早已没有感情可言，可是对于把身心都交付给家庭的自己来说，没有工作，与社会脱节好几年，自己虽然有骨气，却是显然缺了几分底气，确实没有资本轻易地放下这段婚姻。许言在物质生活上尽着一定的家庭责任。所谓家庭责任就是给我生活费。除了经济上存在着依赖，这段婚姻里早已没有了家的味道。

我陷在进退两难的境地里，徘徊痛苦了很久。父亲去世以后，我接过了照顾精神分裂症母亲的责任，同时照顾嗷嗷待哺、还不懂事的孩子，也要承受着丈夫及他身边亲人的伤害和排挤。是的，我越来越本能地有想放弃这段婚姻的念头了，因为自己为了这段婚姻，为了这个家庭，已经退到无路可退了。作为一个有思想、有追求的年轻人，我不想这样的情绪痛苦地过一辈子。

看着怀里话还说不完整的孩子，让我不得不一次一次地咬碎了牙齿往肚子里咽，我实在不敢面对也很难想象未来家庭破裂对孩子的伤害，这是连我儿时都没有经历过的事情。可是不分开，自己的生命也是日渐萎缩、枯萎，甚至时间久了会要了我的命，身体是越来越不好。只是眼下我只能强忍着内心一切苦楚，等孩子再大一些，再离吧。

最初，我的确不适应，也不愿接受一个家庭两地分居的状态，经常委屈失落地流泪失眠。心有怨恨但傻乎乎的我，开始盼着自己的丈夫每周能放假回家，与自己和孩子团圆，希望许言能陪陪孩子。我还满心以为通过分居，时间一长，丈夫冷静下来，会想到自己的好，也许不久就会接我们回北京，也希望丈夫能够给自己一些尊严和台阶下。后来才知道，这依然是自己的一厢情愿，后来一直没有等到丈夫主动张口想接我们回北京。

失望和始料未及仍继续着。在没有彻底离婚之前，我依然没有完全放弃挽救家庭的完整和幸福。2021 年 6 月的一个周五下午，我给宝宝穿戴好，带着孩子，开开心心地去北京看望丈夫。我带着孩子，高高兴兴地坐上高铁，准备和自己的丈夫团聚，好好过个周末。我知道，两个人分居，无疑代表了丈夫对自己的否定，也是婚姻走向的失败的征兆。没想到这次相聚，更加不可思议的事情又发生了。

许言还是一个人住在一个很狭小的平房里，不到 10 平方米，里面潮湿阴冷。即使这样，他也不愿意和我回到从前过一家人的日子。他怕我因委屈和对他长时的不满而吵架，而我想要的婚内该有的尊重和信任他依然不愿意给。

就在我和儿子一起来小屋看望许言的时候，我主动要求睡在地上，因为床太窄了，实在住不下三个人。周六早晨起床，许言去外面公共洗手间的时候，我也醒来了，而此时我想多赖会儿床，我看到许言的手机在桌子上，并没有拿出去，于是便起身拿起来，下意识想打开看看。这时我发现许言手机的密码，早已不是自己熟悉的那几位数字了，我感到莫名其妙的伤心、失落……好几种情绪一起涌来了。对，没错，那天的确又是不平静的一天，我不知道为什么自己的丈夫要把手机密码改了。而等许言从公共厕所回来，给我的回答直接就让两个人吵起来了，许言说："我怕你事多，看到什么短信又要和我吵架，所以就把密码改了。"

人生有时候就是这么滑稽又可悲！他满眼都是我面目狰狞的样

子，却看不到我为了这个家承受的种种委屈和不公，看不到我即便如此还没有放弃这个家庭，背后是对这个家和对自己的丈夫多么笃定与厚重，还有那份不为人知的善良与苦楚！我看着这位看上去敦厚老实的面孔，听着他嘴里说出来曲解自己、怨恨自己的话，我又崩溃了。此时，我已经被许言折磨得不能用崩溃来形容了，仿佛心都被自己最爱的人来回蹂躏、践踏，无法直视。

2021 年下半年，我的身心状态持续恶化。失眠、记忆力衰退、身形消瘦、面色苍白、眼睛无神、脱发严重、迅速衰老。身体似乎一天不如一天。身心俱损，让我再无法保持平静和欢喜。对我来说，每天都是痛苦地活着，只有依靠从小练就的坚韧的生存毅力，才能操持起这个家。

同时在整个婚姻存续期间，我始终能感受到好像有一股自己也说不清楚的力量，无数次无情摧毁着这个家庭的核心幸福，即使自己用尽全身力气刚要好转就会瞬间被一股无形能量催生出各种不祥，将好不容易要有些起色与温馨的家庭无情打入谷底，屡次这般也使得我记忆深刻。哪怕自己对这个家是无比地热爱与真诚，好像也得不到半点儿被人理解与认可。我的内心自然充满了不甘与不公，不知道自己一心一意操持的家庭，为什么要遭遇如此大的冤枉和委屈，甚至没有一个家人能为自己真正地主持公道，从根本上救赎自己。

第七十二章 母亲病因揭晓

时间过得很快，2021 年腊月初六，我知道自己的母亲想念自己的大女儿了，虽然只是自己一个人在支撑这个家，但是我还是想尽量对自己的母亲好一些。于是我在腊月初六中午吃完午饭，给母亲和儿子穿戴整齐，开车带着母亲和儿子去了母亲大女儿家，去看望自己的同母异父的姐姐。就在这天，我也终于找到了让自己想要了三十几年的答案，明白了母亲的病因。

我带着自己的母亲和儿子到了大姐家之后，姐姐和姐夫都很热情，带着我们一起去了当地比较好的饭店去吃饭，吃得也很好。只是这个饭桌上多了一位姐夫几年未见的好朋友，还有一个自己素未谋面的叔叔，听姐夫说都是他在这个村里的好朋友，而我并不清楚这位叔叔当时和母亲在村里是什么辈分，但是这个叔叔似乎很了解自己母亲的过往，于是给我在饭桌上多讲了一些（大意）：

“你的母亲俊兰年轻的时候，很正常，人也很不错，长得俊秀，爱干净，个性要强，只是那时候的婚姻是由父母包办的。因为你姥姥当家做主时，你母亲还是姑娘的时候，因为家中孩子多，经济贫困，为了维持生计，曾经向你母亲的在这个村里的姨家借过不少粮食与金钱，只是因为你姥姥家光景一直没有缓，很多年也还不上母亲姨家的债务，后来得知姨家有一位儿子到了适婚的年纪，而舅舅们也到了娶亲的时候，需要不少花销，也向你姨姥姥家借了不少钱，于是姥姥想把她的二女儿也就是我的母亲嫁给妹妹家的儿子抵债。只是母亲知道自己要嫁的人是自己的姨兄，但是在20世纪70年代，交通与通信还极为不发达，两家离着不算近，平日很少走动来往，母亲并不了解姨兄自身的太多情况，只是知道有这样一个人是自己的姨兄。结婚以后才发现原来姨兄和常人不一样，感情的表达和交流都有障碍，心智不健全，根本无法正常交流感情，即使夫妻感情都无法正常维系。后来又得知姨兄过继给了同族中的一个长辈，同时母亲在新家里和婆婆相处未必事事如意，有了委屈和不快之后，他也未必能帮助母亲正常地排解或者保护她，你母亲的生活可想而知。”

其实不仅如此，后来听母亲同村的亲戚讲，母亲的第一位丈夫就连夫妻生活都不会，结婚一年多母亲都没有怀孕，后来长辈们着急，去医院检查才知道这个时候母亲还是处女，男方长辈得知此事特地用心教给他如何过夫妻生活，于是才有了后面的姐姐。可想而知母亲在第一段婚姻里一定是非常不幸福的，没有精神的依靠，更未能拥有一个正常女人该有的幸福，这其中的委屈有谁能懂呢？为了生个孩子，母亲生育后的委屈与无助是不是更强烈呢？她可是一个正常又很要强的姑娘啊。

“在长时间与对方无法正常交流和生活的状态下，你的母亲也慢慢地崩溃了。婆媳之间相处可能也不好吧。母亲当时是想救自己的，她曾回到自己的娘家和父母说明情况，想离婚。而那个年代离婚很少，你姥爷坚决反对，怕丢人。于是母亲失去了自己想要逃离厄运的希望，绝望久了，心里堆满了压抑、委屈，无法排解，便也疯了，丑态百出，不知穿衣，光脚到处跑，时而自言自语，时而骂街哭闹……家里的东西都摔碎，将门窗的窗户纸都撕掉……受了好多苦！”

当我听到这里，看正在吃饭的母亲，不禁眼含热泪。终究母亲这一生的磨难，也是逃不过婚姻的折磨。我甚至不知道母亲早年的人生，到底经历过怎样的深渊与绝望。婚姻不好，如果没有足够幸运，真的会毁了一个女人。终究母亲为自己的第一段婚姻，一生患上了严重的精神分裂症，痊愈的可能性现在看来几乎为零，这个病到如今可以说跟随了母亲一辈子！虽然母亲还算幸运，后半生遇到了父亲，从此改变了她的命运，但是她自己每天在和病魔共存，折磨着自己，也折磨着家人。

第七十三章 宝贝回家上学的日子

2021年3月份，我的儿子回到离家乡不远的临县一所传统文化幼儿园读书。我需要每天花费大约4个小时往返，接送孩子上下学，顺便照顾不能自理的母亲。母亲仍然不能正常沟通，并喜欢时时刻刻黏着自己。此时的自己每天几乎很难有一点儿属于自己的时间和空间。紧张忙碌的生活，对于满目疮痍的我来说，无疑是负重前行了。

这所幼儿园园长的儿子是许言和自己共同的在传统文化领域的好朋友，在修行上也有比较深的见地。这位好朋友在自己来学校接送孩子的时候，偶尔能碰到，寒暄数语。此时正值自己身处逆境，本能地向其虚心求教。这位好朋友曾经为了开解自己，说过这样的话，让我一直记得："兰喜，未来不管遇到多大的痛苦和灾难，永远记得靠自己，强大自己的内心，从心而觅。然后做一个自利利他之人，从此不再依赖任何人。因为依赖任何人最后可能都会失望。不再从别人处有所求，同时我们主动给别人需要的帮助和温暖。这就是幸福快乐的人生。《金刚经》里面讲：'无所住而生其心。'是告诉我们不要执着，人往往越执着什么，越会被什么所伤。"

是啊，我们着实无法改变别人，只能改变自己。只有放下心里的期待与执着，才能真的放下一个人，这些道理是真的。但是此时的自己也知道如果自己遇到了对的人，根本不需要懂得这么多，会一直幸福下去。此时的我还的确无法知行合一地做到。

但这些道理我的确听进去了些，有了这些道理在心中，不断地洗礼、支撑自己，让我在后来的日子里撑过了很长一段时间。但是我也深知，自己虽然能够理解这个道理，一旦面对现实生活里的琐碎与劳累，身体异常虚弱，过了劲儿的时候，也让我时常异常地在疲倦和孤独中阵阵难过，很难一下子释怀，情绪时好时坏。

虽然一时间，我没有做到彻底释怀，家庭的重担照旧压在了自己一个人身上，没有放弃修行。反复练习着强大自己的身心，用心地担负起了照顾母亲和儿子的责任。日子简单、辛苦，却也安心。

婚后的几年里，自己承受的种种委屈，许言并没有任何反思。反而是更加疏远自己，且觉得我这里不好，那里不对。总而言之，家庭关系也是越来越紧张。我虽然还是在一如既往地坚守着自己的家庭责任，培养着自己的孩子，照顾着自己的母亲，但是同时，心底里也每日都在受着极大的煎熬。

在一段根本就不平等的婚姻里，四年多的时间里，自己已经不知道有多少次崩溃完自愈，自愈完又崩溃。之所以这样，我心底明白是因为自己不愿意放弃苦心经营、一心一意呵护的家庭。我也知道，自己的心血和真诚，始终没有等来丈夫及对方家庭的珍惜与尊重，也从未感受过丈夫的半分信任和真诚。于是，面对这样一段对自己非常残酷的婚姻，我数次崩溃至极，甚至发展到了自己会伤害自己的地步。

就这样，我们婚姻持续了近五年的时间，娘家人大多都觉得我婚后脾气大变，都认为我是因为经济条件变好了，看不起娘家人了。殊不知，我内心承受着巨大的痛苦。没有人知道，几年来自己内心承受着多大的压抑、冤枉和委屈。

比委屈更让自己出乎意料的是，由于身份卑微，没有社会地位，当自己想求救的时候，把这些事情说出来的时候，却鲜有人相信。遇到一些极少善良的长辈相信自己的话，想帮帮自己，劝许言要好好待自己。许言表面看似老实真诚地答应着，内心却心猿意马、南辕北辙。普通人是根本无法看出自己的家庭问题的，大都认为是自己不知足，其中他的一个合作伙伴说："这么优秀的男人对你这么好，你怎么还这么说他呢？我没看到过哪个男人可以对女人这么好的，接电话都是非常小心翼翼的。"可是谁又理解自己内心在婚姻里真实的情况呢？

面对我时不时情绪接近崩溃的状态，许言并没有打算从根本上解决问题，也没有打心底里去尊重、珍惜、爱护我，帮我疗伤，而是表面带着我四处寻医问药，遍访名医，去给我看心理疾病，造成许多人都认为我就是心理上有问题了。只有很少明白人，说我是受了极大的委屈，没有得到公正的待遇。久而久之，我越来越不愿意去见这些大夫，因为很少有人能够说出来自己的病因的根本到底在哪里。即使有正义的大夫说出来了，许言也还是表面承认自己错了，实际上回到家里与我过日子的时候，继续用之前的方式伤害着自己。我心底里知道自己根本就没有病，只是太多的压抑和委屈冤枉还有愤怒积压在了心底，填满了自己的心。

2021年下半年，我提出再也不想去看医生了，我跟许言说："我本来就没有病，是你们对我太过残酷、冷漠与不公平了。"对于自己来讲，三十几年自己从小到大的不容易和各种的坎坷与辛酸，无非就是想有一个幸福、平等、互相尊重和珍惜的家庭。既然这些都没有，我也终于被逼得从对于新家的万分执着中慢慢想放下了，自己已经竭尽全力去保护这个家庭，对家庭负责了。或许现实生活中，人们太看重外在的经济实力、社会地位和声望、家庭背景，而公平与正义在有实力与话语权、但没有良知的人面前一定会被淹没。

可怜自己抱着一腔热血，在十多年爱情的旋涡里栽了一个跟头又一个跟头。我终于觉得，在这世间，也许心怀真情和人品厚重的人，在不对的人眼中的确分文不值。大部分人只认财富、实力、权力、地位，好像只要财富到位，社会地位、耀眼的光环和足够的影响力，就代表着正确。我拼命地向这样的价值观做抗争，但是终究鲜有人真正地理解自己。即使如此，我依然不屈服于这样的价值观，我坚定地认为，虽然自己的真心诚意和真正的爱没有被尊重，但不代表自己做错了。我心里越来越强烈地升起了离开这个让自己满身伤痕的家庭的想法，为了活命，为了自救，我不想再消耗自己宝贵的生命。此时，我的身心状况已经十分堪忧。

我并不认为人们随波逐流的价值观就是正确的，因为自己清楚地知道，但凡把经济利益放在第一位的人，时间拉长最终都会悔不当初。虽然在这五年当中没有被珍惜，但是我知道，迟早有一天自己的丈夫终将后悔。终于体会到真的无法叫醒一个现在根本不愿意醒的人，自己早已受够了这种没有公正和尊严的生活。

自己在不到五年的时间里，悟出了一条深刻的人生道理，一念爱慕成就一段姻缘，等来一段劫难。这段姻缘阴差阳错、有意无意间变得非常的痛苦与坎坷。在这非常痛苦与坎坷的五年里，我并没有体会到丈夫对自己坚定不移的爱以及在别人对自己落井下石的时候出面对自己施行保护。所以我心里越想越清晰，萌发了不想再维系这段不值得的婚姻的念头了。即使外边有再多误解自己的声音，面对外界诸多质疑，我终于不愿意再维持这种假象了。

第七十四章 参演“八佾舞”祭孔

我内心对中华传统文化特别坚信。我想好好传播中华文化的同时，也想好好践行。从 2021 年 5 月开始自己录制宣传《弟子规》的视频，希望能给社会带来一些正能量，做一些有意义的事情。即使自己的家庭没有经营好，也尽量从自己身上找原因。我心里什么都明白，只是很多事自己真的无法左右，找来找去更多的是委屈，无奈之下还是把许言放下，把心收回来，我只能把精力暂时收回，先照顾这么小的孩子和不能自理的母亲。

2021 年 9 月 1 日，孩子已经满 3 周岁了，可以上学了，此时的自己也已经回老家一年多了，我也的确想换个环境，也许能让自己的精神状态好一些。于是我陪着儿子一起来北京西郊的一所国学书院上学。我想让孩子尽早接触并学习国学经典，早日树立正确的价值观，将来做个有理想、有道德、品学兼优的好孩子。我每天负责接送并照顾孩子的饮食起居，逐渐也新认识了一些好朋友。

2021 年 9 月 28 日，我有幸参加了该书院举办的一年一度的“祭孔大典”。这个大典庄重、严谨，沿袭了古人祭祀孔子的诸多礼仪，令人感到特别新奇之外，让人内心更是为之一颤，心生敬畏。我见闻了很多古代祭祀的礼节与常识。这次“祭孔大典”的内容真实地向外界弘扬了中国儒家文化。整个大典节目精练、深邃，充满中国古代儒家文化的底蕴与风采，平日难得一见。不管从内容还是形式还有参与人的精神面貌，都非常感人，既严谨又庄严。让我更加坚定对孔子和圣贤文化的笃定和信念。

而我在这次大典里也应邀出演了“八佾舞”。参加表演的过程，也让我感受了被中国儒家文化洗礼的幸福感，满脑子里浮现的都是孔子一生信念坚定，为了仁爱和平、国泰民安，一生周游列国四处奔走的画面，还有一生对中华古典文化传承的感人肺腑的巨大付出。

大典结束后，晚饭时候，书院的一位负责总务的林大姐与她的大儿子在书院餐厅就餐，我和林大姐结识得更早一些，早在宝宝两周岁多的时候，我们开始在北京给宝宝选幼儿园，当时走到这家国学书院的时候，便是郭阳的母亲（林大姐）接待的，我们后来成为了很要好的朋友。

“祭孔大典”结束当天，大家都在为活动的成功举办而庆祝。我和许言也来到书院的素餐厅吃饭。这时候林大姐和他的儿子正在餐厅边吃边聊。林大姐见我和许言走进素餐厅，便热情地招呼我们一同坐下吃饭，只是当时我和许言刚从车上吵完架，心情很差，眼角还有泪，本不想和他们坐一桌，怕影响人家的心情。奈何林大姐盛情难却，我也便不好意思拒绝，虽心情难过却也坐了下来。这时，林大姐告诉我们坐在对面的是她儿子，名叫郭阳。郭阳相貌堂堂，气质内敛，一副君子风范，一米八几的个子，斯文智慧与侠义俱存。郭阳自小接受国学教育，年龄比我小三岁，中医专长，国学造诣颇深。目前在同仁堂定期坐诊，可谓年轻有为。我们夫妇很意外，也很惊喜，赞叹林大姐有这么好的儿子。因为自己早已和林大姐有些交心，林大姐也是不知何故，每次见面都特别喜欢自己，把自己当作女儿一样看待，饭桌上我忍不住难过的心情和林大姐谈及自己婚后真实的生活处境和目前比较糟糕的身体状态，而此时的我也的确身形消瘦。

结婚数年来，周围人几乎没人相信自己的遭遇，自己整体的状态却是越发糟糕，身心俱损，难过至极，几乎到了无法承受的地步，自己已经麻木的不知道该如何走出这种状态。

此时的我，并不知道郭阳学长是位中医大夫。郭阳听完自己哭诉的内容，便告诉我们自己从小学中医。郭阳学长主动提出看看自己的脉象。也正是这次诊脉，让我积压在内心好几年的委屈和病因，都被这位中医大夫一下子说了出来。

是啊，在身份地位相差如此悬殊的一对夫妻面前，大多数人都会在善良的弱势的一方身上挑毛病，在经济富足、实力雄厚一方的身上找优点。这也是我的真实经历，几乎很少有人敢说实话，也没人愿意说实话。是啊，在这个极其物质与现实的时代里，弱者即使对了也是错的，强者即使错了也是对的，况且碍不着自己的事情，谁又会关注自己如此复杂周折的事情呢？其实本质上对了就是对了，错了就是错了，但是世人似乎习惯了根据实力强弱彰显强者的光辉，践踏弱者的卑微。

郭阳学长诊完脉后，如实和初次见面的许言交流了我的病因。告知先生："你太太的确病得很严重了，再这样下去恐怕要出大事，我认真诊了她的脉象，其实病因是和你有关系的。刚开始只听你太太诉说，我还不太相信的，但是一诊脉，就明白了。如果想让太太病好，你要适当地调整一下和太太相处的方式，重新调整下自己的观念。"

此时我听到郭阳这些话的时候，感动得眼泪都流下来了。这是自己婚后异常焦灼、无处求助后，第一个敢中正客观说真话和公道话的人。

也就在我们夫妇与林大姐母子吃饭的时候，听完郭阳如此客观的诊断，我自是委屈得难以自控，忍不住问许言："你到底爱我吗？如果不爱我为什么要娶我，这样伤害我？结婚时，我没有嫌你没房子、没户口、没存款，只图你上进、人品好，却又为什么在婚内不愿意给我真诚呢？你是不是爱的人不是我，是另有其人？你信任的人不是我，是不是也是另有其人？你明明知道我在娘家和婆家都有些受人欺负，为什么你还选择站在人多的那边，对我落井下石，伤害我……"说着说着，我哭得泣不成声。是的，自己真心实意，对家庭付出和牺牲，还有执着，没有换来在家庭内该有的平等、尊重和信任，丈夫和同事们反而趁着我怀孕、带娃的不容易，给予了自己致命的打击与伤害。林大姐和郭阳不断地宽慰着自己，时间不早了，我们几个人才结束了这次晚餐。

但从此后，许言在面对自己的时候，心里慢慢也有了些愧疚，意识到再这样下去，我确实会被伤出问题来。看着此时自己身形俱损的样子，生命越来越枯萎，许言偶尔会承认他在婚内对负责财务工作的青林有好感，所以才做出了这么多的糊涂事。但是在后来的日子里，只要我状态稍有好转，许言很快就又否认自己曾经的话，把所有的错误都推到我身上，继续伤害我，我在这样的家庭氛围中很难持续有良好的状态。许言也主动提起2020年元旦之所以提前答应好和自己一起去参加家里公司的聚会，后来又阻止自己参加，是因为当时把青林的侄女安排到了自己的公司上班，怕我知道后伤心，才不让自己去的，只是听到这里真的只是这个原因吗？会不会还有更加隐蔽不便让我知晓的原因呢?

听到这里，我总算明白了。很多以前自己想不通的许言的做法，便也一下子想通了不少。只是婚后头两年天真善良的自己竟然从没有想过，也没怀疑过让我那么信任的丈夫，和看上去相貌平平、勤奋朴素的青林竟然真的会有让我被蒙在鼓里的关系，慢慢地把自己的人生左右得如此悲惨。婚后第三年，在我潜意识里，本能地开始有预感了。只是自己一直欺骗自己，不愿意相信。其实我并不是心胸狭隘的女孩子。之所以吵架，毕竟因为爱情是自私的。或许这些年我也和别的女孩子一样，自从生儿育女，在家带娃，丈夫在自己心里的比重越来越多，的确无法做到和别人一起分享自己的丈夫的爱与偏袒。女人本能地会护着家。自己每每听到许言发自真心地说实话了，就会情绪缓解一些。我觉得人不管犯多大的错误，只要勇于承认，坦白诚实，都是可以原谅的，可是只要自己好一点儿了，许言又会立马收回自己的坦诚，拒绝承认自己的错误，反过来再把错都推到自己的头上，自己的身心状态，哪里经得住这么反反复复的折腾。在 2021 年的时候，身心状态可以说是跌到了谷底。

不知不觉间，时间过得很快，转眼就到了 2021 年 12 月份，我经历了最后一次婚内意外怀孕后，只是很短的时间里就又在身心俱衰的情况下流产了。经历这次流产后，身体已经极度虚弱不堪，照顾自己都很困难了，生命气息也很微弱了。那天许言下班后，也赶到儿子上学旁边的书院宾舍（家长宿舍），来看望我。我拖着异常疲惫虚弱的身体，委屈又执着地问道："在婚内我为你流了这么多孩子，大多是因为你对我的伤害吵起架来流掉的，在家庭里我付出了自己所有能付出的所有真心与坚韧，到现在我想问问你心里信任我吗？”让我特别难过也是没想到的是许言一直不说话，我开始委屈地流泪，最后又虚弱地问了他一句：“你说句实话，你现在到底信任我吗？”许言终于开口说：“我没法信任你。要不你给我妈打个电话，只要我爸妈同意，我就信任你。”天哪，我听着他这般如同孩子般稚嫩的回答，瞬间涌来心里巨大的难过，看着眼前这张既熟悉又陌生的脸庞，接着说了一句：“我们婚姻一场，我很不容易，能告诉我为什么这样对我吗？”许言又是沉默了。

其实在北京这所国学书院陪孩子读书的半年时间里，我和许言也不知道在书院宾舍吵过多少次架，自己崩溃过多少次！自己早已无法合理地排解内心的苦闷与压抑，同时又对家庭有着强烈的责任感，自己太想让这个家好起来了。而许言也真的离自己越来越远了，远到自己越来越不认识他了。而我越来越意识到丈夫在婚内是打心里不愿意给自己的信任，另一个女孩子青林却稳稳地享受着，这也成了当时自己的心病。作为妻子，真的无法接受自己的丈夫，信任别的女人超过自己，相比之下自己甚至连知情权都没有。

那位在“祭孔大典”上认识的中医朋友郭阳学长，从那时起便和我们结下了一份善缘。得知我们之间的家庭矛盾，便倾心相救，数次陪着我和许言聊到深夜，只希望通过他心理疗愈的经验和努力，能挽救这个原本应该过得很好的家庭。

郭阳学长说道：“如果这个同事真的影响了你们夫妻之间的感情，或者让妻子真的很难过，你是应该给妻子安心的。完全可以妥善地解决这件事，毕竟很多事情不是空穴来风。因为一个员工失去一个家庭的幸福，有点儿不值得。”只是每每说到这里，许言便不再说话，或者刻意回避，或者转移话题，他始终都在小心翼翼地保护着青林。这也让郭阳学长的救助，多次无法进行下去。

直到我想放弃这段婚姻的时候，而许言却又坚持不想离婚，他偶尔会和我坦言：“从结婚的时候起，我爸妈听到你们娘家人唠叨的不少关于你的传闻，说你不好的话，包括你谈过的恋爱和一些对你的描述，就叮嘱我，千万不要信任兰喜，别被她骗了，千万不要让她参与到有关的事业中来。后来我们好几次从北京回老家，我和父亲早晨起得早，出去跑步。父亲都会叮嘱我，不要让你参与到有关的事业中来。也就导致了我从来都是不愿意和你说工作上的事情。加上我也感受到了同事们对你很排斥，于是这样的想法就更加坚定了。同时我们因为这些事情总是吵架，让我很反感，的确慢慢对这位女生产生了好感。也记不清从什么时候开始了，就差捅破一层窗户纸，而且我爸妈也很信任她。”

而我一下听到这些真相后，久久不能平静。

第七十五章 想放下了

随着小月子一天一天地过去，逐渐了解真相的自己，显得越来越淡定。自己好像如释重负般地释怀了，也不怎么和许言吵了，知道自己是时候该放手了。如果想让自己的生命活得更有价值，应该去等一个能够在灵魂层面互相滋养和互相珍惜的人。在自己还没有足够的能量感化或者影响他人的时候，不如先保护好自己仅剩的半条命吧。

我对许言有感激，自从结婚后，自己在物质方面有了较为安稳的生活。可是在精神层面也经历了无法承受的折磨。似乎自己的对面是一群人，而自己只是一个人，有口难辩，跳进黄河也洗不清的感觉。自己的婚姻经营得不好，说到外面，别人都会说自己有问题，而作为自己来讲，心中的委屈和冤枉，大概只有自己知道了。我真的想放过自己了，好像只有放弃这段婚姻才能活命。慢慢地，自己真的没有力气再在这段婚姻里挣扎和努力了，许言和他的家人有着太多现成的对自己不信任、又冷漠的借口，却没有一条把自己当家人心疼的理由。

我是一个女儿，也是一位妈妈，同时也是妻子和儿媳。这么多的角色，我都努力扮演着任何一个，尽量让家人温暖。可是自己也是一个需要温暖的人，却没有一个人能意识到。这几年，我终于把自己的孩子慢慢拉扯大。虽然只有不到五年的时间，对我来讲却像过了五十年。我的确不假思索地牺牲了自己的事业和未来，变成了心无杂念的家庭主妇，换来的是在家庭里越来越没有地位，没有信任，没有爱，没有希望地一个人活在孤岛上。不管我是努力还是争取，不管我是崩溃还是自愈后继续付出，好像都是独角戏，一旁的人们始终冷漠无情、一成不变地应对着自己。

我已经记不清自己多少次拖着流产的身体照顾孩子，在家里晕倒的画面；我不知道自己为了能够在家中得到一丝体面和尊严，无私地付出了多少；也不记得我和丈夫多少次谈心未果，最后歇斯底里地崩溃；为了践行传统文化中的义理，要把家庭经营好；为了孩子的身心健康，我割舍了太多自己也需要的呵护和爱意，忍受着无边无际的痛苦。

的确没人知道自己也是个需要用真心才能给以温暖的人。身体的极度虚弱，气血大亏和丈夫的毫不在意，时刻影响着我的情绪。我终于意识到，再不改变自己，可能连命都快没有了。不是自己善良懂事和一味真心的付出，就能改变什么，我开始觉得这似乎就是命吧。别人散布的传言在丈夫一家人心里的阴影，不是自己无私、付出、真诚、有责任感，就会抹去的，也不能换来温暖和体谅。我好像陷入沼泽地一样，越努力越可怜。

我时常也在思考自己这几年的经历，自己在面对家庭的不公和委屈时，开始总是温柔以待，耐心地向先生表达；数次后无果，我开始郑重其事地讲；又是数次无果，委屈倍增，尊严全无，我开始哭闹，甚至歇斯底里地挽救自己的幸福和家庭的完整。而男方家里却只看到了我委屈后的大吵大闹，丝毫不会用心理会我心底的委屈，揣着明白装糊涂，肆意践踏这份婚姻和我这个姑娘的尊严，表面上还说着天衣无缝的好听的话。

多次回忆起在自己流产第七个孩子后的第一周内，其实许言不只一次表达仍然不能信任自己，在此期间他每天下班都会回到宝贝上学的书院为家长准备的宿舍。我曾又一次问他说："许言，我已经为了这段婚姻快把命都搭进去了，无非是太看重这个家了，同时也包含着对理想与追求的执着，如果当时你不是从事传统文化传播的工作者，或许我们也会擦肩而过，我是一个心底有着对信仰强烈追求的女孩子，不管是为了家庭，还是为了信仰，我不遗余力地承受着自从和你成家后的太多的苦难，也因为小时候自己没有一个温暖幸福的家，所以自己拼尽全力在支撑一个其实对我并没有多少爱的家。当我已经流产了第七个孩子了，到现在为止，你到底信任我了吗？"

此时许言的回答，再一次让我崩溃至极："哎呀，你又问这个问题，要不你给我爸妈打电话吧，他们让我信你，我就相信你。"许言这次的回答无疑再次重重的伤了我的心，我的情绪无疑是崩溃的，少不了歇斯底里地与他争执了好一会儿，此后他走出宿舍，或许是给家人打了电话。没过一会儿，恰好许言的父亲打来电话，我不得已向对方家庭说明："爸，现在《中华人民共和国婚姻法》明确规定，不能这样对待自己的妻子，妻子享有在婚内丈夫起码的信任和知情权，怎么在我这里却被诋毁成要控制自己的丈夫。您还要教给他提防自己的妻子，不要被妻子骗，怎么能这样教自己的儿子呢？在婚姻中没有信任，怎么能过得好呢？您和妈都是过来人，难道不懂得这个道理吗？难道我给这个家生儿育女，你们却总把我当外人吗？”

而我此时听到电话那头的回复便是：“兰喜啊，这的确是我叮嘱许言，不让你参与他的事业。你不去，对他的事业发展有好处。”

我说：“那你们为什么不明着告诉我，却在背地里这样教自己的儿子？这样做特别影响我们的感情，也是不符合现在的《中华人民共和国婚姻法》。我可以不参与，但是有基本的知情权，也是婚姻里对我起码的尊重。”对方的回答是：“那你去告吧，我们家许言的妈妈就是法官，我们不怕告。”

真想告诉大家一个真实且无奈的真相，不是自己不会维权，也不是自己不想维权，只是维权的精力和撕扯，大概只会让我见到更加丑陋不堪的人性或者伴随着更加无法想象的伤害与决裂。此时我真的不想再伤害自己了，听到这些话，我确认自己真的嫁错人家了，不管多善良努力，也无法改变自己在对方家人心里的印象了。

我的故事的确惹人深思。自己婚后的命运，没有一天能逃过送亲的娘家人捕风捉影的言语带来的严重后果，而这后果只有自己默默承受。送亲的娘家人似乎早已忘却此事，安宁无碍地过着自己的日子，甚至觉得我们过得不好，早已和他们没有了任何关系。同时，透过自己的故事，也不难看到，那些家境不好，但是想通过努力拼搏改变命运的年轻人，这漫长的一路上，真的不全是鲜花和掌声，还有泥泞和荆棘，还可能会有来自周围亲人早已藏在潜意识中的故意伤害。因为伤害这样的孩子成本极小，似乎可以一下子置人于死地，事后荆棘和苦难却属于自己，而别人不但不知道，如果自己太过柔弱，没有任何实力的时候，即使反抗也会招致被更加恶意的疏远、冷漠与残忍对待。生活中在我们还很弱小，原生家庭又多困顿的时候，即使受了委屈也不一定有正义到来，也不一定能看到人间的善良，这是非常残酷的现实。

不知道有多少女人还在承受着外人并不知道的不公和委屈，也无法维权或者维权艰难的现实。这需要女人们自己不断加强自身智慧，强大自己的实力，活出自己的尊严和精彩的生命品质。一般的女人对家庭都太为看重，就像男人看重事业一样，可以说家庭就是一个女人一生的事业，所以对于任何一个女人来说，家庭都是最在意的地方。有了孩子以后，女人愿意牺牲自己的程度就更大了，这也成为很多男人肆意不尊重女人的心知肚明的底气。只是现在的女人们也大都走在觉醒的路上。很多女人如果遇到不珍惜自己的人，已经完全可以独立到不需要婚姻,自己独立带孩子,养家也是可以的。

如今的婚姻，无疑要求伴侣的心灵品质越来越高。作为男士的心灵品质，需要跟上时代进步的步伐。作为男方的父母，也要及时看清形势，不要轻易糟蹋了孩子一生的幸福。现在的年轻人，很多已经到了结婚的年纪，大都着急成家，但是自己和家人真的具备经营家庭的能力和智慧吗？显然是不一定，随着社会越来越浮躁，人们过于对于名利的追逐，悲剧也真的越来越多。

2021 年 12 月，我终于不想再委屈自己，成全别人的演技，终于有勇气站出来为自己发声，有勇气提出离婚，有勇气自己一个人生活，有勇气开始面对下一个新的人生阶段。我也不再想执着于过去受的伤害与不公，只想远离这段非常让自己痛苦不堪的纠缠，只想在余生里活出最真实、最快乐、有尊严且自由的生命状态，不被任何人看不起，不被任何人压抑自己的生命，也不被任何人欺负。

人生有时候，真的无法感动一群本就戴着有色眼镜歧视自己、不喜欢自己的人，哪怕付出生命，也无济于事，缘分尽力，自己也竭尽全力了，依然无法改变就尽量放下远离吧。

这次流产不到一周的时间，我拖着疲倦不堪的身体，硬撑着自己一路开车一个多小时，回到了老家母亲的住所。我只想暂时远离烦恼，远离朋友，远离不管外人如何帮忙都解决不了的家庭问题。一个人开着车，腰部痛得已经发不出任何声音，一路匀速地开回了老家。

我只想用自己余下的生命，好好领悟中华优秀传统文化，去做更多有意义、有价值、自利利他的事情，光大自己的生命，照亮儿子的心田，如此，这才是自己想要的人生。我不知道在未来的人生里，还会不会有一段更好的缘分等着自己，但是自己活了三十多年，一直被原生家庭的阴影笼罩，以至于自己经历了太多太多的不公平和不平等，一直在承受着常人无法理解的压抑和苦闷。我的确再也不愿意活在原生家庭的阴影下了。为了这个阴影，自己承受了三十几年的不公与沧桑，还有痛苦和坎坷。

内心有股强有力的声音在告诉自己："亏欠自己一段公平的感情和恋爱，要通过自己的努力改变我自己的命运，还给自己一个有尊严的人生。"

2021 年 12 月到 2022 年 1 月，我拟好离婚协议，正式提出和许言和平分手，提出了离婚的请求。让我没有想到的是许言却无论如何都不想与我离婚，扬言都是父母教他这样对待自己的。许言知道一旦离婚，自己的事业和名声一定受影响；另外，许言心里知道在这几年的婚姻里他对我并不是大家看上去的那样，或许也多有愧疚吧。但是他又做不到给予自己在婚内该有的信任与尊重。此时的自己也实在无心再听他似是而非的理由了。

后来许言看自己离婚的意向很坚定了，于是自己主动提出来要将自己的公司注销，把员工都遣散。这样伤害我的那个员工也就走了，一切矛盾都不存在了。这个提议看似合理，但是细想也是有问题的，因为我心底根本不想让许言这般操作，如果真想对我好也根本不需要如此大费周折。如果许言心里有自己，何必要把公司都注销了呢？只要他坚定地信任自己，员工又有什么理由阻止呢？我是越来越看不懂许言到底在为了什么这么大费周章。

许言为了证明自己想弥补对自己心里的伤害公开表达要真的去注销公司了，只是这个过程全程不许我参与，也不和我说公司任何进展。这样的操作给人的感觉真的很不舒服，真的不知道许言葫芦里卖的什么药，总之给人一种感觉就是：不实在。

后来在 2022 年 7 月我们婚姻冷静期内，许言表面上告诉我成功将公司注销了。但是他整个做法不但没有让我有丝毫的安心，反而总觉得特别不对。

但此时的我已经不想有怨恨，更不想有争执，不想和许言有任何财产纠纷。我猜也能猜到许言在事业和财务方面故意隐瞒着自己，但我没有对许言提出任何过分的要求和赔偿，我只想让自己安安静静地离开，不带一点世俗的纠缠与争辩。我只想感恩许言这四年多来在经济上给予自己的帮助和在家庭生活中主动承担的费用。我终于选择平静地结束近五年的婚姻，但是我争取了孩子的抚养权，接受许言日后分担照顾孩子的抚养费用。许言此时表面上为了弥补内心的亏欠，承诺给予儿子相对自己能力范围内最大诚意的抚养费，好像他能给我的也只有孩子的抚养费了。而我也没有因为许言的公司，要求分割任何财产。我心里知道我要的不是抚养费，我想要一个完整幸福的家，能安安稳稳地走完一生，给予孩子最好的成长土壤，然而这一切已经不可能了。

如果婚姻做不到互相滋养和成就，而是不断地被伤害且没有止境，最终逃不过选择放弃，如果我不是第一次经历婚姻，或者身边有护自己周全的父母长辈，帮自己早做打算，或许我不会一个人这样艰难曲折，思想晚熟，是的，我的确是被催熟的。当我意识到自己因为婚内精神被反复严重折磨到自己撕心裂肺得崩溃到已经无法自抑，甚至会在母亲和孩子好意却不明真相的劝慰自己的时候，更会将自己的不幸波及伤害至他们的时候，我才得以彻底清醒，心里突然之间有个声音告诉我说：如果婚姻给自己带来的不幸与灾难更多，让母亲和孩子也因自己的遭遇生活在痛苦不堪中，问问自己这段婚姻值得吗？是对的吗？这个人真的对自己好吗？这样的日子又是自己心里真正想过的吗？如此这般下去未来我还看得见希望吗？自己会不会彻底地不知不觉地被折磨疯掉呢？是自己不够努力吗？他真正在乎自己的话，会忍心自己经受如此之残忍的痛苦吗？于是当我被折磨至此的时候，我的内心顷刻之间就有了答案与方向，我必须选择放弃，至少为了母亲和儿子的未来。当我放弃这段婚姻的时候没有半点遗憾。2022 年 7 月我们在户籍所在地的民政局，共同提出了离婚申请，从此我开始了一个月的离婚冷静期。8 月初，我们正式办理了离婚手续。

第七十六章 始料未及的秘密

当我彻底放下了那个让自己特别执着的许言，从此我开始积极调整自己的心态。当我发现自己放下了对一个人的执着之后，一切都显得那么美好，回到了自己当初做姑娘的时候的美好与纯净，我只想彻底放弃负面的能量和纠缠。从此我告诉自己除了母亲和儿子，没有其他亲人。我想重新开启自己不被任何人伤害的人生，还是一如既往地照顾着母亲和孩子。慢慢地我深刻体会到，在现在这个时代，女性安心当一名相夫教子的家庭妇女是需要有相当大的福报的，需要遇到德行甚为厚重的家庭，需要夫妻同心，需要稳定的经济基础，需要家庭和睦，需要起码的安心与互相尊重、感恩的心。如果做不到夫妻恩爱同心，没有稳定的经济基础，没有被尊重的家庭环境，心甘情愿地放弃自己的事业与前途，风险极高，很可能大部分都逃不过类似自己的命运。哪个好女人不愿意从一而终，相夫教子，夫唱妇随地过一生？但是在当代，显然是难得一见，可望不可求的福报了。

这也导致了目前社会中出现了大量经济独立的单身女性。因为现在靠得住的厚德载物的，又有智慧的男性越来越少了，随着经济的发展，物质的丰富，思想的贫瘠，现在的年轻人大部分都追求短暂刺激的快餐情感，不负责任也不拒诱惑，即使成家了也不满现状，各种婚外情层出不穷，甚至引以为傲，甚至麻痹自己说不是很多人都这样吗，严重缺少对婚姻的敬畏与由心的尊重，其实更是思想严重轻浮，自我毁灭与践踏的象征。女性内心需要的安全感显然已经不能通过婚姻获得或者得到保障。有着传统文化理念的自己自知一位女性能够安心守家，照顾子女的重要。这也是我自愿牺牲自己照顾家庭的缘由。作为男性应该能够意识到自己端正的价值观给家庭带来的福音与长远利益。不是每个男性朋友都能意识到这个问题，一个家庭的幸福是离不开男性的品德修养及智慧的。

从2021年4月开始，我着手在自己的家乡用自己几年婚姻里的积蓄，开一家国学书店，旨为弘扬中华民族的传统文化。希望自己能够通过开书店弘扬传统文化的时候，也能够获得经济独立，同时义务地免费给大家做心理咨询。我认为人们的苦来自物质层面的并不多，大多是心里的苦，而心里的苦如果久久不能释怀，需要别人适当的点拨，给予及时适当的关心、理解与智慧，才能有清晰的方向。我愿意做一个自利利他之人，希望不同的人们来到自己的书店都能带回家真正的智慧与中华文化的宝藏。遗憾的是自己美好的理想与追求在这期间，也伴随着自己继续经历抗风暴雨般的磨难而夭折，让我想象不到的是后来两年多的时间里，除了他在经济上给自己让外人看起来比较体面的抚养费之外，我的任何一丝善意都成了他可以肆无忌惮被利用和伤害自己的利刃，无情地将锋利的刀刃一次次地捅向我早已不堪重负的心房，没有对我的痛苦不堪的心灵生出半点怜悯，有时候我甚至觉得是不是非要置我于死地，无力起身才好呢？身边的许言和他身边的个别员工也并没有因为一纸离婚证明而彻底地断了对自己身心的伤害，我并没有能够很好地按照自己的初心走过来，身心一边自救一边被无情折磨与践踏，抑郁和情绪的不稳、暴躁，持续折磨了自己前后近 6 年的时间。我很想说，精神上的暴力和折磨真的是婚内看不见的暗处与沼泽，男人利用女人的单纯和对自己傻傻的爱意，竟如此残忍地在别人看不到的地方折磨自己的妻子，外人面前又是无可挑剔的优秀成功人士，把问题的责任全部推给妻子，不知有没有和我类似经历的女士们，而这样的伤害又是最隐蔽，无法定性与维权的一部分，女人到底该如何保护好自己呢？

是的，我们在宣扬美好的同时，是不是也该有自我保护，抵制丑恶的智慧与能力，这部分的黑暗与沼泽是不是才是更需要被女性和全社会关注的焦点。无疑，大部分的女性在婚内都要经历怀孕、生产、带孩子的过程，这个过程伟大也艰辛，值得尊重与呵护，可是反而在像我这样的家庭却饱受煎熬与折磨。

表面弘扬着优秀传统文化，以此赚够了好的人设与尊重还有社会影响，可为什么这么多的福利都换不来一个男人愿意知行合一地经营好家庭，而是自欺欺人、南辕北辙地走下去，是他自己的原因，还是有不为人知的其他原因？这的确是值得思考的人生命题，也是社会问题。

许多人都觉得许言是个好人，性情温和敦厚，工作认真努力，吃苦耐劳，谦谦君子，大部分人看到许言都会生发出对他的好感与信任。能够在复杂的工作环境里坚韧存活数年却把满心满眼都是他的妻子伤得体无完肤。他嘴上说着不希望自己的妻子控制自己，了解自己，对妻子不信任，也许在一定程度上有作为男人需要的尊严和自由，实则又被外面的女孩子强烈地影响和无声地控制着。

许言身边负责财务的青林在诸多不利于自己的舆论旋涡中，并没有选择君子的做法，而是借势选择有意无意间地攻击排挤自己，趁着我们婚姻矛盾的升级，一点一点地靠近许言，两个人的关系也早已超出了正常上下级的关系，青林享受着许言在事业上对她的大部分信任，加之多年来对许言的倾慕，更加危及了自己与许言的家庭稳定。

就在许言和自己决定要去民政局申请离婚的前几日，在我内心的确还有着很多的不解和疑问，总觉得哪里不对，从而也痛苦不堪，抑郁消沉无法振作的时候，许言在我自我折磨几近崩溃的时候，曾说出了一个惊人的真相：这位青林姑娘是在自己出现之前，一位弘扬传统文化的好友给许言介绍的想作为女朋友试着处处，但是不知何故，许言当时没有选择迎娶这位女孩子，没有顺利结婚。但是她却在后来一直留在了许言的公司里上班，青林曾未经许言同意，约许言的父母一起出游，出游过程中对许言的父母呵护备至，于是很快就和许言的父母建立起非常和睦且互相信任欣赏的关系，而许言也把青林这个姑娘一直留在了身边，随着时间的推移，他们的联系肯定越来越多，他心底慢慢生出了超越正常上下级关系的男女之间的无限好感与互相信任，在许言最在意的自己事业面前更是给了青林无比信任，将公司几个重要职位及财务工作都让青林一个人担任，给了她极大的权限，且财务工作多年来许言很少过问，还记得当时我们结婚的时候她并没有会计从业资格证，后来在我孕期后期的时候，听许言说起过她回家乡所在地去考试。而与自己成婚之后，依然把这份独有的宝贵信任继续留给了这个女孩子，至此我才更加明白，原来这才是后来备受煎熬和折磨的另一个让人惊讶的真相。是啊，太可怕了，对我来说无疑噩梦一般的五六年，却始终无法给自己一个心安理得的交代。只是我不明白，既然不爱我，为什么还要表面做很多让我误解他对自己有感情的事情呢？为什么不放过我主动和我离婚呢？而是选择让自己无休止地折磨自己呢？

对于妻子之外的女人超越妻子的信任与无底线的偏袒，几年下来早已慢慢地击溃了自己内心对于婚姻坚守的意志，于是家庭便一步步走向解体。同时许言的父母给他要提防妻子的叮嘱也是对家庭长远稳固非常不利的。当他死死地保护住那个叫青林的女孩子，实际也是在感情和事业中对她的依赖与本能的偏袒吧，他又觉得如果得罪了人家，会让事业遭受严重的打击，而这样的思路是对的吗？这又是一个传统文化工作者该有的价值观吗？他说不想让媳妇控制自己，也许他坚持的就是他想坚持的。内心的样子谁又能猜得那么准呢？而我又何时控制过他呢？许言完全把自己的一片真心与好意，辜负得一塌糊涂。

这些年学习传统文化的人很多，通过学习传统文化受益的人也越来越多，也有不少怀有大理想的人。可是我认为：不管我们有多么崇高的理想，多么伟大的事业，对于一个三观正确的人来讲，心灵列车出发的地方都应该是家庭。家庭照顾好了，事业才能走得踏踏实实、稳稳当当。

在家庭内经历了不公也无条件妥协是源于自己对家庭的责任感和绝对的忠诚与厚重，还有对内心深处理想与信念的坚守与践行。我原本希望许言看到，我为了家庭的幸福和长久，能够突破底线地接纳他、等待他。我想传递给许言，我一直记得自己对家庭的承诺，并且在用实际行动和心血，努力兑现自己的诺言。

心灵上的伤口，周围的人好像没人看得见，也不愿看见。但长时间沉重的压力与内心的委屈与抑郁，的确可以摧毁一个正常女人的生命状态。如果婚姻内没有被尊重和信任，这样的婚姻根本不可能幸福、长久。夫妻间本该有基本的尊重、信任和坦诚。即使我们平时交朋友也是需要基本的真诚和信任的，更何况是朝夕相处的夫妻呢？

一念也许就是一劫。我终于有勇气收回了这一念，想结束这一劫。通过我的故事，希望更多的家庭能引以为戒。有话说，“家和万事兴”，这里的“和”不是表面的“和”以及表面的风平浪静，而是心里的“和”。婚姻里是需要互相尊重、信任和爱的，没有这些，也就不可能幸福。

仁至义尽，问心无愧之后，我依然决定选择远离故意伤害与不尊重自己的那个人，选择尊重自己的灵魂与尊严。即使全世界的人戴着有色眼镜看自己，自己也要尊重自己的灵魂，保护自己的尊严，不想压抑委屈自己的灵魂一辈子。

是的，不管他们好不好，出于何种立场，是自己在和他们相处的时候自己真的很不好。

或者双方的经历与灵魂本就不在一个维度。抑郁症在善良的人这里很容易患上，只要有意无意攻击算计他们善良脆弱的内心就够了，善良的人不知道自私的人到底有多自私，而心地不好的人也不知道善良的人到底有多善良。

当我看清楚自己短时间内无力化解内心的种种心结时，自己的生命又已经脆弱不堪，只能勇敢地离开那段让自己生命与灵魂日益萎缩的人与环境，找回原来的自己，自由自在、与世无争，少些纠缠。

离婚后，我的精力都回到了孩子与母亲身上。我本以为日子就这样温馨而简单地过下去了。

是的，我的确想用自己的余生做一些力所能及、利己又能利他的、有意义的事，而不是在家庭的旋涡与沼泽中无力挣扎一辈子。年轻的时候由于没有接触过传统文化，自己现在很珍惜余生的时间，准备好好学习国学文化，找回自己本该有的样子，做自己人生的主人，做好儿子的母亲。我想，这一生就很幸福了。

第七十七章 原来我并没有这么好

父亲去世以后，摆在我面前的是母亲的赡养问题。其实很多人劝我，本可以将母亲一个人留在老家，找一个耐心的阿姨照顾，但是母亲执意不愿意独自一个人留在老家，很想跟着我一起回北京。当时我还没有离婚，我的内心当然也很想将母亲留在身边照顾，唯一担心的是母亲患有的精神分裂症，不知道如果将母亲接到北京，未来的日子会面临什么。但是自己心里的声音告诉自己，学习践行传统文化，自己一定要从孝道开始，在难行处前行，难忍处忍让。

过日子不是过家家，也不是拍电影，是真实地负责与日复一日地承载、接纳、爱、呵护，有时候也会莫名地痛苦不堪。在我婚姻受挫的几年里，莫名其妙的心里总是没有力量更是看不到光明一样，同时情绪的稳定成了我最奢侈的目标。我只觉得不管自己受多大的委屈，也要承担起对母亲的赡养责任。很多人劝我说，可以将母亲送到养老院，这样我可以轻松一些。而我确实经过反复打听，想找到一家放心的服务好的养老院谈何容易？况且母亲的情况和常人不同，养老院未必能接受。我的确也害怕母亲在养老院会受委屈，后来我硬是在日复一日的挑战中锻炼自己坚韧的品质。虽说不是完美，有瑕疵，但还是愿意尽最大的心力呵护着母亲与孩子还有这个家，只求对至亲的人负责，也求得心安。

说起赡养母亲，整个过程对我来讲，也是一种自我修行。刚开始将母亲接到身边的时候，虽然内心知道这样安排能让自己最心安，大的方向是对的，但是在面对母亲每天和常人不同的观念以及行为习惯的时候，是让母亲融入进我们的新家，还是我们的新家要完全适应母亲呢？当时，我用心征求过许言的意见，因为此时出于对伴侣的尊重，我选择尊重他的感受与建议。他当时表态坚决，同意支持我的做法，当时我的确忽略了以往他对自己的各种不公，感恩许言对我母亲的接纳，慢慢我才知道他并不是真的接纳，后来我也理解，毕竟母亲和常人不同，接纳起来谈何容易。即使表面接纳，也让自己感恩了好一阵子。

母亲不会自己穿衣服，每次出门都需要自己里里外外给母亲梳洗打扮一番。母亲不会用城里的马桶，不会冲厕所，需要我和家人一遍一遍地耐心地教母亲使用马桶。任凭我和许言怎么教，开始那段时间母亲都不太会。也许城市里的生活习惯还是和农村老家的差距有些大，母亲大便干燥、硬，经常不易冲下去，需要单独给母亲处理不能被正常冲下去的大便，记不清多少次了。

母亲发病时的自言自语，还有紧黏着自己的习惯，现在依旧这样，哪怕只是洗个热水澡，或者上厕所，母亲也要跟着自己。不开心的时候母亲会反复开关门，一直不停。平日我们说话也要极为小心，生怕哪句话的意思让母亲理解错了，需要花大力气解释，不然妈妈闹情绪的时间会很长。

自己每天要有极大的耐心去应对。当遇到常人无法理解的委屈时，我也在问自己，未来如果都是这样的日子，自己能接得住吗？

记得父亲刚刚去世时，经过几个月的奔波与操劳，回到北京，我辞去了当时的阿姨，想给家里省些钱，于是一个人承担起了照顾孩子和母亲的责任。有时候，我趁孩子熟睡的时候，想去买菜，而这时候母亲便要求和自己一起去楼下买菜，我用心劝母亲在家帮忙看着孩子睡觉，自己去买菜一会儿就回来，菜店离家很近，就在楼下，即使如此，母亲也不能听懂自己的心意，硬要跟着自己一起下去。母亲刚来北京的时候是冬天，如果母亲与自己一起下楼买菜的话，就没人看孩子了，无奈且难过的自己只得叫醒宝宝，穿好衣服，再给母亲穿好衣服，梳好头发，一起下楼……

2020年8月下旬，因为分居的原因，我一个人带着孩子和母亲，搬回了自己的家乡。实在撑不住的时候，偶尔请阿姨帮忙。母亲从原来对城市生活的诸多不适应，慢慢地随着岁月流逝，变成了我们三个人相依为命，好像谁也离不开谁。

在这个过程里，也是自己人生当中最难忘的几年。四年多下来，母亲竟然奇迹般变得越来越好了，会主动自己洗澡了，会自己梳头发，会主动帮我分担家务了，她偶尔会主动地帮我扫地、拖地。儿子也随着岁月的变迁慢慢长大，越来越懂事了。儿子特别爱姥姥，从小知道体谅自己的不容易。面对和常人不一样的姥姥，儿子竟能接纳并友好相处。遇到有什么好吃的，会先想着孝敬姥姥，只是姥姥有时候不会照顾孩子，强迫症犯的时候会把宝宝弄哭，姥姥现在已经慢慢可以了。

儿子每每看到姥姥洗脚的时候，就会主动上前给姥姥洗脚。有时候姥姥用自己习惯性的观念，拒绝孩子给自己洗脚，把儿子推到一边。几次推搡以后，儿子委屈地哭了。见此情景，我会告诉儿子：“有时候我们满怀好意地做一件事情的时候，未必能得到预期的回应，我们也不要后悔自己善意的选择。姥姥有时候不理解你，不要有委屈。妈妈小时候也是这样过来的。男子汉要受得了委屈，吃得了苦。”接着我再做姥姥的工作，告诉她孩子给她洗脚是为了表达爱意和孝敬，还请母亲能欢喜接纳，也是儿孙在积福。

当初，决定让孩子和母亲一起生活，也是经过一番考虑的。因为母亲的特殊情况，很难融入养老院的环境，而且母亲不会诉说，即使在外面受了委屈，家人也不知道。后来我决心让自己的儿子从小习惯和自己的母亲相处。让他从小跟妈妈一起接纳姥姥，爱姥姥。如果他能很好地接纳姥姥，那么未来他能和大部分人很好相处。

只是决心好下，路难行。

在承担起赡养母亲的过程里，自己开始也有很多的不适应。在普通人家里再平常不过的一件小事，在自己的家里都要经历很多波澜才可以。自己大学毕业后的这么多年，习惯了自己有规律地生活和工作，已经很多年没有和母亲朝夕相处日日相伴过了。现在共同生活，意味着把自己强行拉回了小时候的生活，的确需要很大很大的勇气。

有一段时间处境有些难，流泪、痛苦，偶尔也会歇斯底里发泄情绪，真的不知道该怎样调节自己在三种角色之间的平衡：作为年轻人要继续奋斗，作为妈妈要照顾好还不能照顾自己的儿子，作为女儿要赡养好母亲。再多的眼泪和负面情绪都解决不了问题，我慢慢知道，一定是自己的智慧不够。我不止一次地哭过，一个人默默地流泪。我必须找到最究竟的智慧，好让自己和孩子的姥姥以及孩子都能轻松、开心、坦荡、幸福地过完这一生。

在传统文化的世界里，再多的义理和诸多美好的品德都比不上

"孝"的品德。孝道是中华文化的根本。《孝经》中开篇便提到："夫孝，德之本也，教之所由生也。"这句经文字面的意思理解起来很容易，当我们真正想身心合一地做到，需要在心上下功夫。

此时，内心深处的瓶颈和障碍，到底来自哪里呢？2022年下半年，我很幸运参加了一所传统文化学校举办的课程。后来在学习的过程中才意识到，虽然自己有颗孝心，但是我内心始终想改变母亲，让母亲适应自己的新家，而不是用爱的能量滋养母女的关系和母亲的心。通过学习，知道了这个世间唯有"爱"是最高维度的能量，"爱"出者"爱"返，"爱"能化解很多问题。同时要放下自我，当自己真正有利他心出现的时候，不管顺逆境都把它当成养分滋养自己的心的时候，才能很好感受生命的美好和意义。

学习结束后，回到家里的当天晚上，我做了一个梦。梦到母亲因为达不到自己心里的要求而被自己严厉责备，母亲在自己的家里活得小心翼翼很可怜的样子……梦醒过来，我哭了。自己一直想做个孝子，其实也只是做了个样子。即使学习并践行传统文化，觉得自己与过往有很大的改变，可是自己的心还是没有真正领悟到最真诚的"孝道"。和其他很多榜样相比，依然还是只停留在了做表面的功夫。只是自己以为自己很孝顺而已，还没有真正放下过于自我的心态。没有用真爱滋养家人的心灵，才会有了自己诸多痛苦的出现。即使真心付出了很多，也并没有真正做到用爱心和孝心滋养母亲的灵魂，而是肤浅地"养活"，要母亲听话才可以。

当我认识到这点以后，我立刻起床便去母亲那屋，抱着母亲大哭，跟母亲道歉。我跟母亲说："妈妈，我真的错了，大错特错了！也许在常人看来，我比一些年轻人孝顺多了，直到做了这个梦才知道自己哪里是什么孝顺啊？”后来我越发意识到知识和技能能让年轻人拥有不错的生活，但是智慧才能让年轻人真正把握自己的人生方向和命运轨迹。

从那天开始，我发自内心全然接纳母亲，用心爱母亲，心疼母亲，尊重母亲。没想到的是，自己内心深处的改变，换来的也是母亲发自内心的笑容。母亲并不是不想好好和我们相处，而是的确在日常很多生活细节上需要极大的包容母亲。

随着自己改变以后，我发现和母亲和谐相处容易很多了，可以发自内心地爱母亲，耐心地和她讲话，不用吵架，自己也不用哭了。母亲也越来越好了，母亲学会了自己穿搭衣服，甚至能够主动做一些简单的家务，可以擦擦桌子，扫地、墩地等，这在以往是很难想象的。

当自己真正放下过于自我的心态，平和友爱地和母亲相处，用心站在她的立场上呵护她的时候，才发现了母亲的可爱和善解人意。不是母亲不够好，是我们的心离真正的对方太远了。我很感恩自己的母亲，在赡养母亲的过程里，我也不断地看到自己心灵的问题。认识到，当我们真正用心修正自己的时候，才发现境随心转的真正含义。当我们用积极正面的心态思考问题的时候，我们的世界也会变得更幸福更美好。

同时，我也曾数次向许言提及公婆养老的问题，支持先生挣到钱后，尽快安顿好父母的养老问题，尽到自己为人子女的孝心。

是啊，在如今这个物质层面极大丰富的时代，社会经济正在飞速发展，有一些年轻人会觉得赡养老人是负担，甚至找了太多貌似合理的借口，说不能耽误自己人生发展的步伐。老人活得越来越小心翼翼，不敢惹儿女生气，生怕自己躺在床上的时候没人管。有时候我也会思考这个问题，在我们儿时，父母有没有因为只考虑他们的发展和生活，而抛弃不能自理的我们呢？

2023年2月下旬，山东军旅国学的负责人之一，也是家乡的一位学姐，听到我初中的班主任谈起了自己的故事，很感动，专门联系到我。和自己简单寒暄之后，她真诚地邀请我去她们的学校，将自己孝敬母亲的故事给同学们讲讲。

我考虑到，如果自己的故事，能够帮助到更多的人，还是很有意义的，于是就答应了。自己带着自己的母亲和孩子，自驾开车去了山东，参加此次活动。当自己站在学校的讲台上，第一次公开讲述自己的故事时，不由得感恩经历过的一切事，感恩生命中遇到过的每个人！是的，我很爱自己的父母，总是自查自纠，看看自己哪里做得还不够。我感恩自己所有的经历，好的、不好的，都感恩，如此才能让自己此刻战战兢兢地站在讲台上向同学和老师们分享。这次分享很圆满，大家也很受触动。

截至2024年底，转眼四年多过去了，这四年里不全是感人的瞬间，也有诸多崩溃的遗憾，但是母亲在我与孩子的陪伴中，病情整体越来越好，越来越稳定。2022年我在学习《孝经》的时候看到第一章的内容，瞬间红了双眼：《开宗明义章》“仲尼居，曾子侍。子曰:‘先王有至德要道,以顺天下,民用和睦,上下无怨。汝知之乎？’曾子避席曰：‘参不敏，何足以知之？’子曰：‘夫孝，德之本也，教之所由生也。复坐，吾语汝。身体发肤，受之父母，不敢毁伤，孝之始也。立身行道，扬名于后世，以显父母，孝之终也。夫孝，始于事亲，中于事君，终于立身。’《大雅》云：‘无念尔祖，聿修厥德。’”

原来真的是：读尽天下书，无非一“孝”字啊！

我终于明白在诸多品德中，孝道与付出的意义。中华优秀传统文化中蕴含的宝贵智慧才是改变命运的密码与钥匙。有了智慧并不是不会遇到挫折与挑战，该我们面对的还是要面对，只是我们换了一种更加慈悲、平和与智慧的心态，情绪不会随着事情转。于是在长期稳定、自如的心态下，命运也会悄然间变得越来越好，改变命运的核心是：用圣贤的教诲修正自己的心念，学会付出与利他，光大自己的生命。我们慢慢让智慧光明了我们的胸膛，俯仰无愧，坦然自若地继续接下来的人生。

第七十八章 古代圣贤的榜样

舜，传说中的远古帝王，五帝之一，姓姚，名重华，号有虞氏，史称虞舜。相传他的父亲瞽叟及继母、异母兄弟象，多次想害死他：让舜修补谷仓仓顶时，从谷仓下纵火，舜手持两个斗笠跳下逃脱；让舜掘井时，瞽叟与象却下土填井，舜掘地道逃脱。事后舜毫不嫉恨，仍对父亲恭顺，对弟弟慈爱。他的孝行感动了天帝。舜在历山耕种，大象替他耕地，鸟代他锄草。帝尧听说舜非常孝顺，有处理政事的才干，把两个女儿娥皇和女英嫁给他；经过多年观察和考验，选定舜做他的继承人。舜登天子位后，去看望父亲，仍然恭恭敬敬，并封弟弟象为诸侯。后人有诗赞曰：队队春耕象，纷纷耘草禽。嗣尧登宝位，孝感动天心。

和我们的祖先舜比起来，我们都是汗颜的。现在很多年轻人说，父母对我好，老了我就孝顺他们；对我不好就不孝顺，不赡养。很多类似的论调，在自媒体上纷纷涌现，可是我们中华优秀传统文化和古圣先贤告诉我们的是，即使父母对我们不好，也要无条件地孝敬父母。《弟子规》有言："亲爱我，孝何难？亲憎我，孝方贤。"这也是中华民族的传统美德，我们在心之路上还有太远的路要走。

六祖惠能大师曾在《坛经》中的修行颂中写道："若真修道人，不见世间过；若见世间非，自非却是左；他非我无罪，我非自有罪。"

舜的厚德之所以千古流传，是因为他即使在家中受尽种种委屈和被陷害，他还是处处只想自己哪里做得还不够，从不关注别人对错。中国古代的二十四孝故事，舜的故事排在首位，其他的故事也无一不是感人至深，无一不是在告诉我们中华文化的根是孝的文化，其实也是感恩、慈悲与爱的文化。父母再不好，也是在我们一生中对我们最无私最爱我们最希望我们好的人了。难道对他们，我们不该以“孝”报答他们吗？

当父母老了，人到暮年才是人生最需要温暖和爱的时候，我们能否因为血缘和养育之恩，暂时放下自己的一些发展和利益呢？况且很多父母都极力为自己的儿女考虑，提前把自己的养老安排得明明白白，儿女只要心里有他们，爱他们，他们便心满意足，别无他求。

这也是摆在年轻人面前很值得思考的一些问题，父母真正需要我们照顾的时间并不长，毕竟我们大了，他们老了，况且还有很多父母即使老了，还在为家庭和儿女继续创造价值，像我的母亲这样每天需要儿女守在身边的老人毕竟是少数。

现在社会发展步伐越来越快，很多年轻人不敢掉队，但是真的为了家人适度放下自己的前途和理想时，我觉得自己不后悔。在照顾家的同时，自己还能力所能及地做一些自媒体的工作，传播正能量，弘扬传统文化。平日也做点小生意，我目前会做些手工植物口红，虽然收入微薄，但是勉强能够维持家庭生活所需。我平日还能开导一些正处在身心困惑的朋友们的心灵，比金钱更让我觉得值得的是心安，人只有活得心安，才能真正踏实。哪怕走得慢点，挣得少点，内心是富足喜悦的，家人身心是健康快乐的，这也才是我们中国人真正向往的天伦之乐和家和万事兴吧。家是讲爱和情义的地方，不是计较你我的地方，也不是培养精致利己主义者的地方。

值得庆幸的是，在当代还有很多好的榜样家庭。只要我们细心发现，就在我们普通百姓中间还是有很多正能量，很多家庭的儿孙对老人很孝顺，父母安享晚年，一家人其乐融融。这都是我们学习的榜样。

我们作为子女，未来赚钱发展自己的时日很多，但是陪伴父母的日子真的少得可怜，或者当我们真正做到感恩孝顺父母的时候，也未必真的耽误我们自己的前途。我们可否舍出一些时间和精力，回望和温暖一下已到暮年，快要离开这个世界的父母。这个世界上最爱我们的人是父母，我们为什么狠心对最爱我们的人最冷漠呢?

我们每个人都知道“自强不息，厚德载物”的道理，然而我们中国人大部分都很勤劳，都愿意得到丰厚的“物”（名、利、财富等），却唯独在“厚德”处，不愿意做这方面的播种与努力，福田往往在厚德之处。古语有言“阳善享世名，阴德天报之”。我记得小时候，村里有个算命先生，有时候会来家里串门，和父亲聊聊天，等算命先生走后我会问，“爸爸，我的命运以后会好吗？”父亲总是告诉我说：“但行好事，莫问前程。你只管心地善良，其他的不会错的。”

第七十九章 复婚的路上

就在自己放下与许言的姻缘之后，安下心来好好照顾母亲和儿子，在这时候，内心的光明和自由也在自己的内心里慢慢多了起来。我一面承担起照顾老小的责任，同时没有忘记继续学习并弘扬传统文化。许言和自己离婚之际，他深知自己很多事情是对不起自己的前妻的，看着前妻一个人承担起了所有家务，自己的修习也在不断进步，难免心生愧意，同时也从丈夫的角度体会自己身上种种优秀的品质，于是他在离婚协议中主动承诺不降低妻子和儿子的生活水平，每月会按协议履行自己负责抚养费的职责。

然而许言在离婚后，看到我一天一天的变化，他越发地觉得自己的心里割舍不下这么好的妻子，他每天还是保持着和自己的联络，只是我在离婚后坦言想追求一段新的感情生活，只是和对方见过两三面，因为现实条件的不合适就分开了。当时自己与新的恋人短暂的交往便知，对方当时的处境和身心状态也不太适合把心思都放在感情和家庭上。于是自己也不想为难对方，便主动放手了，继续安心照顾着自己的儿子和母亲。

许言知道自己在不断地学习传统文化，并定期录制一些节目，弘扬中华文化。他越来越发现自己怎么也割舍不下内心对自己的想念更有不断涌上心头的愧意，所以不管自己离婚后经历了什么，他依然还是没有放弃跟我联系。慢慢地，两个人的关系好像比在婚内更加和睦了一些。只是两个人都刻意地避免谈及财产和信任等问题，我也用自己的大度和修行包容着许言过往他对我的伤害与不公。

2022 年很快地就过完了，马上要迎来 2023 年的新春。是我离婚后第一次一个人带着儿子和母亲三个人简单又幸福地过了一个春节。我尽最大努力把老人和孩子照顾得很好。然而许言也只能回自己的老家。许言似乎没有理由再回到我和儿子身边继续陪伴我们过春节了。这个春节可能许言内心的波澜也是很大，或许是感受到了妻离子散的痛吧。但是许言的家人却因为许言家庭的解体如释重负。在公公婆婆的眼里，这段婚姻让自己的儿子太痛苦了，都是儿媳妇不知足，天天没完没了地和许言吵架，让父母十分担心，离婚以后总算不会再担心这些问题了。

随着时间的推移，虽然许言有着对自己的放不下，我依然能够感觉到许言在很多事情上还是放不下原来的执念，内心对自己的提防和排斥依然还在。许言对自己的感情依然维持在和没离婚的时候差不多，只要没有特殊安排还是不断地联系自己。我也能从内心深处知道，许言也许也没有能够完全放下自己。许言大部分时间还是每周周末回到我们的住处固定和儿子与我见面，仿佛离婚后的生活和离婚前分居时没有两样，只是离婚后，好像更加珍惜一家三口在一起的时间了。

随着两个人离婚后感情的升温，和对孩子的爱，我们都想奔着复婚而努力，2023 年大半年两个人的生活都没有彻底分开，维持着离婚前的分居生活的状态。只是一提到信任和财富等问题的时候许言还是原来的坚持和执念。这也让自认已经有些智慧的我深感失意和困惑。虽然知道不少修行的义理，自己也在坚持知行合一，但是为什么在许言这里自己一直就是无法突破呢？即使自己继续包容下去，可是这个家庭不在正确的轨道上，迟早要出问题啊。当初坚持和许言离婚，一方面是想通过离婚让许言认识到自己价值观的问题，另一方面也是不想再过没有尊重与信任的生活了。现实情况是许言一方面根本放不下自己，但是对于婚内最敏感的原则问题又不愿意解决。这也让自己陷入了复婚路上的困惑。看着表面上温文尔雅、知书达理、对自己软言慰语、呵护备至的许言，我怎么也想不通为什么自己就是走不进许言的心里？两个人自从认识，至今近 7 年的时间好像从来没有心贴心地一起携手做过任何一件事情。我们都是从事传统文化工作的，家里竟然是这样的真实状态，想来让人唏嘘，也是自认为最失败的地方。无论自己如何妥协、让步、包容、大度，好像都无法撼动许言内心给自己早已预设好的防线。这也是让自己每每想起来就很不开心的事情。

许言和自己离婚后，在事业上继续自己的努力。许言给我的印象就是自己原来的公司注销了，员工也都解散了，自己已经一无所有。但是他在工作的十几年里，有了自己独特的文化资源，他开始与自己的好友合作拍摄电影，想求发展，只是这件事，许言好像总是刻意规避自己，同婚内一样，只要是他特别在意的事业全部规避自己。为了收集电影资料，许言给我说他要安排与两位朋友每周末都去采访。只是那段时间，每周几乎都有一天，许言的手机都是联系不上的。打电话关机，微信不回。至于是否真的去采访了，我也不得而知。只是在与他相处的过程里也会很不舒服，总觉得许言这个人为什么对自己总保留着一面让我看不透呢？

后来自己也心平气和地问起许言这个问题，许言的回答无非又是对自己的不珍惜也不尊重，他说自己的好朋友知道了和我的婚姻情况后，普遍认为我这个媳妇特别凶，像个老虎一样想吃了自己的感觉，所以对方特别建议许言远离我，千万要远离这样的女孩子，不然的话一定会影响自己的事业。所以对方夫妇打心里对我很排斥，他们筹备的新项目也不想让自己加入。记得这些话一说出口，还是有些招架不住。我心里知道，这对夫妇自己曾经也见过，他们知道自己在婚内的委屈，怎么还会这样说自己呢？教自己的丈夫如此对待自己！我本来以为丈夫通过离婚，注销原来的公司，能够有一天醒来把妻子自己放在心里，把家庭和立足于家庭的一份事业与自己一起经营起来，让自己可以安心地和许言在一起过后半生的日子了，没想到等来的结果和婚内差不多，甚至更加不可思议。

为什么自己到了许言这里怎么也看不到内心期待的圆满结局呢？到底又该怎么选择自己未来的人生路呢？我当然希望不管自己受多大委屈，最后能够等来许言的表里如一，将家庭能够圆满地经营下去，才是一个真正信仰传统文化家庭该走的正路啊，即使不学传统文化，普通家庭又何尝不是如此呢？我怎么也想不通这些悲剧的背后到底有什么看不到的原因在干扰着这个原本可以很幸福的家庭啊？说起这里，自己心里依然对未来这三口人有着希望，也依旧有着说不出的焦虑和不安。

2023 年 7 月 31 日和 8 月 1 日，我的家乡发生了特大洪水，这场洪水震惊了全国乃至世界，市内路段最深水位五六米高，家乡除了市区受灾以外，全市 400 多个村落超过 200 个村落受灾。受灾程度不尽相同，百姓损失惨重。有的村落水位近一房高，有的地方洪水超过房子。这场水灾也让我亲身经历了很多。我和母亲居住的小区在市区偏北部，虽然位于重灾区，但是由于我们住在居民楼8层，幸运地躲过了这次水灾。7月31日后半夜，水位已经开始越过小区西边的村落，蔓延至小区内，小区西边的村落地势要比我们小区低一米多，8月1日下午，小区内水位深的地方已经近一人高了，我看到自家楼后一个小伙子搬运水桶的情景，只剩脖颈以上的头部。回忆发大水前的半个月，我们家人身上都起大疙瘩，当时我们都不知道是何原因。7月31日下午已经意识到家乡的天气不对，也有发大水的预感。但是家人和自己一直没有接到任何关于水灾的通知，后来听邻居提起，小区里可能提前通知下大暴雨，但是谁也不会料到发如此大的洪水，家乡这里多年来风调雨顺，没有过大灾大难，老人们有的活到90多岁了也没有经历过这么大的水灾，所以大部分人都没有想到会这么严重。我们没有接到任何关于让小区居民撤离的通知。但是强烈的不祥感支使着自己坐立不安，眼看着小区门口的拒马河水位不断上涨，已经涨到快到桥面了，我试图带上重要的生活用品，带上老小想要逃离自己住的地方。可我开车在小区附近转了好几圈都没有找到更加安全的地方，当时的自己也无法知道哪里相对安全一些。自己对于地势并不熟悉，心想如果大水真的来了，如果水位低还好，水位高的话，去哪里是安全的呢？或许楼里还是比较安全的，想来想去，我又开着车带着一家老小回到了家里。哪料8月1日下午的时候，小区里的水位已经高到不能随意行走了。深的地方近人高，水浅的地方也要过了臀部了。显然这个时候小区里的区民已经不能出去了，每栋楼的地下室都已经灌满了洪水。那天晚上一夜没电。不知道洪水是在涨还是在落。但是如河水般哗哗的流水声在那个夜晚一直让我睡不安稳。只想能够赶紧被救出去，那种心情可想而知。整个小区都是黑压压一片，除了个别的手电筒和手机的亮光再没有光亮了。那个夜晚我和家人过得很漫长。从 8 月 1 日下午我们开始打求救电话，但是因为没有信号，不管怎么打电话发微信都很难与外界取得有效联系，任何照片和视频都无法发出去。我的手机是中国移动的，后来我只能用微弱的手机信号发出短信和外面的亲人取得联系。我一直没有放弃打救援电话，一直打到后半夜 12 点多，也就是 8 月 2 日的凌晨，才有幸打通了救援队的电话。知道外边救援队到了，救援队说当时的水位太高，我们小区被水包围了，又是晚上不敢来营救。可以说我和家人一夜未眠，我们点着家里仅剩的一根蜡烛，围坐在蜡烛旁边，一直祈祷着一切平安。

8 月 2 日早晨不到 7 点，我迫不及待地下楼想看看真实的情况，发现水位下降了，心里高兴极了。于是我们简单地准备了早饭。吃完早饭，收拾好一家老小的行李，我想办法积极自救，带着孩子和老人积极想办法逃离水患，看看能否被救援。后来收到救援队的信息说，我所在的小区这边还不是最严重的，还有很多百姓在家里的房顶上站着等待救援的，情况都很危险，告知“你们这没事，先等等”。后来我很幸运遇到了曾经在家乡市重点小学的两位校长，随救援人员一起前来小区附近救援。我当时也带着自己的孩子和母亲在小区前的 107 国道上等待救援，由于自己在这所小学工作过，所以其中一位校长一眼便认出了我们一家，于是我们一家很幸运地没等太久就被救出来了。后来坐皮划艇往外走的时候，我才发现往我曾工作过的学校方向走，发现这一路的水深得可怕，只能看到两旁的树冠，还有漂浮在水面上的已经没有玻璃的破汽车和冲得东倒西歪的大卡车。我当时被吓坏了，彻底被吓坏了，吓哭了。我不敢想象自己的家乡到底经历了什么，不知道有多少农村将因此遭灾，有多少人员伤亡和遭受财产损失。自己控制不住地泪如雨下，自己的家乡一夜之间竟已面目全非，恍如隔世。很多门脸房全部冲毁了，加油站全部瘫痪，整个城市有手机信号的地方不多了，没电的地方很多。后来我得知超过 200 个村子遭受此次特大洪水。我家里没有因为水灾遭受任何财产上的损失，已经是不幸中的万幸。每每提起来，其实自己居住的地方和自己的书店都在重灾区，却因种种巧合躲过了一劫。幸运的是自己和母亲及儿子被救出来的当天晚上，我们暂时被安置在小学的临时安置点，许言也在 8 月 2 日晚上大水退去一些以后，将我们母子三个人从家乡接回了北京，临时租了一间宾馆住下了。

只是许言并没有多陪伴，8 月 3 日中午便匆匆去外地出差了，其实我内心想和许言一起商量，两个人能否一起为身处水灾的百姓们做些什么？还没来得及和许言表达此意，许言便跟我说："自己有很重要的活动要参加，不能多陪你们了。"其实我刚刚带着一家老小从大水里逃出来，内心是很需要许言的陪伴的，但是许言不可能放弃外面要参加的活动，将我们老小放下就走了。我在北京简单休息了两日，内心很担心家乡的水灾情况。我知道这个时候很多百姓需要帮助，物资当时也比较紧张，于是我决定一个人带着孩子和老人一起回老家，为临时被救出来的百姓送去及时的爱心，顺便看看水灾目前真实的情况。8 月 4 日凌晨我怎么也做不到安心休息了。于是我叫醒自己的母亲，抱上自己的孩子，还有临时帮忙的阿姨，一起租了一辆车回到了自己的家乡，开始了以自家为主的爱心公益之路。看着被特大洪水冲击后满目疮痍的家乡，随处可见的被冲毁的各种车型的车辆，甚至大型卡车都被冲得仰翻在地，闻着开始传来的阵阵腐臭的气味儿、被洪水夺走生命的牲畜尸体、到处可见的洪水垃圾……顿时我的心如刀割不忍直视。此后半个月左右的时间里我都在来回奔波为乡亲们送爱心的公益之路上，儿子也见证并参与了进来。我们三个人每天都奔波在帮助正在需要帮助的人们的路上，力所能及地为临时安置点的百姓们送蔬菜、馒头、牛奶、消毒产品、面包、煎饼、口罩、面条……有的灾民，家里被冲得一无所有，经济情况特别紧张。我也尽自己最大的努力给予其经济上的援助。我们每天很辛苦，后来我给受灾百姓收集衣服，很多农村家庭中的衣服都被洪水冲了，被洪水冲过的衣服洗不出来，我这一忙就是两三周过去了。不管在哪里，只要我们三个人在一起很安心也很踏实。虽然力量很微薄，尽到自己的心力就好。朋友圈的很多熟知自己的朋友，看到自己的爱心行动也都纷纷发来红包助力自己的爱心行动，此时我内心真的太感动了！我更加坚定了信心：自己走的路、做的事情是对的。而我也把当月许言给我的生活费全部拿出来做了公益。

许言自知自己的好，时间很快到了9月底，他依然不愿意放弃与我的关系。就在水灾过后不久，他好心给我推荐了一份很好的工作，这份工作也是弘扬孝道的，我很喜欢。自己很努力也很珍惜这份工作，虽然自己已经很久没有工作了，但是我不想辜负单位领导对自己的信任，工作特别努力。领导对自己的印象也很好，于是很愿意将自己的社保转到新的公司这里来。也正是因为这次的新工作，终于揭开了困扰自己多年的婚姻问题的神秘面纱，就在自己快要过了新工作的试用期，单位的会计告诉我说：“兰喜的社保都没有问题，就是你的公积金上不了。你得赶紧查查是怎么回事？这是你自己的切身利益。”当我听到这些话，瞬间想起自己的社保和公积金不是一直在许言原来的公司缴纳？其间许言多次向自己表达，自己的五险一金已经安稳地连续在北京上了多少年了，我或许是太信任他了，自己竟然从来都没有查询过自己的五险一金是否真如他所说这般，我觉得家里的开支大部分都是他负责，这点小事还能有什么问题呢？我的确把更多的心思放在家里了，而我也问过许言，自己的社保公积金没有问题吧？”许言说：“没问题。”因为许言在公司和财务诸般事情上一直隐瞒着自己，不许自己去公司，所以从来没有员工具体跟自己直接面对面地沟通核对过自己公积金和社保的问题，直到最近我的社保转到新的公司，我在财务的提醒下发现了自己公积金的问题，后来自己在网上一查才得知从 2015 年至今，自己的公积金一直没缴纳，我当时的心情可想而知。

想到 2022 年我们两个人离婚之前，矛盾的集中点几乎最后都落在许言在事业上对于青林的信任和对她无理由的袒护完全超过了自己。后来他向自己表达为了弥补对自己的亏欠，要注销公司，不经营了。为了减少或者弥补对自己长期不信任的伤害，把员工解散掉也就不涉及信不信谁，或者更信任谁的问题了，这是他自己的主观想法。可是令我很长时间不解的是许言在注销公司的整个过程里全程不许我参与并知晓内情。其间，许言联系到了他老家一位远房亲戚，当时在北京工作，请他去审核公司的财务情况，看有没有问题，然后全程帮许言注销公司。然而那个时期，我还幻想着自己先生的公司注销了会有很多的库存和产品渠道，他会不会将自己的库存的产品和渠道介绍给自己，借此愿意回归家庭，和自己一起经营一个新的事业，让家庭重归于好呢？结果后来我又等了他一年多，又被现实中的许言打一个新耳光。我终究是什么都没有看到，更是什么都没有得到，几年以后回忆他当时的做法，更像是为了故意拖延时间表面上稳住自己，最后他给我的结果就是我把公司所有的东西都转给这位老乡了，说自己不干了。“以后每个月我自己出钱上他那给你继续交着社保和公积金，你就放心吧，都转过去了。”然而在公司注销后的一年多的时间里，许言像是有意无意中给我洗脑一样地让我认为他现在已经什么都没有了。

2023 年 11 月中旬，我对自己公积金的事情，越想越有点诧异，为什么过往这么久的时间里给自己上社保公积金，难道没有一个人发现自己的公积金有问题吗？我本能地给这位许言的老乡拨去了电话，问了下自己公积金的事情。从电话中我无意间听到对方告诉自己，许言最近还去给大家伙儿开会，不太愿意这位老乡参加。于是这位老乡当天没有参加大家的会。听到这两句话，许言经常给自己讲的原来的公司转给老乡了，这位老乡的话又让自己明显意识到这位老乡并不是实际占有主动权的老板啊！于是我瞬间听出了话里折射出的问题，然后立马意识到许言很有可能有事情瞒着自己。

联想起自己最近一年跟许言的接触当中，经常无故消失，联系不上，近一年的时间里，许言最多周末在家待半天，就离开家了。离家以后没有一会儿，经常会电话关机，微信不回，像是消失了一样。自己也是有苦难言，时常被他不经意间伤得很难过，觉得自己怎么像傻子一样被他戏弄。表面上，许言看似放不下和自己的感情，总想维系着现有的家庭，甚至有复婚的意愿。平日对自己都很好，但是让自己不解的是，许言在离婚后的一年多里依然不信任自己，跟自己就是不真诚，这种感受很明显，好像比离婚前更加理直气壮，问急了许言就会继续在我伤口上撒盐，告诉我：“我们已经离婚了，我的事情你管不着。”最近一年左右每个周末都要消失一天或者半天，即使一周几天自己的心情再好，也禁不住许言似乎定时或者不定时的消失，电话关机或者微信不回。也是反复折磨得自己哭笑不得，经常内心泣不成声、恼恨有加。我越发肯定知道许言一定是有事情瞒着我。

……诸多细节让我开始怀疑，许言很可能背着自己在还没有离婚的时候就转移公司了。原来的公司表面注销，实则是换汤不换药地又背着自己成立了新的公司，这样的想法在自己的心头越来越强烈，果不其然，我后来顺着注销前公司的线索，顺藤摸瓜很快地发现了自己的前夫在复婚的路上依然瞒着自己的秘密，发现了公司注销和成立新公司都是在婚内背着自己完成的。天哪，我的预感没有错，新公司运营的业务模式和经营的产品自己再熟悉不过了，通过自己手里的有效线索，我还发现了另一家公司的业务也和自己的先生有关系……然而让我更强烈的直觉便是，很可能还有让自己更不想面对的真相，就是之前许言过分偏袒的青林很可能并没有离开，依然还在新的公司里担任原来的职务，当我想到这一切的时候心脏跳得很厉害……然而在我一点一点搜集有关这两个公司的证据的同时，也让我注意到很多的细节表明这个女孩子并没有离开……

证据摆在眼前，当时自己实在是压抑不住内心的崩溃感了。我想不通许言如此这番操作究竟为何？他到底是为什么？为什么做了这么多的糊涂事？他费尽周折瞒着自己这么多事，为什么要这么对自己？此时的我清醒地意识到比吵架更让自己难过的是真相。为此，我们又开始了数日激烈的争吵，我又是数次狠狠地打自己耳光。

新单位的领导慢慢也从我心事重重的状态里知道了许言的事情，很是担心，没想到自己竟然在婚内受了这么多的委屈，非常严厉地批评了许言。婚内这样对待自己的妻子是非常不对的，告诉许言，我坚持的并没有错。

11月中旬，我拿着自己搜集到的他在婚内转移财产的证据摆到许言面前，让他说清楚。许言哪里会承认？即使在诸多事实证据面前他还是拒不承认，说我根本就是误会他了，更是把婚内吵架侮辱自己的话又都说了一个遍。可是许言越是这样，我心里越明白，这里一定是真有事情。此时我见他并没有悔改之意，也只好向许言说明情况，准备向法院起诉立案了。我向许言表明："这些证据可以让我有权重新分割你一直在婚内隐瞒及私下转移的真实财产，我们在复婚的路上你依然这样对我，实在是太不应该了。"同时，我更加有理由怀疑许言和这个女孩子之间存在不正当关系，不但破坏了自己的家庭，导致夫妻之间缺失信任，不许我过问家庭真实的收入来源，这个女孩子还一直管理着公司财务的工作，许言这么多年来对青林的信任一直超过自己，财务工作从不过问。

也许是天意，就在我联系律师准备向法院起诉的那天晚上，许言下班时，突然心脏疼痛难忍，呼吸困难，面色蜡黄，浑身沉重不堪，走不了路，拎个普通的公文包都已经拎不动了。他急忙给我打电话求救，接到求救电话的自己，虽然恨许言的所作所为，但是还是以最快的速度来到许言的办公室，看着眼前生病的丈夫，本就善良的自己不忍看着丈夫痛苦不堪的样子，于是立即打车带他去医院急诊室抢救。由于我及时拨打了急救电话，救护车赶来很及时，没有耽误最佳抢救时机，大夫说："如果再晚点儿你丈夫会有生命危险！"就这样，一晚上，我在医院里跑来跑去办理各种住院手续，经过大夫及时有效的抢救，许言也终于脱离了生命危险。

就在许言住院的第二天，我照顾许言吃午饭的时候，许言跟自己说出了全部的实话，他终于说出了这么多年自己受尽委屈的根源，便是他们之间一直以来都有特别的好感，"她对我的好感应该更多吧，加上父母对她的信任，自己也就更加坚定了她在自己心里的位置，兰喜你猜的没错，她的确还没有走，但是今天我不想瞒你了，最近我自己和之前你知道的我那位老乡还有青林之间的关系处得也很不好，发现他们之间也有着说不出的微妙的关系，发现自己也有被架空的风险，我这么做实在是太对不起你了，就是因为自己没有原则，更没有进入丈夫的角色。享受你是孩子的母亲，我的妻子，享受你的真诚和善良，同时事业上对你不公平，信任偏袒青林。无情地剥夺了你在婚内对于家庭真实收入的知情权。青林也成功地利用婚后你娘家人和公司员工对你的不利的舆论，没有选择善良，而是利用这些舆论，利用我对她的信任与偏爱攻击你、排挤你，加上我对她发自心底的好感，甚至把这个家都给毁了。我的父亲、母亲背后也数次叮嘱我不能信任你，不能让你参与我的事业，我的母亲从小对我有极强的控制欲，至于你一直想出版的书籍我知道是为了利益大众，知道是好事，自从婚后我在和你相处的过程中发现你处理事情的能力和学习的潜力都非常强，在传统文化学习过程中的进步和见解也都特别有水平，我心里不自觉地萌生了不好的念头，心底总是害怕你超过我。但是碍于大男子主义的思想，我就是无法接受将来你会超越我的现实，有意为之地影响你的心情，压抑和阻碍你的事业发展，加之婚后我本来就对你不好，所以一直恶意压制你的书籍出版，因为对你不好，这些年来时间拉长我才慢慢发现自己已经遭了很多恶报，事业不顺，经济危机，家里的老人身体不好，而我自己也是困惑不断……”

当我听到此处内心的感受可想而知，回忆起自己近 7 年的善意与执着、牺牲与付出、挣扎与彷徨、自救与反抗……总算是等来了真相，早已不是眼泪能释怀的了。

许言深知这次生命脱险是我救的，他知道自己的事情已经全部被自己所知，而且自己因为自私和在不正确的价值观引导下，所选择的路也已经看不到未来的光明了，再不承认实情，也无路可走了，一旦我将他告上法庭，一切都完了，现在只想求我放过他，希望能给他一次回归家庭的机会。

许言内心再复杂，城府再深，就在几天前我发现真相后，崩溃着和他吵架的时候说的一句话也深深刺痛了他的心：“许言你继续这样走下去，把自己奋斗半生积累下来的资源和成果与别的女人分享，用心培养人家，我们母子被你束之高阁地孤立起来，你给我和儿子留下什么了吗？万一你哪天不能工作了，我和儿子怎么养活自己呢？现在上班压力很大竞争很激烈，难道让我到处打工每个月挣几千块钱照顾母亲，养儿子吗？”也许冥冥之中的注定，我也该知道真相了吧，当我面对坦白了一切的许言，好像如释重负一般地不那么恨了，也恨不起来了，自己瞬间一下子释然平和了很多。

也许一天下来照顾生病的许言太累了，也许最近一些天自己也真的心力交瘁了，自己身心太疲倦了，就在许言住院的第二天晚上，我照顾许言吃完晚饭，扶着许言的病床不知不觉睡着了，这时睡得很深，不知不觉中来到了梦里，梦里梦见一个蓝衣天使，好生地慈眉善目，五官圆满，男性，康健有力又不是柔美的身形，他缓步朝我的方向走来，焦虑难过的自己，灵魂亦是如此，看到从不远处走来了一位慈悲庄严的蓝衣天使，沉稳光明，智慧通达，我不由得喊出了声音：“您是天使吗？您好。”听到我的呼喊，他停住了，我问道：“善良的天使，您好，我想知道为什么我会如此难过，境遇如此糟糕，不管怎么努力都不见光明呢？”这位好生圆满的天使讲：“你这一生很好，很善良，已经慢慢地活出了真实的自我，只是你来到世间之时早已没有了曾经太过久远的记忆，这不怪你，很久远之前，你也曾在自己浑浑噩噩之际伤害过别人，现在是恶报来了。”这时，我还想接着问下一个问题，可是心里一着急，我猛地惊醒了，只是心底仿佛瞬间明了一切，灵魂瞬间洞彻了婚后所有的遭遇，皆是因果循环，怪不得以前自己不管怎么努力和善良，自己的境遇都是如此糟糕，不管自己怎样挣扎都跳不出苦海。

此梦一醒，我也大梦初醒。原来我们经历的一切都是应该经历的，遇见的人也都是应该遇到的，当我们不管如何努力用心都无法改变局面时或许就是命运的安排，更确切地说是我们自己的造化，因果造化而已，是我们必须还的债，也是我们必须承受的，或许只有当业力消散，果报受尽，自然会有光明进来，该了的缘分才会了尽。很多事情不是人力能及，只是因果过程里又会有新的因果，如果我们承受的果报超过了本该承受的，那么对方也会被新的因果业力反噬，如果果报没有受尽也会继续有意想不到的苦难要承受，在经历苦难的时候，我们往往不知因在何处，只觉果苦。而改变命运或者尽快结束果报的唯一途径只有在根本的心念处下功夫，念出必善，自利利他，不生恶念，不做恶事或者多修禅定不多生念，一念即是一劫。于此，我们便知顺境逆境本质上都是好事，一切的发生本质都有利于我们。于是我也从心底深处放弃了维权及对立的心思，放下了心里的不甘与委屈。

许言安然出院以后，我依然感到许言还是用原来的方式与自己相处，并无太多的改变。我自然不想再强求什么，两个人依然同床异梦，不敢见面怕旧事重提，此时自己不想强留一个不是真爱自己的丈夫，顺其自然之间我依然是用最大的善意没有任何怨言地放开了许言，把许言还给许言，把自己还给自己。斗转星移，时空不断在变幻，未来顺其自然。我心底明白世间一切都是最好的安排，看似不尽如人意的结局未必最后真的是坏事，或许是礼物，就像曾经自己不愿意面对的病重的母亲，如今最感恩的人也是母亲，于是我坦然接纳，心怀善意，不看人过，但求心安地放手也许就是最好的结局了，其实我们终究无法改变任何事物，最终改变的是自己的心，心变了，世界就变了。人生阅历中，任何考验的背后都有礼物，只是收获这些礼物需要实实在在的修行功夫，也就是智慧的提升与心念的转化，虽然人们都说天堂与地狱只有一念之间，但是这一念之间却是万里之遥，隔着万水千山苦其心志的磨砺与一次次灵魂的蜕变与沉淀。

也许是自己的业力在慢慢消散，随之而来的是陆陆续续迎来了揭晓部分事件谜底与答案的时候。

后来又过了一年，我发现自己即使知道了道理，但是不知为何，自己的情绪一天下来还是难以稳定，很是痛苦，经常被负面情绪笼罩。2024 年，自己在善意帮扶一位亲戚治病的过程中，我好意地将其接到了自己的家中，也正是这一善举，引起了母亲娘家这边一位远房亲戚张玉的关注，她正好懂得如何医治此病，于是我们有了善良美好的合作阶段，她为了更好地给人治病，自己曾经亲自来到我在家乡的住处现场治疗，在此过程中我才了解到她不光对医学前沿的科技有着相当的水平，国学造诣也是颇深，为人光明正大，付出型人格，不求回报，她两次来到我的家里却发现我住的房间磁场有严重的问题，她很明确地提示我，我住的房间一定被人动过手脚，也就是类似布阵之意，她无法说出具体详情，却能坚定地告诉我这里不止一次地被人布过阵法，数次好心建议并督促，让我尽快搬离此处，因为这样下去会严重影响我的心智，严重时我可能会疯掉，或者家里会出现不祥之事。她说我在这里住了好几年还没有疯掉已经万幸，幸亏是自己平日善良，否则后果不堪设想。（注：前文我提到不愿与迷信类接触，尤其烧香或者算卦类，尤其为了自身利益而害人的，不排除这世上有专门以此而害人的方法，此事我亲身经历，并非谣言和编造，之所以前文提到抵触接触不究竟的迷信，就是因为这些人大都不是自己的修为，很多是五行能量附体，心性不究竟，贻害很大，难免为自己的主观意识驱使或者利益熏心伤害别人，但是不代表我们不愿与其亲近就意味着别人不会用这样的方式伤害我们。）

听完张玉的表述，当时我第一反应的确如此，几年下来我的情绪越来不稳定、压抑难耐、负面能量占据着整个身心，容易发呆、睡眠很差，脱发严重，时间久了已经很难正常作息、正常生活，甚至穿衣服都觉得疲倦不堪，整个人状态严重到不能准时送孩子去学校，而且一天当中如果在屋里待时间久了会有股莫名邪恶的能量钻心地痛苦，使我不能情绪稳定，崩溃难忍，爱发脾气，人际交往出现严重障碍，起初我一直认为自己修为不够，四年后经姐姐点播才得以知晓更深层的原因，不禁胆寒，细思极恐。她交代我搬家以后会好很多，真的不能再久留了，时间久了怕是还会出别的问题，我想问姐姐是谁在伤害自己呢？她说不知道具体是谁，但是她在这里待着很不舒服，你搬走以后会慢慢好过来，而伤害你的人同时会遭到强烈的反噬，到时候会有明显的症状，就知道是谁在害你了。

于是我搬离了居住 4 年多的住处，搬家当天我便收到了来自许言身体严重不适的消息，没两天很快又传来了他家人身体不适、身患重症的消息。写到此不难明白书中自己精神抑郁的根源不只因为婚姻的不幸，更是还有其他外力的存在，后来我慢慢学会自己清理不好的能量，自己的状态竟然在慢慢地恢复变好，能够早睡早起，睡眠很好，不再脱发了，也能够像正常人一样接送孩子上下学，起床时间越来越早，生活开始美好规律起来，只是因为最近六七年长时间的内耗与身体的伤害，我还并未能够短时间内完全恢复。在尽力修复身体和内心的平静，照顾好母亲和儿子。

让人难以置信的是，就在自己慢慢恢复的过程中，2024 年 12 月中旬，孩子揭发了他父亲与他人两三年前，共同谋划给我下咒的真相，两年前孩子不敢告诉我真相，每当我疲倦不堪，偶尔父亲也有带他的时候，怕爸爸打他，确实孩子父亲也威胁过他，不许他告诉我实话，否则会用伤害妈妈的方式伤害他，开始我不相信孩子的话，总觉得孩子是不是在编故事，我也不想冤枉他父亲，只是非常遗憾，经历了艰难紧张的求证，最后得以证实的确是他父亲与其他人一起商议用此方式伤害自己，消息得以证实，经历得以吻合，我的心却难过了很久，这的确太让人匪夷所思、荒诞至极也让我难以置信，却又是自己真实经历的惨状。我难过得近乎崩溃了很多次，我也终究明白了自己为何这好几年的处境如此堪忧，无法自救，情绪不稳，社交障碍，那些我感受到的总有股说不清楚的能量，笼罩自己，不管自己如何努力始终无法突破重围的境况,我也瞬间都明白了,是啊，如此情况下自己怎么努力都会无济于事，唯独自己保留了内心的善良，似乎也就是这点善良护佑了自己没有特别严重的后果吧。可是即使如此，我依然要选择释怀啊，不为别的，只为放过自己，我终究要放过自己，要好好活下去，或许都是自己该经历的吧。

同年，12 月的一天我在回顾自己过往的时候，猛然想到为什么大家从一开始就一致认为我脾气不好呢？其实自己不过正直一些，从来没有和大爷一家发生过任何口角冲突，也从没有不尊重过许言的家人和长辈还有他身边的同事，何来这样的人设呢？这件事因为自己的回顾与分析得出的答案后来也在许言处得到了证实。

自己已经尽力考虑每个人的感受了，只有在许言面前才是最直率的，但也是最爱他的啊，猛然想起我们在结婚前拍婚纱照的时候因为何唯的原因吵过一次架，当时正值许言迷信的时候，心神之中任何事情都要与之交流请教，即使在拍婚纱照的路上亦是如此，后来得知当时每天七点左右将自己独放在客厅，自己去小屋睡觉，是与何唯交流沟通，而当时的自己并不知他去干什么了，但是已经随着二十多天的独坐客厅心生委屈与不解，我们拍婚纱照的路上，坐着摄影师的私家车。一路上我和许言鲜有沟通，许言始终在与何唯联系，后来我从车上听到对方和许言说话很不尊重，不耐烦的样子，我顿时心生不满，心疼许言不被尊重。于是我好心劝慰许言不要任何事情都要麻烦人家，以后做事有属于自己发乎于心、心地中正的主见才可以，而且她作为员工本不该和你这么说话啊。如今你已经有了我，很多事可以和我商量了，不必事事麻烦别人，我也会尽心竭力给你出最负责任的主意，不然我在你身边不是也很尴尬吗？后来我又将自己每天被很早被晾在客厅心生委屈的事情与之说开，只是这两件事许言根本消化不了，更不认为我说的是对的，于是我们很快闹起了别扭，吵了起来，我们谁也没有说服谁，而我平白地因为心疼他被下属不尊重，加之被冷落的事情，更多了几分不悦与委屈，我们吵得很厉害，我心里也是被他不理解而更加委屈生气，其实我心里早就把他当成了最重要的人，当成了比父母都重要且又全心放松的人，真实而坦率之余其实是很爱他的，更是想站一个女人的立场上维护自己丈夫的尊严和我们未来情感的经营。那天我们僵持了很久才重归于好，那是我们第一次吵架，给他留下了我脾气特别坏的印象。我从未在许言面前设过一丝的防线，真实表达着自己内心最真实也是最真诚负责的想法，而屡屡被不解、误解，难免会很难过，而这种难过是掩饰不住的。后来他又将我和他吵架的事情，定性为就是我脾气不好，还跟何唯提起过此事，我便也明白了为何婚礼当天，何唯与娟子大姐同住一屋后，娟子大姐为何对我性情大变，大爷也在婚礼现场对我突然心生不满，一直和他的家人讲我如何坏脾气，甚至连贺词中一些褒奖自己的话都自动忽略。而我也的确在婚后可怕的人际处境中，身心被蹂躏得快变成了一名不可理喻、脾气不好的人。

所以如果我们身处一段情侣关系、婚姻关系中，在长时间的相处过程中，难免会有意见相左的时候，不开心的时候，闹矛盾的时候，甚至吵架的时候，哪怕吵得很凶的时候都是在所难免的，只是如果你还很爱他（她），很在乎他（她）请不要将你们偶尔相处不悦时对对方的意见与不快轻易袒露给自己身边的亲人、朋友或者同事，因为在不愉快的时候，我们也不能保证当时自己的立场和观点一定是正确的，万一是自己错了呢？但是因为我们不负责任地将伴侣的意见传递给身边的人，这种不好的印象会存在他们的心里，这对伴侣是很不公平的，这种不好的印象一旦种下，伴侣未来在和你在一起的日子里会平白无故地增加了人生很多意想不到的苦难与坎坷，人言可畏，所以如果我们真的很在乎自己的伴侣，还很爱他（她），肯定也认同这个人大部分的品质与言行，一定要维护伴侣的形象，其实维护他们也是在维护我们自己，维护未来两个人的感情与幸福。

我们生而为人，的确每个人来到世上都有不一样的命理可参，可以被水平高超的算卦先生或能人异士占卜出来，可是算卦占卜不是为了频频窥探天机，心存侥幸，趋利避害，而是应该从命理处看到自己身心先天有哪些不足，有意改之，弥补不足，而真正懂得道理的人是杜绝窥探天机，专注身心的修正、践行圣贤义理从而体悟真理。不能否认世上定会有中正重道、仙风道骨之人，这是值得让我们尊敬的，算卦先生或者带有诸多异能的人们，占卜看事的初衷应该是为了借此方式方便度化人心，教人向善，挽救家庭，劝恶归善，导归正路，而不是为了满足哪个人主观意愿的私欲，使出阴险手段伤害别人，同时也为了自己更方便地牟利。现在浮躁重利的氛围还颇为严重，眼下不少有些异能的人帮人解惑、祛病消灾、从而实现自己意愿的心思，早已偏离了正道初心，不乏有人以自己特别的异能用来发家致富，甚至用其异能左右控制人心，使其反复求之，谋取钱财，不得不承认我们看不见的一些不好的能量是真实存在的。只要有人给钱就满足对方的愿望，不管是否合道，哪怕没有原则、没有立场地用迷信布阵、巫蛊之术肆意伤害他人，伤害其心智，或者无端降灾，很多人自己都俗心未去，欲望难消，这样又该是多可怕，这样的伤人之法可怕在轻易无法被察觉，更无法维权，这才是迷信最为可怕之处。这根本不是修心正法，还请身处迷雾中人早些察觉警惕。

每个人似乎都习惯为了自己的利益，站在自己的立场上做自己认为对的事情，这无可厚非，但是如若能够心里有别人，尊重每个生命，自己的行为即使再为了自己不该恶意伤害别人，不有意伤害他人，也是我们生而为人起码的善良，当我们的言行有可能会给人未来带来极大的隐患与伤害时，是否该三思自己的发心与动机还是君子吗？书中最后给我们留下的意旨最为宝贵，如若真的可以将身心沉静下来便不难觉悟其中的道理。希望这部书能从不同维度给当代的年轻人带来深刻的思考。

以上是我向读者朋友们写的一部以真实经历为基础改编的小说，有虚构的成分，即使内容丰富，崎岖蜿蜒，但也并非人生的全部，只是部分经历得以沉淀总结，旨在呈现人间曾经上演的一部人间真实而悲痛的人间因果故事，阐述生而为人来世间的真实道理，并非有意针对某人，不要对号对坐，或者循着蛛丝马迹再生不必要的端倪。

大家不必同情，亦不用憎恨，如若明了因果，每个人只是扮演了他本该扮演的角色而已，所有一切的经历是注定的，正如我梦境中出现的蓝衣天使告知我的真相，如此经历只是报应来了。认真修行可以觉醒并提升我们的心性，但是却无法改变过往生中造下的罪业，该了的缘分还是要了，这大概就是人生的真相，并不是修行了就可以很容易地抵消过往生中所造罪恶。但是修行可以让我们在面对逆境或者果报时保持清醒豁达的头脑，换一个维度去思考审视生命的课题，或许可以帮助我们内心减轻痛苦，变得超然洒脱一些，更好地面对以后的人生，不断地精进努力，心胸豁达欣然或许会让果报提前结束，减轻灾难，我在这个过程里表现得并不是很好，即使梦境提示后的一年多的时间里，依然在经历各种痛苦的路上，没能很快从负面情绪中彻底解脱出来，当然我并不知有人给自己下咒了，以致状态时好时坏，有时候能想通，有时候想不通，这样就辜负了真正修行的义理。没能做到百分之百的知行合一，很是抱歉，并不是很好的榜样，但是此刻书写文字的我在慢慢体悟真理，要努力做到欣然接纳一切好的不好的经历才是。这将是我未来一生需要努力的方向，再泥泞不堪的经历，在这过程里我们若能坚定初心，保持原则与善良，终究会在未来的某一天会成为人生新的养料滋养强大我们的心灵，提升增加我们的智慧与福报，一切发生皆有因果，一切发生有利于我们。此时想到我们和大舜的厚德与智慧比起来无疑都是汗颜的。

修行不是一蹴而就，但一定是切记远离迷信与侥幸窥探天机。悟道的程度是随着自己的亲生经历用真心体悟点滴蜕变，无捷径可走，以圣贤为师，多亲近善知识，知行合一，循序渐进，不断努力，因缘成熟方可有所悟性，自己也会有所感应，不以主观意志为转移，一点一滴循序渐进。命运也不是我们主观意愿想变好就可以轻易改变的，改变命运真的很不容易，但并不是不可能，要看自己是否在心念的根本之处和实践生活中知行合一坚持不懈地下功夫，祝福所有人未来都能福慧具足、家庭圆满、事业顺遂！

祈愿我们的祖国也能在各行各业、各个领域能够循着心安、利益他人及子孙后代的思维长远发展，才会迎来未来中国真正内核与物质的一同强大。

那什么是改变命运呢？

1. 当我们从迷茫困惑没有人生意义与方向的时候，到能够灵魂觉醒，找到真实的自己，坚定信仰、光大生命，看到自己未来的光明与道路，并教育、引领下一代树立正确价值观，培养其自信、利他与究竟的灵魂，就是改变家族命运的根本。

2. 当我们从特别注重形式与外在，到我们不再过度追求攀比外在的物质享受，更加注重心灵的纯净与富有，也是在改变命运。

3. 对幸福的定义不再是虚荣浮躁和攀比，能够发现并感受真正幸福的意义，男有分、女有归、老有所养、幼有所依，家庭每个成员都能守住自己的本分，获得在家中的安心，珍惜家人共度的时光，注重家庭的意义，能够从更高维度看待逆境给自己的生命意义，从而豁达通明，也是在改变命运。

4. 尽力孝养父母，是我们这个时代特别需要回归的价值观，不应该社会如此发达，老人竟然大多在前所未有的孤独与可怜中，中华民族本就是注重孝道的国家。如此才能慢慢回归德行厚重，福从德中来。

5. 从随波逐流、目光短浅、自私自利到有正知正见，长远眼光，有子孙福祉的使命感，有利他的思想与境界，已然都是在改变命运的过程里。

第八十章 父亲才是不平凡

我在照顾母亲的这五年多的时间里，不禁会回忆起父亲生前的过往。因为儿时成长的痛苦与成年后经历的坎坷，自己以往总是对父亲颇有微词，总觉得父亲没有给自己创造太好的条件而心生委屈，甚或抱怨。现在的我才意识到，哪是父亲不够好，而是太了不起了！父亲是 1941 年生人，小学四年级文化，却有着一生的文化梦。从来书不离手，只要有书，父亲便会过得很开心、很充实。哪怕是文摘、报纸，父亲都爱看。只可惜那个时候他们根本没有机会接触到真正意义上的传统文化。

到现在我才能换个视角看父亲，恍然大悟最不平凡的是父亲。此时，我已经身为人母，有了自己的孩子，有过自己的家庭，经历了家庭的悲喜。顿时，我觉得自己很多地方不如父亲。父亲确确实实有着一颗了不起的灵魂！儿时的自己，竟然过于在乎生活细节中的痛苦与瑕疵，而忽略了父亲苦苦支撑一家人的生计，着实心酸不易。

母亲自从嫁给了父亲，刚开始，过了两年正常家庭生活，不久便随着病情复发，整个家庭沉浸在了无尽痛苦之中。最痛苦的人莫过于父亲了，他面对疯疯癫癫的母亲，还要照顾尚未成人的自己，以及早已年近七旬的奶奶。他做了近二十年的一日三餐，每天坚持去工地上当小工挣钱养家，田地里的农活儿大都是父亲一个人的责任。虽然我长大了也会帮父亲分担一些，但是极其有限。以上这么沉重的负担，父亲在我成长最关键的十几年里，全部做到了。他没有让我饿过一顿肚子。每天早晨父亲都是很用心给我做早饭，怕我长期不吃早饭会把胃饿坏。短短几行字，叙述起来很容易，但是一个人把这几行字的“沉重”担起来，真的很不容易！

回忆到这里，禁不住泪如雨下。

是啊，父亲当时活着太难了。父亲虽然很少有机会接触到传统文化，但是骨子里践行着的家道，又何尝不是传统文化最根本处的义理体现呢？这个时候我才能读懂父亲一生的光芒与伟岸。父亲在母亲严重的精神分裂症的折磨下，还要坚持照顾她吃好每一顿饭，睡好每一晚觉，从来没有动过离婚的念头。

我回忆着，父亲瘦高的身躯，白净的脸庞，大大的眼睛，整齐的牙齿,一副俊秀书生的样子,却扛起了常人所不能扛的委屈与重任。

父亲常和村里人说：“虽然兰喜的母亲精神状态不好，但是她给我生了一个聪明伶俐的女儿，我的女儿很优秀，我非常知足。仅凭这一点，我就应该感恩兰喜的母亲一辈子，我要照顾好她。”

平日里，如果有乡亲看到母亲衣衫不整、状态异常地出现在大家面前，会议论纷纷，甚至觉得父亲没有必要对母亲这么好，甚至会嘲笑母亲。每当这时候，父亲听到有人看不起自己的媳妇，就会上前理论，告诫大家不许看不起自己的爱人，跟大家说：“即使俊兰再不好，她给我生了一个好闺女，是我闺女的妈妈，我就要好好照顾她一辈子。你们以后不许再议论她，让我听到不行。”

母亲嫁给父亲的几十年里，从父亲放弃北京的工作回到家乡以后，便几乎没有做过饭了，每顿饭都是父亲精心做出来的。父亲喜欢干净，做饭很讲究，虽然屋里简陋、破败，但是父亲的生活态度一直很积极乐观，带着我们一家一天一天、一年一年，尝尽喜怒哀乐，满怀希望与心酸，愣是走过来了。

二三十年里，父亲虽然过着油盐酱醋、锅碗瓢盆的平凡琐碎生活，与母亲有过争吵、拌嘴，但是大的方面，父亲满心都是对母亲的爱和无私的付出。母亲不会做饭，不会照顾我的衣食起居，不洗衣服，不做家务，不去地里干活儿……所有的重担都压在了父亲一个人身上。

此刻，我回想起自己的父亲，满眼泪水！父亲从未嫌弃过母亲，母亲经常出去溜达，不知到时间回家吃饭。父亲都会把饭做好，放在桌上，然后骑着自行车去找自己“不正常”的媳妇回家一起吃饭。在我童年的时候这样的画面几乎天天重复。父亲虽然在心里委屈的时候会说母亲几句气话，但是教育我的时候永远都是要我爱自己的母亲、善待我的母亲，说：“你妈跟着我虽然没有受过大累，但是也没有享过大福。你妈是个很善良的人，她就是因为病的原因，自己控制不住自己的言行，你要理解她。她再不好，也是你的母亲，将来回家有声‘妈’可以叫，这就是最重要的。将来我不在了，你要继续照顾好你的母亲。”父亲的确在临终的时候，如此交代给我，继续照顾好母亲。

我曾经问过父亲：“您当初就没有动摇过和母亲的婚姻吗？在我们家最艰难的时候，就没有想过放弃吗？”

父亲说：“我们家经历的苦，常人无法理解，但是我坚定的是要给你留个完整的家，还有对你母亲的责任。你妈妈是个很好的母亲，她很善良，这个世上没有人比你妈妈更爱你了！我希望你长大了以后，不管什么时候回家，进门都能看到自己的妈妈，这就是人生最幸福的事情！她虽然精神不正常，但是在母爱这里是和天下所有母亲一样的。”以前听父亲说这些话虽然感动，但是理解的并不深刻，我现在当了母亲才知道父亲当时那些话的分量。

父亲为了这个家鞠躬尽瘁了一辈子。只是父亲已经走了五年了，我才恍然大悟父亲的不同寻常与伟大。父亲一直付出，几十年的饭菜，父亲都是做好端到我们跟前叫我们吃饭，重要的节日父亲都会应时、应节给我们母女俩做好吃的，饺子、八宝粥、粽子、年糕……几十年来，父亲太累了，而很多时候在我成长的过程中，未必能够全然理解父亲啊！我并不是一个一开始就很懂事的孩子，恰恰相反，我被父亲宠爱得并没有特别早地理解家的含义与分量，不理解父亲的不容易，我懂事的时候已经是为人母以后了，只是这个时候我想哭着和父亲说句心里话，说句对不起他都已经听不见了。

第八十一章 我的疯娘是恩人

为什么说给家庭造成诸多痛苦和苦难的妈妈是恩人呢?

没错，在这里我深深地意识到我的母亲是恩人，只是她以让人难以接受的形象出现，给我和父亲带来长时间的痛苦和绝望。到今天，随着我灵魂深处的觉醒，才深深意识到，我之所以灵魂得到提升，父亲之所以能够无比伟岸和无比难得，都是因为母亲！她像一位严厉且无情的考官，在考验着我和父亲的人品与心性。

母慈子孝很容易，可是当父母并不好时，“亲憎我 ”时，恰恰能考验出家人和子女的心灵品性。

提升精神高度，是我们作为一个人至高的生命意义。一个真正的人，精神力量强大的人，不是战胜别人，而是能够战胜自己！正是古代大舜“孝感动天”的故事启发了我，让我深深敬佩大舜的心灵境界。

我的疯娘正是叫醒我的恩人啊！在我们父女二人用生命体悟家道的过程中，也正是母亲用生命在成就父亲和我。她让我们放下浮华，放下虚伪，放下了寻常人的世俗追求，用严格且近乎无法理解的方式在考验着我们父女二人的良知。在我学习中华传统文化，领悟生命的核心意义时，才产生深深感念母亲的“逼迫”的感恩之情。

当我懂得道理之时，母亲正是成就我和父亲的最重要的人！她牺牲了自己一生的生命，在成就父亲和我的精神生命。

随着觉悟至此，我放下了抱怨。从此吃得了苦，受得了委屈，能够承受长时间的压力了，同时更加细心地照料母亲，让她一直平安健康,用我最真诚的孝心去爱她。至此,我才知道什么叫作“承载”。

我的母亲在我和父亲这里有无人能取代的意义与亲情。每当我遇到困难和挫折的时候，她不离不弃地陪伴着我，不曾离开半步。婚后有了孩子，我异常疲惫，没有人帮我的时候，母亲却用她的方式帮我照看孩子，也许她无法像正常的姥姥那样细致周到，但是却超级负责，把外孙子看得紧紧的。

母亲很可爱，她是我在这个世界上最亲的人了，也是唯一的亲人了。当我孤独无助时候，才明白哪怕她是我的疯娘，也是我在世上最重要的亲人了。

我沉下心，真诚地爱她，不管她怎样地不合常理，我尝试让自己不委屈、不难过，甚至生出欣喜，这不就是母亲用她的方式让我成长吗?

如此一来，最要我感恩的人便是我的母亲了！如果没有母亲，就没有灵魂深处的觉醒，就没有精神生命的升华！当我真正领悟这个道理的时候，心中满是欢喜，我的疯娘是那个真正来成就父亲和我的恩人啊!

五年后，母亲的病越来越好，慢慢地能自己梳妆打扮，偶尔还能帮助我做做简单的家务。我深深地意识到，要想真正改变命运，首先是根植于自己内心的孝的力量，以及心念的改变。我也继续着自己事业的方向，立志终身学习并弘扬传统文化，希望能帮助到更多正在经历困惑需要灵魂滋养的人们。

世人不知有因果 因果何曾饶过谁

写完这本书不久，夜里曾经做过这样一个梦，记忆良久，意味深长，梦见家里来了一位虔诚的修道者，身着僧服，梦里自己很想知道今生与父母的缘分，于是梦中自己虔诚的请教这位出家的僧人。

这位僧人说：我给你讲个故事听吧（大意）：明末时，一位小姐出生在江南一户富商家中，这户人家的主人代代经营布匹生意，家里条件富足殷实，长相端庄秀丽，善良聪慧，腹有诗书，这位小姐身边有个贴身的丫鬟，照顾其饮食起居，从小与小姐一起长大，小姐心地善良，对自己的贴身丫鬟格外好，从没有主人的架子，将这个丫鬟当成自己的姐妹，也正是因为这样，她们两个有时候难免不像主仆。

有一天小姐的父亲从商铺回家的路上看到街上卖特别好看的头饰，于是给小姐高兴的买了回去，老爷回到家中高高兴兴的就把这个头饰送给自己的女儿了，小姐和丫鬟住在阁楼的二层，丫鬟看到这么好看的头饰，开玩笑也调皮的跟小姐抢来抢去，在二层走廊里二人在争抢的过程里，小姐不慎二楼的走廊中摔了下去，当场死亡，老爷一生只有这一个宝贝女儿，自然是心肝宝贝，得知小姐因和丫鬟抢夺头饰不小心从阁楼上摔下当场死亡，无法接受现实，情绪失控，心智迷失，他找到小姐的丫鬟就要为自己的女儿报仇，一气之下硬是拿木棍将丫鬟活活打死，丫鬟被打死后，他便从此失心疯了，嘴里一直喊着小姐的名字，直到去世。

时空至今，因缘成熟，今生来了前世的缘分，你说这三个人分别是谁呢？听完自己愣住了，竟然分不清这三个人到底谁是谁。

后僧人告诉我，当你的真诚心与付出感动了你的父亲，他内心特别知足也心安的时候，就是他离开这个世界的时候，你的母亲就是曾经你的父亲，所以他今生依然特别粘着你，他因你而失心，所以只有你能救他。然而他们两个又都是特别爱你的……说罢我从梦中猛然醒来，久久不能平静。